唐浩明全集

唐　浩　明　全　集

张之洞

上

精装典藏版

唐浩明 著

SPM 南方传媒 | 广东人民出版社
·广州·

图书在版编目（CIP）数据

张之洞：全三册 / 唐浩明著. —广州：广东人民出版社，2024.4
（唐浩明全集）
ISBN 978-7-218-16751-0

Ⅰ. ①张… Ⅱ. ①唐… Ⅲ. ①长篇历史小说—中国—当代
Ⅳ. ①I247.5

中国国家版本馆CIP数据核字（2023）第159225号

ZHANG ZHIDONG（QUAN SAN CE）
张之洞（全三册）

唐浩明 著

出 版 人：肖风华

策 划：肖风华 向继东
责任编辑：钱飞遥
责任技编：吴彦斌 马 健

出版发行：广东人民出版社
地 址：广州市越秀区大沙头四马路10号（邮政编码：510199）
电 话：（020）85716809（总编室）
传 真：（020）83289585
网 址：http://www.gdpph.com
印 刷：北京通州皇家印刷厂
开 本：960 毫米 × 650 毫米 1/16
总 印 张：100.75 总 字 数：1400千
版 次：2024年4月第1版
印 次：2024年4月第1次印刷
定 价：1680.00元（全17册）

如发现印装质量问题，影响阅读，请与出版社（020-87712513）联系调换。
售书热线：（020）87717307

总　序

二十世纪八十年代中期，我开始动笔创作历史小说。从那以后，写作便成为我生活中一个极为重要的内容，几乎占据业余时间的全部。不知不觉间，三十年就这么过去了，真有点杜甫所说的“丹青不知老将至”的味道。偶尔回头一望，过去的岁月，如同逝水飘烟，一片迷离，幸而有这些文字，仿佛能告诉自己这一路是如何走过来的。

三十年来，我的写作主要在两个领域：一是长篇历史小说，一是“评点曾国藩”系列。

三部历史长篇《曾国藩》《杨度》《张之洞》花费了整整十五年的时间。为什么要写历史小说？若要找源头，可以追溯到酷爱读书的少年时代，先是在书摊边租看《三国演义》连环画，后来是去图书馆借阅原著。在一段很长的时间里，我认为那是天底下最好的书。若干年后，当我无意间走进晚清，走进那个三千年一大变局中，内心有许多冲动，有许多话要说。当思考采用何种方式来表达时，便自然而然地想到《三国演义》，三部历史小说就这样产生了。历史有许多种表述方式，用文学方式来述说历史，依旧为今天的中国人所喜爱。这三部历史长篇多年来不断重印，说明的正是这个事实。

时光到了二十一世纪。伴随着新世纪的到来，中国文化界有一个很突出的亮点，那就是勃兴于民间的国学热。曾国藩被公认为中国传统文化的最后一位代表，他在新世纪被重视，应该是国学热中的必然现象。小说《曾国藩》得到持续的关注，曾氏这个人物，也引起全社会的浓厚兴趣。国内书店书摊上充斥着各色各样的关于曾氏的书籍。这些书良莠不齐。书越多，历史上的那个曾国藩反而变得越模糊。作为当代重提曾氏的“始作俑者”，我有一种正本清源的义务感。我决定放下历史小说的创作，一心研究曾国藩。值得庆幸的是，曾氏给后人留下一千多万文字，为今人深入研究他提供了丰富的第一手资料。我熟悉这些资料，想借助对这些资料的研究，让世人了解一个真实的曾国藩，也希望借助对这个传统文化标本的解剖，来帮助寻常百姓形象地感知我们的国学，于是就有了“评点曾国藩”系列。这件事情做下来，便又耗去十五年光阴。

从二〇一五年下半年起，我开始修订我的历史小说。现在交给广东人民出版社的《曾国藩》，便是这个修订本。这是该书问世二十多年来的第一次修订。这次修订主要在三个方面。一是在评点的过程中，我对这个历史人物有了更深刻的认识。基于这种认识，我对小说某些章节做了相应修改。二是增加了一些能生动体现曾氏性格的真实故事。三是文字上的提炼、加工与修缮等。受时间的限制，另外两部长篇这次来不及修订，仍以原貌再版。

在写历史小说与评点的空隙中，我也写过一些散文随笔，一部分是应报刊之约而写，一部分则是关于我的小说主人公的专题演讲稿。这次结集为《冷月孤灯·静远楼读史》，也是这些文章第一次结集出版。

感谢广东人民出版社，感谢老朋友向继东兄，没有他们的盛情，就不会有这套作品集，也不会有散篇文章的汇编成书。

是为序。

唐浩明

二〇一六年七月

于长沙静远楼

题记

这是一个成功的人生：少年解元，青年探花，中年督抚，晚年宰辅。这也是一个备受奚落的人物：起居无时，号令无节，行为乖张，巧于仕宦。

这是一系列耀眼的业绩：打败法人的入侵，策划并督建京汉大铁路，创办亚洲最大的钢铁厂。这也是百年来屡招责骂——好大喜功，糜费挥霍，崇洋媚外，沽名钓誉——的把柄。

为谋求中国的富强，此人呕心沥血大刀阔斧地干了大半生，但直到瞑目的一天，他也没有看到国家富强的影子。

为调和东西方文化的严重冲突，并试图建立一种新型的文化架构，作为官方大员，此人第一个大力倡导“中体西用”。但他的这个设想，无论其生前还是其身后，都遭到人们的批判和嘲讽。

此人是谁？他就是毛泽东所说过的中国人不应忘记的近代人物张之洞。

张之洞的人生是成功还是失败?

张之洞的事业是辉煌还是虚幻?

“中体西用”是导中国于现代化的正路，还是引中国于陷阱的歧途?

张之洞的强国之梦为何不能圆，时代的限制和他本人的失误又在何处?

这些，或许是正在努力与世界接轨的当代中国人有兴趣的历史话题。

翻开这一页离我们并不太远的史册吧，说不定它能给我们某些启迪。

目　录

第三章　投石问路

第四章　晋祠知音

第五章　清查库款

第六章　观摩洋技

第七章　和耶战耶

第八章　谅山大捷

第一章／清流砥柱

一　张之洞拍案而起，愤怒骂道：崇厚该杀

深秋的太阳就要落山了，它的最后一缕残照仍留在人间，给大清帝国灰暗的京师罩上一圈淡黄色的光晕。从西山那边刮过来的霜风一阵紧过一阵。它将沿途高大的白杨树吹得飒飒作响，又将御道上的黄土漫天掀起，灰尘裹着败叶毫无目的地在空中飘飘荡荡。凄凉的霜风也将沿途的塔寺和宫殿上的铁马，吹得左右晃动，发出清脆悠长的金属撞击声；又将各大城门上高高竖起的大清杏黄龙旗，吹得猎猎作响。这情景酷似这座八百年古都此时的境遇：既陈腐不堪，又带有几分神秘性；既处在衰败破落之际，又似乎有一种厚重的底蕴在顽强地支撑着，决不甘心就此沉沦下去！

随着夕阳的余晖渐渐褪去，淡黄色的光晕慢慢地变为灰蒙蒙的暮霭，京师寂寞而寒冷的秋夜来临了。

张之洞斜靠在病榻上，默默地注视着宇宙间亘古以来便这样无声无息周而复始的变化。他已病了七八天，今天下午才开始略觉好点，或许是病体虚弱的缘故吧，面对着天地间时序的推移，他的胸腔里无端涌出一股惆怅伤感的意绪来。

他已经四十三岁，通籍十六七年了，却还只是一个洗马。在数以百计的官名中，洗马，应该算是最粗俗的一个名称。不要说普通老百姓，就是许多与官场打交道的人，也不知朝廷中有此种官职。嘉庆朝便有这样一个故事。

某洗马出京赴西北办事，一天傍晚在甘肃一个驿站落宿。驿吏拿出簿册来登记，请问他官居何职，那人答："洗马。"驿吏想，这一定是替皇宫洗刷马匹的夫役。又问："你一天洗多少匹马？"那人知驿吏误会了，便和他开玩笑："没有定数，忙时多洗，闲时少洗，心情好时多洗，心情不好时少洗。"驿吏确信他是马夫了，说："皇上待下人真是宽厚！"便将他安排在最下等的房间里，不再理睬了，那人也不做声。过一会，县令乘大轿来拜访此人，并把他接到县衙门里去住。那人大模大样地坐在轿里，县令则步行跟随，一面弯着腰恭恭敬敬地与他说话。

驿吏大惊，问县令的跟班："他不是一个马夫吗，县太爷怎么对他这样客气？"跟班斥道："什么马夫！他是县太爷的恩师。十年前，县太爷就是在他手里中的举，五年前会试时，他又是县太爷的房师。"驿吏明白了，"洗马"不是马夫，但他始终不知道"洗马"究竟是个多大的官儿。

原来，洗马是司经局的主管官员。司经局的职责是掌管书籍典册，隶属詹事府。詹事府原是太子的属官。康熙晚年决定不立太子，并作为定制传下来，詹事府因此一度废弃，后来又恢复，以备翰林院的官员迁升之用。洗马的品级为从五品，来到地方上，品级既比正七品的县令要高，又加之有师恩这一层在内，故那位县令对洗马优礼有加；然而在京师，洗马实在是一个无权无势的闲散小官。

若说无才无德倒也罢了，偏偏是无论做史官，还是做学使，张之洞都比别人做得有声有色，可就是官升不上去，真叫人沮丧。他是个志大才大自视甚高的人，从小就盼望着今后能经天纬地出将入相，给青史留下几页辉煌的记载。然而时至今日还只是一个从五品，年过不惑，精力日衰，这一生的宏大抱负能有实现的一天吗？

张之洞为自己愁虑，更为国事愁虑，他觉得他好像天生就是一个忧国忧民的命似的。国家发生的事情，无论是对外还是对内，无论是任人行政还是用兵打仗，也无论他本人是身处京师还是远在边鄙，只要让他知道了，他就非得过问不可。他常常难以理解的是，朝廷办出的事为何总是那样不尽如人意，许多原本易于处置的事情，为何总是办得那样乖谬？唉，真个是朝中无人！倘若自己握秉朝纲，国家绝不是眼下这等一团乱麻似的不可收拾。张之洞常常这样想着想着，便免不了在心里发起牢骚来。

近日就有一件事令他忧虑。

十多年前，趁西北内乱时，浩罕王国的阿古柏带兵侵占了新疆，并与英国和沙俄勾结，企图长期统治这块广阔的土地。沙俄也对新疆怀有野心，借口保护侨民，出兵占领重镇伊犁。光绪二年，左宗棠率部出关，很快便打败阿古柏，收复新疆，但沙俄却拒不归还伊犁，朝廷决定派崇厚去俄国会商此事。

崇厚是个洋务派，跟外国人关系密切。同治九年，天津教案发生，时任三口通商大臣的崇厚，就极力主张严办天津地方官以取悦法国。后来奉旨到巴黎道歉，又在法国人面前竭尽讨好之能事。官场和士林中许多人都讨厌这个油嘴滑舌八面玲珑的软骨头，张之洞尤其痛恨，他认为不能委派崇厚办这样的大事。

朝廷谕旨已下达，当然不可更改。张之洞于是上疏，请太后命令崇厚走西北陆路进俄国，以便在途中实地考察新疆特别是伊犁一带的地理人情，从而做到心里有数，以免上俄国人的当。但崇厚怕吃苦，不肯走陆路，坚持要坐海船；又声称已对新疆了如指掌，此行决不会让国家吃亏。慈禧终于答应了崇厚。为此，张之洞又添一重顾虑。

于是，他决定自己来研究整个新疆的舆地，随时准备为朝廷提供行之有效的方略。就是因为过度劳累于此，一向不太强健的张之洞病倒了。

这时，他又想起这件事来，伊犁城四周的山川地貌顿时出现在脑子里。“伊犁城南边的那条河，叫个什么名字来着？”张之洞拍打着脑门，想了很久想不起来。他掀开被子下床，擎起窗台上的油灯，想到隔壁书房里去查一查地图。

“四爷！”听到房间里有响动，正在厨房和女仆春兰一起收拾东西的夫人王氏忙推门进来。王夫人的年纪比丈夫小得多，不便直呼其名。张之洞在兄弟辈中排行第四，她便以这种尊称来叫丈夫，“你要到哪里去？”

“我想到书房里去查看一下地图。”

“外面风大，刚好一点，不要再受凉了。”王夫人接过丈夫手中的油灯，扶着他回到床边，说，“你依旧坐到床上去，我去给你把图拿过来。”

王夫人从隔壁房间里把那张标着《皇朝舆地图》的图纸拿了过来，摊开在桌面上。地图很大，把一张桌面全部遮住了。张之洞将油灯移到地图的西北角。

“特克斯！”他抬起头来，一边折地图，一边重复着，“特克斯。是的，就是特克斯！”

王夫人帮他把地图收好，问：“特克斯是什么？”

“伊犁城南边的一条河。”张之洞自己掀开被子，重新坐到床上，自嘲地说，“我怕真的是老了，很熟的一个名字，一下子就想不起来。”

王夫人安慰道：“这不能怪你，只能怪它名字没取好。什么特克斯、特克斯的，多难记，若是取一个像淮河、汉水一样的名字，不一下子就记住了吗？”

张之洞哈哈大笑起来。夫人这句话把他逗乐了，连声说："是的，是的，夫人说得对，不能怪我记性不好，而是它的名字没取好！"

王夫人也笑了起来，她给丈夫把四周的被角压好，说："不要再想这些事了，这几天都是让什么伊犁呀、特克斯呀把你累病的，安安稳稳地静静心吧，等康复了再说。二哥说明天上午还会来号号脉，开张单子。"

"廉生的医道是越来越精了。大前年我在成都也是得的这种病，川中名医龙运甫给我开的药方，见效也没有这样快。我看要不了几年，他的医术会比太医院里那几个只会开平安单方的老太医还要高明。"

张之洞说的廉生，就是王夫人的胞兄王懿荣，懂得点文字学史的人都不会对这个名字陌生。十多年后，就是这个王懿荣，凭着他对医药学的兴趣和深厚的文字学根底，因一个偶然机会，发现了商朝时期我们的祖先刻在龟板和牛胛骨上用以记事的文字，为中华民族文明史的研究作出了不可估量的贡献，从而被尊称为甲骨文之父。但现在他只是翰林院的检讨，一个七品小京官。

"二哥反复说了，要静心休养，不要劳神。"

"我一直在养病，没有劳神。"

"没有劳神？"王夫人嗔道，"没有劳神，怎么又会想起特克斯了呢？"

"唉！"张之洞叹了一口气，眼睛盯着对面的墙壁，好长一会儿没有做声。

墙壁上只挂着一幅画。这画是王夫人娘家祖上传下来的，题为《林泉归隐图》，乃明代大画家文徵明的真迹，是王夫人的陪嫁之物。王夫人顺着丈夫的目光，看了一眼《林泉归隐图》，想起了去年丈夫对她说过的一句话："咱们也学文徵明，去归隐林泉吧！"她马上接言："好哇，到哪里去归隐呢？是去你的老家南皮，还是去我的老家福山呢？”见丈夫不再吱声，王夫人笑着说：“归隐好是好，可你的那番志向呢？”张之洞沉吟半晌，说：“看来，还不到归隐的时候。”从那以后，再不提归隐的事了。眼下莫不是又动了这个念头？王夫人的目光从《林泉归隐图》上转回，深情地望着凝神不语的丈夫。

在通常人的眼里，张之洞的长相算不上一个英俊的男子汉。他是自古多豪杰的燕赵人的后裔，却没有燕赵豪杰高大雄壮的身躯。他的个头甚至不及中人，肩窄腰细，手无缚鸡之力。他的脸形五官也长得不好。脸是长长的，下巴尖尖的，眉毛粗短，两只眼睛略呈长形，鼻子却又大得出奇，粗看起来，犹如泰山镇鲁似的压在长眼与阔嘴之间。只有与他朝夕相处的夫人，才真正知道其貌不扬的丈夫的魅力所在。她知道丈夫矮小身躯里滚动的是真正燕赵豪杰的血液，不起眼的眉宇之间，蕴藏了许多人所不及的学问见识。

她试探着问：“你想什么呢，是不是又想学文徵明去归隐？”

“你说到哪里去了！我是放心不下啊，不知崇厚与俄国人谈到什么程度了。崇厚那家伙一向怕洋人，又不熟悉新疆的情况，我担心他会栽在俄国人的手里。”

“四爷。”王夫人笑着说，“依我看，这国家大事你还是少操点心为好。上有皇太后、恭王、醇王各位王爷，下有军机、六部、九卿各位大员，现在还轮不上你这个小小的洗马费心，安安稳稳养好身体，日后做了侍郎、尚书再说吧！”

“不能这样说！”张之洞跟夫人认起真来，“古人云天下兴亡匹夫有责，洗马虽然官职低，比起匹夫来不知高了多少；何况崇厚这次跟俄国人谈的是收复国家领土的大事，我怎能不关心！”

“好了，好了，我不跟你争辩了！”宦门出身的王夫人既深知朝廷命官与公务之间的关系，又深知丈夫素以国事为身家性命的脾性，便主动退了下来，“至少这几天不要去想这码子事，完全康复了再说。天已黑下来了，我去把药端过来，喝了药，躺下睡觉吧！”

王夫人正要起身，春兰走进门来说：“老爷，宝老爷、张老爷和陈老爷来了。”

“噢，是他们来了，快请！”张之洞一边说，一边掀开棉被。王夫人赶紧将一件玄色缎面羊毛长袍给丈夫披上。

刚迈出卧房门，内阁学士宝廷、翰林院侍讲张佩纶、翰林院编修陈宝琛便走进了庭院。

未待主人开口，精明灵活风度翩翩的张佩纶便先打起招呼：“香涛兄，听春兰说，你近来身体不适，好些了吗？”

张之洞答：“在床上躺了几天，今下午开始好多了。”

“什么病？”矮矮胖胖长着一张娃娃脸的陈宝琛端详着主人说，“才几天，就瘦多了。”

张佩纶、宝廷和陈宝琛是这里的常客，且为人和张之洞一样的通脱平易不拘礼节，故王夫人不回避他们，这时走出卧房，笑着说：“黑夜来访，必有要事，快进客厅坐吧。只是有一点，他的伤风病还没好，不要谈久了。”

“好厉害的嫂子，还没说话哩，就先下逐客令了。”张佩纶笑嘻嘻地说。

这个出生于河北丰润的三十一岁青年，确实不同庸常。他博闻强识，文笔犀利，尤为难得的是，他疾恶如仇，敢作敢为。朝中的重臣，各省的督抚，凡有人做了他认为不该做的事，他都敢上折参劾，并不畏惧会遭到打击报复。很多人怕他恨他，更多人则喜欢他敬重他。他这样无所顾忌，居然官运亨通，通籍不过七八年，便已经是从四品的翰林院侍讲了。

光绪三年，朝廷为穆宗神主升祔的事颇为棘手。因为太庙只有九室，而这九室分别由太祖、太宗、世祖、圣祖、世宗、高宗、仁宗、宣宗、文宗的神主给占满了，慈禧的亲生儿子、十九岁去世的同治皇帝庙号穆宗的神主摆不进去，廷臣们为此事议论纷纷：有的建议再建一个太庙，有的建议在原太庙的左右再扩建几室。张佩纶上书提出一个办法。他说可仿效周朝为文王、武王建世室的成法，为太宗文皇帝建一世室。大清一统江山，实际上是太宗打下来的，他理应享受这种特殊的礼遇，今后可将前代神主依次递迁太宗世室。

这个主意，既通过建世室崇隆太宗的做法，来颂扬皇太极入关进中原的历史功绩，又解决了眼下穆宗神主升祔的实际问题，同时也一劳永逸地解除了后顾之忧，得到两宫太后的嘉许，予以采纳。张之洞也想到了这一层，也给朝廷上了两道内容相近的奏折，他后来读到张佩纶的折子后，深觉自己讲得没有张佩纶的透彻。他感叹说，不图郑小同、杜子春复生于今日！于是亲自登门拜访，与这个比自己小十来岁的年轻人订交。

陈宝琛拉着张之洞的手对王夫人说："香涛兄的手还是冷的，确实未复原，按理我们看看就该走了，但今晚有一件特别重大的事，我们要在这里多赖一会，请嫂子原谅。"

矮矮胖胖的陈宝琛祖籍福建，和张佩纶同年，也是个爱管闲事的人。他模样生得敦敦厚厚，写出的文章却尖利苛刻，读起来有一种痛快感。

宝廷笑嘻嘻地望着王夫人说："请嫂子法外施恩，这件事的确重大得不得了！"

宝廷是清初八大铁帽子王郑亲王哈尔朗济的九代孙，真正的黄带子。满人入关二百多年了，努尔哈赤的后裔们久享荣华富贵，既不屑于以学问诗文博取功名，连老祖宗的刀枪骑射也弃之不顾，他们可以通过各种途径轻轻巧巧地进入官场。但宝廷不这样，他走的是一条汉族读书人的艰难科举之路。他由举人而进士，由进士而翰林，是黄带子中极为少见的正途出身的官员。

王夫人无可奈何地说："我知道，你们谈的都是国家大事，哪一次谈的事都很重要，只是这国家又不是你们几个人的，用得着你们这般苦苦操心吗？我不管你们了，外面冷，快进客厅吧！"

张之洞摆摆手，请客人进他的客厅。客厅设在坐北朝南的正房里。正房共有四间。东边的一间是藏书室，四壁立着顶天接地的木架，木架上陈放着一函函书籍卷册。房间里摆着两张大木桌，桌上也堆满了书，有的正摊开着，看来这些都是主人近来正在使用的书籍。藏书室过来，便是主人夫妇的卧室。再过来一间，面积最大，这是主人平时读书治事之处。一张极大的书案摆在窗户边，上面放着读书人惯常使用的文房四宝和几册《皇朝经世文编》。另有两个博古架很引人注目。架子上摆满了破破烂烂的陶罐、泥碗，锈迹斑斑的箭镞、刀柄，残缺不全的瓷瓶、铜盆，乍然来到面前，如同走进了出土文物陈列室。另一壁墙上挂着一幅字，是一首七律："心忧三户为秦虏，身放江潭作楚囚。处处芳兰开涕泪，年年寒橘落沙洲。婵媛兴叹终无济，婞直危身亦有由。宋玉景差无学术，仅传词赋丽千秋。"字迹笔酣墨饱，劲拔洒脱。熟悉书法的人一眼便可看出，这字学的是苏体：结体虽不及苏字的匀称，而其中的舒张意气，或有过之。这是主人的墨迹，录的也是他自己凭吊屈原的诗作。

东边的小间即客厅。客厅布置得简朴庄重。当中放一张大理石桌面的深红色梨木长方桌，四周摆着六张明式雕花高背红木椅。靠墙边摆着两对带茶几的半旧楠木太师椅。最显眼的是客厅中高悬的一画一字。画面上一男子长发长须伫立茅屋中，两眼怒视窗外，双手后背，其中一只手上紧握一管羊毫，胸前的书案上残灯如豆，一纸平摊。画上首题着三个字：锄奸图。显然，画上的男子是明朝以弹劾严嵩出名的兵部员外郎杨继盛。这画出自主人的好友翰林院编修吴大澂的手笔。字录的是孟子的一句话："居天下之广居，立天下之正位，行天下之大道，得志与民由之，不得志独行其道。"左下角有一行小字：与香涛贤弟共勉高阳李鸿藻书于三省斋。

进了客厅刚坐下，张佩纶便说："香涛兄，你看了今天的邸抄吗？"

"没有。"张之洞摇摇头说，"我有几天没看邸抄了。今天的邸抄上有什么大事吗？"

“哎呀，大得不得了！”张佩纶边说边从袖口里取出一份邸抄来，甩在桌子上，说，“崇厚那家伙把伊犁附近一大片土地都送给俄国了！”

“有这等事？”张之洞忙拿起邸抄，“我看看！”

陈宝琛走到张之洞的身边，指着邸抄左上角说：“就在这里，就在这里！”

张之洞的眼光移到左上角，一道粗黑的文字赫然跳进眼帘：崇厚在里瓦几亚签署还付伊犁条约。

“条约有十八条之多，不必全看了，我给你指几条主要的。”张佩纶迈着大步，从桌子对面急忙走过来，情绪激烈地指点着邸抄上的文章，大声念道，“伊犁归还中国。其南境特克斯河、西境霍尔果斯河以西地区划归俄国。”

“岂有此理，岂有此理！”张之洞气愤地说，拿邸抄的手因生病乏力和心情激动而发起抖来。

“岂有此理的事还多着哩！”张佩纶指着一条念道，“俄国在嘉峪关、科布多、乌里雅苏台、哈密、乌鲁木齐、吐鲁番、古城增设领事馆。”

“为何要给俄国开放这么多领事馆？”张之洞望着站在一旁的陈宝琛责问。那情形，好像陈宝琛就是崇厚似的。

陈宝琛板着脸孔没有做声。

张佩纶继续念：“俄商可在蒙古、新疆免税贸易，增辟中俄陆路通商新线两条。西北路由嘉峪关经汉中、西安至汉口，北路由科布多经归化、张家口、通州至天津，开放沿松花江至吉林伯都纳之水路。”

“这是引狼入室！”张之洞气得将手中的邸抄扔在桌上。

“还有一条厉害的！”张佩纶不看报纸，背道，“赔偿俄国兵费和恤款五百万卢布，折合银二百八十万两。”

“啪！”

张之洞一巴掌打在大理石桌面上，刷地起身，吼道："崇厚该杀！"

张佩纶和陈宝琛、宝廷都吓了一跳。他们知道张之洞是条热血汉子，但这些年还未见过他发这么大的脾气。

正在卧房灯下读诗的王夫人也大吃一惊，不知发生了什么事，忙不迭地朝客厅跑来。还未进门，又听见丈夫激愤的声音："中国的土地一寸都不能割让出去！他崇厚算个什么东西，有什么权力可以这样出卖国家的领土！"

王夫人进门来，只见张之洞正靠在桌子边站着，敞开羊皮袍，双手叉在腰上，脸色煞白，额头上冒着虚汗。她吓得心里发颤，忙过来扶着丈夫："什么事气得这样？"

又转过脸问张佩纶等人："刚才为的什么事？"见他们都不吱声，又问："你们吵架了？"

陈宝琛把绷紧的脸竭力和缓下来，勉强露出一丝笑容，对王夫人说："崇厚在俄国签了卖国条约，香涛兄正在为此事生气哩！"

王夫人放下心来，将丈夫敞开的皮袍扣上，对着门外喊："春兰，给老爷打盆热水来！"

一会儿，春兰端着一盆热水走进客厅。王夫人亲自从脸盆里拿出面巾拧干，给丈夫擦去额头上的汗，一面轻声地说："你的病还没好哩，怎么能动这么大的气！"

宝廷起身走过来说："嫂子说得对，不要冒火，我们平心静气地谈。"

张佩纶说："刚才怪我，我也太激动了，心里气不过。"

热毛巾擦过脸后，张之洞的心绪平静多了。他坐下，喝了一口热茶，说："伊犁本是我们自己的土地，当年俄国是趁火打劫，强占去的，归还我们理所当然，我们为何还要拿土地和银子去跟他们换呢？这不太欺负人了吗？"

"正是这话！"张佩纶也坐下来，刚才激愤的心绪也慢慢平缓了，“二百八十万两银子已是毫无道理的勒索了，还要特克斯河、霍尔果斯河一带的土地。你们知道，这片土地有多大吗？”

不待别人开口，张佩纶自己作了回答：“我量了一下地图，这片土地宽有二百来里，长有四百来里，共八万多平方里的面积。”

陈宝琛说：“这比一座伊犁城不知大过多少倍了，与其这样，还不如不收回。”

“这能叫谈判吗？”宝廷冷笑道，“这整个一割地投降！”

张之洞又气愤起来，高声骂道：“崇厚这个卖国贼，比石敬瑭、秦桧还坏！”

王夫人见丈夫又动气了，心疼地说：“四爷，你要自己爱惜自己。二哥一再叮嘱不要劳神，不要生气，你不听劝告，刚好的病又会犯的。”

不料，张之洞竟哈哈笑了起来，说：“夫人，我要感激刚才发的脾气，多亏出了这身汗，我现在竟然大好了，一点病都没有了。”

说罢站起来，在客厅里来回走了几步。他真的觉得自己神志清爽，脚步有力，七八天来的病痛一扫而光了。

他快活地对春兰说：“你去准备夜宵，今夜我和几位老爷有大事商量。”

深知丈夫脾性的王夫人无奈地对着张、陈等人苦笑着说：“真是拿他没办法，只要有件大事在他面前，他立刻就会精神陡长；事情一完，也就瘫倒在床了。”

说罢带着春兰出门张罗去了。

张府客厅里，四个地位不高却对国事异常关心的官员继续谈论着。四人一致认为，崇厚所签订的这个条约决不能答应，同时决定办两件事。一是约集一批志同道合者在城南龙树寺开一个会，声讨崇厚的卖国罪行，联合上一个折子给太后、皇上，恳请否定这个丧权辱国的条约。二是四人每人各自再上一个折子，详细地申述对此事的看法。

直到子初时分，张之洞才用自家的马车将张佩纶、陈宝琛和宝廷送出府门。

二 京师清流党集会龙树寺

城南宣武门外龙树寺，一个声讨崇厚卖国罪行的小型集会就要在这里召开。出席这个集会的，除张之洞、张佩纶、陈宝琛、宝廷外，还有近年来在京师官场颇为活跃的几个人物，他们是总理各国事务衙门大臣李鸿藻、刑部尚书潘祖荫、翰林院侍读黄体芳、江南道监察御史邓承修、翰林院编修吴大澂，还有张之洞的内兄王懿荣。这是京师官场上一个松散的团体，除邓承修一人外，其余的全是翰林出身。他们身份最为清华，关心国事，议论朝政，崇尚气节道义，憎恶贪官污吏；在对外交涉中主强硬态度，反对妥协。这些共同的志趣把他们结合起来了。他们常常在一起讨论国家大事，也常常采取联合上折的手段来表述自己的观点，在官场上形成了一股不可忽视的力量，朝野内外将他们比之于前代那些负时望的清高士大夫，称之为清流党。“流”与“牛”谐音，于是人们又戏称之为青牛党。青牛之角是张佩纶、张之洞，青牛之尾是陈宝琛，青牛之肚是王懿荣，青牛之鞭是宝廷，其余者是青牛之皮毛，而牛头则是给张之洞题字的高阳李鸿藻。

历史上有个有名的高阳酒徒郦食其，但他的籍贯高阳却不在直隶。这位直隶高阳李鸿藻既不饮酒，又不张狂，是一位纯粹的理学门徒。李鸿藻二十二岁中进士入翰苑，三十岁充任时为皇子载淳的师傅。载淳登位后，慈禧命他值班弘德殿，依旧每天为小皇帝授书，不久入值军机处，升礼部右侍郎。这时，他的母亲病逝了。

依当时的规定，朝廷官员的父母去世，本人应开缺回籍守丧，三年期满后再申报朝廷，等待补缺。丧期不但无官职，且无俸银，又影响以后的升迁，这是官员们都不愿意遇到的事情，故而甚至有匿丧不报的事情发生。倘若这个官员正肩负着特殊的使命，不能离开，朝廷便会命他移孝作忠，不离职守。这是朝廷对个别臣工的一种极其特别的礼遇，通常的情况下是绝对得不到的。皇帝正在求学阶段，功课不能耽搁，两宫太后援雍正、乾隆年间大臣孙嘉淦的故事，命李鸿藻只守百日丧，百日后仍授读弘德殿，并参军机。但李鸿藻不领皇太后这份情，坚持请求开缺回籍守丧。太后不允，他请大学士倭仁替他代为奏请。太后还是不允，命恭王亲自到他府上慰勉。这样大的一个面子，李鸿藻仍不领，再次上折，声称自己方寸已乱，身心俱碎，不能授读，只能回籍。两宫太后拿他这个书呆子真没办法，只得同意。

过几年，慈禧母亲去世，方家园承恩公府大办丧礼。这正是文武官员们向大权独揽的西太后讨好巴结的良机，所有官员都去吊唁，竞相送上厚礼，独独身为协办大学士兵部尚书的李鸿藻不去。慈禧心里虽不悦，但也不好说他什么。

李鸿藻便这样以他的迂直正派年高德劭而受到崇尚义理的官员和士大夫们的敬重，自然而然地处于清流党的领袖地位。今天，他以六十岁的高龄早早地来到龙树寺，方丈通渡法师欢天喜地接待着这位须发皆白的活菩萨。

京师清流党的骨干们常常聚会议事，但一般都在达智桥胡同里的杨忠愍祠，这是因为他们都崇仰以文字来跟严嵩作斗争的杨继盛，那位明代前贤是他们心中的偶像。这段时期杨祠正在修缮，于是他们想起了龙树寺。

龙树寺在京师众多古刹中并无多高的地位。它一无年代久远或用材名贵的佛身宝像，二未藏有唐代写经或宋代木椠佛经，三缺天竺西域传来的贝叶经文。它之所以引起张之洞、张佩纶等人的兴趣，是因为后院有一片半亩地大小的牡丹园。今年暮春他们来此观赏牡丹，正是牡丹盛开的时候。但见姚黄魏紫，争奇斗艳，果然大饱眼福；又见寺院清幽，方丈通渡待客殷勤，于是对龙树寺很有好感。

昨天上午，张之洞便来到龙树寺，一则要早点通知寺里，让和尚们做好准备；二则要借这块清静之地修改已拟就的奏章初稿。下午，张佩纶、陈宝琛、宝廷、吴大澂、王懿荣等人也先期到了。

通渡对这次集会表现出极大的喜悦，从昨天上午闻讯开始，全体寺僧便忙忙碌碌地准备了。通渡的热情，并非因为集会的内容是爱国，而是因为来宾身份的显赫高贵。尤其是李鸿藻，前朝的帝师，本朝的协揆，若不是冲着龙树寺，冲着龙树寺的牡丹园，一个普普通通的老和尚，这一辈子能见到如此大人物吗？何况还可以面对面地与他说话，亲手端茶递水招待他哩！

除开一个潘祖荫外，其他人都已到了。听说李鸿藻来到，大家都走出寺门，簇拥着老中堂进了龙树寺众僧布置一新的云水堂。众人坐定后，小沙弥给嘉宾摆上枣糕、饽饽、棒糖等糕点，又给每人冲了一碗茉莉花茶。

通渡笑眯眯地对大家说："诸位大人请尝一尝龙树寺的糕点，看看它与市面上卖的有些不同没有。"

爱吃零食的黄体芳忙拿了一小块枣糕来吃。他边嚼边说："是不错，比别的枣糕香些。"

通渡十分满意地说："这位大人真的是品糕点的高手。龙树寺的糕点与众不同，每种糕点里都掺有牡丹花瓣粉。"

众人听到这句话后都来了兴趣，遂一齐凝神望着通渡。通渡兴致高涨，不无自得地说："每年四月间，龙树寺的牡丹相继开放了。红的，黄的，白的，紫的，光彩闪亮，就像佛祖把身边的祥云送给了我们。但过不了多久，花瓣就一片片地枯萎掉落，大家都很惋惜，眼看着这些美丽无比的花瓣化为泥土而无法挽救。第十代方丈浩光法师是个最灵慧的高僧，他从丹皮入药的常识中得到启示。心想，丹皮既然可以做药吃，那么丹花也可以入膳。于是他号召众僧把掉下来的牡丹花瓣拾起来，洗净晒干碾成粉末和进馍馍里。果然，蒸出的馍馍芳香扑鼻，味道好极了。再把牡丹粉末加进其他糕点中试试，也一样地又香又好吃。后来，浩光法师又将几棵年代久远，不能再开花的牡丹皮剥下来晒干，自制丹皮，每天和着茉莉花茶一块儿喝。浩光法师就这样越活越精神，越活越爽朗，直到高寿一百零三岁才无疾圆寂。今天给各位大人端的糕点里便都加了牡丹粉，茉莉花茶里也有丹皮。各位大人不妨尝尝。”

通渡这番富有文采和感情的话，激起各位清流们的雅兴，于是都拾起一块枣糕或是饽饽、糖块品尝起来，果然清香芬芳，味道的确与平日吃的不大相同。又啜一口丹皮花茶，虽然刚入口时有一种淡淡的苦味，但喝下去后便觉得口腔里回味无穷。大家都叫好。

张佩纶笑着说：“龙树寺有这么好的东西，我们给你宣传宣传，你们也可以借此赚点钱，为众僧谋点福祉。”

这正是通渡所巴望的事！他就是希望这些显贵们替龙树寺宣扬宣扬，好提高龙树寺的名气，把牡丹茶点推出去，那么龙树寺的日子就好过了，众僧也会活得体面些。

通渡忙合十道谢：“阿弥陀佛，多谢大人们抬举，若蒙大人们替敝寺说话，那真是敝寺的福分！”

年已花甲的李鸿藻对浩光活到一百零三岁一事特别在意。他问通渡：“宝刹的丹皮对外卖不卖？”

通渡答：“全力保护牡丹园，这是龙树寺代代相传的寺规，不是老迈不开花的牡丹，决不能挖来取皮，故而寺里所存丹皮很少，不外卖。”

“噢——”李鸿藻遗憾地拖长着声调。停了片刻，他又问：“用药店里卖的丹皮泡茶，有没有这种效果？”

通渡明白过来，原来这位老中堂想学浩光，喝丹皮茶求长寿。他的脑子很快转了一下，说：“龙树寺的丹皮有一种不同的制作方式，寺里规定不能外传，请老中堂宽恕。老中堂今后可派人收购未经制作的丹皮，送到龙树寺来，贫僧亲手为老中堂炮制。这样制出的丹皮，与龙树寺土生土长的丹皮也不会相差太大。”

“行。”李鸿藻高兴起来，立即说，“明天我就打发人送丹皮来，烦法师为我如法炮制，我一定重金酬谢！”

通渡忙弯腰合十，答："如法炮制应该，重金酬谢不敢。"

天不怕，地不怕，专参大员的广东人邓承修插话："请问法师，宝刹的牡丹园有多长的历史了？"

通渡摸摸光秃秃的头皮，想了一会儿说："有两百多年了。龙树寺的开山祖师弘远法师是河南洛阳人，酷爱牡丹，托人从家乡捎来花籽，开辟了这个牡丹园。第四代方丈浮波法师是山东菏泽人，也是个从牡丹之乡里出来的，他在牡丹园里撒下菏泽牡丹的花籽。从那以后，这片牡丹园里既开着洛阳牡丹，又开着菏泽牡丹，天长日久，洛阳牡丹中夹杂着菏泽牡丹，菏泽牡丹中夹杂着洛阳牡丹，渐渐地，洛阳菏泽便融为一体了。"

说到这里，通渡哈哈大笑起来，各位清流也都大笑起来。

李鸿藻说："过会儿我们都去观赏观赏你这融洛阳与菏泽为一体的牡丹园。"

"谢老中堂赏光！"通渡兴奋不已，"明年牡丹花开的时候，敝寺一定恭迎老中堂和各位大人前来赏花喝丹皮茶。"

大家众口一词："一定来，一定来！"

正在兴高采烈的时候，潘祖荫坐着华贵的绿呢大轿进来了。

这位温文尔雅衣着考究的五十岁尚书，可不是一个寻常人物。他有一位身为状元、帝师、大学士的祖父，自己又是探花出身，官运亨通。一般文人所拥有的长处，如琴棋书画、鉴别古董等技艺，他样样比别人出色，更兼勇于言事敢于参人，自然而然地受到京师士大夫的景仰，隐然坐了清流党的第二把交椅。不过，这位事事得意的大官却有一个深深的隐痛，那就是他年已半百却膝下空虚。无儿无女怪不得别人，毛病出在他自己的身上，原来他是一个天阉——先天性的功能不行。好在他性格开朗，并不在意，也不忌讳。清流党中流传一个笑话。

有一天，他家里几个清客和他聊天。有人说："潘大人，你这么大年纪还无儿女，我们都替你着急，多拿点银子出来，买两个妾吧，也好早为你接续香火！”

潘祖荫斜了一眼这个清客：“你们着什么急？明明晓得我是天阉，还劝我买妾。买得妾来还不是便宜了你们这班龟孙子？我才不那么蠢哩！”

清客们哈哈大笑，他自己也忍不住笑了起来。

这位吴县才子虽没有子孙替他传香火，但他自信他的文章能为他传名后世。

他的文笔的确好。京师官场上谁都知道他有一件值得骄傲的往事。

二十年前，正是江南一带朝廷的军队和太平军激战的时候，现在威名赫赫的左宗棠，那时还只是湖南巡抚骆秉章身边的一个师爷。这位左师爷心高气傲，瞧不起平庸的文武官吏。永州镇总兵樊燮来巡抚衙门办事，左宗棠不仅用言语嘲讽他，还用脚去踢他。樊燮不能受这个窝囊气，一状告到朝廷。咸丰帝也很气愤，下令要湖广总督官文处理此事，若属实则将左宗棠就地正法。左宗棠的朋友时为翰林院编修的郭嵩焘急坏了，他请翰林院侍读潘祖荫上疏救援。潘祖荫久闻左宗棠大名，遂很用心地写了一道为之辩护的奏章，其中两句最为精彩：中国不可一日无湖南，湖南不可一日无左宗棠。后来咸丰帝赦免了左宗棠，再后来左宗棠不断建立功勋，这两句话便不胫而走，传遍全国，潘祖荫的名声也便跟着传遍天下。

今天会议的主持人张佩纶一边笑着迎接潘祖荫，一边说：“你迟到了半个时辰，按照老规矩，应受罚。或罚酒，或罚诗，你自己挑！”

李鸿藻也笑着说：“伯寅呀，你今天是怎么回事，害得我这个老头子都要等你！”

潘祖荫对着众人拱拱手说：“李中堂，各位同寅，潘某今天迟到了，按规矩是该罚，但我若说出原因来，想必中堂和各位都不会再罚我。”

“再大的事，还能与今天讨伐崇厚卖国罪行的事相比吗？我看是罚定了！”说话的是宝廷。

“竹坡不要先说死了。”潘祖荫望了一眼干瘦的宝学士后对大家说，“诸位今天不是要讨伐崇厚吗，我给你们带来了崇厚一条新的大罪。”

潘祖荫的一句话把大家的精神全都提上来了，一齐瞪着大眼听他的下文。

“昨天翁师傅对我说，崇厚未经朝廷允可，擅自离开俄国，已坐上洋人的轮船，正在回国的途中了。”

潘祖荫说的翁师傅，就是现充任光绪帝师傅的翁同龢。

“有这等事？”张之洞瞪大眼睛望着潘祖荫。

“我也和香涛一样感到奇怪：一个出使大臣，没有朝廷的旨令，怎么能擅自离开职守？”潘祖荫接过通渡亲手递过来的丹皮茉莉花茶，慢慢地吮了一口后，接着说：“为证实这件事，我今天绕道去了总署，当面问了王夔石。他对我说确有其事。王夔石还说，崇厚之所以急着赶回来，是因为他的四姨太下个月初五三十大寿，他要赶回来给姨太太做寿。”

“无耻之尤！”张之洞情不自禁地又是一巴掌打在桌面上，震得丹皮茶水从碗里溅了出来。

通常情况下，一个下级官员是绝不可能在上级官员的面前拍桌打椅发脾气的，何况身旁还坐着一位德高望重的协办大学士。但一来龙树寺的集会不是正规的官场议事，二来这些清流都是热血之士，易于激动，情绪上来的时候，常常有越轨的言行出现，大家司空见惯，并不在意。

“崇厚这家伙太可恶了，简直目无朝廷，目无王法，大家看该怎么办吧！”张佩纶气得两腮筋鼓鼓的。用不着他这个主持人再作开场白再行鼓动了，潘祖荫的这个消息一下子就把会议的情绪煽到高潮。

“我看这事再没有二话可说的了。第一，立即由总署具函，表示不承认崇厚所签署的条约。第二，通知上海海关，崇厚一登岸即予拘捕。”矮矮瘦瘦的邓承修首先发言，他的粤语官话铿锵有力，就像平日参劾折中的用语一样。

短短几年里，邓承修一连参劾总督李瀚章、左副都御史崇勋无品无行，参劾侍郎长叙违背朝制，参劾学政吴宝恕、叶大焯，布政使方大澂、龚易图，盐运使周星鉴疏于职守，甚至参劾军机大臣宝鋆、王文韶老迈昏聩，请太后罢斥不用。更令人惊骇的是，他竟敢弹劾左宗棠，说左言辞夸诞，举措轻率。邓承修这一连串的参劾，激起官场极大的反响。那些做了亏心事心中有鬼的官员们，提起这个被称为“铁汉”的广东御史来，个个心里又恨又怕。

“铁香兄说得对！”精于文字音韵学、擅长绘画的吴大澂立即接上邓承修的话，“现在要紧的是办第一件事，吁请太后绝对不要批准这个丧权辱国的条约。”

“你说是丧权辱国，有人还说是大节不亏哩！”潘祖荫边说边从袖筒里摸出一个精致的琥珀鼻烟壶来，在鼻孔边不停地来回移动。

“谁说的？真是丧心病狂！”一直没有开腔的陈宝琛也忍不住了。

见潘祖荫欲言又止的神态，李鸿藻催道：“伯寅，是谁说的这个话，你快讲呀！”

潘祖荫放下琥珀鼻烟壶，略停片刻后说：“翁师傅说，昨天下午，合肥相国在军机处休憩间里聊天时说，崇地山与俄国人订的条约，吃亏是吃亏了，但他也是没有办法，谁要我们当时同意让俄国人进驻伊犁城，答应今后重谢哩，要说俄国人于保护伊犁城全然无功，也说不过去。”

“酬谢顶多只能送银子，不能割土地。”资格最浅官阶最低的王懿荣插话。

“人家俄国人看中的正是土地。”潘祖荫望了王懿荣一眼，接着说下去，“合肥相国说，一则我们国力弱，打不过人家；二来伊犁城附近那些土地也不值几个钱，让一部分出去损失不大，待我们把海防建起来，国力强大了，再向俄国人索回来。”

“李少荃这个人成天就是海防海防的。”李鸿藻摸了摸下巴上稀疏的花白长须，不紧不慢地回顾历史，“光绪元年，左侯平定关陇，将要出嘉峪关进军新疆时，李少荃就率领一班子人大呼塞防可松，海防要紧。说什么自高宗定新疆以来，岁靡数百万白银，这是朝廷度支的一大漏卮，现今竭天下之力供养西军，大不合算，应将军费用来购买洋人制造的海轮。左侯坚决反对李少荃这种无视西北边地的荒谬言论，上书太后说，如果不趁着平定关陇之军威恢复国家对新疆的治理，那么日后新疆不为英国所侵占，即为俄国所吞并，我左宗棠决不能眼看着国家的土地沦为异域。太后壮左侯之言，又加之文中堂全力支持，李少荃的保海防丢塞防的主张才未得逞。现在又旧调重弹了，他眼里从来就没有国家西北领土的位置。”

“李鸿章打着海防的名义，实际上是扩大淮军和他自己的实力。”

邓承修一针见血的插话，博得了众清流的一致喝彩。

潘祖荫说：“李少荃还说过这样的话：崇地山身为钦差大臣，可以便宜行事，他有权在条约上签字。既然签了字，就应该照条约办，不然，外国人就会说我们说话不算数，今后再也没有人和我们签约了。”

“荒谬透顶！”邓承修气得虎虎地站起来，“这简直就是秦桧讲的话！”

张佩纶立即接言：“看来，崇厚的后台就是李鸿章，二人是一丘之貉，得一道参！”

“好！”众人鼓掌欢呼。

龙树寺的和尚们见城里来的这些大官员，在云水堂里又是拍桌打椅，又是鼓掌喝彩，集会半天了，兴趣也不减，不知他们究竟在议论什么事，一个个怀着满肚子好奇心，在门边窗口前探头探脑的。通渡生怕这些没见过世面的和尚得罪众位大老爷，便下了一道命令，不准寺内的僧人靠近云水堂；又命厨房赶紧准备午饭，要把这桌斋饭办得格外丰盛，好借他们的口为龙树寺的膳堂传名，以便明年牡丹花事期间引来更多的游客，为寺里多赚些香火银子，年终每人也好多分几个零花钱。和尚们听后，忙得更起劲了。

李鸿藻端起丹皮茶碗喝了一口，一本正经地对大家说："我炎黄子孙世世代代休养生息在这块土地上，三王之治开创了百姓安居乐业的太平世道，周公孔孟诸圣贤将三王之治搜罗整理，损益增删，载于简册，代代遵循，遂成为我华夏民族百世不刊之经典。汉代的文景之治，唐代的贞观之治，乃至国朝的康乾之治，莫不是依循周公孔孟之道而成就的。"

见盟主在讲演安邦治国的大道理，众清流都正襟危坐，肃然谛听。

"这些年国家多事，内患频仍，外敌侵凌，之所以造成如此局面，追根溯源，皆因朝野上下背离了周公孔孟之道。眼下正需要我君臣一心，上下一致，正纲纪，整吏治，务农桑，薄赋税，振兴大清之时，孰料一些人惑于洋人之奇技淫巧，屈服于泰西之坚船利炮，以为我大清若要强盛，只有学洋人效西法，十余年来大肆鼓吹所谓洋务，所谓夷政，这绝不是导我国家民族中兴的正道，最终必将灭我华夏之文明，毁我大清之家园。早在同治初年，倭艮峰中堂就指出过：立国之道，尚礼义不尚权谋；根本之图，在人心不在技艺。可惜当年被人肆意曲解，无端指摘。其实，这才是真正的深谋远虑，老成谋国！诸位现在看清了，正是那班子崇洋媚外之徒在卖国丧权，践踏我堂堂中华之尊严。所以，老朽今天要提醒大家一句：我们要守定一条宗旨，那就是闭口不谈洋务，而且要告诫子孙后代也决不能谈洋务！"宝廷忙拥护："李中堂这番话是真正的金玉良言，我们就是要守定祖宗的成法，决不能让洋务派坑害了国家！"

陈宝琛说："我看李中堂闭口不谈洋务这句话，应成为我们的一条准则，今后要以此作为正与邪的试金石，谁若谈洋务，我们则与之割席分道！”

黄体芳说：“我将弢庵的话点明白：谁谈洋务，谁就是祸国殃民的奸邪小人；谁不谈洋务，谁就是尊圣敬祖的正人君子。”

“对！”

“说得好！”

众清流一致赞赏这句话。

吴大澂激动地站起身说：“我们不但不谈洋务，而且还要不用洋人的东西。凡洋人所造的一切，我们都不用：洋布不穿，穿我们自织的土布；洋伞不撑，撑我们自制的油纸伞；洋油灯不点，点我们自己的桐油灯；洋枪洋炮不打，打我们自造的鸟枪土炮！”

“好！”

“好！”

吴大澂充满着激情的一番话，又赢得了大家的掌声。

王懿荣猛然想起自己身上戴了一只怀表，马上从上衣口袋里取出，对大家说：“上个月，我给杨儒星使看病，病好后他送我这块洋人造的怀表。我今天带来，原是为便于限时作诗。现在就按清卿兄所说的，从今以后不用洋人的东西，当众把这块怀表交出来。”

说着往桌上一扔，一块银光闪闪的怀表滑溜溜地滚到桌子中央。慢慢停稳后，张之洞看清怀表壳上刻着一只双头鹰。这些日子来他对俄国的事情十分关注，一看便知道这是俄国的国徽，于是说：“这块表是俄国的。”

今天众人的仇恨，说到底就是冲着俄国而来的，现在看到这只刻有双头鹰的俄国表，就如同看到了可恶的俄国人一样，恨不得将他抽筋剥皮。吴大澂一把抓过，愤怒地说：“要它计什么时？我们作诗，还是按老办法：点香计时。砸掉它！”

说罢，并不征求王懿荣的意见，便死劲将表往地下一摔。表砸在青砖地上，发出清脆的响声，然后不停地滚动着，但并没有破碎。

站在门边的通渡对洋人造的钟表一向佩服得很。前年，一个英国人来龙树寺看牡丹，也有这么一块怀表，通渡对之垂涎欲滴。他做梦都想有一块这样的怀表。当王懿荣将表扔到桌面上时，他的两只眼睛便死死地盯着那个圆家伙。吴大澂将表摔到地上时，他心疼得就像把他的私房银子丢到河里去一样。表没有摔破，他暗暗庆幸。当表慢慢滚到他的脚边时，他终于忍不住将表拾起，双手合十，对着众人弯腰鞠躬：“这块表，各位大人老爷不要，就发发慈悲，赏给龙树寺吧！”

吴大澂说：“那不行！龙树寺用俄国的表，龙树寺不成了卖国寺吗？”

说罢，从通渡手里抢过怀表，又狠狠地向地上一砸，玻璃表面被砸得粉碎，两根指针也不知飞到哪里去了。通渡看着这一惨相，口里不停地默念：“阿弥陀佛，阿弥陀佛！”

张之洞心里也觉得吴大澂此举过分了一点。俄国人固然不好，但俄国人造的表毕竟比燃香滴漏的计时要准确。官员士人表示爱国，可以不用，出家人用用也未尝不可；砸烂，总是可惜了。但大家在激情之中，他也不便一人独唱反调出来制止，想想表修理后还可再用，便对通渡说：“法师把这块烂表捡起来，扔到废物堆里去吧！”

通渡是个聪明人，立即明白了张之洞的意思，忙弯腰把表捡起，又四处找那两根小针。他趴在地上，东寻西寻，终于把两根小针都寻到了，便像揣着宝贝似的出了门。

主持人张佩纶见大家的情绪已到了最高潮，遂抓住时机将聚会的主题深入下去。他站起来说：“诸位，张香涛抱病拟了一个关于伊犁条约的折子，现请他向各位宣读。”

张之洞说：“看了邸抄上登载的伊犁条约后，我恨不得立刻将崇厚千刀万剐。这两天，我草拟了一个题为《熟权俄约利害折》。考虑得还不成熟，请诸位帮我修改修改。折子比较长，我择其要点念一念。”

张之洞说罢，从袖筒里摸出一沓纸来，念着：“窃臣近阅邸抄，因俄国定约，使臣辱命，不胜愤懑，谨将此约从违利害缕析，为我皇太后、皇上陈之。”

龙树寺云水堂从刚才的喧闹声中安静下来，只有张之洞那带有南方语音的京腔在殿堂内回荡。

“下面，我从十个方面向皇太后、皇上剖析不能依从和约的道理。”张之洞放下折子，目光炯炯地望了望众人，辞气亢厉地说，“一不可许者，陆路通商。若让俄人据我秦陇要害、荆楚上游，则边圉虽防，然堂奥已失。二不可许者，开放东三省。陪京所在，关系重大。三不可许者，俄人贸易概免纳税。俄人不纳税，则各国效尤，遗患无穷。四不可许者，蒙古台站供俄人使用。内外蒙古，沙漠万里，此天之所以限俄人也。五不可许者，允准俄人建三十六卡伦。延袤太广，无事商往则防不胜防，有事而兵来则御不胜御。”

随着张之洞斩钉截铁的“一不可许”“二不可许”的声音从云水堂里传出，整个龙树寺的气氛仿佛变得肃穆凝重起来，从窗外走过的僧人不自觉地放轻脚步，膳堂里的和尚们自然而然地将嬉笑声放低。通渡提着一壶滚开水走到门边，但见李鸿藻满脸正气端坐不动，潘祖荫敛容谛听腰杆笔挺，其他各位清流或注视演讲者，或低头沉思，尽皆寂然无声，神态肃然。龙树寺的方丈仿佛误入了朝廷的议事厅，提着铜壶，靠在门槛边，不敢贸然闯进去。

“六不可许者，商贾可带军械。若千百之群负枪入境，是商是兵，谁能辨之？七不可许者，俄人关税取巧之处。八不可许者，同治三年已议定之边界内侵。九不可许者，伊犁、喀什、乌鲁木齐、乌里雅苏台、古城、吐鲁番、哈密、嘉峪关准设领事馆。若准此条，是西域全境尽归俄人控制。有洋官则有洋商，有洋商则有洋兵，初则夺我事权，继则反客为主。第十，”说到这里，张之洞有意停了一下，他目光威严地扫了一眼会场后，提高着嗓门说，“此乃最不可许者，割特克斯河、霍尔果斯河一带八万里土地给俄人。中华之国土，祖宗之江山，一寸都不能割让给别人！”

“好！”李鸿藻禁不住打断张之洞的话，“香涛这话说得好极了！中华之国土，祖宗之江山，一寸都不能割。”

“谁割让谁就是卖国贼，就是秦桧、石敬瑭！”潘祖荫紧接着补充。

众清流一致点头，表示赞同。

张之洞的奏稿本拟到这里为止，刚才听到潘祖荫讲到李鸿章说的既已签订便不能更改的话，临时又想起了另一层内容，他已在心里打好腹稿，遂气势凌厉地说：“朝中有人言不可改议，以为改议则启衅端。臣以为此不足惧也。必改此议，不能无事；不改此议，不可为国。”

张之洞说到这里停了片刻，他看到李鸿藻在频频颔首，心中感受到一种鼓舞的力量。

“臣谓改议之道有四：一曰计决，二曰气盛，三曰理长，四曰谋定。何谓计决？无理之约，使臣许之，朝廷未尝许之。崇厚误国媚敌，国人皆曰可杀。伏望拿交刑部明正典刑，以治使臣之罪，以杜俄人之口。”

“痛快！”吴大澂禁不住击节赞扬。

“何谓气盛？俄人欺负我使臣软弱，逼胁画押，此乃天下万国皆不会赞同其所为。我国可将俄人无理之举公之于世，让各国评其曲直。”

“有道理！”陈宝琛边点头边插话。

“何谓理长？按条约所签，我得伊犁之空名，而失新疆八万里之实际。如此，则不如不得。条约未奉御批，未钤御宝，岂足为凭！”

“正是这回事！”宝廷气呼呼地说。

“何谓谋定？废约之同时，我必备兵新疆、吉林、天津，以防俄国从陆路和海洋两路来犯。左宗棠、刘锦堂皆陆路健将，足可抵御。海路则责之李鸿章，战而胜则酬以公侯之赏，不胜则加以不测之威。”

直到张之洞良久不再说下去，大家才知他的奏稿已宣讲完了。张佩纶动情地说：“我说句决不是媚俗的话，香涛兄之折，真乃光绪朝五年来第一折也！”

“此话不为过。”潘祖荫又从口袋里摸出鼻烟壶来，在鼻孔边死劲地嗅着。为聚精会神地听张之洞的宣讲，他已经很长时间没有嗅鼻烟，此时仿佛全身散了架一般，再没有这些粉末，他简直就活不下去了。嗅了几下后，精神复振，他摇头晃脑地说，“‘必改此议，不能无事；不改此议，不可为国’，这样的警策之句，已是多年的奏折里所没有了。”

张之洞听了很高兴，说：“究竟还是不可和伯寅部堂的‘天下不可一日无湖南，湖南不可一日无左宗棠’相比啊！”

众皆大笑起来。

潘祖荫不无自得地说：“那是咸丰朝的警句，不用再提了，现在要的是光绪朝的警句。”

陈宝琛说：“我也拟了一个奏稿，但还未成文，听了香涛兄的折子，我深觉惭愧，回去后再好好地思索一番，要做大的改动。”

宝廷也说：“我和弢庵一样，开了一个头，也还未成文。”

李鸿藻摸着花白胡须，带着总结性的口气说：“刚才香涛这个折子，把不可同意伊犁条约的十条道理剖析得很深透，又将废约的理由也说得有力量，尤其是明白地提出杀崇厚以杜俄人之口、强边防以备俄人入侵，更是义正辞严，虑深谋远。此折上去，必定会得到皇太后的重视，但仅此一折还是单薄了。刚才弢庵、竹坡说了，他们也正在草拟，依老夫所见，这次我们不再联合上折了，散会后每人都拟一个或几个折子，各自从不同的方面申述条约之所以不能同意的理由，并为皇太后多出点主意，多想点办法。这样，几十道折子递上去，必然形成一股很大的力量，促使朝廷作出废条约杀崇厚的决定。这是桩既关系国家利益的大事，又是让各位才子名扬史册的好事，务必要把折子写好！”

既利国，又利己，清流党首领的这句话，把大家的情绪再次调动起来，云水堂的气氛又活跃了。趁着这个机会，通渡忙进来对大家说：“膳堂里的斋席早已备好，请各位大人老爷赏光！”

三　慈禧看到一个社稷之材

慈禧太后近来为伊犁条约这桩事在苦恼地思索着。

自从辛酉年开始亲秉国政，到现在将近二十年了。这二十年的历程，真可谓艰苦备尝。好容易将国内战乱渐次平定下去，外患却日甚一日地压头而来。积二十年的经验，慈禧深知外国人最不好对付，外事最不容易办。她是一个秉性强悍的女人。辛酉年事变的发生，溯其原因，恰恰就是因为外国人的原因。倘若没有先一年的英法联军入侵京师，哪有文宗爷仓皇秋狝木兰？倘若不是受了那种罕有的耻辱和惊吓，三十岁正当英年的皇上又何至于丢下她母子龙驭上宾？倘若儿子不是那么小就即位，又何须什么顾命大臣？倘若没有顾命大臣，又怎能有肃顺等人的跋扈欺侮？幸而祖宗保佑，君臣同心，诛杀了肃顺、载垣、端华，不然的话，还不知今日的局面会是什么模样！二十年来每每想起当年那些充满着惊涛骇浪的日日夜夜，慈禧心里不免有点余悸。这一切的缘由，归根结底都是因为洋人造成的。一提起洋人，慈禧便恼怒万分，恨不得将那些蓝眼睛高鼻子的番夷们千刀万剐。

但是，剐洋人谈何容易！庚申年的和谈，连年不断的教案，明明都是洋人无理，但到头来，又都是中国吃亏。就说这次伊犁之事吧。当初俄国派兵进驻伊犁城，并非循中国之请，而是趁火打劫，意欲长期占领。现在新疆收复，俄国理应从伊犁退兵，将它归还中国，至于这些年来俄国在伊犁所耗的兵费，中国只能酌情出一部分，怎么能以此为要挟呢？对于这些不公平的中外交涉，作为一个执政者，慈禧心里当然清楚，这是因为中国弱洋人强的缘故。派遣崇厚出使俄国签约的时候，慈禧心里已存着必定吃亏的准备，但俄国的贪心这样大，中国为收回伊犁城而付出的代价这样高，她却没有料到。

现在崇厚已在俄国签约了。他是钦差大臣，专为办理此事而去，自然可以签字。邸抄将条约内容公布这几天来，廷臣中反对者甚多，慈禧自己也不情愿，有一种被人欺负的感觉。也有一部分人同意按条约办，李鸿章是这一派的代表。他们的理由也不能忽视：签而又废，是出尔反尔，俄国人固然恼火，但各国对此也会有看法。俄人国力强大，一向横暴，若以此为借口挑起战争，中国不是对手，其损失必将更大。国家的军事要务在东南海防，新疆乃荒瘠之地，于大局关系不大，眼下看的确是吃了亏，也只宜隐忍图强，才是唯一出路。

对慈禧来说，这又是一道非常棘手的难题。皇帝尚只有九岁，当然不能让他过问此事；慈安太后一向对军国大事拿不出主意，商量也是白费工夫，参与军国大事的王公贵族主要是两个人：军机处领班大臣六爷恭王奕䜣和皇帝的父亲七爷醇王奕譞。两人于此事的看法截然对立：奕䜣主张承认崇厚所签的条约，奕譞坚决反对。

慈禧知道，在外事上，两个王爷的态度历来是针锋相对的。奕䜣主柔，意在羁縻；奕譞主硬，对洋人全面排斥。八年前，在天津教案的处理上，两兄弟这种对立的态度表现得最为明显。奕䜣认为，天津教案曲在愚民不明事理，行动过火，中国应予以赔款、道歉、杀凶手、严办地方官。奕譞则认为，津案完全是洋人引起的，津民是义民，不仅放火烧教堂做得对，而且要借此良机，将洋人在北京的使馆全部捣毁，将中国领土上所有洋人尽行赶走，永远与洋人断绝往来。权衡再三，慈禧还是接受了奕䜣的意见，命令曾国藩按“柔”的原则尽快平息天津教案。结果，天津教案虽然较为平静地处置了，但全国言论界一片哗然，直接办事人曾国藩得了个汉奸卖国贼的称号，慈禧和奕䜣的脸面上也很觉不光彩。相反地，奕譞则受到士人们的普遍赞誉，夸他是个爱国的贤王。

作为国家的最高主宰，伊犁条约使慈禧又一次被推到一个尴尬的两难境地。

她心里仇恨洋人，巴望中国永远不跟洋人打交道，从而免掉无穷无尽的烦恼。因此她颇为欣赏奕譞的态度，打算拒不承认崇厚所签的丧权辱国的条约。

她心里也同样害怕洋人，明白中国绝不是洋人的对手，洋人也决不会放弃在中国所获得的利益，那么只有给洋人以好处，采取息事宁人的态度来换得洋人的欢心。因此，她也想采取过去那种以退让求安宁的态度，承认崇厚所签的条约。

当年只因处罚几个地方官，曾国藩就被骂为汉奸卖国贼，现在将八万平方里的土地割让出去，这卖国贼的罪名岂不是要千秋万代传下去？慈禧想到这一层，心里又不安起来。她决定把此事交给王公勋戚、六部九卿、翰詹科道等全体廷臣公议。

廷臣们对此事反响强烈，折子一道道地由内奏事处送到慈禧的手里，除很少的几道奏折赞同崇厚外，绝大多数的奏折都是持反对态度，其中尤以李鸿藻、潘祖荫、宝廷、张佩纶、陈宝琛、吴大澂等人的言辞更为激烈。他们的态度很是一致：除开不赞成条约各款外，还要严惩崇厚。对于这些人的共同态度，乃至相近的用语，慈禧不感到奇怪。“清流党”这个名目，她早已耳闻。

慈禧并不喜欢清流党。那班子人仗着自己学问文章好，出身清华，高自标榜，傲视同僚。他们常常对朝廷作出的重大决策表示不满，引来几百年上千年前那些早已化为腐泥的死人的几句话，和从发黄发黑的故纸堆里搜寻前代旧事作为根据，批评朝廷这也不对，那也不对，以表示自己的高明；有时本来并不是什么大事，他们偏偏要上升到国家民族的大义上去，又常常抬出列祖列宗来为自己的言论撑腰打气。慈禧对这些清流们的折子讨厌得很，经常看到一半便气得摔到地下，心里狠狠地说：“风凉话谁不会说，给件实事让你们办办，看你们有几多能耐，八成不如人家！”

清流党的为人处世，慈禧也看不惯。他们高谈什么存天理灭人欲等等，在慈禧看来，这完全是虚伪，世上的人有谁能真正做到？就冲着他们的首领李鸿藻不去吊唁她母亲这件事，慈禧心里就窝着一肚子气。但是，慈禧又不能得罪他们。他们是按孔孟程朱之理在说话，在按列祖列宗之教在办事。孔孟程朱、列祖列宗是不能唐突的。更重要的是，作为一个富有权术的统治者，慈禧深知这班子人在政坛上的必要性，她需要他们作力量上的平衡，更需要利用他们去达到自己不便公开表明的目的。

长毛平定后这十多年来，慈禧已隐隐地感到带兵的将帅和地方的大吏有渐渐坐大的趋势。曾国藩在世的时候，因为他本人对朝廷很恭顺，使得别的立功将帅和督抚尚不敢放肆。自从曾国藩去世后，这种趋势便日甚一日地明显了，他们的总代表便是文华殿大学士、直隶总督李鸿章。李鸿章的功太大了，权也太大了，而且只有五十多岁，就像当年对待曾国藩一样，慈禧对李鸿章，也是既重用又防范。李鸿章这些年来办洋务，与洋人打交道，贻人口实很多，攻击他最用力的便是那班子清流党。一读到指责李鸿章的折子，慈禧便来了兴趣。她仔细阅读，并记下李鸿章的缺失之处，然后，或在接见李鸿章时，略微点出一两桩来，或干脆将折子发给他自己看，以此来打一打李鸿章翘起的尾巴，杀一杀他自以为是的气焰。对李鸿章来说，这一招往往很起作用。

有些大员，或者触犯了慈禧，或者慈禧对他圣眷已衰，于是慈禧便将所掌握的有关他们私德不佳的材料，通过各种渠道向清流党透露一些，清流们得知后便立即上章弹劾。这些弹劾奏章正中慈禧下怀，一道谕旨下来，或降或革，障碍扫除了，又得到一个善待言路明察秋毫的美名。

还有些实在恶劣的大官显宦，那是败坏朝政的蠹虫，慈禧当然也痛恨，清流党弥补都察院的失职，起来纠劾，查明后革职严办，也是肃清朝政赢得民心的一桩好事。

就这样，慈禧一面利用实权在手的官吏们为她办事行政，一面又利用御史和清流党为她监督防范。十多年来，她靠玩弄这两手来平衡政局，巩固自己的地位。

现在，她决定采纳大多数人的意见，并利用这班清流党的激情来发泄自己对俄国人的恼怒。李鸿藻这批人不愧为饱学之士，又加之情感充沛，写出来的奏章的确比别人的要精彩得多，慈禧读起来也觉得有点兴致，不像读往日那些不对胃口的折子那样令她吃力。就连张之洞的长篇大论，她也从头至尾地仔细看了，又特为将其中的要点再浏览一下。慈禧的记性很好，如此一阅一览，张之洞这道折子，便差不多完整地留在她的脑子里了。

一连读了几道折子，实在是累了，慈禧朝门外叫了一声："小李子！"

"嗻！"李莲英应声掀帘而入，弯下腰，以一种半男半女的特殊嗓音答着，"奴才在这儿哩。"

"咱们出外儿遛遛圈子吧！"

"嗻！"

如同练过轻功似的，李莲英快步疾趋，一瞬间便来到慈禧的面前，没有发出半点脚步声。他双手搀扶起慈禧，轻柔而有气力，使慈禧觉得很舒服。来到门边时，李莲英对着一个守候在旁的小太监说："告诉大伙儿，太后要出外遛圈子了。"

慈禧喜欢随意散步，她管这种散步叫遛圈子。早晚饭后，她是必定要遛圈子的，平时坐久了，她也会走出暖阁外遛圈子。慈禧遛圈子时，只有李莲英一个人陪着，而离她十来步外，则有一大班子太监跟着。这些太监有的端椅，有的拿伞，有的捧茶，有的背药囊，最后一个小太监，则提着一只漆得金黄发亮的马桶。不管太后走远走近，这班子太监都照例远远地跟着，尽管慈禧通常不用他们手里的东西，但他们都绝对忠于职守，不敢有丝毫懈怠。

慈禧在养心殿后院慢悠悠地随意走着，有时也将两只手轻轻地上下甩动。李莲英紧跟在后，与她保持着一步的间隔。慈禧不召唤，他便一直这样跟着，不远不近，始终只有一步的距离，这是李莲英多年练就的功夫。跟在太后的后面，看着她的走路姿态，这是李莲英永远也不会厌倦的最美好的享受。

西太后真美！李莲英常常发自内心地这样赞叹着。然而，太后毕竟也是四十多岁的人了，再怎样精心打扮，眼角眉梢间的皱纹也无法抹平，与宫内许多年轻的妃子、宫女相比，太后无可奈何地要显得略逊一筹。但如果从背面看，则不是这样。太后至今没有发福，她的匀称的身段依然如妙龄少女样的胖瘦得宜，她乌黑发亮的头发令许多如花似玉的宫眷自叹不如，尤其是她那花盆底下的步履，不偏不倚，不紧不慢，那一闪一扭的细腰，活像一条柳枝在摆动，真有说不尽的轻盈、优雅、婀娜多姿；若专比背影的话，西太后毫无疑问地要压倒群芳，独占魁首。

“小李子，上前来。”正当李莲英陶醉于太后美丽背影的欣赏中时，慈禧召唤了。

他忙大跨一步，走到慈禧的身旁：“奴才在这里听吩咐哩！”

“有什么好听的事儿吗？说一段给我听听。”

慈禧长年闭在深宫，成天看的无非是黄封奏本、历代御批，以及大内的几座宫殿和头顶上那片窄窄的天空，成天听的都是千篇一律的唯唯诺诺、没有丝毫情感成分在内的请安问候，成天打交道的都是几个身居高位的大员，以及身边这一群呆头呆脑动作笨拙的太监和愁眉苦脸怀春不遇的宫女，于是在闲着的时候，她便叫李莲英讲点宫外的趣闻、市井的俗事和百姓的笑话听听，解解闷。

李莲英知道慈禧的这个脾性，便时常打发宫内的太监到外面去搜集这些材料，贮藏在肚子里，随时应付垂询，故而常常能使慈禧得到满足；有些好听的笑话，她听后也会开怀大笑。笑话带给慈禧的乐趣，要胜过大臣们送上的珍珠玛瑙。这也是李莲英能得到慈禧宠信的原因之一。

“奴才说个有趣的事儿给太后解解乏。”李莲英紧挨着慈禧，用跟慈禧一样长短的步伐一边走，一边口齿伶俐地说着，“前两天，奴才奉命去军机朝房办事，恰逢军机处各位大人在闲聊天。沈大人端着水烟壶咕噜噜地吸了两口后，半眯着眼睛对大伙儿说，我讲个笑话给你们听听。于是其他几位大人都不闲聊了，围过来听沈大人的。沈大人说，那年林文忠公在家宴请客人。宴席正要开始的时候，林文忠公忽接急报，出府办公事去了。客人们等了半个时辰尚不见主人回来，饿极了，便不顾礼节，大吃大喝起来。林文忠公的一个幕僚看到这群食客的狼狈吃相很是可笑，便想了一个主意来挖苦他们。幕僚说，大家边吃，我给你们说个故事。”

李莲英说到这里，停了一下，他见慈禧在专心地听，便继续说下去：“前明洪武年代，有个大富翁，名字叫沈万三……”

“沈万三这个人我知道。”慈禧插话，“他的钱比朝廷的还多，结果被朱洪武给杀了。”

“正是，正是。太后真是什么都知道！”李莲英忙恭维。他知道慈禧今天的兴致极好，便有滋有味地说下去，“沈万三之所以有钱，是因为他家里有个聚宝盆。放一锭金子进盆里，便立即有一盆子金子；放一颗珍珠进盆里，便立即有一盆子珍珠。于是，沈万三的钱财堆积如山，比朝廷的还要多。而他的邻居却是一个穷光蛋，常常愁吃愁穿。有一天又揭不开锅了，他想起了沈家的聚宝盆，便与沈万三商量，要借来用一用。沈万三不肯，邻居说尽了好话。沈万三烦了，说，好吧，看在乡邻的分上，借你用一次，用完后立即归还。邻居欢天喜地把盆子拿回去。到家后他犯难了：家里一样值钱的东西都没有，拿什么放到盆子里去呢？他妻子抱着儿子站在一旁也帮着他想。儿子饿得大哭大闹，很不安分，一不小心，掉进了聚宝盆。妻子忙把儿子抱出。儿子刚一离盆，盆里又是一个饿得大哭的儿子；再抱起，盆里还是有一个；一连抱起四五个，盆子里还有一个大哭大闹的儿子。邻居气道，先想弄出几个钱来用用，却不料拱出一群饿痨鬼来！

刚说到这里，正在大吃大喝的客人们都哄堂大笑起来。”

“不错！不错！”慈禧也“哧哧”地笑出声来，她用一条粉红色的手绢掩住半边嘴。“林则徐身边竟有这等机灵的幕僚，难得。”

“奴才听说，有些个督抚府里的幕僚，比朝廷的命官还机灵，还能办事。”李莲英突然觉得这话似乎有点出格了，忙闭住嘴，一边偷看太后的反应。

“是这样的。据说当年曾国藩手下就有一大批会办事的幕僚。”

见慈禧没在意，李莲英悬起的一颗心落了下来，忙恭维道：“奴才远远地见过曾国藩一面，满朝都说他对太后忠心耿耿。”

“曾国藩是一个真正的社稷之臣，可惜死早了。”慈禧自言自语。她停住脚步，将目光停留在宫门前那棵千年古柏上良久，似乎在思索什么。“不说这个了，我要进去躺会儿。”

说罢，转过身子，向养心殿后门走去。刚走到东暖阁帘子边，只见内奏事处的佟太监正捧着黄缎包裹的奏章匣子肃立一旁。李莲英因为听到刚才慈禧说了句“躺会儿”的话，估计她此时不想看，便对佟太监说：“太后要休息，过会子再送来。”

“谁的折子？”慈禧一只脚已跨进门，顺便问了一句。

“外奏事处的赵老爷说，是司经局洗马张之洞的。”佟太监恭顺地回答。

“噢，张之洞又有折子。”慈禧将另一只脚停住，想了一下说，“递上来吧！”

“嗻！”佟太监答应一声，跟在李莲英的后面，随着慈禧进了东暖阁。

李莲英轻轻地问：“太后，您不休息了？”

“我在床上躺着，你念给我听。”

两个宫女上来，将慈禧扶上床，脱掉鞋子，又去掉外褂，然后给她盖上一件薄薄的赭黄色丝被。慈禧半躺在凤床上，微微地闭上眼睛，对李莲英说：“念吧！”

李莲英接过佟太监递上的奏章匣，打开黄缎，从匣子里取出张之洞的奏章来，一字一句地念着："详筹边计折。窃臣于本月初五日曾上一疏，备论俄约从违利害。臣前疏之意，以急修武备为主。窃揆朝廷之意，亦未尝不以修武备为是，而似不免以修武备为难。"

慈禧的双眼睁开了一点。张之洞这几句开头语正说中她的心思。武备是要修，但不容易修，且听这个洗马如何说。

"二十年来边备一无可恃，遂觉中国大势断不足以御强邻，不得已而讲和。臣愚以为无备则不能言战，无备则不能讲和。"

"是的，无论战与和，都得有备。"慈禧在心里点了点头，赞同这两句话。

"臣愚以为，今而言备，当有可备之兵，可备之人，可备之饷。"

慈禧听到这里，坐了起来，说："'兵'和'人'的话不必念了，你把'饷'这段念给我听听。"

"嗻！"李莲英的目光在奏章上迅速地浏览着，然后盯在筹饷这段上："筹饷若何，北洋所需，本有海防经费，新疆所需，本有西征专饷，东三省饷项可于南洋海防经费，或于各关提存二成内酌拨。"

海防经费，西征专饷，关税提成，这些还用你张之洞来说吗？慈禧的眼睛重新微闭起来，且耐着性子听下去。

"边防各重镇增兵之饷从何而来？各省营勇现存不下数百营，臣以为节腹地之虚糜，即可供边军之腾饱。拟请敕下各省督抚酌量裁撤，大约汰四存六，而边饷出矣。"

各省营勇裁去四成！这是个主意。内地战事早已平定，但各省仍保留着大量兵勇，不仅耗去大批钱粮，且惹是生非，又无形中助长疆臣坐大的气焰。慈禧早已对此很不满，但苦于难以处置，现在正可借防俄之题目来做这篇文章。慈禧的双眼重新睁开了。

"此外，若倍征洋药税，岁可得三四百万。"

加倍征收洋药关税，榨一下洋人。慈禧在心里想了一下，不觉高兴得说出了口："这是个办法！"

"第三，酌提江广漕折运脚，亦可得二三十万。第四，整顿淮纲，杜绝私商，所得亦不下四五十万。"

"不要念了，我自己来看！"慈禧一挺身从床上坐起来，慌得宫女们忙上前给她披衣服，李莲英赶紧把折子递过去。

慈禧接过折子，将下面未念部分飞快看下去："筹饷事理，尤在度支得人，侍郎阎敬铭长于综核，理财有效，朝野咸知，今虽养疴山居，并非笃老，阎敬铭之心何尝一日忘天下哉！若蒙温旨宣召，动以时艰，喻以大义，该侍郎岂忍坚辞？得阎敬铭以理度支，朝廷当不忧匮饷矣！"

慈禧心里猛地一震，放下折子，叹道："不料张之洞一个清流，竟有经济之才！"

原来，这些年来慈禧鉴于洋人的欺凌，很想把大清的军队训练得强大起来，无论是东南的海防军，还是西北、东北的塞防军都应强大。中国不缺兵：百万兵丁，召之即来；也不缺统兵之将：李鸿章是海防的好首领，左宗棠是塞防的强统帅。要想加强军事，眼下最缺的是饷项，是银子。各省不是报灾，便是哭穷，应该向朝廷上缴的赋税一拖再拖，一减再减，每年能上交五成，就算好督抚了。户部面对这种局面束手无策，又想不出生财之道。许多强兵的好设想，皆因户部无钱而告吹。

张之洞提出的筹饷之策，不仅为当前防备俄国提供了饷银的保证，而且也为今后的强兵强国开辟了多条财路。尤其重要的是，他提醒了慈禧，应该尽快起用阎敬铭。阎敬铭是一个理财能手，这点慈禧早就知道，但此人性格古怪，几年前便因与同僚合不来，辞去工部侍郎的职务，回籍养病去了。这些年来，慈禧的脑子里也渐渐地将阎敬铭给忘记了。是的，应该尽早起用！

清流党中的张之洞，居然能够关注经济，注重实务，诚为难得。慈禧仿佛从张之洞的身上看到当年曾国藩的影子。朝廷需要能办事的良吏，也需要讲风骨的贤臣，若有人能像曾国藩一样，兼良吏与贤臣于一身，那就是真正社稷之才。张之洞是这样的人才吗？慈禧头靠在精美绝伦的凤床花格上，开始思索起来。

清朝的规矩，皇帝不召见四品以下的官员。因此，从五品的司经局洗马张之洞尽管为官近二十年了，却没有得见天颜之机。若是一个寻常的五品小官，慈禧自然不可能有印象，但张之洞不同寻常。他为官之初，便得到过慈禧的格外圣眷。近二十年来，慈禧的目光也时常在关注着他。

这中间的缘由，要说起来，话就长了。

四　慈禧钦点张之洞为癸亥科探花

道光十七年，张之洞出生于父亲张瑛的任所——贵州兴义府的知府衙门里。

张瑛的祖上在明永乐年间，由山西洪洞县迁到直隶，后定居南皮县。明清两朝，南皮张家都出过不少官员。张瑛的曾祖、祖父均做过县令。张瑛本人二十岁中举，但接连三科会试未第。清代定制，三科未第的举人可以得到一种优待，即这类人再进行一次考试，其中成绩一等者享受进士待遇，外放知县。这种选拔方式，叫做举人大挑。张瑛即因大挑而放到西南边陲贵州安化县，后迁古州同知，积劳擢升兴义知府。

张之洞天资聪颖，在父亲、塾师的严格督促下发愤读书，十三岁便一举考取秀才。十六岁那年他来到原籍参加顺天乡试，高中第一名。乡试的第一名又称解元，十六岁的少年解元，在科举史上极为罕见。有多少读书人年届不惑，还在为取得生员的资格焚膏继晷；又有多少读书人，两鬓斑白还在为举人的功名伏案苦读。而张之洞，只用了十六年的光阴，便顺利地迈过许许多多人一辈子还走不完的科场苦旅！一时间，这个出生在知府衙门里的小少爷成了全国瞩目的神童。

不料此后的十年，神童张之洞在通往会试的途中却连遭不利。

先是太平军的北伐部队进逼直隶，京师震动，寄居亲戚家的张之洞无法在京师安心读书，便离京回到父亲任职的兴义府。接着，兴义府被受太平军影响而起事的乡民所包围，失去了读书的安静环境。不久父亲病故，他必须守丧三年。丧期满后，正遇上己未科会试，张之洞正拟参加，孰料他的堂兄张之万被派为会试同考官，他不得不循例回避。他的这位堂兄张之万可不是一个简单人物，是道光丁未科的状元。丁未科在近代史上被称为名科，因为这一科里考中李鸿章、郭嵩焘、沈桂芬等人，张之万的试卷压倒这些名流，可见他必有过人之处。第二年，朝廷为咸丰帝三十岁举行万寿恩科，张之万又被派为同考官，张之洞无可奈何地再次回避。

待到同治元年，好不容易进京参加会试时，距中举已是九个年头了。因为少年科场的顺利，因为九年的意外折腾，也因为有这位状元堂兄的榜样在前，从小抱负甚大、自视甚高的张之洞，决心要在这次会试中大魁天下。他极用心地做好八股文、试帖诗，文章花团锦簇，诗句珠圆玉润。他对高中怀着必胜的信心。他的试卷落到一个名叫范鹤生的房师手里。范鹤生见到这份试卷激赏不已，认为文笔有《史》《汉》之风，极力向主考官推荐。却不料主考官并不赏识，张之洞落第了。范鹤生为之惋惜，亲到张之洞下榻的客栈看望。范师是个性情中人。他一面安慰门生不要灰心，明年恩科再来，一面又为科场误人的历史和现状愤愤不平，说到动情处，泪流满面。张之洞心中十分感激。

那时，张之万正署理河南巡抚，便邀请堂弟来开封居住，一来好温习经史，二来也可帮衙门拟点文稿，借以历练。张之洞代堂兄起草了几份奏折都很得体，其中尤以一道关于漕务的奏疏写得更好，受到慈禧的嘉许。她在奏疏上亲自批了八个字：直陈漕弊，不避嫌怨。张之万一直因自己两度做同考官，使得张之洞失去两次会试机会而不安，见到朱批后心想：不可埋没堂弟的功劳，应该告诉太后，使太后对堂弟有个好印象，这对于下科会试的录取和今后的仕途都有好处。于是，张之万在不久后的另一道折子里，顺便提到了漕务之折乃堂弟张之洞所拟。就这样，身居深宫的慈禧太后第一次知道世上有个见识和文笔都不错的张之洞。

第二年，踌躇满志的张之洞再次会试，诗文比上年更加光彩耀目。人世间也真有巧事。范鹤生这年再度出任阅卷官，而张之洞的试卷则又一次落到他的手里。尽管名字被糊去，但精于辨文的范鹤生一读便知这是场屋中最好的文章。他给予很高的评价，又四处揄扬，极力荐举。发榜时，张之洞被取中一百四十一名贡士。当张之洞的名字被高声唱读时，范鹤生又惊又喜，欣慰无比。复试时张之洞心情极好，临场才思泉涌，竟然榜列一等一名。

几天后殿试对策。策论的题目是：制科之设与国家拔取人才论。这是一场决定进士等级的重要考试。少年得志的张之洞发舒胸臆，不袭故常，恨不得将平生才学和满肚子要说的话一股脑儿倒出来。他指出当今人才缺乏，是因为太拘资格，科目太隆，又加之捐纳杂驳，鱼目混珠，故朝廷下诏天下推举将才时，应者寥寥。又直言当今天下大患在贫，吏贫则黩，民贫则为盗，军贫则无以为战，请求皇上亲倡节俭，除积习，培根本，厚风俗，养民生，致富裕。

张之洞只图直抒心声之痛快，却不料作为一篇场中之文，已大大出了“四平八稳”的常格，大多数阅卷官不喜欢这道策论，主张将其列为三甲之末。然而主考官、大学士宝鋆却很欣赏。他力排众议，将张之洞列为二甲之首，即第四名。按惯例，主考官将前十名进呈皇帝，由皇帝亲自圈定名次。通常皇帝都不作改动，按主考官所呈上的名次圈定。但刚刚垂帘听政的二十八岁的慈禧太后，却不是一般的执政者，她颇思有所作为，并有自己的一套主张。

青年时代的慈禧头脑明白，办事认真。和清朝历代当国者一样，她对科举也十分看重，不仅仅是为了笼络读书人的心，也的确希望从中选拔出真正的人才来，使之经过一段时期的历练后，成为国家的干才。她仔细阅读了张之洞的应试策论，并不觉得文章有什么出格之处，至于直指时弊，则更为难能可贵。慈禧记起几个月前他代河南巡抚所拟的关于漕务的奏疏，联系到他十三岁进学、十六岁领解的经历和父死任上、堂兄状元的家风，隐隐地觉得这道策论的主人，正是一个可堪造就的人才，便提起朱笔，将张之洞的名字由第四名勾到第三名。不要轻看了这一个名次之差的改动，它的意义真可谓非比寻常。

原来，殿试录取的进士分为一甲二甲三甲三等。一甲三名，俗称状元、榜眼、探花，又称该科鼎甲，琼林宴上，单独坐席位，用的是银碗玉箸。其他的进士则八人一桌，用的是瓷碗竹箸。出午门游金街后，众进士要送他们三人先回寓所，才各自回到下榻处。不仅风光不同，出身有别，更重要的是实惠相差甚大。

所有进士都想进入翰林院。翰林清华，迁升又快，最为士人所羡慕。一甲三名可免试直接进入翰林院，授修撰或编修之职，而二甲、三甲则要通过朝考后择优录取，三年后散馆再授编修或检讨之职，在年资上低了三年。这样，一甲三名所占的好处就大为超过二甲和三甲。

金榜张贴之后，欣喜万分的张之洞按惯例去主考宝鋆府上谢恩，宝鋆遂把慈禧改动名次一事告诉了他。张之洞受慈禧如此重的恩眷，真有肝脑涂地无以为报之感。就是从那一刻起，年轻的癸亥科探花心里涌出一股强烈的情感：今生今世永远忠于太后，忠于朝廷，鞠躬尽瘁，报效国家！

拜谢了主考宝鋆后，张之洞又来到房师范鹤生的家里，感谢他的两度知遇之恩。白发苍苍的范鹤生见到这位英气勃勃的新门生哈哈大笑，说："不谢，不谢！若真要言谢的话，我倒是要感谢你。是你的才华和造化，给我这个老头子在科场上留下一段佳话。我范鹤生平生一无所成，不因为有了你这个门生，后人哪里会知道我。香涛呀，那天揭开糊名后，众人见又是你，满闱欢呼。纷纷向我恭贺，都说这是本朝从没有过的异事。王少鹤太常说，人生有此之乐，胜过得仙！我听了这话，愈加高兴，写了几首小诗，给你看看。”

老头子从屉子里拿出一纸信笺出来，递给张之洞。张之洞双手接过，看那上面写了四首七律：

十年旧学久荒芜，两度春官愧滥竽。
正恐当场迷赝鼎，谁知合浦有遗珠。
奇文共说袁子才，完璧终归蔺大夫。
记得题名初唱处，满堂人语杂欢呼！

苦向闲阶泣落英，东风回首不胜情。
亦知剑气难终倅，未必巢痕定旧营。
佳话竟拼成一错，前因遮莫订三生。
大罗天上春如海，意外云龙喜合并。

一谪蓬莱迹已陈，龙门何处认迷津。
适来已自惊非分，再到居然为此人。
歧路剧愁前度误，好花翻放隔年春。
群公浪说怜才甚，铁石相投故有神。

此乐何应只得仙，太常笺语最缠绵。
早看桃李森佳殖，翻为门墙庆夙缘。
名士爱才如共命，清时济治正需贤。
知君别有拳拳意，不独文章艳少年。

张之洞捧着这一页载着满腔爱才之情的沉甸甸的信笺，激动得两眼闪动着泪花。回到寓所后，他彻夜难眠，写了三首五律，答谢范师的如山之恩、如海之情。

十八瀛洲选，惟公荐士诚。
不才晚闻道，因困转成名。
已赋从军去，重偕上计行。
天知陶铸苦，更遣作门生。

沧海横流世，何人惜散才。
嵚奇为众笑，湔祓有余哀。
叠中凭摸索，孤生仗挽回。
朝门多彻喜，应恨不同来。

十载栖蓬累，轮囷气不磨。
殿中今负扆，江介尚称戈。
一介虽微末，平生耻婀娜。
心衔甄拔意，不唱感恩多。

范鹤生读了张之洞的这三首诗后恳挚地说：“写得好，写得好！我知道你有大丈夫之志，不是寻常之才，‘知君别有拳拳意，不独文章艳少年’，说的就是这个意思。你今后若能成为国家的栋梁柱石，那就是对我的最大的报答了。”

张之洞说：“门生一定会把恩师的训示刻在心上，一辈子谨记不忘！”

不久，这段佳话传到慈禧耳里。慈禧也很高兴，特赏范鹤生楠木如意一柄，以示对他一片公心为国抡才的奖励。

四年后，张之洞出任浙江乡试副主考。他以范师为榜样，尽职尽心地为国家选拔人才。浙江乡试结束后，张之洞奉旨放湖北学政。三年学政生涯，他本着“不仅在衡校一日之长短，而在培养平日之根柢；不仅以提倡文学为事，而当以砥砺名节为先”的宗旨，整顿湖北学风，创立了经心书院，引导士人研习经学、史论、诗赋、杂著，提倡经世致用之实学。湖北学政任期满后，张之洞回到翰林院。又过了三年，他外放四川乡试副主考。考试结束后，留在四川任学政。督学四川期间，他一本湖北学政时的宗旨，倡导朴素实用的学风，并创办了尊经书院。就是这座尊经书院，日后造就了巴蜀之学，对中国近代的学术风气影响甚大。

光绪二年，张之洞结束四川学政之任，重返翰苑。在浙江巡抚和四川总督的奏疏中，慈禧太后知道张之洞在勤勉供职，实心办学。张之洞回到京师后，关心时务，勇于言事，他的名字常常与李鸿藻、张佩纶等人的名字一道播于人口，慈禧自然知道他。而给慈禧印象最深的，还是今年五月间在那桩轰动朝野的尸谏案中，张之洞的卓越表现。

五年前，年仅十九岁亲政刚刚一年的同治皇帝载淳忽染重病，慈禧为此心急如焚。十多年来，慈禧一心指望把儿子培养成为一个刚强决断、敢作敢为的帝王，就像开基创业的列祖列宗那样，干出一番轰轰烈烈的大事，一洗道咸以来的疲惫懦弱，重振大清王朝的雄风。儿子亲政以后，颇有几分母亲的英豪之气，慈禧心中宽慰，她决定还帮衬儿子几年，直到他完全成熟，能独立无误地处理国事为止。谁知儿子病入膏肓，一卧不起，当御医悄悄把实情告诉她的时候，一个重大的不容展缓的现实问题迫使她压下心中的巨大悲痛，冷静下来思索着谁来接替帝位的头等大事。

同治皇帝没有儿子，按照子以传子的家法，应当在他的侄儿辈里挑选一个人出来，但他没有亲兄弟，也就没有亲侄子，挑选的目光不得不扩大到道光皇帝的曾孙辈，即咸丰皇帝亲兄弟的孙辈上。咸丰帝孙辈为溥字辈，溥字辈至今只有咸丰帝长兄奕纬的孙子溥伦一人，但溥伦又不是奕纬的亲孙。奕纬无子，继承他爵位的乃是乾隆皇帝十一子永瑆的曾孙奕纪，溥伦是奕纪的孙子，血统已经很远了。显然，溥伦不是合适的人选。

慈禧排除溥伦之后，目光便只有放在道光帝的孙辈即咸丰帝的亲侄辈——载字辈。载字辈眼下只有三人，即十八岁的载澂、十一岁的载滢和四岁的载湉。载澂是恭亲王奕䜣的长子。提起载澂，慈禧不由得满腔怒火。认真地说起来，她的宝贝儿子就是被这个载澂给害死的。

载淳登位后仍在上书房读书，时为议政王的奕䜣把儿子载澂也安排在上书房读书，名义上是为载淳做伴读，实际上是为儿子创造一个从小便与皇上关系亲密的环境，为儿子今后在政坛上打下坚实的基础。载淳、载澂这对堂兄弟由于年龄相仿，性格相投，一天到晚形影不离，亲密异常。几年后，兄弟俩都长大了。奕䜣的目的正在顺利地实现过程中。

载澂不是皇帝，他不受宫中的约束，常常可以回恭王府去，也常常让王府的下人陪他到市井上游玩，所以他知道皇宫外好吃好玩的东西多得很。他偶尔也会把这些说给堂兄听，惹得终日困在紫禁城中的少年天子艳羡不已，央求堂弟带自己去外面看看。载澂买通了载淳身边的宫女和宫里管锁钥的太监，两兄弟换上青衣布帽，由小门出了宫。

十七八岁的皇帝第一次看到了市井的繁华、店铺的热闹和人们发自真情的欢声笑语，吃了不少远胜御膳的民间小吃。他仿佛觉得，此刻自己才算得上一个真正意义上的人，而宫中的那些刻板的程序，则好像在表演做戏，宫中的一切人物，又好像没有生气没有灵魂的陶俑木偶。多出了几次宫后，载淳的胆子大了，知道的也更多了。他居然听说了有专供男人玩乐的妓院，要载澂带他去领略领略。载澂先是不敢，后来经不起他的软磨硬逼，自己也动了心，便带着当今的九五之尊去逛窑子。高等的不敢去，怕在那里遇到认得他们的王公贵族，只好专拣小民去的下等妓院。不想只逛了两三次，载淳便染上恶疾。后来载淳出了天花，御医私下告诉慈禧：皇上是天花和恶疾并发，无法治愈。慈禧大出意外，后来审出原来是出自载澂的勾引，慈禧真恨不得剥去载澂的皮。只是碍于皇家的体面，才不得不免惩载澂。这样的人还能立吗？即使将害死儿子的深仇大恨丢在一边，单就行为放荡这一点便不能为人君了！

载滢是奕䜣的次子，但慈禧很不喜欢这个小侄儿。人长得尖嘴猴腮，长年累月药不离口。十一岁的小子了，个子不及一个八九岁的丫头片子。何况他的生母他他拉氏懦弱无能，慈禧瞧不起她。这样一个人，绝对不是执掌大清朝政的人才。

那么只剩下一个载湉了。载湉是七爷奕譞的儿子，长得清秀活泼，惹人喜爱。他只有四岁，是一棵刚出土的小苗，完全可以按照自己的意愿来培育。除此之外，载湉还有一个任何人所缺乏的先天优势：他是慈禧的胞妹所生。因为此，慈禧决定不惜冒违背祖制的风险，也要把载湉抱进宫来。想起十多年来垂帘听政亲握朝纲，王公贵族、文武大臣莫不匍匐听命，国家大计、皇族事务尽皆圣心独裁，慈禧心里得意不已。这个自小便有着强烈权力欲望的女人，把这种风光视为生命的真正价值所在。继位的皇帝还得有十四年的读书学习时间，在未来的十四年里，她可以凭借进一步熟练的政治手腕和愈加巩固的心腹集团，把昔日的风光展现得更加耀眼夺目。

东太后慈安缺乏从政的能力，从辛酉年起一切大小国事无不听从慈禧。当慈禧将自己对立嗣一事前前后后的思考告诉她时，对违背祖制这一点，她虽觉为难，但也提不出反对的理由：因为慈禧的考虑是对的。将丈夫传下来的皇位送给一个血统疏远的侄孙，她也不乐意；要说违背祖制，辛酉年的两宫垂帘听政就是违背祖制的事，作为正宫皇后，她是此举的带头人，时至今日，还只有不提祖制为好。何况，稳固大清江山，这才是第一位的大事，慈安深知慈禧的政治才能和自私本性，让她的亲外甥来坐天下，她必定会如同辅佐自己的亲儿子一样地辅佐他，这对大清王朝来说只有好处没有坏处。载湉进宫继位，事情就这样定了。实行了两百余年、十代一脉相传的子以传子的爱新觉罗家法，便由这个出自叶赫那拉氏的女人给中断了。

下一步的第一件要事，便是召醇王奕譞进宫，告诉他这个决定。

自己的儿子就要做皇帝了，奕譞怎会不高兴！但如同他的两个兄长咸丰帝和恭王一样，醇王的秉赋也是脆弱的。他一怕皇族指责他违背祖制，二怕奕䜣嫉妒，三怕日后作为皇帝本生父与两宫太后特别是与慈禧的关系不好处理，历史上因为此而生发出的皇家悲剧的前例不少。慈禧仔细考虑奕譞的顾虑后授给他一个锦囊妙计。于是，史册上便有这样的记载：事先一点不知内情的奕譞，和几个近支亲王及军机大臣一道进宫，跪听两宫太后宣布嗣君的慈谕。当得知自己的儿子入选后，奕譞叩头痛哭，顿时昏厥在地，被人抬回王府。苏醒后一再请求两宫太后收回成命。未获允后第二天上疏：请开缺一切差使，为天地留一虚縻爵位之废王，为宣宗成皇帝留一顽钝无才之子。第三天再上疏：只保留醇王一个空爵位，今后永远不再增添任何衔头，为防止将来有小人幸进，请存此疏，以为凭证。

载湉继位的挂碍之处都疏通了，就只有一件大事难以疏通，这便是同治皇帝的后嗣问题。一个普通的老百姓若无儿子，尚可以过继他人之子为子，何况一个坐了十多年天下的皇帝，难道死了就死了，连个继承香火的人都没有吗？作为亲生母亲，慈禧也不愿看到儿子死后如此凄冷，于是匆忙之中作出一个决定：日后载湉生有儿子，即为载淳的嗣子。在载淳去世的当天，以两宫太后的名义颁布了一道懿旨：“载湉承继文宗显皇帝为子，入承大统为嗣，俟嗣皇帝生有皇子，即承继大行皇帝为嗣。”紧接着便在太和殿为载湉举行登基大典。

奕䜣对选载湉而不选他的儿子为帝，心中很是不快。一则两宫太后已定，作为臣子他不能反对；二则奕譞以后的一系列表演，也堵住了他的嘴，不好再出怨言。奕䜣不反对，咸丰帝的另外三个无权势的弟弟自然也不能反对了。几个支系较近的王公虽然对慈禧立载字辈不立溥字辈大为不满，但既成事实，他们反对也无用，况且他们也知道慈禧的手段，得罪了她，也不是件好事。于是这五年来，皇室内部倒也相安无事。

其实，相安无事只是表象，内里并不平静。载湉登基后不久，皇室里便在私下议论一件事了。他们说，懿旨上讲俟嗣皇帝生子即承继大行皇帝为嗣，这里的意思很含糊。若仅仅只是继嗣的话，则如同普通老百姓，只继香火，不继大统；但大行皇帝的神主今后是要入太庙的，进太庙祭祖只是天子才有的权利，别人没有，如此说来，大行皇帝的神主今后依然没有属于自己的儿孙祭拜，继嗣变为一句空话。若继嗣即继统的话，今后皇上的长子即大行皇帝的嗣子，也即太子，这就犯了大忌。

原来，清朝的建储制度与历朝不同。清朝开国之初，原本和历朝一样，先立太子。康熙皇帝早年时先立下了太子，后来引起许多政治纠纷，以至于太子立而又废，废而又立，诸皇子之间为着皇位争斗不已。鉴于此，康熙晚年立下一条规矩：不预立太子。皇帝认准那个皇子后，写上他的名字秘藏乾清宫正大光明匾后。皇帝死后，将他身上藏的传位密诏，与从正大光明匾后所取下的名字相对照，由皇室近支亲王和朝廷大臣共同验明无误后再行公布。

康熙这个决定的确非常英明，不仅杜绝了皇子内部的争夺，也让皇帝有一段很长的时间对诸子进行考察，以便择贤而传。无论是对皇室内部，还是对国家而言，这都是有利的。故从康熙之后历代都坚决奉行，不能改变。

因此，预立太子，是绝对不能做的事。

那么，懿旨到底说的是什么意思呢?

这桩事，大家也只是这样议论而已，谁也没有提出来，因为一旦提出来，也难以妥善解决。

因立载湉而带来的这个两难之处，慈禧后来也很快意识到了，她也觉得难以处置，只好采取一种姑且这样摆着以后再相机行事的态度。

不料，这个两难之题却让一个皇室之外的人给捅出来了。

五月初，庙号穆宗的同治帝的陵墓已建好，朝廷举行了隆重的穆宗梓宫永远奉安大典。吏部有个主事名叫吴可读，是个年过花甲的老头子。主事是个六品衔的小官，本够不上奉安资格，但吴可读苦苦哀求，只好让他参加。典礼完毕，在回京的半途，吴可读忽然上吊身亡，大家从他的身上搜出一份遗折来。遗折讲的正是皇室内部所议论的事。折子上说，当时穆宗大行时，太后的懿旨只讲继嗣而没有讲是继统，历史上曾有继嗣而不继统的先例，甚至有为争夺皇位继承权而杀害先帝嗣子的事，为不让大统旁落，请太后立即为穆宗立下嗣子，并说明嗣子即嗣君，日后皇上即使有一百个皇子，也不能再觊觎皇位。

吴可读自知披了龙鳞，将来日子不好过，便干脆一死了之，来了个大清朝绝无仅有的尸谏。

面对着吴可读这份遗折，悲悯、恼怒、委屈、为难，种种况味，一齐涌上慈禧的心头。

这个死老头子倒也是真心真意为她的儿子着想的，希望穆宗有子息，希望穆宗的子息世世代代继承皇位。若是一个通常的皇太后，对这样忠心耿耿的臣子真是要感激不已，悲悯不已。慈禧当然有这种通常皇太后的心情。但是，立载湉是她决定的，眼下的朝政是她在掌握，东南大乱才刚刚平定，西北战事还在进行，外患日甚一日，迫切需要的是政局稳定，上下一心，这个鬼老头子的遗折岂不是无事生事，挑起皇室的矛盾，引起内外臣工的不安吗？慈禧心里委屈地想着：当初立载湉，难道就完全是私心吗？这几年的相安无事来得容易吗？择统一事有几多麻烦，你一个小小的主事哪里能知道皇室内部复杂的情况。既然不知，就不必多言；即使有话要说，也可以托人上道密折。现在来个尸谏，逼得我非得公开答复不可，而这事又如何答复呢？你说给穆宗立即立嗣，立谁呢？

一想到这里，慈禧心头猛地一亮：眼下近支王公里溥字辈只有载澂的两岁儿子溥倬，吴可读的意思是要立溥倬为嗣。如此说来，他是在为老六说话？老六没有为儿子争到帝位，现在借吴可读的老命来为孙子谋帝位？

“哼，别想得太好了！”慈禧咬了咬牙关，断然作出一个决定：将吴可读的遗折公之于众，让王公大臣、六部九卿、翰詹科道都来议论议论，她要借此看一看恭王府的反应，也要借此考查一下朝廷中有没有实心替她排难解纷、有识有谋的能干人。

但出乎慈禧意料，恭王府一点反响都没有，近支其他王府也不见明显动静。廷臣们则认为，无论是立嗣，还是立统，都是皇室的家事，外人如何能多嘴？过了好几天后，才有协办大学士徐桐、刑部尚书潘祖荫、工部尚书翁同龢等人上了几道折子，都说吴可读此举不合时宜，为穆宗立嗣一事早有明谕，不应再挑起事端。这些话自然是慈禧所愿意听的，但她总觉得没有说到点子上。直到看到张之洞的奏折后，她才满心欣慰。张之洞逐条回答了吴可读的挑衅。

首先，张之洞明确阐发五年前两宫太后的懿旨：立嗣即立统。如此，吴可读所言穆宗大统旁落一说便不能成立。其次，今后穆宗的后嗣即今上的亲儿子，既是自己的亲儿子，那就决无加害的道理。吴可读的顾虑是多余的。再次，不能按吴可读所言，预先指定一人既继嗣又继统，因为这违背了家法。最后，张之洞归结为一点：今上日后“皇子众多，不必遽指定何人承继，将来缵承大统者即承继穆宗为嗣。此则本乎圣意合乎家法，而皇上处此亦不至于碍难”。

慈禧读完张之洞这篇奏疏后不禁长叹：用这样简洁而明晰的语言，把吴可读遗折中提出的立嗣立统的复杂难题，剖析得如此清楚，既深知自己心中的难处，又把当初匆匆发下的懿旨的隙漏弥补得天衣无缝；自己想说而又说不透的道理，竟被此人讲得这等圆满无缺，真可谓难得。满朝臣工中，这样的人才实在太少，应该提拔！

慈禧正寻思着找一个合适的官位提拔张之洞，却不料伊犁事件接踵而来，而张之洞在此中又一次显露出众的忠心和才干。看来，提拔一事，不能再延缓了。

慈禧想到这里，毅然决然地掀开被子，走下床来，慌得众宫女忙给她穿衣系带。她在房间里慢慢地移动着脚步，脑子里又浮出辞世七八年的曾国藩来。她知道，当年道光爷曾破格将年仅三十七岁的曾国藩由从四品连升四级，使得曾国藩对皇家感恩不尽，才有日后耗尽心血死而后已的三朝忠臣。是的，应该像道光爷那样，破格提拔张之洞，让他感受到朝廷的特别隆遇，日后像曾国藩那样加倍回报自己。

不过，慈禧至今未见过张之洞，没有听他说过话。他长得如何呢？他的气概好吗？他的应对敏捷吗？他是不是像曾国藩那样有着朝廷大臣的风度，具备安抚百姓震慑群僚的威仪？

召见张之洞！慈禧在脑子里迅速作出这个决定。尽管祖制规定当国者不召见四品以下的官员，但连执政立统这样的大事，都敢于突破祖制，这个小小的规矩在慈禧的眼里又算得什么！

五　原来张之洞短身寝貌，慈禧打消破格提拔的念头

午后是养心殿白天最为安静的时候，殿内殿外几乎听不见一丁点声音，只有清新的水果香味四处弥漫着，在这安静的午后，显得益发浓郁，直沁入人的心脾。慈禧最爱天然的水果香，养心殿为此安置的好些个装水果的大盆，一年四季每两三天便换一次时鲜水果。当张之洞跟在李莲英的后面，跨过遵义门的门槛，一眼看到前庭正中那座古老黝黑的铁钟塔时，心里立时充塞着一种神圣整肃之感。他稍停片刻，正了正头上的晶顶圆帽，抚了抚身上佩有白鹇补子的八蟒五爪长袍，长长地吐了一口气，用力定了定神，然后迈着如常的步伐，穿过前庭，进入正殿，在东暖阁黄缎门帘前微微弯腰站定。

李莲英掀帘进去了。一会儿，他又来到门边，掀开大半边帘子，对着张之洞轻声地说：“进去吧！”

张之洞的心猛地急跳起来，热血迅速涌向脑门。马上就要亲眼瞻仰威震天下的西太后了，他怎能不又兴奋又激动又紧张呢？

这种亢奋情绪，从昨天中午奉旨以来便一直浸透着他的全身。自从同治二年进翰苑，至今已整整十六年了，除外放学政六年外，几

乎天天与这个女人在打交道，向她奏报各种大大小小的事情，奉行她发下的数不清的懿旨，听见过他的同寅们有声有色地描绘她非凡的美丽、过人的机敏，耳旁也时常传递着有关她的形形色色的逸闻韵事，但张之洞就是没有亲眼见过她！这没别的原因，只怪他的品级不够。四十二三岁了，多少人这个年龄早已是朝中的侍郎尚书，行省的巡抚总督，而自己却还屈居于区区洗马。常为自己官运不亨而苦恼的张之洞，每一念及此便更加沮丧。突然一道纶音传来：明日召见。这真是异数！西太后为何要召见我呢？她会问我些什么呢？几个时辰来，张之洞总在思索这些问题。这是一个千载难逢的机遇，一定要好好把住！张之洞想到这里，把万千情绪强压下去，弯着腰迈进东暖阁。就在刚踏进阁子里的那一瞬间，他抬起头来向前方飞快地扫了一眼。

大约离门槛十步远的地方张挂着一层薄薄的黄色幔帐，隐隐约约可见背后端坐着一位盛装打扮的女人。无疑，这就是西太后了。张之洞不敢多看，忙弯下腰来，响亮地报道："司经局洗马臣张之洞跪见太后。"

说完走前几步，双膝跪在幔帐前的棉垫上，脱下晶顶圆帽，将头触在青色地砖上。据说，东暖阁里有一块地砖下是空的，头碰在这块地砖上，只需轻轻地用力，便会发出很响的声音，给太后以很忠诚的感觉。但这须买通东暖阁里的太监，他们到时才会将棉垫放在这块地砖旁边。张之洞不知这个奥妙，没有事先拿出银子来，太监也便不把这个好处送给他。张之洞重重地在地砖上磕了三个头，而地砖只发出"卜卜"的声音，并不响。

"卜卜"声消失后，东暖阁里便再也没有别的声音了。张之洞心里纳闷：太后怎么不发话？

原来，慈禧正隔着幔帐在仔细审看这个从五品的小京官。皇太后隔着一道幔帐与外臣对话，这就是中国近代史上著名的垂帘听政。幔帐是特制的，太后坐在里面可以很清楚地看见跪在外面的臣工，而臣工却看不清太后。

从张之洞走进帘子的那一刻，慈禧就以她特有的政治家的精明和女性的细腻，在打量着眼前这个颇著声名的中年男子。

然而，慈禧颇觉失望。她眼中的张之洞竟然身长不及中人，且两肩单薄，两腿极短，上下甚不协调。等到张之洞走近些后，她又看到一副瘦削的长长的马脸，马脸上长着一个扁平的大鼻子，鼻子下又是一张阔大的嘴巴。唯独让慈禧感兴趣的，是鼻子上头的那两只眼睛格外的精光四射。慈禧立时想起野史上常有“双目如电”的话，她觉得倘若将这四个字移到张之洞的身上，倒也并不过分。

二十六岁起便守寡的慈禧太后，对俯首于她面前的那些须眉大臣们，有着一种奇特的微妙情感。那些或长得雄壮挺拔，或长得清秀端正的英年男子，常常会得到她的格外垂青，有时甚至会得到意外的好处。这些年来随着年岁的增加，这种情感已减弱了很多，但并没有完全消除。

“张之洞，你今年四十几了？”幔帐后面终于传出慈禧清脆动听的声音。

“臣今年四十三岁。”张之洞没想到太后的召见竟从这样一句极普通的家常话开始，紧张的心情松弛了大半。

慈禧见张之洞两鬓已有不少白发，估计他有四十七八了，却不料比自己还要小两岁。

“你是同治二年的探花？”

“是的。”十多年来，慈禧的格外圣眷一直铭记在张之洞的心中，只是他从来没有一个表达的机会。这一刻终于来到了。他怀着满腔真情说，“那年太后赏赐给臣的山海般的恩德，臣生生世世永远不忘。臣对太后，虽肝脑涂地，无以为报！”

说罢，又重重地在青砖地上磕了三个响头。抬起头来时，慈禧隔着幔帐看到张之洞的脸上挂着几滴泪珠。

作为女人身的中国封建社会最后一个强权独裁者，慈禧太后是一个容易被感情驱使的人。张之洞如此真诚地感激她，使她颇为感动。

她立刻意识到：这个富有才识的洗马，是一个知恩报恩的实心汉子，因其貌不扬而引起的不快顿时消除了多半。

“听说你在外办事用心，湖北、四川这几年出了不少人才。”

一股暖流激荡着张之洞的全身，他挺直腰板回奏：“臣家世受国恩，臣本人又蒙太后破格隆遇，为国家尽心办事，是臣的本分。”

慈禧微微颔首，开始进入正题：“崇厚办事不当，有损国家体面，朝廷对此已有严旨。”

“太后英明！”张之洞听了很是兴奋，气势雄壮地说，“崇厚一贯媚外谀敌，那年办天津教案，曾文正就吃了他的亏，后来悔恨不迭。这次他又在俄国人面前奴颜婢膝，竟然擅自割让祖宗土地以讨洋人欢喜。臣以为崇厚非杀不可，不杀不足以平民愤！”

厚沉硬直、夹杂南音的京腔在东暖阁里回荡，四壁似在嗡嗡作响，端坐着的慈禧不觉为之动容。多年来她已没有听到这种中气旺盛、语调斩决的奏对了。素日里她听到的都是大臣们唯唯诺诺的低声附和，全没有一种男人的阳刚之气。有的大臣，尤其是第一次被召见的大臣，常常嗫嗫嚅嚅，说不清爽，甚至紧张得说不出话来。初次进东暖阁的张之洞如此气定神闲，应对如仪，足见此人胆量不凡。

“张之洞，你说说，朝廷若是不同意崇厚在俄国私自签订的条约，俄国会出兵侵犯我大清吗？”

慈禧提的这个问题，是这段时期来，张之洞与张佩纶、陈宝琛等人反复研讨的第一个大问题，张之洞早已思之烂熟。他本可以就此侃侃而谈一两个时辰，但这里是养心殿的召见，不是龙树寺的清议，只能择其要点简略奏对。“回奏太后，臣以为第一是俄国不可能因改约而侵犯，第二为应付意外，必修武备，第三俄国乃我大清之大患，不可轻视。此次俄国之所以不敢侵犯，其理由在三个方面。一是理亏。臣建议将俄国此条约的不公不平之处布告中外，行文各国，让举世来议一议是非曲直。二是内虚。俄国虽号称大国，但自与土耳其开战以来，师老财殚，亲离民怨。近岁其国君屡有防人行刺之举，若再犯我，将有萧墙之祸。三是朝廷之兵威。这几年左宗棠在西北尤其是在新疆的用兵，威慑四夷，俄国必有畏惧。这正是此次俄国不敢侵犯的最主要的原因。当然，俄国乃虎狼之国，长期来对我有觊觎之心，我不能不防。故臣建议，新疆、吉林、天津三处应加强防备力量，以防意外。另外，臣一贯以为，与我邻近的强大敌国有两个，一是日本，一是俄国。日本国小，且未接壤；俄国大，与我有几千里疆土相接。故俄国对我的危害比日本更大，我必须对俄国实行长年戒备。”

幔帐那边，慈禧频频点头。张之洞的分析直截简明，每一句她都听到了心里。

“张之洞，不少人都主张征调曾纪泽去俄国改约，你以为如何？”

“臣以为可。”张之洞立即回答，“曾纪泽系名臣之后，许多见过他们父子的人都说，曾纪泽有乃父之风。且这些年来他又充任过英法等国公使，熟悉夷情，通晓西洋法律，必可据理力争，折冲樽俎。臣以为，朝廷当谕曾纪泽决不能在俄人面前示弱，万不可割让祖宗土地，实在不行的话，可以酌情多给点银子，以换取伊犁全境收回。”

慈禧沉思着：这是个好主意。多给点银子不要紧，大不了多收点赋税，户部开支再紧缩一点，至于后宫的供应，与多出少出几百万两银子无丝毫关系。土地的确不能割。割一寸土地出去，都是祖宗的罪人，千秋万代史册上都会当作卖国贼来书写。

关于伊犁事件的处置，慈禧通过对张之洞的垂询，已在心里大致打定主意了。她听到不少人都称赞张之洞熟读经史，遍览群书，博闻强识，学问渊懿，五月中旬甘肃地震，六月以来金星昼见，都说这是天象示异，读书不多的慈禧太后弄不清楚其间的深奥道理。何不叫张之洞来说说呢，他的学问究竟如何，也可借此测试一下呀！

“张之洞，近来地震在西北出现，金星白天可以见到，这到底是怎么回事？”

慈禧突然间提出的这个问题，是张之洞所没有估计到的。张之洞通晓典籍，对经史书上所记载的诸如山崩地震、星象反常的现象，也曾给予极大的注意。他是一个严谨的儒家信徒，对孔子不语怪力乱神的做法深为服膺。他不大相信那些谶纬家、占卜者神秘玄虚的推断，认为那多为附会之说。但经书史书为什么又都将它们记载呢？经过长期的钻研，结合十多年来的从政阅历，他确信那是先贤的一种神道说教，即借天象来劝诫君王迁恶从善，宽政恤民。他很钦佩先贤的这种智慧，现在是轮到自己来向君王履行这个神圣的职责了。

张之洞凛然奏道："甘肃地震，金星昼现，此种地理天象在康熙十年也曾同时出现过，圣祖爷当即下诏修省，令臣工指陈阙失。上苍示儆，修身省己，此正圣祖爷仁心之所在。今两宫太后、皇上敬天爱民，忧勤图治，为天下臣民所共知，然天象地理如此，亦不能不慎之。臣以为宜效法圣祖爷，从以下数事来修省弭灾。"

张之洞略停片刻，定一定神，平素常常思考的大事，一件件迅速地浮出脑海："一曰采纳直言。修德之实在修政，而修政必自纳言始。《洪范·五行传》谓居圣位者宜宽大包容，古语说君明则臣直，俗话说良药苦口利于病，忠言逆耳利于行，故采纳直言乃修政之始。二曰整肃臣职。地震乃地道不修，地道者，臣工之道也。《春秋》于地震必书，意在责臣下不尽职。以臣看来，比年来臣职不修的事例极多，跪安之后，臣当向太后一一奏明。"

"你要照实禀报。"慈禧打断张之洞的话。

"是，臣一定如实禀报。"张之洞继续奏下去，"一曰厚恤民生。《周易·大象》曰，山附于地，剥上以厚下安宅。程子注曰：山而附着于地，圮剥之象，居人上者观剥之象，则安养民人以厚其本，所以安其居也。西北地震，正是上天启示下界有不安之民，故请厚恤民生。一曰谨视河防。史传所载，金星为变，抑或主水，故请朝廷加以提防黄河、淮河及京畿永定河等多灾河道，加固险工，防患于未然。臣以为地震及金星昼见虽不是好事，若见上苍之示儆，而修身省达，自可以消灾弭祸，国泰民安。"

慈禧见张之洞引经据典如随手拈物，不觉暗自佩服，心里想着：如此饱学而不迂腐的人才却屈居于司经局洗马，真是可惜了，应该破格提拔。转念又一想，张之洞是清流党的重要成员，朝廷口碑不一，宜慎重对待。她想听听张之洞本人对清流党的看法，遂问："张之洞，都说京师有个清流党，专门弹劾中外大员，你以为如何？"

张之洞没有料到慈禧会提出这般尖锐的问题，他一时不知从何答起。他本能地意识到，太后对"清流党"三个字是不喜欢的，从来帝王都不喜欢臣工拉帮结派，即使是文人雅士的集会结社，一旦被目为结党的话，也会为之不安。张之洞想到这里，头上冒出丝丝热汗，并一直热到颈根。他凝神片刻，调整下心绪，然后坦然奏道："启奏太后，臣以为清流党一说不合事实。臣自从光绪二年从四川回京后，与李鸿藻、潘祖荫、张佩纶、陈宝琛等人交往颇多。一则臣仰慕他们持身谨严的人品和忠于太后皇上关心国事的血性，二则臣与他们有喜爱学问诗文、金石考辨等癖好。尽管从来便有君子之党与小人之党的分别，但臣仍凛于'结党营私'之儆戒，不敢与人结社组盟，以贻口实。据臣所知，李鸿藻等人与臣此心相同。且臣以为专门弹劾大员一说亦不全合事实。就拿臣来说吧，这几年除代黄体芳起草过弹劾户部尚书董恂外，其余不论是为人代拟，还是自己署名的三十多道折子，全是言事陈策，并不以纠弹大员为主。比如这次伊犁事件，臣主张严惩崇厚，但亦非专门冲着崇厚而言。臣为此事草拟了七八道折子，还有几道未及上奏，所有这些奏章，都重在如何妥善处理伊犁归还一事，而不重在如何惩处崇厚一人。臣幼读先儒之书，粗明大义，既不敢结党以营私，又不愿以劾人而利己，厕身于翰詹之际，留心国事，乃臣之本分。臣一向认为，当以剖析事理寻求善策为重，而不应以严峻惩罚罢官削职为目的。"

慈禧默默地听着张之洞这番长篇陈述，心想：被人目为"清流党"的头面人物中，张佩纶、陈宝琛等人招怨最多，而张之洞确乎遭人攻讦不多，这或许正如他自己所说的，他这个"清流党"重在言事而少言人？张佩纶、陈宝琛今天弹这个，明天纠那个，日后将积怨甚多，恐于己不利。隔着薄薄的黄丝幔帐，慈禧盯着张之洞良久，似乎看到这个司经局洗马的另一面。是明哲，抑或是乖巧？是练达，抑或是圆滑？

出于对清流党本能的不喜欢，再加上那张不能令人悦目的长脸和上下不协调的短小身材，另一种想法渐渐地在慈禧的脑子里占了上风：他是一个诚恪务实、老成持重的干才吗？是一个能当大任、震慑群僚的社稷之臣吗？还得再看一看，等一等！暂缓破格，循例晋级吧。慈禧作出这个决定后，对着幔帐外跪着的张之洞挥挥手："你跪安吧！"

走出养心殿，一阵凉风吹来，张之洞不由自主地打了个冷战。此时，他才发现，贴身的内衣早已湿透了。

六　杨锐向老师诉说东乡冤案

回到家里，张之洞关起书房门，独自默默地坐了大半天。就像孩童时代回味好看的戏一样，养心殿召见的每一道程序、每一个细节，都在他的脑子里慢慢地重新出现一遍，尤其是将太后的每一句垂询和自己的每一句对话，再细细地咀嚼着，仔细体会太后每句问话的意思和有可能蕴含的其他内涵，以及自己的应对是否得体，是否达意。他揣摸着慈禧太后对伊犁事件的心态：恼怒崇厚所签署的这个条约，使她和大清朝廷在洋人面前失了脸面。倘若有足够的力量的话，这个强硬的中年妇人决不会谈判，她会下令左宗棠带兵赶走伊犁城里的俄国人，将这座本是自己的城池强行收回来。只是现在国力衰弱，她有所顾虑。张之洞相信自己废约杀崇厚、积极备战迎敌的主张，与慈禧的心思是吻合的。在整个召对的半个时辰里，自己的各种表现也没有失仪之处。

张之洞想到这里，心情兴奋起来。他将已经草拟的几份奏稿再一字一句地仔细斟酌着，力求考虑得更周到，更全面，更细致，更易于被采纳。司经局洗马不仅要为太后和朝廷在处理伊犁事件中提供一份完整的方略，同时，也要为国史馆保留一份完备的文书，以供后人阅览，日后遇到棘手的国事，张某人所上的这一系列奏章便是一个极好的借鉴。

他还想到，久困下僚、屈抑不伸的年月就要从此过去了。通籍快二十年，还只是一个从五品的小京官，张之洞为此不知多少次的苦恼过、困惑过、愤怒过。论出身，论才学，论政绩，论操守，哪样都比别人强，偏偏就升不上去。是缺少溜须拍马的钻营功夫呢，还是时运未到？想起父、祖两辈都官不过守令的家世，他有时会无可奈何地摇头叹息：难道是张家的祖坟没葬好，压根儿就发不出大官来？

看来，时至运转，这一切都要改变了！

然而，现实并没有这个富于幻想的从五品小京官所设想的那么美妙。

首先，是恭亲王奕䜣和文华殿大学士直隶总督李鸿章多次向慈禧郑重指出，作为与俄国谈判的特使，崇厚是不能杀的，杀崇厚无异于侮辱俄国。俄国是侵略成性的军事强国，与之开战，中国必定损失更大。用武力收复伊犁之议，貌似爱国，实乃误国。这是不负责任的轻举妄动。自古以来清议皆误国，今日张之洞、张佩纶等人正是这样的人。

接着，各方推举认同的崇厚替代者驻英法公使曾纪泽从伦敦上疏，说筹办伊犁一案不外三种方式：战、守、和。曾纪泽详细分析敌我双方形势：伊犁地势险要，俄人坚甲利兵，战未必能操胜券；且伊犁乃中国领土，开战后俄人无损，受害者实为中国，何况俄人对中国觊觎已久，此次不过借伊犁以启衅端，开战正合其意。中国大难初平，疮痍未复，不宜再启战事。故战不可取。言守者，谓伊犁乃边隅之地，不如弃之，以专守内地。持此论者不知伊犁乃新疆一大炮台，若弃伊犁则弃新疆；新疆一弃，西部失去屏障，故守亦不可取。当此之时，只可与俄国言和，修改条约，能允者允之，不允者坚决不允，领土及边界事决不迁就，其余不妨略作通融。至于崇厚，可以严惩，但以不杀为好。

曾纪泽这个处理伊犁一案的方略，得到朝野的一致拥护，慈禧本人也同意。既然按照曾纪泽的稳健方案来办事，过于强硬的张之洞便不宜破格提拔。慈禧又为循例晋级找到一层理由。于是，张之洞便由从五品升为正五品，官职则升为詹事府右春坊右庶子。

仅升一级，张之洞虽然感到失望，但毕竟官位提升了，也是好事。尤其令他欣慰的是，朝廷没有接受崇厚所签署的丧权卖国条约，将崇厚拘捕，定为斩监候，并改派曾纪泽为全权特使与俄国继续谈判。张之洞认为朝廷还是接受了他处理此案的大计方针，这足以值得快慰。相对于国家主权来说，没有破格超擢，毕竟还是小事。他仍然以极大的兴趣密切关注着事态的进展，凡关于此案的一些新想法，他总是不断地缮折递上去，供太后参考，以尽自己对国家应尽的职责。

这一天，他在书房阅读邸抄，得知曾纪泽已抵达俄国，正在与驻俄国的英国大使德佛楞及法国大使商西接触，探询英、法两国对伊犁一案的看法。张之洞对曾纪泽办事的稳重很满意。这时，王夫人进来说：“尊经书院的学子杨锐来看你了。”

“杨锐来了？”张之洞放下手中的邸报，惊喜地说，“快叫他进来！”

“学生已经进来了。”

说话间从王夫人身后走出一个二十岁出头、五官清秀的青年，他就是杨锐。“香师，三年多没有见到您了，这几年来都好吗？”

“好，好！”张之洞一边回答，一边指了指身边的椅子说，“坐，坐下说话。”

杨锐在张之洞的对面坐下来，张之洞将他上下打量了一番，笑着说：“三年不见，你长大许多了，有一点男子汉的气概了。”

说得杨锐不好意思起来，咧开嘴笑着。王夫人亲自端一碟盖碗茶上来，对杨锐说："这还是那年在成都，你陪着老师在黄瓦街买的青花茶杯，用了几年，还跟新的一样。"

师母这般亲热，这般慈祥，使杨锐备感温暖。他起身接过茶碗，如同小孩在长辈面前表功似的说："黄瓦街是满城。我那年对香师说，满城里卖的瓷器是宫廷用瓷的余货，看来我这话没说错吧！"

"三年为期太早了。"张之洞笑着插话，"五十年后还这样光亮如新，我就相信你的话了。"

"五十年？"王夫人望着丈夫说，"五十年后你要他跟谁去论辩？"

张之洞哈哈大笑起来，说："跟我的女儿呀，跟我的准儿去论辩呀！"

准儿是王夫人生的，张之洞很是疼爱，视若掌上之珠。见丈夫这样时刻把女儿放在心头，王夫人心里很是欣慰。她略作娇嗔地瞪了丈夫一眼后对杨锐说："你看，老师见了你有多高兴！"

眼看着老师这种发自内心的快乐心绪，杨锐如同沐浴着春风的温情，他笑着说："那时学生还是要跟香师面论，硬要香师当面承认这是真正的宫廷备选品。"

"好，好，到那时若还这样，我又没死的话，再承认不晚。"张之洞笑得更起劲了。

杨锐端详着老师怡然自得的神态，心里想：香涛师与在四川时没有多大的变化，只是显得瘦了点，两鬓增添了几根白发。他将随身所带的一个小布包送过去，说："我知道您从不受人礼物，但这不是礼物。当年您要我们在书斋后面种楠竹，这几年来，楠竹长得很茂盛，春天还有竹笋可挖。知道我要到北京来，书院的几个同窗说，带点干竹笋给香师尝尝吧，京城没有笋子吃。"

"好，好，我收下。"张之洞很高兴地接过小布包，随后放在书案上，说："当年我要你们在书院里种点竹子，是想以竹之气节风骨激励大家，想不到今天还可以在京师吃到尊经书院的竹笋。"

说罢又欢畅地笑起来。

督学巴蜀的三年，是张之洞难以忘怀的岁月。

同治十二年，三十六岁的张之洞被任命为四川学政。一向崇尚实干的新学台，决心在三年任期内为巴蜀学界做几件实事。

那时四川士林风气不正，科场作弊之风十分严重。张之洞通过深入考察后，制定了诸如“禁鬻贩，禁讹诈，防顶替”等整理科场的八大措施，督促各州府严格执行，科场作弊之风顿时根绝。张之洞又针对不少士子参与当地士绅们举办的局所，与局所办事之人勾结为奸民怨沸腾的情况，下令不准士子参与局所，凡有违背者，一律惩办，直到革去功名。张之洞说到办到，雷厉风行，在革去几个秀才的功名之后，此风已几近绝迹。

为更多更好地培养人才，造就四川的新学风，张之洞接受丁忧回籍的前工部侍郎薛焕等十五名官绅的建议，创建了尊经书院。光绪元年春天，尊经书院在成都南门外落成，延请薛焕为山长。薛焕也是一位名宦。咸丰十一年，薛焕在江苏巡抚任上，与时任两江总督的曾国藩一道奉旨购买洋枪洋炮及雇法国工匠传授制造经验，揭开“徐图自强”的序幕。张之洞聘请这位广孚众望的能干大员出任书院的第一任山长，正是他对书院的重视和期望。开学那天，他和四川总督吴棠亲自前去祝贺。

张之洞为尊经书院制定的目标是培养通博之士致用之才，在四川造成经世致用的务实学风。在川期间，他经常去书院给士子们讲课。为了指导书院的学子和川省士人，他撰写了两部重要的学术著作：《輶轩语》和《书目答问》。

在《輶轩语》这本书里，张之洞以学政的身份发表许多有价值的教诫之语和经验之谈，希望士人们成为德行谨厚、人品高峻、志向远大、习尚俭朴的道德君子，并提出读书期于明理、明理归于致用的求学原则。在《书目答问》一书里，张之洞则以广博精审的目录学家的身份，为士人开出二千二百余种包括经史子集在内的书目，为初学者打开走进学术殿堂的大门。

在尊经书院的授课过程中，张之洞发现五个资质特别聪颖、读书特别发奋的少年。他大力表彰他们，树立五少年为全省士子的榜样。其中一个不仅书读得好，而且品行更为卓异，志向更为高远，张之洞将他列为尊经五少年之首，此人即十七岁中秀才、十八岁进书院的绵竹人杨锐，表字叔峤。

“你几时到的北京？”张之洞端起茶杯，满是慈祥目光的双眼，望着这个深得他喜爱的青年。

“前天下午到的。本想昨天就来看望香师，想起一路风尘，样子太难看了，于是昨天去街市上买了一身衣服，剃了头，将通身上上下下打扫了一遍，今天才敢登门拜谒。”杨锐端坐叙说，两只机灵的大眼睛闪动着耀人的光彩。

真是一块无瑕美玉！张之洞在心里赞叹着。前天进的京，今天就来看望了，他为弟子的重情重义而高兴。“这两天住在哪儿？”

“南横街客栈。”

“不要住客栈了，明天就搬到我这儿来住。”张之洞放下茶杯，似乎表明他这句话就是一个决定似的，无须商讨。

“住在这里打扰香师和师母，我心里不安，还是住客栈方便些。”杨锐推辞着。

“什么打扰不打扰的，我的客房正空着，你住下就是了。住家里，我们师生说起话来也方便。三四年不见面了，我有许多话要对你说哩！”

说罢不待杨锐开口，便对门外喊：“大根，你过来下！”

一个长得五大三粗的二十多岁的汉子迈着大步走了进来：“什么事，四叔！”

“你去把客房收拾下，这位从四川来的远客明晚就睡在家里，有一段时间住。”

“嗯，知道了。”大根一边回答四叔的话，一边很热情地与杨锐打着招呼。

杨锐见大根叫张之洞为“四叔”，知不是一般的仆人，便问：“香师，我应该怎样称呼他？”

“他是我的远房侄子，你们年龄差不多，兄弟辈分，都以名字相称吧！你叫他大根，他叫你叔峤。”

杨锐忙起身，对大根说：“大根兄弟，给你添麻烦了。”

大根友善地说：“不要谢，这是我分内的事。”

说罢离开了书房。

大根来到张之洞的身边已经十年了。八岁那年，大根的母亲去世，做江湖郎中的父亲便带着他走南闯北。父亲略识几个字，有些武功，早早晚晚没得事时，便教儿子习拳练武，也把自己所认得的字教给儿子。十二三岁开始，父亲便教他识辨各种草药，背汤头歌诀，以便让他长大后能有个养家糊口的技能。大根聪明勤奋，父亲所教的，他都学会了；加之长年跟着父亲走村串户，小小年纪，也有不少阅历。可惜，十五岁那年，父亲不幸病故，大根成了无依无靠的孤儿，只得回南皮老家，一个人孤苦伶仃地耕种两三亩薄地。张之洞那年回籍祭祖，见到这个已与他出了五服的孤儿，看出这是一棵难得的好苗，只要稍加培养，就可能成才。张之洞是一个胸怀大志的人，并不安于做一个文学侍从，他要经世济民。做镇抚一方的疆臣，做管理天下的宰相，才是他的志向。他相信迟早会有这一天的。因此他需要在身边聚集人才，大才小才都要，尤其要有几个贴心人。他们或帮自己出谋划策，排难解忧；或鞍前马后照顾保卫，防患歹徒的侵袭，戒备仇家的暗害。再过几年，大根就是一个很好的贴身侍卫。就这样，张之洞把大根带出了南皮。

张之洞既对大根予以重视，便对大根格外看待，视他为亲侄，规定他早上一个时辰识字读书，以补过去之不足；晚上一个时辰练习武功，使先前的功夫不荒废。去年，王夫人收了一个十八岁的女孩春兰做女仆。春兰有爹无娘，命也不好，张之洞夫妇见她勤快善良，便做了主，将春兰嫁给大根。大根和春兰感谢张之洞夫妇的恩情，遂死心塌地为张府做事。

喝了几口茶后，张之洞对杨锐说：“说了这么多闲话，正话还没说上。叔峤，你这次跋涉几千里来京师，究竟是为了什么事？”

“我正要跟您禀报哩。”杨锐脸上娃娃似的笑容瞬时不见了，代替的是一脸的凝重神色，“学生受父老乡亲的委托，特为东乡惨案一事进京，替冤死的东乡农人鸣冤叫屈。”

“东乡的案子还没有处理好？”张之洞颇为惊讶地问。

“还是维持过去的老样子。不但东乡屈死的冤魂不能安妥，凡有良心的川中士绅也都不能心服，故而委托学生几个人再次进京申诉。”杨锐说得激动起来，两只眼中的泪花在闪动。

“都四五年了，还没有处理好，天理良心何在！”张之洞是个易于动感情的人，看到杨锐眼噙泪水，他自己也不禁双眼模糊了。

东乡案子出来的时候，张之洞正在四川做学政，这个案子的前前后后他都知道。

四川农民赋税沉重，除地丁银外，还有各种捐输和杂税。爱新觉罗氏入关之初，为笼络人心，公开向全国保证：子子孙孙永不加赋。但这句话并没有承诺多久，就以各种名目变相加赋加税来自我否定了。太平天国起事后，军饷浩大，朝廷为筹饷银，横征暴敛。东乡是一个穷县，这些年来各种赋税加起来要超过战争之前的十倍。而且负责征收钱粮的局绅和官吏相互勾结，百般勒索，手段恶劣。东乡农人忍无可忍，终于在光绪元年集体抗粮不交，聚众请愿，要官府清算历年粮账。

东乡知县孙定扬以“刁民聚众谋反”为辞报告川督文格。文格得报后，立即派出提督李有恒率官兵急赴东乡镇压。李有恒穷凶极恶地命令官兵，将东乡抗粮村寨不分男女老幼全部杀掉，造成四百余人冤死的特大惨案。

东乡惨案发生后，巴山蜀水一片震惊。在成都的张之洞闻讯，愤慨地对学政衙门的属员们说："乡民请愿，只能劝解，即使真的是聚众谋反，也只能拘捕首犯，驱散众人，怎么能杀这么多人？这里该有多少冤死鬼！"

他是学政，不便干涉地方政务，得知东乡推举士绅进京告状，他心里是赞同的。东乡一案得到川籍御史吴镇的同情，他联络几个京官联名上疏，参劾川督文格。后来，朝廷将挑起这桩案子的直接当事人知县孙定扬、提督李有恒革职，将川督文格调离四川，擢升山东巡抚丁宝桢为四川总督，令丁宝桢视情节轻重处置此案有关人员。这时，张之洞刚好三年学政期满，离川回京。一路上，听到的都是不服朝廷如此办理的民怨，他自己也认为此案处置不当。

丁宝桢到了四川之后，采取息事宁人的态度，将大事化小，小事化了，与东乡冤案一事负有直接责任的人员几乎无人遭到惩罚。东乡县民愤愤不平。

去年，张佩纶得知此事后上了一道奏章，弹劾丁宝桢，请复审东乡一案。朝廷接受张佩纶的意见，委派致仕在京的前两江总督李宗羲前往四川复查。李宗羲查实后上报朝廷。朝廷再派礼部尚书恩承、吏部侍郎童华为钦差大臣，前往四川复审。朝廷这些举措，张之洞都知道，至于两个钦差大臣入川后的具体情况，他就不清楚了。

杨锐气愤地告诉老师："恩承、童华一进成都，就被丁宝桢接去住了总督衙门，天天山珍海味招待，又从各戏园子里招来长得漂亮的妹子，给他们唱川戏消遣。成都住厌了，又去峨眉山住了一个月。两个钦差在四川享尽了清福。他们只派了三个随从在臬司方濬颐陪伴下，装模作样地到东乡逛了几天。据说丁宝桢对两个钦差讲，东乡的案子不能翻，翻了，四川今后就收不到钱粮了。还说他这个总督当不了是小事，朝廷缺了四川的钱粮可不得了。两个钦差听了，认为丁宝桢的顾虑是对的，于是维持原判，不准翻案。"

"岂有此理！"张之洞愤慨起来，"丁宝桢怎么变得这样糊涂了。"

丁宝桢原本不是一个糊涂官员，几年前他干了一件震惊天下的大事，使得他名播九域，广受赞扬。

同治八年秋天，慈禧太后打发身边的太监安得海南下江宁、苏州，为大婚在即的同治帝置办衣料。清朝祖制规定太监不得出京城。慈禧一向不把祖制放在眼里，安得海是她的宠奴，她叫安得海出京，表面上是置办大婚衣料，背地里让他摸一摸各省官员对她的忠诚程度。安得海仗着慈禧的宠信，肆无忌惮。他乘坐特制黄龙船，打着金乌赤兔旗，顺着运河招摇南下。沿途官员又惊又怕，纷纷登船拜谒，送上厚礼，安得海一一照收。

丁宝桢时任山东巡抚，山东为安得海必经之省。他得知这一消息后，一面飞章报告朝廷，一面派员在泰安等候，设计软禁安得海一行。安得海不知内里，软禁时仍作威作福，并威胁说如不放他出去，贻误了采办衣料的大事，这责任要山东省全部承担。丁宝桢不理会他，静等朝廷的旨令。

说来也是安得海合该命绝。平时各省督抚的急奏都是直接送慈禧，恰好那天奏章到时，慈禧正在看戏。内奏事处的太监怕触犯了她的兴头，便把奏章送给了同治小皇帝。小皇帝看后大怒，连忙报告嫡母慈安太后。慈安性格较为懦弱，处理国事的才能又远不如慈禧，她通常不过问政事，听任慈禧一人说了算，也因此助长慈禧的骄悍。慈安对慈禧不甚满意，却也无可奈何，只得听之任之。只有一件事，令身为女人的慈安极端不安，那就是关于慈禧私生活不检点的流言蜚语。

在慈安看来，用错了一个大臣，办错了一桩国事，都还只是小事一件，若是慈禧与男人弄出个什么把柄出来，那可就是大清朝廷的第一大丑事了。这些流言中，涉及安得海的最多。安得海与慈禧亲密的程度超过常情。他不但与慈禧并肩说话，甚至有时还跟慈禧并头睡觉。宫女和太监们私下议论：安得海极有可能身子净得不彻底，不然的话，西太后怎么会这样喜欢他？这些闲话传到慈安耳里，真让她如坐针毡，惶恐不安，但又不好与慈禧明说。她终于想出了一个法子：命令太医院对宫中所有的太监重新检查一遍，以便从中看出个究竟来。不料，轮到检查安得海时，慈禧一早就把他打发出宫外，直到天黑才回来。一连三天，天天如此，弄得太医们束手无策，不好再查安得海了。这样一来，慈安更焦急了。

没想到安得海在山东给扣住了，正好借此根除后患！慈安心里这样想好了，但还是有点惧怕慈禧，又悄悄把奕䜣叫来商议。关于慈禧与安得海的流言，奕䜣早就听说。作为皇室中的重要成员，奕䜣和慈安一样，也怕慈禧坏了皇室的体面。何况前几年慈禧又借故撤掉了奕䜣的“议政王”头衔，奕䜣一直怀恨在心，现在正好报此一箭之仇。奕䜣毫不犹豫地对慈安说：“祖宗之法在这里，谁都不能违背。立即传旨山东：安得海就地正法。”

说完亲自拟了一道谕旨，火速递往济南。

丁宝桢奉到圣旨后欢喜无尽，他生怕再有后命，便传令第二天即在泰安城里斩首，并暴尸三日。

斩杀当今天下第一人身边的宠阉，这是一桩令百无聊赖的人世间何等新奇何等刺激何等快慰的大事！一时间，泰安全城骚动，男女老幼倾巢而出，蜂拥十字街头，一睹这个千载难逢的场面。三天之内，从附近各府县来泰安城的观者不下百万。其间最令人感兴趣的是，这个安得海的下部究竟有那个家伙没有。千百人用棍子、竹竿在撬动，千万双眼睛在死死地盯看，结果众口一词：安得海的那个家伙确实被阉掉了，他是一个货真价实的太监！

得知安得海在山东被斩的消息后，慈禧真是又恼怒又伤心。她知道这是慈安和奕䜣在暗算她，但她发作不得。然而暴尸三日，让世人都看清了安得海，这无疑又是帮她洗刷冤枉的最好办法。安得海究竟是不是真太监，慈禧心里最清楚。于是，慈禧转而又庆幸有这样一桩事情出来。她是一个最善于把握机会打击别人抬高自己的人，不但不指责丁宝桢，反而发布明谕嘉奖他不畏权势耿直忠贞，有古大臣之风。过了几年，东乡案发，文格离川，慈禧又提拔丁宝桢为川督。丁宝桢赴川之前，慈禧命他进京陛见，又当面表扬他。这丁宝桢冒着丢官的危险干了这桩事情，结果不仅出尽风头，还升了官，真是大大出乎意外。丁宝桢感激慈禧的英明大度，遂铁心为朝廷办事。

东乡发生的冤案，为官几十年的丁宝桢不是不明白其中的曲直，但他不想翻这个案。一来他怕牵累许多当事人，于自己于他们都不利；二是他顾虑东乡翻了案，以后乡民都会效尤，四川的钱粮就不好收了，他这个总督也就不好当了。为自己着想，为朝廷着想，明摆着是冤案，也以不翻为好。这便是此案复审后不能翻过来的关键原因。然而张之洞不能容忍这种草菅人命的做法，书斋里泡大的清流党骨干笃守孟子“民为本”的古训，把四百多条人命看得比一省的钱粮重要得多。

“叔峤，你刚才说与你一同进京的还有几个人，他们是谁，进京后住在哪里？”

“这次进京来的，除我外，还有两个。”杨锐答，“他们都是东乡人，家里都有亲人被冤杀。一个名叫何燃，是锦江书院的。一个名叫黄奇祥，也是尊经书院的。何燃有个远房亲戚做内阁中书，他和黄奇祥一同住在这个亲戚家里。”

张之洞点了点头，又问：“你们也一起商量过了吗，进京后怎么办呢？”

“商议过，商议过。”杨锐情绪顿时高涨起来，说，“一是找几个说得起话的川籍大官吏，如工部侍郎郭心斋、太常寺少卿李岫云等人，请他们代转东乡县的状子。二是找都察院，恳请吴镇联络几个人再次上疏。另外，我们三个人还打算在前门外、天桥、琉璃厂等热闹地带散发东乡冤案的状子，以求过路君子帮忙。”

“你们这是苏三的法子。”张之洞浅浅地笑道。

杨锐不好意思地笑了一下，说：“这是没有法子的法子，或许有张状子能落到一个好心的大员手里，也未可料定。”

“最好不要用这个法子。”张之洞沉吟片刻说，“万一有人说你们扰乱市井秩序，向步军衙门告你一状的话，东乡的事情没有办成，自己倒先落了难。”

“是，是。这个法子不用。”杨锐忙点头。“临走前一天，王壬秋山长特为把我们召去。”

“王闿运这几年的山长当得如何？”张之洞打断学生的话。他显然对这位王山长有很大的兴趣。

“壬秋先生这个山长真是当得妙极了！”尊经书院的学子突然间变得眉飞色舞起来，兴致盎然地演说着他的山长，“他的学问文章之好是不待说了，这是天下的共评。他的为人之倜傥，授课之风趣，言谈之机锋，若不是受过他的亲炙，是决然想象不出来的。听他讲学，简直好比赴太牢之宴，听韶乐之音，是人生最大的享受！”

“尊经五少年”之首满面红光，双目流彩，似乎已陶醉在王闿运所营造的美轮美奂的学术境界中。张之洞看到不脱稚气的杨锐的这番表情，不禁发自内心地羡慕起来：这就是少年情怀！多么纯洁，多么真诚啊！当年自己也曾这么崇拜过心中的偶像，而现在再也没有这种单一的心境了。再崇高的人物，哪怕就是周公孔孟出现在眼前，也不会这般倾心。这是人生的成熟，这也是人生的悲哀！

“特别令人折服的是，”杨锐仍没有从陶醉中醒过来，继续说，“每月朔日，总督丁宝桢带着一批司道大员、成都将军魁玉带领一批提镇大员，亲来尊经书院听壬秋山长的课。他们和学子们一样，上课前向山长鞠躬，然后一个个端坐听课，不说话，不抽烟。山长坐在讲堂上，天南地北，随意发挥，就像天女散花似的，落英缤纷，美不胜收。一个多时辰过后，山长讲完了，又一个个向他鞠躬告别。每月朔日这天，尊经书院翎顶辉煌，绿呢大轿堆满校园。大家都说，除开尊经，天下还有这样的书院吗？除开壬秋先生，天下还有这样的山长吗？我们这些做弟子的，真是觉得荣耀极了。”

张之洞默默地听着杨锐有声有色的叙述，心里想：尊经书院由王闿运来掌院，可真正是选对人了！十年前，张之洞和王闿运就有过亲密的交往。

同治九年，张之洞从湖北学政任上卸职回京。那时，王闿运正在京师盘桓，以一阕《圆明园词》饮誉京师诗坛。文人雅士集会，都争相邀请王闿运。王闿运则每请必去，每去必赋。他的捷才赢得众人的叹服。就是在这种宴饮场合中，同样也是诗文满腹的张之洞，与王闿运结成了互相钦佩的好朋友。尊经书院落成后，学政张之洞心中的山长人选，第一个便是在湖南设帐授徒的王闿运。但薛焕是创建尊经书院的发起人，又是在籍侍郎，第一任山长由薛焕来做，又似乎更适宜。于是张之洞致函聘请王闿运做书院的主讲。王闿运自恃才高名大，不愿做屈居山长之下的主讲，遂不入川。丁宝桢早年在长沙做知府时，便礼聘王闿运做西席，后来做鲁抚，又聘请王闿运在济南做了两年幕僚，关系非比一般。丁宝桢一到四川，即下聘书请王闿运做尊经书院的山长。王闿运一接到聘书也便来到四川，并把尊经书院当作自己的事业所在，大有士为知己者死的味道。

想到这一层后，张之洞不仅庆幸尊经书院得人，也为丁宝桢礼贤下士的品格所感动，不知不觉间对他的愤怒也减去了三分。

“叔峤，说段王壬秋的掌故给你听！”张之洞突然间来了雅兴，杨锐兴奋得忙正襟危坐洗耳恭听。

“咸丰十年的春闱，本来我是要去参加的，不料堂兄奉旨充任同考官，于是只好回避，眼睁睁地失去了一次机会。王壬秋那年去考了。他是咸丰五年中的举，连考两科会试都未中，这是第三次了。头场考四书文，他兴之所至，乱发议论。卷子交上后，细思又出格了，此科必罢无疑。他是个最任性子最爱出风头的人，心想一不做二不休，横竖是落第，不如出它一个大格，留一段佳话在科场史上也好。第二场考五经义。他丢开五经不议不论，却洋洋洒洒地写下一篇大赋，还给它标个题，叫做《萍始生赋》。阅卷官看到这份卷子后大为惊骇，都说这是有科举考试以来破天荒的第一次。”

“有这样的事！”杨锐瞪大着双眼，随即由衷地赞叹，“这样的事，只有大英雄才做得出，壬秋先生真是大英雄！”

张之洞笑了笑说：“王闿运此举惊世骇俗，的确不是常人所能为的。这篇赋因为是写在试卷上，故很快便流传开来，甚至比《圆明园词》还要传得广。”

“香师，这篇赋你还记得吗？背给学生听听。”杨锐急着问，恨不得立即把这篇奇特的赋全文铭记。

“赋很长，我背不全，只记得开头几句。你回四川后再去问你的山长吧！”

杨锐仍不死心，央求道：“您就把开头那几句背给学生听听吧！”

张之洞碍不过学生的恳求，略为想了想后背道：

> 有一佳人之当春兮，蕴遥心于曾澜。澹融融不自恃兮，又东风之无端。何浮萍之娟娟兮，写明漪而带寒。隐文藻与冰落兮，若揽秀之可餐。苟余情其信芳兮，岂犹媚之香荪。览生意之菲菲兮，盖漾影而未安。退静理夫化始兮，怅结带以盘桓。

张之洞一边背诵，杨锐一边摇头晃脑地在心里附和。直到张之洞停住好长一刻后，杨锐知道他背不下去了，才叹道：“这浮萍之形态，直让山长给写活了。如此好赋，学生竟未读过，真是惭愧。回川后一定求山长写给我，一天吟它几回。”

“我们扯得太远了，还是言归正传吧！”张之洞把撒得漫无边际的网收了回来，说，“刚才你说王壬秋把你们召去，传授什么锦囊妙计了？”

“不是锦囊妙计。”杨锐说，“山长说，东乡案子定了这多年了，复审也没翻过来，找别人都没用，只有一个人可以回天。”

张之洞似乎已意识到，王闿运说的这个有回天之力的人，很可能就是指自己。

“我们问王秋山长，这个人是谁。他说，此人就是你们的前任学台张大人呀！”

果然不错！张之洞对老友的信任颇感欣慰。

杨锐盯着张之洞，见前任学台大人在微微点头，心中甚是喜悦，忙接着说下去：“壬秋山长说，张学台虽不是四川人，但他在四川做过三年学政，对四川是有感情的。东乡案件出来，他正在四川，前前后后都清楚。尤其难得的是，张学台忠直耿介，敢于仗义执言，而且他的奏章写得好，有力量，最能切中要害。你们看他关于伊犁一事的那些奏章，哪一道不是掷地作金石声，朝廷不按他的办行吗？你们去北京找他，就说我王壬秋拜托他啦，东乡四百多冤魂要靠他来超度哩！”

老友如此信任的这番情感，使得张之洞热血沸腾起来，大声说：“壬秋知我，就凭他这几句话，我张某人也非为东乡冤魂上疏不可！”

“谢谢，谢谢香师！”杨锐很感动。稍停一会，他又补充一句，“壬秋山长说，东乡一案不关丁制台的事，请张学台在涉及丁制台时笔下留情。”

张之洞哈哈大笑起来：“这个王壬秋，又要讨东乡人的好，又要讨丁宝桢的好，也够圆滑的了。”

说罢起身。又说：“叔峤，你今天设法找到你那两个同伴，明天一起到我家来，把这几年东乡案子的情况详详细细地向我禀报，不能有半点虚假，我来为你们上疏请圣命。”

杨锐忙起身，打躬作揖，然后急急忙忙地离开张府。

七　前四川学政为蜀中父老请命

为了谈话方便，张之洞把何燃、黄奇祥也接到自己家里住，夜晚和杨锐一道挤在小客房里。张之洞和他们一连谈了三天话。三个川中学子对他们心目中德高望重的前学台大人，详详细细地述说东乡一案的冤情，述说朝廷对此案的不当处理后东乡农人的愤恨和省垣士绅的不平。又说，若此次再得不到公平处理，四川的人心将难以安定，其后果当不可预测。何燃、黄奇祥都有亲人在此案中罹难，切肤之痛使得他们更加情绪激昂，说到伤心时甚至嚎啕大哭，涕泗滂沱。张之洞的心情十分沉重。王夫人间或也坐在一旁听听，民间的疾苦常常令她黯然泪下。

前些天，何燃、黄奇祥搬出了张府，仍住到原借居的地方，他们和杨锐一起在京师四处活动，将东乡的冤案遍告官场，以便取得更多人的同情和支持。张之洞则在书房里苦苦地思索着，如何来写这道奏章。

这是道棘手的奏章，棘手之处很多。

首先，它要推翻已经定了五年之久的旧案。案子翻了，便意味着原判错了，这便要牵涉到很多人：既有朝廷方面的，也有四川方面的。朝廷方面，处理此案的吏部、都察院的那些官员都还在原来的位子上，他们会认错吗？四川方面，当时的总督文格虽免了职，没过两年又调到甘肃做藩司。据说此人人缘最好，关系最多。弄到他的头上去，今后好收场吗？

其次，棘手之处还在于要否定去年恩承、童华的复审。无疑，这既要得罪两位朝中大员，又要得罪丁宝桢。恩承、童华都是资格老、羽翼广的前辈。尤其是恩承，正经八百的黄带子，据说辛酉年的变局中，此老还是有功之臣，连慈禧都从不对他发脾气。这样的人开罪了，日后随便扔双小鞋给你穿，你受得了吗？还有那个丁宝桢，也的确不是一个平庸人物，张之洞对他怀有三分敬重，也有三分畏惧。他连安得海都敢拘捕斩杀，若与他结成对头，他会和你善罢甘休吗？

最后，这又是一个抗粮的案子。完粮交赋，自古以来，就是做老百姓的天职。没有百姓的粮赋，朝廷吃什么？官府吃什么？八旗绿营吃什么？国家缺了粮赋，还能维持得下去吗？盘古开天地以来，哪朝哪代不是把向百姓征粮征赋当作头等大事来做！同样，也把百姓的抗粮抗赋当作头等大案来镇压。抗粮，这是个多么可怕的罪名！聚众抗粮闹事，简直如同反叛，镇压讨伐，理所当然。杀一儆百，镇压东乡的目的，就是要稳住整个四川，甚至全国。这个道理是明摆着的，丁宝桢的话并没有错，身为朝廷命官的张之洞也知道此中的关系。

那么，东乡这个案子就不要去翻了？抑或是自己不去插手，让别人去做？

张之洞背着手在书房里缓缓地踱来踱去。夫人亲手端来的银耳羹摆在书案上很久了，他也没有心思去喝一口。他焦急着，心里烦躁不安，脑子里思绪纷杂，一团乱麻似的难以理清。

“不，不能！”张之洞突然发狂一样的在心里喊叫。儒家信徒的“民本”思想，言官史家的职守使命，前任学政的道义责任，热血男儿的天理良心，所有这些都告诫他，敦促他，决不能袖手旁观，决不能冷漠淡然，决不能因个人得失而放弃人间公道！

张之洞停止踱步，毅然坐到书案前，将已冷了的银耳羹一口吞下，决心义无反顾地为东乡冤民上疏请命。

他托腮凝思。

东乡一案的关键是属性。若属聚众抗粮闹事，则派兵镇压并无大错，失误只在杀人过多。显然，光绪元年的定案之所以对当事人处理过轻，光绪四年的复审之所以维持原判不变，都是基于这种认识。

但事情原本不是这样。

案发的第二年春天，张之洞到绥定府考试生童，东乡县属绥定府管辖。考试中，有十多份试卷不是按题作答，而是向学台诉说东乡的冤情。张之洞确信此案一定冤情甚重，否则生童不会做出此种违规之举。出于同情，张之洞没有斥责这些生童；限于身份，他也没有将此事告诉抚台和两司。他只希望朝廷能秉公办理，早安人心。这些天，听了杨锐、何燧等人的叙说，他心里更有底了，此案不是抗粮闹事，而是对苛政的不满。

做过三年四川学政的张之洞，对蜀中官吏的苛征勒索深有了解。是的，现在就借为东乡民人申冤叫屈的机会，向太后和皇上奏报四川赋税的实情。他提起笔，将自己所知的一切写了出来——

四川的赋税与他省不同。咸丰中叶，军饷紧缺，朝中大臣议定四川于钱粮之外再加津贴。所谓津贴，即按粮摊派，正赋一两，则额外再征收一两。咸丰末年，则又议于津贴之外加收捐输。所谓捐输，也是按粮摊派。四川全省一百六十州县，除最为贫苦的二十多个州县外，其他各州各县皆派及，或一年一派，或两年三派，全是藩司决定。每县地丁五六千金的，捐输则派到万金之上，这笔银子都摊到各人头上，不能少出。而所有这些，才只是报部完饷的正款，至于州县府各级的耗羡、运费还不算在内。不仅仅这些，四川省还有许多杂派，其中杂派最多的是各种名目繁多的局，如伕马局、三费局等等，此等局员的开支皆取之于民。各种杂费加起来，农人上缴的多于正款的钱粮，多则十倍，少的也到了五六倍。更可恨者，川省官吏还规定，农人必须先完杂费再完正款，一切完清后官府才发串票。若不缴杂费，即使完清正款的也不发串票。无串票，官府可视为未完钱粮而拘捕。川省官吏的这种手段，可谓狠毒。

他省捐输，不过偶一为之，即有勒派，也只加累富室而已，而川省捐输之数，一向由藩司派定，照文征收。从前历次奏报中所说的东乡农人于正赋外每两加钱五百文，并非向富室勒捐，而是向每个人头加派；也并非为国家增收财富，而是州县府各级官府用来肥私利己。东乡乡民的愤怒正是冲着这一点而来的。

此外，东乡从同治八年以来，六七年间向乡民征收数万银子，而县衙门从未有一纸清账向乡民公布。乡民要求公布账目清单，这也是合理的举动，不为过分。东乡乡民愤恨加赋，请求清账，这两件事合起来，被县令孙定扬诬告为聚众抗粮闹事，派兵镇压，造成了大血案。

张之洞写完这段话后，放下笔来，长长地嘘了一口气。这口气已经憋了很多年了。

在四川做学政期间，眼看川民为官府的敲诈勒索而怨声载道时，他就憋了一肚子气，回京师几年来这口气也一直没有机会吐出。现在借东乡之案上此奏章，既为东乡的翻案找到了依据，又为川民说了话，出了这股多年闷气。自己的俸禄，名为朝廷发给，而朝廷并不种田织布，还不都是百姓的血汗？因此当官要为民做主，乃天经地义。身为言官，为民请命，正是本职所在。今天的这份奏章，才是名副其实的言官之折。想到这里，张之洞颇为兴奋起来。

“懿娴！”他突然高声叫起夫人的芳名来。

王夫人正在东厢房里与春兰逗女儿玩，猛听得丈夫呼她的闺名，甚是惊奇，春兰也感到意外。通常，张之洞都不叫夫人的名字，当着夫人的面说话时从不称呼，对下人说话则用“夫人”二字代替。出了什么事儿？王夫人忙不迭地跑出东厢房，春兰牵着小姐跟在后面。

“怎么啦，四爷！”

还未踏进门槛，王夫人便气喘吁吁地问。踏进门后，却见丈夫满脸得色地站在书案边。

“你吩咐春兰，今天中午包饺子吃！”

“有什么喜事了？”见丈夫高兴，王夫人也高兴地笑起来。

这几天，张之洞为东乡的事愁眉苦脸，茶饭不思。王夫人看在眼里，疼在心头，但她知道丈夫的脾性，不敢多问。张之洞虽然生长在贵州，但家里一直保持着北方人的生活习惯，经常吃面食，逢年过节，或来了北方籍的客人，则包饺子以示郑重。张之洞继承这个家风，遇到喜庆，则安排家里包饺子。王夫人和大根、春兰都是北方人，一听包饺子，更是满心欢喜。

张之洞对夫人说：“我张某人做了三年四川学政，总觉得欠了蜀中父老一笔很大的情，今天总算还了一点，故先来个自我庆贺。”

看着丈夫脸上绽开发自内心的笑容，王夫人甚是快慰。她忙叫大根上街去割肉买韭菜，然后带着春兰亲自下厨张罗。

张之洞继续构思他的奏章。

东乡乡民不是无理取闹，而遭到如此惨毒的杀害，这就是冤案。冤案不雪，民心不服。民心、民心，张之洞想到这里，心情陡然沉重起来。

童年和少年时代在兴义府长大的张之洞，经常亲眼看到贫病交加的贵州老乡流落街头、逃荒讨饭的情景。一年到头，光倒毙在知府衙门外的饿殍就数以百计。兴义府所属各县的苗民常常闹事，身为知府的父亲一面弹压，一面也同情，在饭桌边对家人说："苗民没饭吃，没衣穿，受苦受罪，闹事也是逼出来的。"父亲的这些叹息，深深地印在张之洞幼小的心灵中。

青年时代回直隶老家参加乡试，后又去河南巡抚衙门做幕僚，再后来又去浙江、湖北、四川，从西南到京畿，从江南到荆楚，张之洞所到之处，民不聊生的多，富裕小康的少；人心浮动的多，安居乐业的少；怨声载道的多，歌功颂德的少。真的是国本松动，民心可虑呀！

身为大清詹事府官员，理所当然应当借东乡一案的典型事例，将"民心"二字的重要向太后、皇上指出，这实在是关系到大清长治久安的头等大事，也是身沐皇恩的大清臣子对朝廷的最大忠诚。张之洞想到这里，凛然提起笔来继续写下去。丰厚的学养，过人的记诵能力，使得他在引经据典这方面，一向得心应手，左右逢源——

> 我朝深仁厚泽，美不胜书，然大要则有二事：一曰赋敛轻，一曰刑罚平。赋轻不至竭民财，刑平则不肯残民命。顺治元年，世祖告诫群臣，凡官吏蒙混倍征者杀无赦。十三年又下令严禁加派。康熙五十二年，圣祖特颁"永不加赋"之谕。此为古今数千年所无之善政。至于好生恶杀，慎重刑辟，乃列圣相传之心。顺治十年，圣谕告诫：死者不可复生，误者不可复改，务必平心守

法，使人不冤。康熙十二年敕刑部，所押罪犯，凡情罪稍可矜疑者概行省释。康熙二十四年又规定，凡官吏犯有贪污之罪，概不宽免。

接下来，张之洞又列举康熙、雍正、乾隆、道光等朝对几个大案件的慎重处理事例。因为惩治了贪官污吏，故而赢得民心，在史册上留下美誉。这些先例应是这次处理东乡冤案的借鉴。最后，张之洞倾注满腔之情，为这道奏章收了尾：

臣来自蜀中，实有见闻，若不发言，上无以对朝廷，下无以对四川通省之士民。愿皇太后、皇上深惟祖训至严，人命至重，民心可畏，天鉴难欺，关系至大，不独一蜀。应如何核议之处，恭候圣裁！

搁下笔，张之洞这才发觉肚子已饿了，对着窗外大叫“开饭”。王夫人笑吟吟地走过来告诉丈夫，全家人为等他吃饺子，中饭已足足推迟一个时辰了。

吃完饭后，张之洞在小庭院里散着步，思维仍没有从东乡案件中解脱出来。东乡发生的这一起四百多条人命的重大惨案，完全是人为的，县令孙定扬、提督李有恒负有主要责任，不杀这两个人不足以平民愤，也不能达到为这起冤案平反昭雪的目的。上午的奏章还没有来得及讲这一点，而这个体现四川通省士民的要求必须上达天听，请求圣旨批准。因此，很有必要再附一片。

张之洞匆匆结束散步，走进书房，又拿起笔来。正要动笔时，关于东乡之案的另一方面的情况突然浮出脑海。而这，又恰恰是这几年来无论定案，还是复审时都被各方忽视了。张之洞在四川时就听说过，前两天杨锐、何燧、黄奇祥也说到了。原来，此案发生前还有这样一个过程。

光绪元年春天，一股对苛政不满的情绪，开始在东乡县四乡农人中蔓延，大有酿成事端的可能。绥定府知府易荫芝得知这一情况后，立即指示县令孙定扬下乡查访实情，并主张减轻勒索，缓解民怨。孙定扬拒不执行，反而向川北镇请求派兵镇压。易荫芝派人飞驰川北镇，止其发兵。又派署太平县令祝士棻前往东乡。祝士棻与四乡农人和谈，并签字画押，遵守共同订下的条款。东乡民情有所缓和。不料，孙定扬向省垣告易、祝二人的状。于是总督文格派出总兵谢思友带兵前往东乡。谢思友到了东乡后知道农人并非叛逆，遂施行安抚之策。后来，易、祝、谢三人均遭弹劾，由提督李有恒、县令孙定扬一手造成了那场惨祸。

张之洞认为，这个惨痛的教训应该给人们以重大的启示，即负有地方之责的官员，必须时刻关注民情，应制止事件于萌芽的时候。如此，则不易出现难以收拾的大变。东乡之事，若按易荫芝的办法去做，早减捐勒，则不会恶化。另外，同一件事情，处理方式不同，也会引出完全不同的结果。若遵照祝士棻的方式去做，与乡民相约画押，各自信守，则将会平静地解决纷争。若按谢思友之法，安抚闹事之人，则能消去怨气，也不会使事端激发。可惜的是，三个有识的官员，却被无知的庸吏给排挤了。

张之洞想，一定要把这个过程向朝廷报告，一定要表彰在东乡事件中那三个见识卓越而遭到不公平弹劾的好官。这对各省各级官吏都是极好的教育，从提高办事才能、整顿吏治这个角度来看，或许比平反一个东乡冤案更显得重要。

张之洞提起笔来，为附片拟了一个“陈明重案初起办理各员情形片”的题目，然后笔走龙蛇，把自己的这段认识急速地草拟出来。

掌灯时光，杨锐风尘仆仆地回到张府，向老师禀报了两天来外出活动的情况。

这两天，杨锐拜访了一位川籍御史、两位川籍内阁中书，又在一个中书的引导下，拜访了一位川籍户部侍郎。这些官员对东乡冤案都予以同情，但鉴于复审仍维持原判，又都认为要翻过来是件棘手的事，不能急，只能慢慢寻找机会。

“香师，我们怎么能不急呢，我们不能在北京久住呀！若此案无一点进展，如何回川见父老乡亲呢？”杨锐满是稚气的圆胖脸上流露出几分忧愁。

“你们的心情可以理解，不过他们说的也有道理。”张之洞说，心里在想着“机会”二字。是的，若是遇着一个好机会的话，的确事情会要好办些。但是，机会，机会在哪里呢？

“叔峤，我已草拟了一折一片。你先看看，有什么想法，也可以说说，这是草稿，还要修改。”

张之洞走到书案边，拿起寸把厚的一叠纸来交给杨锐。

“哎呀，您写了这么多！”杨锐又惊又喜，忙双手郑重接过，仿佛捧起了东乡士民的希望。

奏章，在年轻的士子杨锐的心目中，有着无比神圣的地位。这是写给太后、皇上看的呀，若一旦被他们认可，墨写的文字就会变成铁的现实。杨锐写过不少文章。他的文章被公认为写得好，但那些文章有什么用呢？他心里想，再好的想法，再有益于国计民生的建议，对不法情事的再严厉的抨击，统统不过是纸上的文字而已，无丝毫实际意义，因为你不可能将它广为散发，你的锦绣文章有几个人读呢？只有奏章这种文章才有作用，这才是真正的经世济民的文字。回川后一定要更加发愤苦读，科场一定要顺利，要由举人而进士，由进士而翰林，早一天取得香师今天的地位，早一天为国为民上疏进言！

杨锐怀着这种心情，一字一句地仔细读着。张之洞的奏议，章法严谨而不呆板，遣词准确而不干涩，论据广博而不芜杂，建议周详而不浮泛，素来享有很高的声望。这一折一片也同样充分体现出“张奏”的特色。杨锐完全被它的魅力所吸引了。

就在杨锐阅读的时候，张之洞的脑子里又萌生了一个想法：在四川三年期间，亲眼看到蜀民的苦痛不知有多少，但回京这些年来，却并没有看到川督川藩上过关于百姓困苦的奏疏，连川籍京官也不言及。地方官向来是报喜不报忧，掩藏危机，粉饰太平，以此来换取自己的升官晋级，至于百姓的生与死，则从不往心头上记挂。京官每年要接受来自家乡的地方官送来的冰敬和炭敬，以及其他各种名目的礼品。拿人家的手短，当然就只有靠说好话来回报。如此内外一致，太后、皇上就被蒙在鼓里了。在朝廷的眼中，巴山蜀水，仍然还是千年前史册上的那句老话：天府之国，富甲天下，殊不知如今已大不然了。应该趁此机会，把蜀民的苦困向太后、皇上奏报，既可以让朝廷了解四川的实情，又有利于东乡案子的再次审查。正要提起笔来时，他忽然觉得自己浑身都已疲倦了。

张之洞一向体质不强，三十多岁时两鬓便有了白发。四十岁过后，他常常有一种日趋衰老的感觉，心中不免有些恐惧：一生真正的事业尚未开始，这样下去怎么行呢？今日一天之间连拟了两份奏疏，精力花费太多，更觉得比往日劳累。明天再写吧！这个念头刚一出来，便被他立即压下去了。

张之洞是个性格倔强、意志坚毅的人，想办的事就非要办成不可。一天之内连上三道奏折，这在他的过去是没有过的事，满朝文武中也罕有人做过这等事。然惟其如此，才能引起朝廷的重视，才能体现一个前四川学政的关爱蜀民之心。

“香师，正折和附片我都拜读过了。东乡冤案，有您这样的奏章递上去，一定会很快昭雪的。”

杨锐一颗热切的心被张之洞的奏稿所深深打动，并由此而更增添了对老师的敬意。

“但愿如此！”张之洞说。他斜倚在靠背椅上，让全身最大限度地放松。

“香师，您的这两份奏稿，可不可以让我来替你誊正？”

杨锐的眼睛里射出热烈的目光。对于一个肩负父老乡亲重托的尊经学子来说，对于一个巴望仕途顺利早日成为国家栋梁的年轻秀才来说，这是一件太富有意义的事情了。

见张之洞没有做声，他又赶紧补充一句："让我誊抄一遍吧，如果不能上奏，留下做个底子也好呀！"

若是在平时，张之洞是决不会同意杨锐这个要求的。一来亲自誊正奏稿，也是臣子对君上的一种忠诚的表示；二来毕竟还不是繁剧在身，有时间自己誊抄。但今夜还要草拟一个附片，分不出时间来，而瞬间冒出的另一个想法，更促使他很快作出了决定。

他想起了二十年前，他第一次会试落第，到河南开封堂兄张之万那里去做客。张之万很器重这个堂弟，除密折外，通常的奏折，从草拟到拜发的过程，他都让时年二十五岁的堂弟参与，或让他起草，或要他誊抄，或给他看幕府中师爷们的稿本。就在这个过程中，张之洞得到很多见识。张之万有时笑着对他说："我这是在培养未来的疆吏。"张之洞终生记得堂兄的这份情谊。眼下这个刚过弱冠的尊经士子，其资质、品性、学识、才情都不在当年自己之下，将来的前途不可限量，正好让他参与这几道折片的形成过程，借此历练，也好使他终生对老师有一个美好的印象。

得到老师的明确答复后，杨锐热血高涨，一种神圣感顿时充满他的全身。张之洞找出几份自己留下的奏章副本，详细地把格式和写法给学生讲了一遍，然后走出书房。他抬头看了看天空，月牙弯弯，繁星密布，深黑的天穹奇妙莫测，它给人以强烈的诱惑，又易使人生发出无穷的喟叹。一股夜风吹来，张之洞觉得有几分寒意，已是二更时分了。

洗过一个热水澡后，张之洞又恢复了白日的旺盛精力，回到书房时，杨锐正在灯下一笔一画地认真誊抄。他从背后看了一下：书法端庄秀丽，格式也符合要求，心里甚是满意。一坐在书案边，四川百姓生计困苦的景况，又浮现在他的脑子里。

据杨锐说，上次恩承和童华从四川回京奏报朝廷，说一两正款之外所加收的钱只有四千二百文，其实远不止这个数。四川乡民老实听话，若仅只此数，大家再苦，也会咬紧牙关交出来。事实上，最贫瘠的县，一两正款之外也要加收六两左右的银子，许多县高达十两。这笔银钱百姓实在负担不起。至于东乡县，则更为严重。这是张之洞还在四川时就已经知道的。东乡县令孙定扬为填满他本人及衙门里那一伙贪婪之徒的腰包，巧立名目，横征暴敛，竟然在一两正款之外收取高达十三四千文的苛捐杂税。知府易荫芝核减为七千文，已经不低了，但孙定扬不听，我行我素，依然征收十多倍于正款的钱。孙定扬正是逼迫百姓反对朝廷的那种贪官污吏！

张之洞想到这里，顿时怒火满腔。他铺纸研墨，奋笔疾书：

> 古人云：天心在民心，民安即国泰，民定则国宁。减捐轻赋以苏蜀民，此今日治蜀之第一计也。孙定扬逼民于绝路，李有恒滥杀至无辜，彼辈不独为蜀民之罪人，实为朝廷之罪人。从来坏圣君之英名，毁大业之根基者，皆孙、李等乱政残民之蛀虫也。此辈不诛，民心何能得安宁，国家何能至大治，朝廷何能树威仪，上天何能降平安？

“好，就这样定稿！”

张之洞为自己拟的这几句文字兴奋起来，将笔一扔，霍然站起。杨锐正在屏息静气地誊抄，被张之洞这一声高叫所惊动，知道老师又得绝妙之句，忙过来先睹为快。

“香师，有您这几句，孙定扬、李有恒不上断头台，怕连太后都不会答应了。”

杨锐说完，捧起这份奏稿，又大声朗诵一遍，由衷佩服不已。

“不仅要借他们头来为蜀中父老出一口气，还要借他们的头来整一整天下的吏治！”望着夜色深沉的窗外，张之洞坚定地说。

“香师，快四更天了，您去歇息吧，我来抄，天亮之前可以抄好。如果您满意的话，上午即可拜发。”

到底是二十刚出头的小伙子，杨锐一丝倦意都没有，反倒被为民请命的崇高情感所激励，情绪越发高昂了。

“叔峤，你以为这三道奏章上去，东乡冤案就一定会昭雪，孙定扬、李有恒就一定会被砍头吗？”

张之洞目光凝重地望着面色红润的年轻士子。

“有您这三道奏章上去，再有几个人配合吁恳，事情一定会办成的。”杨锐很有把握地点点头。

“可能不会有这么便当。”张之洞转眼望着书案上那簇橘黄色的灯焰，慢慢地说，“先前的定案和去年的复审，都是有谕旨肯定的，现在要再请谕旨来推翻前定，谈何容易啊！”

如同一盆冷水浇来，尊经书院的小秀才一时没有主意了，他呆呆地看着背手踱步的老师，口里喃喃地念着：“那怎么办呢，那怎么办呢？”

是的，怎么办呢？张之洞也在苦苦地思索这个问题。远处，似乎隐隐约约地传来晨鸡的打鸣声，天快破晓了！他毫无睡意，正陷于沉思中。

突然，他想起一件事情来，顿时心里燃起一股希望，忙对杨锐说：“不抄了，你也快去睡觉，这几份奏章暂不拜发，过几天再说。”

为什么要过几天再说呢？杨锐满腹疑虑地望着颇有点情绪化的前学台，他不能理解老师为何陡然之间又发生了变化。

八　张之万对堂弟说：做官是有诀窍的

十天前，张之洞接到乡居多年的堂兄张之万的一封信。信上说，醇邸邀请他进京小住几天，叙叙别情，谈谈诗文。他很荣耀地接受了这一邀请，即日进京，将下榻贤良寺。

看信的时候，张之洞只是为兄弟即将见面而高兴，并未作深思。

今天凌晨，为上折子的事，他突然想起了这封信，心中似有一个亮点在闪烁。现在，张之洞睡了两个时辰后醒来，独自坐在书房里，把堂兄的信找出来又重新读了一遍，开始深入地研究这件事。

张之万真正是个天下少有的幸运儿。

道光二十七年，张之万高中状元，金榜张挂后，即刻名动四海，全国士人莫不艳羡敬仰。三年后，他督学河南，期满后回京，充任道光帝第八子钟郡王奕詥的师傅。同治元年被擢升为礼部侍郎，遵两宫太后之命，辑前代有所作为的帝王和垂帘听政的皇太后的事迹，以供执政参考。慈禧很看重这部书，亲自赐名为《治平宝鉴》。年底出任河南巡抚。同治五年调任漕运总督，与曾国藩、李鸿章一道，受命防剿捻军。同治九年调江苏巡抚，十年升闽浙总督。这一年，张之万年已花甲，母亲八十二岁。

张之万虽然官运亨通，但他书生气浓厚，读书为文给他带来的愉悦，更要胜过权力加给他的煊赫。他尤喜绘事，每天退下公堂后都要画上几笔，自我欣赏，其乐陶陶。况且他性情较为冲和疏散，不太能耐繁剧。于是，在六十二岁那年，便以母老乞养为由，抛开权高势大的闽浙总督不当，致仕回南皮老家，过着悠闲自得的书画生涯。

然而，张之万此举却给他在官场士林赢得极高的声誉，众口一词赞扬他志趣高洁，事母至孝。以清廉自励的张之洞对这位堂兄更是钦仰不已。

去年年底，九十岁的老母去世，年近古稀的张之万恪尽孝子的职责，在母亲墓旁筑庐守制，谢绝一切应酬。为何醇亲王却在这个时候突然召他进京，难道仅仅只是叙叙别情、谈谈诗文吗？

张之洞知道，醇亲王和钟郡王均为庄顺皇贵妃所生，关系从来就十分亲密。张之万在做钟王师傅的时候，醇王也常常向他讨教。张之万亦对这位聪颖的皇七子殷勤至极。彼此之间的交往非比一般。现在，醇亲王的儿子做了皇帝，他在朝中的分量自然远重昔日。同样，他对国事的关心，也自然会远过昔日。那么，他此时召张之万进京，一定有国事相商。然则，他们商讨的又会是什么国事呢？

张之洞决定派大根去贤良寺打听一下，看看张之万来了没有；如果还未来，将会在什么时候到。既然是奉醇邸之邀，贤良寺一定会早作安排的。

下午，大根兴冲冲地回来向四叔禀告：子青老伯已在三天前住进贤良寺，昨天拜会了醇邸，今天拜会钟邸，要深夜才会回贤良寺。

子青是张之万的字。张之万比张之洞大二十八岁。第一次见面时，张之万已是五十多岁了，张之洞不知如何称呼为好。张之万笑着说："我已做了爷爷，开始进入老年了，你就叫我老哥吧！"张之洞称张之万为子青老哥，大根便只好叫他子青老伯了。

张之洞喜道："你今夜守在贤良寺，务必要见到子青老伯，问他哪天有空，我去拜会他。"

第二天清早，大根回家说："子青老伯说，中午请四叔过去，一起在贤良寺吃午饭。"

老哥如此热情，张之洞兴奋不已，忙吩咐大根去后院喂饱骡子，洗刷轿车。巳正时刻，张之洞怀揣着杨锐誊抄的三道奏折，坐上由大根驾驶的蓝呢骡拉轿车出了门。

贤良寺在皇城附近的金鱼胡同里，它并不是一座佛寺，原本是雍正朝怡贤亲王的府第，现为朝廷的驿馆。各省督抚提镇等文武大员进京陛见，大都住在这里，为的是便于觐见太后、皇上。

刚到大门口，一个身着长袍马褂干练机警的中年男子冲着大根问："是四爷来了吗？"

"是的。"大根边答边掉头对轿车里的张之洞说，"这位是子青老伯过去的幕友，我昨天见到他与老伯在一起。他可能是专门在此等候您。"

说话间骡车停住，张之洞从轿车里走出来，中年男子迎上去，微笑着说："给四爷请安！我是制台大人派来接四爷的。我姓桑，桑叶的桑。"

张之洞从来没有见过此人，听大根刚才说是堂兄先前的幕友，便客气地说：“桑先生，劳你久等了。”

“哪里，哪里。请进吧！”

桑先生陪着张之洞穿过一条两旁花木扶疏，中间用黑白两色鹅卵石铺就的甬道，来到贤良寺的后院。这里并排建有三座互不相连的四合院，院子结构小巧精细，四周环绕着古柏翠竹。比起前院来，此处更显得清幽雅洁。张之洞来过贤良寺前院多次，却没有到过后院，不知尚有这样三座颇为神秘的特殊建筑。在左边一座小院的门前，桑先生停止脚步，伸出右手，略微弯了弯腰说：“四爷请进，制台大人正在里面等着。”

张之洞也不谦让，大步迈进了院子。

“是香涛来了吗？”

随着一声洪亮的问话，一位精神矍铄的老者走了出来。

“老哥！”张之洞热烈地喊了一声，快步走上前去，恭恭敬敬地向堂兄鞠了一躬。

“不要行礼，不要行礼！”张之万扶着堂弟，满是笑容的眼睛将他上下打量了一番，“十多年没有见面，你也是中年人了，身子骨还好吧！”

“托老哥的福，身子骨好着哩！”

张之洞注视着暌违良久的堂兄：老是比先前老多了，但七十岁的人了，能这般精神爽朗，身板健旺，也真的不容易。他笑着说：“老哥，从你说话的声音听来，底气比我还足哩！”

“哈哈哈！”张之万大声笑起来，说，“进来坐吧！”

张之洞随着堂兄进了客厅。这里摆着一色新制的梨木家具，黑红色的油漆闪闪发亮，茶几上放着太湖石盆景，墙壁上悬挂着郑板桥、刘镛等人的字画。整个客厅显得高雅脱俗。刚落座，便有衣着鲜丽的小厮进来沏茶上糕点，安排好后，再悄悄地退出。

“我是大前天下午进的京，”张之万端起雪白细胎起青花的宫廷用瓷碗，浅浅地吮了一口茶，说，“醇王府里便派人在此等候了，故而前天便去拜谒醇王。深夜回贤良寺时，才知道钟王府里的人已在此等候两个时辰了，于是昨天又去拜谒。正在为没有空去通知贤弟而发愁，恰好昨夜大根来了。我于是今天谢绝别的邀请，特请贤弟来此叙谈叙谈。家里都还好吗？”

张之万的这份亲热，令张之洞感激，忙答：“都好，都好！能在醇王、钟王之后我们兄弟就见面，也真是老哥的特别安排了。”

说话间，张之洞见堂兄一身布袍布履，知他拜会二王时都未脱守制之服，更对这位严守礼仪的堂兄倍添敬意，说：“大伯母仙逝，我也未能回南皮磕头祭奠，心中实未能安。”

张之万戚然说：“你远在京师，自然不能回去。古稀孝子送九秩老母，无论生者还是逝者，都已无遗憾了。”

张之洞点头说：“大伯母福大寿大，不仅是我们张氏家族的母仪，且足以表率乡邦，垂范后昆。”

张之万说：“老母临终时，格外挂牵在外边做官的你和滋轩。说为国家办事不容易，要你们两郎舅自己多多保重。滋轩近来如何？他很长时间没有给我来信了。”

滋轩是张之洞三姐夫鹿传霖的表字。张之洞有六兄弟八姐妹，鹿传霖是他的三姐夫。

鹿传霖是直隶定兴人。父亲鹿丕宗在贵州都匀府做知府时，张之洞的父亲正在兴义府做知府，二人既是同乡，又同为一郡之守，故成为好友，进而结为儿女亲家。那一年苗民闹事，攻破都匀，鹿丕宗夫妇同时被杀。二十岁的举人鹿传霖冲出城外，搬来官兵，收复都匀，由此声名大振。后来，鹿传霖投奔正在安徽与捻军作战的钦差大臣胜保。同治元年考中进士，选为庶吉士，散馆后没有留翰林院，而是改放广西知县。这种资历有个名称，叫做老虎班。

原来，通常的进士放知县，需要等候一段时期，待有缺出之后，才能补缺成为正式的县令。庶吉士散馆改放地方，不须等候，立马上任。这就叫“老虎班”。虎为百兽之王，兽类都怕它让它，庶吉士下来的县令，候补的进士们都得让它，就像百兽让虎一样。这可能就是“老虎班”一词的来历。

鹿传霖有着一般书生所没有的胆气，又有军旅生涯的经历，故而在平息地方骚乱，维持社会秩序方面，便远不是通常的县令所可比拟的。这些年来战乱频仍，各地均不太平，正是鹿传霖施展才干的好时机。于是，他便因此步步高升，官运亨通，由县令而知府而道员，去年又升为福建按察使，已做到负责一省刑名治安的高级官员了。比起这个能干的姐夫来，只小两岁晚一年通籍的舅子，便要显得迁升慢了。在仕途上，功成名就的堂兄和干练通达的姐夫，常常是张之洞的鞭策。

“上个月收到滋轩的一封信。他在福建过得很好，家眷也都平安，年底第二个媳妇将过门。”

张之洞正想问一问几个住在南皮的远亲的近况，桑先生走了进来，对张之万说：“青帅，酒菜已在清风轩里摆好了。”

“好。”张之万起身，对堂弟说，“香涛，我们过去吃饭。”

走进清风轩，只见古雅的八仙桌上只摆着两双筷子。张之万指着仅有的两张靠背椅说：“今天这顿饭只有我们兄弟俩，我们慢慢地边吃边聊。”

张之洞正要将东乡的事情好好跟堂兄说一说，又要细细地打听一下堂兄和醇王的这次不寻常的会晤，如此安排真是太好了。

兄弟俩坐定，喝了一口酒后，张之洞问：“老哥，这位桑先生是个什么人？是跟你从南皮进京的，还是本就住在京师？”

张之万摇摇头：“既不是从南皮跟我来的，也不是住在京师的，他是应我的邀请，昨天从隐居地燕山脚下古北口来贤良寺与我相见的。”

隐居、燕山、古北口，与机警、干练、洒脱交织在一起，立即在张之洞的脑子里组成了一幅奇异的图景。他对这位桑先生有着一股少有的浓厚兴趣。

“这是个什么人，您一进京，便把他从隐居地召来相见？”

“说来话长了。”张之万微微一笑，“同治九年，我在江苏做巡抚。有次在苏州织造春熙府上做客，见他的客厅里悬挂着一幅中堂，画的是嵩山绝顶图。莽莽苍苍，气象万千，甚得山水之奥妙。我自认为画山水四十多年了，尚画不出此画的气概来。便问春熙，此画是谁人所作。春熙说，这画是朋友送的，据说画画的人就寄居在虎丘。大人若是喜欢，明天就派人去虎丘，叫他画一幅更好的送给大人。我走到画前，再端详着这幅嵩山绝顶图，愈看愈觉得手笔不凡，便对春熙说，此人不能召唤，不要你派人去叫，得用轿子把他接到巡抚衙门里来。春熙说，一个穷卖画的，也值得中丞用轿子去接吗？他哪里受得起这个礼遇，多给他几两银子好啦。香涛，你听听，这就是旗人的口气！”

“又是一个焚琴煮鹤的俗吏！”张之洞冷笑道。

张之洞这句话有一个典故。明代苏州有个大画家沈周，名重一时。有次苏州知府要找一个画画的人，左右推荐沈周。知府发朱票传唤沈周，并命他立即在走廊上作画。沈周对知府的无礼甚是恼火，便挥笔画了一张《焚琴煮鹤图》。知府不知沈周在讥讽他不懂艺术，居然把画挂了出来，引来苏州文士们一片讪笑。

“香涛，大家都说你做诗用典确切，你这顺手牵来的典故真是切得太准了。”

同是发生在苏州的故事，同是官家对民间艺人的恶劣态度，相似之处，如同翻版。张之万对堂弟的腹笥功夫由衷佩服。

张之洞笑了笑，没有答话。

“第二天，我把自用的绿呢大轿派出去，从虎丘接来这位画师，他就是这个桑先生桑治平，表字仲子。那年他三十出头，长得一表人才。”张之万满脸喜悦地说下去，“我和他谈了一个多时辰的话，发觉他不仅精于绘事，而且有着满腹经济之学，心中诧异：这样一个难得的人才，怎么会寄居虎丘古寺，靠卖画谋生？我问他，他只简单地说了两句：十年前遭遇一场大变故，事业毁灭了，从此便四海为家，以鬻画谋食。我问他收入丰厚不丰厚。他苦笑着说，看画者多，买画者少，收入菲薄，聊以度日而已。我便对他说，我爱画画，极愿与你交个朋友，你间或也可帮我做点衙门里的事；若不嫌弃的话，你就留在我这儿，我给你月支一份薪水如何？桑治平说，中丞大人对我如此器重，不容我不答应，只是做不了什么事，很觉惭愧。我笑着说，即使什么事都不做，一个月画一幅画送给衙门也好呀！就这样，桑治平留下了。后来我到福州，他也跟着去了。他果然每个月送幅画给我，说是顶薪水。其实，他帮过我很多忙，出过不少好主意。同治十二年，我辞官回南皮。桑治平说，我又要闯荡江湖了，但我会永远与您保持联系。第二年他来信告诉我，已在古北口成家落户。香涛，我对你说了这么多，是想介绍他与你认识。据我的观察，此人不是一般的人，你今后可以和他做个朋友。”

张之洞是个喜好奇特的人，自谓喜读天下奇书，喜识天下奇器，喜交天下奇才，喜做天下奇事。刚才在大门口一见面，桑治平便给他留下极深的印象，现在听堂兄这番介绍后，他立即意识到此人是个与众不同的奇人，遂点头说：“这个桑治平的确不是凡庸，古北口离京师不过三百来里路，过些日子，我亲自到他家里去拜访他，以示订交的诚意。”

“好！”张之万举起酒杯来，“喝酒！”

张之洞将酒杯举起，互相碰了一下，喝了一口酒，吃了点菜后，张之万笑着说：“这几年贤弟回京师来，连上了几十道很有力量的奏章，朝野震动，太后召见，真正是名播海内。前天醇王爷还在我面前称赞你哩。”

这是个重要的信息。张之洞忙问：“醇王爷说了些什么？”

“醇王爷说，你的堂弟张之洞是条硬汉子，不怕洋人，太后赏识他，我也喜欢他，他是个有骨气的人。又说，太后和我都同意他的意见，杀掉崇厚，给点颜色让俄国人看看。只是想到崇厚的祖上为打江山出了大力，故改为斩监候。太后和我都希望他今后多上好奏章。”张之万顺手捋了捋稀疏的花白胡须，笑眯眯地望着堂弟说，“有你这样的贤弟，老哥我的脸上都光彩不少。”

听了这话，张之洞的心里十分高兴，一个重大的设想突然跳进脑子：何不趁此机会，请老哥引见引见，到醇邸去走一趟呢？如果东乡这个案子得到醇王的同情，那就好办多了。尤其是，如果与醇王建立起交往，则于今后的仕途，简直有不可估量的好处。

张之洞做了十多年的京官，虽然见过醇王几面，却没有受到过醇王的接见，对于这位贵为皇上本生父的王爷，他也只是从道听途说中得到的印象。醇王眼下除开一个亲王的封爵外，不兼任何差。张之洞弄不清楚，这个仅只四十岁的皇上本生父，究竟是对政事本就缺乏兴趣呢，还是惮于西太后的威权，不愿插手其间，以免遭不测？抑或是暂作韬晦，待皇上亲政后再图作为呢？对这位王爷的脾性打小起就了解，这几天又频繁出入王府的堂兄，于此必有自己的明识。

“老哥，请恕我冒昧，我直言问您一句话，您能答就答，不能答就算了。”张之洞放下酒杯，目光逼视着瘦瘦精精的堂兄。

“你要问句什么话，这般郑重其事？”张之万不自觉地也放下杯筷，神情肃然起来。

张之洞将身子向前推移几寸，直截了当地问：“醇邸这次召您进京，除叙别情谈诗文外，还有别的事情吗？”

张之万望着堂弟那双比常人略显长大的双眼，停了片刻，反问：“你说呢？”

“要我说，肯定还有别的事。”张之洞摸着酒杯，神情似乎比刚才松弛了许多，“要不然，他不会将您这个古稀老者从偏远的南皮突然召进京来。”

“让你给说对了。”张之万重新端起酒杯，浅浅地喝了一口，说，

“其实你不问，我也会告诉你的，只不过这是我们兄弟俩的私房话，你绝不能对外说起半个字。”

张之万一直觉得自己对堂弟有所亏欠，故而特别照顾。这些年来，他常在书信中对堂弟谈自己的宦海感受，以便堂弟多一些借鉴。张之洞对堂兄的这种关怀一向很感激。自然，与醇邸会晤这等大事，若不是出于兄弟情谊，张之万是决不会说出其中的内容的；毫无疑问，这也是决不能对外泄露的。张之洞重重地点了一下头。

“醇王要我出山。”

“噢——”张之洞长长地应了一声，这颇为出乎他的意料，“现在怕不行，还正在守制期间里。”

“是呀！”张之万轻轻地说，“醇王爷因为不知道，听我这样说，他没有强求，只好说一等服阕就进京吧！”

堂兄能东山再起，进京担任要职，对张之洞来说无疑是一件求之不得的大好事。他忙说：“您没有推辞吧！”

张之万笑着说：“我对醇王爷说，我山居六七年了，过两年愈加老了，再出山也不能为朝廷做什么事。”

“醇王怎么说？”张之洞急着问。

“醇王爷说，镇抚国家，还得靠老成。皇帝一年年长大，再过几年就要亲政了，我要为他预备几个靠得住的人。你不要推辞，服阕即进京，一言为定！我原是因为亲老而辞官的，现在老母已归道山，醇王爷既然不嫌我老，我也就再没有别的理由不出山了。”张之万乐呵呵地一边说，一边喝了一大口酒。

张之洞知道，当年若就是现在的局面，即醇王的儿子已登位的话，张之万是决不会辞官归里的。人之常情是久动思静、久静思动，说不定这些年他天天在南皮盼望着朝廷的征召。想到这里，张之洞很是兴奋，他举起酒杯，高声说：“恭喜您，老哥，到时我回南皮接您！”

“哪里敢劳贤弟的大驾！”张之万自己更是满心欢喜。

“老哥，我再冒昧问你一句话，醇王眼下不兼一差，也不过问国事，他究竟是怕妨碍两宫太后，还是本于此无兴趣？”

张之洞瞪着两只发亮的大眼睛，静静地听着堂兄将要发表的意见，这可是关系朝局的大事！

“哼！”张之万冷笑一声，说，“香涛，你是个史册烂熟于心的人，你想想看，历朝历代有哪个近支王公对国事没有兴趣？老说没兴趣，恰恰就是最有兴趣。何况自己的儿子现正做着皇帝，他醇王爷就真的能心如古井吗？你听我慢慢地跟你说。”

张之万将杯中的剩酒喝完，张之洞忙提起酒壶给他倒满。清风轩的侍役进来，送上一碗热汤，又递给每人一条热毛巾。擦过脸和手后，张之万对侍役说不要再添汤菜了。贤良寺的侍役懂规矩，知道住这里的人都有些不能让别人晓得的机密。侍役点点头，接过毛巾，轻轻地出去，然后将房门拉紧。张之万继续他的话题：

“咸丰四年，我从河南学政任上内召回京，为钟郡王授读。那时，钟王爷醇王爷兄弟俩因为是同母所生，关系亲密，互相往来频繁，因此我也得以与醇王爷亲近。我在两位王爷身边整整七年，真可谓亲眼看着两位王爷长大。不怕贤弟见笑，我与两位王爷，名义上虽是君臣之义，其实已近于骨肉之情。”

说到这里，张之万的脸上流露出十分欣慰的神色。张之洞很能理解堂兄的这种欣慰，有如此经历，真正是人生之幸。

清朝皇子的师傅，多出于殿试中的一甲三名，有幸被选作为皇子的师傅，乃是极大的荣耀。若是福大命好，所教的皇子登基做了皇帝，做师傅的则会有天大的荣光和崇隆的地位。即使所教的皇子没有做上皇帝，因为尊师重道的缘故，做过师傅的人也会受到皇家的尊敬，而享受到许多别人享受不到的优待；至于皇子，通常都会终身对师傅礼遇。张之洞探花出身，却没有被选为皇子的师傅，他为此而遗憾过很多年。

“师傅做得久了，我对于两位王爷的脾性也摸透了。总的来说，两位王爷都不属于强悍一类。不仅仅是醇王爷、钟王爷，包括文宗爷、恭王爷、孚王爷在内，都没有太祖太宗那种豪迈剽悍的气息，这可能是宣宗爷敦厚仁慈的遗风所致，他们几兄弟都秉性温良仁懦，其中尤以钟王爷为甚，其次便是孚王。比起三位皇兄来，他们的政事兴趣要淡些，而醇王爷不是这样。”

说到这里，张之万禁不住提高了嗓音。张之洞挺起身来正襟危坐，在脑子里展开一张吸墨纸，要把当年皇子师傅的每一字每一句都吸收进来。

“醇王爷在政事上，有一种天潢贵胄所特有的责任心。在他看来，江山是祖宗打下来的，自己不管谁管？就凭这种责任心，文宗爷龙驭上宾时，他不能容忍肃顺等人仗着顾命大臣的身份欺负两宫太后，于是和两宫太后、恭王里应外合，办成了辛酉年那桩大事。二十二岁的醇王爷带兵半夜驰奔密云抓肃顺那一节，今后搬上书场戏台，也是够惊险英勇的。香涛，我还对你说件事。”

张之万停了一会，似在回忆当年那段历史风云。

“因为醇王福晋是西太后的胞妹，故而醇王夫妇与两宫太后的关系格外亲密。文宗爷病重时，恭王爷请求去热河，文宗爷不同意，但醇王爷夫妇却一直随侍在侧。肃顺等人把持朝政，别人都难以进内宫，唯有醇王福晋，肃顺不便阻挡。那段日子里，就多亏了醇王福晋的进进出出，才维持了两宫太后与京师恭王爷的联系。两宫太后由热河回銮京师之前，即命醇王爷草拟罢黜肃顺等人的诏书。西太后将诏书密藏于贴身小衣内，人皆不知。回到京师，恭王爷率留京大臣迎谒，西太后于小衣中将醇王爷草拟的诏书取出，交付恭王爷宣布肃顺等人罪状，即日拿交刑部治罪。香涛，你看醇王爷是个怕事的人吗？”

张之万不再说下去了。他拿起银勺舀了一勺已经变冷的汤，低下头，慢慢地喝着。

醇王带兵捉肃顺的事，张之洞早就听说过，至于抓肃顺的密诏也为醇王所拟，他却一点都不知道。如此说来，醇王为大清朝今日局面的形成，是立下大功勋的，怪不得慈禧太后要将皇位交给他的儿子，其中还有一份酬谢之意在内！

“老哥，恭王、醇王在辛酉年都立了大功，穆宗宾天后，两宫太后将皇位交给醇王之子而不给恭王之子，恭王府是如何想的呢？”

张之万抬起头来望着堂弟，缓缓地说：“贤弟，这就是我今天特意叫你来贤良寺，兄弟俩在清风轩单独吃饭谈话的原因。老哥我有重要的话对你说。”

张之洞的神情不觉为之一振，敛容屏息，倾听堂兄的下文。

“恭王爷比醇王爷大七岁，无论是阅历，还是才干都在醇王爷之上，故两宫太后多倚重恭王。因为恭王处事有己见，到后来便与西太后有过几次争执，彼此渐生不睦。穆宗宾天后，不传位于恭王之子而传位于醇王之子，这中间原因很多，而恭王圣眷减退，是一个重要原因。对此，恭王府当然不会平静。从这几天与醇王爷的谈话中，我有个感觉，西太后迟早会下这个决心，将恭王的权柄移交给醇王。醇王之所以要我出山，是在为自己准备靠得住的帮手。贤弟，”张之万举起酒杯来，说，“喝下这口酒吧，老哥有几句腹心话要对你说。”张之洞忙举起杯子，与堂兄重重地碰了一下，一饮而尽，肃然聆听。

“老哥我自道光二十七年通籍，到同治十一年辞官回里，在官场上混了二十五年，从翰林院修撰做到闽浙总督，仕途还算顺遂。以我本人的为官经历和冷眼对旁人的观察，我以为做官是有诀窍的，这诀窍就在于要寻找一个有力的牢固的靠山。若这个靠山在他尚未成为十分有力和牢固的时候，你便与他有着非一般的关系，一旦他的地位稳固确定之后，你在仕途上便会一帆风顺，左右逢源。官做到这个地步，便可谓做到家了。”

如同佛手摩顶一般，张之万这几句话给张之洞以巨大的启迪：以探花之出身，入仕近二十年了，无论是政绩还是著述，都要超过一般人，然而至今尚只是一个正五品衔的右庶子，迁升缓慢的原因，或许正是没有一个有力而牢固的靠山。

“有的靠山的得来是天缘凑泊。譬如说大家都做皇子的师傅，偏杜受田命好，他的学生文宗爷登基继了位，他马上就晋升协揆。这就是天缘凑泊。那年我辞官时，没有想到有醇王爷的儿子做皇上的一天。现在我已归田六七年了，醇王爷还记得我，看来老哥我也无意之中得到天缘凑泊。有的靠山则要自己去靠上。贤弟，种种迹象表明，醇王爷不久就是一座真正可以依靠的大靠山，你要看到这一点。”

张之洞的情绪激动起来。堂兄的这句话，给他今后的仕途指出一条充满阳光的大道。他起身，双手举着酒杯，说：“之洞深谢老哥的指拨。只是至今与醇邸缘悭一面，还请老哥相机引见才好。”

“行，你坐下吧，我们一起喝了这口酒。”

待张之洞坐下后，张之万恳切地说：“我已是日薄西山的人了，即使再次出山也做不了多大的事业，张氏家族未来的希望是在贤弟你的身上，我有责任为你引见，只是，”张之万捻须沉思着，“借一个什么名义来引见呢？”

“老哥，我前两天为四川东乡县的冤案拟了三道奏折，是否可以先送给醇王看看，借此为引见？”

张之洞说罢，将随身带来的青布包打开，取出一叠厚厚的奏章来，平平整整地放到酒桌上，然后把东乡的案子对堂兄简要地叙说了一遍。

“好，好。”张之万连连点头，“这三道奏折的确是个很好的引见物。你放到这儿，我今夜细细地看一遍。后天三庆班会到醇王府唱堂会，醇王爷要我去凑凑热闹。我会把这叠奏折带上呈给王爷，请他先过目，然后再相机提出你的意愿来。”

“就这样吧，一切拜托老哥啦！”

张之万随手将摆在桌上的奏折翻了一下，心里想起一桩事。

“香涛，这几年你上的几十道折子，老哥我都仔细地看了，确实道道都不同凡响。但有一句话，老哥我不能不对你说，望你长记心中。”

张之洞挺直腰杆，一副凛然受教的模样：“之洞不敏，正要请老哥多多指教。”

“贤弟自幼熟读史册，当知‘为政不得罪巨室’这句话。此话看来颇似乡愿，实乃真正的要言妙道。近年来你虽厕身清流，但颇为谨慎，不像张佩纶、邓承修等人专与大吏作难，今后切望保持下去，奏折中总以多议国计民生，少劾豪门巨室为宜。贤弟生性忠直，又身为言官，老哥怕你今后在声名隆盛之时忘乎所以，以至于未获大用而被宵小中伤，造成终生遗憾。若到那时再悔，则悔之晚矣。正因为期之甚高，爱之甚切，故言之亦甚直率，望贤弟能体谅老哥的一番苦心。”

这是真正的手足情谊的良药忠言，张之洞哪会不能体谅？他重重地点了一下头，说：“老哥金石之教，之洞将终生铭记，切实遵循。”

吃完饭后，张之万躺下午睡，张之洞则邀请桑治平在贤良寺后院散步。二人虽初次见面，却彼此都有故友相逢之感。他们毫无拘束地闲聊着。学问文章，政事民情，无所不谈，很是投缘。张之洞看出桑治平世事洞明，人情练达，是个隐逸于江湖中的俊才。桑治平感觉到张之洞热血奔涌，心地坦诚，是一个官场中少见的棱角鲜明实心做事的能吏。

张之洞握着桑治平的手，诚恳地说：“京师官场士林之中，难觅先生这等人才，若不嫌弃，忙过东乡案子后，我去古北口看你，再次向你请教。”

桑治平颇受感动：“桑某乃一布衣，浪迹江湖，落拓半生，前蒙青帅垂悯，今又受庶子错爱，真是三生有幸。庶子若肯光临寒舍，当洒扫花径，恭迎大驾。”

晚上，张氏兄弟和桑治平一起，痛痛快快地吃了一餐晚饭。夜里，张之万读奏折，张之洞又和桑治平说了半宿的话。到第二天上午分手时，张之洞已把桑治平看成很契合的老朋友了。

九　为借东乡之案做文章，醇王在清漪园召见张之洞

张之万送来的关于东乡冤案的三道奏折，醇王已经仔仔细细地看过一遍了。现在，他又将这三道书法秀劲内容沉甸的奏折在手里随意抚弄着。这位四十岁的王爷，长得与其英年早逝的四兄和执掌国柄的六兄很相像：一样的小脸尖下巴，一样的单薄身材。这些都来自道光帝的遗传。与方面大耳、膀阔腰圆的乾隆、嘉庆相比，道光和他的这几个儿子似乎不是真龙天子的后代。

醇王是个复杂的人物。

作为道光帝的七皇子，父皇去世的时候，他只有十岁，上面有三个已成年的兄长，当然不可能有继位之想。随着年岁的增大，眼看着四兄独尊天下，六兄权势显赫，同是先皇血脉的他，怎会不眼热？工于心计的懿贵妃在生了皇子之后，获得咸丰帝的特别宠爱，为了增加自己在皇族中的力量，她把亲妹妹嫁给了醇王。从此醇王成了她的心腹。在辛酉年那场政变中，醇王夫妇立下特殊的功劳，醇王也由郡王晋升为亲王。但处理国家日常事务的权柄，则落在比他大七岁的恭王手里。

恭王奕䜣器局开朗，聪明能干，且能重用汉人，受到朝野中外的拥护。醇王对这位兄长既佩服又嫉妒。他的这种心态，与对恭王既利用又防范的慈禧很是接近，叔嫂两人基于同一情绪，又结成了新的联盟。因为要对恭王别树一帜，醇王在对外事务中，便采取一种虚骄强硬的态度。在同治九年天津教案的处理过程中，恭王和醇王两人的态度便截然不同。

同治帝死后，新皇帝不出于恭王府而出于醇王府，恭王当然不服气。但是面对着醇王晕厥在地，力辞不受，过后又坚辞开缺所有差使

的一连串动作，恭王也不好意思再争，只得把气咽进肚子里，打叠精神，继续做他的军机处领班大臣。

哪怕是一职不兼，而今的醇王已不再是同治年间的醇王了，满朝文武视“潜邸”为神明，“潜邸”之主自然也深知自己的神圣身份。对于恭王，他不再像先前那样谦恭了，他要尽早把大权从恭王手里夺过来。

然而，事实上醇王只是一个性格脆弱才具平庸的人，既没有安邦治国领袖群伦的真才实学，又缺少玩弄大阴谋大诡计杀伐专断敢作敢为的奸雄胆魄。他清楚地知道，在通往最高权力的道路上，恭王固然是一个大障碍，但真正不能掀倒的大山却是慈禧太后。无论是地位、实力，还是机巧手腕，他都远不是那个女人的对手。那个女人，既是奸雄，又是英雄，即使现在身为皇帝本生父，在她的面前，须眉丈夫醇王也永远只有臣服的份。

因此，在攀登权位顶峰的过程中，醇王同时并举地采取两个措施：一是巴结讨好慈禧，二是伺机攻击恭王。

醇王对他这个嫂子兼姨姐的太后是非常了解的：她既有强烈的权力欲望，又贪图享受，是一个要把人生的乐趣用尽用绝的女人。

早在同治十二年，小皇帝刚刚亲政的时候，慈禧就授意儿子发布上谕，重建被英法联军烧毁的圆明园，以供还政后颐养天年。由于耗银将在三千万两之上，大乱甫定的朝廷实在无力支付这笔浩大的开支，当家的恭王对侄儿皇帝的这道上谕加以谏阻。年少贪玩又刚愎自用的同治帝正要借个名义大兴园工，为自己建造一个娱乐之地，遭到恭王的反对后大为恼怒，竟然下旨革去恭王的军机处领班之职，并降为郡王。儿子做得太过分了，慈禧不得不出来干涉。恭王虽保持了原来的职位，但圆明园不能重建，却成了慈禧的一块心病。前些日子，醇王福晋告诉丈夫：太后说，清漪园景致好，稍稍修整下，花不了多少银子，恭王等人大概不会反对，今后归了政，就可以住那里去养老。

这其实就是当年那道懿旨的再次颁布，醇王决定把这道懿旨领下来，以自己的亲自操办来与当年恭王的极力劝阻，形成鲜明的对比。谁忠谁不忠，岂不一目了然！

府里的小吏张翼带着几个人，已将清漪园查勘过多次了，重新修整的大体方案也已经拿出来，为郑重起见，醇王自己还要亲自去一下。

这几天与张之万会晤后，醇王对执掌权柄的未来更增强了信心。当张之万将堂弟近来为东乡冤案昭雪所做的事情禀报之后，他马上意识到，这又是恭王的一个失误，要抓住这个难得的好机会将对手打压一番。他决定在清漪园接见张之洞，这比在王府里召见要好得多。

北京的仲夏，到处是青枝绿叶，花草繁茂，一派生机勃勃的景象。春天的风沙早已停止，风和日丽，不冷不热，是一年中的好季节。因为修复清漪园一事尚在计议之中，不便张扬，故醇王一清早便离开王府，轻车简从，尽量做到不引起人们的注意。

清漪园在京城的西北郊，明代时即辟为皇家园林，名叫好山园。乾隆十五年在好山园的基础上大加扩建，改名清漪园。咸丰十年英法联军进入北京，一把大火烧了圆明园，清漪园在劫难逃，也遭到严重的毁坏。辰末巳初时分，醇王一行来到这里。明媚的阳光下，出现在他面前的，却是一座残缺破败的建筑群。

清漪园全盛时，以昆明湖、万寿山为主体，方圆四千多亩土地上，错落有致地分布着勤政殿、玉澜堂、怡春堂、长廊、养云轩、谐趣园、大报恩延寿寺、放生舫、佛香阁、昙花阁、宝云阁、听鹂馆等建筑物，眼下除万寿山顶的佛香阁，以及全部用铜浇筑的宝云阁外，其余的殿阁堂廊，或全被烧毁，或部分毁坏，均不堪入目。先前碧波荡漾的昆明湖因年久失浚，早已是杂草丛生，青萍漂浮，成了野鸭子栖息的场所，连衔接南湖岛与东岸的那座四十多丈长的十七孔桥，也已斑斑驳驳、漏洞百出，只有那个为镇水兽而铸造的铜牛，至今仍然安详地卧在湖边，回首翘望人寰，似有无限依恋之情，给醇王一行带来些许安慰。

醇王一边查勘，一边在心里寻思着：要把清漪园恢复成乾隆时期的全盛之貌，其所费银子并不会比重建圆明园少许多，眼下户部是拨不出这笔巨款的，只能分期来做。张翼提出先整治昆明湖和万寿山，规复勤政殿、谐趣园的方案是可行的，但就只做好这几件事，所费已经够大了。即使花费再多，也还有两处工程是非建不可的。

第一处是长廊。太后喜欢遛圈子，两顿正餐后遛半个时辰的圈子，已经遛了十多年，这是雷打不动的老习惯。绵延二三里的长廊遮阳避雨，正好遛圈子，所以非重建不可，最好再延长一倍，太后必定更加满意。

第二是要给太后修造一个戏台。太后爱看戏，尤其爱看皮黄。名伶谭鑫培、梅巧玲等人常被她召进宫去，她可以一看一两个时辰，毫不疲倦。有时看得兴起，她甚至会留他们在宫里过夜，第二天一早再唱。皮黄确实好听，做工也好看，宫里的人都喜欢，巴不得谭鑫培、梅巧玲天天在宫中唱戏。宫里的戏台，受礼制所限，不能建得过大过高，太后多次流露出不满足的神态。醇王想，清漪园不受这个限制，伶人们来来去去也要随便些，应该选定一处好地方，给太后建一座又高又大的戏台，将京城里那些当红角色轮番召来给她唱戏。这不但会博得太后的欢心，更可以让她沉湎于戏文中，不再干预政事。如此，国家大事便可听命于自己，皇帝本生父便是真正的太上皇了。

想到这里，醇王快乐得不自觉地哼起几句皮黄来，巡视的脚步也跟着加快了。一会儿，怡春堂出现在他的眼前。

怡春堂是当年乾隆与他所宠爱的臣子们诗酒文会的地方，素以清幽高雅出名。在咸丰十年那次灾祸中，它也受害不浅。

醇王踏进怡春堂的门槛时，映入他的眼帘的是一片衰落式微的景象：四周的泥筑围墙粉彩剥落，随处可见洞穴，庭院砖坪上的缝隙里杂生着各种野草；主体建筑怡春堂虽未倒塌，但檐断瓦裂之处很多，堂前的几座铜香炉、铜仙鹤也被敲得瘪肚弯腰，不成个样子；东头宽阔的土坪上原本种植着各种奇花异草香卉灵茎，而今因为没有圣驾的驻跸、名士的光临，那些珍贵的花木早已枯萎腐烂，代之而起的是丛生的蔓藤芜枝野荆荒条，成了鼠蛇狐兔出没之地了。真正是“秦宫汉阙，都做了衰草牛羊野”。醇王心里顿时浮起一丝末世的悲凉之感来。

极善察言观色的张翼见主子久久地站着观望，遂建议：“王爷，您不是要给太后建一座戏台吗？我看就建在这里好了，把这片草丛除掉，地方宽敞得很。”

这个建议不错！怡春堂本就是饮酒宴豫之地，在此处建一座戏台正相适宜。醇王点点头说：“这倒是一个好地方，可以考虑。”

见建议被采纳，张翼很得意，又说：“王爷，这半天您也走得够多了，不如在这里歇会儿，过会子再细细地查勘，看戏台摆在哪儿最合适。”

一向养尊处优的醇王，一年到头难得有一两次这样地劳动脚步，今天也的确是累了，便说：“你去安排吧！”

“嗻！”

张翼领着王命，急忙去张罗。

清漪园虽然已成废园，但长年来仍有几十名看守人员住在这里，这些人大多数是宫中年老力衰的太监。太监因为少年时被阉割，男不男女不女的，自觉低人一等，无颜回故乡见父老乡亲，通常都是在年老后便离宫住进寺院道观里去，与和尚道士为伴，打发残生。此外，一些废而不用的行宫也是老太监们的栖身之所。当然，一些老宫女也因离家日久，无亲无友，无依无靠，便和老太监们一起住进寺观行宫里，那也是常有的事。唐人的诗：“寥落古行宫，宫花寂寞红。白头宫女在，闲坐说玄宗。”写的就是这个现象。

怡春堂的房屋保存得较为完好，清漪园的看守人员中有一半人住在这里，经张翼一吆喝，老太监们很快便腾出两间正房来，赶紧收拾清爽，恭迎醇王爷大驾。

待醇王落座，服侍主子惯了的老太监便鱼贯而入，端茶递烟，擦汗按摩，把个醇王侍弄得舒服惬意。他闭目养了一会儿神后，猛然想起张之洞应该久在园子里等候了。就在怡春堂召见吧！他吩咐张翼去把张之洞寻来。

两天前，张之洞接到醇王府的口谕，要他在清漪园里等候王爷的召见。两天来，他一直在为此事兴奋着。他知道，这是老哥的推荐起了作用。醇王在朝廷上的地位，眼下虽不能与太后和恭王相比，但日后的作用却是不可估量的，且老哥已摸到了他的底。这次召见岂可等闲视之！

但召见之地为何不定在王府，却要选在已经废而不用的清漪园呢？难道说，清漪园将会有大的举动？联想到几年前盛传的修复圆明园的事，张之洞对醇王这次郊外之行的目的已猜到八九分。明知醇王的召见会在辰末之后，为慎重起见，张之洞在昨天下午便抵达清漪园，今天一早便按王府的命令，在勤政殿内一间小偏房里等候着。

在张翼的导引下，张之洞走进了怡春堂正殿，一眼看见醇王正坐在一张陈旧的镶嵌着大理石的雕花大木椅上，便快步走上前，跪在石砖地上，一边叩首，一边禀报："詹事府右春坊右庶子张之洞叩见王爷。"

"起来吧。"醇王将张之洞注视片刻后说。他也是第一次见到张之洞，或许同为男人的缘故，张之洞的短身寝貌，并没有给他带来如同慈禧初见时那种不悦之感。

张之洞起身，垂手侍立着。

醇王命令张翼："给张之洞备一条凳子。"

张翼端来一张黑漆嵌螺钿梨木鼓形凳子，虽然漆面有些剥蚀，但从造型的精美和螺钿的细巧来看，当年亦是一件价值不菲的宫中用物。

张之洞忙说："不敢，不敢！王爷的面前，哪有微臣的座位。"

醇王微微笑了一下，说："此地不是内廷，也不是王府，你就坐下不妨。我之所以选在清漪园与你见面，就是要你不拘礼节，咱们随便闲谈闲谈。”

张之洞从来没有直接与醇王打过交道，过去常听人说醇王为人比较随和，不像恭王那样威棱，看来传说不误。张之洞是个心高胆大的人，心里深处并不对权贵人物包括天潢贵胄在内，有什么特别的敬畏。科场上的辉煌成就，使得他从来就自视甚高。尽管职位不高，在大人物的面前，他向来没有自卑之感，今天在这位皇上本生父的面前也一样。他道了一声谢，便大大方方地坐在奕譞的旁边。

奕譞对张之洞这种不卑不亢的神态颇为满意。虽是初次见面，对于张之洞其人，奕譞还是颇为了解的。这不仅由于张之洞作为清流党中的骨干，早已名播朝野的缘故，更因为在去年吴可读尸谏事件中，张之洞挺身而出，维护了醇王府的利益。在奕譞看来，吴可读遗折的要害在于立即为穆宗立嗣；而此时立嗣，只有立恭王的孙子溥倬，皇位最终将落到恭王府。多亏了张之洞的两道奏疏，既合经典，又顺情理；既循家法，又宜将来，真正是深思熟虑，精详严谨，无懈可击，一锤定音，将一场无端而起的轩然大波治得风平浪静。醇王怎能不感激张之洞？

出于这种心情，奕譞的话语极为客气：“张之洞，把你从城里请到郊外来相见，你不会觉得辛苦吧？”

今上的父亲召见一个臣子，莫说只是从城里走到郊外，即使是从京师奔到天涯海角，作臣子的也是理所当然，不能有丝毫的怨意呀！醇王竟然以这种口气作开场白，真让张之洞既感意外，又受宠若惊。他忙恭敬地答道：“王爷太客气了，王爷可以亲临清漪园巡视，微臣何敢言辛苦二字！”

奕譞随意地笑了一下，问：“什么时候来的，等久了吧！”

“昨天下午到的。微臣做了十多年的京官，却没有来过清漪园。这次正好借此机会瞻仰瞻仰，亲身感受一下当年高宗、仁宗的雄风伟绩。”

奕𫍽心里想：果然不愧为探花出身的名流，说起话来就是不一样。他点点头说："这一座名园，当年是何等的壮丽非凡。可恨那些洋鬼子，把它和圆明园一道给毁了。你说说，这清漪园该不该修复下？"

果然不出所料，醇王此行的目的，正是为了修复清漪园！关于修复园林这桩事，张之洞对它的前前后后是十分清楚的。

作为一个儒臣，作为一个清流党，张之洞向来不赞成朝廷大兴土木，何况当此内忧外患国帑窘迫之际，修复大型园林以供一二人之游乐，更为他所反对。故而对于过去阻止重修圆明园的一切言论，他都是赞赏的，然而今日面对着醇王的垂询，张之洞却犹豫了片刻。

慈禧太后把皇位送给了醇王府，醇王府自然要回报这份恩德。拿什么来回报呢？世俗间的一切，对于贵为太后的中年妇人而言，似乎都算不了什么。不如修复一座花园行宫，让她在这里怡情养性，安度天年。从这个角度来看，醇王要重蹈园工旧路，也并不是没有道理的。远期的目标是希望醇王能秉掌国政，以便年迈的老哥东山再起，进入权力中枢；近期的目标是要利用醇王和恭王之间的矛盾，为东乡之事翻案平冤。这些都需要与醇王建立起一种过去所欠缺的密切关系。

想到此，张之洞毫不含糊地回答："清漪园山水环抱，清静幽雅，的确是个休憩的好处所，洋人纵火烧毁，真是丧尽天良。祖先亲手创建的名园，后人自当修复。只是目前国库不裕，不能全盘动工，宜选择耗费较少的几处工程先期施工，以后再慢慢地一处一处地复原。比如这座怡春堂，就大致完好，想来恢复旧貌所费不多，可以先动手。"

奕𫍽正是要借此探测一下张之洞，估计这个清流党骨干多半会加以委婉的劝阻，却不料他爽快地予以赞同，心里想：看来张之洞的确不是书呆子，是个明白人。便说："张之洞，你说的跟我所想的一个样，清漪园是要规复，但要慢慢来。你这些年来给太后和皇帝上的折子我都看过。你的折子篇篇都写得有理有据，是真正的奏章，不像有的人，做了几十年的官，还不得奏议要领，尽说些不着边际的话，朝廷拿了这样的折子也不能办事。去年关于崇厚误国的折子，满朝文武上的不少，最有力量的当数你的那几篇，我看后激赏不已，建议太后召见你，当面听听你的想法。”

张之洞听了这话很觉舒服。作为一个品级不高的官员，张之洞不太清楚内廷看折子的程序。他一直以为现在也是过去传下来的老套子，由外奏事处转内奏事处，再送给太后裁夺，却不知还有醇王插进来这个过程。他感激醇王一直在读他的折子：“蒙王爷错爱，微臣今后唯有加倍努力才可报答。”

奕譞含笑点头说：“南皮张府祖上积德殷厚，连出子青先生的状元和你这个探花。听说你小时在贵州长大，贵州偏远贫瘠，良师难得，你的学问文章得之于谁的传授？”

张之洞答：“微臣四岁由先父开蒙，家兄之渊因比微臣年长十岁，也是微臣的老师。八岁读完‘四书’‘五经’，九岁开笔。十二岁前受业于曾搢之、张蔚斋诸师。十二岁后受业于韩超、丁诵孙诸师，并从吕贤基治经学，从刘仙石习小学，从朱伯韩习古文。吕、刘、朱等人均一代名师一代贤臣，微臣从他们处得益匪浅。”

奕譞说：“你的诗文广被传诵，我的记性不好，背诵不多，有两句诗我记得最牢，道是‘文澜不取归熙甫，兵略时同魏默深’。读你的折子，气势充沛，铿锵有力，可知你的文章的确不是走的归有光的路子。关于边防方面的策略，计虑深远，设防周到，有魏源之风。你如此注重用兵之略，是否与你父亲在贵州征讨苗民叛乱有关？”

醇王居然知道自己的父亲在任上讨平过苗乱，这令张之洞感动。他想，这多半是子青老哥在王爷面前说起的缘故。

“回禀王爷，微臣幼时，先父任所常有莠民武装闹事。先父总是对微臣兄弟说，世道不宁，当文武并重。正是王爷所说的，微臣注重兵略，实受先父的影响。不过，还有一位业师，为微臣终生敬服，是他的辉煌军功，激励微臣研习兵略。此人即益阳胡文忠公。”

“噢，胡林翼是你的业师？他什么时候教过你的书？”

奕谖对胡林翼很敬重，这不仅因为胡林翼是湘军的重要统领，战功卓著，更由于胡林翼在防范戒备洋人这一点上，与他甚为默契。奕谖一直不满于曾国藩对天津教案的处置，他认为曾国藩在洋人面前太软弱了，有损大清的国威。因为此，在奕谖的心目中，湘军的首领人物左宗棠、胡林翼的形象要比曾国藩高大些。

“道光二十八年，胡文忠公出任贵州安顺府知府，先父时任贵州兴义府知府，彼此结为至交好友。先父慕胡文忠公道德学问，把微臣送到安顺府署住了半年，和胡氏子弟一道早晚接受胡文忠公的教诲。后来微臣在顺天乡试获隽，那时胡文忠公正在黎平府招募黔勇援助湘鄂，得知消息后致书先父，说得令郎领解之讯，与南溪开口而笑者累日。南溪即微臣业师韩超，十年前已从贵州巡抚任上致仕。”

“原来你还受过胡林翼的亲自教诲，怪不得高徒本自名师出。胡林翼可惜死早了，未及封侯拜相，得以大用。他后来在前线带兵打仗，与你还有联系吗？”

“有。”张之洞见奕谖如此敬慕胡林翼，似觉彼此间的距离拉近了许多，说话时也显得随便了些，“文忠公很忙，我不能多去信打扰他，但每年必有两封信，一是贺岁，一是为他祝寿。文忠公不管多忙，总是亲笔回我的信，指导我读书作文，为人处世，细致恳挚，情意殷殷。每有覆信，我都反复诵读，铭记于心。咸丰三年离京回贵州，咸丰六年入京赴试，两次我都绕道去武昌看望他。文忠公总是留我在帐下住几天，纵谈古今治军牧民之事。谆谆告诫我，读圣贤书，千万不可沉溺其中而跳不出来，光只会记忆古义、背诵笺释、寻章摘句、吟诗作赋的学究，不能算是读通圣贤了。圣贤大义，乃在于淳厚民心，治理天下，即经世致用。又说身处乱世，当首在拯民，拯民先要除暴，除暴须仗强兵，故兵略不可不研习。微臣牢记先师的教导，并深以先师武功之盛而自豪，遂留意兵略，十多年来虽为史官学政，亦不偏废。日诵文章，夜读兵书，已成习惯。”

“好！”听了张之洞这番介绍后，努尔哈赤的后裔开始对这个词臣刮目相看了：这或许是个文武兼资的能吏干才，应是自己今后柄国所必须罗致的人员。他不再闲聊而切入正题，“张之洞，子青老先生把你的关于四川东乡之案的三道折子给我看了。照你折子上说的，东乡百姓的确是受了冤屈，朝廷过去的处理有失误之处，太后可能受了他人的欺蒙。本王一向最恨贪官污吏，最喜为民做主，愿意将这三道折子亲自交给太后，把东乡的案子翻过来。但是，本王要郑重问你一句话。”

说话之间，奕譞一直用严肃的目光盯着张之洞。张之洞见醇王的态度陡然变得如此峻厉，神情不觉肃然起来，背上冒出一丝热汗。他挺直着腰杆说：“请王爷赐问！”

“张之洞，你身为胡林翼的受业弟子，理应秉承胡林翼对朝廷的忠诚，你在四川做过三年的学政，自然对四川官场民情有所了解。你现在能否以一个胡林翼的弟子和熟悉真情的学政的身份向本王保证：东乡之案的内情你已完全掌握，三道折子上所说的全是实话，而不是为了打击别人，不是为自己沽名钓誉。”

一股为民请命甘受斧钺的壮烈情怀，顿时涌动在张之洞的胸间。他对醇王尚不十分相信自己虽有憾意，却更对醇王如此郑重地把它当作一桩大事而欣喜，为了坚定这位性格脆弱的王爷的心志，张之洞霍然站起，然后双膝跪下，斩钉截铁地说：“微臣以先师为楷模，忠于朝廷之心可贯日月，身在蜀中三年，其官场民情了如指掌，东乡冤案的前前后后，微臣均已一清二楚。王爷愿为东乡平民做主，鸣冤昭雪，真乃蜀民再生父母，微臣代东乡冤民感激王爷如天恩德。皇天在上，后土在下，微臣折子里所写的，句句是实，字字是真，倘有半点不实不真之处，请王爷斩微臣之头，戮微臣之尸，以谢天下而惩来者！”

见张之洞起下这等大誓，奕譞也颇为感动。他敛容说：“张之洞，本王相信你，请起身，随本王再到长廊、佛香阁去查看查看。”

十　慈禧送给妹妹的礼物居然被人踢翻在地

张之洞从清漪园回来的第二天，张之万便离开了京师，回南皮老家继续守制去了。桑治平则应邀在张之洞家住了三天。张之洞陪同桑治平逛海王邨，游国子监，赏玩古董，品藻人物，所谈极为融洽，二人均有相见恨晚之慨。杨锐一直侍奉左右，从老师与桑先生的交谈中得益甚多。三天后，桑治平与张之洞依依不舍地分手，相约明春张之洞去古北口造访，然后再一道登长城，攀燕山，欣赏造化和历史赋予人类的精华。杨锐也暂时搬出张府，与何燃、黄奇祥一起拜会京中时贤，以便广开眼界，拓展胸襟。张之洞很赞赏年轻人的这个决定。

在奕譞的干预下，四川东乡县的冤案终于得到平反。朝廷颁布明谕：东乡县民并非聚众谋反，不应派兵弹压，原东乡县令孙定扬，原四川提督李有恒立即拘捕问斩，其他负有重大责任的文武官员也重新审判定罪。

张之洞为民请命的这一义举，不仅使他在清流党中再次获得极高的声誉，也得到京师官场的一致称赞。杨锐等人回到四川，将事情进展的前前后后公之于众，川中父老莫不愈加怀念那位督学三年建树甚多的前学台大人，东乡被昭雪的乡民中甚至有人供奉张之洞的长生牌，早晚一炷香，晨昏三鞠躬。

清流党人都于此中得到很大的鼓励。恰好圣彼得堡又传来佳讯，曾纪泽与俄国人的谈判有所进展，迫于多种压力，俄国有可能放弃伊犁城外的领土要求。这无异于将已吞入虎口的肥肉挖了出来，朝廷欢喜，清流党人更是欣喜若狂，都认为是自己的巨大功劳，张佩纶、陈宝琛、邓承修等人更是热血奔涌，愈加放肆指谪时弊，纠弹权贵。他们纷纷上疏，弹劾工部侍郎贺寿慈、礼部尚书万青藜、户部尚书董恂、左副都御史宗勋、湖广总督李瀚章，或劾他们贪污受贿，或劾他们昏耄误政。张佩纶甚至将矛头对准慈禧的娘家方家园承恩公府第，说公府新近建房仿照王府规模，有违礼制，请朝廷派员核查，即速制止。

张佩纶等人的这些弹劾，有的收到了效用，但大部分留中淹没，只博得一批对朝政不满者的喝彩，反而招致了许多经不起核查的权贵们暗中嫉恨。

张之洞牢记堂兄“为政不得罪巨室”的恳切告诫，没有参与这场大举纠弹权贵的热潮。他虽然十分痛恨官场上的腐败之风，但也深知不能轻举妄动，正如堂兄所说的，在自己的声名日渐隆盛之际，要更加谨慎持重。就在这个时候，宫中又爆出一桩少见的热闹事，一时间弄得沸沸扬扬，给一向压抑沉闷、枯燥无味的内宫生活带来一个富有刺激性的新鲜话题。

十一月下旬是醇王福晋的四十大寿。从十月中旬开始，四面八方的珍贵礼品，便络绎不绝地被送进醇王府。

清流党的首领李鸿藻是从不对王公贵族示以特别亲近的。当年连慈禧的母亲去世他都不去吊唁，何况醇王福晋的寿庆？张佩纶、陈宝琛、邓承修十分钦佩李鸿藻这种硬骨头气，便一致决定不向醇王府送礼。但被公认为第二号人物的潘祖荫却不这样，他早早地便把祖传的一颗鸡蛋大的价值连城的夜明珠送进醇王府。醇王福晋对这颗夜明珠喜欢得不得了。宝廷、吴大澂等人也都悄悄地向醇王府敬献了重礼。

张之洞为此事思考了很久：送，还是不送？想起醇王对这次东乡之事的翻案所起的关键作用，觉得不送点礼物表示祝贺，似乎于情理太不通了。但送个什么礼物呢？张之洞犯难起来。

张之洞父亲官职不高，家里人口众多。父亲的俸禄刚好够全家度日，没有积蓄，更谈不上有什么祖传珍宝了。他自己为官之初便立下志向，要做一个不贪财货的清官。京官俸禄薄，如果不用手段获取外来之财，则几乎个个清贫；张之洞只是一个中下级史官，那就更不用说了。他两放试差和学政，本来这都是可以生财的美差事。因为试差有程仪，学政有额外的收益，其数量都很可观。尤其是四川学政，生童人数甲于天下，若额外收益全部揽于怀里的话，三年学政下来，少说也有三万银子的收入。但张之洞恪守清廉为本的做官准则，一毫不取，三年前一担行李两袖清风入川，三年后依然一担行李两袖清风出蜀。如此做官，自然永远富不起来。张之洞即使想送重礼也无钱购置，何况他向来不把情意之深浅与礼物之轻重联系在一起。

如此思来想去，他终于想出了一个好主意。

第二天，他打发大根骑一匹快马，星夜奔到南皮老家，请子青老哥画一幅五谷丰登、仙童献寿的彩色图画。听说是为醇王福晋祝寿用，张之万兴致极高。他戴起老花眼镜，辛苦一整天，精心制作一幅丹青。大根带回京后，张之洞又在上面亲笔题了一首诗。然后再送到大栅栏裱铺，出了五两银子的高价，用最上等的黄绫装裱好。一切就绪后，张之洞大大方方地亲自送到太平湖醇王府。

奇珍异宝太多了，醇王夫妇反而看腻了，见了这幅状元探花兄弟的联袂之作，夫妇俩都觉得清新悦目，遂高兴地收下。张之洞肩上的一副重担终于放下了。

十岁的小皇帝也给母亲送来一对极品玉如意，一座尺余高的十九层纯金佛塔。皇上的重礼把醇王府的喜庆气氛推到了高潮。

慈禧对胞妹的生日自然是记得的，但这些日子里她正闹着病，精神不好。她素来肠胃消化不良，近来腹胀，不思饮食，但还是挣扎着处理国事，只是一回到后宫便浑身无力倒在床上。慈安太后见她这样带病勤政，又是钦佩又是心疼。醇王福晋暖寿的前一天，慈安特为提醒慈禧要给妹妹送点礼物。慈禧感谢慈安的关心，亲自到御膳房挑了几样食品糕点，满满地装了八大盒，命人赶紧给醇王府送去。

养心殿的太监小头领李三顺领了这个差使，唤来两个小太监小勾子和二愣子做挑夫，自己空着手跟在一旁。正是太阳当顶的午正时刻，除了值班的太监宫女外，大家都午休了。空旷得一株树一棵草都没有的紫禁城里静悄悄的，颇有点死气沉沉的味道。

走到太和殿旁边的时候，小勾子想起了一件事，对李三顺说：“还没有照门哩！”

清廷内宫制度，太监宫女出宫，无论公私，均须经敬事房开出放行单，上面详细写明所带物品，请午门关照放行。这种手续叫做“照门”。清朝中叶以后宫廷管理混乱，太监宫女要私拿点东西收藏起来很容易，但要运出宫外则较难，这就是因为午门把守严格的缘故。太监宫女得到的东西，若不出宫，则无实际价值。要运出去，通常有两条途径可采取。一是买通敬事房开单的执事太监，将私物公开写在门单上，护军照单放行，私物便出宫了。一是买通护军，检查时开只眼闭只眼，私物也可出宫。

刚才出养心殿时走得匆忙，一时疏忽了，现在要去补办照门，本来是可以的，但李三顺却不想去补。一则是他懒，不想走回头路。二来估计敬事房的执事太监也休息了。那些家伙仗着权力在手，架子和脾气都大得很，要他们在午休时办公事，给你的脸色决不会好看。三是李三顺存心要跟护军斗斗法。

上个月，李三顺在养心殿的一个砖缝里拾了一枚胭脂痕玉扳指，这枚扳指的玉质极好，很可能是某位大员在朝见太后时遗失的。李三顺在宫中久了，颇能辨识玉器，他估计这枚扳指若到王府井玉器店里去变卖，至少可以卖得三四十两银子。李三顺是直隶人，有个远房亲戚在京城一家饭庄里做伙计，通过这个亲戚可以把这笔银子带回老家去。有次他奉命出宫办事，便将玉扳指戴在手上，企图混过午门。谁知护军眼尖，硬是看见他手上戴的这枚玉扳指。因为门单上没有写明，他好说歹说都不管用。李三顺因此恨死了午门护军。这次要借机跟他们闹一闹，出一出胸中的那口怨气。

二愣子挑着食品担，李三顺在前，小勾子在后，三人来到了午门。

此刻在午门值班的护军小头目名叫玉林。玉林乃镶黄旗出身，父亲正做着步军统领衙门三品衔巡捕营参将。另外有两个兵丁。一个名叫祥福，正白旗出身，父亲正在安徽绿营做都司。另一个名叫忠和，是个觉罗红带子。三个人都出身高贵，又都是二十岁左右，正在血气方刚的年龄，眼睛角里都没有阉竖的位子。

李三顺带着小勾子、二愣子，大摇大摆地向午门走去。刚到门边，玉林便厉声喝道："站住！出宫干什么？"

李三顺不自觉地收起脚步，神态却依然傲慢，眼睛并不看着玉林，也不望着另外两个护军，拖长着不男不女的声调："干什么？奉慈禧太后之命，送礼物到醇王府，为皇上的额娘祝寿！"

"奉太后之命""为皇上的额娘祝寿"，如此使命，是何等的重大崇高！倘若是通常的门卫，礼让尚恐不及，还敢再盘查吗？但此处是午门禁卫，太后也好，皇上也好，他们耳朵里听得多了，也并不觉得就神圣得不得了，何况李三顺这种不可一世的神气，他们也讨厌得很。

狗仗人势！玉林在心里恶狠狠地骂了一句后，冷冷地说："把门单拿出来看看！"

"没有。"李三顺给一口顶了回去。

"没有门单就不能出宫！"玉林也毫不客气。

"好大的胆子，慈禧太后的东西你们都敢不放行，想造反吗？"李三顺双手叉着腰，声色俱厉地恐吓。

"你不要吓唬人！"玉林不吃他这一套。"没有门单，如何能证明你奉的是慈禧太后的命令？"

"我李三爷在养心殿服侍太后多年了，你们难道不认识？"李三顺指着自己的鼻子尖，趾高气扬地尖声叫着。

觉罗忠和禁不住冷笑道："卵子都没有，你也配称爷们？"

太监最忌讳的就是这个"没卵子"。这句话大大激怒了李三顺，他气势汹汹地冲到忠和面前，鼓起两只吓人的眼睛说："混账东西，你敢骂爷们？"

小勾子、二愣子也同样受到了刺激，都捋起袖子来，紧跟在李三顺的后面，随时准备出手。

局面很僵了。

护军祥福脾气稍好一点，李三顺的身份他也知道，便走上前去圆场："好了，好了，就算你们是奉太后之命办公事，放你出宫吧！"

"慢着！"玉林也觉得忠和刚才那句话说得过头了点，传出去会得罪满宫太监的，也想圆通一下算了，但"检查"这道手续还得例行。这些太监们个个都是贼，万一他们把宫中什么重要的物品私运出宫了，今后追查起来，责任都在他这个小头目的身上。他冲着李三顺，以命令的口气说："把盒盖打开，让我们检查检查！"

二愣子素来老实一点，听了这话后便去揭开盒盖。八只点红寿桃饽饽露了出来。

"打开第二盒！"玉林又命令。

二愣子将寿桃饽饽盒端起，下面是八只拇指大的金黄耀眼的窝窝头。

就在此刻，一肚子恨意未消的李三顺脑子里猛然冒出一个恶毒的点子来，他趁着忠和上前验看窝窝头的时候，暗地里伸出右腿来，将忠和的左腿一勾，忠和冷不防一个趔趄，碰着了二愣子的手。二愣子手里端着的八个点红寿桃饽饽全部掉到地上，沾满黑灰。二愣子和忠和同时被这突然的一幕吓得脸都白了。

"你这狗日的王八羔子！"李三顺边骂边扑上前去，扭住忠和的衣领，"你把太后的礼物弄坏了，看你如何赔？"

忠和愣了一下后明白过来，原来刚才就是这个没卵子的太监小头目使的坏，有意绊他一跤。他毕竟是个红带子出身，又在肝火正旺的年龄，便愤怒地飞起一脚，踢在李三顺的小腹上，痛得李三顺松开手在地上打滚。他干脆乱打乱踢，把一担食品全部踢翻在地，然后爬起来，凶巴巴地指着三个护军说："你们阻挡太后的食品出宫，又毒打太后身边的人，罪恶滔天。你们等着瞧吧！"

又转过脸来对着小勾子和二愣子发命令："食品担子不要了，咱们回去向太后禀报！"

三个太监转过身向着养心殿跑去。玉林、忠和、祥福望着他们的后影，心里骤然涌出一股恐怖感：事情闹得如此之大，怎么得了？

李三顺回到养心殿，病中的慈禧尚在午睡中，他不敢打扰，便找到当班首领刘玉祥。他跪在刘玉祥的面前，边哭边诉说午门发生的这桩事，表白自己是如何的忍让克制，控诉护军是如何的跋扈嚣张。李三顺向刘玉祥着重说了三点：一、玉林公然说，慈禧太后的礼物也要检查，眼睛里根本没有太后。二、忠和有意踢翻食品盒。三、骂太监没有卵子，不配做人。

前两桩都是冲着太后的，与刘玉祥无干，后面这句话则深深地刺痛了他。刘玉祥快五十岁了，在宫中当了四十年的太监，最怕的也是别人说起卵子，最恨的也是骂他不配做人。过去，别人笑他骂他，他只记恨在心里，想算计也算计不到。这次好了，天大的把柄落在他的手里，他要借慈禧太后的无上权威来名正言顺地惩罚他的敌人。

午后，趁着宫女进药的机会，刘玉祥蹑手蹑脚地来到慈禧的身边，待慈禧喝完药后，他弯下半个身子向慈禧请安。

“食品送到醇王府了吗？”慈禧的声调比平日低了点，但依然清脆动听。

“奴才正要禀告此事。”刘玉祥走前一步，靠近慈禧的床沿。“太后，食品没有送出宫，给护军踢翻了。”

“什么？”这可是宫中从来没有过的怪事！慈禧的脸色突然变得铁青，两只手开始痉挛。她根本不问缘由，而是直接追查责任。“是谁踢翻的？好大的胆子，我的礼物他都敢这样！”

“午门护军忠和踢的。”刘玉祥心情愤怒地将李三顺编派的事件经过叙述着，“三顺带着小勾子和二愣子，奉着太后的命令，挑着食品出宫。午门护军小头目玉林要三顺拿出门单来。三顺客气地对他们说，敬事房的人睡午觉了，这是太后送给醇王福晋的，您就劳驾免了吧！玉林板起面孔说，太后的也不能免。三顺说，那请先放我们出宫，下午再补一张送给您。玉林说，打开盒子让我们检查。三顺说，都是太后御膳房做的吃食，不要检查了吧。玉林又说，太后送的也要检查！三顺不同意，怕灰尘弄脏了食品。护军忠和走上前来抓着三顺的手，要他揭盖子。三顺不肯，两人扭打起来，忠和飞起一脚，先踢翻了食品担，再踢翻了三顺。”

“反了，反了！”慈禧气得牙齿咬得直响，腮帮鼓鼓地。她一把掀开被角，就要从床上起来，慌得刘玉祥和两个宫女忙上前搀扶。

“太后息怒。”刘玉祥见几句话就把慈禧激怒了，心中十分得意，讨好地劝说，“太后，您在生着病哩，保重自个儿的玉体重要，犯不着跟那几个浑小子护军计较。”

慈禧虽然天性褊急，容不得物，但平时还不至于这样容易激怒，这次很快便生这样大的气，原因有两点：一则她是给自己的胞妹当今皇帝的生母送一点生日礼物，居然因缺一张门单便遭这等侮辱，午门护军简直跋扈得天理难容。这不只是侮辱了她，也侮辱了她的娘家，还侮辱了当今的皇帝。这口气，你叫她如何咽得下！二来她正在病中。她素来好强，疾病害得她不能好好地处理政事，心里烦躁，无名怒火正烧着，无事都想发泄一下，何况几个卑贱的护军欺侮到她的头上来了，她怎么忍受得了！

“快，传我的旨意，把那几个午门护军统统抓起来，立即斩首示众！”

她气得双眼呆望着帘子，也不知是在对谁下这道懿旨。

“把谁斩首示众呀？”随着门帘掀开，一个音色甜润的女人声音传了进来，接着一摇一摆地走进了慈安太后。她是特地来探望生病的慈禧的。“妹妹，什么事惹得你生这么大的气？”

慈安其实要比慈禧小两岁，按理她要叫慈禧为姐姐才对，但她是咸丰帝的皇后，而慈禧只是贵妃，在名位上要高出慈禧。慈禧只得委屈自己，叫她姐姐，自称妹妹。

“姐姐，你帮我做主！”

一向刚强的慈禧，兴许是在病中，也兴许是受到了莫大的委屈，见到慈安后，竟突然变得脆弱起来，一句话刚说出口，便刷刷流下眼泪来。

在慈安的记忆里，只有辛酉年在热河行宫，咸丰帝驾崩不久，肃顺等八大顾命大臣不把两个太后放在眼中，自行执政的那些日子里，慈禧才十分伤心地流过泪，才有时深更半夜抱着慈安的肩头痛哭，说过“你要替我们娘儿俩做主”的话，那以后近二十年的岁月里，包括同治帝去世的悲痛时刻，慈禧都没有这么痛哭过。慈安大为惊愕。

“妹妹，什么事，说出来，姐姐替你做主！”慈安心软，见慈禧哭，她自己也边说边流起泪来。

“咱们刚才给老七府上送的一担食品，午门护军竟然不让出宫，还踢翻了。姐姐您看，这午门护军竟然欺侮到咱们的头上来了，这还了得吗？”慈禧边说边用手绢擦眼泪鼻涕，那模样真的十分伤心。

“有这样的事！”慈安也大为愤怒起来：护军竟敢欺侮太后，日头从西边出来了？她严厉地问：“谁是今天当值的？”

“奴才在这儿。”刘玉祥忙弯下腰回答。

“把三顺儿找来！”慈安命令。

“嗻！”

一会儿，李三顺跟在刘玉祥的后面进来了。

“三顺，你把午门的事情对两宫太后说一说。”刘玉祥吩咐李三顺。

李三顺忙在两宫太后的面前跪下。他见慈禧泪痕未干，慈安怒容满面，知两位太后已被大大激怒，心里很是得意，便绘声绘色地把对刘玉祥说的话，又添油加醋地演说了一遍。

“真正是无法无天了！”

慈安气得站起来，她也的确被震怒了。慈禧的礼物是在她的提醒下送的，这件礼物也可以看成是她们两人共同的礼物。不给慈禧以面子，也就是不给她以面子。慈安一向懦弱，又无儿女，故对慈禧倚仗甚多。慈禧的儿子虽死，但现在的皇帝又是她的亲外甥，今后当然会跟姨妈亲，慈安还是处于弱势。同治年代，慈安总是依着慈禧，让着慈禧；光绪年代，这个做姐姐的依然得如此。以重惩几个微不足道的护军，来作为对慈禧的讨好，应该说所费代价最低，何况这几个护军也的确情理难容！

“刘玉祥！”

“奴才在。”

慈安一字一顿地下达懿旨：“你到内阁去传达我的旨意，要他们以皇帝的名义拟旨，命刑部立即拘捕午门护军玉林、忠和、祥福，从严审讯惩办，并将护军统领交部严加议处。”

“嗻！”

刘玉祥和李三顺兴高采烈地退了出去，立即奔向内阁传达两宫太后的圣命。

十一　附子一片，请勿入药

第二天下午，刑部尚书潘祖荫奉到圣旨，他展开恭读：

> 昨日午门值班官兵殴打太监以致遗失赍送物件情事。本日据岳林奏，太监不服拦阻，与兵丁互相口角，请将兵丁交部审办，并自请议处一折，所奏情节不符。禁门重地，原应严密盘查，若太监赍送物件，并不详细问明，辄行殴打，应属不成事体。着总管内务府大臣会同刑部，提集护军玉林等严刑审讯，护军统领岳林等着一并先行交部议处。

潘祖荫细细地研读上谕，体味旨意。圣旨上讲的是值班护军殴打太监，否定太监兵丁互相口角一说，口气严厉，要重办护军及其统领。太监属内务府管，午门护军属步军统领衙门管，按理应是刑部会同内务府和步军统领衙门一道审办，但圣旨既否定护军统领岳林的上奏，排除护军统领衙门的参与，且已申明严惩护军。显然，圣意非常明确，此事责任在护军，太监无过，刑部应当遵照这个意思去办理。倘若是一个普通的只会奉旨办事的刑部尚书，按此去办就行了，保证能得到符合圣意的嘉奖。但清流党的第二号首领不是一个这样的人。

中国历史上曾有过不少太监把持朝政，干预国事，造成祸乱的现象，鉴于此，历朝正直的大臣都主张对太监要从严管束，自己也从不与太监交往，明智的君主也知道整肃内宫的重要。满人入关之初，是一个兴旺发达的时期，顺治帝曾为此专门铸造了一个十三衙门铁牌。

十三衙门即清初管理太监的机构。这个铁牌上明文规定："但有犯法干政，窃权纳贿，嘱托内外衙门，交往满汉官员，越分擅奏外事，上言官吏贤劣者，即行凌迟处死，定不姑贷。"这条规定后来便成为整个清代禁止宦官干政的家法。相对于前代而言，清代在抑制宦官干政这一点上做得还是比较好的。首先破坏这条家法的，便是那位敢于藐视祖制的叶赫那拉氏慈禧太后，安得海出宫被斩后，她并没有吸取教训，改过自新，而是继续重用太监。梳头太监李莲英这几年就甚得她的宠信，去年已升为五品大总管了。

慈禧为何重用太监呢？野史上说，作为女人，慈禧喜欢那些阉割不干净的太监，因为他们身上还残存着男人味。这种说法是想当然的。慈禧重用身边的太监，其实也和历代男性皇帝一样，是因为她相信太监是自己的私人，可靠，尤其是利用他们来办一些不能公之于众的事情，最为稳当。

对于慈禧的这种行径，朝廷中正派的官员们私下都有些议论，特别是那些激进的清流党，更是对此痛恶不已。

凭直感，潘祖荫觉得这桩斗殴案，必定是太监失理在先，而慈禧又听信了太监的一面之词，借圣旨来发泄自己的满腔怒火，同时也要借处理此事来树立自己至高无上不可侵犯的权威。为了证实自己的分析，他亲自提讯已被拘捕的玉林、忠和和祥福。提讯的结果，他的分析得到证实。

但内务府大臣恩良则要坚决按旨办事。审讯不审讯都无所谓，玉林等人的陈述他根本就听不进。作为内宫主管，恩良的这种态度是不难理解的。这是因为他不但要维护属于自己管辖的太监们的利益，他更要借此讨好巴结他的顶头主子——两宫皇太后。在这种职务的官员眼中，向来是没有什么原则和国家的概念的。面对着这种棘手的案子和尴尬的局面，才华过人的潘祖荫颇感为难。思索再三，他决定采取投石探路的方式。

第一步先上一折，将提讯玉林等人的情况上报。折子上详细记录玉林等人的口供，试图让两宫太后了解事情的另一面，希望她们在兼听之后能变得明白起来。潘祖荫请恩良会衔，恩良拒绝，他只得单衔上奏。几天后，他奉到朱批：不可偏听一面之词，应从严从速审结此案。太后们接过潘祖荫投过的“偏听”之矛，反过来又投向潘祖荫本人，弄得这位刑部尚书哭笑不得。

无奈，潘尚书只得采取各打五十大板的和稀泥的办法，拟了一个惩处方案：护军这边，其头目玉林责任较大，杖五百，罚去月俸三个月，祥福、忠和各杖五百；太监这边，其头目李三顺责任较大，交内务府慎刑司责打五百，罚去月俸三个月，二愣子、小勾子各责打五百。

疏上，朱批责备刑部偏袒护军，对玉林等人惩罚过轻。

潘祖荫气愤了。他在刑部衙门里发牢骚：“既然刑部处置不当，皇上自己圣心独裁好了，何必要借我们的口来说话！”

满尚书文煜生怕因此得罪太后而丢掉头上的红顶子，他劝潘祖荫：“伯寅兄，何苦为几个护军惹太后生气。太后说轻了，咱们再加重点。”

文煜自做主张重新判决：玉林从重发往吉林充当苦差，祥福从重发往驻防当差，觉罗忠和从重圈禁三年。他也不给潘祖荫过目，便以刑部的名义第三次上奏。

三天后，上谕下达：

午门值班护军殴打太监一案，曾谕令刑部、内务府详细审办，现据讯明定拟具奏。该衙门拟以玉林等发往边地当差，自系照例办理。惟此次李三顺赍送赏件，于该护军等盘查拦阻，业经告知奉有懿旨，仍敢抗违不遵，藐玩已极。若非格外严办，不足以惩儆。玉林、祥福均着革去护军，销除本身旗档，发往黑龙江充当苦差，遇赦不赦。忠和革去护军，圈禁五年。均着枷号加责。护军统领岳林，着再交部严加议处。禁门理宜严肃，嗣后仍着实力稽查，不得因玉林等抗违获罪情形，稍形懈弛。懔之！

对护军处罚之重，对太监偏爱之深，不仅令潘祖荫愤慨，令文煜意外，也令阖朝大臣不满。连日来，六部九卿的官员们纷纷私下议论：明明是太监亏理在先，为何只指摘护军一方？明明是太监、护军相互殴打，为何单说护军殴打太监？护军盘查，乃职守所在，即使出现殴打之事，也不可处以如此重的惩罚。革去护军，已属不轻，消除旗档，听之可骇，还要加上充当苦差，遇赦不赦，这一辈子永无出头之日了。这种处罚，比打劫行凶还要重！尤其是忠和更惨，一个红带子居然被圈禁五年，而所犯之罪仅仅只是打了太监。这叫人如何能服气！至于这背后的原因却是再明白不过了：因为李三顺是奉慈禧太后之命出宫的，打狗得看主人面，玉林等人可惜年少不知此中关系！

奉行职守的遭到严惩，违反宫禁的反倒无事，今后谁来遵制，谁来守责？官员们哀叹：门禁必将渐成虚文。

国家法纪不受重视，主子身边的太监可以仗势藐法，于是官员们又哀叹：如此下去，前朝宦官干政的故事再将重演，大清朝的朝政从此将多事了！

状元出身时任工部尚书的翁同龢很想为此事上个折子，提醒太后要杜防貂珰之弊。一天深夜，翁同龢来到好友协办大学士军机大臣沈桂芬的府上，探探他的口风。翁同龢想，如果他和自己一样的看法的话，便和他会衔上奏。

朝中官员的担忧，也是沈桂芬的担忧，但他却不愿上折。

沈桂芬对翁同龢说：“递折子给太后，这不明摆着是披龙鳞、捋虎须吗？我六十多岁了，又多病，还能活得几年。寿终正寝，得个好谥号，便是此生最后的希望了，犯不着为几个护军去触怒太后。老弟，我也劝你多一事不如少一事，国家也不是你我二人的。她皇太后心中都只有自己个人，不把国家当一回事，我们多操这份心做什么！”

这话也说得有理。翁同龢的折子也便不上了。

满朝文武大臣大多数采取的也正是翁同龢、沈桂芬的态度，只在嘴巴上说说而已，对于这场皇家与部曹的斗法，谁都不想参与。但翰林院有几个书呆子与众不同，他们却敢于顶风逆浪，要为公理和正义去争斗一番。

这天午后，应陈宝琛之约，张之洞来到陈府。此时正是隆冬季节，天寒地冻，京师犹如置于一个大冰窟之中。陈宝琛夫妇都是福建人，十分畏寒，初冬开始便天天把火炉烧得旺旺的，一到陈家，张之洞仿佛有踏入春天之感。特别是客厅桌子上摆着的那几盆福建特产——水仙，更是为房间装点着浓郁的春意。

张之洞端视着这几盆可爱的植物，只见那密密丛生的蒜条叶，一根根笔挺笔挺地向上奋进，黄绿色的叶片里饱含着蓬勃生机。许多叶片的顶部都结着花蕾，有几个花蕾提前绽开了，淡黄晶亮的花瓣笑融融地面对着窗外的枯枝败叶、寒山瘦水。在眼下百花凋谢的残冬，这几盆南国水仙给冷寂的寰宇带来多少温馨，多少生气啊！

正在张之洞凝思遐想的时候，张佩纶也应约走进陈家的客厅。

“香涛，你先我一步了！”张佩纶对在水仙花面前出神的张之洞大声打着招呼。

“你看这花开得有多好！”张之洞抬起头来对张佩纶说。正在这时，陈宝琛出来了。他又笑着对陈宝琛说：“你们福建怎么有这么好的冬花？”

“这是我们福建地气好的缘故。不只水仙，还有福橘、龙眼，都比别省的要好。”陈宝琛颇为自豪地说，“你这么喜欢水仙，我送你一盆吧！”

“也要送我一盆！”张佩纶直接索求。

“好，一人一盆。”陈宝琛爽快地答应。

三人坐下，喝着陈府的福建特产乌龙茶。

急性子张佩纶先开口：“弢庵，你把我和香涛召来，是不是为了午门斗殴事？”

“正是，正是！”陈宝琛说，“前些日子，一个名叫刘振生的疯子冒称太监，从神武门进了内宫，险些造成大祸，神武门护军也只是革职而已。这次太后为了自己的面子，可以不顾家法，不顾国纪，给午门护军这么重的惩处。这样的大事，满朝文武没有一人递个折子主持公道，大清岂不要亡了吗？”

“看来弢庵要上折子了，有意把事情说得这等严重，好像大清就他一个人在支撑似的。”张佩纶打断陈宝琛的话，笑着对张之洞说。

张之洞也笑了起来：“且听他说完，看他是如何砥柱中流，力挽狂澜的。”

“看来这大清是要靠我一人支撑了！”陈宝琛故意这么说，他是想借此刺激一下这两位一向勇于言事的清流好友，希望他们也帮衬帮衬。“我关在家里整整想了三天，拟了一道折子，特为请你们来，帮我参谋参谋。”

张佩纶说：“不瞒你说，我也正想上个折子。这种时刻，岂能没有我张佩纶的声音，想不到让你着了先鞭。快拿出来念念吧，我和香涛帮你润色润色。”

张之洞说：“满朝都是不平之声，我辈岂能不上疏！”

“正是这句话，我还记得香涛兄的诗：白日有覆盆，刳肝诉九阍。虎豹当关卧，不能遏我言。没有什么东西可以阻挡我们的声音。我先递，你们接着上。要让天下人都知道，朝廷里还是有敢于说话的人的。”陈宝琛气势豪壮地说着，一面从茶几上拿出一沓纸来。“我就不从头至尾念了，挑几个重要的段落读给你们听听。”

二张一同说：“我们洗耳恭听。”

陈宝琛大声念起来：“臣维护军以稽查门禁为职，关防内使出入，律有专条。此次殴打之衅，起于稽查。神武门兵丁失察擅入疯狂，罪止于斥革。午门兵丁因稽查出入之太监，以致犯宫内忿争之律，冒抗违懿旨之愆，除名戍边，罪且不赦。兵丁势必惩夫前失，此后凡遇太监出入，但据口称奉有中旨，概予放行，再不敢详细盘查以别真伪，是有护军与无护军同，有门禁与无门禁同。”

“好！”张之洞拍手赞道，“有护军与无护军同，有门禁与无门禁同。这两句话说得有力量。”

“本朝宫府肃清，从无如前代太监犯罪而从严者，断无因与太监争执而反得重谴者。”陈宝琛继续中气十足地朗诵着，“臣愚以为此案在皇上之仁孝，不得不格外严办，以尊懿旨，而在皇太后之宽大，必且格外施恩，以抑宦官。若照目前处置，则此后气焰浸长，往来禁闼，莫敢谁何？履霜坚冰，宜防其渐。”

陈府温暖的书房里，主人的福建官话抑扬顿挫铿锵有力，仿佛是对着那与严冬气候一样的冷漠舆论所作的宣战。

张之洞一手端着茶杯，一只手摸着下巴，两只眼睛凝视桌上那盆散发着清香的水仙花。他一言未发，脑子里却想得很多。上个月午门事件发生以来，张之洞就以他一贯关心时务的热情，在注视着事态的发展和演变。

他曾当面问过潘祖荫，也问过刑部其他官员，掌握了玉林等人的供词。他还特地找过养心殿几个较为熟悉的太监，打听过李三顺其人，事件的真相已明白无误。至于对护军的惩罚将会带来怎样的后果，他也看得清楚。他几次想上疏说说自己的意见，但又几次作罢。事情真难呀！难就难在规谏的是知遇之恩甚厚而喜怒又捉摸不定的慈禧太后，何况素来仁弱的慈安太后也持同样态度！

张之洞先是殷切期盼两宫太后能在怒火消除后，自己慢慢醒悟过来，不露痕迹地弥补过失。在这种企盼落空之后，他又恳切地盼望有地位崇高的人出来上奏，用忠诚来感化，用事理来点拨两宫太后，使她们能悟以往之不谏，自己出面来作转圜。他本人不卷入这场难堪的纠纷中去，而最后的结局又不至于给国家带来不良影响。这便是张之洞所最为希望的。但几天过去了，上这种奏章的人却没有，他心里开始焦虑起来。

他认真地听完陈宝琛的奏稿后，心里很是舒坦：弢庵真不愧一个无私无畏的清流，敢于直陈太后的过失。先前，赵烈文赞扬曾国藩的廉洁，说大清二百年不可无此总督，今天移给陈宝琛最合适了：大清二百年不可无此言官。

但张之洞还是有所顾虑：慈禧太后正在对护军恼火透顶，开头一段便是为护军辩护，会不会给她火上加油！他在心里琢磨着：这样一道针对太监护军斗殴事件的奏章，陈宝琛使用的是标准的布局：护军稽查无大错，太监仗势该训斥，谨防由此而滋生的弊端。但这样的布局对于从谏如流的明君来说或许相宜，而对师心自用的慈禧来说未必合适。

“香涛兄，你发表意见呀，这样写可不可以？”张之洞还在反复斟酌，陈宝琛已经逼将了。

“唔，行，行。”张之洞尚未考虑成熟，只得敷衍着，“我看可以。”

“我以为尚有所欠缺。”张佩纶背起手在客厅里一边踱步一边说，“弢庵可能还有顾虑，话说得不够明白透彻。依我看，干脆挑明：护军之处罚，罚不当罪。”

张佩纶走到茶几边，端起杯子，喝口水润润喉咙，然后提高声调，义愤填膺似的说：“旗人销档，乃犯奸盗诈伪之事，至于遇赦不赦，必为犯十恶强盗、谋故杀人之罪。就算护军完全无理，打了太监一顿，也不能这样处罚。大清朝还有没有王法呀？刑部还有没有律令呀？眼下播之四方，今后传之万世，众口将会如何议论呀？”

陈宝琛说：“幼樵说得对。我是有点担心，怕话说得过重，两宫太后接受不了。”

“弢庵这个担心，可能不是多余的。”张之洞斟酌良久，已有主意了。

张佩纶坚定地说：“语气重一点，会有些刺眼，但有好处。我最反对用钝刀子割肉，半天出不了血。弢庵你一向痛快，为何这次瞻前顾后不痛不痒的。”

陈宝琛笑着说：“那好吧，就依你的，把这篇稿子改一改。”

“这篇可以用，不要再改了。”张之洞急忙制止。

“我看也不要再改了，就把它照原样誊正，作正疏上。”张佩纶果断地作出决定。“再来一道附片，不妨就按刚才所说的，补一剂苦一点的药。”

“行！”

陈宝琛欣然采纳张佩纶这个建议，立即挥笔拟写。张之洞的心里却总有一些不太踏实的感觉。

很快，陈宝琛的附片又出来了。他兴奋地对张佩纶说：“前面几句，我就用你的原话。先告诉你，免得犯剽窃之罪。”

张佩纶笑着说：“我不怕你剽窃。窃得越多，我越高兴。”

陈宝琛大声念道：

再，臣细思此案护军罪名，自系皇上为遵懿旨起见，格外从严，然一时读诏书者无不惶骇。盖旗人销档，必其犯奸盗诈伪之事者也；遇赦不赦，必其犯十恶强盗、谋故杀人之事者也。今揪人成伤，情罪本轻，即违制之罪，亦非常赦所不属，且圈禁五年，在觉罗亦为极重。此案本缘稽查拦打太监而起，臣恐播之四方传之万世，不知此事始末，益滋疑议。臣职司记注，有补阙拾遗之责，理应抗疏力陈，而徘徊数日，欲言复止，则以为时事方艰，我慈安皇太后旰食不遑，我慈禧皇太后圣躬未豫，不愿以迂戆激烈之词干冒宸严，以激成君父之过。然再四思维，臣幸遇圣明，若竟旷职辜恩，取容缄默，坐听天下后世执此细故以疑圣德，不独无以对我皇太后、皇上，问心亦无以自安，不得已附片密陈。伏乞皇太后深念此案罪名有无过当，如蒙特降懿旨，格外施恩，使天下臣民知至愚至贱荒谬藐抗之兵丁，皇上因遵懿旨而严惩之于前，皇太后因绳家法防流弊而曲宥之于后，则如天之仁，愈足以快人心而光圣德。

"好极了，附片更要胜过正疏！"不待照例的程式话念完，张佩纶已为之鼓掌喝彩。

"香涛兄，你看呢？"陈宝琛转而问张之洞。

张之洞思忖了一会，说："我还是刚才的顾虑，是不是话说得过重了点。"

"不重，不重！"张佩纶大大咧咧地拍着年长他十岁的张之洞的肩膀说，"老兄一向敢作敢为，这次为何这等躲躲闪闪的。"

说罢又对陈宝琛嚷道："我们帮你当了半天参谋，你怎么一点表示都没有？"

陈宝琛笑着说："我这就叫厨房上菜，我们边吃边说。"

吃完饭后天色已晚，二张告别主人各自回家。

回到家里，张之洞还在回味着陈宝琛补写的那道附片。"一时读诏书者无不惶骇"，"臣恐播之四方传之万世"，"不知此事始末益滋疑议"，"激成君父之过"，"伏乞皇太后深念此案罪名有无过当"，这些话一直不停地在他的脑子里回旋着。认真地说，这些话都无不当之处，事情明摆着也是这样，但听起来却不大顺耳。目的是要让太后收回成命，从轻处罚护军，并给参与斗殴的太监以惩处，不让太监有得势滋生非分之念。只要这个目的达到也就行了，至于手段是可以从权的。

太后死要面子，决不能有半点指摘她的意思，这是首要的。其次，太后眼下最恼火的是护军。若是一个劲地为护军辩护，则反而会更令太后生气，一旦恼羞成怒，坚持要按她说的办，那就毫无办法了，总不能为几个护军而喋喋不休地死缠着太后不放吧！

陈宝琛的附片，以“惶骇”“传播”等字眼来暗里指摘太后，又一个劲地为护军辩护，恰恰在这两点上犯了大忌。

“附片不能上！”想到这里，张之洞坚定了这个认识，必须马上制止。他提起笔来，写了八个字：“附子一片，请勿入药。”叫大根连夜送去陈府。

太后不能指摘，护军不能辩护，剩下的唯有从“太监”着手了。再次提醒太后，注意前朝宦寺干政的危害，重申家法，杜绝乱萌，让太后自己醒悟；并将前向刘振生一案并提，正可以看出管束太监之重要。对！就这样写，或许能带来转机。张之洞觉得为午门斗殴事件再上一疏的责任，已义不容辞地落到自己的头上来了。

为纠正太后的过失，为鸣申护军的冤屈，为抑制太监的得势，也为陈宝琛正疏的有欠稳妥，张之洞施展平生文字功力，以极大的忠悃诚挚，以极度的委婉曲折，来表达自己一目了然的用心：

> 窃闻近日护军玉林等殴太监一案，刘振生混入禁地一案，均禀中旨处断。查玉林因系殴太监之人，而刘振生实因以与太监素识，以致冒干禁御。是两案皆由太监而起也。
>
> 伏维阉臣恣横，为祸最烈，我朝列圣驭之者亦最严。我皇太后、皇上遵家法，不稍宽假，历有成案，纪纲肃然。即以两案言之，玉林因藐抗懿旨而加重，并非以太监被殴也；刘振生一案，道路传闻，谓内监因此事而获罪发遣者数人，是圣意均见弊根，并非严于门军而宽于近侍也。仰见大中至正，宫府一体，遏尝有偏纵近侍之心哉！

护军明明是因打太监而致罪，张之洞却改为因抗懿旨而获咎，贬太监而抬高太后，可谓煞费苦心。但两次谕旨，均未有“惩办太监”之类的一句话，这又作何解释呢？张之洞含毫良久，终于想出了几句估计能为太后接受的话来：

> 惟是两次谕旨俱无戒责太监之文，窃恐皇太后、皇上裁抑太监之心，臣能喻之，而太监等未必喻之，各门护军等未必喻之，天下臣民未必喻之。太监不喻圣心，恐将有借口此案恫吓朝列妄作威福之患；护军等不喻圣心，恐将有揣摩近习谄事貂珰之事。

接下来，张之洞说，嘉庆年间林清之变，实因太监为内应，本年秋天在内廷天棚里搜出火药一事，也起因太监的失职。因此，他建议：

> 相应请旨，严饬内务府大臣将太监等认真约束稽查，申明铁牌禁令，如有借端滋事者，奏明重加惩处。

最后，张之洞以经典上的两句名言：“履霜坚冰，防其渐也”，“城狐社鼠，恶其托也”，来暗示太后：一须防止太监仗势骄纵，二则防止成为狐鼠之辈的凭借。

写完后，他从头至尾又细细地看过一遍。通篇文字，既没有一句为护军辩护之意，也没有半字触犯太后至高无上的威严，而是紧紧扣住抑制貂珰得势的祖训家法。张之洞想，这样的奏章，倘若太后都不能接受的话，大清的朝政，大概也就没有多少指望了。

过了几天，张之洞在翰林院门口遇到陈宝琛，问他附片上了没有。

陈宝琛答：“上了。”

“你怎么不听我的劝告？”张之洞颇为失望。

陈宝琛说：“接到你的字条后，我第二天去征求幼樵的看法。幼樵说，附片比正疏还要好，如此精义，不用可惜。我自己也和幼樵持同一看法，若附子不入，此药或将于病无效。”

张之洞跌足叹道：“弢庵呀弢庵，你口口声声要太后从谏如流，自己先就做不到这一点。你比我小十岁，品级资望都不及我，我之规劝你尚且不能听从。太后居九五之尊，多少人捧她求她，让她惧她，她如何能轻易听进逆耳之言？可见要从谏如流，对君王来说是多么之难；而历史上那些能采纳人言的君王，又是多么的难能可贵啊！”

陈宝琛哑然望着张之洞，对他这番感慨无言可驳。

在名医薛福辰的精心治疗下，慈禧肠胃不适的痼疾近来已大为好转。随着身体的康复，她的心情也日渐舒畅起来。醇王福晋这天进宫来，照例先向两位皇太后请安。见姐姐一扫病态，容光焕发，欢快地拉着姐姐的手恭贺：“好姐姐，你是越活越年轻，越来越漂亮。妹妹我简直不敢和你坐在一起，怕别人说你是妹妹，我是姐姐。”

说得慈禧满心欢喜，对着菱花镜子一照，昔日的照人光彩果然重又出现，眼前的妹妹的确不如自己的美丽。醇王福晋的话和菱花镜里的形象，给四十多岁的慈禧带来的喜悦，远不是中外大臣的颂词和藩属国的贡品所能比拟的。

两姐妹手拉手叙起家常话来。

醇王福晋说：“上次我过生日，姐姐送的礼物虽没收到，但心意我深领了。姐姐为此事严惩了午门护军，我和王爷都感到不安。”

慈禧安慰妹妹：“护军打了我的太监，理应惩处，这与你们无干。”

慈禧只这么一个胞妹。当年父亲过世，家道中落。就是这个妹妹和她一起，陪伴着母亲度过了那段冷清的岁月。妹妹和她，虽是一母所生，性格却完全两样。妹妹宽容随和，没有权力欲望，儿子虽贵为天子，她却并没有骄矜之态。慈禧特赏她在紫禁城里坐黄龙大轿的殊荣，但她一次也不坐。慈禧对此甚为赞赏。与所有独裁者一样，慈禧自己是权欲狂，却又希望别人都没权欲。

“话虽这么说，但毕竟是因为我的生日礼物而引起的。”醇王福晋心里怀着诚恳的歉意。“外间的人说，午门这事儿，太监争了面子，只怕他们今后会翘尾巴。我知道姐姐向来管束太监甚严，但外人不知道，以为姐姐向着太监。姐姐为这事儿受累了。”

妹妹这几句轻柔恳挚的体己话，在慈禧心里骤然引起了震动：各省官吏，市井百姓，还不知为这件事嚼些什么烂舌头哩！

说了一会子家常话后，醇王福晋告辞姐姐，去看她的宝贝儿子。李莲英送来了几份奏章。

特命全权与俄国洽谈伊犁事件的驻英法公使曾纪泽的奏疏说，与俄国谈判已近尾声，被崇厚割让的伊犁南部八万里的领土，已从俄人手中夺回，只是给俄国的兵费银将会增加二百万两。这项改订条约，即将签字。

慈禧看了这份奏疏很是宽慰。八万里土地争回，这是给她的脸上增了大光，她将会以保守祖宗江山有功的英雄，赢得天下臣民的尊敬，至于多二百万两银子，这与她毫不相干，自有四万万百姓去出。

四川总督丁宝桢也有一份奏章，说东乡冤案平反昭雪后，川中父老同声颂扬朝廷英明，东乡冤民的亲属家家供上太后、皇上的牌位，祝福太后圣躬康泰，寿比南山。

慈禧看完这道折子后舒心畅意地笑了。久病新愈迈向老境的皇太后，从来没有像现在这样珍惜健康，盼望长寿的了。

看了这两道奏折，慈禧的心情特别好，她离开暖床，在阁子里随意走动，又喝了一杯吉林将军铭安新呈的长白山人参汤，重又坐到床上。她拿起另一份折子来。这折子正是陈宝琛为午门事件所上的正疏和附片。

若是在前些日子，慈禧看了这两道折片，定然会怒火中烧。她可能不会看完，就会将它扔在一边，说不定还会提起朱笔写几句话，对上疏者严加申饬。但她今天没有这样，而是沉下气来耐心读完了。

这一来是病愈身体好了，二则是曾纪泽和丁宝桢的奏折给她带来了喜悦，三是妹妹的那几句话也引起了她的反思。

在两千年帝制的最后一段岁月里，执掌中国朝政达四十八年之久的这个女人，毕竟不是等闲之辈，当她心态平和的时候，也是知道权衡利弊的。

陈宝琛的话说得是难听，什么“播之四方”“传之万世”之类的话，她压根儿就反感。但平心而论，几个护军的处罚也是重了点，为了这件小事，让天下后世去议论纷纷也是不值。

慈禧对自己前些日子的意气用事颇有悔意。正在这时，李莲英又送来一个折子，这正是张之洞担心陈宝琛的言辞过激而补上的《阉宦宜加裁抑折》。

慈禧读完这个折子后，心里甚是宽慰。张奏和陈奏有明显的不同。张奏没有说她有任何不当之处，也没有为护军辩护，这两点最让慈禧舒服。慈禧最讨厌别人指摘她的过失。她的过失，只有在她省悟之后，自己来纠正。她也最恨别人替她所讨厌的人说好话，她所讨厌的人，只有被处罚后仍不改对她的忠诚，才能换取她的回心转意。

至于张之洞指出谨防阉宦得势这一点，慈禧在听了妹妹的那几句话后，便开始省悟了。两者相斗，抑此必定导致扬彼。作为一个老练的政治家，慈禧是深知此中三昧的。

她思考一下，将内奏事处秉笔太监唤进来，口述一道新的上谕：

午门值班兵丁殴打太监一案，护军玉林等因藐抗获咎，原属罪有应得。唯念门禁至为紧要，嗣后官兵等倘误会此意，稍行顾瞻，关系非轻。着格外加恩：玉林改为杖一百，流二千里，照例折枷，枷满鞭责发落；祥福改为杖一百，鞭责发落；忠和改为杖一百，仍圈禁两年，圈满后加责三十板；护军统领岳林免其交部严议。太监李三顺，着交慎刑司责打三十板，仍着内务府大臣恪遵定制，将各太监严行约束。禁门重地，若值班人等稍加疏懈，定当从严惩办，决不宽贷。

第二天，当这道新的上谕由内阁传达出去后，一个多月来密切注视着事态发展的官场士林，终于有一种压抑已被解除之感。尽管从律令来看，护军还是处理过重，但太监毕竟受到了惩罚。熟悉内廷情况的官员们，已经从这两年来李莲英格外受宠中看出一些苗头，这次惩处李三顺，无疑对这一有可能乘势增长的苗头是一个遏制。人们盼望早已为历史所唾弃的貂珰干政的故事不要在本朝重演，同时也对敢于顶风浪披逆鳞的骨鲠之臣表示最大的敬意。

这天傍晚，张佩纶在自己的家里，设宴款待两位为午门事件转圜起了关键作用的朋友。醉意朦胧中，陈宝琛深以自己将随着这个事件传名青史而自得。杯盘相碰声里，张之洞则深为自己所爱戴的慈禧太后，不失为肚量宽宏的明主而兴奋。此刻，他还不可能想到，就是这一道目的与陈奏相同，措辞比陈奏婉转的折子，改变了他的命运。一段多姿多彩、光芒四射的人生岁月，即将在张之洞的面前揭开序幕。

第二章／燕山聘贤

一　赴任前夕，张之洞深夜造访醇王府

自从那次破格召见之后，张之洞的一举一动，便都在慈禧太后的注视之中。议论东乡翻案事时，醇王又在慈禧面前称赞张之洞关心民瘼、仗义执言，是社稷之才。张之洞在慈禧的心目中又加重了分量。醇王还特为告诉慈禧，张之洞赞成修复清漪园。身为清流而不反对园工，慈禧对此很喜欢。她由此看出张之洞对她的忠心。吏部揣摸太后的旨意，将张之洞的品衔提高一级，由正五品升为从四品。不久，又正式授职为正四品的翰林院侍讲学士。

午门事件中，张之洞的奏疏只言谨防阉寺之患，而不言及她处置之失当。作为一个老练的政治家，这中间的良苦用心，慈禧在事后也是能感受得到的。“委婉曲折，忠心可悯”，这是慈禧后来在与慈安的闲聊中对张之洞的知心评价。于此可见，她确实看出了张之洞的稳

健和成熟。

在慈禧看来，这些都是清流中他人所缺而张之洞独具的长处。清流人物饱学善辩，喜谈国事，攻讦在位者不留情面又往往能击中要害，但几乎个个锋芒毕露，咄咄逼人，只求文章做得痛快，却并不去考虑事实上办不办得通。慈禧一向认为，清流人物可以做言官，也可以做学官，但不能做实事，更不能担当重任，因为他们不懂得现实世界与圣贤经典之间的差距有多么大，也不知道“闭门造车易，出门合辙难”的道理。严格地说，他们都不是稳重成熟的务实干员。然而这个张之洞，却有清流之长而无清流之短，确乎是一个难得的人才，她决定破格越级简拔。

张之洞现居正四品衔的侍讲学士之位，越级提拔，可以擢升为正三品衔的詹事府詹事，也可以擢升为从二品衔的内阁学士，兼礼部侍郎衔。朝廷提拔官员向来慎重，越级简拔的事并不多见。慈禧记得，近几十年来内外传为美谈的一次越级简拔，是三十多年前道光爷提拔曾国藩的事。

道光二十七年，六十七岁的道光爷在一次例行的翰詹考试后，将曾国藩升授内阁学士兼礼部侍郎衔。曾国藩为从四品衔的侍读学士，猛然间升为从二品衔的内阁学士，连升四级，一时朝廷内外议论纷纷。

曾国藩的考试成绩名列二等第四，并不优异，考试之前也没有十分引人注目的表现，大家都不明白道光爷凭什么对曾国藩如此恩宠。后来，曾国藩组建湘军，百战沙场，为朝廷收复江南，在手握重兵功高天下的时候，并不造反，而且益发对朝廷忠心耿耿。直到这时，历史才证明道光爷是多么的富有远见，其识人之眼光、用人之魄力是多么的不同凡响！

慈禧则更从深处思考：曾国藩后来之所以如此，或许正是对当年连升四级的回报。眼下又是多事之秋。皇帝年少孱弱，国家比道光时期更需要栋梁之材。向祖宗学习，演曾国藩故事，将张之洞连升三级，直接升授内阁学士兼礼部侍郎衔？

然则，张之洞真的是第二个曾国藩吗？连升三级，可是非同寻常的异数，他张之洞能受得起吗？

正当慈禧犹豫不决的时候，朝廷内突然发生一场大变故。

光绪七年三月初七，慈安太后驾崩钟粹宫。消息传出，朝野惊愕！

慈安才四十五岁，素来身体康健，不像慈禧时常闹病。当“太后升天”的话传到宫外时，不少大臣还以为是慈禧死了。这意外的变故，导致当时及后世的许多传闻。有一则流传最广、常被野史及说书人所乐道的说法是：当年咸丰帝病重时，颇为身后之事而忧虑。咸丰帝只有一个儿子，这位六岁的皇子乃懿贵妃那拉氏所生。皇后纽祜禄氏为人柔懦谦退，而懿贵妃性格刚强好出风头。咸丰帝担心今后懿贵妃母以子贵，干预朝政，出现牝鸡司晨的局面。咸丰帝的宠臣协办大学士肃顺建议：当年汉武帝立弗陵为太子而杀其母钩弋夫人，此事可以效法。咸丰帝心肠软，不忍心这样做，便给皇后留下一纸遗墨，上面写着：若今后懿贵妃干预朝政的话，皇后可凭此执行家法。皇后将这道圣旨藏着。二十年过去了，已升为慈禧太后的那拉氏虽然一直在执掌朝政，但对已升为慈安太后的纽祜禄氏执礼甚恭。慈安认为再保留这道圣旨已没有必要。为了表明自己的这番心意，慈安对慈禧说出这桩事，并当面将咸丰帝的遗墨烧掉了。不料，这反而成了慈禧的一块心病，她总怀疑慈安还会有别的办法可以制约她，于是先下了手。她亲手给慈安送来一盒糕点，糕点里放着毒药。慈安吃了这盒糕点后即刻暴死。

这事是真是假，已很难确凿考订。依常理而论，这种可能性不大，因为慈禧无此必要。二十多年后，光绪帝、慈禧太后两天内相继死去。传说慈禧自知不起，不愿光绪帝在她死后报复她，便先毒死光绪帝。这两个传闻如出一辙，意在揭露慈禧的心狠手辣。但现存的清宫档案完整地保存了光绪帝病情的记录，证明他确实病入膏肓，不可医治。这种传闻的产生，或许是由于慈禧晚年劣迹太多，人们恨她的缘故吧！不过，自古以来宫闱秘事，其间的曲曲折折，当时的局外人尚不可能清楚，何况百年后的今天！我们就姑且不论吧。

但慈安的去世，的确为慈禧更顺畅地推行她的意图扫清了障碍。这是因为名义上慈安在慈禧之上，且慈安为人随和，王公亲贵中许多人有事都愿意找慈安，而慈安也乐意为他们说话。恭王便是其中一个。自从同治四年他与慈禧发生第一次冲突后，其感情上更趋向于慈安，遂有后来瞒着慈禧，与慈安一道降旨斩安得海的事。

现在，横在慈禧前面的这道障碍既已扫除，她可以放开手脚来自我安排了。确切地说，清末的慈禧时代，是从这个时候才真正开始的。

就在慈安去世后不久，一连十多天，彗星天天夜晚出现在参宿和井宿之间。朝臣私下纷纷议论，都认为这是上天示儆，主政者当省愆修德。慈禧也为此异常天象而不安，下诏求言。应诏上书的不少，但无非都是勤政爱民、宽刑薄赋等一套老生常谈，慈禧对这些迂儒之言无多大兴趣。这一天，她被一道折子所吸引。这道奏章里所说的话与众不同。

奏章上说，彗星频现，当思弭灾防患，而当今防患之道，其大者莫过于西北之边防及东南之海防。西北边防，责任在陕甘总督。其总督曾国荃拜命半年来，以养病为名，安卧湘乡不赴任。东南边防，责任在两江总督。其总督刘坤一暮气深重，且有吸食鸦片之嗜好。建议朝廷开去曾国荃陕甘总督之职，另委贤能。刘坤一现蒙内召，正可借此令彭玉麟署理。彭玉麟既为中兴宿将，又无骄惰之气，深孚众望，足资起衰振疲。

慈禧看上疏者姓名，正是张之洞。她合上张之洞的折子，认真地思索起来。

二十年前，当她废去顾命大臣执掌朝政时，正是江南战火弥漫之际，她一改咸丰帝左右瞻晌的态度，把东南大局全权托付给曾国藩，同时又悄悄地培植李鸿章的淮军势力，让这支军队成为牵制曾国藩湘军的力量。不久，湘淮军合作，平定了江南。继而又以淮军为主力，扑灭了捻军。到了同治七年，内地烽火基本熄灭。

就在朝野欢呼“同治中兴”的时候，慈禧发现，十八省督抚，已经有多半落到湘淮将帅的手里。她十分担心这些人将居功坐大，弄出一个尾大不掉的局面来。这些年来，她小心翼翼地对付着这批湘淮宿将，采取笼络、制裁、频繁调动、相互掣肘等多种政治手腕，终于保持了政局的大致稳定。然而，时刻防范这批军功显赫的大臣，仍是令慈禧头痛的一件大事。发布曾国荃陕甘总督的上谕已半年了，他仍在湘乡老家悠闲地住着，托辞不上任。陕甘地当西北，乃军务要冲，曾国荃如此无视朝廷，怎不令慈禧恼火。但曾国荃身为攻打江宁的头号功臣，慈禧也不便公开申饬他。刘坤一是湖南新宁人，二十五岁率团练加入湘军，转战湘桂，战功卓著，三十五岁便身居巡抚高位，四十三岁便做了总督，今年才五十二岁，年纪并不大，但大官做久了，不免有些倚老卖老的味道，近来颇为纵情声色。慈禧对他也很不满意。

曾、刘身上所体现的“骄”“暮”之气，正是那些因军功而至高位的督抚普遍存在的毛病。它既是对朝廷权威的削减，也败坏了官场的风气。敲一敲这两根翘起的尾巴，对那些头脑昏昏的大员也是个震动。慈禧接受张之洞的建议，革去曾国荃的陕甘总督之职，任命彭玉麟署理两江总督。也因这个建议，使慈禧不再犹豫，决定援道光帝的先例，破格越级简拔张之洞！

光绪七年七月，一道煌煌谕旨下达：张之洞补授内阁学士，兼礼部侍郎衔。这道圣命，使张之洞转眼之间连升三级，由一个中级官员跃为从二品的卿贰大臣。这是咸丰、同治、光绪三朝中少有的一次破格简拔。

张之洞奉到这道谕旨，真有喜从天降之感。清流朋友的祝贺，同僚的羡慕，故旧门生的恭喜，家人的欢欣，这一切为他织成了一张大喜大庆之网。

这天午后，他收到张之万从南皮老家派人专程送来的一封信函。守制在家的前总督除向堂弟表示祝贺外，并郑重其事地告诉堂弟，应该尽快去醇王府走一趟，在醇王面前表达对圣恩的感激之情。

照惯例，获得迁升的官员在奉旨之后要给朝廷上一道谢恩折，然也仅此而已，不需再向别的推荐者表示谢意。张之洞也正是这样办的，他的脑子里还没有想到要去感谢别的什么人。堂兄的这封信给他一个很重要的提醒：是的，别的王公大臣那里都可以不去，醇王府是非去不可的。

他想起去年堂兄应醇王之邀悄无声息的北京之行，想起那几天堂兄频繁地与醇王会晤，又想起堂兄为他安排的在清漪园与醇王的见面。就因为有这些活动，才有东乡冤案的昭雪；说不定也就因为有这些活动，才有今日的越级超擢。太后—皇上—醇王—堂兄，他似乎突然看到了一个既明显又隐约的网络，悟出了一个既简单又深邃的道理。一条前途无量又不无风险的道路，已在自己的面前铺开了。

张之洞不愿意让人知道他与醇王府有什么特殊的关系，遂在一个夜色深沉的晚上，独自一人踏进醇王府。

“王爷富贵尊荣，应有尽有，微臣虽然做了二十年京官，但仍两袖清风。微臣知道王爷为微臣的这次迁升很费了神，却无法给王爷送上一件像样的礼物。微臣今夜什么都没带，只带上一颗对朝廷的忠心：今生将为太后，为皇上，为国家竭尽全力，鞠躬尽瘁。”

张之洞这番庄重诚恳的话，使醇王为之动容。从本性上来说，醇王也不是一个贪财好货的人，他并不很希望别人给他送礼。他的儿子现正做着皇帝，为他的儿子尽忠，岂不是给他的最好礼物？

醇王莞尔一笑，说：“为国荐贤是我的本职，只要足下今后尽忠太后辅佐皇帝，我也就满意了。”

张之洞忙说：“王爷的话，微臣将一辈子铭记在心，对太后、皇上忠心耿耿，为国家办事实心实意。”

“这就好，这就好。”醇王顺手从茶几上拿起一只淡黄色的玛瑙鼻烟壶来，在鼻孔下面来回地移动了两下。

醇王不爱礼物，但这个鼻烟壶就是一件礼物，它是潘祖荫送的。潘祖荫是个有名的古玩鉴赏家收藏家，尤爱鉴赏收藏鼻烟壶，家里藏的各种鼻烟壶不下千数，遇有同类型的，他便会拿出多余的来送人。潘祖荫常说他送鼻烟壶给人没有功利目的，其实这中间也很复杂，要细细追究起来，还是有功利的居多。就拿这个烟壶来说吧。行家们都说，这个烟壶的用材最为名贵，这块玛瑙也不知在地底下埋了多少年，整个北京城找不出第二个。李鸿藻曾问他要，他舍不得，光绪皇帝登基不到一个月，他就带了这个鼻烟壶进了醇王府，送给了喜闻鼻烟的皇上本生父。这种不露形迹的文雅礼物，倒也正合了开去一切差使的醇王的心意。

吸了一阵鼻烟后，醇王的精神大为振作。眼前这个即将担当大任的名士，毕竟还是要向他透点底才是，免得他日后认不清主子。

“去年子青老先生来京晤谈，盛赞足下道德文章有古人之风，我于是约请足下来清漪园一见。又读到足下为四川东乡民人鸣冤的三道折子，对子青老先生的赞许深信不疑，多次在太后面前荐举足下。午门事件过后，太后亦与我谈起过足下的折子。我对太后说，如此忠诚而稳重的人，释褐二十年了，至今尚屈居下僚，若不超擢，不仅使他本人心冷，只怕朝廷也会眼睁睁地失去一个大才。太后当即颔首，果然便有此罕见之举。我为足下贺喜。”

张之洞明白醇王这番话的用意，忙离座拱手：“王爷大恩大德，微臣没齿不忘！”

“坐下，坐下！”醇王对此甚是满意，在张之洞重新坐下后，面带微笑地说，“昨日上午，太后召我进宫，向我垂询两件事：一是工部右侍郎王鹤年出缺十多天了，以何人补授为宜。一是山西近年来麻烦事不少，曾国荃并未治理好，卫荣光接手后更是混乱，晋抚一职拟换个人，问我心中有合适的人没有。足下今天来得正好，我想问问，假若太后现在就要足下去干一番实事，足下是愿意留在京师做侍郎呢，还是愿到外省去做巡抚？”

就在醇王说这番话的时候，张之洞的脑子里已想了很多。他首先想到的是，醇王决不是他自己所标榜的不问国事的那种人，正如老哥所说的，他对国事关心得很。接着张之洞又想到，看来醇王在太后的决策过程中，对太后有不可低估的影响。同时他又想，那么恭王呢？恭王又处在一个什么位置上呢？或许，关于工部右侍郎的补缺和山西巡抚易人这两件事，太后也与恭王商议过。无疑，太后正在将醇王倚为臂膀；当然，恭王至今仍是太后最重要的帮手。

张之洞毫不犹豫地说：“微臣深谢王爷的厚爱，倘若太后真的愿意交给微臣一桩实事的话，微臣愿选择巡抚一职。不要说山西尚非十分贫瘠之地，即便是云、贵、甘肃等省，既贫困又偏远，微臣也愿意前去。微臣不是不知侍郎一职尊贵舒适，为的是有一方实权，有一省土地，可由自己充分展布。”

“好，志气可嘉，我当向太后禀明足下这番志向。倘若太后予以成全，足下自应实心实意去做，为太后为朝廷分劳；若留在京师做侍郎，也是好事，料理本职事务之余，还可以时常为朝廷拾遗补阙。”

“谢谢王爷！”张之洞起身向醇王深深一鞠躬，“微臣这就告辞了。”

“好，我送足下两步。”醇王也起身。

“不敢。王爷如此，则微臣担当不起。”张之洞忙又一鞠躬。

醇王笑了笑说：“我也要走动一下，活动身子骨。另外，我还要问一句话。”

“王爷要问什么话？”张之洞刚挪动的脚步又停了下来。

“咱们边走边说吧！”

张之洞只得跟着醇王走出小客厅。

醇王说：“上次子青老先生来京时，他身边有一个人，我见他器宇甚是不俗。问子青老先生，说是他的一个老朋友，住在古北口，特为来京城与他相见。又说此人精于绘画，画技比他还高。不知足下与此人有往来否？”

显然，醇王说的这个人就是桑治平。张之洞答道：“今年春天我本拟去拜访他，他恰好有奉天之行。故那次分手之后，我与他还没再见过面。”

醇王说：“听子青老先生说，此人很有些经济之才，若荒废在山野江湖也实在可惜，你可以劝劝他，出来为国家做点事。我想要他给我画一幅画，就画古北口那段长城，不知他愿不愿意。”

张之洞说：“王爷如此看得起他，他必定感激万分。为王爷画画，他自然是非常乐意的。”

说话间，二人来到王府庭院，张之洞再次请王爷止步。醇王说：“好吧，我就不送了，足下静候佳音吧！”

十天后，张之洞奉到上谕：着补山西巡抚。真的就有一方土地来由自己亲手经营管理了，二十多年来的人生抱负，眼看就有实施的时候了，张之洞心中欢喜无尽。他忙着交代公事，接待各方朋友，安排内务，打点行装，以便尽快启程赴任。

不料，就在张府上下喜气融融的时候，一桩大不幸的事突然发生了。

二　王夫人突然难产去世

原来，王夫人近几日里因过于劳累，引发早产，又加之难产，在床上痛苦地挣扎一日一夜之后，终于怀着无穷无尽的眷恋离开了人世，孩子也没有保住。张之洞紧握着夫人渐渐冷下去的双手，放声痛哭，久久不愿松开。

张之洞原本为此事做了很周密的安排。他知道夫人产期将近，为怕发生意外，他决定自己一人单独赴任，而将夫人留在京师，由大根夫妇在家里料理一切，待百日产期满后，再由大根夫妇护送去太原。

王夫人对这个安排很满意。对丈夫这次出任山西巡抚，她心中的喜悦一点也不亚于丈夫。丈夫远行，做妻子的怎能不过问？尽管张之洞一再关照她不要多费心，王夫人还是不顾产期在即，亲自操办着各种家事。又是清理衣服，又是置办被褥，又是打发人上街为丈夫买各色各样好吃的食品。她一再对身边的男女仆人唠叨着：山西苦寒，四爷又不会照顾自己，要多为他准备些吃的用的。

她终于累倒了。接下来便是腹痛流血不止，慌得府中女仆们赶忙扶她上床，又四处去请接生婆，待到张之洞深夜回家时，王夫人已不能开口和丈夫说话了。

真好比晴天一个炸雷，给吉星高照的张府以措手不及的猛烈打击。人们叹惜王夫人命薄，已经到手的抚台夫人都无福消受；人们也怜恤张之洞，在就要身膺重寄的时候，失去了一位难得的贤内助。

连日来，张之洞更是以泪洗面。他日夜呆呆地坐在夫人的灵柩旁，素日里的灵气和才华仿佛统统离他而去，就像一个低能儿似的，不知如何来打发今后的岁月。

许多人都不知道，张之洞的情感世界里，有着常人所少有的深深的缺憾。这种缺憾，又无形地影响着他一生的性格和情绪。

张之洞四岁时，他的母亲朱氏便去世了。小小的心灵里，永远不能淡忘母亲最后的那一刻：母亲紧闭着双眼，父亲坐在母亲的病床边。父亲的妾魏氏一手抱着他，一手牵着六岁的胞姐。大家都在流泪。他不明白眼前发生的是什么事情，只是一个劲地在魏氏的怀里嚷着扭动着，要到母亲的身边去。好长一会儿，母亲睁开了眼睛，向各人都望了一眼，然后吃力地抬起手来，指了指魏氏怀中的儿子。魏氏走过来，将张之洞放在朱氏的身边。朱氏用手摸着儿子的头，眼眶里的泪水不停地涌出。张之洞大声喊着："娘，娘！"朱氏声气微薄地对站在床边的魏氏说："我的这两个儿女就托付给你了。"

魏氏边哭边说："夫人放心，我会对他们好的。"

朱氏又对丈夫说："我的首饰和金戒指，你都替我保管好，日后凤儿出嫁，就当我送给她的嫁妆。”

“我记住了。”张瑛点点头，将凤儿拉过来。

凤儿的脸挨着母亲的脸。母亲的泪水与女儿的泪水流在一起。

过一会儿，朱氏又对丈夫轻声说：“我的那张琴，在洞儿成婚的时候，你要洞儿将它送给媳妇，就算是我这个做婆婆的送给她的礼物。”

张瑛说：“好，再过几年之后，我就把琴交给洞儿，由洞儿日后交给他的媳妇。”

朱氏交待完后，又睁大眼睛死死地看着自己的一双儿女，强拼着力气抚摸着儿子的脸蛋。突然，母亲的手从张之洞的脸上掉了下来，接着便是阖府上下一片哭声。

就这样，四岁的张之洞永远失去了无限疼爱他的母亲。

朱氏去世后不久，张瑛郑重其事地领着儿子走进母亲的琴房。他亲手揭开罩在琴上的布套，让儿子好好地看看。这是一张古琴，琴面有四尺多长，八寸来宽，黑黄黑黄的，上面绷着七根粗细不等的丝弦。

张瑛对儿子说：“这是你母亲娘家陪嫁之物。你母亲常常以此自娱，她的琴弹得很好。”

张之洞似懂非懂地听着。第二天，张瑛便将这张琴收藏起来了。

魏氏从此担负起抚育张之洞姐弟的责任。朱氏生前对魏氏不错，加之魏氏自己又没生育，故而对小姐弟两人很好。再好也比不上亲娘的贴心，小姐弟俩常常想起自己的生母，暗自流泪。然而，不幸的事再次降临到张之洞的头上。与他一天到晚形影不离的胞姐，三年后又因伤寒病去世。七岁的张之洞眼看着活泼可亲的姐姐离他而去，哭得死去活来。

张之洞其实兄弟姐妹不少，但一母同胞，又真正亲密无间的只有这个姐姐，谁料她又过早夭折了。

从那以后，张之洞似乎与欢乐笑容绝了缘，他一门心思钻进“四书”“五经”之中。圣人的教诲，昔贤的睿智，陪伴他孤寂的童年，启沃他苦涩的心灵。十六岁那年他高中顺天乡试第一名。十六岁的解元是古往今来科举史上少见的奇迹，足以令所有读书人艳羡，张瑛和张家的西席们莫不开怀大笑。哪怕就是在这样的喜庆日子里，张之洞也没有一种发自心灵深处的舒心畅气之感。

在张之洞的记忆里，他生命中的第一件舒畅事，是发妻石氏的来归。

十八岁那年，张之洞与石夫人结了婚。石夫人那年也十八岁，她的父亲石煦在贵州都匀府做知府，与张瑛是同级官员，又是直隶同乡，关系密切。在两位父亲的撮合下，一对小儿女在兴义举行了隆重的婚礼。

书香门第出身的石夫人，不仅漂亮贤淑，更兼知书达理，对丈夫温存体贴，关心备至。遵循母亲的遗嘱，张之洞将古琴亲手交给石夫人。石夫人本不会奏琴，听说是婆母心爱的遗物，又是临终前的郑重嘱托，她含着眼泪接过这件不平常的礼物，决心学会操琴。

心灵手巧的石夫人，不到半年就能奏出动听的乐曲。魏氏常说，少奶奶奏琴，就像当年夫人一样：一样的姿态，一样的神情，一样的好听。每听到这种话，张之洞便欣慰不已。其实，母亲当年奏琴的情形，他的脑子里一点印象都没有了。或许是因为魏氏常念叨的缘故，或许是在他多年来对母亲绵绵不绝的追思中无端形成的幻觉的缘故，张之洞仿佛觉得母亲当年就是这样的，在琴房里一边抚琴，一边低吟，倾诉着她对丈夫，对儿女，对生命的无穷无尽的热爱……

渐渐地，石氏在张之洞的心目中替代了逝去多年的母亲，他那一颗渴望得到人间真爱的干涸的心田，终于注入了清冽的泉水，无声无息，清凉滋润。张之洞从心底深处真正感受到了人生的欢悦。

第二年，石夫人生了一个女儿，取名仁檀。二十四岁那年，石夫人又生下了长子仁权。儿子的降生，使张之洞有一种生命延续的快乐感。再过两年，张之洞点探花入翰苑，步入了仕途，石夫人带着一双儿女也来到北京。小家庭里有着说不尽的美满幸福，其乐融融。谁知乐极生悲，石夫人突然撒手人寰。张之洞千呼万唤，也不能喊回爱妻的一缕芳魂。年幼的姐弟在母亲遗体边伏地痛哭，也无法使慈母再睁开眼睛。

张之洞想起夫人的种种美德：善良、宽厚、勤劳、俭朴。有一件事，令张之洞永生不能忘记。

张之洞嗜酒，经常喝得酩酊大醉，石夫人多次规劝，他都不听。有一天他又喝醉了，深夜才回家。石夫人在家苦等苦盼，见他这样晚才回来，不免说了他几句。张之洞听得烦了，拿起书桌上的大石砚便向夫人头上掷去。石砚掷在石夫人的头上，顿时血流如注，晕倒过去。张之洞吓得忙给夫人包扎，对自己刚才的鲁莽悔恨不已。第二天夫人醒过来了，他怀着深深的歉疚向夫人赔不是，并发誓今后再不喝醉了。夫人没有责备他，反而安慰他说，若从此改掉了这个坏毛病，她心甘情愿受此一难。夫人的贤德令张之洞大为感动，从此以后他果然不再酗酒。清苦的日子已经过去，而今事业有成，家境日渐好转，她却独自一个走了。

张之洞想起这些往事，悲从中来，和泪写下三首悼亡诗：

酒失常遭挚友嗔，韬精岂效闭关人。
今朝又共荆高醉，枕上何人谏伯伦。

龙具凄凄惯忍寒，箧中敝布剩衣单。
留教儿女知家训，莫作遗簪故镜看。

空房冷落乐羊机，忤世年年悟昨非。
卿道房谋输杜断，佩腰何用觅弦韦。

自从石夫人去世之后，童年时代那种落寞孤寂之感，又常常偷袭着张之洞的心灵。看着一双稚气正浓的儿女没有慈母的照顾，他在寂寞中更添一重悲伤。孰料不幸接踵而来。三年后，十三岁的仁檀又得急病死去。仁檀酷肖其母，禀性善良温和，小小年纪便知道关心父亲，疼爱弟弟，是张之洞的掌上明珠。爱女的夭折，简直摘去了他的心肝。很长一段时间里，他心里一直有一种厌世之感。

五年后，张之洞在湖北学政任上续娶唐氏夫人。唐夫人乃湖北按察使唐树义之女。两年前丈夫病逝，便带着女儿回到娘家，住在父亲的官衙内。一年前女儿又不幸死了，唐氏内心悲苦。唐树义见学政亦是中年丧妇，与中年丧夫的女儿恰好匹配，便亲自为女儿作伐。张之洞怜自己，也怜唐氏，遂答应了这门亲事。唐氏夫人人品不错，但因是再醮，心里总忘不了前夫夭女，情绪抑郁，对仁权缺乏疼爱之情，小公子总是对继母怯生生的。再加上唐夫人自小娇生惯养，懒而任性，张之洞劝她学习奏琴，她一口拒绝，张之洞心中大为不快。这个续弦夫人并没有给张家带来多大的欢乐。过了两年，唐夫人也因病长辞人世，留下半岁的儿子仁梃。

再次遭到丧妻之痛的张之洞，哀叹自己的命运多舛，他不想第二次续弦了。不久，他奉命典试四川，便将二子留在京师，托人照料，自己孤身一人前往巴蜀赴命。

乡试刚揭榜，张之洞便遵旨留在成都任四川学政。四川号称天府之国，物产丰阜，人物俊秀，扬雄、李白、三苏为雄奇的巴山蜀水增添迷人的魅力。张之洞喜欢这块土地，决心为培养今世的四川人才全力以赴。

这一年，张之洞来到龙安府主持府试。知府王祖源与他是老熟人。那年他从武昌回到北京时，与王祖源同住羊圈胡同达半年之久，因为同在翰苑供职，彼此走动较勤。去年，王祖源以编修资格外放龙安府。王祖源科场不顺，五十岁才中进士，做了个老翰林。翰林院是青年才子的发祥之地，老名士在此处则前途不大，外放郡守，乃是最好的归宿了。

老友见面，十分快乐。王祖源将学政请到家中，二人坐在书房里，一杯清茶，海阔天空地叙旧话今，谈兴甚浓。张之洞指着墙壁上一幅题作《国色天香》的彩绘，笑着对主人说：“这画定是出自闺阁之手。”

“何以见得？”

张之洞极有兴致地说：“牡丹乃群芳之首，甚为闺阁所喜爱。此其一。花朵丰满而艳丽，叶片肥大而鲜嫩，旭日红亮而明媚，这是人世间极具圆满之美景，向为闺阁所追求。此其二。‘国色天香’四字，虽端正大方，但因力度不够显得有些纤弱，显然出自闺阁手笔。此其三。有此三点，我敢断言这幅牡丹图是位女丹青手的杰作。”

王祖源哈哈大笑起来：“香涛好眼力，这画正是小女懿娴之作。”

懿娴，张之洞的脑中立即浮出一位姑娘的形象。四年前的一天，张之洞正在王家，与王祖源的儿子王懿荣聊天。王懿荣那时是国子监的一名监生，勤勉博学，尤好古董鉴赏，与张之洞很谈得来。正说话间，书房门口走过一个女子，王懿荣随口说了句“懿娴回来了”。张之洞抬起眼来望过去，见懿娴面孔清秀，身材匀称，有一种大家小姐的风范。再仔细一看，他发现王家小姐走路不太平稳，有点向左边倾斜，像是左腿有点毛病。张之洞心想：难怪来到王家多次，都没有见过懿娴小姐，原来是脚有点残疾，不愿见生客。他心里微微叹息：多好的一个小姐，不该有这点毛病！

“懿娴能画这么好的画，过去从没有听说过。”张之洞离开座椅，走到《国色天香》图面前，细细地欣赏起来。

王祖源也站立一旁，拈须微笑，陪着客人欣赏。

“懿娴出嫁几年了？丈夫在哪里做官？”张之洞随口问老友。

“还没有出嫁。”

张之洞颇为吃惊。四年前见到时，估计也有二十好几了，现在不快三十了吗？遂脱口问：“她多大了？”

王祖源脸上的笑容不见了："不瞒你说，今年二十九，是个老姑娘了。懿娴什么都好，模样儿周正，性子也温顺，就是小时候得了场大病，病好后，左脚便不怎么灵便了，请了不少医生，都治不好。懿娴心性高，等闲人她看不上，家境好本人好的，又嫌她的脚，就这样高不成低不就地耽搁了。"

张之洞又一次在心里叹惜："如此才华出众的丹青高手，倘若一辈子困于闺门，心里不知有多大的忧愁！"

因为张之洞十分赞赏懿娴的画艺，知音难得，又因为旧时的邻居在偏远的四川重逢，是件令人兴奋的巧事，在衙门晚宴上，王祖源破例将女儿唤了出来，同在一个席上吃饭。张之洞又当面称赞了一番。懿娴大大方方地听着，脸上荡漾着甜美的笑容。这笑容，似乎顿时化开了张之洞心中两年多来的郁积，心情变得格外轻松起来。那天晚上，他喝了很多酒，说了很多话。他发现，王家的小姐一直在静静地听。那样的安详，那样的宁静，就如同《国色天香》图上那朵带露低垂的白牡丹。

过了几天，王懿荣从外地转道来龙安看望老父老母。王祖源告诉儿子，张香涛这些日子正在龙安府，又说他很喜欢懿娴的画。

王懿荣忙去文庙拜访老友，又在闲聊中得知唐氏夫人已在两年多以前过世了。王懿荣听了这话，心中怦然一动。他回到家里，向父母建议把妹子许配给张香涛。人品、地位，自不必说，从年龄上看，张香涛今年才四十岁，正好相当。唯一不足的是，张香涛有过两次婚姻，且有两个儿子。但妹子年近三十，又有残疾，要想再寻一个超过张香涛的人也很不容易。王祖源夫妇对儿子的建议完全赞同，但懿娴是个有主见的人，大主意还得她自己拿。

那天见面之后，懿娴对张学台印象极好。其实，懿娴多年前便从父兄嘴里知道了张香涛，来四川后也常听人说起这位学政大人的名士风度和实干作风。那天的晚宴上，一切传闻都得到证实，尤其是他由衷地赞叹《国色天香》图，更给这个独居闺中的老姑娘以极大的心灵满足。他居然是个鳏夫，且一人孤身在任，莫不是天赐良缘？懿娴没有犹豫，一口答应了。

得到全家同意之后，王懿荣才对张之洞提起这事。这样一个处子才女肯屈己下嫁，何况彼此之间有过一段前缘，张之洞还有什么可讲的！他一点也不嫌懿娴的跛脚，不要说有娟秀的五官可以弥补，即便相貌平平，有此等精彩的绘艺，也足以让这位富有艺术才情的学台大人倾慕不已了。

为了表示对王家老姑娘的尊重，张之洞请尊经书院山长名宦薛焕作媒人，又请四川总督吴棠做主婚人。婚礼那天，成都各大衙门的官员、各大商号的老板、锦江书院及尊经书院的士子代表，都来学台衙门祝贺，一时间轰动了整个锦官城。

婚后，王氏夫人里里外外照应周全，成了张之洞的得力助手。公余，丈夫吟诗，妻子作画，诗情画意融为一体，成都士林官场津津乐道，传为美谈。王夫人灵慧，样样都行，唯独不会奏琴。鉴于唐氏的前车之辙，张之洞不愿因奏琴一事引发心中的不快；又想到王氏年近三十，再学艺也难，不忍心看她勉为其难，遂不提古琴一事。学政期满后，张之洞携夫人离川回京。

四川人多事繁，学政收入较他省要丰厚，张之洞将自己的大半积蓄都捐给尊经书院购置书籍。离川前夕，按惯例，藩库将张之洞三年期间应得的各项杂费及程仪二万两银子取出送给他，他坚辞不受，要藩库将此项银两用于周济贫寒士子，及补充家境困苦的举人进京应试的途费。对于丈夫这种不近常情的清廉之举，王夫人完全理解，全力支持。

然而临到成行时，张之洞却发现自己竟然回京的旅费都窘迫了，不得已将珍藏多年的书籍卖出。回到京师，亲友们前来祝贺，张之洞一时连治酒席的钱都没有。王夫人将母亲送给她的狐皮马甲拿出典当，才使得张之洞没有在亲友面前丢脸面。

王夫人胸次宽阔，视仁权兄弟如同己出，待下人也宽厚和气，这些都令张之洞欣慰。眼看着那些才学平庸的同僚一个个迁升腾达，而自己总在中允、洗马这类中低官职上徘徊不前，张之洞常有怀才不遇之感，有时也会无端地烦躁愤怒。这时，王夫人总会以女性的恬淡冲和来缓解他的火气，安慰他，劝说他，让他慢慢地化去心中的块垒。

京官清贫，翰林院尤其是冷衙门，张府人多开支大，收入不丰，王夫人总是量入为出，精打细算，把个家政安排得井然有序。前年，十九岁的仁权结婚，王夫人将自己从娘家带来的金手镯偷偷变卖，为仁权筹集聘金。张之洞得知后感动不已，愈添敬重。

如此贤惠识大体的夫人，在即将身膺封疆重寄的时候，张之洞是多么的希望她成为自己日后繁剧政务的内助，一起分担忧愁，一起分享快乐，可是如今……

张之洞环顾素花白幔装点的灵堂，凝望着沉重黑暗的棺木，不禁凄然泪下，从心底深处涌出永恒的悲叹：

重我风期谅我刚，即论私我亦堂堂。
高车蜀使归来日，尚借王家斗面香。

妄言处处触危机，侍从忧时自计非。
解释篝火悲愤意，终羞揽袂道牛衣。

门第崔卢又盛年，馌耕负戴总欢然。
天生此子宜栖隐，偏夺高柔室内贤。

他想起自己四十五年的生涯中，四岁丧母，七岁失姐，二十岁无父，三房妻室及长女均先自弃他而去，人世间最难以接受的痛苦接连不断地降临，难道真的就要如孟子所说的那样，天将降大任于斯人也，必先苦其心志……

张之洞怀着深深的悲伤，对着王夫人的遗像喃喃自语：“懿娴，你走了，今生今世我再也遇不到你这样的好女子了。看来，我这一辈子，只有为国操劳的义务，没有享受天伦之乐的福分。我就要去山西赴任了，这是太后、皇上对我的器重。懿娴，你放心去吧！准儿我会好好照看，她会顺利长大成人的。”

办完王夫人的后事，张之洞开始张罗赴晋事宜。他巴望早点到山西去，这不仅是他急欲借一方土地施展自己的平生抱负，同时也想离开这个令他时刻触发旧情的庭院，尽快让繁剧的政务来冲淡锥心的悲痛。

这一天午后，张之洞正在书房里清理书籍，准备挑一些随身带去。正在这时，一位不速之客突然闯了进来。

“老弟，还认得我吗？”来人拍了一下张之洞的肩膀，爽朗的川音中充满笑意。

张之洞回过头来一看，不觉大吃一惊：“秋衣，原来是你，好多年不见了！”

“是呀，自你离开成都后，五年了，再也没有见过面。”秋衣在书桌边的椅子上坐下后又问：“弟妹呢？都还好吧！”

“好什么？”张之洞沉重地低下头来，轻轻地说，“她已故去一个月零三天了！”

“什么！”秋衣刷地站起来，惊讶得睁大了眼睛。“这是怎么回事？她还只有三十几岁吧！”

“唉！”张之洞悲伤地叹了一口气，把王夫人去世的事简单地说了几句。

“多好的一位弟妹！年纪轻轻的，怎么就这样走了呢？”秋衣一个劲地摇头叹息，“怪不得你又黑又瘦，气色很不好。弟妹的灵位摆在哪里？我去瞧一瞧，鞠个躬，也算尽个心意吧！”

王夫人的灵牌，暂时还安放在张之洞的卧房里。张之洞将秋衣领进卧房，对着王夫人的灵牌，秋衣整衣肃容，默默地三鞠躬。望着眼圈已现湿润的老朋友，当年在成都学政衙门里，秋衣与他们夫妇饮茶谈笑的情景又浮现在张之洞的眼前。

秋衣是张之洞一个特殊的朋友。

光绪元年夏天，四川学政张之洞在杨锐等几个学生的陪同下，到德阳去看望一个病危的学子。回成都的那天中午天气极热，半途上张之洞突然中暑晕倒。

杨锐等人心里着急，四处并无人家，一碗茶水都找不到，更遑论医治！

杨锐说："我爬到树上望一望，看哪个方向最近处有房屋，就把四叔往哪里背。"

杨锐爬上一株高大的枫树，一会儿便下来了，对大家说："左手边山坳处好像有几间房屋，我们到那边去。"

说罢，背起张之洞就走，众人紧跟在两旁，约莫走了三四里路，果然见前面出现一座题为"上清观"的小道观。进了门后，见屋子里有一个人正在聚精会神拓印一截残碑。杨锐走上前去，客气地叫了一声："道长，打扰了！"

那人抬起头来，原来是一个四十多岁的清瘦汉子。那人说："我不是道长。你们要做什么？"

杨锐说："我的老师赶路中了暑，要借这里休息一下，如能帮我们寻个郎中就更好了。"

那人一听，忙将手中的活放下说："把病人背到里屋，放在床上。"

杨锐背着张之洞进了隔壁的另一间房。房里有一张床，床上铺着篾席，虽简陋，倒也还干净。杨锐将张之洞平放在篾席上，那人掐张之洞的人中，又在四肢几个关节部位上用力按摩着，然后搬出一只尺余见方的旧木箱来，打开木箱，里面有七八个大大小小的干葫芦。那人从一个小葫芦里取一些黑黄色细粉，倒进张之洞的嘴里，又从陶罐里倒出一小碗水来，将张之洞嘴里的细粉灌下去。

"没有事，很快就会好的。我们都出去，人一多，热气大，病人不舒服。”

中年汉子带着杨锐等人回到原来那间屋，他仍旧拓他的残碑，不再说话。

没有多久，杨锐突然发现张之洞从隔壁屋里走了出来，他惊喜地迎上前去：“老师，您都好了！”

“好了，好了！”张之洞笑着说，“刚才拖累了你们。”

杨锐等人忙过去扶着，又指着中年汉子对张之洞说：“刚才就是这位师傅喂药给你吃的。”

“谢谢你了。”张之洞感激地说，“你的药真是灵丹妙药，一灌进肚子里就好了。叫我怎么谢你哩！”

那汉子高兴地说：“哪里是什么灵丹妙药，土方子罢了，不要谢。请坐，请坐！”

张之洞见那汉子虽身着布衣旧履，然眉宇之间却有一股清奇磊落的气象，心中甚有好感。他在汉子的对面坐下来，亲热地问：“师傅是叫什么名字？本地人吗？”

汉子说：“我住在青城，这几天来上清观做客。我叫吴秋衣。”

“秋衣？”张之洞笑了笑，他觉得这个名字颇为少见。

“秋衣这两个字，取自李白的一首诗。”吴秋衣随口念道，“洞庭湖西秋月辉，潇湘江北早鸿飞。醉客满船歌《白苎》，不知霜露湿秋衣。我喜欢这首诗，尤其喜欢不知霜露湿秋衣这句，便把秋衣借来做了名字。”说罢笑了起来。

“这是李白游洞庭湖五首诗中的一首，的确写得好，我也很喜欢。”张之洞边说边看吴秋衣手下的残碑，心中猛地一惊。

原来，那截黑灰色石碑上清晰地刻着“法正之墓”四字。法正是蜀先主刘备手下的一位大谋士。传说刘备惨败于东吴，退兵白帝城时，诸葛亮在成都跌足叹道：“假若法正在主公身边，决不至于有此失利。”可见法正的才略之高。可惜法正英年早逝，诸葛亮很伤心，亲自为他题写墓碑。熟悉史册的张之洞知道，“法正之墓”这四个字当是按照诸葛亮的手迹摹刻的。诸葛亮传世的手迹甚少，这四个字即便是摹刻也显得十分珍贵，可惜这块碑只有下半截，上半截应当刻着法正生前的官职。

张之洞问：“这块残碑是哪里找来的？”

秋衣说：“上清观打算再建一间房子，信徒们向观里捐献砖瓦石块。有个信徒捐了三牛车石块，这是其中的一块。那个信徒说，他家有一座几百年的祖宅，这些石块都是那座祖宅的基石。墓碑究竟出自何处，已无人知道了。”

张之洞最是喜欢古器碑帖之类的文物，无意之间在此地看到了如此珍贵之物，如何不高兴！他从秋衣手里拿过已完工的拓片来，仔细欣赏着：拓片墨色深浅适度，点划勾捺清清楚楚，丹书的笔势，镌刻的刀法，都完好地体现了出来，拓者无疑是个技艺娴熟的高手。张之洞喜欢碑刻，却不能自己动手拓印。这样的巧工能匠，居然弃于荒山野岭之中而不为世知，真正可惜！

“这字真的拓得好！”张之洞赞道，“你这手艺哪里来的？”

“四处漂学的。”秋衣浅浅地笑了一下说，“我一生最爱碑文篆刻，三十年来，只要有空，我就挑一担空箩筐在穷乡僻壤、古岭老山四处转悠，遇着年代久远的断石残片，我便拾起来放进箩筐里，遇见好的碑刻，就将它拓下来。遇上拓工，我便细心地一旁观摩，把他们的技术偷学过来。就这样，三十年来，我也搜罗了几十块珍稀古石，拓下几百件上等碑刻，无形之间，拓技也精了。”

这是少见的有趣人：爱好如此高雅，行为如此独特，且好诗词懂医道，值得与之交往！

张之洞站起来，诚恳地说：“我和你志趣相投，我想与你交个朋友。你方才给我解了暑，我也感激你。我邀请你到我家小住两天，我们多谈谈话，我也借此表示点谢意！”

秋衣问：“你家住在哪里？”

“就住在城里。”

“好吧！”

吴秋衣也起身洗洗手，拍了拍身上的旧布衫，什么也没带，便和张之洞等人一道离开了上清观。从一路上的谈话中，张之洞知道吴秋衣今年四十五岁，从小在药铺里做抓药的小伙计，天长日久，也便成了半个医生，一般的常见病，他都可以治得好。工余则好读诗词古文，尤爱书法篆刻，此兴趣几十年来不衰。八年前，妻子去世，即未再娶，两年前独生女出嫁。从那以后，他也便辞了药铺的事，靠着积蓄和替人治病的收入，专门去寻找和拓印古碑古刻。

进城到了九眼桥闹市区，张之洞指着一边一个蹲着大石狮的衙门说：“我就住在这里，我是这里的主人。”

杨锐对吴秋衣说：“这是学政衙门，我的老师是学台张大人。”

“哦，你就是学台大人，怪不得对古碑帖知道得这么多！”言谈中，吴秋衣得知张之洞的金石学问甚多，心里一直在猜想，此人很可能是尊经书院里的一位教书先生，或者也可能是城里裱画铺、古董店里的一个行家，却不料，竟是学台大人。“我叫张之洞，字香涛，我们是朋友，你不要叫我大人，叫名叫字都行。”

“好，好，我是个没受过正规教习的散淡人，也不懂士林和官场的礼仪，我不习惯叫什么老爷、大人。你贵为学台，我贱为药工，但你若真正愿意与我做朋友的话，那我们就应该是平等的。今后你直呼我的名，我也直呼你的字。”

“最好，最好！你这种性格我最喜欢！”

张之洞边说边拉着吴秋衣进了衙门。

杨锐等人都还从没有见过这样的平头百姓。他们想象中，吴秋衣一旦得知与他说了半天话的人竟是四川的学台，必然会惊骇莫名，诚惶诚恐，因为所有的小民见了官家都是这样的，吴秋衣却不这样。众人把他看做怪人，杨锐称他为奇人。

吴秋衣在衙门里住了两天，张之洞将他平生所藏的字画碑帖都拿出来让吴秋衣看。吴秋衣边看边评，爽直尖刻，许多评议都很有见地，张之洞为得到一个好朋友而快乐。

临走的时候，张之洞说："我们俩都是鳏夫，你可常来我这里坐坐说说话。"

从那以后，吴秋衣真的常来做客。一袭布袍，满身尘土地出入学政衙门，引来不少世俗人的好奇眼光：学台与药工成了好朋友，真个是难得！

后来张之洞与王夫人结婚，居然也把这个布衣朋友请来坐在贵宾席上，吴秋衣磊磊落落的，也不以地位卑下而自惭。他还是照常来张府，于是与好绘画书法的王夫人也成了朋友。

离开成都回家前夕，张之洞送他二百两银子，资助他的脱俗事业。吴秋衣也不推脱，坦然收下。就从那以后，张之洞再也没见过吴秋衣了，但常常会想起这位与众不同的布衣之交，不料他今天竟突然出现在眼前！

吴秋衣告诉老友，去年夏天他沿着汉唐时代的剑阁大道，离开四川到了关中平原，然后再从陕西到河南，从河南到直隶。这次远游的目的，一是行万里路以广见闻，二是到京师来看看老朋友。进城后才听说老友已升山西巡抚，多方打听才找到家来，幸而尚未离京；但这未离京的缘故却是因为夫人的不幸故去，真让人悲哀。吴秋衣劝老友节哀，即便不能接受，也要强迫自己接受这个事实，对这种生老病死之事要达观看待。张之洞感激老朋友的一番真心，亲人弃他而去的事，已经历好多次了，虽痛苦，但还不至于颓丧，何况眼下正有大任等着，必须打点精神迎接繁剧。张之洞邀请老友和他一起到山西去，帮他做点事情。

吴秋衣想了想说："官场上的事我实在不能为你帮一点忙，我这次就不随你去了，我要在京师住几个月，若有机会，再去太原看你。不过，我这次无意之间发现了一个真正可以帮助你的人，你若能请得他和你一道去山西，必可有大用场。"

张之洞的精神立时振作起来，问："这是个什么人？你何以这样看重他？”

吴秋衣慢慢地说：“早就听说古北口是个险要的关口，这次在城外恰遇两个家住古北口的商人，正从江南做生意回来，于是暂不进城，和他们一道去了古北口。这两个商人走南闯北，见识既广，为人又大方，我和他们很是投缘，一路上说话很多。”

吴秋衣喝了口茶后，继续说着：“我对那两个商人说，听说古北口一带百姓生活穷苦，从你们身上看来，倒不像是这回事。两个商人告诉我，古北口本是一个穷地方，在几年前都还苦，这四五年间因为出了一个好庄主，带领众人发家致了富。”

自从奉旨以来，张之洞常想到今后该如何治理山西。行政牧民之事，他可真的没有经验。古北口这个庄主，引发了他的兴趣：“这个庄主是如何让他的庄民过上好日子的？”

“我也这样问过这两个商人。他们说庄主有几个好招数。一是把全庄都组织起来，就像当年的太祖爷在关外管理八旗一样，把分开的五个手指握成一个拳头。这样，做什么事都有力量。二是从山东引来好的庄稼种，种子好，产量提高了，大家都有饭吃。三是做买卖。古北口历来产一种名叫沙枣的枣子，味道不大好，虽产得多，但卖不了钱。庄主让大家晒干制成果脯。他自己琢磨出一种好调料，加上这个调料后，沙枣果脯又甜又脆。庄主又告诉大家，江浙一带人喜吃甜食，运到那里可卖大价钱。果然这一招很灵，这几年古北口靠这个买卖，家家都发了。这两个商人就是刚从上海回来做沙枣果脯生意的。”

张之洞点点头：“这个庄主的确有头脑。”

“到了古北口，我特为拜访了这位庄主，果然名不虚传，有真才实学。香涛，你去山西做巡抚，若有一个这样的人在身旁，一定会是你的左右手。”

张之洞边听边想，古北口的能干人，会不会是桑治平？但他不是本地人，又怎么可能做庄主呢？

“这位庄主叫什么名字？”

“桑治平。”

果然是他！张之洞两眼发亮，兴奋地对吴秋衣说：“他是我的老朋友，过两天我去古北口看他！”

“你的老朋友？”听了张之洞的介绍后，吴秋衣为自己的慧眼识才而高兴。

张之洞赶忙修书一封发往古北口，与桑治平约定十八号在他们家里相见。

三　一位报国心强烈的热血之士，偏偏年轻时又错投了主子

河北平原上，有一座由西至东逶迤连绵的群山。它西起潮白河河谷，一直向东延伸，直至消失在山海关旁的渤海湾。它就是中国的名山之一燕山。自古以来，燕赵多慷慨悲歌之士，无数悲壮的故事在这里发生，无数英雄豪杰在这里创造生命的辉煌。燕山，这位中华民族五千年文明史的无声见证者，它与中华儿女同忧患，共欢乐。

古老的长城在燕山身上蜿蜒穿过，将中原和塞外划开成两个世界。就在潮白河附近，有一道天然峡谷。峡谷两边山势陡峭，巨石嶙峋，乃周围百余里南北必经之路，真可谓一夫当关，万夫莫开。这就是万里长城上著名的关隘古北口。

两汉时期，中央政府便开始在古北口设立县衙。唐代曾在此处设东军、北口二守护。宋代时为使臣出辽必经之地。金代在此建铁门关。明洪武十一年重建古北口城，设东、北、南三道城门。清初在此处建造行宫，为皇家消夏避暑之所。康熙晚年在热河兴建避暑山庄，又扩建木兰围场，每年暑季皇室便迁往热河，此处遂渐渐衰落下来。

当年，桑治平在漫游天下浪迹江湖之后，看中了这个地方。他喜

爱古北口的雄伟险奇。莽莽苍苍的群山，高深幽冷的峡谷，朴拙厚实的长城，仿佛正是中华民族的形象写照。住在这里，似乎时时刻刻都能够感受到一种苍老而凝重的脉搏在不停地跳动。桑治平还喜欢这里的人烟不多，民风淳朴，没有尘世中的喧闹争斗。或许是有过行宫的缘故吧，关注国事的流风遗韵依然存在，只要你用心搜寻，京师的大动向都可以通过不同渠道传到这里。况且离京城不远，倘若要打听个究竟，快马加鞭，朝发关口，夕至天街，也方便得很。

桑治平竟然是这等具用世之心的人，他又为何不到长安城里去闯荡闯荡，到潢池中去游戏一番呢？原来，这中间有一个非同寻常的变故在内。

二十年前，桑治平还是一个名叫颜载礽的英俊后生，从河南洛阳老家来到京师参加会试。颜载礽学问博洽，诗文俱佳，是一个前途看好的年轻举人。他自认为可以一举高中，却不料放榜之日，金榜上并没有他的名字。颜载礽殊为失望。他怏怏不乐地在京城晃荡几天后，决定回家苦读，下科再试。

这天，他正在会馆里收拾行装，一个穿戴阔绰的中年男子推门进了他的房间，极有礼貌地问："请问，你就是颜孝廉吗？"

"是的，我就是颜载礽。"颜载礽完全不认识此人。"先生找我有何事？"

"哦，终于找到你了。"中年男子面带笑容地说，"我是肃相府里的，肃相请你过去坐一坐，不知你现在有没有空？"

肃相，不就是协办大学士肃顺吗？颜载礽心里吃了一惊：我与他无一点瓜葛，他身居相位，是皇上最为信任的大人物，怎么会知道我这个二十来岁的落第举子呢，而且还邀我去他的府上坐一坐？颜载礽大惑不解。他初次到京师，与京师官场无一丝联系，关于肃顺，也只是二十多天前，一个偶然的机会才得知一些。

那是京师春天里少见的一个风和日丽的上午，中州会馆里的应试举子们都在伏案攻读，再过几天，会试就要进场了。同为洛阳籍的孟生对颜载礽说："听说京师南郊的龙树寺有个牡丹园，眼下正是牡丹花开的时候，今天天气这样好，我们何不到龙树寺去看看，说不定那里的牡丹花已开了。"

来自牡丹之乡的颜载礽，听孟生这么一说，忙起身："我们现在就去！"

两人结伴来到龙树寺。寺里冷冷清清的，游人很少，原来牡丹还没有开。孟生说："没有牡丹看，我们去看看佛殿，会会法师吧！"

颜载礽对菩萨与和尚无兴趣。造化诞育的山水花木，才真正充满着生趣灵气。牡丹花虽未开，但它碧绿鲜亮的叶片、含苞待放的花蕾，也足以使人赏心悦目。颜载礽一人留在牡丹园里，饶有兴致地东看看西望望，胸中涌动着一股生命的机趣。

这时，牡丹园里又来了一个人，也是二十多岁的年纪，儒雅英迈，风度翩翩。那人甚是豪爽，与颜载礽一见如故，兴致勃勃地聊起天来。两人天南海北、上下古今地神聊，从历史到现实，从学问到时局，彼此的看法多有相同之处。到了中午时分，二人谈兴犹浓，那人又请颜载礽和孟生的客，在龙树寺附近的小酒店里，三人又畅谈了个把时辰。酒席上，那人将当今的协办大学士肃顺大大地赞扬了一番，说扭转乾坤振兴大清的希望全寄托在此人身上。临分手时，那人告诉颜载礽，他乃湖南湘潭人王闿运，在京师朋友家做客，过几天就要回湖南老家去。颜载礽也把自己的姓名身份告诉了他。

这位肃顺，在王闿运的眼里，就是管仲、乐毅一类人物。不管他有什么事，冲着这一点，去见识见识也好。颜载礽答应了。来到肃府，肃顺立即走出书房迎接。

颜载礽见肃顺方面大耳，器宇轩昂，步履快捷而稳重，立时对这位权倾朝野的协揆有极好的印象，心里想：怪不得王闿运将他敬重得如同天神一般。

颜载礽跟着肃顺进了小客厅。坐下后，肃顺面色和气地说："我家的西席王闿运前几天离家回湖南去了，临走时向我举荐了你，说你的才学不在他之下。”

哦！原来王闿运是肃府的塾师，是他说起了我。颜载礽心中的疑团顿时解开了。他认真地倾听着。

“听说你这次会试未第，我想你不必急着回家，就在京师住下，我聘你接替王闿运。只有两个学生跟你读书，他们也还听话，不会给你添很多麻烦。学生不用功或做错了事，你尽可教训他们，不要有顾忌。早早晚晚，你可以用来自己读书作文。至于薪水，也和王闿运一样，每月十二两，是京师通常人家的两倍，你看如何？”

没有寒暄，也不绕圈子，清楚明白，简洁干净，这正是王闿运所赞赏的肃顺的一贯作风。是一个做事的人。颜载礽在心里想。他寻思着：在肃府做几年西席，是可以学到许多书册上没有的学问的，况且报酬如此丰厚，也足见东家对西席的重视。他答道：“中堂如此看得起我，我自然感激不尽。只是我年轻学问浅，怕耽误了两位公子的学业。”

肃顺哈哈一笑：“你不必谦虚了，王闿运既然推荐了你，你必然可以胜任得了。要说年轻，王闿运也比你大不了几岁，他的学问才华要远胜过那些翰苑老夫子。好了，就这样定了，明天就叫人把你的行李搬进来吧！”

就这样，颜载礽成了肃府的西席。一晃半年过去了，颜载礽和东家的关系越来越密切。他佩服肃顺办事的果断刚强，大刀阔斧，不讲情面，不留后路。肃顺也喜欢年轻西席的人品才情，更欣赏他的胸有大志，不同流俗。

肃顺空闲的时候，常常会把颜载礽召到书房去谈话，跟他谈自己的治国方案，谈大清的未来。肃顺对颜载礽说，他平生最敬慕两个人：一个是辅佐齐桓公的管仲，一个是帮助汉武帝的桑弘羊。管仲的学问在《管子》一书中，至于桑弘羊，为国家谋财富而不惜得罪巨室，以至冤死，则更令人又敬又悯。颜载礽也说些对国事的看法，及对历史上治乱兴衰的研究体会。到后来，肃顺便像信任王闿运那样的信任颜载礽，要颜载礽代他起草奏疏。颜载礽也便由西席变成了肃顺的心腹幕僚。

这时，政局突然发生了巨变。英法联军打进北京，咸丰皇帝逃奔热河行宫，肃顺奉命随驾，颜载礽仍留在府中教书。后来肃顺感到颜载礽不在身边有许多不便，遂将他召到热河，两个公子的塾师则另聘他人。

颜载礽在热河行宫住了将近一年，参与不少高层机密，亲自感受了咸丰皇帝去世前后，热河行宫无形的刀光剑影。他当时不可能料到，这段岁月是如此的不平凡，以至于影响了中国近代历史的进程，而被后世的野史、小说渲染得神乎其神，蒙上一层又一层扑朔迷离、永具魅力的色彩。他只是感觉到，权力的争斗原来是这样的钩心斗角你死我活，而权柄的执掌者又都是这样的口是心非表里不一。这一切，都令年轻的洛阳举人为之倾注了极大的兴趣，又常常百思不解。

大行皇帝的梓宫就要回京了。在那些日子里，颜载礽见东家几乎天天食不知味，夜夜睡不合眼，没日没夜地与其他几个顾命大臣在紧张忙碌，神色肃然地磋商各种事宜。颜载礽凭直觉感到要出大事了。

颜载礽跟着东家伴随梓宫一道启程了。这天午后，大队人马抵达密云县城。六百来里的路程已走了四百里，一路上安安静静。颜载礽松了一口气：再有三天，就可以进京，总算平安过来了。

吃过晚饭后刚刚睡下，肃顺便打发人将他叫起。颜载礽赶紧来到肃顺的房间。

肃顺说：“马上就要进京城了，我想起两道重要的上谕要拟。”

颜载礽面色庄重地望着东家，聆听他的下文。

“第一道上谕：着兵部侍郎胜保火速带所部南下，赴安庆两江总督衙门，听候曾国藩调遣。第二道上谕：着两江总督曾国藩转福建按察使张运兰，火速带所部来京听候调遣。”

颜载礽明白东家这两道连夜赶急草拟的上谕的重要性。一年前，胜保在通州败于洋人时，肃顺曾力主杀胜保以肃军纪，恭王奕䜣则出面保他。显然，胜保恨肃顺而亲奕䜣。胜保所部现今处于拱卫京师的地位，若他被奕䜣所用而与肃顺作对，那事情就麻烦了。相反，曾国藩在江南打仗，一直得到肃顺的大力支持。肃顺于曾国藩有知遇之恩，曾国藩的部下来京师取代胜保，将可确保京畿的安全。

这的确是一个事关重大的决定！

颜载礽十分佩服东家的头脑清晰。不过，他又想，是不是晚了点呢？大行皇帝宾天不久，胜保即向皇太后具折请安，已遭斥责。胜保违背祖制，直接给皇太后上折，这一点当时就应该引起警惕。现在距大行皇帝宾天已两个多月了，若京师有新的部署，不早就安排稳当了吗？再过两三天就要进城了，这时才调兵换将，还来得及吗？颜载礽一边草拟上谕，一边这样想着。

突然，从窗外传来一阵阵马蹄声，似乎是从远处向这边奔来。渐渐地，马蹄声越来越大，并伴随着嘈杂的人声和时明时灭的火把。肃顺刷地起身："出事了！"

就在这时，一阵急剧的打门声传来，有人在高喊："肃顺开门！肃顺开门！"

果然晚了！颜载礽脸色突变。"肃顺"，谁敢这样直呼肃相的大名？一定是出大变故了。肃顺走到窗边，跌足叹道："老七在里面，他们叔嫂勾结一起来抓我了！"

恭王奕䜣排行六，醇王奕譞排行七，肃顺向来以"老六""老七"这种不恭的称呼来叫咸丰皇帝的这两个亲弟。

说完这句话，肃顺来到桌边，面色峻厉地对颜载礽说："我要完蛋了，你没有必要跟我一起完蛋。你赶快从后门逃走，老七的人不认识你，不会抓你的。"

说话间，又是一阵剧烈的打门声。肃顺亲手打开后门，将颜载礽推出门外。颜载礽含着眼泪，对着东家鞠了一躬："中堂保重，我走了，你还有什么话要对我说吗？"

肃顺铁青着脸："没有什么话可说了，你日后若有机会做大事的话，要吸取我的教训。”

说完“砰”的一声把后门关了。

颜载礽躲在门后的一棵老树边，亲眼看见肃顺被醇王的队伍捆绑着走了。

三天后，颜载礽赶到京城，他径直向肃府奔去。只见肃府前后左右都布满了全副武装的兵丁。街头上看热闹的行人悄悄地告诉他：“肃中堂出大事了，家被抄，家眷被看管起来了，所有亲友都不准进去。”

颜载礽挂念肃府的两位小公子，不知这两个弟子的情况如何，问看热闹的人，都说不清楚。有的说若犯了谋逆大罪，按律令儿子也要处以极刑。有的说，肃府是黄带子，大概有优待，儿子不至于死。听了这些话后，他心里更是焦急。

除开肃顺的两个儿子外，颜载礽心中还惦记着一个人，这个人叫秋菱。

秋菱是肃府的丫鬟。颜载礽进府后，肃顺亲自安排她照顾塾师的衣食起居和书房打扫。秋菱十七岁，人长得清秀，性情文静，手脚又勤快，颜载礽喜欢她。

秋菱无父无母，只有一个哥哥在河南老家种地。家里实在苦得很，日子过不下去，不得已被卖到肃府，从此与家乡断了联系。她只知道自己所住的村子名，这个村子属于河南哪个县她都不清楚。秋菱时常想家乡，想哥哥，却无法回家见哥哥。她那天一眼看到颜载礽，又听他说一口河南话，就仿佛有一种见到自己哥哥一样的感觉，从心底里涌出一股对颜载礽的亲热之情，因而对颜载礽照顾得格外周到。

秋菱聪明好学，但家贫不能读书。颜载礽有空便教她认字。秋菱学得很快，几个月下来便能认得千把字了，教者和学者都欢欣不已。渐渐地，两人心中便你有了我，我有了你，彼此之间益发亲近了。

秋菱身为丫鬟，自认配不上举人颜载礽。她把爱慕之情深藏心底，不敢表露出来，只是以加倍的关心体贴来隐隐透示一点痕迹。颜载礽是个庄重而有大志的人，平素想的总是金榜题名和建功立业等大事，何况作为相府的西席，对相府的下人更应待之以礼，持之以节，所以他心里明明爱着秋菱，亦知秋菱爱着他，却也不肯把这种情感流露出来。于是，两人都互相暗恋着，不挑明。

这对青年男女纯洁的初恋，便这样在朦朦胧胧似有似无之中进行着。

颜载礽要去热河了，秋菱柔肠千结，依依不舍。她熬了几个通宵，给他做了一双厚底鞋，悄悄地塞进他的行囊。在行宫的日子里，颜载礽常常想起秋菱，想得热切的时候，便把那双鞋子拿出来，轻轻地抚摸着。他舍不得穿在脚上，而是将它放在枕头下，似乎觉得秋菱在夜夜陪伴着自己。过去在相府，天天见面，颜载礽还不觉得什么，一旦分离，才觉察到秋菱已在他的心中有了极重的分量。他盼望着皇上早日回京，肃相也便可早日伴驾同行，自己也便早日可见到心上人。

这一天，肃顺悄悄地对颜载礽说："皇上病势很重，我心里焦急。你赶紧回京里一趟。我有一包祖上传下来的还魂散，保存在福晋手里，你拿来给皇上服用。快去快回！"

说着将一封写给福晋的信递给颜载礽。颜载礽不敢怠慢，从御马房里借了一匹千里快马，立即出发。第二天傍晚就赶到了肃府。他从肃顺福晋手里取到还魂散后，便回到自己的房间，正想躺下来歇息一会儿时，门轻轻地推开了！

"秋菱！"颜载礽兴奋异常地喊了一声后，便快步向秋菱奔了过去。或许是思念之情累积得太多太多再也无法抑制，或许是一时热血奔涌，根本没有想到要抑制，颜载礽一反离京前的稳重自持，一把将秋菱抱在怀里，秋菱涨得红通通的脸紧贴在颜载礽的胸口上。望着秋菱又羞又喜的神态，颜载礽觉得世界上再也没有哪个女人能比得上她。他们不再讲话，两颗心却早已融为一颗。他不顾一切地吻着，终于，他把她抱上了床……

“秋菱，回京后我就娶你，我和你一辈子相亲相爱！”

在送秋菱出门的时候，颜载礽反复地这样说着。

“我相信你的话。”秋菱温柔地点着头，“我盼你尽快回家！”

肃府祖传的还魂散并没有挽回咸丰的生命，三十一岁的年轻天子驾崩热河，行宫里的政局突然变得异常的错综复杂。颜载礽似乎觉得每一天都是在充满着杀机的气氛里度过，銮舆回京的日子被一天天地推迟。终于启程了，终于可以见到秋菱了，却万万没有料到，竟然会如此风云突变，世事全非。京城是回到了，肃府也近在眼前，秋菱却再也见不到了。瞬刻之间，他有一种颓然心死之感。

颜载礽不情愿就这样离开肃府，他一连四五天守在肃府的旁边，注视着肃府的内外动态。每日里只见肃府里的家具摆设、大柜小箱一件一件地被兵丁们搬上马车，不知拉到什么地方去了，而肃府里的大小主子奴仆则一个也见不到，当然，也见不到两个公子和秋菱。到最后，大门小门甚至连窗户在内都贴满了封条。大部分兵丁都撤走了，只留下几个兵丁在府门外游弋。看热闹的人也没有了。仅仅几天前，还是高车轩马门庭若市的肃府，顿时死一般的寂静下来。在万般无奈之际，心绪凄凉的颜载礽只得远离肃府。

他决定在京师住一段时期，一来看看事态的发展，二来也想在偶尔之间遇上肃府的旧人，打听打听两位公子和秋菱的下落。

不久，肃顺被指摘为奸佞之首，公开杀头示众。他的两个儿子则免于追究，被一家远亲收留，藏之于深宅，与世隔绝。至于肃府的旧人，颜载礽一个也没遇上，秋菱的情况也打探不出半点。按着国家的律令，被杀头抄家的大员，其府中的奴仆一律籍没归官。颜载礽心想，秋菱或被卖给某个官府做女仆，也或许被遣送到边远之地，发配给戍边的罪员做妻妾了。

可怜的肃中堂，可怜的公子，可怜的秋菱！一切都完了，一切都改变了。颜载礽长长地叹了一口气，满腹凄怆地走出城门。

他也不敢回家，便在昌平租了一间茅屋，过起隐居生活来。

陡然而起的政变很快便过去了。无论从国家大局来看，还是从市井民间来看，这场政变似乎没给社会带来什么变化。朝局稳定，江南的战事继续进行，京师老百姓一如既往地过着平淡的日子。刚开始还可以听到一些关于政变的议论，三五个月后连百姓的街谈巷议也听不到了。再过一段时期，人们似乎已经把这桩惊天动地的大事，给彻底遗忘了。

颜载礽觉得悲哀。是人类天性只顾眼前，易于淡忘往事，还是那桩往事本不值得留在记忆里呢？是今天的大清国民已变得愚昧麻木，还是史册上那些慷慨激昂、可歌可泣的文字，原本就是几个文人的想当然笔墨，与当时的社会其实并没有多大的关联呢？

这番陡然而起的大变局给颜载礽强烈的刺激，作为朝廷最恨的肃党成员，考进士做官这条路自然给堵死了。他于是干脆断绝这份心思，跳出“四书”“五经”、八股试帖，一心一意去研读史书、兵书、舆地、农学、荒政等书籍，像青年时代的左宗棠那样，储备着真才实学，静待天时。

他记住肃顺对他说的敬佩管仲、桑弘羊的话，倾注极大的心血潜心于《管子》《盐铁论》中。他最终在这里看到了人世间的真学问，由衷佩服管仲、桑弘羊，也由此而佩服肃顺的眼光。他心里深深地为肃顺叹息，也为大清国叹息。肃顺丢了脑袋，大清国丢失了一个有真本事的治国大才。肃顺就是今天的桑弘羊。他和桑弘羊一样的才干性情，一样的不顾一切推行自己的强硬主张，终于也一样的招来杀身之祸。

为了避免牵连引来不必要的麻烦，颜载礽决定改名换姓。

桑弘羊是他的同乡，说不定桑颜两家在历史上有过亲戚瓜葛，于是颜载礽借桑为姓，取名治平，字仲子。这里既有追慕管仲、桑弘羊之意，也有一份怀念老东家的情感隐藏其中。

桑治平小时便酷爱画画。摆脱了功名桎梏后，他有了较多时间，于是重操画笔。他细心揣摩古人笔意，又注意观察身边的山水虫鱼。

他是个天赋极高的人，在“外师造化，中得心源”的过程中，绘画技艺迅速提高。这不仅使他在读书思考的同时，可以获得丹青之娱，同时又为他解决了生计的大问题。他靠卖画维持着衣食无忧的生活。

在昌平隐居五年后，桑治平开始云游天下的壮举。他先到东北，在白山黑水间考察满洲部落发祥的历程。从东北返回后他又漫步三晋，遥想那段无年无战的春秋岁月。然后他南下中原，登嵩山，游河洛，迈过潼关来到长安、咸阳，感受汉唐盛世的遗风余韵。从长安折转向南，越秦岭，穿剑阁，来到巴山蜀水之间，凭吊武侯祠、白帝城，咀嚼一代名相辅佐两朝的艰辛。继而飞渡三峡，于两岸猿声之中舟抵荆楚大地。在江陵旧国，在黄鹤楼头，缅怀当年楚庄王的霸业、三闾大夫的忠愤。再从芳草萋萋的鹦鹉洲起锚升帆，顺江东下，登上收复不久的古都城垣。在一片废墟之中，游秦淮，览钟山，泛舟莫愁湖，伫步胜棋楼。想起刚刚熄灭的遍地烽火，追思六朝走马灯似的改朝换代，这座龙盘虎踞的石头城，浮沉了几多帝王英豪，积淀了几多历史沧桑！从江宁北上，与丰沛子弟聊高祖轶事，听淮阴侯后裔诉千古奇冤，瞻仰至圣、亚圣之祀庙，观泰山日出黄河入海之雄奇。

经过这段历时三载，纵横数万里的徒步旅游，桑治平似乎感受到五千年中华古老文明的真谛所在，触摸到华夏民族生生不息的律动脉搏，脑子里常常有电光石火般的智慧闪烁，心境时常觉得如瑶池之水洗过后的清晰明净，而立之年的举人桑治平，经过读万卷书行万里路的锻造锤炼，已经成熟了，真正地立了起来，他觉得自己可以担当大任，为国效力了。但朝廷对肃党仍追查得很紧，他这个为肃顺草拟了不少重要文书的西席，又怎能出头露面，去保和殿参加会试，以科场胜利来走上仕途呢？不入仕途，又哪能获取官位为国效力呢？

虽然仕途无望，但桑治平并不气馁，一则他可以耐心等待机遇，二则即使一辈子遇不到机遇，读书作画，寄情山水，安贫乐道，淡泊宁静，也是充实的人生。

在踏进京门的前夕，桑治平在古北口结识了一个比他大二十多岁的忘年好友。此人姓柴名广，乃周世宗柴荣的四十六代孙，也是一个喜欢读书思考的人。柴广家道殷实，膝下只有一女，见桑治平非凡夫俗子，有意招他为婿。这些年来，桑治平惦记着秋菱，从未想过婚娶之事。漫游天下的壮举中，也包含着寻觅秋菱的一份深厚情意在内。八年过去了，秋菱杳无音讯。看来此生不能续那段情缘了，桑治平接受了柴广的美意。柴氏贤惠，婚后生下一女，小日子过得甚是甜美。

桑治平久静思动，总不甘心平生所学一无展布，于是告别岳父母和妻儿，外出寻找机遇。同治九年，他在姑苏城内遭窃落难，被迫卖画筹集回家的旅费，就这样遇到了张之万。桑治平见张之万虽贵为状元巡抚，却并不摆官场架子，对他平等相待，又同好丹青，谈话投机之处甚多，遂答应留在巡抚衙门。

住在衙门一段时期后，桑治平冷眼观察张之万，见这位抚台虽不是擎天大材，却也勤政爱民，禀性纯良，不是那种欺诈贪婪、两面三刀的俗吏，遂有心帮他做一点事。不久，张之万升闽浙总督，桑治平跟随他来到福州。闽浙两省，自古乃东南要域，若从春秋时期的眼光来看，也是一个大国了。随着彼此友谊日深，桑治平定下心来，欲竭尽平生本领辅佐这位制台大人，为国为民做出一番实事来。不料，张之万却要告老还乡，桑治平只得遗憾地离开福州，回到古北口，继续过他与诗书画册、山水林木为伴的淡泊生涯。

古北口住的多是柴姓人家，柴广做了多年的庄主，人望很好。柴广晚年多病，庄主事多委托桑治平办。桑治平将二百多户的柴家庄当做一个小国来看待，借此试试牛刀。他以管子治国之策，采桑弘羊为政之术，果然把柴家庄整治得面目一新，深孚柴家庄人的信任。前年，柴广去世，全庄一致推举他这个外乡外姓人做新庄主。桑治平于此也获得事业小成的满足感。

前些日子，他收到张之万从南皮寄来的信。信上说：舍弟擢内阁学士兼礼部侍郎衔，要不多久，或实授侍郎，或外放巡抚。若内授侍郎则罢了，若外放巡抚，乃一方诸侯，正可以借此做一番事业。彼时开府立幕，必将广纳人才，望贤契前去就他。对舍弟而言，得一大材相助，如同增一臂膀；对贤契而言，平生才学可得施展，此亦为极好之机遇，切望留意。

桑治平接到这封信后，很为张之洞的超常擢升而高兴。张之洞的确是官场中的人才，他的翰林做得与众不同，可知他今后的巡抚也会做得与众不同，为这种有才的朋友佐幕是可为的，何况自己多年来所积累的治世实学，也总得有所施展才是。不过，转念他又想，已是过了四十岁的人，精力早不如从前的充沛，对世事也看清看淡了许多，办起事来大概也不会有太高的热情；再说，毕竟是为别人佐幕，不是自己做巡抚，古北口住得好好的，柴家庄也有一番虽小却有意义的事业可做，有必要出去吗？

正在桑治平如此思来想去的时候，他收到了张之洞的来信。

四　出山前夕，桑治平与张之洞约法三章

张之洞坐在大根驾驶的骡车上，沿着京师通往塞外的千年古道，经过两天的摇晃颠簸，于午后到达古北口。张之洞在北京住了十多年，还从没有到过这里来。他环顾一眼四周，果然地势险要。

绵延四百余里的燕山山脉，从这里发源。它在发源处便奇峰陡起，偏又在此处生就一道大峡谷。峡谷两边山坡峻峭，仿佛造化为方便下界芸芸众生，让他们有个南北通道，而用神工鬼斧劈开似的。两边山坡都是坚硬的岩石。石缝里顽强地生长着各种树木，有低矮密集的灌木丛，也有高耸云霄的樟楠松柏。传说为秦始皇时代建筑，明代重修的古长城基本上保存完好。它像一条不见首尾的巨蟒，在古老的燕山山岭上缓慢地爬行，一会儿腾空跃起，一会儿俯首低徊，给这处千年古隘压上了沉重的历史重荷，也给它增添了动态的生机和情趣。古老的关楼依然雄峙着，显得威严劲挺。

由于山高路窄，行人稀少，这里显得格外的安静幽深。刚过午

后不久，太阳便看不见了，一切都罩上一层灰黑的色彩。岩石是灰黑的，树木是灰黑的，古长城是灰黑的，附近星星点点的民居是灰黑的，连废置多年的行宫也是灰黑的。关内关外，充塞着一股浓厚的肃穆气氛。古北口真是一座禁卫京师的神奥难测的险要关隘。

张之洞正在驻足神思的时候，有一个人已走到他的身旁，笑着向他打招呼："香涛兄，说来就来了！"

张之洞回头一望，站在旁边的正是桑治平。他高兴地说："正要向人打听你的家，不想你就来了。你怎么这样巧就遇到了我！"

桑治平说："你道古北口是京城？这里不过巴掌大的一块地方，芝麻大点的事立即全古北口就都知道了。听邻居说，有一个官员模样的人，从京师坐骡车来，在关口停下，四处观看。我想十有八九是你。"

"那你接到我的信了？"

"前天就接到了。"

桑治平说着，一边又与正在照料大青骡的大根亲热打着招呼，转过脸来对张之洞说："到家里去吧，就在前面。"

张之洞主仆跟着桑治平，来到一座宅院门前。一道泥筑的围墙，围出一个宽敞干净的四合院来。桑治平指着大门说："请进吧，这就是寒舍。"

张之洞迈进门槛。正面四间是坐北朝南大瓦房，两厢六间侧房均为高粱秸盖顶，庭院里有一大块种着萝卜、大白菜的菜地，一群鸡鹅在菜地边嬉戏。四合院里洋溢着浓郁的农家气息。

桑治平将张之洞带至正房边，指着右侧的一间房说："这是我的书房，我们就在这里说话吧！"

坐下后，张之洞见书房左边墙壁边摆着一长条书架，上面整齐地放着百余册书籍。比起张之洞的书房来，桑治平的书大概不及十分之一。书架旁边悬挂着一张条幅，上面写着：

夫大丈夫能左右天下者，必先能左右自己。曰：大其心究天下之物，虚其心受天下之善，平其心论天下之事，潜其心观天下之势，定其心应天下之变。

左下角有一行小字：柴广恭录明诚意伯刘伯温先生语。

张之洞面对这张条幅沉吟良久，心里想：宇宙间从大的范围来看是天下，从小的方面着眼即吾心，这二者其实是一回事。想左右天下，必先得左右自心。刘伯温是个大智者。他回过头来问桑治平：“听说柴广是你的岳丈，柴家是柴荣的后人，是这样的吗？”

桑治平说：“你怎么知道柴广是我的岳丈？”

张之洞说：“我的一个布衣朋友前几天特地来古北口拜访过你。他叫吴秋衣，还记得吗？”

“记得，记得，那是个很有趣的人。”

“他在我的面前竭力推举你。”

“他怎么推荐我的？”

“他说你有管仲、乐毅之才。”

桑治平笑了起来：“我怎么可以跟管、乐相比，一个江湖流浪者而已！倒是柴家的确为柴世宗的后裔。可惜也早已没有铁券丹书，沦为平民百姓了。”

说话间，侧面墙壁上一幅水墨画又引起了张之洞的注意：莽莽苍苍的燕山上，起伏着蜿蜒曲折的万里长城，古北口高耸于画面的左下角，雄伟的关楼凌空矗立，俯视着一望无际的关东大平原。

看到这幅画，张之洞猛然想起醇王的嘱托来。

“醇王爷听家兄说过，兄台长于绘事，想请你为王府画一幅古北口中堂。我看这一幅就很好，请你照这个样子再画一幅如何？”

提起醇王，二十年前密云县深夜拘捕肃顺的那一幕，又浮现在桑治平的脑子里。他本想断然拒绝，但又怕张之洞难堪，便说：“这幅画是好几年前画的，近年来我一直未拿过画笔，技艺生疏了。过两年吧，待我活活手后再画吧！”

桑治平的那一段历史，张之洞并不知道。他想这大概是出于文人的清高吧，他不愿随便给王府送画，以避巴结之嫌，这也是可以理解的，遂笑着说：“好吧，这事以后再说。”

柴氏进来，向张之洞问好后，请他到厅堂吃饭。桑治平的独生女燕儿也同桌吃。虽是山村野外，无京师的豪华阔绰，却比京师的菜蔬新鲜爽口，尤其是几碗燕山野味，则更是城里所吃不到的。一顿晚饭吃得大家兴致极高，张之洞与桑治平的家人也显得亲切随便了。

吃过晚饭后，桑治平陪着张之洞游览了古老的关楼和前朝的行宫，又细细地看了看这段长城的建筑。掌灯时分，二人重回书房，开始谈及正题。

桑治平说：“接到你的信，知你蒙特别圣恩，擢升山西巡抚，先要向你贺喜。”

张之洞说：“不瞒老朋友，久屈翰苑，突然得到外放一方的圣命，我自然是兴奋而深怀感恩之情。只是巡抚地位虽尊，却也担子沉重，不比在京师做言官史官，到底只是写写说说，不负实际责任。因此，奉命至今，心里一直未曾安妥过。早就想来拜访你了，只是因故延迟了时日。”

桑治平用心倾听着张之洞的话，听得出说的都是实话。他说：“诚如你所说的，一省巡抚的确担子沉重，它直接关系到百姓的切身利害，要办的都是有关国计民生的实事，不是能言善辩、引经据典就可以解决得了的。”

张之洞点点头说：“你说得对，我所缺的正是办实事的经历。过去虽做过湖北、四川两省的学政，那也还只是与书籍和士人打交道，钱粮刑名这些经济大事并未着边。你曾在家兄身边做过多年幕友，富有经验，我很想能随时得到你的点拨。我也不绕圈子了，开门见山说吧，我这次到古北口，就是来敦请兄台出山，随我去太原，帮帮我的忙如何？”

桑治平端起茶杯，慢慢地喝了一口，绕开张之洞的所问，说：“前些日子我收到青帅从南皮发来的一封信。信上说你已蒙擢升，或将实授侍郎，或将外放巡抚。”

“噢！家兄这么快就把我的事告诉你了。”张之洞颇为惊讶，“家兄信上还说了些什么？”

“青帅信上说，”桑治平放下茶杯，“若实授侍郎则罢了，若外放巡抚，则希望我能为你佐幕。”

“你看，我们兄弟俩想到一起了。”张之洞恳切地说，“仲子兄，请你务必帮帮我的忙。”

“我能帮你做些什么呢？”桑治平面色凝重地思索着。

“你可以做我的幕府总文案。当然，这个职位事情多，烦杂，不一定会适合你。要么，就不负任何实际责任，就作为我的朋友在衙门里住着，帮我出出主意，当当参谋。不管你选择哪种身份，我都按山西巡抚衙门前一任总文案的薪银发你双俸，保证你一家老小无衣食之虞。”

桑治平笑了笑后说：“我并没有和你一起办过一件实事，平时所说的，都只是嘴上功夫。常言说得好，说的容易做的难，你凭什么就这样相信我？”

张之洞认真地说：“凭我们交往时我对你的了解，凭家兄对你的信任，也凭这次与你素昧平生的吴秋衣的举荐。”

桑治平听了这句话后，心中颇为感动。士为知己者死，就凭着这番真诚的相知，就值得出去帮帮他。

桑治平端起茶碗来不做声，慢慢地喝了几口茶，放下茶碗后，从从容容地开了口：“大清国曾有过康、雍、乾三朝的兴旺时期，祖孙三代加起来有一百三十多年之久，可比汉唐的文景、贞观、开元、天宝，而为期之长，又要过之，实为难得。但自从嘉庆初年白莲教闹事以来，朝野就再也没安定过，国势颓败的趋势，从那以后，再也不能遏止。特别是道光二十年鸦片之战以来，战火不息，国无宁日。先是太平军在广西起事，一直打到江宁，十三四年间朝廷和太平军打来杀去，把个锦绣江南毁得如同废墟一般，这中间还夹杂着天地会、三合会、捻子等一起哄闹，直到同治七年捻子全部平息之后，才算透过一口气来。但西北一带回民的骚乱却并没停止，等到前几年左宗棠的大军从关外班师回朝，西北的乱事才可谓勉强止住。看起来西北一隅之乱不关中原大局，其实，源源不绝的粮饷都是从中原运过去的，在西北打仗，与在中原相差不多。这中间还夹杂着一个英法联军打进北京，都城沦陷，皇上北逃。如果用内忧外患民不聊生纲纪混乱人心浮动这些老话，来套这四十年来的现况，的确一点不过分。香涛兄，这就是你这个山西巡抚所处的大的时势背景。”

张之洞点点头说：“你说的都对。我们是生在乱世，我做的是乱世官，乱世中的老百姓都不好做，想要做有所作为的官就更难了。”

“这是从国势的大处而言，若从小处山西一省而言，情况大体差不多。”桑治平继续说下去，“山西那块地方，十多年前我去过，我由娘子关入的境，一路东看西问地进了太原府。在城里住了半个月，再南下，由榆次到太谷，再到祁县、平遥，经洪洞到临汾，最后过中条山进入河南，去访孟津古渡，渑池旧盟。我在山西省足足盘桓了一个半月。”

听说桑治平有这段经历，张之洞兴奋起来，越发感到此去山西非要将他请去不可。

“山西贫苦，但更复杂。”桑治平继续说下去，“那时是赵长龄在做巡抚，我沿途所见莫不是吏治腐败，民生凋敝，沿途所闻莫不是呻吟哭泣怨声载道，到处听说有绿林响马在打家劫舍。过中条山时，我亲眼见到几处啸聚山林的强人，每一处都有两三百人之多，一个个衣衫褴褛而又面色凶恶，真使人又悯又恨。当时，江南还未完全平静，安徽、河南又闹捻子，山西号称完富之省。其实，既不完更不富，内部都朽烂了。只是那些做官的要保住自己的顶子，报喜不报忧，太后、皇上坐在紫禁城里，哪里知道他的三晋子民正在饥寒交迫之中哩。前几年山西大旱灾，据说王粲笔下的‘出门无所见，白骨蔽平原’的惨象又出现了。这两年可能有所好转，但估计也好不了多少。香涛兄，你这差使领的不是地方呀！”

张之洞在桑家的书房里来回踱步。桑治平说的山西省的情形固然是事实，但其他各省又比山西强得多少呢？湖北虽称粮仓，自古有“湖广熟，天下足”的民谣，但做过三年湖北学政的张之洞非常清楚，经过前些年湘军和太平军的混战，湖北元气大伤，不但年年不熟，即使偶尔有一年熟了，连湖北本省民众都不能满足，何况天下！四川也比湖北好不了多少。天府之国的钱粮，因江南战事淘空得差不多了。至于吏治的腐败，官民之间对立的情绪，东乡之案便是一个突出的例子。要想做一个轻松太平的巡抚，眼下十八省怕是找不出一个省来。

张之洞苦笑着说：“朝廷所差，身不由己呀！山西再贫瘠，我也只得去赴任了。”

“我帮你出个主意，可以让你躲开这个差使，另谋优缺。”桑治平眨了眨眼睛，狡黠地笑着。

“你有什么好主意呀？”

“你可借生病为由，请假三个月，礼部侍郎王世民已病入膏肓，大概在这一两月内便会出缺。那时你再请醇王帮帮忙，调一调，不去太原，而补王世民的缺。如此，则可免去一项苦差而获得一优缺。你数任学使学政，一向以词臣言官闻名于世，补礼部的缺，正可谓人地两宜，今后仍可以一边做官，一边吟诗作文，不失文人本色。”

“仲子兄此言差矣！”张之洞正色道，“古人云，士大夫于进退之处，当谨慎自重。我张之洞一生清白狷介，于自身进退之处光明磊落，不愿也不屑于玩弄此等小伎俩。上个月醇王召见我，问我若有巡抚与侍郎两者可选的话选何缺。我毫不犹豫地回答，愿选巡抚。不是不知道巡抚苦累而侍郎优裕，乃是愿为国为民做几件实事。早在进翰苑之初，我就对子青老哥说过：平生志趣，雅不以文人自命。文人清高，自娱有余，若幸而有几篇诗文做得好的话，不仅可享誉当时，还有可能传名后世，但究竟于国于民实效不大。倘是命运不济，不得实职，也只得如此了。我今日幸而得到太后、皇上器重，外放一方巡抚，且正当年富力强之时，岂可因所赴之地贫瘠艰难而止步？仲子兄，实话对你说，只要能为山西百姓办成几桩实事，给山西百姓带来实惠，我日后就是累死于三晋，也心甘情愿，决不后悔！”

“好，志气可嘉！”桑治平击掌赞道，“香涛兄之志与桑某不谋而合，刚才的话，不过戏言耳，请万勿记在心上。关于履任后的打算，你有没有好好想过？”

“实话告诉你吧，我奉旨才几天，内人便因难产而去世。遭此不幸，方寸迷乱，故这一个多月来根本无心思考履任后的打算，我很想听听你的高见。”

听到这话后，桑治平心头一沉：人生祸福真是捉摸不定。他知道遇上这等不幸之事几句安慰话并无补益，不如不说，只以沉默来表示心中的同情。

过了好长时间，桑治平才开口：“陶渊明说得好：纵浪大化中，不喜亦不惧。应尽便须尽，无复独多虑。嫂夫人该去就让她去吧！生者活在世上，该做的事也还得要去做！”

“也只能这样想了。”张之洞无可奈何地应了一句。

“你请我出来为你佐幕，这是你相信我，我很感激，惟其如此，才更须坦诚相待。我要对你说句老实话，我这二十年来差不多已抛开了儒学，我习的乃是杂学，兵家、阴阳、墨、道一并看重，尤重管学即管子之学，爱读《盐铁论》，奉管子、桑弘羊为宗师。从名教角度来看，我乃野狐禅一类，不为正统士人所齿。你是清流名士，或许难于接受，与其日后不欢而散，不如今日先挑个明白，行则共事，不行则各不相干。”

以儒家信徒自居、以圣人名教为性命的张之洞，乍一听到这番话，颇出意外。不过，他到底不是倭仁、徐桐那样的迂腐理学家，稍停一会儿，他说：“管仲九合诸侯一匡天下，桑弘羊创平准均输良法，都是一时之大才，奉管、桑为师，也并非不好。你不妨详细说说你的看法。”

“自汉武帝罢黜百家独尊儒术以来，战国时期的百家争鸣变近两千年来的一家独霸，这对巩固皇权统一人心或许有利，但却扼杀学术压制人才。尤其不好的是，儒家发展到后来成了一门空疏之学，虚伪之学，与孔子当年的学说相差甚远，与国计民生更是毫无联系。依我看，中国沦落到今天国弱民贫的境地，寻根溯源，便要追寻到汉武帝所推行的这种霸道国策上去。”

张之洞用心听着这位隐逸者的独特议论，注意到他并没有攻击孔子的学说，只是指责西汉以后的儒家学派，这与全盘否定周公孔孟还是有区别的。

“天底下国与民的事，《管子》一书开宗明义就讲清楚了。凡有地牧民者，务在四时，守在仓廪。仓廪实则知礼节，衣食足则知荣辱。又说政之所兴在顺民心，政之所废在逆民心。又说天下顺治在民富，天下和静在民乐。一部《管子》反复陈述的就是这几层意义，而这几层意义则揭开治国治民全部奥秘。也就是说，为政者的所有作为，最终的结果都要落实到百姓的头上，即使百姓快乐。快乐在于富有，富有在于有吃有穿，有吃有穿才知礼节荣辱。而两千年来的所谓儒学只讲礼节荣辱，不讲衣食财富，完全颠倒了本末。香涛兄，在我看来，中国之误，误在从政者只重虚不重实，只重末不重本。这如何能得到百姓的拥护，又如何能把国家治理得好？”

张之洞心想：他的话虽然偏颇了些，但不能说完全没有道理，士人的兴趣确实重在礼义廉耻上，对农工商不屑于过问，特别是宋明以来，更大谈心性命理等等，越谈越玄，越谈越空，故后人批评宋明亡国就亡在空谈上。诚如管子所说的，礼节荣辱建立在仓廪衣食上，尤其是乡间农夫市井小贩，他们不懂诗书胸无大志，吃饱穿暖才是他们的追求。过去做学政，做翰林，打交道的是士人官吏，他们都衣食无忧，自然有心思谈礼节谈荣辱。现在去做巡抚，钱粮赋税肃匪办案，桩桩件件都是与小民打交道。小民求的是温饱，巡抚又怎能不去关心他们的温饱？

想到这里，张之洞说：“管子说仓廪实则知礼节，衣食足则知荣辱，这话极有道理。做牧民之官，应时时记取这两句话，让百姓足衣足食。其实，圣人之教也很注重这方面，孟子说黎民不饥不寒，不王者未之有也。也就是讲为政者当顺民心，使百姓有吃有穿。”

桑治平面露欣色说：“香涛兄果然是明理达事的人，如此说来，我们有共同的语言。依我看，你此去山西应重在为百姓谋实利，也就是说为百姓的丰衣足食而努力，要用三五年的时间，使三晋百姓富足起来，如此你张香涛才是一个好巡抚；至于具体如何富民裕民，到达山西后再从容计议！”

张之洞高兴地说：“让山西百姓过上好日子，这是作一个晋抚的本职，在这点上我与你完全一致。当然，我信仰圣人名教，我不会改变，你奉管仲、桑弘羊为师，你也不必改变。你做我的幕宾，我看重你的为学。你治的是致富之学，正好帮我出主意想办法，让三晋早日富裕起来，以你之长补我之不足，这不是合则双美的大好事吗，你还犹豫什么呢？就委屈你做我的山西巡抚衙门的总文案吧！”

“慢点。”桑治平说，“你的长子已成家，自然留在京师，次公子今年多大了，是留在京师还是随你去太原？”

“我想，待我安定下来后，还是接他到太原去读书为好。”

“这样吧，我还是以公子师傅的身份住在衙门里，帮助你做点事。”

“好，就这样！”张之洞兴奋地说，“薪水不变，还是总文案的样。我们就这样讲定了。”

“不过，我们得约法三章。你若依，过几天我就随你启程；若依不了，则你去你的太原府，我守我的古北口。若日后你违背这三章，我会中途拂袖而归，你也不要怨我。”

张之洞赶紧说："这样最好，你约的是哪三章，说出来，依得了就依，依不了明天我就一人回京师。"

桑治平说："这第一章是，你张香涛不能做贪官。对中国的官场，老百姓第一恨的是贪官污吏，我桑某人也第一恨的是这种人。岳武穆说，文官不爱钱，武官不怕死，天下就太平无事。这话最是说到点子上了。曾文正公为官之初，就立下不存发财之宗旨，所以他赢得人们的尊敬。他故去多年了，人们还在怀念他。这首要的是因为他是一个清官。曾文正公说得好，既然选择做官一路，就不要存发财之念。若想发财，你去经商好了。经商得来的金银，哪怕堆积如山，老百姓不但不会咒骂，还会佩服，因为这凭的是自己的一种本事。利用朝廷给予的权利，去巧取豪夺百姓血汗换来的钱财，那就是黑心肠，烂肝肺，不但本身挨骂是应该的，就是殃及子孙也是罪有应得。"

桑治平借这一章大发议论。他并非要训诫张之洞，而是随处可见的贪官污吏，使他胸中憋了一肚子气，只要一触及到这个话题，他就会满腔愤怒。

见他还要一个劲地说下去，张之洞不得不打断："仲子兄，不要说下去了，我理解你的心情。对于贪官污吏，我和你，和千千万万老百姓一样的痛恨。从小起，身为知府的父亲便谆谆告诫我们兄弟：为官之道，首在清廉。这句话，几十年来我一直铭记在心。兄台请放心，'不贪污'这一条，对别人且不论，对我张之洞来说，决不是难事。湖北学政任上三年，于例可得的一万五千两银子，四川学政任上三年，于例可得的二万两银子，我分文未受，全部捐献给经心书院和尊经书院。有这段资历在前，你应该相信我。"

"我相信你。你在湖北、四川的义举，的确令人钦佩。不过，"桑治平强调，"学政到底不能跟巡抚相比。与学政打交道的是学官与学子，学官多清寒自守之人，学子乃在山之泉水，均知自爱。而巡抚握一省之大权，打交道者遍及士农工商。士农工好说，这商者之中真是鱼龙混杂，以鱼居多。为获取暴利，任何手段都使得出来。他们能以最为巧妙之手段让你受贿而不自知，受贿而心安理得。到时候，若让我知道你有受贿情事，又规谏不悟的话，我会即刻拂袖而去。”

“假若我日后真的有受贿之事的话，不待你拂袖而去，我自己会先向太后、皇上请求处分，开缺回籍。好了，这第一章就说到这里吧，你的第二章呢？”

“这第二章嘛，”桑治平摸了摸未留胡须的下巴说，“刚才说过，到山西去是为的做实事。所以我这第二章是，你不能以做官当老爷为目的，而是要为三晋百姓办实事，每年至少要办两三件实事，切切实实地给老百姓带来福祉。”

张之洞忙点头：“这是自然的。做地方官，与做言官史官最大的区别，一在务实，一在立言。不要看我张之洞这些年来都在做立言的事，其实我最看重的还是实实在在的业绩。言官难免有空泛清高之失，而造福于百姓的实绩，却是功德无量。这第二章我会做到的。假若一年下来，我没为三晋父老做几件大实事，你尽管弃我而去好了。请问第三章。”

“香涛兄，”桑治平想了一下说，“此番我随你去山西，纯是朋友之间的私人帮忙。所以这第三章，是我的几点要求：第一点，不管今后我为你出了多大的力，你也不要在给朝廷的奏章中提到我的名字，更不要保举我。”

“仲子兄，”张之洞打断桑治平的话，“这我就不理解了。子青老哥说你有举人的功名，乙榜入仕，也是正途出身，你为何就不想得个一官半职，既可以光耀门第，日后又可以自己亲手宰理一府一郡？”

桑治平说：“若在二十年前，我不但想积功保举，做县令知府，还想中进士点翰林，进军机入相府哩！可是现在我已没有这个念头了，只想为国为民做点实事。”

张之洞大惑不解，身领官职和做实事，二者并不矛盾呀！为何要把它们如此对立起来呢？他知道隐逸者大多有一些怪癖，也便不再追问，且听桑治平说下去。

“第二点，你也不要在官场士林中言及我。这样，我还可以常常代你去市井乡下私访，为你提供更多的实情。”

张之洞觉得这一点最是重要。处上位者，极容易壅于下情。如此，或师心自用，或偏听偏信，许多有才干又有心办好事的官员，最后没有办成好事，其原因多半在此。假若身边有几个正直又贴心的人，充当自己通达下情的耳目，这个官就好做多了。难为桑治平这样屈己利人。他禁不住对着桑治平一拱手：“仲子兄，你能这样代我着想，真令我感激不尽。只是你如此委屈自己，让我过意不去。”

“我这样做，丝毫不觉得自己受了委屈，你不要过意不去。”桑治平淡淡地笑着。

“行，就这样说定了。”张之洞激动地握着桑治平的手说，“我不仅为仁梃请了一位师傅，也为我自己请了一位师傅。日后，请你随时为我纠误正谬，以匡不逮。”

“言重了，香涛兄！”桑治平动情地说。

两双滚烫的大手紧紧地握着。好长一会儿，张之洞松开手，对桑治平说：“刚才你的约法三章，我都依了，现在我向你提一点小小的请求。”

“什么事？”

“你不愿为醇王府画画，也罢了，我不为难你。”张之洞眼望着墙壁上的古北口图说，“你这幅画，我太喜欢了。连绵的群山，古老的长城，正是我们华夏雄伟山川和辉煌历史的一个缩影。至于这座高高耸立厚实坚固的古北口关楼，我想正可以作为受太后、皇上之命，出巡一方的大吏的象征。我此番受命抚晋，就要像古北口关楼守住山川长城一样，为朝廷把守三晋要地，外防洋人从西北侵入，内镇奸佞从腹心作乱，让百姓安居乐业，使山西成为真正的完富之省。仲子兄，你把这幅画送给我吧，我要把它悬挂在巡抚衙门的签押房里，让它天天激励我，鞭策我。”

“说得好极了！”

桑治平兴奋地从墙上取下古北口图，卷好，双手递给张之洞：“这画就送给你了，愿你一诺千金，说到做到。”

张之洞郑重地接过画卷，凝重的目光遥望着窗外。初冬的子夜，一轮满月正高高地挂在半空。溶溶月色之中，悬崖峭壁显得更加幽远瑰奇，深不可测；千年古长城宛如一条盘旋前行的苍龙，欲腾空飞跃；巍巍的重檐关楼，就像一位威武森猛的大将军，怒目按剑，岿然屹立。古北口冷清的冬夜，是多么强烈地震撼着未来晋抚的心弦啊！

张之洞将画贴在胸口上，像是回答桑治平的话，又像是喃喃自语：“一诺千金，说到做到。燕山为证，长城为证，古北口关楼为证！”

五　来到山西的第一天，张之洞看到的是大片大片的罂粟苗

第二天，张之洞与桑治平约定，半个月后在京城相会。

回到京师，张之洞立即被烦杂的应酬所包围：清流党人的宴请，张佩纶、陈宝琛、宝廷等关系最为密切的老友的恳谈，翰苑同寅的相邀，山西籍京官的戏酒，弄得他天天神志纷杂，疲惫不堪。他极不情愿应付这种场面，但出任巡抚乃天大的好事，请宴的这些人又都是多年的老朋友，怎么能推辞呢？

山西在北京城里的几家大票号的老板，联合在前门外大街最有名的一家羊肉馆、乾隆皇帝当年驾临过的南恒顺摆下十桌酒席，三天前便给张府送来了尺余长的烫金大红请柬，并邀集一批巨贾名流作陪。张之洞接到这份请柬后十分为难。前些日子那些宴请，虽说也包含着明显的功利目的，但毕竟还有一份温情脉脉的旧时友谊在内。这些票号老板，过去与他没有丝毫往来，说得上“情”和“谊”吗？倘若不

是外放山西巡抚，他们会献出这份浓烈的殷勤吗？这不是露骨的讨好巴结，能说是什么呢？刚刚戴上珊瑚红顶的清流名士，厌恶地将这张大红请柬甩在地上。

这时，从古北口赶来的桑治平刚好踏进张之洞的家门，笑着说：“发谁的脾气哩，把这好的烫金帖子扔到地上。”

“仲子兄，你来了！”见桑治平提前两天来到京师，张之洞很高兴，忙亲自接过他的行李包，说，“是山西一批票号老板联合请我的客，我才不要他们巴结哩！”

桑治平弯腰拾起帖子，将上面的名单扫了一眼，说：“这都是一批财神菩萨呀，你去山西做巡抚，没有他们的支持可不行。”

一句话提醒了张之洞：是的，此去山西，天天要和钱粮打交道，怎么可以再像过去那样清高，不理世俗呢？但张之洞心里实在是不愿和这些唯利是图、奸猾成性的钱庄老板打交道。他望着桑治平说：“这餐饭我实在不愿意去吃，你说怎么办？”

桑治平说：“饭不去吃可以，但不能扫他们的面子，你日后用得上他们的时候多啦！”

他思忖一会儿说：“泰裕票号是实力最强的钱庄，它的老板孔繁岗经商有道，是山西票号老板们的领袖。他的名字排在第一位，显然这次宴请是他发起的。他的面子你一定要买。你不妨给他写一封措辞委婉的信，就说深谢诸位的好意，只因日内要入朝向太后、皇上陛辞，不能分心外骛。此次承乏贵乡，尚望多多惠顾，明年我们在太原再共饮一杯吧！”

张之洞笑着说：“还是你这个办法好，饭没有去吃，人也没有得罪。”

第二天，泰裕钱庄的大掌柜亲自来到张府，送上一张万两银票，还有孔繁岗一封“权当程仪，万望笑纳”的极尽谦卑客气的亲笔信。

还没离开北京，贿赂就已经开始了，张之洞不得不佩服桑治平的先见之明。按照他的脾性，真想当面撕毁银票，把来人轰出去。不过，桑治平昨天说的话十分有道理，的确不能那样对待这些财神菩萨，看来桑治平有这种内方外圆的处事才能。张之洞把这事交给他，要他代自己全权办理。

约半个钟点后，桑治平笑眯眯地走进书房，对张之洞说："事情办好了。"

"你是怎么打发他们的？"

桑治平说："我对泰裕大掌柜说，孔老板的盛意心领了，但程仪不能接。因为朝廷已经发下，再收别人送的程仪，便是嫌朝廷的程仪发少了，对朝廷不恭。这一万两银票请璧还给孔老板，说不定今后会遇到意外的短缺，那时再来向孔老板讨。泰裕的大掌柜听我这样说，很满意地收回银票，并说，今后若有用得上泰裕票号的地方，张抚台尽管吩咐。"

张之洞说："这样最好。你想得周到，今后是会有不少公益事，要那些财神爷出钱的。"

桑治平说："这些事太烦神了，我给你挂个免战牌吧！"

桑治平拿起纸笔来写了几个字：打点行装要紧，一切应酬谢绝。他问张之洞："把它贴到大门口去如何？"

张之洞说："行。有关启程的许多事宜，我们得安安静静地考虑了。"

按照通常的规矩，新任巡抚踏入本省境内的第一天，要举行一个隆重的欢迎场面，一位道员级的官员受现任巡抚的委托前来迎接，然后坐上八抬大轿慢慢行走，沿途宿在官方设立的驿站里。每路过一个县境，该县的知县必到交界处恭迎。沿途一切，皆由前来迎接的官员安排，新任巡抚不用操半点心，坐在大轿里闭目养神，或沿途看风景，优哉游哉。有的接待官员为讨欢心，甚至在半途上，还会悄悄地让一个年轻漂亮的女人进轿来，陪着巡抚大人说话解闷。几乎所有的新巡抚，都是这样一路舒舒服服地来到省城，然后在巡抚衙门里接过前任交上的大印、王旗，开始正式视事。

桑治平建议张之洞不这样做，而是来个微服私访。这是个好主意！张之洞在童年时代就听说过不少微服私访的故事。在老百姓的心目中，能够微服私访的官员都是好官。现在轮到自己来做一方大吏了，正好亲身尝尝微服私访的味道，尤其是未到任之前更好。整个山西省，眼下无一人认识你，正好借此良机多访访下情。上任之后再要微服访查，多少有些障碍。

他将北京的家和仁梃、准儿，都交给长子仁权夫妇和女仆春兰等人照管，待山西那边一切安顿妥帖后再接过去。冒着暮冬的寒风大雪，张之洞带着桑治平和大根离京上路了。

张之洞和桑治平都着青布棉长袍，外罩一件厚羊皮马褂，看起来就像两个年关将近回家度岁的塾师先生。大根则短衣绑裤，一副下人打扮。为防意外，他在腰间扎了一根链条。这根链条是他父亲留下的，精钢打就，细细的有八尺长，刚好在腰上围三圈。危急时，它是极好的防身武器，挥舞起来，三五条汉子近不得身。平素，又可当绳子使用。出远门时，大根总是带着它，围在腰间，外褂一罩，谁都不知道。

三个人雇了一辆骡车，顺着直隶官马大道南下。一路上或谈诗书掌故，或谈眼中所见的民风，说说笑笑，晓行夜宿，倒也不觉劳累。大约走了半个月，这天傍晚，三人来到直隶和山西的交界处娘子关。

娘子关属山西平定县。这一带地势高峻，山岭连绵，唯有此处低洼，形成一条较为平坦的大道，可供车马通行，如同咽喉一般，扼控着山西与直隶两省的往来。自古以来，此处便筑关设卡，成为兵家必争之地。唐高祖李渊在太原府起兵反隋，委派女儿平阳公主带一支女兵驻扎于此。娘子关一名，便由此得来。

张之洞久闻娘子关大名，然从未来过。他对桑治平说："上次在古北口，你说你十多年前也是由此处进的山西。"

桑治平说："是的，由京师到太原，只有这一条大路。我当时也是由此进山西的。”

“那你是旧地重游了，明天给我们当个向导吧！”

第二天一早，三人穿过娘子关，进入平定县。桑治平笑着对张之洞说：“从此刻起，我们就进入了你的领地，变为你的子民了。”

张之洞也笑着说：“还没有接过大印、王旗哩，我还管不了这块土地。”

大根说：“趁着这几天还未接印，四叔你多走些地方，一接过印，就没有自在工夫了。”

张之洞感叹：“大根这话说得对，一入官衙，则身不由己。”

桑治平说：“所以我一生不做官，没有管束，倒也自由自在，痛痛快快的。”

三人一边说，一边来到内城下。

桑治平说：“登娘子关都是从内城门上，外城门不能上。”

大根笑道：“山西人自私，修了个关楼，只能让本省人上。”

张之洞说：“大根这话错了。自古设关，都是为着防备别人的，当然外面不能上，只能从里面上。”

娘子关楼不高，大家很快便登上了楼台。楼台上有几个守关的兵丁。通常时候，关楼任游人上下走动，兵丁并不过问。

张之洞在楼台上信步走着，遥望娘子关内外形势。这里果然是晋冀两省的天然分界处。关楼南北均是一眼望不到边的蜿蜒山岭，犹如一道屏障般地把华北大地分成两处。关楼北侧的桃河，水流湍急，气势奔放，给娘子关增添无限风光。

张之洞对站在一旁眺望远方的桑治平说：“此地形势，真是险要无比，一夫当关，万夫莫开，说得一点都不错。”

“是的。”桑治平说，“所以当年李渊造反，派一队娘子兵把守此地，关外的数万隋兵就是进不来。”

“战国时代，韩、赵、魏三家都是强国。我今天登上娘子关，看关西山河，的确有一股雄奇之气。但为何这几十年来，山西却贫瘠不堪呢？”张之洞望着桑治平问道。

“这就是要你抚台大人前来解答的问题哟！”因张之洞提到了韩、赵、魏三国，桑治平突然想起一个比娘子关更有意思的去处。“香涛兄，当年赵氏孤儿，你知道被藏在哪里吗？”

那还是三晋未曾分离的时候，晋国大夫赵朔被晋景公杀害。赵朔死前将遗腹子托付给门客程婴，程婴以自己儿子的一条性命换来赵氏孤儿赵武的性命。后人把这段故事搬上舞台，便是有名的《搜孤救孤》。

张之洞说：“听说程婴带着赵武，在一座大山里隐居下来。不过，我不知道是在山西哪座山里。”

“就在附近的山里呀！”桑治平得意地说。

“真的？”张之洞兴奋地问，“这座山叫什么山？”

“原叫盂山，就因为躲藏了赵氏孤儿，就改名藏山了，离此地只有三四十里路。”

“山上有什么东西可看吗？”张之洞最喜名山胜水，尤其是那些与历史典故相联系的山水，若在不远处路过，他是非得绕道去看看不可的。

“有哇，我那年去看过。”桑治平兴致盎然地说，“那里有亭阁庙宇，有龙凤二松，还有祭祀程婴、公孙杵臼等人的报恩祠，还有藏孤洞，还有傅山的题诗。”

“傅青主的题诗，你记得几句吗？”张之洞欣喜地问。

傅山字青主，是明末清初山西籍的大学者、大书画家、大医学家，他拒绝接受康熙皇帝给他的高官，一直在家乡过着清贫的布衣生活，在山西民间享有极高的声誉。

“我还大致背得。”桑治平定定神，背了起来，“藏山藏在九原东，神路双松谡谡风。雾嶂几层宫霍鲜，霜台三色绿黄红。当年难易人徒说，满壁丹青画不空。忠在晋家山亦敬，南峰一笏面楼中。”

“那我们去看看！”张之洞思古之幽情立即被傅山的诗激发出

来。“仲子兄，你带路吧！”

三人顺着桃河河谷向西偏北方向走去。一阵阵西北风迎面吹来，风干冷而劲厉，给三晋大地带来的是一片萧瑟肃杀之气。百姓都躲在泥棚子里猫冬去了，荒原上的泥土和生物都冻得硬硬的，整个世界仿佛只有他们三个人在野外行走。但新上任的山西巡抚的心中却并没有寒意，他在热情充沛地构思整治这块土地的宏图大计。

张之洞冒着刺骨的冷风，边走边对桑治平说：“山西在古代也是富庶之地，现在变得如此贫苦。我看一是官吏没有治理好，二是百姓不勤劳。你们看眼下天气虽冷，但户外还是有很多事可做，可大家都缩在家里，一个都不出来。这种习惯今后要改过来。”

大根笑着说：“这么冷的天，土都冻得跟石头一样，您要他们出来做什么呢？”

张之洞说：“怎么没有事做？事在人为嘛！可以上山打猎挖药材呀，可以外出跑单帮呀，还可以放牧呀，可做的事多啦。”

桑治平说：“我漫游过许多地方，发现一个地方有一个地方的风尚。风尚不同，气象也就不同。比如海边的人特别信运气，所以敢于冒险的人多。淮北一带强梁人受推重，故那里多盐枭马贼。山西这地方的乡民的确比较懒散，怕是贫苦的一个主要原因。”

张之洞指着桃河两岸说：“这一带土地平坦，又有河水可以浇灌，应是良田沃土，可惜也没有耕种好。”

大根突然有所发现。他指着前方对张之洞说：“四叔您看，那边长满了庄稼，看来这地方还真是好田土哩！”

顺着大根的手势，张之洞看见前边平整的土地上，果然生长着许多小树苗样的植物。再一看，远远近近都长着这种东西；放眼看桃河两岸，也尽是这种小树苗。张之洞奇怪地说：“这是些什么东西，好像从没见过，咱们走近去看看。”

大家快步走上前去。

这都是些一两尺高、拇指头粗细黑褐色的秆秆，有的主干上还长着更细的枝条，无论是主干还是枝条，都没有一片叶子，哪怕是凋敝后挂在上面的残叶也没有，一律在寒风中瑟瑟索索地抖动着。若不是成片成片地栽种，这种东西无论长在哪里，都不会引起人们的注意。

“这是什么庄稼？”张之洞弯下腰去，仔细盯着这些光秃秃的秆秆，疑惑地问着身边的桑治平和大根。张之洞生长在官宦人家，从小在书斋里读书习字，这些年做的也是学官和京官，对于乡村里的农作物不太熟悉。

大根瞪着眼睛看了半天，摇摇头说：“我也没见过。山西和直隶差不多，吃的也都是麦子、高粱、包谷、红薯等等，没听说他们还吃别的什么粮食呀！桑先生见多识广，您看呢？”

桑治平已将一根细秆从泥土里拔了出来，从头到根部细细地验看着。他想起十多年前也是从这条路上去藏山的。那时是夏天，一眼望去，桃河两岸简直是鲜花的世界。远远近近，密密匝匝地开放着红的、紫的、白的、浅黄的各种颜色的花朵，流光溢彩，香气袭人，一群群蜂蝶在花丛中忙忙碌碌地穿梭飞行，更给鲜花世界增添一派蓬勃生气。桑治平游历大半个中国，还没有见到过这等绚烂至极的美景。他怀疑自己走错了路，如同武陵人误入桃花源似的，踏进了人间仙境。登上藏山后，他眺望四野，竟然发现藏山脚下广袤的土地上，一望无际地全是这种令人眼花缭乱的鲜花。他以羡慕不已的心情问当地人，答曰：“这是罂粟花，鸦片就是从这里出来的。”

桑治平一听“鸦片”二字，刚才满腔的愉悦顿时烟消云散，心绪一下子变得悲凉起来：这种害人的毒品，怎么会如此光天化日之下大量种植？官府为何不禁止？后来，桑治平在山西许多地方都看到这种大片大片明亮绚丽的鲜花世界，他的心情再也高兴不起来了。

他从种花人那儿知道，罂粟是两年生的植物。先年九月播种，秋天发芽，越冬生长，第二年夏天开花，秋天结果。现在正当秋天发芽的那些罂粟苗拔秆生长的时节。如此看来，这必是罂粟无疑了。他脸色凝重地将这个判断告诉张之洞。

张之洞听后大吃一惊："这么好的河谷之地怎能种鸦片，这不是从老百姓的口中夺食吗？"

他用愤怒的目光重新将四周打量了一遭，心情变得沉甸甸的。他突然觉得，压在他肩上的"山西巡抚"这副担子，将会是异常的沉重！攀登名山、凭吊古迹的文人雅兴，立时被当家人的责任感驱赶得一干二净。他断然扭过身子："不去藏山了，咱们去找几个乡民问一问！"

在重返通往太原府的官马大道两旁，张之洞又发现许多连片的罂粟苗，却没有看到多少越冬的麦苗。他不停地发出感叹："不种庄稼种毒卉，这是怎么回事嘛！"

前面人烟房屋渐渐多起来，马道左侧有一个石柱，上面刻着"荫营镇"三个大字。

张之洞对大根说："你先走一步，到镇上找家干净的小酒店。我们到那里去吃午饭，顺便跟店家聊一聊。"

一会儿，大根返回来说："荫营镇上只有一家小酒店，又小又不干净，怎么办？"

张之洞说："入乡随俗，干净不干净，不去管它了，只要有人聊一聊就行。"

三人来到酒家门口。没有招牌，也没有店名，唯一的标志是门前插一根丈余高的木杆，上面悬挂一块写着斗大"酒"字的布帘子。一个披着一身破旧羊皮袍的中年人在门口招呼。

张之洞对桑治平说："这可应着陆放翁的一句诗了。"

"衣冠简朴古风存。"桑治平笑着答。

"正是，正是。"

三人走进酒店，里面摆着四张破旧发黑的白木桌子，旁边有的有凳子，有的没凳子。中年男子掏出一块脏兮兮的抹布，放在一张较为完整的桌面上，一边抹一边满脸堆笑地招呼："客官请坐这里。"同时顺手将邻桌的一条长凳子拉过来，给这张桌子凑上三条凳。

张之洞一行来到这张桌子边。

大根问："你这里有什么东西好吃？"

"我的店虽小，但什么东西都有。"中年男子笑着说，"有牛肉、羊肉、鸡肉，有馍，有饼，还有好酒：杏花村、汾河春、娘子酒都有。"

"娘子酒是什么酒？"大根好奇地问。

"这娘子酒是唐代传下来的。据说是当年守娘子关的平阳公主酿造的。酒不烈，最适宜女人和不大会喝酒的人喝。客官要不要来两斤尝尝？"

中年男子操一口浓厚的鼻音叙说着。张之洞见他口齿尚伶俐，心里想：此人心里看来尚明白，查访，就得找这样的人。便微笑着说："你是店家吗？"

"店是我开的。"

"贵姓？"

"小姓薛。"

张之洞笑道："薛仁贵的后代了。"

"不敢当。薛元帅虽是我们山西的大英雄，但我家世代贫穷，可能不是薛元帅的后代，不敢高攀。"

薛老板笑着说，虽否认是薛仁贵的后代，但看得出他还是喜欢听张之洞这句话的。

张之洞说："打两斤娘子酒，再炒四个菜，烙一斤半饼。"

薛老板答应一声后走进厨房。没有多久，酒、菜、饼都上了桌。

张之洞说："薛老板，你跟我们坐坐，说说话，我请你喝酒。"

薛老板忙推辞。

桑治平说："这位张先生去太原城一家票号做事，第一次来山西，对这里的事很感兴趣。他请你喝酒，没别的意思，只是想听听你说点当地的风俗习惯，随便聊聊，不要客气。"

薛老板听说是去票号做事的先生，暗想：这或许是个赚大钱的人，跟这种人聊天，说给乡亲们听，也是件脸上光彩的事。他不再讲客气，又从一旁桌子边拉过来一条凳。四方桌，刚好一人坐一方。

大根给大家斟好酒。张之洞尝了尝菜。四道菜，道道菜都是酸酸的，除开酸味外，几乎辨不出别的味道。他想，山西人爱醋，真正不假。

张之洞和薛老板漫无边际地聊着天，作为一省的最高官员，他对山西的一切都有极大的兴趣。

“你们荫营镇属哪个县？”

“属平定县。”

“县太爷你们见过吗？”

“您取笑了，我们怎么可能见得到县太爷？县太爷在平定做了六年的县令了，只到过我们荫营镇一次。”薛老板回忆着，“那一天午后，我正在店里收拾桌面，突听得一阵‘哐、哐’的锣声传来，有人说，县太爷来了。我赶紧出去看热闹。只见一队握着明晃晃刀枪的兵丁走在前面，后面是八个敲铜锣的衙役。再后面是四个举牌子的大汉，大汉后面一顶大轿子，轿帘遮得严严实实的，别人说县太爷就坐在里面。轿子后面又是一队兵丁。这一队人马直朝镇上大财主韩家走去。说是韩家为接县太爷，已做了五天五夜的准备。”

张之洞听了这段演叙，心里暗暗吃惊：一个七品衔的官，在京师真可谓芝麻绿豆一点儿大，想不到在地方做了个县令，便如此铺张排场，真是可怕，何况山西是这样一个贫瘠之地！

张之洞又问：“老百姓的日子过得下去吗？”

“唉！”未及答话，薛老板长长地叹了一口气，“张老爷您不知道，我们这里的老百姓苦哇！”

薛老板端起酒杯，慢慢地喝了一口娘子酒，手边的筷子却没动。放下酒杯，他又叹了一口气。

“光绪三年大旱，我们这里方圆几十里颗粒无收。四年，老天爷帮了点忙。五年、六年，连续两年又旱，至今尚未恢复元气。冬天没有衣服穿，出不了门的，十家有五六家。春荒期间，出外讨吃度日的，十家有两三家。勉勉强强，可以用杂粮野菜度日的，十家只有一二家。至于吃好穿好的，百家难有一家。我们荫营镇，也只有韩家富足。他家祖上有人做官，留下两三百亩好地，现在又有人在太原衙门里做事，有些头脸，只有他家的日子好过。”

桑治平和大根听后，心里闷着气。

张之洞面色凝重地问：“百姓生活苦，除天旱外，还有别的原因吗？”

“除天旱外，官府的勒索也是一个大原因。差徭啦，摊派啦，一年到头不断，老百姓简直没有伸腰的时候。比如小店里这些肉和饼等食物，附近老百姓是一年到头都吃不上的。不瞒老爷说，我们自家人也吃不起，这都是为过往客官准备的。我就是靠这个小店，一家五口人才勉强过日子。”

“薛老板，我们在荫营镇四处看到一大片一大片的黑色苗秆，请问那是什么庄稼？”张之洞没有说出罂粟的名字，他希望从店家的嘴里得到证实。

“张老爷，那哪是庄稼，那是罂粟苗。”薛老板不用思索，便一口回答了，心里想：这位老爷大概是从不出门的人，连罂粟苗都不认识！想到这里，他觉得实在有必要再补充两句，“这罂粟，就是用来熬鸦片膏的。您是有钱人，鸦片烟一定是吸过的。”

“我没有吸过鸦片烟。”张之洞冷冷地说。

薛老板见这位张老爷顿时沉下脸来，心里有点不安，他不知自己刚才的话错在哪里，正思离开饭桌，一眼瞥见门外有两个人正在朝酒店走来，便悄悄地说：“门外两个人是我店里的常客。那个矮胖子是专做鸦片生意的，另一个瘦长子是阳曲县的师爷。他们俩今天结伴一起了，等下我招呼他们与您坐一桌，您正好和他们聊聊天。”

说话间，矮胖子和瘦长子进了门。薛老板满脸堆笑地迎上前去，把他们二人领到张之洞的桌子边，异常热情地介绍：“这是太原府票号里的张老爷。”

矮胖子和瘦长子一齐抱拳：“久仰，久仰！”

张之洞对鸦片深恶痛绝，若在平时，他是决不会理睬这个做鸦片生意的矮胖子的，但现在为访实情，不得不改变态度。于是站起来，伸出一只手，做出一副江湖豪爽的气概来，笑着说：“我们能在此处见面，也是缘分。我做东，请二位赏脸，在我这里喝几杯。”

转过脸对薛老板说：“你再打一斤汾河春，添两盘牛羊肉来。”

矮胖子、瘦长子忙说：“张老爷太客气了，这如何使得！”

大根坐到桑治平的身边，把自己那一方座位让出来。客套一番后，鸦片贩子和师爷都坐了下来。薛老板也将酒和肉端了上来。

鸦片贩子自我介绍：“敝人姓陈，是个生意人，只要有钱赚，什么生意都做。”

师爷也自我介绍：“敝人姓杜，在阳曲县衙门混碗饭吃。请问张老爷在太原府哪家票号坐庄，敝人日后去太原，也好前去拜访拜访。”

杜师爷这句话把张之洞给噎了。他从没去过太原，如何知道太原城里有哪几家票号？桑治平想起了那张烫金请柬，忙代为回答：“张老爷在泰裕票号帮忙。杜师爷到太原时，还请赏脸光临。”

“哦！泰裕票号，那可是太原城里的最大票号呀！”杜师爷笑得满脸泛起数不清的皱纹。“我有几年没去太原城了。泰裕的孔老板和我很熟，我们是老朋友。”

其实，这个杜师爷与泰裕票号的老板孔繁岗连面都没见过，只是闻其名而已，顺手把这个大阔佬拉来做朋友，无非是在陌生人面前抬高自己的身份而已。

“鄙人一向在京师做事，这次受朋友之托去泰裕票号，连山西都还是第一次来哩。”张之洞怕杜师爷再来问他孔老板及泰裕票号的事，遂先把情况说明白。

听说张之洞还没有去过太原，杜师爷放心大胆地吹嘘了：“孔老板是个仗义疏财的好汉子，和我最是投缘了。我每次到太原，他都要亲自来客栈看我，请我上城里最好的酒楼。你今后在孔老板手下做事，他不会亏待你的。”

杜师爷满满地喝了一口汾河春，又夹了一大块牛肉在嘴里死劲地嚼着。大根看在眼里，心里想：这怕不是一个师爷，说不定是哪个师爷家混白食吃的饿鬼。

张之洞问陈贩子：“听酒家说，你这几年在山西做鸦片膏生意。请问你，这山西种植鸦片的情况如何？”

鸦片自明代输入中国后，两三百年来在中国经历了一段曲折的过程。最初，鸦片是作为一种功能神奇的镇痛药进口的。稍后，一种鸦片与烟草混合吸食的方法传了进来。这种混合品吸了后，远比单独吸烟草过瘾。它能使人精神亢奋，情绪激发，一旦上瘾后，则非吸不可，然长久吸食，人就慢慢变得干枯黑瘦，神志颓靡。到后来，吸食鸦片烟泡的方法，在广东被人无意间发明。这种鸦片烟泡比混合品效力更大，它使人吸后感觉更舒服，更容易上瘾，毒害人也更厉害。吸鸦片者一个个骨瘦如柴，精神昏堕。英国商人见鸦片有大利可获，便通过海船把鸦片大量运进中国。

中国的白银源源不断地外流，国人则一天天的虚弱颓废，这个局面引起了有识之士的注意。他们预见到，长此下去，中国必定会亡国灭种。从嘉庆朝开始，朝廷屡有禁烟的上谕下达，但地方上不予理睬，禁烟令成为一纸空文。

真正认真执行禁烟命令，雷厉风行开展禁烟运动的，是著名的林则徐。他以钦差大臣的身份南下广州，坐镇禁烟第一线，与英国商人坚决斗争，并在虎门销毁了英国烟商二百多万斤鸦片。

虎门销烟，大长中华民族的志气，大灭英国奸商的威风，是一次中国人民自尊自重自强自立的伟大爱国壮举。然而，此举招来了英国的疯狂报复。他们用铁舰大炮逼得道光皇帝屈服，不仅严厉处分禁烟的英雄林则徐，还签下屈辱的《南京条约》。从此，英国的鸦片又大量地向中国倾销。

外国的鸦片不能禁止，便有人提出干脆弛禁，对进口的鸦片索取高税，并允许中国民间种植罂粟。一来以此抵制外国鸦片的大量倾销，阻止白银外流，二来国家课以重税，增加国库收入。那时，朝廷正与太平军在江南激战，军饷极缺，只要能变出银子来，什么事都可以做。这个建议立即被采纳。朝廷公开向“洋药”（外国进口的鸦片）和“土药”（国内自产的鸦片）一齐收税。于是，鸦片交易成为一种合法的买卖。国内开始大量种植罂粟，公开生产鸦片，其中尤以云南、贵州、四川、山西、陕西等省为甚。

到了同治末年，太平军和捻军相继扑灭，内地大规模的战争逐渐结束，军饷的紧张程度略有缓解。于是，鸦片烟带给社会的严重祸害，又引起朝野有识之士的忧虑，要求禁烟的奏疏纷纷递进大内。朝廷再次禁烟。

世界上不管什么事情，倘若反复折腾几次，此事必定办不好；也不管多么大的人物，倘若他一而再地朝令夕改，此人必定没有威信。

禁烟，这样一场包含错综复杂的利害关系在内的全国性的大事，如此禁而弛、弛而禁，它如何会办得好！身为九五之尊，出尔反尔，言而无信，他如何能树立威信！因而，各地种罂粟的、熬制鸦片膏的，以及吸烟贩烟的人，全然不把禁烟的命令放在眼里，如同废纸般地看待那些皇皇上谕。

陈贩子便是对抗者之一。他并无半点顾忌地告诉张之洞：“山西全省各地都有种罂粟的。盂县、平定一带还不算最多，种植面积最大的在晋南曲沃、垣曲、运城那些地方。”

桑治平问：“据你看来，山西种植罂粟的土地有多少？”

陈贩子摸了摸瓜皮帽说：“具体有多少亩地我也说不上，依我看，山西的好田好土总有一半种上罂粟苗了。”

这句话令张之洞大为吃惊，沉重的心绪又加重一分。他疑惑地问：“种这东西究竟有多大的获利？”

“获利大着哩！”一触及到“获利”二字，鸦片贩子顿时来了神。“我这几年在山西收购鸦片膏，按成色分上中下三等。上等一两二钱银子一斤，中等一两，下等七钱。收成好，一亩地可收鸦片膏五十斤到六十斤，最不好的也有三十斤左右，通常可收四十多斤，也就是说可卖到四十多两银子。若不种罂粟而种庄稼的话，即使种麦子，又收成好，一年下来，也只能得到三四两银子。若种包谷、高粱等杂粮，则只有一二两银子的收入。罂粟苗是先年秋天下种，第二年秋天收获，就按两年计，一年也可收入二十多两银子，是种庄稼的六七倍。”

“怪不得都种这号东西，不种庄稼了。”大根恍然大悟。他举起酒壶，一边给陈贩子斟酒，一边问，“这东西怎么变成了鸦片膏的？”

“这很简单。”陈贩子笑着说，“每年七八月间，罂粟花凋谢半个月后，就有一个个小青包出来。这就是罂粟果。每天晌午过后，用大铁针将罂粟果刺三五个小孔，立即便有羊奶一样的东西从果内流出来，凝结在果皮外。过一夜，到第二天早晨，用竹刀刮下来，放进陶盆里，再阴干，变成一块块的。成色好的是黄黑黄黑的，不好的是乌黑乌黑的。这主要与气候土地有关。这就是鸦片了，但是生的。”

“有生的，就有熟的了。”大根好奇地问，“熟的鸦片又是怎么制出来的呢？”

“有几种办法。”鸦片贩子以一种行家的口气说，“一种是煎熬。将生鸦片用木炭文火轻轻地煎，慢慢地熬。一种是发酵，像发面一样的，加一点酵母进去，让生鸦片发开，再放到风口上风干。第三种是将生鸦片放进陶罐子里，加进上好的山泉水，用火来煮。煮干后，再加水接着煮，一连煮干三次，就行了。这三种办法，手法不同，目的一个，都是用来去掉生鸦片中的杂质和那一股不大好闻的生气。熟鸦片是棕色的，顶好的熟鸦片有一种亮光光的感觉。熟鸦片烧成烟泡，吸起来，又醇又香，效力又大。”

大根从来没有尝过鸦片烟的味道，听鸦片贩子这么说，禁不住问：“鸦片烟吸起来是个什么味道？”

“我来说给你听。”杜师爷在一旁，如同闻到鸦片烟香，早就喉咙痒痒的了，眼下没有鸦片吸，说一说也可以解解渴，过过瘾。“小兄弟，你听我说。先点起小小的亮亮的烟灯，罩上透明的没顶的灯罩，再将一小块熟鸦片往瓷盆上一放，把一根长长的细细的烟匙往瓷盆上一搁，然后再懒懒地松松地往烟床上一躺，斜斜地弯弯地用烟匙挑起一粒黄豆大的鸦片膏，慢慢地耐烦地在灯罩边烤。等鸦片膏渐渐地膨胀扩大，成了一个小泡的时候，再抱过一杆两尺多长的烟筒来，将烟泡往烟锅里一放，再对着没顶的灯罩上点燃，这就可以抽吸了。”

杜师爷的唾沫满嘴涌出，他喝了一口酒，狠狠地将这些馋水压进肚里，继续侃道：“吸一口，满嘴喷香，浑身来劲。吸两口，通体舒服，神清气爽。吸三口，胸怀畅适，心境豁然。吸四口，眼前一片光明灿烂，景星庆云。吸五口，灵魂出窍，升入天堂。那时天地间光彩辉煌，心臆间祥云奔涌，一切烦恼都飞到爪哇国外，顷刻间便有飘飘然羽化登仙之感。世上一切乐趣，此时都不算乐趣了，唯有这吸食鸦片之乐，才是人间至乐。”

杜师爷嘴停了，但眼并没有睁开。他这一番对人世间至乐的描绘，已让他自己先出神入化，不能自拔了。

大根也听得有点入迷了。他想：此刻若有可能的话，他一定会照着杜师爷所讲的程序一步步去做，连续吸它五大口，亲身领略飘飘然羽化登仙的乐趣。

张之洞鄙夷地望着黑瘦干枯的阳曲县师爷，心里骂道：你们这批上瘾入魔的鸦片鬼，看本抚台如何来收拾你们！

他强压心中的恼怒，问：“杜师爷，鸦片烟如此之好，那你一定是常常吸了。阳曲县衙门里别的人吸吗？听说鸦片烟是夜晚吸，影响白天的公事吗？”

杜师爷嘿嘿笑道："不瞒张老爷说，鄙人只要手头有点钱，便会送给那个烟灯去烧掉。阳曲县从县令到衙役，无人不吸。咱们的徐太爷，更是天天都要过过这个瘾。他老人家舒服，吸烟的银子自有人送上门来，不像我们这些人还要为此发愁。徐太爷每天上半夜喝酒打牌，下半夜吸烟听曲，天亮时才上床睡觉，日上三竿还在梦中。午饭时才醒过来，每天也只有午后两个时辰才办点公事。也不知哪辈子积的德，不到四十岁的人便享福如此。我杜某人这一生，哪怕能过上一年这样的日子，死了也心甘。"

阳曲县师爷这几句发自肺腑的赞叹，令张之洞的心冷到冰点。全省一半的好田土不种庄稼而种毒卉，已令他心痛气闷，但那是愚民为了谋生而走的邪道，虽令人伤心，却尚情有可原，而堂堂的阳曲县官府，竟是让这样一批贪吸鸦片、贻误公事、挥霍民脂、纵情享受的昏官混吏把持着，这怎么不令人心摧胆裂、悲愤填膺！阳曲乃太原府首县，在全省百余个州县中处于领袖地位。阳曲如此，偏远之县必更甚之。这样一个破烂不堪的山西省，张之洞呀，看你这个巡抚如何当下去？你筹谋的宏图大愿能实现吗？

张之洞这样思来想去，眼前的酒肉再也无心吃了。杜师爷、陈贩子还在兴致十足地与大根、桑治平高声谈笑着，他却一句也没听进去。

"我倒要去会一会这位徐太爷！"张之洞在心里寻思着。

六　遭遇的第一个县令便是鸦片鬼

离开荫营镇的第三天上午，张之洞一行来到阳曲县城。

阳曲是座古老的县城，位于山西省垣太原之北不到百里地，向为太原府首县。张之洞见到的阳曲县城，房屋老旧，街巷坎坷，市面萧条，偶尔几家半开半闭的店铺里坐着一两个伙计，形容猥琐，目光呆滞。货架上物品稀少，灰尘满布，那情景，就像是从来没有人上门买过东西似的。时时可见低矮的屋檐下蜷卧着几个衣衫破烂奄奄待毙的老人或小孩。干冷刺骨的西北风迎面吹来，张之洞情不自禁地缩起脖子，从身上到心里，他都有一种冰冷冰冷的感觉。

在一个比叫化子强不了多少的行人指点下，张之洞一行来到县衙门。

县衙门前有一棵年代久远的大槐树，树根有一部分裸露在干裂的地面上。张之洞突然想起两句唐诗："县老槐根古，官清马骨高。"前一句恰好与阳曲县合辙，可惜官不清廉，马骨大概也不会高了。这正应了"风物依旧，人不如昔"的老话。

已是巳正时分了，县衙大堂的门仍然关得紧紧的，看来那个杜师爷没说假话。一个身穿黑布棉袄的中年男人，正板起脸孔训着身边的白发苍苍的老太婆："给你说过几遍了，你就在这里候着，徐太爷有要事，还没坐衙门哩！"

老太婆一脸的愁苦："大哥，徐太爷还要多久才坐衙门？"

中年男人不耐烦地说："我怎么知道还要多久！或许一个时辰，或许两个时辰，也或许今天就不坐衙门了。"

老太婆哀求道："大哥，你行行好，请徐太爷出来坐衙门吧，我今天还要赶回去哩！"

"哼，哼，好大的口气！"中年男人冷笑道，"你叫徐太爷出来，徐太爷就出来了？你今天赶不赶回去，与他老人家有什么关系。少啰唆，还是老老实实在这儿候着吧！"

张之洞看在眼里，心里一股怒火早已憋不住了。他走过去，也不看那个吃衙门饭的人一眼，径直问老太婆："老人家，您为何要见徐太爷？"

老太婆见张之洞一行人都穿戴得整整齐齐，心里寻思着一定是与衙门有关的人，便忙回答："老爷，我是来向徐太爷告状的呀！我一个孤老婆子，无儿无女，一年到头，就靠喂几只鸡、养几头羊换点粮食糊口。前些日子，乡里办公事的人到我家，要我交六百文钱。我问交这钱做什么？那人说，这是上头派的，按人头出钱，收了钱去修路呀，架桥呀，还要办饭款待省里来的大人、府里来的老爷呀。我说我一个孤老婆子，哪有这多钱出，上半年才出了四百文，这会子又要出六百文，我哪出得起？那人说，上头要每人出八百文，看你是个孤老婆子，只出六百文。出不出？不出，牵头羊去抵。我说我没钱，他们就真把我的一头母羊牵走了。老爷，你来帮我评评，世上有这个道理吗？”

张之洞气得鼓鼓的，心里想：这帮子办公事的人，怎么这样不通人性，把个孤老婆子的羊牵走，这不是要人家的命吗？

他压下火气，和悦地问：“老人家，你说的都是实话吗？”

老太婆马上赌咒：“我说的都是实话，若有半句假话，明天出门就被马踏死，车轧死！”

张之洞这才转过脸来，冷冷地问那个中年男人：“你是县衙里什么人？”

这个中年男人在听张之洞与老太婆的对话时，心里就在想：这几个人是做什么的？听口音不是山西人，是过路客，还是来阳曲做买卖的商人？从他们三人是步行来看，必定不是做官或做大买卖的，何况衙门也没有接到过有贵客往来要好好打点的滚单。中年男人断定张之洞一行是几个爱管闲事的过路客，又见他面孔冷淡，更觉得受到侮辱似的，遂狠狠地盯了张之洞一眼，说：“老子在衙门里做什么，关你什么事？”

张之洞本是一个肝火旺烈又对个人尊严看得极重的人，往日里，凭着才学和地位，人人都在他的面前客客气气的，今日身为三晋巡抚，山西省的各级官吏，近千万百姓都在他的管辖之下，竟然有一个小小的县衙役敢对他不恭，他不由得怒火中烧。

他一时忘记了自己的巡抚身份并未公开，拿出抚台大人的架子吼道：“你好大的胆子，敢在本部院面前这样说话！快去，把徐时霖叫出来，我要教训教训他！”

原来这中年男子乃县衙门里的一个小班头。县衙门里有三班：缉拿罪犯的叫快班，在衙门值班保卫的叫壮班，给犯人行刑的称皂班。这男子是县令徐时霖的一个远房亲戚，现在充任壮班头目。

这壮班头在衙门里也混了几年，见张之洞的口气这样大，直呼县太爷的名字，又自称本部院，心里便生出几分怯意来。他知道部院就是都察院，各省巡抚通常都挂个都察院左副都察使的空衔，所以巡抚也可以自称本部院。照这样说来，眼前的这人要么是京师来的都察使，要么是现任的巡抚。但他再盯着张之洞看了一眼后，立即便否定了刚才的想法：此人其貌不扬，棉帽布袍，没有半点大官的气派。他又看了桑治平和大根一眼，也看不出丝毫阔仆恶奴的模样。他是什么人？是不是喝多了酒的醉汉？

壮班头将适才的神态略为收敛一点，偏着头说："徐太爷现在有要事不能出来，我是衙门里的班头，你有什么事跟我说吧！"

一旁的大根早已不耐烦了："不要啰唆，把你们的太爷叫出来！"

大根的一双大眼睛鼓得圆圆的，颇有几分凶相，壮班头情不自禁地退了半步。

桑治平悄悄地对张之洞说："到了太原后再说吧！"

桑治平的建议是有道理的。巡抚身份既未公开，受到冷遇可以理解；若办公事，又显然有许多不便之处，不如先到太原履行正式手续后再说。若是别人也许会这样做，但张之洞疾恶如仇，又急躁如火，明知此行只是实地调查，要办事是要等到接过大印、王旗之后，但他不能容忍一个县令废弛公务，尤其不能容忍这种废弛又是因吸食鸦片而引起的。手无寸权的时候，尚且要弹劾不法之徒，何况现在是实权在握？

他盯着壮班头，以不容反驳的命令口气说："你去把徐时霖叫出来，我要和他当面说话！"

壮班头见张之洞执意要见徐时霖，知道不是酒喝多了的醉客，而是来头不小不好惹的硬角色。他不得不收起刚才的不恭，挤出几丝笑容："那你们就跟我来吧！"

张之洞回过头想与老太婆打个招呼，却不料老太婆早已吓得溜走了。张之洞三人跟在壮班头的后面，绕过大堂，来到二堂侧边的一间内客厅。壮班头叫他们在这里等候，自己一人走进了后院。

徐时霖天亮时才撤了烟灯睡觉，此时好梦正甜，壮班头的打扰，他极不情愿。本不想起来，听壮班头详细叙说一通后，他的脑子才开始转起来。

比起衙役来，徐时霖毕竟要聪明得多。他知道巡抚卫荣光已奉命外调，关于张之洞出任晋抚的谕旨，下达到太原也近一个月了。山西官场都在议论这个声望满天下的清流名士，传说他的种种不同流俗的性情脾气。身为太原府首县县令的徐时霖，当然也很关心谁来做巡抚。对于山西的各级官员来说，此事的重要性，甚至要超过谁在北京登基做皇帝。这正是那句俗话说的："天高皇帝远，不怕现官怕现管。"难道真的是张之洞来到阳曲？以他的名士习气，轻车简从赴任不是不可能的，但至少太原府里会有这方面的传闻呀，早两天才从太原回来，为何就没有听到一点消息呢？

徐时霖满腹狐疑地起床洗漱，懒懒地整顿衣冠鞋袜，足足磨蹭了两刻来钟，才蹒跚地来到会客室。见张之洞怒容满面地端坐在那里，他心里忽然冒出一股畏惧感来，立即端正态度，走前一步，客客气气地对着张之洞三人作了一个揖，自我介绍："鄙人乃阳曲县县令徐时霖，有失远迎。"

见徐时霖的态度尚好，张之洞的怒气减去了许多。他指了指旁边的一把椅子，以主人的身份说："你坐下吧！"

徐时霖愣了一下，心里嘀咕：这是我的衙门，凭什么由你来指挥？但身子已不由自主地坐了下来。

"你既是这里的县令，我来问问你：大白天的，你为什么不坐堂理事？你吃着喝着民脂民膏，老百姓要找你诉苦求助，你为何躲着不见？朝廷将百里之地交给你，你为何如此漫不经心？”

一连串的追问，如同审讯犯官一样的，将阳曲县令弄得心虚气喘，背上发毛。他竭力掩饰自己的不安，答道：“鄙人刚才与一个乡绅在商讨要事，未能坐堂。”

张之洞以威严凌厉的目光盯着徐时霖，见他睡眼惺忪，眼圈发黑，神态倦怠，大怒道：“胡说！你分明是昨夜饮酒作乐，吸食鸦片，光天化日之时，仍在床上酣睡不起。你不好好认错，还在本部院面前撒谎，是何居心？”

壮班头说过来人自称“本部院”，此时又是一句“本部院”，徐县令不免一惊，他顾不得当堂受责骂的羞辱，怯怯地问：“请问，您是……”

大根在一旁以洪亮的嗓音，无比自豪地代为回答：“新任巡抚张大人已来到阳曲县两个时辰了，你还不跪下迎接！”

果然是张之洞来了！怎么一点儿消息都没有？徐时霖不敢叫张之洞出示身份证明。倘若没有错，就凭这点便得罪了新来的巡抚，何况今日的处境本已狼狈。他急急离开椅子，走到张之洞面前，双膝跪下：“卑职不知大人驾到，有眼不识泰山，请大人海涵！”

桑治平见徐时霖这副模样，心里冷笑不止。

“徐时霖，你身为县令，吸食鸦片，犯了朝廷的禁令，你知不知道？”张之洞审视着跪在面前的阳曲县正堂，也不叫他起来。

对吸食鸦片一事，徐时霖不敢承认，也不能否认，他只得连连叩头。

张之洞又问：“阳曲县有多少土地种鸦片，你知道吗？”

徐时霖停止叩头，答道：“阳曲县有一百二十万亩土地，约有半数好地种了鸦片。”

张之洞倒抽一口冷气，又问道：“你近来是否下令叫老百姓按人头交八百文钱？”

徐时霖急忙分辩：“大人，没有八百文。太原府有令，按人头每人交两百文钱，以弥补办公事的亏空。阳曲县今年也亏空很多，卑职于是照太原府例，每人上交四百文钱，两百文送府，两百文存县。大人明鉴，卑职并没有叫百姓上交八百文呀！”

徐时霖似有满腹委屈。这明摆着是下边的人也在学上司的办法，加倍办理。上梁不正下梁歪。阳曲县令便是这滥征民税的源头！

“你是哪年到的山西，什么出身？”

“回禀大人，卑职八年前放的山西候补知县，足足等了六年，前年才补的阳曲县。卑职乃监生出身。”

监生得候补知县，自然是大堆银子起的作用。探花出身的张之洞，一向看不起非正途出身的官员。在他看来，真正有本事的人，自可通过考取举人、进士来取得官职；若举人、进士都考不取，便不是做官的料子，只能寻点别的小事去养家糊口。没有做官的真本事，又偏要拿大堆银子来买官做，这种人无非是想借朝廷所给的权势来盘剥百姓，牟取私利。此乃最为可耻。他知道这是当年与长毛作战军饷匮乏，朝廷不得已而采取的下策。此途一开，不知有多少贪劣之人借以挤进官场。本已弊病丛生的官场，经此辈一扰，更不知又添多少弊病！即使长毛平定后就停止捐纳一途，也已造成了无穷的祸害，何况十多年来并未停止，那些以高利借来大批银子，拟补缺后掘地三尺还钱肥己之徒，还在源源不断奔竞于此途上，国家的吏治何能不坏？

张之洞早就想上一个大折子，建议停止捐纳，并全部清退捐纳出身的县令知府。只是此事牵涉面太广，而朝廷也一定不会采纳。朋友们都劝他不要挑起事端，他只得隐忍作罢。现在好了，山西的事可以由自己说了算。整饬吏治，就先从这批政绩恶劣又是捐纳出身的府县开始！

见张之洞长久沉吟不语，徐时霖献媚：“大人一路辛苦，请在阳曲休息两天，容卑职再把详情禀报。卑职立即去安排酒饭，为大人一行洗尘接风。”

徐时霖边说边站起，正要转身出门，张之洞喝道：“你给我站住！”

徐时霖忙站住，两只腿禁不住轻轻摇晃起来。张之洞走到他的身边，瞪起两只大眼严厉地训道：“你在这里老实呆着，本部院立即奏明朝廷，参掉你这个庸劣误事的阳曲县正堂！”

说罢，带着桑治平、大根迈过门槛，扬长而去。客厅里，徐时霖的两条腿不停地抖动着，头一阵发晕，几乎要瘫倒在地。

第三章／投石问路

一　得知周武王酒爵是徐时霖的礼品，张之洞顿生反感

张之洞接过大印、王旗，做起山西巡抚已经快一个月了。刚到太原那几天的时候，他几乎都在酒宴上打发了。先是即将离开山西去江南任江苏巡抚的卫荣光请客。卫荣光是前任，关于山西的一切，张之洞都想向他请教，他请客自然非去不可。席上，卫荣光说的全是不着边际的应酬话。饭后茶室里两人聊天，他也是东一句西一句，不得要领，张之洞很为失望。接着便是藩司葆庚请客。巡抚之下就是藩司了，今后天天要和此人打交道，他请客，能不去吗？

圆头圆脑的葆庚，殷勤得几乎令张之洞难受。中午在赵氏酒楼设盛宴款待，他一个劲地夹菜斟酒，介绍山西的名酒名菜。葆庚是个美食家，说起这些来滔滔不绝，根本无张之洞插话的余地。赵氏酒楼上的宴席刚刚结束，杏花坞的夜宴又开始了。酒酣耳热之际汾河园的戏

子又唱起了堂会。

葆庚拿起戏单硬要张之洞点戏，张之洞于此道不通，也无兴趣，推托不掉，忽然想起京师皮黄有一出戏叫《玉堂春》，说的就是山西的事。他随手翻开戏单，果然上面有一折《苏三起解》，便用手点了点："就唱这个吧！"

"好，大人真是行家！"葆庚摸了摸油光水滑的下巴，笑眯眯地说，"到了山西，非听这个戏不可！"转脸吩咐身边的跟差传令立即准备。

一会儿，一个满身红色囚服却娇滴滴的青年女子，被一个化妆成三花脸的矮胖老头，用绳索牵着走了上来。那女子唱的是山西梆子调，虽然歌喉凄楚婉转，张之洞却听不明白她在唱些什么。身旁的藩司则眼睛一动不动地盯着那个女囚犯，手掌轻轻地拍打着椅子，听得入迷了。猛然间，藩司意识到，决不能只顾自己听而冷淡了抚台大人，忙侧过身笑着对张之洞说："苏三刚才这句'洪洞县里无好人'真是唱得好。洪洞县里的好人的确不多，那里的民风至今还要比别的县刁滑些。"

张之洞听了这句话，觉得好笑，便说："戏文里的这句话，真的是事实吗？"

"真的！"葆庚一脸正色地说，"洪洞县里的刁民，在山西省是出了名的。过段时期空闲了，我陪大人到洪洞县去走走，大人自然就相信了。"

张之洞笑着说："不怕葆翁见笑，我的祖上就是洪洞县人！"

葆庚先是吃了一惊，随后马上满脸堆笑地说："大人这是指责我，讲我这句话说得不对。"

"不是。"张之洞脸上没有丝毫笑意，"我的祖上的确是洪洞县人。先祖张本，永乐十五年，从洪洞县迁到直隶。先住滹县，两代后才迁居南皮。"

没想到无意中的一句话竟然伤了抚台大人，葆庚吓得头上直冒冷汗，慌忙起身，双手抱拳，对着张之洞直打躬：“冒犯了大人，罪过！罪过！我实在是不知道，还请大人宽恕才是。”

“坐下，坐下！”张之洞哈哈大笑，“葆大人不要在意。戏里的事发生在明代嘉靖年间，那时我的祖上早已是南皮人了。洪洞县的民风刁滑是那时开始的，与我张氏祖先无关。”

葆庚这才放下心来，一边坐下，一边大笑着，趁机冲淡刚才的窘迫。他实在舍不得眼前这个美丽的苏三，两只小眼睛又重新将她盯得死死的。正在兴味盎然时，葆庚突然听到轻微的鼾声。他转眼一看，原来是张之洞已经睡着了。他不做声，又去看苏三。直到这折戏唱完，苏三下去了，藩司才轻轻地拍了拍张之洞的肩膀。

张之洞睁开眼睛，说：“唱完了？”

“唱完了。”藩司说，“大人再点一曲吧。”

张之洞说：“不听了，我要回去睡觉了。”

“好，不听了，回家去吧。”葆庚传令下去之后，又对张之洞说，“大人是喝多了点。我家有上百年的陈醋，我叫厨子为大人调一碗鱼羹汤。今晚就委屈在寒舍里歇息如何？”

张之洞忙说：“那不行，那不行！”

葆庚十分关切地说：“大人，如果宝眷一道来了，我自然不敢请大人这么晚了还去寒舍。只因宝眷未同来，大人今夜伤了点酒，倘若夜里不舒服，我如何担当得起！所以请大人权且到寒舍住一晚，明天一早再回衙门，决不会耽误公事。”

张之洞听了这话，对葆庚的关怀备至颇为感动。他自己在这些方面很粗心，难得为别人想得这样周到，但毕竟这么晚去吵烦人家是不妥当的。

见张之洞尚在犹豫，葆庚轻轻地对他说：“大人，我请你去，还想请你帮我鉴定一样古董。我对这门道不通，幕友说那是商纣王用过的酒器，我不太相信。大人是有名的鉴赏家，去帮我辨识一下如何？”

张之洞有好古的癖好，世间之物，凡沾上一个古字，他便有兴趣。古字、古画自不必说，即使是一块年代久远的破瓦片碎砖头，他也视为珍宝。那年，他和潘祖荫聊天，说起炎炎夏日，以何物消遣为妙的话题。两人你一言、我一语：拓古铭，读古碑，谈古泉，论古印，用古砚，检古书，样样离不开一个古字。听说是商纣王用过的酒器，张之洞眼睛一亮，倦意立消："好！到府上去看看。"

葆庚欢喜无尽，立刻传令备轿。两顶绿呢大轿被前呼后拥地抬进了藩司衙门。一进大门，张之洞便迫不及待地要葆庚把古董拿出来。

葆庚说："大人稍坐一会儿，喝点鱼醋羹吧！"

张之洞说："不必太麻烦，我的酒已消了。"

"尝尝味吧！"葆庚说，"寒舍的鱼醋羹不仅醒酒，而且味道奇佳。"

一会儿，仆人送来两小碗汤。葆庚亲自端了一碗递给张之洞，然后自己也端了一碗。张之洞喝了一口，又鲜又酸，味道真正美极了。他连喝三口，只觉得满肚子酒气全部消去，精神顿时振作起来，犹如睡了一顿安稳觉刚刚醒来似的。他连连夸道："好汤！好汤！"

葆庚说："只要大人喜欢，我今后常常给大人送点去。"

张之洞忙说："那太劳神了。今后我叫厨子到府上来学，只要你的厨子能把这手绝活传给他就行了。"

葆庚说："要是别人来学，我的厨子是绝不传的，大人的厨子当然例外。"

喝过了汤，葆庚这才把古董拿出来，又特地吩咐多加几根蜡烛，把客厅照得亮如白昼。张之洞接过古董细细地鉴赏。这古董大约有五六寸高，三只脚托起一个鱼肚式的容器，容器的一端高高翘起，如同雀儿的尾巴。另一端是一个斜斜的槽子，中间的一段肚子较大。在肚子与尾巴之间有两根寸把高的小柱子。熟悉古代器物的人一看就知道这是古代一种名叫爵的酒器。

"这是爵。"张之洞指着古董对葆庚说，"是商代很流行的一种酒器，酒装在中间的肚腹中，手提着这两根小柱子，手一偏，酒就顺着斜槽流入口中。”

葆庚兴致十足地托起爵，照张之洞说的在嘴边试了一下，说：“这样喝酒真有意思，这爵肚腹大，怕可以装下四两酒。”

张之洞说：“这一种算比较小的。大的爵，武将喝的，可以装得下一斤多酒。”

葆庚说：“一爵酒还没喝完，先就醉了。”

“不会醉。”张之洞以一种行家的口气说，“那时候的酒都是果子酿造的，没有现在的酒烈。王侯们一天到晚在酒池肉林中过日子，如果酒像现在的烈，那能喝得多少？”

“还是大人学问大。”葆庚笑着说，“我看戏时，常见台上古人喝酒，从晚上喝到第二日天亮，心里纳闷：怎么有这大的酒量？听大人这么说，我心里明白了，原来那时的酒是果子酿的。果子酒我也可以从早喝到晚，又从晚上喝到天亮的。”

张之洞再次从葆庚手里接过爵，细细地研究起来。

葆庚说：“幕友说，这是商纣王用过的，大人看是不是？”

张之洞将爵上下左右仔细地看了几遍，然后以坚定的口气说：“这不是商代的，这是西周初期的。”

“大人从哪里看得出不是商朝而是周朝的？”葆庚凑过去，一边看爵一边问。

“商周的差别在这里。”张之洞用手指着爵表面上的纹饰说，“你看，这是条双头龙。从现代出土的商代爵上，还没有见过这种纹饰。商代爵上的纹饰多为鱼、龟、鸟、马、夔、饕餮、虬、凤等等。也有龙纹饰，但都是一个头，没有两个头的。只有周朝初期的爵，才开始出现双头龙纹饰。所以，这只爵应是西周初期制造的。”

“大人的学问了不起！”葆庚从心底里发出赞叹，稍后一会，他又说，“周在商之后，如此说来，这只爵的价值就要低一些了。”

“不！恰恰相反，这只爵的价值要比商爵高得多。”

“为何？”葆庚又喜又疑地问。

“商朝末期，风气奢靡，从宫廷到各级官衙，都终日沉浸在酒色之中，终于害得商朝灭亡了。周武王鉴于此，在立国之初便大力禁酒，并禁止酒器的制造。故商代的酒器极多，而西周初期的酒器极少。物以稀为贵，故这只爵的价值要比普通的商爵高得多。你这是哪里来的？”

“这是去年阳曲县令徐时霖送的。”葆庚诚恳地对张之洞说，“常言道，宝剑赠壮士。我不懂古董，徐时霖送给我，真是委屈了它，大人真正是个行家，这只爵到大人手里，可算是物归其主了。大人，我送给您吧！”

徐时霖？张之洞听了这个名字后，立即警觉起来。他想，徐时霖那样一个极端渎职的县令，居然没有受到一点处罚，是否就是靠送礼来讨好上司呢？如此看来，这只爵已不是一个普通的古董了，而是一个行贿受贿的物品。葆庚今夜把它送给我，说不定其背后的用心，与当时徐时霖送给他是一样的。想到这里，张之洞不觉心里颤抖了一下。尽管他十分喜欢这只极为罕见的周武王时期的酒爵，也深知这只酒爵的价值，却仍然毫不犹豫地做出决定：“葆方伯，谢谢你的好意，这只爵你自己好好珍藏，我要回衙门去了。”

见张之洞陡然变了态度，葆庚大为惊奇，满脸尴尬地说：“大人，夜深了，明早再回衙门吧！”

“起轿！”张之洞无视葆庚的尴尬，头也不回地向大门走去。

回到衙门，张之洞心里很久不能平静。他由徐时霖想起阳曲县，想起阳曲县市面的萧条，想起衙门前那个白发苍苍、形同乞丐的老太婆。他又想起荫营镇的贫困，想起沿途的罂粟苗。山西的百姓这样贫苦，山西的民生如此凋敝，作为一省之父母官，怎能一天到晚在酒肉歌舞中消磨呢？这能对得起太后、皇上的圣眷，对得起自己平生的抱负吗？

第二天一早，张之洞传下话来：不管是谁，不管他的面子有多大，所有的宴请一概不出席。话刚传出去，臬司方濬益便气喘吁吁地来到巡抚衙门，几乎用哀求的口气请抚台大人赏脸，因为酒席已定好，陪客的帖子已发出，戏园子里的戏也早已点好。张之洞板起面孔，不松半句口。过会儿，山西陆路提督又急急忙忙地赶来。提督还没坐稳，冀宁道道员王定安又来了。紧跟在他后面的是太原首富、泰裕钱庄的孔老板也进来了。几个人七嘴八舌，苦苦相求，无非一个内容：赏光吃饭、看戏。张之洞越听越烦，越听越气。他刷地起身，铁青着脸对着众人说："我张之洞来山西，是来吃饭看戏的，还是来效力办事的？你们这样喋喋不休，究竟是看得起鄙人，还是看不起鄙人？鄙人为人，从来是说一不二，绝不更改。诸位今后若是愿意跟鄙人合作共事，现在就请打道回府，各自勤于国事；若是再留在这里，鄙人就不客气了。"

说罢，拂袖离开大堂，弄得这些极有脸面的大人物个个脸上无光，心头沮丧，灰溜溜地退出巡抚衙门。

二　卫荣光向后任道出山西的弊端

张之洞每日天未明即起，半夜方睡，中午也不上床休息，实在累得不行了，则闭着眼睛靠在椅背上养一会儿神。他轮流在衙门里召见山西各级官员，从两司到道府，基本上都见到了。有的详谈一天不够，则留在衙门过夜，第二天再谈。有的谈不到半个时辰，他便挥手打发走了。山西有八十多个县，他不能在短时期里召见所有的县令，准备今后在巡视中再一一晤谈。他没日没夜地查阅近几年来的文书档案。钱粮刑名，过去他一直生疏，现在不得不硬着头皮钻研，不放过每一个细节。他抽空到晋阳书院去拜访山长石立人老先生，与他恳谈了一个下午。又看望了在书院里的莘莘学子。他还专程到太原城外去视察军营，在军营里住了两个晚上，看士兵们操练演习，与他们在一个大锅子里吃饭。他常常打扮成一个普通人的模样，带着大根在太原城里的大街小巷溜达。饿了则随便找一处小饭铺吃饭，渴了则就近到小户人家讨口水喝。趁着吃饭喝水的机会，他询问百姓的日常生活，听取他们对官府的议论。这期间他又打发桑治平到晋北一带去实地查访。近日，桑治平回到太原，将查访所得一五一十地作了汇报。就这样，二十余天下来，张之洞对山西省的官场士林、民情世风有了一个大致的了解。

前任巡抚卫荣光本来在交卸印信之后，便应离开山西赴任，但因感染风寒，暂留太原治疗。张之洞家眷未来，巡抚衙门后院依然让卫荣光一家居住，只在前院东厢房拨出几间来供他和桑治平、大根起居。一有空闲，张之洞便去后院走走，看看卫荣光，问一问病情，也随便聊一聊琐事。

这段时间里，卫荣光眼见张之洞天天如此辛劳，而几乎丝毫不顾及自身，心里感慨良多。他是个在官场上混了几十年的人，由知府做到巡抚，官场里的一切，他都烂熟于心。越到晚年，官做得越大，他的行事越谨慎，胆子越小。年初，山西巡抚曾国荃升任陕甘总督，他也由山东藩司升为山西巡抚。巡抚乃封疆大吏，地方官做到这一步，也算到顶了。苦熬三十年，终于熬到今天，也不辜负此生了。初来太原赴任的卫荣光，有一种心满意足的感觉。他自思年纪已近花甲，并无特殊的才干，朝中又没有过硬的靠山，今生的最大愿望便是保住头上这颗珊瑚起花红顶子，再过几年平安致仕，这一生就顺顺利利风风光光了，上可告慰列祖列宗，下可表率后世子孙。就这样，卫荣光在山西十个月，面对着百病丛生的现状，他既不思革故除旧，也不想创建布新，他的治晋方略最高目标是保持平稳，不出乱子。对于以名士身份来到山西的张之洞，卫荣光并不抱信任的态度。三十年来，无论是京师中的名士，还是地方上的名士，卫荣光接触的太多了，其中固然不乏名不虚传者，但大多名不副实，有的甚至徒有虚名，百无一用。

冷眼观察张之洞二十多天后，他发现张之洞与通常的名士还是大有不同。至少，他不赴宴席，不受礼品，天天起早摸黑勤于政事，便难能可贵。翰林出身的卫荣光，从小接受诗书礼义的熏陶，毕竟在内心深处还有一股道义感和责任感。他决定在离太原之前，要把自己所知的山西情况跟张之洞详详细细地谈一谈。近几天来，卫荣光已经基本痊愈，后天就要启程南下了。这天晚上，他来到前院张之洞的房间，向这位比自己年轻十多岁的后任告别。卫荣光主动来拜访，这还是第一次，张之洞十分欣喜地接待。寒暄客套一番后，卫荣光开始切入正题。

“张大人，二十多天来鄙人因生病未能协助你，眼见你天天一早忙到晚，无片刻休息，内心既佩服又深觉不安。”

张之洞听了这话，心里略觉惊讶。这些天里生病是事实，但刚到太原那几天，他身体好好的，也并没有配合交卸之事。好几次见面，张之洞刚一涉及山西的政务大事，他便含含糊糊的，语焉不详，显然是心存芥蒂。身为前任巡抚，卫荣光的这种态度，颇为难以理解。好在他任晋抚时间不长，插手的事也不多，具体事宜，张之洞尽可从衙门吏目那里获知。有些非要问卫荣光的事，他也不自己去问，而是打发有关人员去请示。两任之间就这样交接，虽有诸多不便，却也没误大事。今夜，卫荣光主动来访，并主动谈起政事，莫非他的态度有些改变？作为前任，即使任期再短，再不管事，他的地位使得他必定比旁人要多掌握一些情况。张之洞是多么迫切地盼望前任跟他坦诚交谈啊！

张之洞双手端起茶杯递给卫荣光：“卫大人，请喝一口茶，权当我敬的一杯酒！”

卫荣光忙双手接过，连说：“不敢当，不敢当。”说罢抿了一口。

“卫大人，您叫我张大人，我的确承受不起，您还是叫我香涛吧！”张之洞诚恳地说，“咸丰癸丑年，您进翰苑时，我张之洞不过是一刚中举的少年，您名副其实是我的老前辈。”

张之洞此话不是客套。翰林是讲究辈分的。这辈分不以年岁分，而以进翰林院的科别为区分。后一科的翰林例称前一科的为前辈，对早两科以上的人，则要称老前辈。张之洞是同治癸亥科的翰林，比起卫荣光来，足足后了五科，叫卫荣光老前辈是理所当然的。

卫荣光听了这话心里高兴，嘴上却说："你现在正是如日中天，我已成老朽，眼看就要日落西山了。"

"家赖长者，国仗老成，何况卫大人不过五十多岁，朝廷依畀之日还长哩！"探花出身的张之洞不仅奏章诗文做得好，口才也极佳，随随便便的几句话，都可以说得既得体又动听。

"这些天里，我总想请您多多赐教，见您身体违和，又不敢多打扰，每次都抱憾而返。现在您身体已痊愈，后天就要启程离开太原，我真是依恋不舍。卫大人，您是知道的，我一来年轻，二来又初放外任，没有一点从政经验。我深恐有负太后、皇上重托，又怕不能为三晋百姓办好事，对不起近千万父老乡亲。我每天都有临深履薄之感。卫大人，"张之洞说到这儿，双手捧起卫荣光两只冰冷的手，以极为诚恳的态度说，"无论是有关山西的具体情况，还是如何做一个好的方面之员，在您的面前，我都不过是一个学子而已，请千万不吝赐教！"

张之洞的态度令卫荣光颇为感动，他用自己的手将张之洞的双手握了一下，表示领了这个后任的情。然后松开手，端起茶杯，慢慢地喝了一口。放下茶杯后，他缓缓地说："你的这种心情我是能理解的，我也有这个责任将山西的有关情况对你说说，只是这段时期贱体一直不适，未能如愿，今夜我们好好聊聊吧！"

"我洗耳恭听。"张之洞把座椅向卫荣光的身边移动了一下，以示自己的诚意。

"山西这个地方，十多年前，在长毛、捻子作乱的时候，号称完富之地，其实根本不是这么回事。我先后在湖北、山东做过司道，对这些省比较了解，山西比起湖北等省来，真是糟糕得很。"卫荣光操着带有豫中口音的官腔叙述着。

张之洞点点头说：“我来到此地尽管时间很短，也已感到压力甚大，正如面对一团乱丝，不知从何理起才好。”

“香涛贤弟，”张之洞说得那样诚恳，卫荣光不再以“张大人”相称，称呼的改变使张之洞觉得彼此的关系拉近了许多。“你来的时间不久，才看到一团乱丝。时间一久，你就会知道，此地不是一团乱丝，而是一摊烂泥，易于陷进而难于拔出，至于整治，则几乎无望。”

“几乎无望”这四个字，令张之洞心头一颤。

“卫大人，您说说山西的问题主要有哪些？”

“山西的弊病第一在穷困。”卫荣光慢慢地说，“历史上，山西原本是富强之地。战国七雄，有三个国家是从晋国分出去的。直到隋末，太原仍是全国重镇，故有李渊父子起兵反隋，造就了大唐王国。唐朝诗文繁荣，山西文人独领风骚，便是明证。到宋代之后，国家重心南移，明代以后都城定在北京，三晋便逐渐冷落下来。除开外部原因之外，山西的被冷落是因为自己的贫困，而贫困首先又是因为山多地少、土地瘠薄的缘故。百姓贫苦，各级衙门税收则少，税收一少，则捐摊就多。这捐摊便成了山西的第二个问题。”

阳曲县那个老太婆所诉的就是捐摊苦水，桑治平从晋北回来，也说老百姓最恨的就是官府的捐摊。张之洞皱着双眉说：“第一是贫困，第二是捐摊。贫困多半是老天爷造成的，这捐摊则完全是官府所定。我们为何不可以免去捐摊，以苏黎民？”

“贤弟啊，你有所不知。有的捐摊可免，有的捐摊则是难以免去的呀！”卫荣光叹了一口气，端起茶杯。张之洞忙从火炉上提起瓦壶，亲手给卫荣光斟满。卫荣光喝了一口，接着说下去。

“山西有几个大的捐摊，就没有办法免去，因为这是朝廷造成的。比如说，朝廷每年要山西解平铁八万余斤、好铁二十万斤，这二十八万斤铁，包括脚费在内，朝廷只给一万一千余两银子，短缺费用三万九千余两。这一万一千余两银子是乾隆初期定的价，到现在已百年出头了。百年里，哪样东西不是几倍的涨价，可朝廷给山西的铁银却一文未增。山西是穷省，藩库拿不出这么多银子，不摊到各州县又怎么办呢？”

张之洞在心里沉吟着：看来这的确是一件大事。每年三万九千两银子，对于山西来说，实在是一笔不小的数目。这些年来都是转嫁到老百姓身上去了，让老百姓来承受这笔沉重的负担。户部怎么这样不明事理呢？

体质仍然虚弱的卫荣光觉得身上有点冷，他将椅子向炉边靠拢。张之洞猛然想起，随身带来的简单行囊中有吴秋衣所送的四株灵芝，便从行囊里拿出来送给卫荣光。

卫荣光仔细欣赏这四株碗口大闪着黑红色光泽的灵芝，知道的确不是凡品。张之洞执意要把四株都送给他，他再三推托不成，最后只得接受两株。

“卫大人，您刚才说的铁捐，确实是一项大的捐摊。听说还有一项绢捐，也是民愤极大的。”有这两株灵芝草的效用，张之洞和卫荣光之间的谈话气氛变得更为融洽。

“是的。嘉庆时期开始，朝廷便每年向山西索贡绸绢一千二百匹。近十多年来，因为百姓生活苦，绸绢卖不起价，织造绸绢的作坊基本上都改了行，山西交不出这多绸绢，户部则规定少交一匹绢，用十两银子来抵，于是每年又多出这项费用。这一万多两银子，也只得向各州县摊去，这便是绢摊。”

卫荣光的精神比刚进门时强多了，他喝了一口茶后又说了起来：“还有一笔大费用，即每隔三年一次的文武乡试，乡试照例由阳曲县承办。办一届乡试至少要三万两银子，阳曲县如何负担得起，只得由巡抚衙门出面，向全省各州县摊派，平均每年要一万两以上。这是几项大的无法豁免的捐摊，还有其他形形色色、各州县自定的捐摊，加起来有二三十项之多，这些银钱往往都加在百姓头上，百姓怎能负担不重？又怎会不怨声载道呢？”

“地里收成这样差，老百姓的银钱从哪里来呢？”张之洞面色忧郁地发问。

“老百姓有什么办法呢？他们只好不种庄稼而种罂粟。废掉粮食而种毒卉，他们不是不知道如此不好，但种罂粟获利是种庄稼的十倍，这叫做逼良为娼。”卫荣光气愤地把手中的茶杯往茶几上狠狠地一放。

张之洞似乎突然明白了许多事理。那一天，踏进娘子关后所见到的罂粟苗，曾引起他极大的愤恨。他恨山西的农人，怎么如此昧良心，不道德；他恨山西的州县官吏，怎能如此公然容许小民犯禁违法！原来，“嗜利忘义”的背后有它一言难尽的苦衷！

接印还没有几天，他就准备下一道命令给各州县：限令三天内全部铲除罂粟苗。桑治平建议他暂缓下令，待把全省的情况摸清楚后再说。他接受了这个建议。现在看来，要铲除罂粟，不是一纸命令就可以办得到的事，若官府的捐摊不大加削减的话，强行铲除罂粟也并非就是一件很好的事。

张之洞非常感激卫荣光的剖析：“卫大人，看来这废庄稼而种毒卉，就是山西的第三大弊病了。”

“可以这样说。”卫荣光点点头，继续他的话题，“此弊病所造成的后果极为严重。一是种罂粟虽可赚较大的利益，但毕竟不能果腹充饥，平常年景可以用银钱去买粮食，到了饥荒年，都没有了粮食，拿着钱也是空的，这就是前两年山西干旱而饿殍遍野的原因。二是山西大量种罂粟，造成土药价大大低于洋药价，遂使得吸食鸦片在山西泛滥成灾。”

“我到太原这些日子以来，所接触的人大都脸色青黑，身体干瘦，可能都是吸多了鸦片烟的缘故。”

“香涛老弟啊，你还不知道，山西吸鸦片已到了令人惊恐的地步。我的一个幕友这样估计过：乡间十人约有四人吸，城市十人约有七人吸，至于吏、役、兵三种人，几乎十人有十人吸。这个估计虽然有点夸大，但大致也差不多。鸦片烟一定要根除，不然的话，整个山西，从城市到乡村，从官场到民间，很快都会烂掉。老弟，这个事要靠你来办了。”

瞬时间，张之洞真有点颓然气沮之感：早知道山西是这样一个污浊之地，真不该来，在京师做个侍郎，不仅事情少多了，而且还可以免去与这多鸦片鬼打交道，眼不见心不烦呀！但很快，他便从沮丧中挣脱出来。他是个禀赋刚烈、好强好胜的人，转念又想：当我张之洞把山西这个烂摊子整顿好后，太后、皇上、京师的友朋、天下官员们就可以看到我的本事了。想到这里，他斩钉截铁地说：“卫大人，您放心南下，我非要把鸦片在山西彻底根除不可！”

“好。到底是年轻有为，我已近老朽，这种话就说不出来。”

“卫大人，据说山西的藩库有三十年没有清查了。许多人都说那是一笔糊涂账。我想在我手里办一下这件事，您给我指教指教吧！”

听了张之洞这句话，卫荣光晦涩的目光一下子明亮起来。他不是一个糊涂人，当了十个月的晋抚，已看出山西一切弊病中的最大弊病，就出在这个财政混乱上。一个省的藩库居然三十年不清，岂非咄咄怪事！账目糊涂，岂不人为地造成给管理账目人以贪污挪用的机会？刚上任时，卫荣光也想有所作为，也曾动过清理藩库的念头。但此念一出，便招致不少人的劝阻，第一个出来劝阻的人便是藩司葆庚。卫荣光心里明白，葆庚做了多年藩司，亲管藩库。一旦清理起来，第一个便要碰着他，也会牵连到许多现任的官吏。说不定，还会牵涉到曾国荃的身上。那个功勋盖世而又刚愎自用的曾老九，可不是一个好惹的人。以明哲保身为最高原则的卫荣光只在想过几天后，便脑子冷静下来，迅速打消了这个念头。但卫荣光自身不是一个贪墨的人，眼见得一批国库蠹虫不得惩罚，他心里也不甘，只要不伤害自己，他还是希望这些蠹虫被抓出来。无论从律法道义上来说，还是从个人心志上来说，清除侵吞公款的贪官污吏，他总觉得快慰。那么，就鼓励眼前这位素以名节自律，不怕担风险，敢于任事的后任者来干吧！

“老弟，清理藩库这件事，你是不是真的做？”卫荣光两眼盯着张之洞。

“我真的要做！”张之洞的口气坚决，没有丝毫的犹豫。

卫荣光颇为满意地点点头：“若真的要做，就要一做到底。我比你痴长十多岁，在地方上混的时间也比你久，阅历教给我一个书上没有的知识。”

卫荣光说到这儿稍停了一下。张之洞趁机又把椅子向前移了一步，他知道这种阅历得到的知识远比书斋里读来的学问要可贵得多，一个字都不能漏掉！

“对于一个从政的官员来说，面对一件大事，在动手做之前，先要将各种可能出现的情况都考虑到。能做的话，则一做到底，不达目的，决不罢休；不能做的话，则干脆不做。半途而废，比起不做来，后果要更严重得多！”

这的确是经验之言。张之洞虽然没有这方面的经验教训，但冷眼旁观政坛，他也见过有人就栽倒在这点上。今夜，由这个浮沉官场三十年的老前辈口中说出，其分量自然更重。

张之洞十分诚恳地说：“卫大人，您这话真正是金玉良言，我将终生铭记于心。”

“山西藩库的账目，三十年未清，我刚来太原时也很觉奇怪，也有过清一清的想法，但后来终于未动手，就是鉴于刚才讲的这个原因。不怕老弟见笑，我身体不强健，耐不了繁剧，年岁大了，胆气也越来越薄弱，深恐引起更大的麻烦，故敷敷衍衍地这样过来了。老弟愿意来做这件事，我是非常赞同的，只是我再次提醒你，此事一旦动手，就一定要硬着头皮顶下去，今后会有很多预料不到的啰唆事出来，你都先要有个准备。”

“卫大人，你放心。”张之洞离开椅子站起来，挺直在卫荣光的面前。“我张之洞才干或许不大，但从来胆量大，骨头硬，不怕妖风鬼火。为朝廷办事，为百姓办事，哪怕革职丢官也不在乎，即便把命垫在这里，我也在所不惜。”

这番话，使得禀赋懦弱的卫荣光大为激动，过去他多次读过张之洞那些风骨凛凛的奏疏，总想那不过是些豪言壮语而已，离实实在在的行动还差得远哩！现在他仿佛看到了一个表里如一、言行一致的真名士，一个一身正气、大义凛然的国家干臣。他不由得从心里生发出敬佩之情来，也跟着站起，拍着张之洞的肩膀说：“贤弟，你有这样的准备，那就什么都不用害怕了。站在你的面前，我自觉惭愧，我没有为山西做点有益的事，我后天就要离开这里了，今夜我愿意为贤弟竭诚帮一点忙。”

张之洞忙握着卫荣光的手说：“卫大人，请坐下，坐下说。”

两人一同坐下后，卫荣光颇为动情地说：“贤弟被擢升为晋抚，真正是太后、皇上的英明。自古说一道篱笆三个桩，一个好汉三个帮，贤弟欲干此大事业，没有人帮衬是不行的。山西官场尽管庸员多，能员少，但以我的十个月经历，也发现几个可以信赖的人。我以至诚公心给你推荐几个，算是我这个前任对你所作的唯一帮助。”

张之洞听了这句话，心里太高兴了。山西弊病如此多，固然是他忧愁的事，而更忧愁的是初来乍到，他对山西官吏的贤庸智愚不清楚，县令以下的人几乎还没有见过面，且不去说，就是见过面的府道两司，也还谈不上有个什么评价。有的人面善心却不一定善，有的人能言并不一定能干，有的人又恰好相反。从来识人辨人是最棘手的事，也是最高深的学问。常言道“路遥知马力，日久见人心”，说的是识人辨人要有一段长时间，但各种事情都需要立即着手办，不允许有一个长时间让你去从容做一番识辨功夫。这时若有人将自己长时间所积累的人才袋抖给你，这是一个多么及时的馈赠！张之洞这段时间来，已从多处知道卫荣光大体上还算一个正派人，没有结党营私等方面的传闻。今夜的长谈，也使张之洞对他有一个较好的印象。应该说，他推荐的人是可以信任的。

张之洞满脸笑容地说：“卫大人，你给我的这个帮助真正是雪中之炭。你慢慢说，我记一下。”

张之洞说罢，坐到案桌边，握笔铺纸，准备记录。

卫荣光沉思良久，然后慢慢地说：“臬司方濬益，才能平平，但品行尚可。学政王可庄，人正直，学问好，山西士子多有赞誉者，但他从不愿过问地方事情。关于山西兴文办学等事，可以放心让他去做。地方上的事情，王可庄也可备咨询。大同府同知马丕瑶，此人廉惠刚明，办事能干。去年在永济县令任上，革除差钱数万缗，早两年在临晋县任上，办理灾情最为妥善。汾阳县令方龙光，仁厚爱民，为政有方。朔州知州姚宽澄操守廉洁，政事勤明。交城县知县锡良，为官廉洁。万泉县知县朱光绶廉洁慈祥。太原县知县薛元钊廉朴诚实。这六位都是可以相信的人。”

张之洞手不停笔地把卫荣光的话全部记录下来。心里想：过段时间亲自到这几个县去走走看看。如果真是这样的话，应尽早奏明朝廷，将他们破格提拔上来，委以重任。眼下清理藩库，正需要人手，也可以从中调两三个到太原来经办此事。张之洞正在默想时，只见卫荣光重重拍了一下脑门，大声地说：“我真是糊涂了，有一个极重要的人物忘记说了！”

“哪一个？”张之洞放下手中的笔，起身朝卫荣光走过来。

“阎丹初阎敬铭老先生！”卫荣光不自觉地提高了嗓门。

“是的，阎丹老！”张之洞兴奋地说，“我们山西还真的隐居着一位国之瑰宝哩！”

“阎老先生寓居山西十多年，光绪三年又奉旨视察山西赈务，对山西情况十分明了。过段时间有空了，你可以去晋南拜访拜访他。”

“他还在解州书院主讲吗？”

“还在那里。”

“身体怎么样？”

“上个月，解州知府来太原，闲聊中说起过他。据知府说虽有点小毛病，但不碍事，身体还算健朗。”卫荣光说到这里，起身说，“天不早了，我要回去睡觉了，你也早早安歇！”

张之洞紧握卫荣光的手说：“卫大人，谢谢您今夜的来访。后天，我亲自送您出城。”

送走卫荣光后，张之洞独自面对着灯火，长久地思索着。

三　张之洞决定做出一两件醒目的大事来

接连几天，张之洞在处理完日常政务后，就和桑治平一起商谈如何治理山西的问题。有时半夜醒来，他也会为此而再也不能安眠。他深深地体会到，比起当年做洗马、学政来，巡抚身上的担子要重十倍百倍以上。

经过近一个月的查访、询问，尤其在与卫荣光的恳谈后，山西的情况，张之洞已是胸中有数了。卫荣光那夜归纳的贫困、捐摊、罂粟、藩库的几大弊病确实很严重。还有一个大问题，卫荣光没有说到，张之洞是强烈感受到了，那就是山西官场的腐败：贪污普遍、受贿成风、公事懈怠、惟务钻营。好的官吏，除开卫荣光所开列的外，张之洞也听说还有几个，但在整个官场中，这些人只占少数。正如卫荣光所说的，山西已是一个烂泥坑。究竟怎么办呢？张之洞苦恼着，焦虑着。

他想，首先应该把这些情况如实向太后、皇上禀报，要取得朝廷的谅解和支持。

罂粟要铲除，这是毫无疑义的。但是几十年来，对鸦片的禁弛，朝廷反反复复的，一会儿禁，一会儿弛，现在又居然公开征税。既已征税，岂不意味着合法！若是有人据此抗拒铲除罂粟呢？这是一场牵涉着许多人利益的大事，必须要请得圣旨，才能名正言顺、大张旗鼓地在全省各地全面铺开。

捐摊这件事更应该详细奏明。因为这实际上是户部的失职而强加给山西的额外负担。岂有百年前核的价，一直沿用，不做丝毫调整的？山西几乎不产绢绸了，为什么还要山西出这份贡品？山西是贫省，岂能以十两银子的高价来代替一匹绢绸，这不是勒索吗？张之洞真不明白，这是户部的那些老爷糊涂、不负责任，还是朝廷无钱，有意将负担转嫁各省？十两银子代一匹绢绸，究竟是户部作出的决定，还是负责绢贡的官员想出的主意，以贪污中饱？三十多年前，曾国藩曾说过京官颟顸、外官贪劣的话。张之洞想，现在的情形应该合起来概括：京官颟顸又贪劣，外官贪劣又颟顸。今后无论是加补铁捐的报销，还是免去绢绸的进贡，都必须得到户部的同意。此折必须尽快拟。

清理库款，此事尤其要上报。张之洞曾多次从久任地方大员的堂兄和姐夫那儿得到过做官的真传：为官一任，必须要做一两件醒目的大事。琐琐碎碎的小事，做得再多，付出的辛劳再大，到头来似乎都不值得一提，年终朝廷考绩时，那些鸡毛蒜皮的事，自己都不好意思上报，而值得报的事又没有，结果朝廷的考核只能是平平而已，擢升无望。只有集中力量做它一两件大事出来，把它做得有声有色，做得熠熠生辉，什么时候说起来都脸上有光，甚至在你离任多少年后，当地的百姓还记得起、数得出。这种政绩最为重要，是擢升的最好凭据。张之洞将这种为官真传牢记于心，深信这是十分有用的秘诀。张之万和鹿传霖仕途顺遂、官运亨通，无疑得力于这个真传的巧妙运用。年过不惑有着十多年仕途经历的新巡抚知道，在禁罂粟和罢捐摊这两件大事上，要做出满意的成效来，将是十分不容易的。当年以道光爷那样的英明和威势，以林则徐那样的刚强和睿智，鸦片都没有禁得下来，到后来引起了土药的全国泛滥，可见这种东西对世俗人的吸引之大。现在山西少说也有数十万人在种，有上百万人在吸，要想根除，谈何容易，只不过尽其力而为之罢了。至于罢捐摊，朝廷支不支持还不知道。唯一可办的大事，看来便只有这个清理库款了。一个省的藩库，三十年未清查，说起来骇人听闻，查之于典册，怕可能也无先例。自己动手来做这件事，已是引人瞩目了，清理到最后，总会有一个结果出来，这个结果到底与实际情况吻合多少，谁会来核查呢？只要出以公心，不挟私欲，督促属下认真去办，就上可告慰朝廷，下可安抚百姓了。

真是山西历届前任留给我的一笔最好的仕宦资产，就看我来如何接收了！张之洞不觉兴奋起来，多少日子来的焦虑不安为之一扫。

他安排原在卫荣光手下办文案的三个幕僚，一人草拟一个题目。至于阎敬铭，他决定由自己来给太后亲拟一道密折。张之洞有一种预感，他觉得阎敬铭很快便会在中国政坛上飞黄腾达起来。离开京师那天上午陛辞的情景，又浮现在眼前——

慈禧以清脆好听的声音跟张之洞像聊天似的说话，张之洞则以诚惶诚恐的心情、紧张却又得体的语言回答着。慈禧说了一堆诸如“时事艰难，留心政务，若有所见，随时奏明”等套话后，突然问：“阎敬铭这个人，你去年在折子里荐举过他，你平时跟他有联系吗？”

张之洞答：“臣没有见过阎敬铭，也跟他从未有过联系，只是听许多人说阎敬铭善于理财。”

慈禧又说：“阎敬铭这些年据说一直在山西解州书院，你去山西后，要仔细打听一下此人。朝廷连下过几次诏书，命他进京办事，他都以年老多病为由推辞了。你细细去问问，看他究竟身体如何。”

“是。”张之洞答道，“臣到山西后一定去查访此人。”

“阎敬铭能干，先帝在日就称赞过。同治初期那几年，他在山东巡抚和工部侍郎任上也做得很好，为何突然就辞官不做了呢？你见到阎敬铭，问问他，若过去有些什么不痛快的事，十多年了，丢掉算了，朝廷还等他共度艰难哩！”

“是。”张之洞恭恭敬敬地说，“我一定将太后这番心意转告给他。”

“张之洞，你现在是山西巡抚，阎敬铭在山西，能不能劝说他回到朝廷来，就看你的本事了。”

张之洞忙叩头：“臣一定尽力劝说阎敬铭回朝廷为国家办事。”

回到家里，张之洞仔细琢磨着慈禧太后的话，深感慈禧对阎敬铭的眷顾之深、期望之切，这些年来似乎没有人能比得上。阎敬铭过去以侍郎致仕，今年已六十五岁了，若复出，官衔应在侍郎之上。官宦世家出身的张之洞深知结纳朝中大员的重要性。这次若由自己出面来说服阎敬铭复出，自然就与阎敬铭结下一层非一般的关系。何况张之洞和阎敬铭之间还有一层渊源，那就是他们有一个共同的恩人胡林翼。

张之洞隐隐记得，胡林翼在去世前曾有一封信给他，要他到武昌抚署来历练一下，信中盛赞阎敬铭。张之洞忙把过去的旧信札找来，果然寻到了这封信，遂有意将这封信带来山西。于是他亲笔写了一封信，连同这封信一起交给桑治平，请桑到解州去一趟，代他先去看望一下阎敬铭，转达殷勤问候之意。

桑治平离开太原后，三个幕僚将奏稿送上来。张之洞一一细看，越看眉头皱得越紧：三份奏稿都没有将他的意图说清楚，其中一份连文句都不通顺。他气得掷回去，命他们重新拟稿。第二天，三份稿子又送上来了。张之洞看后，还是没有一份满意的。他声色俱厉地将三个自以为是的幕僚教训了一顿，叫他们统统卷起铺盖走路。他叹了一口气，心里说道：这卫荣光怎么用的这样一批草包！必须聘几个心地明白又文笔流畅的人来办文案。张之洞第一个想起杨锐。他提起笔来，给杨锐写了一封信。眼下这三个重要的折子，只好自己动手了。

就在张之洞亲自草拟这几份关系山西千家万户利益的奏折的日子里，太原城藩司衙门后院，有几个人也在心神不安地忙碌着。

四　王定安贡献三条锦囊妙计

卫荣光离太原前一天，特为到藩司衙门与葆庚话别。谈话之间，卫荣光说起张之洞有清理藩库的念头。葆庚听了心里暗吃一惊，送走卫荣光后，他将自己关在书房里，呆呆地坐了一个多时辰。

正白旗出身的葆庚，是清初八大铁帽子王之一豫亲王多铎的后裔。显赫的家世，使得他在朝中有广泛的奥援。正是凭着这种奥援，这些年来，才具平平的葆庚在官场上左右逢源。他不屑于从七品县令做起，拿着一大堆白花花的银子，一出手便捐了个候补道员。分发到省后，又是银子帮他很快得实缺。葆庚毫无从政的经验，也不耐烦案牍簿书，但他却迁升顺利。待到曾国荃到山西做巡抚的第二年，葆庚便从陕西按察使调升山西做布政使，成为一省方伯。葆庚凭的什么升官？他的本事就在于京师活动的能力。省里有大事办不了，需要朝廷出面解决的，派葆庚进京便十拿九稳。比如要户部增拨银子啦，减免税收啦，要吏部在对本省道府一级官员的考绩上客气点啦，走王府的门子为某大员谋求调升啦等等，这些事葆庚都可以办得顺溜。葆庚抱着七分敬畏三分谄媚的心态，来到太原给曾国荃当藩司。他知道这个从战火中打出来的曾老九脾气暴躁，性格乖戾，且仗着战功，什么人也不放在眼里。葆庚像侍候老爷子一样地侍候着曾国荃。曾国荃对满人官员有一种偏见。在他看来，几乎所有的满人都是酒囊饭袋。带兵做官，不是他们有本事，而是命好。对葆庚，他自然也是瞧不起的，但葆庚对他事事恭顺殷勤，曾国荃找不出他的岔子，倒也相处得太平。

那时山西正是大旱，赤地千里，饿殍遍野，景况惨不忍睹，赈灾之事繁重艰难。曾国荃面对这个局面，甚是焦虑。这时葆庚的能力发挥了作用。他到京师四处游说，居然给山西带来六十万两银子的赈灾款。此举，令曾国荃对他刮目相看，从那以后便对葆庚十分信任。十多年的征战，让曾国荃落下一身的病痛。来山西之前，他在湘乡老家足足养了六年的病。六年乡居，使他变得疏懒。病痛加上疏懒，又使得他对政事产生厌倦，于是干脆把山西的事都交给了葆庚，另派一个心腹代表他和葆庚共事。

这个心腹名叫王定安，字鼎丞，湖北东湖人氏。他以秀才身份投曾国藩幕。后来曾国荃组建吉字营，曾国藩将王定安派到吉字营，协助曾国荃办文书。王定安聪明能干，文章写得好，为曾国荃所器重。每打完一场大战后，曾国荃照例都要保举一大批人，许多与此毫无关系的人也有一份。这是曾国荃笼络军心人心的一个重要手段。所以，尽管他没有乃兄的人格力量，却有一大批哥们儿铁着心跟他干，其原因便在这里。王定安也是其中沾光者之一。到了同治五年，曾国荃做湖北巡抚的时候，他的帽子上也有了一颗候补道员的蓝色玻璃顶子。不久，曾国荃辞职回家养病，王定安也回到老家，二人常保持书信不断。曾国荃复出任晋抚时，召王定安来山西。王定安接信即赴太原。曾国荃对这位跟随十多年的老部下甚是眷顾。王定安来到山西不到半年，曾国荃便向朝廷保荐他补授冀宁道道员。王定安对曾国荃忠心耿耿，曾国荃也将他视为自己的贴心人。王定安文才好，办事有方，但品行却不好，贪财好货。那时还有一个候补县令，此人就是徐时霖。徐时霖候补好几年没捞到一个实缺，正是倒霉的时候。恰好他出嫁两年的妹子新寡回娘家，徐时霖灵机一动，从妹子身上打起主意来。他知道葆庚好女色，家里已有一妻一妾，还不满足。于是将妹子打扮得妖妖艳艳的，作为待字闺女送给葆庚做了第三房姨太太，葆庚自然欢喜不已。很快，徐时霖便因此补了实缺，并以小舅子的身份成了葆庚的死党。

朝廷救济和各省协济山西旱灾的银子共三百万两，曾国荃让葆庚和王定安来经理。葆庚又把徐时霖拉了进来。这三个人抱成一团，利用这个好时机，大肆贪污挪用。对于他们的行径，曾国荃时有所闻。这个曾老九自己便是一个不拘小节的人。当年打安庆打江宁时，他明里暗里不知运了多少船金银财宝回湘乡。对于湘军部属的不法行为，他也基本不过问。而今葆庚、王定安从救济款里弄点银子，他同样不计较。葆庚、王定安身为司道，如此贪污中饱而不受惩处，那些见钱眼开的官吏们便一个个都无所顾忌了。本已腐败的山西官场，如今更加腐败，更加黑暗。卫荣光胆小怕事，在山西呆的时间又短，葆庚、王定安所经营的事情，他不想也不敢去触动，彼此倒也相安无事。现在张之洞扬言要来清理藩库的账目，该怎么对付？

掌灯时分，应葆庚所招，王定安和徐时霖来到藩司衙门的小客厅。仆人送上茶点后，葆庚把门关紧，三人开始了密谈。

“张之洞这个人，不知究竟是个什么角色？”浙江人徐时霖来北方多年了，但说起话来依然有很浓厚的南方口音。自从那天在阳曲县突然遭遇之后，他对这个微服私访的新巡抚是既恨又怕。张之洞临走时扔下的那句话，这些日子来，时常在他的脑子里浮现。他心里一直忐忑不安，不知张之洞究竟奏明朝廷没有。徐时霖知道，七品县令这样的芝麻小官，其好与坏，太后、皇上是不知道的，全凭巡抚一句话。若张之洞真的要参他，当然是件很容易的事。他也曾问过葆庚。葆庚见张之洞来太原个把月了，并没有什么动作，以他在官场上混了几十年的经验，估计张之洞只不过是一时恼火说说而已，不会真的就上奏。徐时霖见后来果然一点响动也没有，觉得葆庚的分析不错，张之洞原来也是一个雷声大雨点小的人。可是，现在他竟要清理库款了！他究竟是个只说不干，还是个又说又干的人呢？徐时霖心里没有准了。

“鼎丞，你是个才子，张之洞也是个才子。依你看，他这个才子究竟是个什么角色？”葆庚用肩膀撞了撞坐在一旁的王定安。

沉溺烟榻的王定安被鸦片熏得又黑又干，加上个子矮小，整个儿就像一只风干的青蛙。他很怕冷，浑身上下让名贵毛皮裹得紧紧的。进了葆庚暖和的小客厅后，他脱去外面的银灰色狐皮大氅，身上还穿着两件皮衣：里面一件深红色的火狐皮袄，外罩一件亮黑色貂皮坎肩。就这样，他的两只鸡爪似的手还是冷冷的。

他沉思一会儿，然后用尖尖细细的湖北腔轻轻地说：“张之洞这个人，我在同治八年见过一面，那时他在敝省做学政。有一次，我到经心书院去看一位老朋友，恰逢他来书院视察，并亲自给书院学生讲了一堂课。他讲的是如何读经。书院里所有的教师都去听讲，我的那个朋友也把我拉去了。也好，听听吧，看看这位学台大人究竟有多大的学问。一个时辰听下来，所有的教师都佩服，我也很佩服：这个学政名副其实。我后来给文正公写信，还专门写了这件事。文正公给别人的信里说，近年张香涛在湖北做学政，舆情颇洽。文正公这话就是依据我的信说的。”

王定安说到这里，有意停了下来，端起茶杯抿了一口，脸上露出自得的笑容。徐时霖恭维道：“此事足见王观察在曾文正公心中的地位之高！”

“张香涛后来又到四川做学政。在那里刻了两部书：《輶轩语》和《书目答问》。这两本书我都看过，的确写得不错。尤其是《书目答问》，我可以断言，必定是一部传世之作。”王定安以坚定的口气下出这个判断，与其说是赞扬张之洞的学问，不如说是在炫耀自己的鉴别力。“这几年在京师，他参与了清流派，对上下内外大大小小的事都爱发表自己的意见，名声自然很大。海内读书人，几乎无人不知张香涛。但雨生兄要问他究竟是个什么角色，也很难说。依我看，张香涛这个人，是一个学问文章都很好的文人。如果将他一直放在翰林院做学士，讲经筵、衡诗文，他或许会是今日的纪河间阮仪征。但现在放他出来做方面大员，怕不是合适的人选。”

“何以见得？”葆庚、徐时霖几乎同时说出这句话。

“我当然有充分的根据。”王定安将一粒西洋进口的药丸塞进嘴里，鼓了两下腮帮，将它吞了下去。

葆庚笑了笑说：“鼎丞又弄什么灵丹妙药来了？”

王定安将刚放进皮坎肩口袋里的一个小玻璃瓶拿出来，递给葆庚，一边说：“英国出的药，名字古里古怪的，我记不住，治头脑眩晕最有效了。我方才觉得头又有一点晕了，现在吞下一粒，过会儿就不晕了。”

“真的，有这样的奇效？”徐时霖好奇地从葆庚手里拿过去，打开瓶盖，细细地看着里面那些白色小药丸说，“我太太也有这个毛病，发起来天旋地转，吃了好多药都不见效。你这药是从哪里来的？”

王定安说：“有个英国传教士前几天到太原来，既传教又治病，随身带了很多洋药丸子，吃了他药的人都说管用。经一个朋友介绍，我去见了他。他给我看了病，并给了一小包药丸，说吃了有用再来看。我要给他钱，他不要。我吃了三天他的药，果然后来头再也没晕过。我于是去找他，谢谢他，向他要了三瓶。问他多少钱，他又不要。说这药不能算价，你有钱就给一点，没有钱就不给。我拿出一锭十两银子来问他够不，他哈哈笑起来说：‘足够了，足够了！’”

徐时霖疑惑地问：“你怎么可以跟他对话，他会讲中国话？”

“他到中国十多年了，中国话说得很流利，还可以捏着鼻子学山西土话，我都讲不出。”王定安嘿嘿干笑了两下，露出一口黑黄色的牙齿，“你先从我这里拿几粒去。若有用，我陪你再去找他买。”

王定安从徐时霖手里拿过小玻璃瓶来。徐时霖忙伸出双手，王定安在他右手掌心倒出五六粒来，徐时霖赶紧从袖袋里掏出一块绸手巾来包好，连声说：“谢谢，谢谢！”一边把它放进左手袖袋里。

葆庚说：“那个英国传教士叫什么名字，多大年纪了？”

“叫李提摩太。”王定安说，“洋人的年纪我拿不准，大概不会超过四十岁吧！”

“你头现在不晕了吧？”徐时霖急于验证这药的效力。

“不晕了！”

“这洋人的东西就是好！”徐时霖说时，又用右手摸了摸左手袖袋，生怕刚才没放稳妥。

葆庚说：“还是言归正传，说说你的根据吧。”

“自古以来的名士，从东汉的太学生到前明的东林、复社，没有几个能办成大事的。”兴许是洋药丸子的作用，王定安的中气明显比刚才足了，说话的声音也大了许多。“这些人，多半志大才疏、眼高手低，发起议论来则海阔天空、头头是道，真正让他们做起实事来却又束手无策，一点办法也没有了。讲起别人来求全责备、刻薄挖苦，但自己立身处世，更加卑鄙。当年文正公和九帅就最讨厌这样的人。你们听说过李元度吗？”

徐时霖摇摇头说：“没听说过。”

“我听说过。”葆庚摘去头上的黑呢瓜皮帽，抓了抓光秃秃的头顶。“好像也是中兴时期的一个有点名气的将领。”

“什么名气？打败仗的名气罢了。”王定安有过多年跟随曾国藩、曾国荃兄弟的经历，这是一段他引以自傲和傲人的历史。过去曾国荃做巡抚时，太原城里除开一个九帅外，他并不把包括两司在内的其他人放在眼里。待到卫荣光来做巡抚时，他是连一人之下的感觉都没有了。葆庚虽是藩司，王定安一向对他不大尊重，反驳他的话是常事。“这李元度就是一个典型的名士派，说大话，写文章，是再没有人能超过他了。真正打起仗来，一点本事都没有。他在文正公面前许下重诺，要守住徽州府。但没几天，把座徽州府给丢了，还临阵脱逃，二十多天后才到祁门去见文正公。文正公气得要杀掉他，李少荃他们拼命担保，才没丢脑袋。后来他想投奔我们九帅，九帅硬是不要。”

王定安讲起这段掌故来，精神焕发。其实，说张之洞是完全用不着把李元度拉来做靶子的，王定安之所以要扯得这么远，无非在葆庚、徐时霖面前炫耀一下他的那段光荣历史罢了。果然，三十多岁的县令徐时霖立即被镇住了，五十多岁的布政使葆庚也感到在他面前突然矮了一截似的。

徐时霖以请教的口吻问：“照您刚才的意思，张之洞就是李元度那样的人了？”

“我看差不多。”王定安端起茶杯来，喝了一口茶说，“甚至还会比李元度不如。”

葆庚问：“这话怎讲？”

“李元度从没有上奏章弹劾过人。他人缘好，出事后，祁门两江总督幕府的人几乎都出来保他。像李少荃那样的人，是通常不大说别人好话的，居然宁愿辞职也不肯起草罢免李元度的奏稿。张香涛过去做清流派，得罪的人很多，大家都盯着他，巴不得他倒霉。一旦出事，除了他的清流朋友外，哪个有实力的人肯替他说话？”

葆庚摸着油光光的下巴说：“鼎丞说得有道理。依我看，说不定放他到山西来做巡抚，便是有人设好的一个圈套。恨他的人，在京师拿不到他的把柄，就放他到山西来，知道他这个人好大喜功，必定会争出风头，到他栽跟头时，就好降服他了。”

葆庚说到这里，停了一下，拿起他放在桌上的瓜皮帽，仔细看了看，轻轻地对着它吹了一口气，然后伸了一下懒腰，慢悠悠地说：“可惜呀，张香涛还蒙在鼓里，做他的好梦哩！”

听了葆庚这句话，又加之个把月过去了，并未见张之洞对他采取什么举措，徐时霖大大地松了一口气。小客厅里的炭火烧得很旺，他将身上棉长袍解开，轻松地笑着说：“看来我是过虑了，我们过去做的事还是可以继续做下去！”

王定安打了一个呵欠，以一种老谋深算的口气说：“据说张香涛脾气倔、胆子大，太后对他圣眷颇隆，还是防着点好。”

葆庚点点头说：“怎么防着？你出点主意。”

王定安又长长地打了一个呵欠，说：“葆翁，我实在熬不住了。你这里有福寿膏吗？”

福寿膏是烟客对鸦片的昵称。说了个把时辰的话了，王定安这个大烟鬼支撑不住了。葆庚的烟瘾也发作了。他站起来说：“我这里有刚买来的真正的公班土，跟我到烟室里去吧。”

清廷对鸦片烟时禁时弛，但明文上对官吏吸鸦片还是一贯禁止的。葆庚的烟室造得很隐秘。他将徐姨太宽大的卧室隔成两个部分。前部分放一张终年挂着蚊帐的深红色雕花大床，以及徐氏的梳妆台、衣柜等物件，后部分则是他的烟室。里面有一张宽大的烟床，床上垫着厚厚的棉被，上面铺着一床特制的新疆毛毯，豪华气派，松软舒坦。烟床上摆着一个矮矮的梨木镶贝烟几，上面放着精致的烟枪、烟灯等一应用品。这前后两部分中间用一道薄砖墙隔开，雕花大床放在墙边，将大半个墙给遮住了。剩下的小半边墙只开一道门，门前放着一座西洋进口的大玻璃穿衣镜，刚好把门严严实实地挡住。姨太太的卧房，除开两个贴身丫鬟外，谁也不能进去。即使偶尔闯进去了，也看不出半点破绽。葆庚便在这个烟室里，每天由徐氏或徐氏的丫鬟服侍着，抽它一两次大烟，过一个钟头如仙如佛的瘾。这段时期徐氏回家坐月子去了，卧房里空着，葆庚便带着王定安、徐时霖穿过徐氏的卧室，绕过穿衣镜，来到神仙窟。

“葆翁，你真会享福。”王定安看着布置得奢侈耀眼的烟室，情不自已地发出感慨，“与你相比，我那抽烟的地方简直就是农家的灶房了。”

听了这句赞美的话，葆庚心里很高兴，说：“你没见过京师王府里的烟室哩，若跟他们比起来，我这又是灶房了。”

徐时霖更是对他这个妹婿的福分垂涎三尺，心里盘算着：回家后一定要跟还在娘家做客的妹子商量下，要她悄悄地把葆庚的烟具带几件回来才好。

“鼎丞，你和我躺在床上抽。雨生，你是自己人，我就不客气了，叫丫鬟给你安排一个躺椅，把烟具放在茶几上，你就躺在椅子上抽吧！”葆庚一边调摆，一边吩咐丫鬟们做准备。

一切安排妥当，王定安烟瘾大发，已经不可按捺了。他赶紧脱鞋，躺在烟几的左侧，一个丫鬟忙过来给他烧烟泡。烟几的右侧，葆庚慢慢吞吞宽衣解带，也有一个丫鬟在服侍着。徐时霖则不忙着抽，他一件一件地把玩着那些精巧昂贵的烟具。随着烟灯的小火苗闪烁跳跃，时明时暗，一阵阵醉人的奇香从烟枪里飘出。小小的藩台衙门烟室，顿时成了西方极乐世界。王定安一连猛吸几口，贪婪地将飘出的香气吞进喉管，布施于五脏六腑，再将它压下丹田，周身上下疲倦顿失，活力复苏。

“葆翁！”王定安心中有一种飘飘欲仙的感觉，说起话来变得亲切多了。“你这是真正的公班土，而且是上等的。哪里弄来的，价格如何？”

“是不错吧！”葆庚徐徐地说，“泰裕庄的孔老板送的，他死也不肯收钱。”

“那还不是羊毛出在羊身上！”今天若不是跟着王定安来，徐时霖是享受不到这种洋药之味的。他对妹婿有点不满，抛出了这句颇为刻薄但极中要害的话。

“你的鬼点子多，出个主意吧！”葆庚头枕在小棉垫上，斜起眼睛望了一眼对面躺着的王定安。

王定安眯着双眼，全身心地都在享受上等公班土给他带来的乐趣。好半天，待这口烟完全在他的胸膛肚腹里消解之后，他才睁开两只小眼睛，慢吞吞地说：“我送你三条锦囊妙计。”

“不是只送我，”葆庚打断王定安的话，“你要知道，真的查起来，你的麻烦事比我还多。”

王定安不服气地说：“我的银子，都是干干净净的，不怕查。”

“真的吗？”葆庚冷笑道，“鼎丞，真人面前不说假话。你就不要在我面前说这种漂亮话了，这种漂亮话留着日后在张之洞面前去说吧！”

“好啦，好啦！”徐时霖打圆场，“王观察，把你的三条锦囊妙计亮出来吧！”

王定安毕竟心虚，见葆庚认起真来，便嘿嘿干笑两声说：“葆翁，我这句话没有别的意思。因为是要你出面去办，你是藩司，他第一个要和你商量，我和雨生还差了一截。”

徐时霖忙说：“那我就差得更远了！”

葆庚一向都要仰仗王定安，何况现在他们共坐一条船，当然要和衷共济，于是也笑着说：“刚才说说玩的，你可别计较。”

王定安又重重地吸了一口大烟泡后，不慌不忙地亮出他的锦囊妙计来：“首先，你还是用对待卫荣光的老法子对付他。告诉他这藩库清不得，三十年没清了，巡抚也不知换了多少个，历届巡抚都当得好好的，该升官的照升官，该调肥缺的照旧调，从没有哪一任巡抚因此有什么挂碍。一旦清理，则会挑起许多事端来，反而不美。说得他打消这个念头，不再惹是生非，那就一切都没事了。此乃上上之策。”

“这当然最好。”葆庚坐起来，摸了摸颈脖子说，“听说张之洞这个人倔强得很，他想干什么就干什么，只怕不能像卫荣光那样，几句话就对付了。”

徐时霖也坐起来，说：“有人说张之洞凶狠得很，怕不是卫荣光那种人。”

王定安仍躺着不动，他上上下下地摩挲那杆雕龙描凤的大烟枪，慢条斯理地说：“若说服不了，则用第二计。你就对他说，藩库是藩司管的事，不劳你张大人直接操心。这事就交给我吧，我保证把藩库账目清理得熨熨帖帖。”

“对！”徐时霖拍了拍自己的大腿，兴奋地说，“这是一条妙计。我们自己来办，那还不什么都好说！”

“这主意好是好，不过，”葆庚穿起鞋子，下了烟榻，在房间里走了几步，“只是前天张之洞对我说，铲除罂粟，播种庄稼，是件迫不及待的事，必须督促各州县尽快做好这件事。他要我来督促。”

“你答应了？”王定安问。

“我能不答应吗？”葆庚显出一种无可奈何的神态来。

徐时霖说：“张之洞叫你去禁烟，是不是他已知道了这个秘密。”说罢，用手指了指茶几上的烟灯。

“知道这个不碍事，太原城里有几家衙门没有这个？”王定安也坐起来，伸出一只黑瘦干枯的手，慢慢地摸捻着下巴上那几根鼠须。“怕就怕在他知道了那个。”

“哪个？”葆庚的心猛地跳了一下，他已猜中八九分了。

“救灾款的事。”王定安阴暗的脸上露出一丝隐约可见的冷笑。“张之洞这是调虎离山，有意不让你插手清理藩库的事。说不定他已从别的什么地方听到了风声。若这样，事情就麻烦了。”

王定安所说的正是葆庚所猜的，他的心里一下子凉了半截。

光绪三年，布政使葆庚主持山西的赈灾事宜。除开朝廷的救济款和各省的协济款外，还有大量个人拿出的款项，这笔款子，美其名曰捐款，其实是买功牌款，卖顶子款。这正是当年曾国藩用于筹饷的一个行之有效的方法。

那时，太平军打进湖南，围攻长沙八十余天，朝廷吓坏了，赶忙下令要正在家守制的曾国藩组建乡勇，与太平军对抗。但朝廷拿不出钱来，令地方自筹解决。湖南藩库也拿不出钱来，要曾国藩自行解决。曾国藩知道一些富裕的商人士绅手里有钱，但他们不会白白地拿出来，他们要跟朝廷做交易，即用钱来买功名、买官衔。于是向朝廷讨了几百张空白功牌，依捐款的多少，发给不同军功品级的牌子。有的捐款很多，便给他一个候补知县、候补知府的官衔。乡勇招募之初，就靠这个办法解决了军饷。后来，曾国荃招募吉字营，也用这个办法。来到山西做巡抚，面对急需银子救灾的局面，曾国荃又启用这个法宝。向朝廷申请了两百张空白功牌，全部交给葆庚来处理。朝廷的救济款和各省的协济款，都是用公文交代的，蒙混不得，只有这笔为数不小的捐款容易浑水摸鱼。葆庚、王定安都在里面做了手脚。若把这笔款子清理明白，他们做的事就会露馅。身为藩司的葆庚就将承担主要的责任。葆庚如何不慌?

“八成是张之洞听到有人讲救济款的坏话了。他叫我去督促铲除罂粟，是想支开我。听卫静澜说，张之洞他是要亲自办这件事。”

徐时霖插话：“他这是要急于立功。”

“鼎丞，你不是有三条妙计吗，这条看来也不行了，把第三条拿出来吧！”葆庚像遇难者求救似的向王定安呼喊着。

王定安离开烟榻，背着双手在屋子里走动着，好半天才开口：

“第二条计策是中策，虽比不得上策，但也不失为一条良策。这一条也不行，那就只有出下策了。”

“下策就下策吧，你倒是说出来给我们听听呀！”葆庚的语气里夹有三分惶恐。

“这下策乃是一条古老的计谋。如果办得好，成效也不可估量。”王定安停了下来，两只小眼睛盯着葆庚说，“学汉元帝的办法，和亲！”

“和亲？”葆庚一时还没有弄明白。

“我知道王观察的意思了。”徐时霖的悟性比葆庚来得快些，“咱们好比汉元帝，张之洞好比单于，将一个王昭君来亲善彼此之间的关系。”

徐时霖话刚一出口，立刻想到自己送妹子给葆庚，不正是一条和亲之计吗？

“你是说用美人计来笼络张之洞喔！”葆庚终于弄明白了。他突然高兴地说，“听说张之洞来山西前，刚死了老婆，给他一个美人，那真是雪中送炭！”

王定安不理睬他们郎舅的阐释，独自一人迈着方步，嘴里喃喃地背诵着王安石的《明妃曲》：“明妃初出汉宫时，泪湿春风鬓脚垂。低徊顾影无颜色，尚得君王不自持。归来却怪丹青手，入眼平生几曾有。意态由来画不成，当时枉杀毛延寿……这诗写得太好了，千古咏明妃之作无出半山之右者。”

望着王定安这一副雅兴十足的神态，葆翁又犯难起来。他皱着眉头，自言自语：“这计策好是好，只是上哪儿去找一个王昭君呢？”

“这我就不管了。葆翁，这出主意是我，办事就靠你跟雨生了。叫雨生去找吧！他有的是经验。”王定安诡谲地望了一眼徐时霖，徐时霖的脸色顿时十分不自在起来。“你们两郎舅好好合计合计。天色不早了，我要回家了。”

王定安拿起银狐披风，走出藩司衙门的绝密烟室。

五　解州书院里藏卧着一位四朝大老

位于山西最南部的解州，是一座年代久远的小城。它处在山西、河南、陕西三省交界之地。出解州城南门走七八十里，便来到黄河边。

传说这一段的黄河中有一个小小的岛屿，当年为人类补天的女娲，便葬在此岛上。到了唐玄宗天宝年间，在一个大雨晦暝的日子里，此岛连同岛上女娲墓突然失踪了。八年后的一个夜晚，黄河上出现了难得一见的风雨雷电。第二天早上，人们惊讶地发现，女娲墓冒了出来。墓上长着两棵丈余高的大柳树，墓下是一块巨大的石头，当地百姓叫此石为风陵堆。女娲娘娘本是受人敬仰的女神，再加上沉而复出的传奇，更提高了她在人们心目中的地位。黄河上往来的船夫艄公，路过此处，都要到风陵堆上去叩拜女娲墓，请求这位黄河不能淹没的神灵保佑平安。风陵堆的南岸便是自古以来有名的险关——潼关。从潼关往西南约走六十里，便到了西岳华山。而潼关的对面渡口，就是风陵渡。三国时期，曹操西征韩遂，由潼关渡河，由风陵渡上岸。至今当地百姓还可以指着岸边石头上的痕迹，告诉你这是当年那位叱咤风云的魏武皇帝所留下的马蹄印。顺着这段黄河向东走约一百五十里，就到了灵宝。安史之乱时，唐肃宗不顾老子玄宗的尊严，擅自即位于此。若再回到风陵渡口，往北走大约五十里地，有一处古老的寺院，叫做普救寺。这普救寺不以诵经念佛出名，它的名声得益于一段旖旎艳丽的风流故事。

寓居普救寺的穷秀才张生，爱上了路过蒲州借住此寺的宰相之女崔莺莺。张生和崔莺莺破除门第观念，彼此爱慕，却不料老夫人不同意。后来张生靠朋友的力量，打退了围寺的强盗，才使得老夫人勉强同意。这一爱情故事总算有了个令人欢喜的结局。后来董解元、王实甫将这段传奇搬上舞台，数百年来在民间流传不衰，使得普救寺声名远播。一座原本以斩断情缘为修行目的的寺院，却仗着一段情缘而传名于世，也真是有趣的事情。

这便是解州城四周的人文地理。悠久灿烂的文明史，酿造这一带浓郁的黄河文化气氛。因此，小小的解州城历来文风较盛。这里有一座兴建于前明嘉靖年间的书院，聚集着附近三省的优秀学子，向来以学风淳厚而享誉远近。解州书院这十来年，更是为士人们所仰慕。因为这段时期它的主讲不是平凡之辈，乃赫赫有名的大人物阎敬铭。

阎敬铭不是山西人，他是陕西朝邑人。朝邑位于晋陕两省的交接之处，离解州城不过百五六十里远。阎敬铭中式之前，曾在解州书院苦读过五年。这五年为阎敬铭打下了学问根基，也使得阎敬铭对解州书院终生怀有感恩之情。

道光二十五年，三十岁的阎敬铭熬过二十多年的寒窗，终于中进士入翰苑，释褐而踏上仕途。翰林院散馆时，阎敬铭因试卷上错了一个字，没有留馆而改分户部。翰林院清高又空闲，易于迁升，几乎是所有读书人向往之地。大家都为阎敬铭惋惜，但他本人却不感到怎么遗憾。出身耕读之家的阎敬铭是个刻苦务实的人。户部主管全国财政，直接关系到国计民生，比起翰苑的吟诗作赋来，对国家的贡献更为实在，也更能历练人。阎敬铭进入户部后，全副身心投入部务之中。他精细练达，又抱负高远，很快便在户部崭露头角，成为部里干员。但阎敬铭性格刚直耿介，朝中又无靠山，尽管才干出众，品格脱俗，却在积资升为主事之后，便再也上不去了。直到咸丰九年，眼看着一个个无德无才的后来者越他而过，四十三岁的阎敬铭仍然只是一个六品主事，心中甚是愤郁不平。这时，他遇到了一个知己，此人便是胡林翼。

当时，胡林翼身为湖北巡抚，正和曾国藩密切配合，统率湘军，经营长江两岸的战事。半年前，湘军惨遭三河之役的失败，军队元气至今并未恢复。曾国藩以兵部侍郎空衔客寄江西，军事蹇滞，湘军正在艰难时期。东征湘军的粮饷，只能靠胡林翼所管辖的湖北，设在武昌的湘军后路粮台任务繁难，责任重大，却缺乏一个能干的人来管理。胡林翼在与户部打交道的过程中，得知阎敬铭的精明能干，便上奏请求调阎敬铭来武昌管理湘军粮台事。在户部郁郁不得志的阎敬铭一直关注着南方的兵事，私心早已对曾国藩、胡林翼仰慕不已。他渴望着能结识这两位大人物，从他们那里学到治国办事的真才实学。他也知道，此时从军固然充满着危险，但也同样充满着机遇，与其在户部久抑不伸，不如到军营中去闯一闯。军营正当用人之际，自己的能力可以得到充分的展布。倘若机遇好，说不定很快便可以出人头地。

就这样，阎敬铭毫不犹豫地舍弃舒适悠闲的京师生活，只身来到兵凶战危之地的武昌城。正六品衔的主事与从二品衔的巡抚之间相差得太远了，何况这位巡抚还是一个战功卓著的军事统帅。阎敬铭怀着局促的心情，第一次拜见胡林翼，孰知大出意料之外。这位身子瘦弱的湘人，一点没有封疆大吏的架子，其谦和平易，完全出于一片天性。阎敬铭想起户部以及京师其他衙门里的那些大人老爷来。他们胸无半点实学，却架子大得很。同一个衙门里，则是官大一级压死人。那种沉闷刻板、暮气深重的衙门作风，与眼下这里的锐意进取、奋发有为的景象简直有十万八千里之差。阎敬铭在这里看到了自己的事业所在，也看到了真正的人生价值所在。

在湘军的后路粮台做了三个月的协理之后，胡林翼便将总理一职交给了他。不久，又趁着前线一次胜仗的机会，在奏章里大为表彰阎敬铭调度粮饷的功劳，将他保举为员外郎。有如此投缘相契、知人善任的上司，有如此足以让自己施展才干的空间，真是人生的幸运！阎敬铭庆幸自己遭逢了难得的好机遇。他竭尽才智，调遣各路粮饷，尽量保障前方源源不断的供给。他忠于职守、廉洁奉公，手头日过千万两银子，却两袖清风，一尘不染。胡林翼敬重阎敬铭的德才兼备，与他推心置腹，两人成为肝胆相照的挚友。随着胡林翼的不断保举，阎敬铭从员外郎升为道员。

咸丰十年底，曾国荃围攻安庆。到了紧急关头，胡林翼亲率部队移营太湖协助。太平军趁着武昌空虚之际，欲解安庆之危，施行围魏救赵之计。李秀成、陈玉成率领二十万人马，沿长江南北兵分两路向西进军。北岸陈玉成兵行迅速，由英山进湖北，长驱直入，夺取孝感、黄陂，兵锋直指武汉三镇。武昌城里既无主帅，又无兵马，一时间惊惶失措，乱成一团。各大衙门大门紧闭，官员纷纷外逃，湘军后路粮台的人员，也几乎逃亡一空。唯有阎敬铭临危不乱，坚守粮台，将一根麻绳置于案头，心里做好准备：若太平军攻入粮台，则悬梁自尽。后来，因为种种原因，南岸李秀成的部队并没有按原计划进行，陈玉成也便放弃了进入武汉的打算。武昌城的各大衙门虚惊一场。当那些逃走的粮台官员又重新回来办事的时候，面对着阎敬铭，真是又敬服又羞惭。胡林翼为此特地上疏朝廷，称赞阎敬铭理财既为湖北第一，操守血性更是并世难得，宜堪大用，请擢升为湖北按察使。那时胡林翼乃朝廷南天柱石，咸丰帝依畀甚深，于是谕旨下达：阎敬铭补授湖北臬司。

来到湖北不到两年，便从一个微不足道的小京官，升到负责一省的司法大吏，并让皇上和各省都知道自己是一个济世干才，阎敬铭怎能不欣慰万分！而之所以有这一切，完全是因为胡林翼的赏识、重用和提拔。他心里对胡林翼有说不尽的感激和崇敬。他要倾尽全力襄助胡林翼，完成底定江南、中兴天下的大业。

不料，胡林翼因劳累过度，肺病大作，终于不起，年未五十而撒手人寰。阎敬铭伤痛不已。他既为自己顿折良师益友而伤心，更为国家顿失擎天梁柱而痛心。继任的巡抚严树森萧规曹随，一本胡林翼的成法治理湖北，支援东征湘军，并更为仰仗阎敬铭。不久，阎敬铭署理湖北布政使。

第二年，阎敬铭署理山东巡抚。同治三年，实授鲁抚。那时，山东正是朝廷与捻军交战的重要战场，阎敬铭名为巡抚，实为带兵的将领。他昼夜在军营操劳，早年的风湿病复发。同治六年，年仅四十八岁的阎敬铭便辞去巡抚，回原籍朝邑养病。同治八年复出，只做了两个月的工部侍郎，便又辞职回乡。之后，朝廷多次命他出山，他均以病未痊愈为托辞不应诏。

光绪三年，山西大旱，朝廷命他协助曾国荃在山西赈灾。赈灾是救民水火的大事，何况曾国荃为多年的战友，阎敬铭不便再推辞。办了半年的赈务，民心初定之后，他便又离开官场。这几年，朝廷又两次要他进京，他两次都推辞了。阎敬铭年未及知命而位居方面，也可以算是官场中的得志者，为何一再不奉诏，甘居山野老于林泉呢，难道真的是疾病的原因吗？当然不是！

病痛这东西是人人都不想有的，但有时，它又能给人带来某些用途，尤其是政坛上的人物，常常要借用它来玩点把戏，使点障眼法。古往今来，凡政界人物所谓的因病不能任职的话，绝大部分是另有原因不便明说，于是，或自己用来做托辞，或别人用来遮掩视听。这也可算是人类文明史上的一大创造吧！

那么，阎敬铭不便明说的原因究竟是什么呢？一言以蔽之，即失望。最先使他失望的是江宁城攻下后，湘军将士和他们最高领导集团的表现。

同治三年，曾国荃率领的吉字营在围攻三年之后，终于把太平天国的都城打下来了，随之而来的便是发疯一般的烧杀、抢掠。一座锦绣般的古都被焚烧殆尽，太平天国集聚的无数金银财宝被洗劫一空。阎敬铭面对着这极不情愿看到的现实，心里痛苦不堪。多少年来，湘军不是高喊着勤王室、卫孔孟的口号，声称自己是正义之师吗，为何这时野兽般发泄心里的仇恨，强盗般打家劫舍？这只能使他想到，他们原本便是冲着江宁城里的财富而来的，所有动听的宣言都是欺世盗名的谎话。而自己，身为粮台总理，多年来苦心经营，为他们提供充分的粮饷，实际上只是为他们能有今日提供保障罢了。

接着使他失望的，是山东的剿捻战场。过去阎敬铭在湖北做的是军需后勤之事，到山东后才亲自执掌兵权，了解到前线的真相。捻军是乌合之众，如果朝廷的军队精诚合作，共同对敌，捻军原本很快可以扑灭。但朝廷部署在山东省的四支部队：当地绿营、淮军、湘军和蒙古马队，却彼此牵制，互不买账。只是争功争饷，保存实力，并不冲锋陷阵。使得一支人数并不多的捻军，在山东境内东窜西突，所向无敌。阎敬铭身为山东巡抚，却不能协调这四支各有主帅的人马，他有时气得吐血也无济于事。直到他引疾归里，山东军事仍无进展。他不明白，拿着高俸的将领和吃着饷粮的兵勇，为何对朝廷如此不忠不诚?

第三个令他失望的是工部的状况。十多年前在户部，阎敬铭只是一个小小的主事，部里的机密要务他无权涉及。做了工部右侍郎后，他才知道工部糟糕透顶。汉尚书其实对部务一窍不通，他的兴趣只在研究三礼。一月之中有半月不来部视事，窝在家中著书立说。他不明白，朝廷为什么调这样的人来掌工部。既然热衷于学术，何不成全他，让他在翰林院做个内阁学士呢?满尚书是个宗室，不学无术，头上顶子靠的是祖宗的福荫染红的。此人是个美食家，提到京师各大餐馆的菜肴特色来两眼发亮，听到部属谈起正事来则双目无神。阎敬铭也不明白，朝廷为何安排这样一个人来掌工部。他家里有的是几代人花不完的银子，何不让他在家吃吃喝喝，做一个清闲自在的公子王孙，要他在工部衙门当差，受这份罪做什么?工部的权力实际上掌握在其他三个侍郎手里。他们每兴建一项工程，则向朝廷多报三到五成的费用。发到各省，则又减去三至五成的银子，然后还要勒令承办工程的商家给他们送回扣、打红包。他们就这样贪污中饱，富得流油。阎敬铭看不惯这一套，既不收红包，又不接回扣。这样一来，阎敬铭便成为他们的障碍。三个侍郎联名上章，说阎敬铭疾病缠身，神智昏倦，工部事繁，不能胜任，不如调到礼部去，清闲舒服，人地相宜。阎敬铭知道他们的用心，便干脆顺水推舟，借病辞职。他已深为厌恶这个龌龊卑污的官场了，决心布衣终世，再不为官。

阎敬铭以侍郎之身回到朝邑，立刻惊动方圆数百里的官府士绅。陕西、山西、河南三省仰慕的、巴结的、借重的，纷纷前来拜访，并邀请他出来为地方做点事。阎敬铭一概拒绝。只有当解州书院八十岁的老山长谷实穗先生亲来看望，请他主讲书院时，他却不能推辞了。一来，谷老先生当年在解州书院，曾亲自教过阎敬铭五年的书。阎敬铭之所以能中进士、点翰林，谷老先生悉心培育之功不可没。老先生的面子，岂能不给？二来，解州书院乃阎敬铭的发祥之地，恩情深重，不容他不回报。三来，阎敬铭也想从解州书院里挑选几个可资造就的学子，着意栽培，将来为国家培养几个人才出来，也是晚年所作的一桩大好事。就这样，从阎敬铭回来的第二年，便出任解州书院的主讲，直到今天。

流年如水，十五六个春秋就这么过去了。阎敬铭以山水风光自娱，教书育人为乐，日子过得无拘无束、潇洒自如。同治七年，以曾国荃、郑敦谨为首编辑的胡文忠公遗集雕板告藏，胡家特为送给阎敬铭一套。他读故人遗墨，如与故人对话。十多年间，手中这部胡文忠公遗集他不知读了多少遍，愈读愈对胡林翼钦佩不已，愈读愈对胡林翼的事业后继无人遗憾不已。他有心在解州书院寻求一个英才来传递胡氏薪火，但至今也没有看出一棵苗子来。这天他刚从书院下课回家，喝了一口茶，正想拿起胡文忠公遗集中的《读史兵略》再浏览浏览，忽听得外面传来一句洪亮的异乡口音："请问，阎老先生是住在这里吗？"

阎敬铭忙放下手中的书，大步向门外走去。

六　敢参葆庚、王定安，看来张香涛不是书呆子

阎敬铭走出门外，看到眼前站着一位四十开外的中年人。此人穿着一身黑色紧身衣裤，背上背着一个黑色行囊，与行囊并列的是一把黑柄长剑，面孔黧黑，五官端正，左手牵着一匹鬃毛黑亮的战马，那马正悠闲地低头吃着墙边的野草。阎敬铭心里夸道：十多年没见到如此英武挺拔的人物了，这是哪来的脱下战袍的将军？他脸上露出赞许的笑容，说："我就是阎敬铭。请问足下尊姓大名？从哪里来？"

那人一听，忙丢开缰绳，双手抱拳深深一揖说：“您就是阎丹老，刚才多有冒犯。敝人从太原府来，名叫桑治平，奉张抚台之命，特来拜谒您。”

桑治平说罢，抬起头来将阎敬铭认真地看了一眼。如果不是本人自报家门，他简直不能相信，面前站立的这位，就是曾经做过山东巡抚、工部侍郎的大官员，就是那个受胡林翼器重、被慈禧太后简记于心，朝廷多次征召的中兴名臣。桑治平不觉又细细地看了一下：满脸粗糙的皮肤，上面有许多条刀刻剑剁般的皱纹，头发快白完了，胡须杂乱，好像从未修整过似的。背微微有点驼，已是仲春时光了，身上还穿着厚厚的粗布黑棉袍，显得臃肿。浑身上下，纯是一个北方老农的神态，找不到半点卿贰大臣的气概。

“桑先生，请进屋里说话吧！”阎敬铭操着浓厚的陕西口音招呼着，这声音如同从水缸里发出的一样，瓮声瓮气的。

这是一座极为普通的晋南农舍，就坐落在解州书院的旁边。进了大门后，阎敬铭将桑治平请进了他的书房。这书房也很简陋：一个白木板做成的书架，零零散散地摆着几十本书，桌椅板凳也都没有上漆，唯一显眼的是正中墙壁上挂着一副装裱精致的对联：万顷烟波鸥世界，九天风露鹤精神。上联右上角写着一行小字：书涤丈旧联以赠丹初兄。下联左下角也有一行小字：益阳胡林翼于武昌节署。

刚坐下，一个六十余岁、布衣布履满头白发的老太太，双手端了一个粗泥大碗走了出来。阎敬铭说：“这是贱内。请桑先生喝茶。”

桑治平心里一惊，忙站起身来。他怀着一股复杂的心情，恭恭敬敬地接下这碗茶，双手捧着，似觉有千斤之重。阎敬铭坐在一旁说：“坐吧，坐吧。解州偏穷，没有好茶叶，请将就喝点。”

桑治平望着碗中粗大的叶片和黑黄黑黄的茶水，举起碗来喝了一大口。茶水苦涩，而他心里则充满甘甜。桑治平足迹遍南北，结交半天下，第一次遇上这样一位奇人。胸中藏着经天纬地的大才，外表却如木讷无文的耕夫；虽出入玉堂金马之门，久坐虎皮交椅，如今却怡然自得于竹篱茅舍之中；曾执掌生死大印，调度银钱千千万万，如今却四壁萧然、家无长物；曾前呼后拥、八面威风，指挥过千军万马，如今却心如古井，寂然与一个白发老妪共度晚年。是青少年时期的长期艰苦，养成了这种见苦不苦的脾性，还是历经富贵繁华后的返璞归真？是天性如此，还是大智大慧？不管是出自于何种缘由，十多年这样过来，岁月岂不将他的生命与这一切融为一体了，他还能抛得开、离得了吗？他还愿意重返官场、再肩大任吗？

望着桑治平这样大口地喝茶，阎敬铭想他一定是饿了：“老妻正在为你煮饭，是不是先吃两个冷山药蛋充充饥？”说着就要起身去拿。

“不用，不用！”桑治平忙说，“肚子不饿，我是喜欢这种泥碗泡出的粗茶水，本色本味，最是宜人。”

“桑先生从太原府来，却不嫌老朽这里的简陋，真是难得！”

仿佛他从来没有出过解州城，一辈子未见过世面；仿佛他从来就是一个种田人，一辈子没享过福。这句话说得如此自然，如此顺口，令桑治平心里感慨不已！他放下行囊，从里面取出一个大信封来，双手递了过去：“丹老，这是张抚台给您的信。”

“老朽与张抚台向无交往，他怎会想起给我送信来呢？”阎敬铭边说边接过信封，从中抽出一封信来，他眯着两只眼睛看着：

丹老前辈大人阁下：

二十年前，之洞正欲束装就道，遵恩师之命赴武昌，拜在老前辈帐下，求治国真学问，讵料凶耗传来，恩师仙逝，万般无奈，只好止步。从此关山暌违，不得亲炙。至今思之，尚痛悔万分。

老前辈建不世功业，孚海内人望，而急流勇退，隐身晋南。对老前辈而言，慕前贤之风，志节可嘉；对国家而言，老成闲置，大匠歇手，诚为绝大憾事也！

两年前，之洞应诏荐举天下人才，即以老前辈为当今第一英杰上奏。客岁冬，奉命承乏三晋，临行陛辞时，太后殷殷垂询，数次问起老前辈，命之洞打听消息，若身体尚可，务望来京辅助朝政。纶音亲切，令下臣感慨万分。今特嘱友人桑治平前来拜谒，敬问起居。之洞初到山西，杂事丛集，待稍清眉目后，便南下解州，立雪程门，请教治晋方略。托桑君顺带二十年前恩师给之洞亲笔信函一封。恩师当年对老前辈之赞美，皆已获验证，而“入阁拜相”之期望，也即在眼前。老前辈定不会长与渔樵为伴，而令友人九泉之下于不安。

晚之洞叩首

阎敬铭看完信后，嘴角边微微露出笑容。他抬起头来，正与桑治平凝视他的目光打了个照面。桑治平的目光明净而深邃，友善而坚毅，使阎敬铭心头一亮：此人不是凡俗之辈！

“张抚台信上说，有胡文忠公二十年前给他的信一封，托桑先生带来，可否给老朽一看。”

“这封信是特为给您带来的。”桑治平又从行囊中拿出一块长约八寸宽约五寸的小木板来。他用手一压，一块木板分为两片，里面平平整整地压着几张信笺。桑治平将信笺取下，恭送给阎敬铭。

阎敬铭的双手在黑布棉袍上擦了两下，脸色端凝地接过信笺，说：“你稍坐一下，我去拿副眼镜来。”一会儿，阎敬铭从隔壁房里拿了一副眼镜出来。桑治平看那眼镜十分陈旧，一只脚已不见，代之以一根麻绳。阎敬铭将老花眼镜戴上。再次捧起信笺时，桑治平见他的双手微微颤抖，两片干瘦的嘴唇似在抽动。此情此景，与刚才看张之洞的信迥然不同。桑治平哪里能够体会得到，这位厚貌深颜的老者此时的心情啊！

阎敬铭面对这封胡林翼的亲笔信，就如同见到了去世多年的老朋友。他在心里默诵着胡林翼信上的文字，就如同听到老朋友在说话。

二十年前武昌城，在巡抚衙门里，在粮台衙门里，他们就这样面对面坐着，商量军国大事，部署东征战略，谈论诗词文章，也叙说家庭琐事人情世故。那轻轻的、娓娓动听的益阳官话里，充满了多少智者的思索，仁者的友情啊！

正如张之洞所说的，这封信是胡林翼写给正在南皮原籍温习功课，准备明年春闱的张之洞的。胡林翼在信上对他昔日的弟子说，趁着现在有空，不如南下到武昌住段时间。书固然要读，但不能钻在书堆里不问世事，博取功名不是读书的最终目的，最终目的是经世济民。以你现在的学问，明年的会试高中如探囊取物，倒是治国办事的真才实学，是要考虑的大事。明年中式之后，或进翰林院，或任百里侯，则再没有历练的时间了，此时是你一生中最为难得的时光。

阎敬铭边读边点头，深知胡林翼这番告诫弟子的话，是真正的阅历之言。阎敬铭自己三十中进士，比起那些二十几岁便金榜题名的人来说，他的功名不能算早达。然而正是发皇较迟，才有充分的时间让他做幕僚，做账房先生，从而练就实际的治事能力。后来一到户部，就能独当一面。对于各省报上来的账目，哪些是诚实的，哪些是掺了假的，他一眼就可看出七八分来。阎敬铭将信再看下去，接下来胡林翼就说到了他。

老友信上说：粮台总理阎丹初先生乃当今贤能之士，理财本领湖北第一，天下少有。东征湘军能足饷足粮，全靠此人大才筹运，这是真正的济世大学问。林翼自是远不能及，环顾今日宇内大吏名宦，亦鲜有及者。此等学问非书斋可求得，须从历练中来。贤弟日后要做社稷之才，不可无此学问。丹初先生才华出众而笃实谨恪，前途不可限量。今日在武昌做臬司，明日或调他省做藩司，后日再升为巡抚，都是意料中事。过几年拜相入阁，也必是题中应有之义。此时来武昌，凭林翼薄面，尚可勉收你为入室弟子。再过些日子，或外擢或内升，那时林翼鞭长莫及矣。常言道：机不可失，时不再来，贤契接信后即可整装南下，林翼在黄鹤楼畔翘首盼望也！

“藩司”“巡抚”“入阁拜相”这些话，胡林翼当年从来没有当面说起过。信上写的，是他对千里以外的弟子的预言。二十年过去了，藩司、巡抚，这些预见已成事实，如此说来，“入阁拜相”也将会成为现实？一时间，年过花甲的阎敬铭心里热了起来。哪一个读书人不巴望自己有入阁拜相的一天，何况做过大员、胸负奇才的阎敬铭！他之所以盛年归田，是因为出于对世事的失望，也因此而使得对自己的前途失望。胡林翼二十年前的这封信，唤回阎敬铭消逝已久的热情。其实，这些年来，解州书院主讲的心灵深处，何尝就真的淡漠了一切，就真的对宦海官场心如死灰？平生大志未得充分展布的隐隐之憾，常常在一觉早醒、中宵月夜之时，在一人独酌、醺醺微醉之际，像一只嘴角尖利的小虫钻在他的胸腔，撕咬着他那颗清高而孤独的心。但是，一旦晨曦初现，或醉意清除的时候，他便很快释然了。朝廷虽说数度征召，但也没言明授予何职。阎敬铭知道自己性格耿介，只身孤影，朝中向无奥援，授职也不过巡抚、侍郎而已。与其再失望，不如不出山。阎敬铭的内心深处，就这样反反复复地波动着。而外表则一如黄河岸边之老农，日观浊浪排空，夜听惊涛裂岸，于世事人生似乎浑然两忘。人们都说，胡林翼识人有过人之处，如此看来，入阁拜相，或许不是空泛之谈，今生还可能有一番非常作为？

正在阎敬铭这样思来想去的时候，他的老妻已把晚饭做好了。于是，他把胡林翼这封信郑重交还给桑治平。然后，陪着桑治平喝了几杯红薯酿成的甜酒，欢欢畅畅地吃了一顿晋南农家饭菜。饭后，他又陪着桑治平在解州书院前前后后走了一圈，兴致浓厚地讲述书院的掌故人物。直到太阳西沉，山风渐冷时，他们才又回到那间简陋的书房喝茶叙话。

在太原时，张之洞和桑治平就阎敬铭的事商量了好久。桑治平认为，从种种迹象看来，阎敬铭此番若愿意入京，朝廷必加重用，职位将在侍郎之上。张之洞同意他的这种分析，说若能促成阎敬铭出山，则功莫大焉！桑治平说，是的，此举可一石三鸟！对太后来说，可谓不负圣命。朝廷多次征召而不能成的事，这次能办成，可获太后嘉许。此为一鸟。对你来说，经此番接触，阎敬铭心中将存感激，今后可望成为朝中的得力内助。此为二鸟。对阎敬铭本人来说，平生大才可望得到充分展布，不至于老死于解州书院而抱恨终天。此为三鸟。张之洞笑着说，这话说得好。你这次去解州，相机行事，务必要请动他。就这样，桑治平衔命来到解州书院。

“我原以为桑先生是抚台衙门里的人员，读了香涛的信后，方知足下乃他的朋友。请问足下，是原本就住在太原，还是这次与香涛一道从北京来晋的呢？”

胡林翼的信拉近了阎敬铭和张之洞之间的距离。在他的意识中，似乎有一种把张之洞视为自己弟子的感觉，他不再用“张抚台”这样严肃而疏远的官衔，而改用“香涛”这样较为随便亲切的字号来称呼张之洞。桑治平听了后，也觉得他与眼前这位古怪老人的距离拉近了许多。

“丹老，”桑治平以一种晚辈兼学子的态度答道，“我原是香涛的堂兄子青制台的画友。这些年来子青制台致仕回南皮，我一直飘零江湖，承蒙香涛看得起，去年随他来山西，做点小事。”

“喔！足下原来是张子青先生的画友，失敬，失敬！”阎敬铭两眼射出喜悦的亮光来，与刚才昏花的眼神大不一样。桑治平暗暗吃惊，心想：这样的眼光大概才是前粮台总理的本色。“我那年在山东做巡抚时，他在清江浦做漕运总督，我们时常有联络。他公余常爱绘画，画得也很好。不想一晃就是二十年过去了，他比我大几岁，快七十岁了吧，身体还好吗？”

“今年整七十。年已古稀，身上有点毛病是自然的，不过还算硬朗。”桑治平心想，正好借张之万做文章，烧热阎敬铭冷却已久的心。“去年春上，子青制台蒙醇王之召来到京师，我特为由古北口赶到城里，与老制台见面。我们之间有多年没见面了，这次老制台跟我说了很多心里话。”

“是啊，故人相见，总是有很多话要说的，都说了些什么呢？”阎敬铭边说着，边将身子挪过去了点，脸上显出安详的笑容，仿佛一个老农正在闲散地与邻里说年景、话桑麻。桑治平也将身子倾斜过去，做出一副随便谈心的神态。

“老制台说，醇王想请他出山再做点事。他说，归田六七年了，且年纪一大把，还能做什么事。醇王说，国家还靠老成掌舵。近来与太后谈起这桩事，太后也深有同感，正寻思着起用一批文宗爷拔擢的中兴勋宿哩。老制台亲口对我说，醇王讲，太后在提到中兴勋宿时，掰着指头一个个地数，其中就数到了他，还有在衡阳老家养病的彭玉麟。彭玉麟之后，太后就数到您。太后说，在老家养病的还有一个阎敬铭，当年湘军东征，多亏了他办军需。”

其实，张之万根本就没有说过这番话，这纯粹是桑治平的临时编造。这几句编造，让阎敬铭听得心里热乎乎的。

“太后如此眷顾，老臣感恩不尽。只是年迈体弱，加之这些年来闲云野鹤似的懒散惯了，也不能为太后做点什么了。子青先生呢？他愿意出山吗？”

这话正问到点子上来了，桑治平忙说：“老制台说，从个人来讲，我实在是不想再出来做事了。说做官吧，我已做到总督，也不负平生志向，不辱祖宗了。要说做事吧，我这大把年纪，还能做得了什么呢？这些年来自由自在，舒服得很。何况官场经历得久了，内中的黑暗污浊太多，实在令我失望。何必还要再混进去背黑锅、受委屈呢？”

“子青先生是个明理人，他说的是这么回事。”阎敬铭忍不住插了一句话。

“不过，老制台又说，若从朝廷方面来说，既然太后和醇王还看得起我这一匹老马，希望我再为国家负一点重，我也没有理由推辞。我能优游林泉，安度晚年，还不是朝廷的赏赐？从小读圣贤书，明的就是为君王分忧、为国家效力的大道理，到老来怎么能背弃呢？”

阎敬铭默默地听着，头不自觉地点了两下。

桑治平继续说："我笑着对老制台说，太后、醇王请您出山，即使从个人来说也有必要。做官做到总督，当然是巍巍然高哉，但并没有到顶。自古说，入阁拜相才是人臣之极，现摆着可以做极品之官，为何不做？老制台也笑了，说，你凭什么说'极品'的话。我说，老制台年过七十，又是从总督任上致仕的，若不是入阁拜相，您如何肯再出山呢？这一点，太后、醇王会想到的。老制台说，你说得也是。真让我入阁拜相，我当然是会出山的。不说为个人，也不说为国家，就是为了祖宗也要拼一下老命呀。我南皮张家真的出了一个宰相，这可是上光祖宗之德，下励子孙之志的大好事呀！说罢，我们都哈哈大笑起来。"

阎敬铭也禁不住笑起来。他觉得面前这个桑治平是个颇有情趣的人，初见面时的陌生感，随着他这一番富有感染力的谈话，已经消失殆尽，彼此之间仿佛是老相识似的。

"南皮张家的祖坟很好，出了个状元总督张子青，又出了个探花巡抚张香涛。今后再出一个宰相，那可真正不得了啦！拼一下老命，值！"

桑治平听出阎敬铭话里的弦外之音，忙笑着说："是呀，我是没这个命。若有这个命，哪怕是一百岁，也要去做，做一天宰相也是宰相呀！"

"对！对！你这话说得很有意思。"阎敬铭乐呵呵地，又问，"张香涛来山西三个多月了吧，他在忙些什么哩？"

桑治平注意到，阎敬铭眼神中关注的色彩明显地增强了。这句话，显然不是泛泛之问。他敛容答道："张抚台久蓄大志，但一直徘徊在翰苑学官之间，不得展布，他一直引以为憾。这次圣恩眷顾，得以外放山西巡抚，平生志向能有施展之地，他极为感激太后、皇上，立志要把山西治理好，报朝廷知遇之恩，伸自己久抑之怀。"

阎敬铭插话说："张香涛志向很大，他是把山西作为初试牛刀之地，我读过他到山西后的谢恩折，内中两句话我还记得，道是：身为疆吏，固犹是瞻念九重之心；职限方隅，不敢忘经营八表之略。历来出任疆吏的人都不敢说这种话，只有他张香涛才说得出，今后怕要作为名言传下去了。”

桑治平听了这话，心里想：这老先生一直都在看邸报，看来不是那种彻底洗手不干的人，再次出山应是可能的事情。只是，他的邸报从哪里得来？桑治平说：“您真是巨眼识人。我愿意跟他从京师到太原，就是看中他这种胸怀海内的气概。张抚台来晋后，做了许多公私查访，目前把三晋情况基本摸清楚了。”

“山西复杂，是得多听听舆情。”阎敬铭望着桑治平问，“新官上任三把火。张香涛的三把火准备烧哪里呀？”

“张抚台第一要铲除罂粟。他说，这种毒卉与民争利，最是可恨。”

“他算是把山西这个弊病看到了。”阎敬铭插话，“愚民图眼前之利，没有长远打算。鸦片只能提一时之神，不能养生活命。前几年大旱，灾情虽说很严重，但也不至于到那种地步，饿死两百多万人，一个主要原因是没有粮食。农民不种田，拿着卖鸦片的钱去买粮食吃。天一旱，远近都无粮，你有钱上哪买去？许多地方一家家的饿死，柜子里却存着不少钱，这就是种鸦片的下场。不彻底铲除罂粟，三晋无治理之望。”

阎敬铭的这几句话干净利落，说到了实处。桑治平频频点头，心里想，当年做粮台总理的时候，说起话来一定是这种气势。

“张抚台说第二要整饬吏治。山西官场风气很坏，懒散不负责，正气不伸。这尚在其次，最坏的就是差徭繁重、盘剥百姓、贪污受贿、中饱渔利，整个官场就是一个寡廉鲜耻、人欲横流的渊薮，必须把这个风气扭转过来。”

“唉！”阎敬铭重重地叹了一口气，桑治平忙把话停住，瞪着双眼聆听他的下文。“我常对人说，山西官场迟早会烂掉。冰冻三尺，非一日之寒。此种腐败，由来已久，在山西做巡抚不是在京师做清流派，一道奏疏上去，或是几个名人集会发表一道宣言就可以起作用，此中盘根错节，牵一发而动全身。要整饬，不是一件容易的事。”

“您说得很对！”桑治平说，“张抚台也知道此中的复杂。他说官场的疲沓不振，可以说自古皆然，各省皆然，只是眼前山西更严重罢了。丹老，您或许对张抚台的为人尚不十分清楚。他虽然手无缚鸡之力，胆气却大得很，不怕得罪人，不怕担风险，他说山西官场非来个天崩地裂不足以震动。而眼下正有一件大事，只要敢碰，且一碰到底，就能天崩地裂。这件事就是清理积压三十年的库款。”

“三十年了，这要牵涉到多少个山西巡抚和藩司，他张香涛就不怕惹这个麻烦吗？”

“不怕！”桑治平坚定地回答，“张抚台说，决不是这三十年内所有的巡抚和藩司都有问题，牵涉到哪个人的头上就是哪个人，决不含糊。”

阎敬铭望着桑治平那种不容置疑的神态，头轻轻地点了两下。山西的情况他是很清楚的，这几年吏治腐败的根源之所在，他早就心里有数。作为一个正派廉洁的前大吏，阎敬铭对山西官场这种卑污贪婪的局面，是恨之入骨的。无奈这些年来历届巡抚，都不是除贪拒贿的人：鲍源深本人就是见钱眼开，曾国荃居功卖老不管事，卫荣光胆小畏缩又体弱。现在来了个张之洞，年富力强，又新擢巡抚，应该有一股英锐之气。但张之洞长年为词臣学官，不谙政事，其名声靠的是清议文章。从来清流都是书呆子气十足，或眼高手低，或闭门造车，或只唱高调而不懂转圜，大都不是办事的料子。他要测试一下张之洞的深浅，也要看这位桑先生——张之洞的高参的办事能力。

“听桑先生刚才所说，的确可见张香涛的勇气志量，这两把火都烧到要害了。不过，我倒要请教一下，不知张香涛和足下谈过没有。”阎敬铭稍停一下，说，“晋人废庄稼种罂粟已久，骤然铲除，一则损害他们眼前之利，二则补种庄稼的种子从何来？”

桑治平立即答道："张抚台已经虑及到了。先对农人晓以大义，劝其自行铲除。若再三劝告不听，则采取强硬手段，务必铲除而后止。这是硬的一面。另外，凡改种庄稼的农户，州县发给种子和部分农具。秋收只收半税，以弥补亏损。"

"喔！"阎敬铭摸着干瘪的下巴，沉吟片刻又问，"官场贪污受贿，固然是官吏利欲之心重的缘故，不知香涛想过没有，官吏们尤其是府州县中的吏员，俸禄低薄，且多年来形成了许多陋规。如过年过节，下属必须向上司贡献年礼节礼，平素也有各种名目的礼要送，这些也都是促使他们贪污受贿的原因。此弊不除，官风何以正？"

犹如审问似的，阎敬铭以严厉的口气说完这一段话后，便两眼紧紧地盯着桑治平。

这一问，问得很尖锐，而且张之洞还没有具体来筹办这件大事，并没有和桑治平商讨过。但官场这个弊病，桑治平以自己的阅历也看到了。不但地方上，京师官场这个毛病也很严重，各个部衙门的小官吏们，如果单靠衙门的俸禄过日子，那日子其实是相当清苦的。不要说在百姓面前抖不起威风，就连比一间杂货店的小老板都不如。现在别人叫你办事，只要你开口，银子就到了手里。这样的口，为何不开？还有许多人情愿送钱送礼到家里。这样的财货，为何要拒绝？即使自己想清廉，家人也不答应呀！桑治平常常想，要根绝官场的贪污受贿，光靠道德约束和律令儆戒是不够的。提高薪俸，让小官小吏们的日子过得比老百姓优裕，对大部分人的贪心是可以起着消弭作用的。其实，"厚俸养廉"这句老话，古已行之。可惜，当今庙堂之士们都忘记了这条古训。桑治平年轻时就想过，有朝一日自己有了一番实权的话，一定要在所辖之地将"厚俸养廉"这一古法恢复。眼见得今生无望手握实权了，不如劝说张之洞，假他之手来恢复。这其实也是对他整饬山西吏治的一个很好的赞画。

想到这里，桑治平以很高兴的口气答道："张抚台也想到这一层了，并已定了新的规矩。新规矩一方面全面禁止官场各种馈送上司水礼之风，他自己带头持身节俭，拒收一切名目的礼物。新规矩的另外一面，酌情提高各级官吏衙门的养廉费，让他们能凭自己的俸禄过上体面日子。”

“免一半的税收，发放种子，提高养廉费，收入减少而支出增加。张香涛想没想过，山西是穷省，这笔银子从哪里出？”

桑治平毫不迟疑地回答：“正因为如此，张抚台要清理库款。另外，他还风闻前两年，有一笔为数不小的赈灾银子被人侵吞挪用，要借此机会追回来。”

“主持赈灾的是藩司葆庚和冀宁道王定安，他们都是山西的大员，碰到他们的头上是会出大麻烦的。”阎敬铭半眯着眼睛，端起桌上的粗泥茶碗。

“张抚台说，不管是两司还是道府，都照查不回避，该赔的赔，该参的参！”

阎敬铭一边吹着碗中的茶叶片，一边慢条斯理地说：“葆庚可是黄带子，朝中之人多着哩！王定安是曾九帅的红人，曾九帅那人的脾气最是不好。”

桑治平不假思索地说：“张抚台已做好了准备，一清到底。只要葆庚、王定安真的侵吞挪用善后局的赈灾款，不怕他们的后台有多硬，照参不误，大不了丢掉一顶乌纱帽而已！”

“好！有风骨！”阎敬铭刷地站起身来，将粗泥茶碗往茶几上重重一放，目光直射桑治平。“对这些贪官污吏就要这样，要使出强硬的手段来。我对你说句实话，在山西只要参倒了葆庚、王定安，整饬吏治就算做到了实处。张香涛敢参葆庚、王定安，就不是书呆子。文忠公有眼力，收了这样一个好弟子。当年文忠公在武昌节署签押房里悬挂着一副他手拟并亲笔书写的对联，湖北官吏们人见人赞。我今天把它写出来，转交给张香涛吧！”

桑治平见阎敬铭的情绪这样好，甚是高兴：“那太好了，我代张抚台谢谢您！”

阎敬铭走到书桌边，拿起两长条现成的宣纸来，桑治平忙着给他磨墨。阎敬铭饱蘸浓墨，挺直腰杆，悬起右臂，端神运气。然后，一挥而就写出两行字来：以霹雳手段，显菩萨心肠。

“好！”桑治平不觉大声叫起来。

阎敬铭没有停笔，在上联右上角写了一行小字：胡文忠公旧联，录之以赠香涛贤契。又在下联左下角写着：阎敬铭壬午仲春书于解州书院。

桑治平说：“丹老，您这份礼物太重了。张抚台必定会将它悬挂于抚署签押房，激励自己并告诫各衙门的官吏们。”

“你回去告诉张香涛，胡文忠公是个有真正大学问大本事的人，要他好好研读乃师留下的文字。同治年间，曾国荃、郑敦谨主持编辑胡文忠公遗集，胡家刷印了三百部分发给亲朋好友，不知香涛手里有没有这部书。若没有，我这里有一部，送给他。”

桑治平说：“丹老的忠告，我一定会告诉张抚台的。张抚台说您是理财高手，山西贫瘠，银两匮乏，如何开发财源，他想请您为他赞画赞画。”

“山西这个地方，说穷它穷，说富它也富，就看当家的有没有本事造福。我没有理由不支持他。你回去告诉他，天气暖和时，我到太原去住段日子，帮他谋划谋划。”

“那就这样说定了。”桑治平望着这位已绝迹政坛多年的中兴之臣，心中充满着喜悦。既然愿意去太原帮助张之洞，那么在张之洞的劝说下接受朝廷的征召，也将是有可能的。此次解州之行的目的算是达到了。“丹老，初夏时分，我专程来解州书院接您。”

“行！行！”

晤谈了大半天，桑治平这才看到阎敬铭的脸上流露出欢愉的笑容来。

第四章 / 晋祠知音

一　为了五万两银子，张之洞不得不违心替票号老板办事

桑治平回到太原后，将此次解州之行的详情向张之洞作了禀告。阎敬铭用世之心既未消亡，复出的可能性就存在着。这些年来之所以诏命数下而不应，除开先前的过节没有化除之外，关键之处乃在于他不知道太后将会如何安置他，会给他一个什么职位。张之洞觉得自己有责任向太后挑明这一点，告诉太后：阎敬铭是个咸丰朝就做过藩司，同治朝就做过巡抚、侍郎的有功老臣，此番既然再次请他出山，宜拜协办大学士，至少应给一个尚书；否则，就不能表明朝廷敬老尊贤的诚意。

但如此重大的人事建议，是不能随便向太后提出来的，张之洞深知此中干系。今日朝中可以向太后进这种言的，只有恭王、醇王等几

个很亲近的王公大臣。是否可以通过醇王来向太后转达这个意思呢？冷静地掂量掂量自己与醇王的关系，张之洞只得放弃了这个想法。要么，将此意思告诉子青老哥，再请老哥寄信给醇王呢？绕一个这大的圈子，也似乎过分了点。

反复斟酌后，张之洞决定不提这个敏感的事，而是以山西巡抚的身份，重提光绪三年阎敬铭在山西的业绩，以至于三晋父老至今仍不忘朝廷的恩德。又细细地说明阎敬铭前些年之所以未应诏复出，实因右臂麻痹、左腿痛风之故，并非出于别的原因。此次派人前去解州，亲眼看到阎敬铭腿臂风痹之疾已近痊愈，精力弥满，足可为国再担大任，且本人亦愿意为朝廷效力。

他将亲拟的这份奏折交人誊正后，郑重其事地放炮拜发，然后开始部署必须立即着手的几桩大事。

首先要做的是铲除罂粟，恢复庄稼。张之洞将它列为治理山西的头等大事。他把藩司葆庚请来，要葆庚主持这件事。

葆庚装了一肚子劝张之洞不要清查库款的理由，但张之洞就是不提清库这桩事。葆庚也就不便说。他以一副极为诚恳的态度对巡抚说，铲除罂粟，复种豆麦是件很好的事，但这里面困难很大，农人也不是不知道豆麦的重要，但罂粟的收入要强过豆麦十倍，利益驱使他们弃道义于不顾，现在要他们丢掉这桩大宗收入，他们会有抵触。何况山西农人已多年不种庄稼了，许多农家的耕牛卖了宰了，种子也没有了，现在一时半刻叫他们从哪里去找耕牛种子？

张之洞说，罂粟获利再多，也不能种下去。农人愚昧，只图眼前，不图将来，只顾自己，不顾国家。这就需要我们来强行拨乱反正。本部院将向朝廷禀报此事，请来圣命，不管有多大的阻力，都不能动摇；至于缺少耕牛种子，可以向邻省去买。葆庚忙说，买耕牛种子要大批银子，现在藩库紧绌，哪来这笔银子！

此事张之洞早已思虑良久。的确，眼下藩库的账簿上是拿不出这笔银子来，那银子又从何处出？山西积贫，简直找不到筹措这笔开支的任何法子。思来想去，还只有把希望寄托在清理库款上。凭着多年官场的经验，张之洞知道藩库里必有油水可捞。不仅仅是为着整饬吏治的长久目标，即便为解决眼前的燃眉之急，也必须清查藩库，而且还必须从中清出一笔银子来。否则，这个山西巡抚怎么做得下去！

为清库这事，葆庚已费尽心机。他比谁都明白，此事真正非同小可，一旦查出自己的问题来，必被革职查办，说不定还会抄家坐班房，自己的一生毁了不说，还要累及妻妾子女。一定要制止这个爱出风头的名士巡抚的沽名钓誉之举。王定安的计策不妨拿来试试。

“中丞，听说您要清查藩库账目？”犹豫片刻，葆庚还是提出了清库的话题。

“是的。”张之洞坦诚地回答。“山西藩库三十年来未清理过，真是咄咄怪事。普天之下，怕找不出第二个来了。我身为山西巡抚，怎么能容忍这种怪事继续存在？”

张之洞的答复如此斩钉截铁，葆庚一时语塞，迟疑片刻后说：“三十年来没有清查过，账目混乱，许多旧账已无从查起，如何着手？何况一旦认起真来，便要牵涉到好些个前任巡抚，岂不更麻烦？”

“葆翁放心。”张之洞胸有成竹地说，“清查起来困难很多，这是一定的，但事在人为，只要下定决心去做，没有办不成的事。至于对历届前任的牵涉，我想自然免不了，将来要具体对待。凡不是存心贪污中饱，我看都可以不再追究，把账目理清楚就行了。如果有人在里面浑水摸鱼，把朝廷的银子和山西父老的血汗据为己有的话，张某人将对他不客气。”

说到这里，张之洞想起了曾国荃。他知道葆庚与曾国荃的关系非同寻常。为了让这位布政使明了自己的坚定态度，他特意强调：“不管他是谁，也不管他过去有多大功劳，如今有多高地位，我张某人都不会畏惧。只要真凭实据在手，我都敢参劾。”

葆庚的心震动了一下。张之洞的这番话，与他先前的那些奏折上的文字如出一辙，果然是一个名不虚传的强硬汉子。看来要制止他不清库款是做不到的了，只有拿出王定安的中策来，若能接受，至少这把火不会烧到自己头上来。

葆庚立即换了一副完全赞同完全拥护的态度，笑着说：“中丞，您的胆识和正派令我钦佩不已。我在山西做了五年藩司，藩库不清，我是负有责任的。五年前我从甘肃来到山西时，就看出这个问题，也想向沅甫宫保提出。但中丞知道，那时山西旱灾严重，赈灾之事尚且办不赢，哪有空闲来忙这搭子事。后来沅甫宫保调赴前线，静澜中丞来太原。我又想跟他提出此事。中丞，不是我背后说静澜中丞的坏话，他是个多一事不如少一事的人。相处一段时期后，我就看出他这个性格，这事也便不能提了。现在中丞有这个决心，我就有了靠山。这本是我的分内事。干脆，您就把它交给我吧，我一定会把三十年旧账料理得一清二楚。至于铲罂粟发种子那些事，不如交给方臬台去办。”

由藩司来清理藩库，本是件顺理成章的事，何况他又主动请缨。通常情况下，此事是可以交给此人来办的。但张之洞这段时期来已风闻葆庚为官不廉。阎敬铭更是明白地指出葆庚该参劾。这种主动请缨不能接受。

张之洞微微一笑，说：“葆翁愿意来清查库款，当然很好。但此事既然是藩司的事，你还是以不插手为宜，可使办事人顾虑少些。从山西的长治久安来说，铲除罂粟复种庄稼，是关系到千秋万代的大事，更显得重要，你去督办此事最好。”

张之洞这人，居然一点面子都不给，葆庚心里又气又怕，脸上涩涩的，很不是味道，好半天才皮笑肉不笑地说：“也好，也好，还是中丞考虑得周到。”

他生怕张之洞打发他到远离太原的边鄙之地去受苦，忙又说：“阳曲一带罂粟种植面广，我先到那里去查访查访，离太原近，衙门里的事也好照应。”

张之洞并没有想到要把葆庚支出太原，听他这样说，想想目前让他离开一阵子也好，于是说："实地查访，的确是应该的。不过，你也年岁不轻，就在阳曲附近看看吧，不要太辛苦了。呆个十天半月就回来，我还有许多事要向你请教哩！"

"不敢，不敢！"葆庚赶紧起身。"请教二字不敢当。都是为朝廷办事，辛苦一点也是应该的。"

送走葆庚后，张之洞开始细细地思索着：清理库款一事，究竟应该如何来办理？

首先得成立一个办事之处，给它取个什么名字呢？张之洞想了想，给它取名为清查局。清查局由谁来负责呢？让桑治平来领头固然好，但他毕竟不是朝廷命官，做这种出头露脸的事不太适宜。卫荣光推荐的人才中第一个是大同府同知马丕瑶。张之洞与马丕瑶谈过两次话。马丕瑶三十八岁，五官周正，举止稳重，从言辞畅达的谈话中可见其人思维清楚。张之洞对他印象不错。马丕瑶进士出身，在山西做过五年知县，又做过同知，为政经验较为丰富。据说大同府这几年还算安宁，相对其他府州而言，大同府的罂粟算是最少的了。张之洞对这一点特别欣赏。清查局的督办就由此人来做吧！

接着，张之洞又将卫荣光所荐举的，自己也见过面谈过话印象好的太原知县薛元钊、汾阳知县方龙光调到清查局来任协办和会办。

张之洞熟悉当年湘军发达的历史，很佩服曾国藩设局建所用书生而不用官吏的做法。世道混乱，纲纪不张，官场中人大多不正，倒是那些书院中的学子，日诵孔孟之书，夜讲性理之学，未受世俗污染，还保留着几分古道热肠忠义血性，起用他们来办事，较之那些在污泥浊水中浸泡已久的圆滑吏目来要放心得多。

张之洞请晋阳书院老山长石立人推荐三五个操守好精于账目的学子。过几天，晋阳书院来了五个英气勃发的年轻人。张之洞跟他们分别谈了几句话后，立即任命他们为清查局的委员。

就这样，由一名督办、一名协办、一名会办、五名委员组成的清查局，便在太原城里挂牌办事了。

马丕瑶不愧为经验丰富的干员。他上任的第一天，便封查了藩库里的所有账本和一切单据，盖上清查局的大印。并宣布：没有他的同意，任何人不得借阅开启，更不容许转移。同时又作出一条硬性规定：所有局员一律住在局子里，有关清查内容，无论大小，一律不得外泄，清查局也不接待任何非请之人。

张之洞对马丕瑶这种实心办事的态度十分赞赏，遂放下心来，将清查库款这件事全权交给他。这时，杨锐已应召来到太原，在衙门文案房做事。张之洞叫杨锐就此事拟一道折子上奏朝廷。

这期间，关于禁种罂粟的奏章已奉朱批返回。奏章尾部添上了皇皇圣谕："民间栽种罂粟有妨嘉谷，屡经严谕申禁，仍着该抚随时查察，有犯必惩，以挽颓俗。"

张之洞奉到这道朱批后如获至宝，命工匠雕板刷印五千份，发往各府州县厅，贴遍各地大街小巷集市码头，务必让人人知晓，个个明白，凡种植罂粟的农户均应恪遵圣旨，在两个月内铲平罂粟，种上庄稼，若有违抗，严惩不贷。

这时，恰好娘子关送上洋药入关税银四万两。张之洞正为购买耕牛种子无钱而犯愁，这笔银子来得恰是时候。但四万两毕竟少了些。他将太原府知府李同新召进府来商议，请李知府从太原城的税收中暂借四万两银子来，他以私人名义出具借据，保证在一年内归还。

五十岁的李同新做了二十多年的官了，还从来没有遇到以个人名义借钱办公事的上司。他既钦佩新巡抚赤心为公的血性，又为这种不脱书生气的名士做派而好笑。官场中哪有此等办事的方式！太原城商贾贸易并不繁荣，一年到头，李同新还收不到四万银子，除去开支，年终结算后剩不了几千两。当然，李同新可以从别处腾挪一些来借给巡抚，但太原府自己还要不要办点事？

李同新苦笑着对张之洞说："买耕牛种子的确是件积功德的大好事，张大人您亲自写借据来借，卑职我哪有不借的道理，只是我实在拿不出这么多呀！”

太原府里究竟存着多少可以活动的银子，张之洞心里其实并没有底，看着知府这副为难的样子，他也不好硬逼，只得缓下口气问：“你能拿出多少？”

李同新一边搔头，一边说：“卑职顶多只能拿出一万，就这还要四处挤压凑合。”

“一万。”张之洞颇为失望地站起身来，慢慢地来回踱步，自言自语，“一万太少了，还能从哪里再弄出点银子吗？”

“大人罢去卑职的官吧，卑职实在是想不出办法了！”李同新哭丧着脸，无可奈何地说。

张之洞摆了摆手说：“谁要罢你的官啦，你回你的衙门去吧！”

李同新刚走，桑治平进来了，笑着对张之洞说：“有一万两银子摆在那里等你去拿，你为什么不把它拿过来用？”

张之洞一愣：“你是在开玩笑吧，一万两银子摆在哪里？”

“我说的是正经话。”桑治平走近张之洞。“你还记得泰裕票号的孔老板吗？去年离京前夕，他要送你一万两程仪，你要他先留着，到太原后再说。”

张之洞拍着脑门笑了笑：“我真的记不得了，幸亏你提醒，不过，这一万两是算不得数的。孔老板原是想贿赂我本人，然后从我这里得好处，现在要他捐出来，他会同意吗？”

“我去找他说，试试看。”桑治平颇有信心地说，“商人重利，能以小利换大利的事他兴许会干，看他怎么换法。还有一些大商人，银子已够多了，他不再看重实利，而看重名和位，愿意以银子换名位。孔老板可算是后一种人，我也可以和他商量下，拿名位来换银子。”

张之洞严肃地说：“惟名与器，不可假人，拿名位与他换银子合适吗？”

桑治平心里笑道：做了地方官还说这等迂腐话，真是个清流名士！口里说："也不是什么都不合适，看他要换什么名器。"

张之洞还是不放心，再次叮嘱："你去找他谈谈可以，千万不要随便松口答应。"

晚上，桑治平一脚踏进衙门后院，张之洞便急着问："与孔老板谈得怎样？"

桑治平笑着说："谈得很好，他愿捐五万。"

"五万？"张之洞有点吃惊。"他的条件呢？"

桑治平坐下来慢慢说："他有两个条件，一是请你为他题几个字，他要做块匾挂在大门口。"

"这个容易。"张之洞马上接言，"我给他写几个字好了。"

"他要你写这样几个字：天下第一诚信票号。"

"这几个字我不能写。"张之洞立即否定，"连泰裕票号诚信不诚信我都不知，我还能说它是天下第一诚信吗？"

桑治平心想：书生气又来了。脸上依然笑着说："你不写可以，五万银子他就不捐了。"

没有这五万银子，就没有五六千户人家的种子耕牛，他们地上长的罂粟就不会被铲除，禁烟在这些地方就成了空话。唉，银子呀，银子，你是多么实实在在的东西！

银子对于张之洞，似乎有生以来从没有这样重要过，他狠了狠心说："我给他题上朱熹的'不诚无物'四个字吧，也算是对他票号的褒奖了。"

桑治平说："我看你不如就按孔老板说的题，仅去掉票号两个字：天下第一诚信。这六个字意味天下第一等重要的是在诚信二字，并不是说他们泰裕票号就是天下第一的诚信，其实与'不诚无物'是一个意思，但这样写，我则好和孔老板商议，相信他也会接受的。"

"行，行，你的主意好！"张之洞高兴地说，"就题'天下第一诚信'六个字，两层意思都说得过去！他的第二个要求呢？"

"他要请你为他弄个候补道台的官衔！"

张之洞一听这个要求，又不高兴了，脸刷地沉下来。他向来讨厌捐班，认为捐班是一桩扰乱吏治的大坏事，自己厌恶的事，自己怎么能做！这个孔老板也太过分了，仗着有几个钱居然伸手要做道台！人家千千万万读书郎，二十年寒窗，三十年簿书，到死说不定还得不到正四品的顶子哩！

桑治平说："依我看，这也算不了什么。一来，捐班行之已久，毫不奇怪，二来他依旧做他的票号，又不等着去补缺，抢别人的位置，三来按朝廷规定，捐四万便可得候补道，他捐五万，已经超过，我看还是答应他算了，要不，他五万银子怎么肯出手！"

唉，自己不愿做的事，却又必须去做，这真正是无可奈何！张之洞突然想到：做负有牧民守土之责的地方官，其实是有许多难处的，怪不得李鸿章老是抱怨指责他的人是"看人挑担不费力"，看来，过去做清流时说的不少话是苛刻了些！

"好吧，答应他吧！"张之洞无奈地点了点头。"我明天为他题字拜折，他明天也要给我开出五万银票来！"

二　圣母殿里的灵签

一场铲除罂粟播种麦黍的壮举，在古老的三晋大地上大张旗鼓热火朝天地进行着。张之洞坐在抚台衙门里，天天都能看到从十八府州送上来的帖子。他从这些帖子中看到他的设想正在顺利实施中，心里很满意。这一天，张之洞收到汾州知府王纬报送来的禀帖。禀帖上说孝义县有一个村寨在寨主的操纵下，全寨抱成一团，死活不拔罂粟苗。县令请求知府向驻防当地的绿营求助。知府立即请绿营都司帮忙。第二天，这位都司亲自带了一百号兵丁下到孝义。不到三天，全县的罂粟苗拔得一根不留，全部点上麦黍种。

张之洞看到这份禀帖后非常高兴。原来汾州府知府是他来山西后亲自提拔的第一位官员。张之洞来山西半年间，先斩后奏做了两桩有关官吏异动的事。

有一次，张之洞和学政王可庄聊天，说来太原这么久了，找不到几个谈学问的人，要王可庄推荐推荐。王可庄想到祁县县令吴子显，出身进士，是袁枚外甥的孙子，又是状元宰相潘世恩的女婿。这样的背景，一定才学满腹，足可以和巡抚谈学问。恰好吴子显这段时期在太原办事，便亲自陪着来到巡抚衙门。

张之洞很客气地接待吴子显。也不知这位吴县令是惧怕张抚台的名大位高，还是真的腹内空空，张之洞和他说了一个下午的话，说金石他不懂，说诗词他答不上几句。实在无法对话了，张之洞便和他说志怪，他也说不出个完整的故事来。张之洞终于忍耐不住了，当着王可庄的面训斥起来："令岳丈把十万卷书赠送别人而不留给你，足见你不可造就。听说你还做过乡试同考官，你这种人怎么可以做同考官，岂不误了人家的前程？"又转过脸来对王可庄说："王学台，明年乡闱决不能让他混了进来！"

当着学政的面受到如此奚落，吴子显如何不气，他愤怒地顶道："我堂堂进士出身的县令，如何做不得同考官？"张之洞被他顶得光起火来，一时语塞，只得冷笑道："好好，就让你做吧！"

等王可庄、吴子显走了后，张之洞越想越恨：一个腹中草莽的小县令居然敢跟抚台大人吵嘴，不惩罚他一下怎么行？他想起广灵县县丞长期出缺，县令年老久病已提出致仕的请求，于是提起笔来，亲自写了一道命令：准予广灵县县令谢宗琪开缺回家养病，迁原祁县县令吴子显任广灵县县丞。

广灵偏远贫瘠，谢宗琪任上积欠藩库四万两银子。想到这点，张之洞又狠狠地在命令上添了一句：广灵历年所欠藩库银两，着吴子显三个月内还清。

这道命令传出，不仅降级的吴子显大喊冤枉，连王可庄及不少官吏们也为吴抱不平，但谁都不敢向张之洞进言。

事隔不久，张之洞到汾阳书院视学，正遇上汾州府教授杨湄带着几个老学究住在书院，为《山西通志》作最后的修改润色。杨湄最喜欢收集碑帖，恰与张之洞同好。午饭时，张之洞特地叫杨湄同坐一条凳子，二人边吃饭边谈碑帖，兴致都很高。杨湄说他家里藏着唐代大书法家欧阳询的两本碑帖，两本帖子内容一样，所有的字也都相同，唯有一个字不同，一本作“公”，一本作“勾”。杨湄认为这两个字可能通假，但没有根据，便请教张之洞。张之洞放下筷子，想了半天，也想不出一个根据来。坐在对面的书院山长说：洪洞县丞王纬博学，我写封信给他，请他找出证据来。过些日子，王纬亲自来衙门拜见抚台。他告诉张之洞，《仪礼》郑玄的笺注上有“勾亦作公”这句话，这是两字通假的有力证据。张之洞翻开《仪礼》郑笺上一看，果然有这句话。他拍打着王纬的肩膀，亲热地说：“兄台大才，以兄台之才做洪洞县丞，真是委屈了。汾州知府出缺，你明天就到汾州去做知府吧！”

王纬喜从天降，转眼之间便由七品的县令升到五品的知府，莫不是抚台在拿我开玩笑？“张大人，你真的要我去汾州做知府？”

“真的！”张之洞边说边写命令，又亲自盖上山西巡抚的紫花大印。

张之洞将命令交给王纬：“你先去上任，我再奏请太后、皇上批准！”

王纬乐滋滋地双手捧着这道命令，果真做起汾州知府来。

这便是张之洞来山西不久的两项人事升降。在他看来，山西官场大多贤愚倒置良莠不分，身为巡抚不但要慧眼识才，还要奖罚分明，看准的事就要立即办理，先斩后奏，如此方能迅速扭转风气。但是官场对此议论纷纷，大多认为张之洞不是在考核府县而是在考核翰林。府县要的是实际的办事能力，怎么能凭学问的多少来决定升降？这样下去，山西官场都去读书做学问好了，谁来办钱粮，谁来办案子？有的人甚至摇头叹息：太后真是糊涂，派个这样的书呆子来山西，定会把三晋弄得乱七八糟。这些话传到张之洞的耳里，他却不以为然。

现在看到王纬这道禀帖，张之洞怎能不高兴：谁说我以学问识人不对？谁说王纬只是一个学究不能独当一面？这动用绿营力量的主意有多好！办事的魄力有多大！宜嘉奖王纬并推广汾州的做法。张之洞立即下了一道札子：拔除罂粟乃当务之急，决不可手软拖延，若遇有抗拒不执行者，可仿效汾州府，请当地绿营协助办理。此令！

并与山西提督会衔，也向驻防三晋的各镇各营发出内容相同的函札。

这道札子下达以后，各地绿营武官纷纷到府县主动请缨，不少府县也鉴于拔罂粟苗的阻力大不好办，现在既有抚台命令，又见绿营热情高，便乐得个自己清闲，把这桩头痛事交给了那些兵丁们。一时间，山西如同爆发了战争似的，到处都可见着戎装持刀枪的绿营官兵们在乡间田地奔来跑去。一两个月下来，罂粟苗是拔除了许多，但更多的麻烦事却接踵而至，一封封告状帖雪片似的飞进巡抚衙门，弄得张之洞寝食不安，焦头烂额。

这些麻烦事都是兵丁们惹起的。有句俗话叫做好铁不打钉，好男不当兵。又说秀才遇了个兵，有理讲不清。原来，这些入营吃粮的丘八，十之七八是那种无赖野蛮、好吃懒做又无一技在身的流氓地痞。打仗是件玩命的事，也是一件极易得利的事，最适宜这种人去做。有头脑的将官都知道，战时兵丁反而好管，因为自有大利在驱使他卖命，不好管的是和平时期。这些人好比烈马恶犬，只宜套不能松，也就是说只能关在营区内严格管制训练，不能放到营区外，放出去就会坏事。

可惜，这种有头脑的将官眼下山西极少，或者说他们明知不行却要迎合部属的欲望。于是一群群烈马恶犬从军营中走出，打着官府的牌子，借铲除罂粟苗的名义，大肆践踏良田，鱼肉乡里。他们勒索钱财，大吃大喝，稍有反对便捆绑吊打，更有私入民宅强奸妇女者。致使凡有绿营兵丁下去的乡寨，几乎都有命案出现，或是被吊死打死，或是不堪侮辱自杀而死。乡民们惶惶不安，如同大祸临头。还有两封匿名信状告王纬，说孝义县那个村寨因兵丁下乡，被烧二十余间房屋，死了三个人，毁坏田地百多亩，而王纬只在家做学问并不下去了解实情，都司欺蒙他，他又欺蒙抚台。

看到这些状子，尤其在看到这两封匿名信后，张之洞才知派兵丁下乡铲除罂粟乃大为失策，而王纬的确有负重托，是个不能办实事的书生！

张之洞招来山西绿营提督商量，立即撤回下乡铲除罂粟的绿营兵丁，责令各营对于借机犯事的兵丁予以严惩，并对受害者做好善后处理！

经过这样一反一复之后，铲除罂粟一事几乎停顿下来。正当张之洞进退两难的时候，幸而朝廷又颁下一道谕旨，肯定山西禁烟的举措，决不可中途而废，务必彻底拔除毒卉，种上庄稼。上谕好比一道救命符，让精神萎靡的山西巡抚重新振作起来。他借着这道上谕严厉打击反对者，再次掀起轰轰烈烈的拔毒卉种庄稼的热潮，同时，又在山西官场军营中雷厉风行地展开一场禁食鸦片的大动作。

太原城里办起了禁烟局，大批制造戒烟药丸，免费散发到各级官府各地军营，帮助已成瘾的吸食者戒烟。张之洞严行命令：若有违抗胆敢再吸者，不管是文武官员还是普通兵丁，一律严惩不贷。太原城里，官场中多年来所形成的阴惨败落有如鬼国的气象，正在逐步改变中。

在大举禁烟的同时，清理藩库账目也在紧张地进行，只不过没有禁烟的那种雷霆气势，它在悄没声息地然而又是有条不紊地进展着。局外人似乎没有任何感觉，但葆庚、王定安等人一天到晚却如处热锅之上，忐忑不安，焦急万分。一个对付之策也在暗中实施着。

太原的春天尽管来得迟些，但北国朔风毕竟挡不住春姑娘的步履，暮春三月时分，它也是春城无处不飞花了。

一天下午，葆庚对张之洞说：“明天是休沐日，天气这样好，我想请大人一道到城外一处好地方去玩玩如何？”

几个月来，张之洞一直对葆庚存着三分戒备之心。关于葆庚的闲话，他时常听到官场民间有人在说。但葆庚对张之洞特别热乎殷勤，又使张之洞不得不对他客气礼貌。马丕瑶已两次向抚台禀告，说最近这几年的赈灾账目里有明显大漏洞，葆庚肯定从中做了不少手脚，但苦于没有过硬的证据。这段时期，葆庚又的的确确对铲罂粟禁鸦片十分卖力，成效也显著。张之洞一时还认不准身边的这个满洲大员究竟是个什么人物。在事情揭晓之前，作为山西的第二号大吏，张之洞没有理由也不应该疏远他。何况，春光明媚，熏风宜人，休沐之日到城外去踏踏青，实在是很有情趣。他于是带着兴致问："到一个什么好地方去玩呀？"

"晋祠。"葆庚笑眯眯地回答。

"晋祠！"张之洞不自觉地提高了嗓音应道，"那真是一处名胜，只是年代久远，还有得看头吗？"

"好看的地方多着哩！"葆庚见张之洞兴致这样高，心里甚是得意。"晋祠太有名了，往来太原府的官绅士商，大都要到晋祠去看看，故下官来山西不久，便拨了一笔专款予以修缮，又安排几个人在那里长年看守。大人来太原快半年了，天天没日没夜地忙于公务，下官多次想请大人到晋祠去看看，也不便开口。现在罂粟都拔光了，庄稼也下种了，大人也该歇两天了。明天，下官和鼎丞一道陪您到晋祠去走走瞧瞧！"

"好吧，明天就一心一意地休息一天！"张之洞似乎下了很大决心似的。

"大人，"葆庚说，"晋祠离城远，一天回不来，我们明天晚上得在那里住一夜，后天回城。"

"要去两天？"张之洞迟疑起来。

"您到山西来还没有歇过一天，这次就玩两天也是应该的。"葆庚笑着说，"何况沿途还可以看看庄稼长得怎样，这不也是在查访民情吗？大人博古通今，还可以为晋祠修复多加指点，这不也在办公事吗？说是休沐，其实不是休沐。”

是呀，身为山西之主，自己所做的哪件事情不是与山西政务有关呢？葆庚说的并不错嘛！张之洞断然作出决定：“好，两天就两天吧！”

第二天一清早，葆庚、王定安陪着张之洞出发了。按照张之洞说的，大家都穿便服，骑马而不坐轿。张之洞仅带上大根一人，葆庚、王定安也只是各带一个仆人，跟在马后。三个人都是文人，平素都很少骑马。王定安特为找来三匹健壮又驯服的良马，又配上厚厚松软的鞍子，虽说一路上有些颠簸，但也还不觉得太累。

路边的树枝已绽开嫩绿的新芽，两旁一块块平整的土地上，长着大片大片青翠的麦苗，农夫们在忙忙碌碌地锄草施肥，时见牛羊在远处出没。张之洞看着这一切，心里舒畅。尤其是二三十里路过去了，还没有见到一块罂粟地，更令他欣慰。他确信，山西省的罂粟，因他的政令强硬措施得力，已经全部被铲除了。他为自己半年时光便有如此政绩而得意。

他知道身旁的冀宁道是个有名的才子，便侧过脸去说：“王观察，我刚才想起唐贤的一首诗，颇为类似我现在的感觉。”

“请问大人想起的是哪首诗？”见张之洞跟他谈诗，王定安的精神立即大为振奋起来。

“贾岛的《旅次朔方》。”张之洞拖长着声调，在马背上念了起来，“客舍并州已十霜，归心日夜忆咸阳。无端更渡桑乾水，却望并州是故乡。”

“并州是太原的古称。”王定安右手拉着缰绳，左手摸着尖下巴上的几根稀疏的胡须，一副行家的神态。“这是一首咏太原的脍炙人口的好诗。”

“可是，前代许多人都把这首诗的意思给弄错了。”张之洞这句话引起葆庚和王定安的注意，遂倾耳听他的下文。“他们都说，贾岛客居并州时日夜思念咸阳，当渡过桑乾河西去朔方时，回头所望，眼中只有并州城，而心中所思念的咸阳则更遥远了。贾岛作这首诗时，心中满是羁旅岁月的凄凉。其实，这完全弄错了。贾岛客居并州，思念咸阳，不错。但是，他没有想到，自己在并州住久了，不知不觉间已经把并州当作故乡了。这种感觉平时不明显，一旦渡过桑乾河，回望并州时，便清晰地显现出来。贾岛在这首诗里体现的是对并州的留恋。我此刻正有贾岛的这种心情。来太原不到半年，今天初出城外，回头一望，也有太原即故乡的感觉。”

“大人说得对极了！”王定安立即接言，“职道完全赞同您的高论。这首诗正是说的诗人对并州的留恋，而不是羁旅的悲凉。前代不少好诗，都给不懂诗的后人曲解了。这首《旅次朔方》便是一例。”

葆庚也恭维：“下官不懂诗，但为大人这一片以太原为故乡的心意所感动。山西有大人这样的抚台，这是一千万父老的福气。”

“葆翁言重了！”张之洞口里谦逊着，心里倒是挺喜欢这句话的。

王定安说：“职道想斗胆说句话，不知当与不当？”

葆庚生怕王定安说出一句不知高低的话来，扫了张之洞的兴头，破坏这难得的融和气氛，忙说：“鼎丞，今天是陪大人出来踏青赏心的，有什么话，回城再说吧！”

张之洞向来不惯含容，王定安不说“斗胆”“当与不当”尚好，一说起这些话来，倒撩拨得他非听不可了，便催道：“王观察，有什么话你只管说，今天我们是郊游，就没有上下尊卑之分了。现在谈诗，我们就是诗友。过会儿喝酒，我们就是酒朋了。”

“大人雅量！”王定安开始抖起他的书袋来，“历来都说这首《旅次朔方》是贾岛所作，只有令狐楚所选的《御览集》把这首诗列在刘皂的名下。”

“刘皂？”张之洞反问。

“是的，刘皂。”王定安肯定地说，“刘皂是德宗时人，名气远不如贾岛，诗传下来的也少，《全唐诗》只录了他五首。”

见张之洞在会神地听，王定安继续说下去。

“我相信令狐楚，因为他是贾岛的前辈，又与贾岛有交往，对贾岛的诗才也欣赏，他决不会把贾岛的诗列在刘皂的名下去送给唐德宗看。何况贾岛是范阳人，在并州住的时间很短暂，也没到过朔方，他也不可能写出这样的诗来。”

“有道理，有道理！”张之洞连连点头，大声夸奖，“王观察，人人都说你是大才子，果然名不虚传！”

张之洞的态度，使王定安既感激又感动，他以少有的真诚语气说：“大人的度量真常人所不及。”

张之洞说：“学问的事，一是一，二是二，谁有道理就服谁。”

王定安的唐诗功力的确让张之洞佩服，一时间也获得了张之洞的欢心，谈兴更浓了。于是两人谈起贾岛，谈论他的“推敲”掌故。由贾岛又谈起孟郊，比较郊寒与岛瘦的独特诗风。又由贾孟谈到他们的赏识者韩愈。

王定安说：“贾岛、孟郊当年若没有韩愈的赏识和揄扬，就不可能有日后的成就和诗名。历来贫贱士人都要靠处高位有力量者提携，才能出头露脸。大人位列封疆，名播天下，三晋有多少清秀子弟都在仰望大人的雨露之泽啊！”

王定安的这段即兴恭维，说到张之洞的心坎上。早年，作为一个清贫书生，张之洞曾无数次地梦想能碰到有力的知遇者，让自己的才名传扬公卿，上达九重。中年以后，作为一个词臣学政，张之洞又曾无数次地企盼自己能握有实权，奖掖提拔那些沉沦下层的真才实学之辈，让千里马脱颖而出。可惜，四十多年过去了，做士子的时候，他没有遇到韩文公，做官的时候，又没有韩荆州的权位。一桩长久不能释怀的往事又浮上心头。在暖风拂面的并州郊外古道上，在畅谈唐诗的融洽气氛里，张之洞不觉把王定安当作朋友，诚挚地跟他叙起这桩往事来。

“直隶河间有个能诗善画的人，名叫崔次龙。他在京师寓居十多年，总想遇到一个能赏识他的人，帮他一把，让他出人头地，不至于辜负了几十年的勤学苦练。但冠盖满京华，就没有一个看上崔次龙的人。一个偶然的机会，我认识了他，两人长谈了半天。他拿出他的诗文画册给我看，的确造诣很高。我们成了朋友。以后，他常常到我家来，我也知道他希望我帮衬帮衬一下。但那时我只是一个穷翰林，无权无势无衙门，不能安置他。别人的衙门，我又无力关说，只好常常周济他一点银两。崔次龙终于在京师住不下去，卷起铺盖回老家了。临走前夕，到我家来辞行。我很惋惜，对他说，再等等看，或许能有机会。他说，我等了十多年也没有遇到机会，我失望了，今生只能老死山野了。我不能马上给他一个机会，当然也不便再挽留，便写了一首诗送给他，以志我们的友谊。"

"可怜！"崔次龙的遭遇牵动了王定安的文人真情。"大人的诗，可否念给职道听听。"

"可以。"张之洞拖长着声调吟了起来，"浩然去国裹双滕，惜别城南剪夜灯。短剑长辞碣石馆，疲驴独拜献王陵。半梳白发随年短，盈尺新设计日增。我愧退之无气力，不教东野共飞腾。"

"我愧退之无气力，不教东野共飞腾。"王定安将张之洞诗的最后两句复诵了一遍，充满着感情地说，"大人这番情谊，不独崔次龙感动，职道也为之感动了。"

葆庚说："大人现在有这个气力了，把那个崔次龙召到山西来吧！"

张之洞沉痛地说："崔次龙回到老家后，不到半年便亡故了。"

"可惜了！"跟在马后的藩台府中的仆人，不经意地发出了叹息。

大家都不再说话了，默默地向西南方向继续走着。在路边的一家酒店吃过午饭后，又接着赶路。

"大人，晋祠到了。"葆庚勒住缰绳，指了指前方。

张之洞抬头看时，前面果然现出了一个有着百余间房屋的建筑群落。三人下了马，葆庚、王定安一左一右护着张之洞向前面走去。大根和另外两个仆人各自牵马跟随。

张之洞说："过去读《水经注》，知道晋水发源处有唐叔虞祠，是北魏为纪念周武王之子叔虞而建。以后历朝历代围绕着唐叔虞祠都兴建了不少殿堂，从而形成现在的晋祠局面。葆翁你给我说说，这晋祠有哪些主要的殿堂楼阁？"

葆庚说："这个我说不来，鼎丞于此素有研究，让他说给大人听吧！"

"我也说不全，先说几处，过会儿我们慢慢看。"王定安摸了摸尖下巴，说，"武王原本封叔虞于唐，故而郦道元称之为唐叔虞祠。后来叔虞之子因晋水流唐国而改国名为晋，唐叔虞祠也便称作晋祠。晋祠之名便这样传下来了。两千多年来，晋祠不断扩大，后世兴建的主要建筑有：唐碑、钟楼、鼓楼、献殿、鱼沼飞梁、圣母殿、苗裔堂、晋溪书院等等。"

"这么多的殿庙楼堂，我们如何看法？"张之洞笑了笑说。

王定安答："大多数殿楼，只要望一望就行了，非看不可的是晋祠三绝。"

"三绝！"张之洞问，"哪三绝？"

王定安掰着指头说："一绝是晋水之源难老泉、善利泉、鱼沼泉。"

"泉水到处都有，晋祠的泉水绝在何处？"张之洞打断王定安的话。

"晋祠之泉绝在水温上。"王定安答，"这三道泉水都是温泉，一年到头水都是暖暖的，像是柴火烧热了一样。一年四季水沟里都有青翠碧绿的大叶草，即便寒冬腊月，所有的树叶都凋零了，这水沟里的大叶草依旧绿得可爱。温水碧叶，这是晋祠的第一绝。"

"如此说来，真是一绝了。"张之洞面露喜色道，"过会儿我倒要亲手试试，亲眼看看。"

葆庚指了指前方说："前面就是温泉了。"

"好，我们去看看。"

张之洞说着，不由地加快了脚步。走过几十丈后，迎面是一座并不很大的古老殿堂。王定安告诉张之洞，这就是献殿。这是摆设祭祀供品的场所，建于金代。穿过献殿，迎面而来是一条两丈余宽的沟渠。王定安兴奋地说："大人，这就是晋水源头三泉之一的鱼沼泉了。"

葆庚也快乐地说："这是晋祠三绝的第一绝。"

张之洞见这沟渠里的流水果然晶莹透明，一尘不染。定睛看时，渠底的确长着不少阔叶草。这些草叶绿得油亮油亮的，如同一片片薄薄的翡翠沉浸在水中，可爱极了。他记起李白咏晋祠的诗句来："晋祠流水如碧玉，傲波龙鳞沙草绿。"一点不假，写的是实景。他把手伸进水中，果然暖暖的，高兴地说："不错，的确是温泉。"

"大人，我们过桥到对岸去看看圣母殿。"葆庚满面笑容地建议。看着抚台刚才以手试水的孩子式的举动，他对今日的这个安排甚是满意。

葆庚、王定安等人簇拥着张之洞向横在鱼沼泉上的石桥走去。

"大人，您细细地看看，这桥与通常的桥有不同之处没有。"

刚踏上桥面，王定安便饶有兴致地提醒张之洞。

张之洞将脚底下的桥仔仔细细地看过一遍后，发现真有好些与众不同的地方。

这座建于北宋年代的石桥，由三十四根石柱支撑，石柱则是竖在莲花形的石础之上。石柱之间用石枋相连，石柱之上安置斗拱，斗拱上铺着桥面。桥的东西连接着献殿和圣母殿，南北两翼下斜至渠岸。从上面俯瞰，此桥则呈一个十字形。这在中国数不清的大小桥梁中极为罕见。

张之洞拍打着光洁润滑的白玉栏杆，抚摸着桥头神态勇猛造型逼真的一对铁狮，感慨地说："这等巧思豪举，千余年来竟然无人敢仿造，更无人能超过，真正地不容易。"

说话间，三人踏过飞梁，来到晋祠的中心建筑圣母殿。

北宋天圣年间，仁宗皇帝追封唐叔虞为汾东王，又为其母邑姜修建一座规模宏大的宫殿，取名圣母殿。此殿前临鱼沼，后傍险峰，气象壮观。宋徽宗崇宁年间首度整修，从那以后元明两代虽多次修葺，但仍保留宋代的形制和结构。此殿面阔七间，进深六间，重檐歇山顶，绿色琉璃瓦剪边，正脊垂脊上奔走着多种走兽。

来到殿前，面对的是八根雕着飞龙的大木柱。张之洞正凝神欣赏那些矫健伸腾的飞龙雄姿，王定安却指着大殿左侧一株古树，对张之洞说："大人您看，那就是晋祠三绝中的第二绝周柏，传说是周宣王时代留下的，距今有二千六百多年的历史了。"

张之洞怀着极大的兴趣向这棵柏树走去。这棵柏树几乎与屋檐相齐，顶部依然枝柯交错，鳞叶低垂，充满生机。主干有一人合抱之粗，树皮干裂，褐中泛青，犹如一根铁柱似的挺拔笔立。根部虽空了一个碗口大的洞，然树根仍深深地扎进坚硬的黑土中。这确为一株年代久远的古柏！它亲身经历过多少朝代的隆替、世事的盛衰，与它曾经共处一个天地之间的英雄豪杰，叱咤过，风流过，然后又一个个地被黄土湮没，化为腐朽；而它，依旧傲立宇宙，将春夏秋冬送去又迎来，在阳光雨露、风霜冰雪之中延续着生生不息的潜力。这是一个多么顽强的生命啊！人的一生在它的面前，该是何等的短暂而微不足道！一向胆气雄豪自命不凡的山西巡抚，伫立于这棵千年古柏前，不觉肃然自卑起来。

王定安说："据本地人讲，这棵周柏至今尚年年生芽，岁岁结籽。"

张之洞仰起头来，望着古柏那昂首天外的苍迈雄姿，心中生发出无限的敬意来。

葆庚问王定安："我记得你说过还有一棵古树，怎么没见到？"

王定安答："那是隋开皇年间的一棵槐树，也有一千多年的岁月了，与周柏合为晋祠一绝，它在关帝庙，过会儿我们再去看。现在我们进圣母殿，这里有三绝中的第三绝宋代塑像。”

说罢，领着张之洞和葆庚走进圣母殿。

殿内正中有一个特大的木制神龛，神龛里供奉的就是这座殿堂的主神圣母邑姜。邑姜端坐在一把大椅上，凤冠蟒袍，神态端庄。两只长长的丹凤眼里含着微微笑意，迎接络绎不绝的朝拜者。在圣母的左右两旁，还站着一群宦官、女官和侍女。一个个姿态多异神采焕发，且都色彩鲜艳，宛如一群盛装侍从，正陪着圣母娘娘闲话家常。

王定安像个导游似的介绍：“连同圣母在内，这里共有四十三座塑像，全是宋代天圣年间建殿时塑造的。当年专门从东京调集一批手艺高超的技师来太原，领班的匠人就是重修大相国寺的鲁连，据说是鲁班的五十一代孙。这些塑像当时都以各种油彩涂饰，以后每隔三四十年重上一次油漆。我们现在看的这道油漆，恐怕还只上过三五年。”

张之洞慢慢地在一尊尊宋代彩塑前踱步。他对古代的雕刻艺术有极大的兴趣，也有很高的鉴赏力。凭着深厚的素养，他看出眼前的这批塑像群的确不是凡物，实为宋代塑像的精品。

细细地欣赏很久后，他在主神身边一左一右的两尊小像面前停下步来。这两尊小像塑的是一男一女两个小孩，人们习惯叫他们为金童玉女。张之洞发觉这两个小人的塑像与其他的有些不同，体形的比例似有点不太协调，略有臃肿之感。眼中神采也不够，稍显呆滞。

他对身旁的冀宁道说：“这两尊小像恐不是宋代之物，说不定是后代补的。”

王定安正审视着，不料神龛后面传出一串爽朗的笑声。笑声中走出一个颇有点仙风道骨之味的老者来，对着张之洞说：“这位客官好眼力。金童玉女的确不是宋代之物，是元代大德年间补塑的。它是依照蒙古人的长相塑的，故与宋塑不一样。老朽在圣母殿四十余年了，还从没见到一个未经指点自己识别出来的游客。这位客官，你真正的好眼力！”

说恭维话的老者是如此的一表非俗，立刻赢得张之洞的好感。他笑着说：“老人家过奖了。您说您在圣母殿四十年了，在这里做什么？”

老者答：“老朽是平阳府人，从小就痴爱古代器物，家贫无力购买古董，便只身来到晋祠，宁愿替圣母殿的香火道人扫地挑水干粗活，只求让我住在晋祠，与这些古代器物长年做伴，我就心满意足了。圣母殿的香火道人见我心诚，便留下了我。我天天帮他干活，他也赏我三餐素饭。后来香火道人过世，我便代替他管理圣母殿，一晃几十年就过去了。”

张之洞自己有恋古之癖好，但要他为了古董而舍弃功名家小，他却做不到。对眼前的这位又一个吴秋衣，他不由得肃然起敬。

游了个把时辰，葆庚已又累又渴，他对老者说：“你给我们烧点茶水吧，再拿两条凳子来给我们坐坐！”

“行，行！”老者热情地说，“若不嫌弃，请到后殿我的陋室里去坐，我有烧开的茶水就热在火上。”

“好哇！”葆庚忙说，“那你就领路吧！”

三个人随着老者来到后殿的一间小房子里。小房间陈设简单，收拾得倒还干净。刚落座，老者便端来三碗热茶。干渴了半天，骤然喝上温泉水烧出的香茶，仿佛饮琼浆玉液一般，疲劳顿时减去多半。

王定安对老者说：“久闻晋祠圣母殿里的签文很灵。老头子，是不是你在做这事？”

老头子笑了，说：“外面的人都这么说，其实玩玩而已，当不得真的。老朽已多年不摇签了。”

葆庚忙说：“把签筒拿出来，让我们摇摇吧，玩玩也好！”

老头子笑而不动。

王定安说：“老头子，我们也不白摇，给你钱。”

说罢，从袖袋里摸出三钱银子来递了过去。老头子喜笑颜开，伸出手来接着。

王定安又说：“你这个死老头子，摇几个签就要收三钱银子，也太贪心了。这样吧，银子还是给你，你得给我们办一桌晚饭。”

老头子乐呵呵地说：“好，好，我会给你们办一桌最好的晚宴。”

老头子转过脸去对着窗户喊道：“小栓子，你去大门口李矮子家说一声，过一会给我们送一桌好饭好菜来，钱不会少他一文！”

“知道了！”外面传来一个略带稚气的声音。

“我去拿签筒和签簿。”

老头子起身走到床后，从一只旧木箱里拿出一个黑黄色的半尺来高的竹筒，竹筒里插着几十支细长竹签；接着又拿出一本有些破损的簿册来。老头子双手捧着竹筒和簿册来到三个客人的面前，笑笑说：“请摇签吧，只是莫太当真了。摇了好签，大家一同快乐快乐；若签不好，千万莫在意。”

王定安接过竹筒，讨好地对张之洞说：“您请先摇。”

张之洞说：“我要看这签灵不灵，你和葆翁先摇，灵的话我再摇。”

“也好，我就先摇吧！”

王定安半眯着眼，将手中的竹筒上下晃动起来，嘴巴也跟着在动，好像在念什么祷文似的。一会儿，从竹筒里蹦出一支细竹签来，老头子弯腰拾起，递给王定安。众人看那签上写着“第八十九号”几个字。

老头子打开簿册，在第八十九号下出现两句诗：“山川云雾里，游子几时回？”

张之洞说：“这不是王勃的诗吗？”

王定安看了这两句诗后，大为激动起来：“死老头子，你这两句签文真是灵极了。”

说完，又转脸对葆庚说：“葆翁你说说看，这圣母殿的签怎么就这样灵验？”

葆庚笑着对张之洞说："他昨天刚收到湖北来的家信，他哥哥劝他不要久在外做事，早点回家为好。"

张之洞的兴致也被吊了起来，说："看来这签是灵的了！"

老头子咧开嘴大笑。

王定安说："我也是累了，早有退隐林泉之志。等忙过这阵子后，我就回家，一辈子再不出来了。"

"我也来试试！"

葆庚从王定安手里拿过竹筒，摇了几摇，也摇出根竹签来，看那上面写着"第十五号"。众人看签簿上"第十五号"下也写着两句诗："洛阳亲友如相问，一片冰心在玉壶。"

"唉，圣母娘娘，你真是知我心的大慈大悲活菩萨！"葆庚把竹筒放到桌子上，无限感慨地说，"我虽然不大读诗，但王昌龄的这首诗我还是读过的，这两句诗真是说到我的心坎里了。我葆某拼死拼活为山西做事，偏就有人烂嘴烂舌说我的坏话。今天你们二位都在这里，日后要替我作证，我的清白，圣母娘娘都看到了。"

王定安忙说："葆翁，神明在上，您是清白无辜的，放宽心好了！"

张之洞心里想：这签真有意思，是值得信还是不值得信呢？若说不信，王定安的已作了应验；若说信，难道葆庚就真的清白无辜？

正在这样想时，老头子已把竹筒递了过来："您这位老爷也摇一支，凑凑兴吧！"

张之洞想：摇摇也好，看看我会摇出个什么签文出来。

张之洞学他们的样也摇出一支来，那上面写着"第一百二十七号"。老头子翻开簿册，"第一百二十七号"下写了这样几句词："云中谁寄锦书来，雁字回时，月满西楼。"

张之洞笑着说："李清照的这几句词对我来说就不灵验了。我连眷属都没有，哪来的云中锦书！"

老头子笑眯眯地说："客官有所不知，这签文有多层含意。对有眷属的人来说，指的自然是情书；对未成家或没有眷属的人来说，这指的便是近期内当有大喜讯来。”

葆庚赶紧接话：“这签文是灵的。早两天，我有一个朋友正托我为他的女儿找婆家。这女孩仗着人长得漂亮，心高得不得了，媒人踏破门槛，她一个也不同意。现在二十二三岁了，还没个人家，父母急得不行，要我帮他留意。”

“你说的是谁家？”还没等张之洞说话，王定安便关心地问。

“是祁老二的四闺女。”葆庚答。

“噢，祁家的女儿？”王定安的两只小眼睛里顿时明亮起来，他对着张之洞说，“您可能没听说过，太原城里有句话，叫做祁家四朵花，压倒百万家。已出嫁的三个女儿我都见过，果真是一个个貌若天仙，据说四闺女又比三个姐姐更漂亮。这可是天大的喜讯，签上的这几句词好比圣母娘娘在做媒，切莫错过了这个机会。”

或许是“压倒百万家”这句话撩起了兴致，也或许是圣母殿签文带来了情趣，丧妻半年的张之洞突然想到，是应该找一个女人了。他快乐地答道：“行啊，我倒要看看祁家的四闺女到底怎么个美法！”

“好，好！”葆庚击掌欢笑。“这事包到我身上，明天回城后我就来安排。”

正说着，李矮子家送来一桌丰盛的酒饭。老头子点燃蜡烛，大家围坐一桌，在圣母娘娘的身旁，兴致勃勃地喝酒吃饭。

三　夜阑更深，远处飘来了琴声

吃完饭后，老者将他们带到另一幢宅院。这宅院位于松水亭边，善利泉在此处绕了一个半圆形，将院子三面环绕。另一面是一道屏障似的石壁。院墙里花木茂盛，还有一个小小的鱼池。鱼池里流动着活水，这活水引的是墙外的善利泉水。院子里错落着大大小小十余间房子，都布置得精美舒适。张之洞被安置在其中最大最好的房间里。

他很奇怪：这么偏僻的晋祠，为何有这等好的宅院，这是什么人的家产？

葆庚笑着告诉他：“张大人，您来山西还不久，下官还没来得及告诉您。您在山西做巡抚期间，这幢宅院的主人就是您，今夜我们都沾您的光。”

“这话怎么讲？”张之洞颇为惊讶。

“是这样的。”葆庚解释，“当年鲍源深做山西巡抚时，因为有头痛病，听不得城里的喧闹声，于是藩司就从藩库里拿出一笔银子，给他在晋祠里修了这幢宅院，让他住在这里办事。那时，从太原城到晋祠之间，每天车马奔驰，都是因为鲍源深在晋祠的缘故。不久，鲍源深调走了，曾九帅来到山西。九帅长年在战场，风痹严重，常常需要卧床休息，于是这幢宅院便成了九帅的休憩之所。他做晋抚的那几年夏天，便都在这里度过。九帅喜欢泉水、花木，现在院子里的鱼池、树木，都是在他手里种植的。九帅打下江宁后开缺回籍，曾侯送他一副对联……”

“这副对联我知道。”张之洞插话，“千秋邈矣独留我，百战归来再读书。”

“正是，正是。”葆庚击掌赞道，“大人真是博闻强识。九帅很喜欢这副联，因而将这院子命名再读斋。”

“再读斋！”张之洞说，“这个名字取得好，想不到曾沅甫还有这份风雅气。”

“九帅书读得好，他是拔贡出身。”葆庚对曾国荃很有感情，“九帅离开山西后，卫静澜来代替。他在山西呆的不久，在再读斋里只小住过几天，也认为此地是个读书休憩的好处所。这半年里，再读斋一直空着。因为要请大人来晋祠踏青，才临时打扫了一下。下官拟在此多安排几个人，把它再修缮修缮。太原城里夏天不好过，大人可到这里来避暑，平时也可常来休息休息。”

真个是初任地方要员，张之洞压根儿没有想到，一个巡抚居然还有这种特权，这与山西百姓普遍的饥寒贫困，与许多人的流离失所相比较，是一个多么大的差距！过去在湖北、四川做学政时没有留意过，说不定那些巡抚们也都有几处别墅在郊外的名山胜水处。怪不得百姓与官府之间有一种本能的对抗情绪。面对着千百万啼饥号寒的父老乡亲，作为一省之主，竟然能安得下心来享受这等美宅华居，百姓怎能不讨厌唾骂乃至仇恨呢?

若是在平时，张之洞会立即拂袖而去，也不会顾及到别人的难堪与尴尬，但今天他的心情格外好，何况这个宅院并不是为他而修建的。他对葆庚只淡淡地说了句“不必再修缮”后，便将葆庚等人打发走了。

夜里，张之洞躺在舒适的床上，想起白天所看到的名殿古树，精神仍在兴奋状态中。他毫无睡意，遂披衣而起，伫立木格纱窗下，欣赏晋祠的夜景。

大根早已沉睡，四周安静极了，只有善利泉流淌时发出的汩汩响声，这响声益发衬托出晋祠的静谧。皓月的清辉透过树叶花瓣，在地面上织就一幅黑白相间斑斑驳驳的图画。远处，黝黑的群山，像剪纸似的贴在碧净如洗的夜空底部，给古老的三晋大地增添几分神秘诱人的气氛。

似有花香传来，淡淡的，幽幽的，着力去嗅着，好像又什么味道都没有。才一眨眼间工夫，仿佛另一股香气又从远处飘来。张之洞想起韩愈的名句：“天街小雨润如酥，草色遥看近却无。”这暮春之夜的远方香气，似乎也跟早春的草色一样，在有与无之间：不经意，则香气袭人；若着意寻找，它又无影无踪。

张之洞做了半年的山西巡抚，说实在话，山西并没有给他一个好印象。今夜，他好像发现了山西的另一面：秀美、温馨、神奇、迷人。

山西，你原来也这样的可爱!

忽然，从宁静的夜色中传来了琴声。这琴声飘柔轻曼，时断时续，它立即把张之洞的心给吸引住了。他全神贯注地听着。

这古琴弹拨得真好：它像是门前善利泉的流水，轻轻的，淙淙的；它也像兴义府外绕山的雾岚，绵绵的，悠悠的；它又像薄暮时光川西坝子农舍上升起的炊烟，婷婷的，袅袅的；它还像初夏季节京郊田畴上吹过的和风，暖暖的，熏熏的。这琴声，使张之洞想起了结发之妻石氏。

石氏当年弹出的琴声就是这样的轻曼悦耳，温柔润心。她有时也会伴着琴声独自低吟。那歌声婉转甜嫩，绕室盘旋。石氏的琴声和歌声，给孩子们带来欢乐，给清贫的日子带来充实，给小家庭带来温情，更给青年张之洞带来说不尽的幸福感。

石氏的琴声，是张之洞永恒的怀念！

“十年生死两茫茫，不思量，自难忘。千里孤坟，无处话凄凉……料得年年断肠处，明月夜，短松冈。”苏东坡的悼亡词，今夜又在他的脑中浮起。这远处传来的古琴之声，莫不就是石氏所弹奏？是她在思念往日甜蜜的岁月，在眷恋人世间的丈夫儿女？

难道是幻觉？万籁俱寂的荒郊野外，哪来的琴声？张之洞屏息一切思念，侧耳倾听。不，这不是幻觉，千真万确是有人在弹琴，只是琴声已变了。

此时传来的琴声与刚才的不同，它迂缓游移，凄清幽冷，如怨如慕，如泣如诉，余音袅袅，不绝如缕。

张之洞猛然想起来，这不是石氏在弹琴，这是母亲在弹琴。

四十多年来，在张之洞的记忆中，确切地说，是在他的想象中，母亲的琴声多半都是这样的：它充满着哀怨，充满着遗恨，它似有无穷无尽的话要述说，似有无穷无尽的爱要施予。张之洞脑海中母亲的形象既圣洁高贵，又愁肠百结。这些，都化为不绝如缕的琴声，长久地回旋在他的胸臆间。现在，这远远传来的断断续续的琴声，勾起了他对母亲的深深思念。

再读斋纱窗前的张之洞，久久地沉溺于对往事的寻索追忆之中。

这琴弹得如此动人心扉，扣人心弦，弹琴者必定心灵手巧精于音律。此人是聪慧的雅士，还是纤丽的婵娟？明天得问问。

第二天一早，张之洞向圣母殿的看守老头说起昨夜有人弹琴的事。老者说：“这是李老头的女儿弹的。晋祠里有一个旧书院，名叫晋溪书院，是乾隆年间办的，到同治初年停办了，以后做了当地百姓子弟的蒙馆。两年前，李老头被聘为蒙馆的塾师。李老头一家三口：老伴和一个守寡在娘家的女儿。”

老者望着张之洞，以一种很怜恤的口吻说：“有一天，李老头到圣母殿来和我聊天，说起他女儿的事。她的女儿名叫佩玉，十八岁出嫁，夫家是个殷实的家庭。嫁后第二年便生了一子。日子本过得甜美。不料，夫婿陡染急病，一下子便死去了。二十一岁的佩玉顿时成了寡妇，她心中已是悲痛万分了，又加之各种风言风语更令她难过，不少人指着她的背影，说她克夫，是扫把星。好在还有个儿子，佩玉含着眼泪忍着痛苦，把一切希望都寄托在儿子身上。谁知，儿子三岁时出天花死了。这一下，佩玉的全部指望都落了空，夫家也不把她当人看。万般无奈，佩玉只得回到父母身旁。她从小好弹琴，这两年来因为心中郁结过多，便常常借琴来作解脱。客官，佩玉昨夜的琴声打扰了您吧！”

“不，她的琴弹得太好了，我想去见见她。”

葆庚忙说：“一个住娘家的寡妇，怎好叫您亲自去看，把她叫过来好了。”

张之洞将葆庚拉到一旁，轻声说：“昨天我就说了，我们到晋祠来就成了踏青的游客，不再是抚台、藩台，去看看有什么不可以？何况这个女子琴弹得这样好，也可算个才女，我即使以抚台的身份去看她，也是应该的，并不辱没二品大员的职衔。”

葆庚笑着改口道：“大人说得对，我们都去看看她。”

老者说：“既然各位客官硬要去，那我先走一步，叫李老头收拾一下。”

过一会儿，张之洞在葆庚、王定安的陪同下来到晋溪书院。这座书院的确已废弃多年，冷冷清清的，杂草丛生，但宅院宽敞，文星坊、泮池等也都还完好，可以想见旺盛时，这里也是书声琅琅弦歌不绝的。学政出身的张之洞对此大为感慨：山西的前任巡抚们可以拿出大笔银子去修再读斋，却没有想到要复兴这所书院，真是枉读了圣贤之书；待诸事办理稍有头绪后，一定要把晋溪书院恢复过来。

正想着，老者将李老头带上来了。老塾师在客人面前显得有些拘谨。他连连招呼客人坐，又亲自递上茶碗，并一再声称没有准备，无糕点瓜果招待，很是过意不去。

张之洞见塾师穿着虽陈旧，却也还整齐，面容虽瘦削，五官也还端正。张之洞对塾师很熟悉。他知道不少塾师都是饱学之士，就学问来说，他们并不比举人、进士差多少，只是命运不济、科场不顺罢了。就品性来说，他们因终日诵读圣贤教诲，没有受官场黑缸的污染，故而持身多清白，缺德害人的事他们通常不会做。前学台对塾师有一种本能上的好感。眼前的这个塾师，从举止神态来看，是一个本分人，再加上他有一个会弹琴的女儿，张之洞对他更是和气。

“请问老先生尊姓大名？”

“不敢。”塾师恭谨回答，“免贵姓李，贱名治国。其实，老朽六十岁了，从没治过一天国，这是名不副实。”

张之洞笑了起来，说：“李先生不必遗憾，肩负治国担子也不见得是好事，像您这样，以舌耕养家糊口，一分一文来得堂堂正正，花起来心安理得，与世无争，天君泰然，岂不甚好！”

李治国听了这话，心中欣然：“客官说得好极了。老朽这几十年来，也总是这样想的，不怨不忮，坦然度日。只不过毕竟家计清寒，许多事做起来力不从心呀！”

这是大实话。蒙馆塾师清贫，除极少教出的学生做了大官又有所回报者外，绝大多数是没有多大脸面和身份的，要想做点什么，真的是难。张之洞点点头，表示对这话的理解。

过一会，他又问：“你的蒙馆有多少学童？”

“十五个。这两天放春假，在家帮父母忙春耕。”

“收的学费能养得起家吗？”

“哪里可养家？”李治国苦笑着说，“客官有所不知，晋祠四周的乡民大都贫困，交不起多的学费。有几个娃家里穷，父母早就想他们辍学了。我看他们也还好学，便挽留下来，免去了他们的学费。”

这是一个真正的人师！对于贫寒子弟读书的艰难，张之洞是深知的。他在湖北、四川做学政的时候，特别关照各州县学校膏火费的发放。遇有机会，总是劝那些有钱的商贾多捐点钱给学校。在省学台衙门直接管的经心书院、尊经书院，每次去视察讲学，他都要问问学子的学业衣食情况，对那些品学兼优而家境贫困的子弟，他总要想法子去资助他们，他不图这些学子个人的丝毫报效。这一则出于爱才惜才的本性，他不能眼睁睁地看着一个人才因得不到教育而毁掉；一则也出于作为学官的责任心。为国家造就人才，乃是学官的神圣使命。这个李治国，不是朝廷任命的学官，却有这等仁心，应是出于爱才的本性。前学台对这个老塾师油然生出敬意。

“那您的日子怎么过？”

“勉勉强强也可维持。”李治国平平淡淡地说，“每年所收的几千文学费，用来买麦面和油盐。老伴种菜喂鸡，也能补贴些家用。这两年女儿回娘家来住，也可以帮帮忙。”

说到女儿了，圣母殿的看守人忙插话：“李老头，昨夜佩玉弹琴，这位客官听到了，他很是称赞，硬要来看看佩玉。你去叫佩玉出来和客人见见面吧！”

李治国摆手笑道：“小女琴艺荒疏，客官谬奖了。”

张之洞说：“您女儿的琴弹得妙极了。我昨夜一直站在窗边听到底，直到她不再弹了才上床睡觉，躺在床上很久都觉余音绕梁，不绝于耳。”

“哪里，哪里！客官如此美言，小女担当不起。”李治国开心地笑着，“小女乃贫寒家女子，举止粗俗，如何见得贵客？”

“老先生不必谦虚。”张之洞恳切地说，“自古以来便有高山流水的佳话，令爱琴艺高明，她也是希望能有人真心欣赏她的琴艺。您不要代她做主，我想她会愿意见见我这个晋祠的游览者的。”

见张之洞这样说，李治国起身说：“我进里屋去问问佩玉，看她意下如何？”

“好！”王定安轻轻地拍打着巴掌说，“你说我们在等着她。”

很快，李治国便出来了，身后跟着一个年轻的少妇，显然是他的女儿佩玉。

李治国指着张之洞对女儿说：“佩玉，这位客官昨夜听了你的琴，说你弹得好，今早特为来看你。他是你的知音，你要当面谢他才是。”

佩玉走过来，大大方方地向张之洞行了一个礼，轻轻地说：“谢谢客官。”

张之洞见佩玉大约二十五六岁年纪，匀匀称称的中等身材，穿一件家织蓝底白花粗布夹衣，蛋形的脸上长着一对细长的眼睛和纤小的鼻嘴，头上没有首饰，脸上也不见粉黛。浑身上下，透着一股自然纯朴清秀灵慧之气。

久在官场的张之洞平素见的女人，多为浓妆艳抹的太太夫人，自己过去的三位夫人，倘若见外客，也必定着意打扮一番。打扮出来的女人，固然漂亮好看，但总不能与这种天然本质相比。一个好比戏台上的曲折情节，一个好比真实的人世生活。素来率真任性的张之洞，更喜欢这种本质本色的清纯。

他满脸笑意地对女琴师说：“昨夜我听了你半夜的琴。你的琴声，把我带进了你的音乐世界。我跟你说几句听你琴的感受，看我算不算得你的知音。”

佩玉微微笑道：“小女子琴艺粗劣，有辱客官听了半夜，实在惭愧。客官要谈听琴的感受，倒是我愿意听的，请客官指教吧！”

听佩玉这么说，张之洞高兴地说："你昨夜弹的琴，上半截的曲子如春溪之流水，如向阳之山花，欢快欣然，像是回忆少年的无忧岁月和成年后的幸福时光。下半截曲子，则有如浔阳江头长安女的心境，听起来满眼是茫茫江月瑟瑟秋荻的情景。我想，你弹到后来，很可能是心中涌起了世事的诸多辛酸悲苦，琴声便不知不觉地变了调。你看，我说的对还是不对？"

张之洞的这番分析正说中了佩玉的心思。昨夜，她拿起琴来时，本是心情舒畅的。明月清风，红花绿叶，带给她以生命的机趣。她操起琴来，心似白鹤，手如流泉，曲调畅达和乐。慢慢地，丧夫殇子的深重悲痛，不期而然地又从她的心灵深处涌冒出来。她忧愁重重，叹息自己的命运为何这般苦痛。眼下可以和父母一起生活，往后父母故去，何处将是归宿？心里这样想着，弹出的调子愈加哀婉凄怨了。

佩玉点点头说："客官说得不错。"

张之洞很觉欣慰："古人云，凡音之起，由心之所生也。又说情动于中故形于声，声之文谓之音，故音乐乃人心情之外露。我听你的琴声而知你的心情，可不可以算是你的知音？"

佩玉颇为羞涩地说："这样说来，客官可算得上是我的知音。"

张之洞哈哈大笑。葆庚、王定安连同李治国都笑了起来。张之洞对李治国说："老先生，我有个不情之请，想叫令爱当着我们众人之面再弹一曲如何？"

不等父亲问她，佩玉立即说："客官既然这样明辨音乐，我愿意为你再操一曲。"

说罢，转身回里屋。

过了好一阵子，还不见人出来。众人正在奇怪时，忽然从里屋传出了琴声。李治国带着歉意说："琴架大而笨，不便搬动，且小女从未当着生人面前奏过琴。她现在是在里屋为各位客官弹奏。"

"也好，也好！"张之洞忙说，"隔壁听琴，更宜凝神倾听。"

琴声清清脆脆地从里屋传出来。先是悠扬亮丽，婉约轻柔，如一匹彩练当空飘舞，时上时下，时左时右，舞出许多绚丽的姿态来；又如满园春花，姹紫嫣红，千娇百媚，春色烂漫，引来蜂蝶成群。继而节奏加快，声调激昂，如一江春水浩浩荡荡向东流去，波叠涛涌，浪花飞溅；又如百兽奔走山林，朝拜虎王，蹄声急促，气象壮观。接下来急管繁弦，号角啸厉，如春雷乍响，如山洪暴发，如战马嘶鸣，如刀枪撞击……就在众人被琴声牢牢吸住的时候，突然什么声音都没有了，霎时间，整个晋溪书院一片寂静。

佩玉神采焕发地走了出来，颇似一位得胜归来的杨门女将。

张之洞夸道："这首曲子比昨夜的更好。想不到一个弱女子还能奏得出这等雄健的乐曲。请问，这是一首什么曲子？"

佩玉笑吟吟地答："这是一首唐代古曲。当年唐高祖在太原起事，派他的女儿平阳公主驻扎在扼控河北山西之间的关口，这关口就是今天的娘子关。平阳公主成功地守住了。唐高祖命乐师谱了这首曲子送给平阳公主，曲谱名叫《平阳公主凯旋曲》。"

张之洞太喜欢这个女琴师了，一个念头突地在他的脑中萌生：准儿八岁了，却不会弹琴，何不把佩玉聘到家里来，请她教准儿呢？日后让她继承奶奶的琴艺，也是一桩好事呀！

张之洞站起来，走到李氏父女身边，诚恳地说："实不相瞒，鄙人就是山西巡抚张之洞。"

听说眼前站的竟是堂堂抚台大人，李氏父女一时惊呆了，不知所措。圣母殿的看守老头也惊诧莫名。王定安在一旁说："这位真正是抚台张大人。"又指着葆庚介绍："这位是藩台葆大人。"

荒废的晋溪书院、贫寒的蒙馆塾师家，突然间冒出几个小民只能耳闻不能目睹的大人物，仿佛喜从天降似的，李治国忙跪下磕头："不知大人们光临，罪过罪过！"

张之洞忙扶起老塾师："快起来，不必如此！"

待李治国起身，张之洞说："鄙人有一事请老人家成全。"

"大人有何指示，请吩咐。"

“鄙人先母最喜弹琴，只可惜鄙人四岁时，先母便过世了，她只留下一张古琴而没有把琴艺传下。鄙人有一个女儿，年方八岁，鄙人盼她能像祖母样会操琴奏曲，故冒昧向老先生请求，让您的女公子到鄙人家中去，一来教小女弹琴，二来也可教小女识字读书。一句话，请您的女公子做小女的师傅。不知你们肯给我这个面子否？”

这真是一个莫大的好事，李治国正要满口答应，佩玉却扯了一下父亲的衣角，老塾师只得改口：“大人这样看得起小女，这是小女的荣耀，只是小女乃贫寒人家出身，不懂礼数，且从小读书不多，如何能做得了小姐的师傅？”

张之洞爽朗地笑道：“你们不必担心，鄙人既然请您的女公子去，自然就信得过她。鄙人女儿要下个月初才到太原，这十多天里，你们父女还可从容商量。或者，女公子也可以先到鄙人家里暂住一两个月，看看能否适应，能留则留，不能留随时都可回晋祠。至于薪水，我会比通常衙门请的西席还要略高一些。请贤父女务必体谅鄙人这一片爱才之心。”

李治国见巡抚说得诚恳，便看了女儿一眼。见女儿没有完全拒绝的意思，便说：“深谢抚台大人的错爱，容我们父女再商量一下。”

“行。”张之洞高兴地说，“半个月后，我派人来接女师傅。”

说罢，对葆庚、王定安说：“我们回城吧！”

第五章／清查库款

一　为获取赈灾款被贪污的真凭实据，阎敬铭出了一个好主意

回到太原城的第二天，马丕瑶便向张之洞禀报，初步清查光绪三年、四年、五年的赈灾款项，三年间便有三十余万两银子对不上数，怀疑是当年主持赈灾的藩司葆庚和主要经办者王定安贪污中饱了，但苦无确凿的证据。下一步的清查如何进行，请抚台拿个主意。

下午，葆庚也特为过来，说已与祁家说好了，祁家父女都同意，是不是就叫他们父女到抚台衙门来见见面。马丕瑶的禀报让张之洞对葆庚、王定安很是反感。他甚至后悔不该与他们同游晋祠。张之洞冷冷地说了一句“此事不要再提了”后，便不再理睬葆庚，将葆庚弄得十分没趣。

张之洞为清理库款事苦苦地思索着。

夏天到来时，春兰带着唐夫人生的次子仁梃、王夫人生的小姐准儿，以及柴氏带着燕儿都来到太原。桑治平在紧靠巡抚衙门的一条小街上，赁了几间房子安置家小。大根夫妇则带着仁梃和准儿，与张之洞同住衙门后院。从此，早晚冷清的第一衙门，开始有了勃勃生气。

桑治平做了张家的真正西席。仁梃聪明好学，并不要老师多操心，他仍可以分出不少心力来替张之洞办公事。

为张之洞的诚意所感，佩玉也来到太原做准儿的琴师。张之洞甚是高兴。准儿活泼伶俐，佩玉喜欢她。佩玉和善亲热，准儿也爱她。两人很快便相处融洽。

近年来，因王夫人的陡然去世，悲寂常常袭击着张之洞的心，空闲时他思念得最多的便是远在北京的儿女。长子仁权已成家自立，他较为放心。次子仁梃毕竟是个已有十岁的男孩，学业是其生活中的全部内容，有良师在教导，他也可以放得下心。最让他牵肠挂肚的便是这个小准儿。娇弱的女孩，这么小就失去了母亲，这是她人生的最大痛苦，虽有春兰在生活上予以照顾，但谁去抚慰她那颗受伤的幼小心灵？谁去充当她闺房中的教师呢？张之洞为此而深深地忧虑。现在好了，佩玉来了！她俩似前生有缘似的，彼此亲密无间。听到后院里不时传出的佩玉和准儿的欢悦笑声，张之洞的心里十分宽慰。

这时，一道上谕递到太原巡抚衙门：户部尚书着阎敬铭补授。又命张之洞将此谕火速递到解州书院，督促阎敬铭毋再固辞，速来京履任。张之洞看到这道上谕，心里欢喜无尽。

他首先感到欣喜的是太后毕竟有见识，不像以往只让阎敬铭恢复侍郎原职。倘若依旧是从二品待遇，说不定那个倔犟的老头子仍然会坚辞不受。如此，将令他这个传旨者十分难堪，两边都不好交代。张之洞感激太后给了他很大的面子。

最使张之洞欣慰的是，阎敬铭授的是户部尚书。山西穷困，银钱拮据，凡办大事，都要得到户部的关照才能行得通。自己过去曾力主阎敬铭出山，这次又倾心接纳。这些，老头子岂能不知？今后又岂能无视？子青老哥所说的靠山，这真是一个天缘凑泊的好靠山！

张之洞想到这些，心里兴奋不已。而眼下阎敬铭对清库一事，也正好能帮得上忙。光绪三年，阎敬铭以工部侍郎的身份，来太原协助巡抚曾国荃赈灾。以他的精明老练，必定对当时赈灾款的集散，心中有一个大致的脉络，应该向他请教！说不定藩库清查之事，靠的正是此老的鼎力相助。

他将去解州的重任再次交给桑治平，要他说服阎敬铭取道太原进京，并一路好好陪伴护送前来，他要亲自把盏为久蛰荒野的大司农饯行。

经过二十余天的长途跋涉鞍马劳顿，桑治平一路护送阎敬铭，来到了离太原城只有七十里路的榆次县。除他们二人及阎敬铭的一个远房侄孙外，同行来到榆次的还有一个人。此人名叫杨深秀，字漪邨，本省闻喜人，今年三十三岁。十年前杨深秀即考中举人，第二年会试告罢。杨家乃闻喜大户，家资饶富。杨父遂出钱为儿子捐了一个刑部员外郎。这是个空衔，杨深秀依旧在家中读书。他向往的是两榜正途出身。

光绪三年，眼见乡亲们受苦受难，杨深秀心中不忍，遂广开粥厂救济灾民，又拿出巨款来购买药材，施舍给贫困的病人。杨深秀因此而善名远播。此时阎敬铭正奉旨赈灾，便聘请杨深秀来太原与他共襄大事。

杨深秀为人正直又精细。灾情严重，百姓身处水火之中，山西官场却有不少人利用权势，侵吞钱物。杨深秀对此愤恨不已。他和阎敬铭谈起此事，阎敬铭也同样愤恨。得到阎的支持后，杨深秀暗中记下一份详细账目，以备他日所需。赈灾完毕，阎敬铭离开太原来到解州书院。不久，杨深秀也回原籍继续读书。闻喜与解州相邻，杨深秀时常到解州书院，向阎请教学问。谈起官场的腐败，谈起国家的积贫积弱，谈起人心的不古，这两个年纪相差三十余岁的师生，有许多共同的感慨。

桑治平向阎敬铭谈起清查局所面临的困难，阎敬铭想起了杨深秀，遂邀之一道去太原。杨深秀素慕张之洞大名，欣然同意。

傍晚时分，阎敬铭一行刚进城门，便见一个低级官员装束的人走上前来。桑治平笑道："郭巡捕，你几时来的？"

郭巡捕说："前天接到桑先生的信，抚台大人昨天便到了榆次。卑职今天在城门边恭候一天，终于把你们盼来了。现在就请阎大人和桑先生等一起去县衙门。"

阎敬铭听说张之洞亲来榆次迎接，颇出意外，对桑治平说："张大人公务繁忙，还这样客气，令老朽不安。"

桑治平说："张大人对丹老十分钦佩，若不是公务繁忙，他是要亲去解州的。他早就跟我说定了，要我到太谷时给他一封信，不管多忙，他都要亲来榆次迎接，以表示他的仰慕之情。"

阎敬铭连声说："不敢当，不敢当！"

说话间，不知不觉到了榆次县衙门口，张之洞带着罗县令、何主簿等一班官吏迎上前来。桑治平从中作了介绍。

张之洞向阎敬铭作揖道："久仰丹老声威，不胜倾慕。"

阎敬铭回礼道："张大人亲来榆次相见，愧不敢当。"

张之洞说："丹老四朝元老，中兴功臣，之洞未去解州相迎，已是不恭，尚望丹老鉴谅。"

说着，又向阎敬铭介绍了榆次县的一班官员。阎敬铭指着杨深秀说："这位是闻喜县杨深秀漪邨孝廉，光绪三年协助我在山西办赈务，是一个仗义疏财极有血性的汉子。"

张之洞一听杨深秀办过赈务，眼睛一亮，忙问："杨孝廉是陪同丹老一道进京的吗？"

阎敬铭说："不是，我特地带他到太原来见你的。"

张之洞转脸对杨深秀说："杨孝廉请在太原城多住几天，鄙人有要事请教。"

杨深秀说："治下久闻大人盛名。大人巡抚三晋，此乃三晋父老之幸，治下愿为大人驱驰。"

罗县令笑着招呼："请丹老、张大人及各位一道入席吧，大家酒席上再畅谈。"

巡抚驾到县城，这正是县令献殷勤的最好时候。阎敬铭进京去做户部尚书，下榻此地，也是东道主一个巴结攀援的好机遇。两件事凑到一起，岂不是天大的好事！罗县令动员一切力量，清扫道路，打扫驿馆，搜集佳肴，准备美酒，足足忙乎了两天。今晚县衙门的接风酒席办得隆重丰盛：一桌主席，三桌陪席，举凡山西省的好食品全都上了桌，加之满堂大红蜡烛，给宴会厅更增添许多热闹的气氛。

可是，六十五岁的主客生性俭朴，不习惯山珍海味，再加上旅途劳累，更没有胃口，他只抿了两口酒，动了几下筷子，便闭口再不吃了。第一陪客也不是个大吃大喝的人。张之洞四十岁以前嗜酒好饮，常常喝醉。四十岁后因身体欠佳，也便节制不再多饮。于是，这场名为招待阎敬铭和张之洞的酒席，便成了榆次县衙门大小官员们的聚餐。他们在陪席上频频举杯，相互劝饮，大咬大嚼，狼吞虎咽。

张之洞看着这个场面，禁不住双眉紧锁。他对罗县令说，明天要留丹老在榆次住一天，有要事商量，一切应酬全部罢掉，只需备点粗茶淡饭即可。罗县令不好违背，只得答应。

第二天上午，张之洞只身来到阎敬铭下榻的驿馆。他要与这位两度复出的前朝大员，作一次推心置腹的长谈。

张之洞说："二十年前，胡文忠公誉您为湖北经济第一人，要我到武昌去拜您为师，求经世济民的真才实学。怎奈天不假寿于文忠公，此行未果。讵料二十年后，我才得以拜识您，真正是又憾又幸！此番太后将大司农重任交给您，正是众望所归，人地两宜。您一定将再展补天之手，为朝廷广开财源，造福社稷。明天启程去太原，我自然当留您在太原多住几天。只是省垣人多眼杂，难有这等清静的环境，故而选择榆次先与您相见。一则表示远迎的诚意，二则也想借此地与您促膝恳谈。我有许多事要向您请教，请千万莫嫌鲁钝，看在三晋父老乡亲的面上，为我开启茅塞。”

阎敬铭面色凝重地听完张之洞这番开场白，沉吟良久后说：“文忠公生前曾对老朽说起过抚台，夸奖抚台是他遇到的最聪颖的年轻人，日后前途不可限量。文忠公的确是巨眼识人，抚台今天也做到了他当年的官位了。”

“我哪能跟文忠公相比。”张之洞忙说，“文忠公虽说官位只是湖北巡抚，其实是朝廷的江南柱石。今日的晋抚哪能跟当年的鄂抚相比。”

阎敬铭笑着说：“以抚台的天资才望，好好做下去，日后也会是朝廷柱石的。”

张之洞说：“谢谢丹老的奖掖。我当尽力而为，但愿不负朝廷的信任、丹老的厚望。”

阎敬铭原以为清流出身的张之洞，会是满身的名士气，却不料这样恳切诚挚，于是点了点头问：“抚台准备跟老朽说点什么？”

张之洞略微停顿一下，说：“朝廷命我承乏三晋，很想为三晋父老做点实事，但却常有力不从心之感。山西弊病很多，依我看来，主要在三个方面。一是乡间广植罂粟，与庄稼争地，官吏军营，多食鸦片，风气颓废。二是从省到州县，吏治腐败，各级官场，疲沓懒散成风，贪官污吏，亦为数不少。三是山西土地贫瘠，所产甚少，百姓生计窘困，难以自救，官府收入枯竭，几乎不能有所兴作。”

阎敬铭说：“老朽寓居山西多年，对山西弊端多少有所耳闻目睹。抚台方才所说的，均是山西积弊。在解州时常听士林说，抚台来晋后力图铲除弊端，整肃民风。士林都称赞抚台气魄宏大。”

张之洞说：“不瞒丹老，自到山西以来，我也曾采取过强硬手段，欲求有所作为。比如说在铲除毒卉禁止吸食鸦片一事上，是不惜动用兵丁，不怕得罪乡绅的。现在看来是收到了些成效。至于整饬吏治方面，也想以清查藩库为缺口，狠狠地煞一下贪污中饱之风。想必丹老也知道，山西藩库竟然有三十年未清账目，这岂不是咄咄怪事！”

“我知道。”阎敬铭沉重地说，“藩库多年不清之事，据我所知，尚不止山西一省。当然，山西三十年不清，确居全国之首位。其他十年八年不清的还有好几个省份。太后要老朽去做户部尚书，但老朽即便要去摸清各省目前的库存银钱状况，都很困难，这个户部尚书如何去做。哎！”

阎敬铭说罢，重重地叹了一口气。

张之洞听了阎敬铭的感叹后，突然灵机一动，说：“我在京师做闲官时，也曾听部院堂官们说，这几十年来六部数户部最难掌。军饷开支大，各省上交又少，不但该交的不交，连别省的过路钱都拦截。难怪户部官员甚至说，各省这种行径类似绿林。”

阎敬铭笑着插话：“翰林变绿林，这句话原本是骂李少荃的，后来竟成了名言，广为流传套用。”

张之洞本想说一句“这是因为像李鸿章那样变绿林的翰林越来越多的缘故”，想一想阎敬铭和李鸿章是同一经历的人，这种清流激愤语言不能在他面前说，于是话到嘴边又咽下去了，改口道：“各省都叫苦，都说亏空多，户部也拿他们没办法。刚才丹老您说的，摸清各省目前库款情况，的确是户部一件大事。我想，丹老这次进京后，第一把火就烧到这事上，山西将为丹老提供一个范例。”

阎敬铭想，这不失为一个好点子。接到进京任户部尚书的圣旨后，阎敬铭便一直在寻思着：身负贤能之名，数度谢旨不应，如今以六十五岁的高龄履任，天下多少双眼睛在看着自己呀，倘若尸位素餐，毫无建树的话，不但辜负了圣恩，也有损自己的清名；倘若要有所建树，这建树要立在哪一点上呢？张之洞不愧是个聪明人，他这个点子可谓一箭双雕：首先是要换取我和户部的支持，同时也的确是给户部的一个启示。好，这样一件既有利于他，又有利于我，既有利于山西，又有利于朝廷的事，为什么不支持？

阎敬铭舒心一笑说：“张抚台，老朽全力支持你把山西三十年的藩库账目料理一清，然后再奏请太后、皇上，要各省都效法山西。抚台需要老朽做点什么，就明说吧！”

张之洞高兴地说：“丹老真是个实心做事的人，有您的支持，山西的事情就会好办得多。不瞒丹老说，一般性的清查库款，也并不是很难的事。莫说三十年，就是四十年、五十年也不难。我只需找到一个账目清楚的年份，从这一年开始，把现存的所有单据都汇集起来，然后一年一年地去做账。只要有一批细心有经验的账房师爷，花个半年时间就可以重新建立一套账目来。”

张之洞端起茶杯来喝了一口。阎敬铭从这几句话中，感觉到眼前的这位清流巡抚，有一种举重若轻的气概。他心里想：此人有宰辅之才，若遇天时的话，今后的功业或许不在乃师之下。一个念头瞬时间在他的脑子里浮起。

“我不只在于清理藩库的账目，更重要的是要借此机会整顿山西官场。”张之洞放下茶杯，神色庄严地说，“刚才我说过，山西官场从省到州县，贪官污吏不少，而且风闻这个根子就在省城，因为上行下效，才使得三晋吏风更坏。”

张之洞说到这里，压低了嗓音：“我通过明察暗访，已知道这个根子便是现任藩司葆庚，葆庚的同伙有冀宁道王定安和阳曲县令徐时霖。他们在光绪三年赈灾时，合伙弄虚作假，贪污了一笔不小的银子。我想通过查库款来查赈灾款，通过清查赈灾款来查出葆庚的贪污案，再通过罢葆庚等人来整饬三晋吏风。”

阎敬铭敛容说：“抚台刚才说，通过明察暗访，已知根子是葆庚，还有王定安和徐时霖，是否可以再详细点告诉老朽此中的嫌疑。”

张之洞说：“大同府同知马丕瑶，是静澜中丞临走时向我推荐的诚实可靠人。我成立清查局，用的就是马丕瑶。马丕瑶查了几个月的库款，发现葆庚和王定安的不少疑点。另外，衙门里也接到过无名帖子，帖子上说葆庚、王定安、徐时霖沆瀣一气，合伙贪污。我与葆庚相处了一段时期，也觉得他不像个正派人。但现在没有得到真凭实据，下不了手。何况葆庚是藩台大员，王定安背景不小，更需谨慎从事。”

“抚台考虑的是。”阎敬铭慢慢地说，“光绪三年赈灾的事，老朽可以详细地对抚台说说。光绪三年九月，老朽奉旨与曾九帅一起办理赈灾事宜。九帅打仗日久，积劳成疾，江宁克复后即回籍养病。同治四年就有巡抚山西之命，但九帅因病辞谢。第二年正月，因捻寇犯湖北，军情紧急，九帅不得已奉命任湖北巡抚。但湖北军务不顺，九帅于同治六年十月卸湖北抚篆，再次回籍疗疴。这一疗便是七年。一直到光绪元年二月，才接任河东道总督。到次年八月，改授山西巡抚。九帅又请假回籍。直到光绪三年二月，才从长沙启程，四月底到太原接篆视事。”

阎敬铭拿起他从解州带出的老葵扇，随手扇了两下。张之洞边听边想，阎敬铭为何要费这大的口舌叙述曾国荃打下江宁后直到再度出任晋抚的这大段过程？是想告诉我曾国荃这十多年来一直多病，精力不济，故而造成山西吏治的疲沓？是的，阎敬铭毕竟和曾氏兄弟有一番共同战斗的经历，他是借此来摆脱曾国荃的责任。

张之洞说：“曾九帅戎马倥偬十多年，为朝廷立了大功，自己却落了一身病。丹老当年也为平长毛、捻寇吃了不少苦头。”

“王命在身，不得不带病驱驰。自古良将，有几个安逸的。”阎敬铭边说边摇着葵扇。

张之洞明白了，大叙曾国荃的经历，不但有为老九开脱之意，也有为自己表功的一层意思暗寓其间。

阎敬铭停止摇扇，继续说：“光绪三年，山西大旱，在这之前已干旱了一年，连续两年旱灾，把山西闹苦了。怎么个苦法，我不多说，只背两句当年老朽和九帅会衔上奏的话给你听听。”

阎敬铭微闭着眼睛，回忆着。一会儿他睁开两只略显昏花的老眼，背道：“古称易子而食，析骸而爨。今日晋省灾荒，或父子而相食，或骨肉以析骸，所在皆有，莫之能禁，岂非人伦之变哉！”

张之洞的心像被利刃刺进似的惨痛着。“易子而食，析骸而爨”这样的字眼，少年时常在书上见过，但总不大相信，怀疑是文人夸大了。没有想到，就在自己的治下，就在五年前的这块土地上，就活生生地出现过。那是怎样的惨绝人寰啊！

二人相对无言，驿馆里的气氛仿佛凝固了似的。

过了好久，阎敬铭才开口：“要说大旱两年便惨象如此，原本也不至于。这一则是山西太穷，即便丰年，老百姓也只能半饥半饱，何况灾荒。更主要的是罂粟苗害的。山西农人贪图眼前利益，废庄稼而种罂粟，家中多年来已不贮存粮食了，州县仓库也无粮可贮。山西山多路陡，运载不便。旱灾来时，拿着铜板却买不到豆麦，只有活活等死。”

“所以罂粟苗非铲除不可！”张之洞愤愤地说。

“是的，抚台此举功德无量。”阎敬铭赞许一句后，继续说下去，“当时我对九帅说，发钱尚在其次，首务是去外省办粮，并奏请朝廷命江南各省以粮代银，速运山西救急。一年下来，共赈灾民三百四十万，用银一千三百万两，用粮一百六十万石。”

张之洞插话：“山西一千一百万人口，受赈人三成以上。全省地丁银一年才不过三百万两，用银达千万之多。丹老于三晋父老的功德，真山高海深！”

“抚台这话，老朽担当不起。”阎敬铭笑道。这话显然令老头子发自内心的高兴。他神态怡然地说，“这首先是朝廷的恩德，再是各省的捐助，三是山西多数官绅的合力共济。若老朽一人，纵有天大的本事，也无计可施呀！”

“丹老。”张之洞问，“据说当年山西绅商两界捐款不少，您还记得这笔款子的大致数目吗？”

“这就是我要对抚台细说的一件重要的事情。当年九帅定下的救急之策，功莫大焉，弊也莫大焉。”

阎敬铭习惯性地拿起老葵扇，轻轻地慢慢地摇着，好半天才开口：“湘军初起时，筹饷是第一桩头痛的事，曾文正公效法前朝旧事，请求朝廷发空白虚衔执照和空白功牌，用以奖励捐款的士绅。早期湘军的粮饷，主要靠的就是这条来路。”

张之洞知道，这种方法自古以来便有过。虚衔执照，即视捐款数量大小，相应地授一个品衔，赠一套官服翎领，遇到喜庆典礼宴会时，可以穿这套官服摆摆脸面，但没有实职实权。这种交换可以满足许多有钱人的做官虚荣心。通常情况，这个权限在朝廷，执照上的名字由朝廷填写颁下。曾国藩请求朝廷颁空白执照，名字由他填写，则是把朝廷的这个权力揽到了自己的手里。

相对于虚衔执照来说，功牌则低一等。它是立功的记录牌。兵士打仗立了功，视功劳大小发一枚相应的功牌，积到一定时候便可升官。没有上前线打仗的人，用捐钱的方式也可得功牌。有了功牌便有了荣誉，在地方上有许多好处。这种广开名路的做法，的确在历史上曾为应急起过不少作用。

“九帅把它移到山西来。他向朝廷请来空白虚衔执照和空白功牌各两千张，又将这四千张牌照的填写权完全交给藩司葆庚，自己全不过问，而弊病也就出在这里。”

开始说到关键处了，张之洞双目炯炯地注视着这位经历不凡的老头子，要把他的一字一句都记在心里。

“不论是执照和功牌，都有正本副本各一份。正本发给捐款人，副本留在官府存档，以备查询。若秉公办事，则正本副本完全一致，即捐银数量、授衔品级或军功品级两份上所填相吻合。心存贪污的话，则两份所填的就不会吻合。捐款人手里的正本填的银两是实数，存档的副本上填的则少些，这中间的差数便为填写者贪污了。另外，还有的人捐钱少，不足以发执照或功牌，或有的人虽捐了钱但不要牌照，这些银钱也可以被执事人中饱而不露痕迹。这些手腕，即使在当时也难以盘查，事过多年，再查就更困难了。”

张之洞听到这里，心里冷了一下：是的，如何去找呢？这不还是没有真凭实据吗？

“有句古话说，要想人不知，除非己莫为。真要下决心去查，也不是毫无办法的，只是不知抚台真的下了这个决心没有？”

阎敬铭两眼逼视着张之洞。

“请丹老放心，这个决心，我半年前就下了。”

“张抚台，官场上的事都是互相牵连着的，查一件事就会牵连到多件事，查一个人就会牵连到一批人，今后会有许多意想不到的麻烦事出来，甚至会带来极不利的后果。这些你都想过没有？”

张之洞坚定地说：“丹老，您不要为我顾虑太多。我为人向来不存畏惮之心，也从不会向邪恶低头。牵出多少事就办多少事，牵连多少人就查多少人。”

阎敬铭淡淡地笑了两下，说：“张抚台，你这种气概，老朽很是佩服。但老朽不能不实话告诉你，你这种气概用之于京师做言官可以，用之于山西做巡抚则不行。”

“为何？”张之洞望着阎敬铭，恳切地说，“请丹老教我。”

“张抚台，你初为封疆大吏，尚不知地方官员的究竟。若是拿圣人的教诲、朝廷的律令来严格度量这些知府、知县，可谓没有一个合格的。故看一个官员的贤否，只能视其大节而遗其小过。所以，做巡抚的切不可存牵连多少人就办多少人的心思。抓住为头的，惩办几个罪大的帮凶就行了。若全都处罚，谁来为你办事？若他们抱成一团与你作对，你又如何在这个省里呆得下去？故而我劝你，你清藩库，就清赈灾这件事好了；你要参劾，就只参劾葆庚、王定安等几个民愤极大的人好了。”

阎敬铭这番话，说得张之洞直点头，连忙说：“丹老说得有理。古人云水至清无鱼，人至察无徒，这话过去也读过，道理也懂，真正办起事来又不记得了。”

“抚台是明白人，老朽只要稍微点一下就行了。”阎敬铭笑道，“葆庚这人贪财好货，我在光绪三年时便有所觉察。王定安贪婪阴鸷，在山西官场士林中口碑极不好。抚台要借他们二人来整肃山西吏治，这点老朽是完全赞同的。二人皆司道大员，官位高，影响大。端出他们来，不只是震惊山西一省，也可儆戒十八省贪官污吏。”

“我想的正是如此。不瞒丹老，我来到山西后给朝廷的谢恩折上就写着‘不忘经营八表’，有人攻讦我，说我有野心，不安于做一个巡抚，觊觎宰相之位。他们不知我的苦心，我是想借山西这块地方为全国立一个榜样。”

“张抚台，这就是俗话所说的，燕雀安知鸿鹄之志呀！”

说罢哈哈一笑。

张之洞也哈哈大笑：“丹老说得好，说得好！燕雀安知鸿鹄之志！”

“张抚台，老朽帮你出一个主意，说不定可以弄出一点真凭实据。”

开始接触到要害了，张之洞忙止住笑，将头倾向前去恭听。

“你立即将所有光绪三年发出的执照和功牌副本调出来，选出其中捐款数量较大的二三十张，然后再派人逐个登门，请他们拿出正本来，两相对照，证据就出来了。”

这真是个好主意！张之洞不由得从心里佩服阎敬铭的老辣。他兴奋地拿过葵扇，一边帮阎敬铭扇风，一边说：“谢谢丹老的指点。”

“还有，我给你带来的杨深秀，他当年曾协助我办了一段时期的账务，后来被徐时霖要去。杨深秀怀疑徐时霖手脚不干净，曾悄悄地记下了一笔账目。这笔账目也可供你参考。”

“太谢谢了！”

张之洞高兴地起身，对阎敬铭说：“您刚才说的这两点，对山西藩库的清理大有裨益。说了一个上午的话，我陪您到庭院里走走。吃过午饭后，我再向您请教。”

“张抚台，你饶饶我这个老头子吧！”

张之洞愕然望着眼前这个满身土气的大司农，不知此话中的意思。

“你才四十多岁，年富力强，老朽今年六十有五了，如何能奉陪得起！吃过午饭后你让我好好歇息歇息。晚上，我还有重要话对你说哩！”

张之洞这才明白过来，他怀着歉意地说：“只怪我求治心切，把丹老当成金刚罗汉看了。好，下午请好好休息，晚上我再来竭诚讨教。”

二 胡林翼被洋人气死的往事，震撼张之洞的心

吃过午饭后，阎敬铭在侄孙的服侍下，躺下睡午觉。张之洞则和桑治平一道，与杨深秀聊天。关于当年赈灾和账目的事，张之洞拟回太原后再深谈，初次见面，则先谈些轻松随意的话题。他们谈学问，谈诗文，谈晋南的民情世风，谈国家的现状和出路，三人谈得很是投机。张之洞发现杨深秀是个人才，无论从功名资望，还是从年岁阅历来看，都具备目前即可重用今后前途远大的条件。晋阳书院缺个总教习，这杨深秀不就是一个极好的人选吗？古人说十步之内，必有芳草，此话真的不假，只要留心辨识，人才到处都有！

吃过晚饭后，张之洞再次走进阎敬铭的房间，二人剪灯夜话。

张之洞诚挚地说：“上午与丹老一席话，所获良多。如何获取赈灾款被贪污的真凭实据，我冥思苦想多时不得进展，丹老几句话便解决了这个难题。”

阎敬铭笑道：“香要烧给真佛受，话要说给真人听。不是真人，说得再多也无用。”

说罢收起笑容，将张之洞注目良久，严肃地说：“老朽这几十年来历尽沧桑，饱经世变，所更之事可谓多矣，所阅之人可谓众矣，

虽天资鲁钝，性近愚顽，不能登圣贤之堂奥，然三十余年来的打磨锤炼，也多少积累点识人办事之能力。上午，老朽与抚台良晤半日，听谈吐，察志量，似觉抚台之气魄风采颇肖乃师胡文忠公，一生事业可与文忠比美，而富贵寿考却又要胜之。惟望多加珍爱，好自为之。”

阎敬铭的这几句话，说得张之洞热血奔涌起来。自通籍以来，张之洞便立下志向，这一生一定要以恩师胡林翼为榜样，像他那样做出一番轰轰烈烈的事业出来。然而，近二十年的久抑不伸，常使他心怀郁郁，有时甚至心灰意冷。出任山西巡抚之后，他自觉为大志的实现迈出了重大一步，但离恩师的事业名望毕竟相差太远。现在，这个恩师的挚友竟然说自己一生的事业，可以与恩师比美，甚至富贵寿考还要超过，这如何不让他兴奋！

张之洞忙说：“丹老此话，对我是一个极大的激励。我一向崇仰胡文忠公，私下里已把他作为自己今生的榜样。只是当年追随左右时尚在稚龄，其时间不长。后来恩师在湖北打仗，我在贵州求学，虽有些书信往来，但终究所知不多。丹老与恩师共事多年，相知甚深，我极愿能多听丹老说点恩师往事，以启愚昧。不知丹老可否赐告。”

阎敬铭微微笑道：“老朽今夜约你来，正是要与你说点文忠公的往事。咸丰十一年十月文忠公去世，到今天已是二十一年了。文忠嗣子尚年轻，将来能否传其事业还不可知。这些年来，每念及此事，老朽常以文忠后嗣不旺而遗憾。文忠入室弟子而又大有出息者，眼下实只抚台你一人。为酬答文忠当年知遇之恩，让他后继有人，也为了酬答太后、皇上的圣眷隆厚，造就大清国未来的柱石，老朽我义不容辞要将文忠一生学问事业的真谛传授给你。”

阎敬铭拿起随身不离的老葵扇，轻轻地摇动起来。几案上的烛光随着葵扇的晃动而跳跃着，时明时暗。张之洞凝视着阎敬铭古铜色的方正面孔，脑子里慢慢地浮出胡林翼的形象来：那是一张长长的因久病而显得灰白的面孔。两张面孔上的五官尽管不同，但有一个极大的相似处，那就是面皮都粗厚而多皱纹，倘若他们穿戴普通人的衣帽混进市井之中，绝无半点异人之处。从里到外，就是一个老农，一个老儒，一个老实巴交的平民百姓。常听人说，中兴时期的名臣名将，如曾国藩、罗泽南、彭玉麟等人，都是这一类型的人。而现在的位高权重者，几乎见不到这类人的踪迹。张之洞似乎突然有所颖悟。他没有细细思索的空暇，他需要全神倾听这位长者的腹心话。

“那年我在工部做侍郎的时候，与部里同寅谈起文忠旧事，有个刚中进士分来户部的主事，居然问胡林翼是什么人。现在又五年过去了，像那个主事样不知文忠是谁的年轻辈越来越多了。就是许多经历过那段时期的人，其实大多也不清楚胡文忠公。说起他来，不外是夸奖他打了几场大仗，仿佛文忠公只是一个平乱的武将而已，他们真正把胡文忠公看低了！”

张之洞插话：“平乱的武将只是塔齐布、鲍超之流，恩师满腹经纶，非一般武将可比。”

“攻城略地，是极为明显的战果，而其他的则不易看到。世间俗人大抵只能看到可触摸的有形之器，至于无形之道，那只能存于高人的眼光中，这也怪不得他们。”

张之洞点点头，表示赞同这句退一步的判词。

“其实，文忠最可宝贵之处，首在拯世济民。他曾对老朽说过，他的一生受两个人的影响最大。一是其父达源公。他粗为识字，达源公便授他先儒性理之书，故他从小便有为天下苍生谋福祉之宏伟抱负。二是其岳父陶澍。他尚未成年时，陶文毅公便赏识他，将爱女许配于他。他终生崇敬这位誉满朝野的岳丈。岳丈给他最大的启示，是要为国为民办实事。”

张之洞插话：“张幼樵平生最为景仰陶澍，称他为近世官吏中的莽莽昆仑，曾、左都远不能与他相比。”

“陶澍整顿盐政，革新漕运，功在当世，利在千秋，的确是近世罕有的良吏。”阎敬铭端起茶杯来喝了一口茶，继续说，“文忠既然以古圣昔贤为榜样，以拯世济民为立身居官之目标，这便使得他远非一般战将可比。他是真正的国家柱石，社稷之臣，比之为古时的谢安、裴度等人并不为过。这些尚属空洞。我想你最想听的，莫过于以文忠旧雨的身份，谈一些他的成功之道。元好问说，鸳鸯绣取从头看，莫将金针度与人。世间好看的鸳鸯绣品多得很，如何绣出来的，则难以窥视，绣女亦决不会轻易授人。文忠已不在了，就老朽我这个当年的旁观者，冷眼所见的金针出没之法，现在来代他传授给你。”

张之洞说：“我所要的，正是恩师的金针。”

“依老朽看来，文忠的成功之道，主要有这样几条。”阎敬铭似在思索，边想边说，“以湖北为地盘，与朝廷分权。”

见张之洞面露惊讶之色，阎敬铭凄然说：“这也是没有法子的事，是当时内外之势迫使的。若不如此，文忠固然不可成大业，朝廷能否得保住也难以逆料。文忠向朝廷分权，分哪些权呢？一分财权。他撤销原设的南北随营粮台，建武昌省城粮台总局，湖北一切进款和开支，均由粮台总局料理。老朽在武昌，便做了好几年的粮台总局总理。湖北一切进款，包括地丁、漕粮、厘金、盐课，一切开支，包括军饷、俸禄、救济、兴建等，都由粮台总局料理，只听文忠一人的，户部不能插手。二分军权。文忠手下的人马，攻克武汉三镇时不过六千人，到他去世前夕，湖北湘鄂军营已达七万余人。这支人马均由他一人筹饷供应，不用朝廷一分钱，因而朝廷也不能调遣，就连湖广总督官文也不过问。”

“关于恩师与官文之间的关系，世间有不少传闻，都说恩师这层关系处理得最为老到深远。”张之洞忍不住插话。

“传闻不少，微辞也不少，只有老朽最能理解文忠的苦心。”阎敬铭叹了一口气说，“文忠认官文的三姨太为干妹，让她拜太夫人为干妈。有人说文忠出此策颇为低下。殊不知，没有此策，何能与官文结成水乳交融的关系？没有这种水乳交融的关系，官文又何能于文忠的一切军事调遣仅画诺而已，不置一喙？还不只这一点。”

阎敬铭压低嗓音，轻轻地说：“文忠手握数万强兵悍将，朝廷能放心吗？满蒙亲贵能放心吗？谁能说，官文不是代表朝廷，代表满蒙亲贵在盯着文忠呢？”

张之洞感到自己浑身冷了一下。二十年来，他的脑子里好像没有满汉之间的畛域，也没有特别费心思去想着这件事。经阎敬铭这一提醒，他突然省悟过来。是的，过去自己不过一芝麻绿豆大的小官，满洲大员们根本就没有把你放在眼里。现在虽说身为巡抚，但说声撤，一纸上谕就够了，何况你如今的情势，也没有构成对他们的威胁之处。但二十多年前的局面不是这样的，恩师手里握的是一支能征惯战声誉卓著的湘军。这支湘军乃自招自养的子弟兵，它可以为朝廷收复失地，也可以从朝廷手中夺走城池，正可谓能载舟也能覆舟。当年恩师办事有多难啊，亏得他如此计虑深远！一时间，张之洞觉得自己增长了许多见识，许多经典上不可记载的学问。今后一旦自己沾上兵权二字，此事真是一面明亮的镜子。

“文忠分的第三个权，乃是朝廷的吏权。”阎敬铭继续慢慢地说，“抚台知道，我朝两司的品级虽比巡抚低，但不是隶属关系。藩司隶属于吏、户两部，臬司隶属于刑部，都有独立的职权，巡抚不能随便干预。文忠因当年战事特殊，不能不集两司之权于一身。又因为湖北最初之藩、臬两司皆平庸文官，不能应付军事之变，故抗疏请求朝廷撤掉庸吏，起用能员。朝廷不得不听文忠的。就这样，湖北两司便成了巡抚的属官，道府州县的升黜，更由文忠一人说了算。朝野不少人指摘他，说他包揽把持。张抚台，老朽今天就这包揽把持四字要好好说一说。”

阎敬铭端起茶杯，挺直腰板，似乎越说越上劲。张之洞起身，拿起剪刀来剪下烧焦的烛心，火苗顿时旺起来，跳跳跃跃的，照在张之洞的脸上。明暗之间，他的那颗硕大的鼻子似乎显得更大了。

“这包揽把持四字，说起来都含贬斥之意。朝廷不愿意看到包揽把持的督抚，同样的，督抚也不愿看到包揽把持的府县。但是，”阎敬铭的语气显然加重了，“没有包揽把持，就没有文忠的事业。事实上，今日中国，一个督抚如果没有包揽把持的魄力，莫说打仗，就是办别的大事也是不可能的。我今夜只点到这里，至于为什么，老朽就不说了，抚台以后慢慢地自会明白。”

张之洞知道，阎敬铭想要说的是，当今中枢决策者不是真正的治国之才，要办出一番事业，只能靠自己去独立奋斗，而独立奋斗的基础就建立在包揽把持四字上。是的，这的确是今天强者为政之奥诀。

张之洞带着笑意说：“丹老，您今夜将恩师包揽把持这根金针度给了我。哪一天我在山西拿起这根金针，若对您有所触犯，您可要对我网开一面啊！”

阎敬铭哈哈笑起来：“只要你包揽得好，把持得对，户部不为难你。”

“好，一言为定！”张之洞端起阎敬铭的茶杯说，“我为您沏一壶新茶。”

“好吧，老朽还要给你说点胡文忠公的故事。”

张之洞端上新沏好的茶，看看蜡烛不长了，又拿出两支新的大红蜡烛来点上。瞬时间，榆次县老旧的驿馆里充满了淡淡的红光。窗外，夜色早已深沉。习惯早睡的山西人都已进入梦乡，连桑治平、杨深秀房间的灯火也已熄灭。古老的榆次县城，仿佛只亮着这一对红蜡烛。烛光下，大清王朝末期的两代能吏，还在兴致勃勃地谈论着既深奥又浅白、既有迹可循又难以套用的中国仕宦之术。

“胡文忠公是个文武兼资的大才。曾文正公曾在一份奏章里说过‘胡林翼之才胜臣十倍’的话，世人都以为这是曾国藩的谦抑。作为他身边的共事者，我知道这句话的分量。这句话固然是曾文正公的谦抑，但也不完全是，文忠之才确有不少方面超过了文正。文正为人过于拘谨，文忠器局开阔，敢于为天下先，凭湖北一省之地，建国中之国。这是需要极大的胆量和气魄的。”

“凭湖北一省之地，建国中之国”。这句话给张之洞很大的震动。他重重地点了点头，仿佛要将这句话深深地镌刻在自己的心扉。

“实在地说，不是文忠打开这个局面，也没有后来曾氏兄弟成就大功大业的基础。文忠就是在寿考上欠缺了，哪怕是中寿，即多活十年，他的事业、勋望和地位，都不会在文正之下。”

夜深了，窗外吹进的风已带着凉意。阎敬铭拿起床头上的一件旧夹衣披上。张之洞看到夹衣的袖口上缝着两块大补丁，他在心里又一次发出感慨。

“丹老，恩师去世时，世上有不少传闻。有说恩师是因文宗爷宾天悲痛而死的，有说恩师是给长毛累死的，也有说恩师是因家事怄气死的。您当时在他身边，您应当最清楚了。”

阎敬铭摸着下巴上未加修剪的花白胡须，想了一会儿后说：“文忠正当勋名隆盛的时候突然辞世，那年刚好五十。英年早逝，不仅他身边的僚属，可说是普天下的忠臣义士都因此而同声悲悼，扼腕叹息。一时间有关他的死因，传说纷纷。你刚才说的几个原因都有。文忠受咸丰爷特达之恩，惋惜咸丰爷去世太早，心中悲痛万分。武昌为咸丰爷设灵祭奠，他每天早晚两次都要痛哭，悲从中来，并不像许多人那样只是做做样子。他本来就有病，悲伤过度更加重了他的病。与长毛作战八九年，无时无刻不在忧虑交加中度过，心力交瘁，是他致病之因。所传的家事烦恼，也不是空穴来风。”

“是不是为嗣子之事？”张之洞试探着问。

胡林翼出身显宦家庭，生母溺爱，早年颇为放荡，不知检束，因此得了花柳病。到了二十三岁大彻大悟痛自改悔的时候，已为时过晚，尽管他有一妻数妾，却没有得到一男半女。这是胡林翼终生最大的憾事，也因此而为他的家庭带来了最大的烦恼。临去世的前两年，他开始考虑过继儿子的事。

胡林翼倘若有亲兄弟的话，这事便不成难事。按习俗，亲侄子过继是理所当然的，哪怕只有一个亲侄子，这个侄子也可以一身兼祧，甚至可以名正言顺地娶两个正妻，两个正妻所生的儿子分别继承两房的香火。倘若胡林翼是个普通人也好办，从他的后一辈中任挑一个出来就行了，不会有过多的麻烦事出现。

然而，胡林翼既无亲兄亲弟，又身为湖北巡抚，还加之有太子少保这样令人目眩的崇高头衔，事情就异常麻烦了。胡林翼同父的兄弟没有，同祖的堂兄弟却很多，谁不希望将自己的儿子过继给他为嗣子？一旦做了胡林翼的嗣子，则将继承胡林翼多年浴血奋战所换来的除官位和权力外的一切，比如万贯家财良田美宅，皇上所赏赐的各种民间看不到的金玉宝物，及象征贵重身份的狐皮黄马褂和骑都尉世职。此外，还有一项特殊的荣耀和实用兼顾的好处。

清代制度，为朝廷立了大功的高级官员死后，其子孙可以得到余荫。这些余荫包括：直接进入中央各部任职，或赐以举人功名，一体会试。如曾国藩去世后，其长子曾纪泽承袭侯爵，次子曾纪鸿、长孙曾广钧均赏举人，准一体会试，次孙着赏员外郎、三孙赏给主事，待成年后即分部学习行走。真个是封妻荫子，荣耀至极。

不要看轻了“赏举人”的好处。秀才成举人，中间要通过一个关口，即乡试。乡试每三年举行一次，全省一次录取约七八十个人，许多人一辈子就被卡在这里，过不去。如曾国藩的九弟曾国荃，不可谓不聪明，但他一生的功名亦不过秀才而已，并未过举人这一关。而曾广钧便仗着“钦赐举人”这一便利，直接参加会试，二十三岁便中进士入翰林，完成了他的伯父和父亲终其一生没有走完的科场之旅。

有这样大的好处，胡林翼的同祖兄弟们，谁不想把它捞在自己的手里？于是，人性中卑劣的一面，便因利益的争夺而全部暴露出来。送礼的，走门子的，互相攻讦揭短的事情都来了。眼看着一个孩子可以入选，却又突然冒出其母不守妇道，此子不是胡家血统的浮言，弄得那家主妇哭哭啼啼扬言要上吊投水。本来好端端的人人羡慕的益阳胡氏大家，因为嗣子一事，闹得彼此之间脸红脖子粗，甚至成了生死对头。胡林翼好几次苦恼地对阎敬铭说，年近五十而无子，本已是人生之悲哀了，又因立嗣引起家族不睦，真是悲上加悲、哀上加哀。

阎敬铭把这一段往事说出后，特为强调：“这事虽然加重了文忠的病情，但还不是致死之由，真正把文忠送上绝路的是洋人。”

“洋人？”张之洞颇为惊讶地说，“恩师并没有跟洋人直接打过交道，此话从何说起？”

“是的，文忠并没有直接与洋人打过交道，但那时的武昌城里已有洋人在活动。”阎敬铭的脸色顿时变得阴沉起来。“那是咸丰十一年八月份，文忠去安庆看望曾文正公，恰好咸丰爷晏驾哀诏下达安庆，文忠悲伤，急着要回武昌主持祭奠事。文正送文忠到长江码头。二人说起咸丰爷盛年驾崩，说起长毛猖獗时局严重，都为国家的前景忧愁不已。正在这时，文忠停止了说话，两眼直瞪瞪地望着江面。”

张之洞发觉阎敬铭两眼死盯着漆黑的窗外，仿佛窗外便是安庆城下那条奔涌不息的大江。

“文正顺着文忠的眼光向江面望去。原来，大江中流，正有一条高扬着米字旗的英国轮船，由东向西，迎着滚滚波涛逆江而上。在英国轮船的前面，有两艘湘军水师的长龙在划行。长龙是湘军水师的大船，上面可坐百十来个人，气势宏大，甚是威武，长毛水军见到长龙便胆怯。二人都注目看着。一瞬间工夫，英国的海轮便追上长龙。它所激起的巨大水波，冲击着那两艘长龙左右晃荡，扬起的水花，纷纷落在长龙的甲板上。甲板上的水手在抱头逃窜，有的人已在卸风帆了。长龙上出现一片手忙脚乱惊慌失措的场面。这时，水师统领彭玉麟也来到他们二人的身边。见此情景，彭玉麟气得骂了一句：这些洋鬼子可恶！他瞥了一眼文忠，只见他双眼发直，脸色铁青。一种不祥之兆在彭玉麟的心里冒了出来。”

张之洞也感受到了一股气氛上的冷酷，下意识地说：“彭公当时要是劝恩师回去就好了。”

“这是不可能的。”阎敬铭立即说，“作为湘军水师统领，彭玉麟与他的水师将士是血肉相连的，见到英国船在我们的大江上如此横行霸道，目中无人，他早就气得咬牙切齿了。他是一定要看个究竟的，怎么会劝文忠回去呢？”

说的也是。张之洞想，假设换上自己，也是会要看个究竟的。

“就在彭玉麟再将目光投向江面时，一桩意外的事情发生了。在两艘长龙的前方，有一条舢板也正在江面上操练，来不及躲避，被后面劈波斩浪气势汹汹的英国轮船所激起的浪涛打翻了，舢板上的十几个湘军全部掉到江里。英轮甲板上的水手拍手跳跃，幸灾乐祸。转眼间，这只轮船便开出一两里之外，将湘军水师的长龙和舢板远远地甩在后面。彭玉麟气得正要再骂的时候，猛听得‘哇’地一声，文忠口吐鲜血，晕厥在地。急得文正和彭玉麟忙叫士兵们把他抬进附近民房。文忠醒来后，一手握着文正，一手握着彭玉麟，气势微弱地说：洋鬼子欺人太甚，我大清今后真正的敌人，不是长毛而是洋人。长毛成不了气候，要不了几年便可削平。洋人有坚船利炮，我们现在还不是敌手。洋人可恶，但洋人的船炮可爱。不学洋人造船炮的技艺，大清难以强大。他转脸对着彭玉麟说，雪芹，湘军水师的强大，要靠涤丈和你了。文忠说完这句话后又昏迷过去了，没过几天便溘然长逝。文忠是的的确确被洋人气得呕血而死的。”

深夜的榆次驿馆，一片沉寂，张之洞感到浑身凉飕飕的。胡林翼临终前的这段话，久久地在他的脑中盘旋。龙树寺吴大瀓砸俄国怀表，众清流发誓不与洋货沾边的悲愤情景，又在眼前浮现着。一时间，他仿佛觉得自己在这件事上突然有了新的领悟。他喃喃自语似的说着：“恩师在世上所留下的最后几句话，是金玉良言，值得我们深思。”

“老朽今夜之所以要郑重其事地把这事告诉你，也就是希望能引起你的深思。”阎敬铭把夹衣上的布扣扣上。“老朽后来做湖北藩司、山东巡抚，接触过不少洋人，又有幸和郭嵩焘星使长谈过，听他说起英、法等国许多我们见所未见、闻所未闻、想所未想的事。看来，泰西之所以国强民富，自有他们的长处，值得我们效法。文忠可惜死早了，不然的话，他在这方面应会有一番大的兴作。老朽现在虽蒙太后特达之恩，但已是桑榆暮年，做不了多少事。抚台年富力强，国家的事情要靠你这样的人来做。”

张之洞被阎敬铭这最后一句话所打动，隐隐约约感觉到，中国是有一番新的事业在等待有识之士去做。这番事业就是所谓的夷务吗？这可是要受官场士林众多攻讦的事！见新添的蜡烛又将燃尽，知夜已经很深了。明天都还得有一番旅途劳累，便起身对阎敬铭说：“丹老，您今夜所讲的恩师如何处世为政，对我的启益很大；尤其恩师呕血而死的这桩事，对我更是一个震动。您也很累了，应该休息了。到了太原后，我再向您请教。”

阎敬铭也起身说：“今夜就说到这里吧，到太原后我们还可以再详谈。同治六年，陶夫人将文忠生前文稿付梓，刷印了三百部。承蒙陶夫人看得起，送了我一部。这些年来，我每年都要通读一遍，并随时写点感受在上面。原想为小儿存一份资政借鉴，怎奈他们不成器，老朽也不想明珠弃暗，将它从解州带了出来。以抚台与胡家之关系，陶夫人自然会寄赠的，想必你对老师的遗集也会认真去读。但老朽的那一套，上面写了十来万字的札记，都是有感而发，或许多少能对抚台有点启示。”

阎敬铭从随身的樟木箱子里取出一个蓝色粗布包，打开蓝布，露出整整齐齐的十余册书来。阎敬铭双手托起这套书，神色庄重地对张之洞说：“老朽感激抚台多次荐举之情，无物酬谢，现将乃师的遗著转送给你。这是乃师一生心血的结晶，不识者只把它当成一部普通书看待，识者便知此乃一座取之不尽用之不竭的宝藏。愿抚台公务之暇随时披览，莫辜负乃师生前对你的恩惠和老朽对你的期望。”

张之洞郑重地接过这叠厚重的书册，突然有一种佛教徒接受衣钵似的感觉。他轻轻地翻开封面，赫然见扉页上写着一段话：

润芝兄多次说过“得人者昌，失人者亡”的话，这或许是他一生事业成功的根本所在，亦或许是此遗集的精髓所在。阎敬铭光绪八年第十五次通读后记。

他再翻开后面几页，只见每页的天头地脚上都有密密麻麻的字迹。张之洞合上书，激动地说：“这部书不仅是恩师一生心血的结晶，也是您一生心血的结晶。您没有将它传给自己的儿子，而是送给了我。此情此谊，我会终生铭刻在心。恩师的遗集虽多遍诵读过，但先前不负实责，读来总有隔靴搔痒之感。今后再读，心将会与恩师贴得更近。何况这上面有丹老您的许多认津识渡的指教，将更会使我获事半功倍的收益。我初为疆吏，虽有满腔为三晋父老办事之心，却苦无良方，今后尚望丹老时常赐教。山西穷苦，银钱极匮。丹老寓居解州十余年，对山西之困苦，会比我知道更多，同情更烈。此番进京执掌户部，还望老前辈今后在下拨银钱、周济贫困、减免赋税等方面，对山西略存悯恻之念。我今夜以山西巡抚的身份，代三晋一千万父老乡亲向丹老恳求了。”

说罢，双手抱拳，深深地一鞠躬。阎敬铭双手抚着张之洞的肩头：“抚台免礼，老朽自会尽力而为。”

三　终于找到了藩司一伙贪污救灾款的铁证

阎敬铭在太原城住了五天后，在侄孙和山西巡抚衙门专门派出的一名武巡捕的陪同下，离开太原径赴北京履任。张之洞指示清查局按照阎敬铭所教方法办事。

马丕瑶将光绪三年赈灾时期的虚衔执照全部调出来。两千张执照发出了一千五百余张，其中捐六品至四品中级品衔的有三百余张，占全部捐款的一半，约二百五十万两。这中间捐四品和从四品两种品衔的有四十二人，共一百三十八万两。这四十二人全是票号的老板。

票号亦称票庄，又称汇兑庄，是银行业在中国出现之前，中国近代社会中的一种信用机构，经营汇兑、存款、放款等业务。据说此种机构明末清初时首创于山西，又说是乾隆嘉庆年间，由山西平遥籍商人在天津所设的日升昌颜料号改组而成。总之，票号多为山西人经营，故有“山西票号”之称。在咸丰、同治年代，山西票号业务十分兴隆。光绪年间又有新的发展，其分号遍布全国各地，有几家大的票号正准备在东京、莫斯科开办海外分号。山西穷苦，山西的金融业却这样发达，这真是一件令人深味的趣事。

“信任”二字是票号的生命。雄厚的资本、经营者守信义重诺言等等，都是票号获取信任的极为重要的条件。然而，在中国，一切行业，都必须和官府拉上亲密的关系，有官府做后台，官府给脸面，才能在百姓的眼中有地位。依傍官府，则是票号换取信任的重要手段。故而，票号老板都加强与官府的联络。不但要与抚、藩、臬这三个实权在握的衙门保持密切的联系，还得支持官府所提倡的事情。所以，山西票号的老板们，对于官府号召的捐款赈灾不敢怠慢。这是其一。

其二，票号老板尽管有金山银垛，日食山珍海味，夜宿豪华宅院，出则前呼后拥，入则妻妾成群，但他们终究是民而不是官。在翎顶辉煌的会议酒宴中，没有他们的一席之地；在衣冠衮衮的公众场合，主持者也不知把票号老板摆在哪个座位上。这些腰缠万贯的阔佬，常常会因此而尴尬而沮丧而脸上无光。所以，他们要用银子来买顶子，银子多的票号老板，则希望买一个品级高的顶子。只是因为朝廷有规定，用钱买官的，最高不能超过四品，若没有这个限制的话，他们中也有人宁愿出几十万，上百万两去买个一、二品的红顶冠在自己的头上。他们为的不是权，而是争个社会地位，取得社会的认可，好让芸芸众生知道：读书从政是一条通向成功之路，经营票号也同样是一条通向成功之路，同样也可以达到人生的高峰，赢得荣耀和风光。这也是所有发达的票号老板乐于用银子来换取虚衔执照的重要原因。当然，同时也因此为票号争得了更大的信任。可以设想下，一个票号的老板是四品衔的官员，一个票号的老板是无品无级的布衣，有钱人对哪家票号更信任？他的银子更愿意存入哪家票号？在中国，这是个答案很简单的问题。

这些票号的老板，尽管本人在全国各大分号来回巡视，但他们的根子都还扎在原籍。通常在原籍都有大庄院和大片的田土，或由父亲，或由兄弟，或由嫡妻掌管家政，虚衔执照这种朝廷颁发的重要文书，照例都保存于原籍的老家。因此，查核正本并不是一件难事。

清查局派出六名委员，分头到这四十二家票号老板的原籍去查核。两个月后，这些委员都相继回到太原。果然如阎敬铭所料的，此行收获巨大。四十二个老板家中所保留的正本，上面所书写的捐银数量，除七人与副本相符外，其余三十五名的正本均与副本不符，正本的银数一律多于副本，相差大的达三千两，相差小的也有八百两，总共有七万余两，约占四十二名老板所捐款的二十分之一。一千五百余张虚衔执照共换来五百余万两银子，照此推算，当有二十五万两左右的出入。

杨深秀所提供的原始记录也起了很大的作用。他只记录了两个半月的捐款细目，将这张细目与保存在藩库里的，由徐时霖签名的一千二百余张军功牌副本上的银数相比，有二万两银子的出入。

现在情况大致明白了。在光绪三年赈灾期间，由藩司葆庚主持、冀宁道员王定安为副手，以阳曲县令徐时霖为主要办事人的善后局，在接受捐款一项中，有确凿证据的贪污银子为九万两，怀疑贪污银子三十万两左右。

张之洞看到清查局送上来的这份禀帖，不由得怒火中烧。这可不是寻常的贪污，它贪污的是救灾的银子。在那大灾大荒的年月，一两银子就是一条人命呀！身为朝廷命官，手握朝廷授予的权力，处于百姓父母官的地位，掌管着百姓的生死命运，却利用权力去中饱私囊，置百姓的生死于不顾，真正是良心丧尽，天理不容！张之洞恨不得即刻就将葆庚、王定安等人抓起来，绑赴街市，杀头示众，以平民愤而大快民心。但他们身为司道大员，不能如此简单从事。他和桑治平商量着。

桑治平说："阎丹初先生明知山西赈灾款里出了事，也明知葆庚、王定安等人有贪污嫌疑，但他就是不出声。既不向朝廷奏报，也不向曾国荃、卫荣光揭发，假若这次若不是去京师任户部尚书，他可能还会缄默不语。这是为什么？”

张之洞说：“你这个疑问提得好。依我看，不外乎两个原因。一是身处客位，虽有怀疑，不便去一一查实，手中没有真凭实据，则不便挑明。二是明哲保身，多一事不如少一事。”

桑治平两只手来回地搓了很久，说：“这两个原因是不错，不妨还可深入思考一下：阎老先生以赈灾钦差大臣的身份，来告发山西的司道大员贪污赈灾款，他自己觉得可能不合适。要说顾虑，他最大的顾虑可能是那个曾九帅。前几年，曾九帅在山西，葆庚为其所信任，王定安又是其一手提拔的心腹。曾九帅不愿意伤害这两个人，况且身为一省之主，赈灾款中出了这样的大问题，巡抚也难逃其咎。阎老先生是深知曾九帅的为人的，若触及此事，他会来个一手遮天，全盘否定。卫静澜胆小怕事，既怕麻烦，更怕得罪曾九帅。故而归根结底，山西的事情都在曾九帅身上。香涛兄，你要先有这个准备，得想想如何对付那个恃功自傲，又得到太后信任的威毅伯。”

“我不怕那个威毅伯！”张之洞毫不犹豫地说，“去年二月，授他陕甘总督重任，朝廷倚重他，他却在老家养病，居然一养半年不赴任。八月，我上疏太后，说陕甘重地，不可久无总督，曾国荃既然病情严重，不如开缺，让他安心在家养病。结果朝廷真的将他开缺了。要说得罪，我早已得罪了他。”

桑治平笑道：“这两者之间有所不同。去年那道奏疏，固然是对曾九帅不客气，但没有伤他的面子。他可以说自己的确是重病缠身，说不定他是不愿意去兰州那个苦地方，巴不得你上这道折。你看他今年放两广总督，接旨就起程了，前后判若两人。同是总督，他愿意去广州，不愿意去兰州。若去年放的就是两广，他决不会在湘乡呆半年。”

张之洞也笑道：“正是的哩，你说到他的心窝里去了，我倒真的是小骂大帮忙了。”

桑治平说："这次不一样。葆庚、王定安都与他关系密切，他至少有失察之误。曾九帅是个极霸道的人，给他脸上抹黑，他不会善罢甘休。"

"他不善罢甘休又怎样？"张之洞有点气愤起来，"大不了他反咬一口，告我一个诬陷之罪，要朝廷撤掉我这个巡抚之职，我也不怕。何况，只要证据确凿，他也反咬不成。"

"你有这个准备就好。"桑治平沉吟片刻后说，"阎老先生不愿以共事人的身份揭发对方，他的这种谨慎的处事方式也不是不可效法的。我看，这事是不是可以这样办。"

"你说怎么办？"张之洞两眼盯着桑治平，急切地等着他的下文。

"我们把证据办得扎扎实实的，然后再把这些证据弄到京师去，请你过去的那批朋友张佩纶、陈宝琛他们上一道参劾折。这样做，或许更妥当些。"

张之洞想了想，说："也好，把这个功劳送给幼樵、弢庵。我叫叔峤去协助马丕瑶，把文字理得顺畅些。"

就在巡抚衙门商量如何惩处贪官污吏的时候，藩司衙门也在紧张地计议如何对付这位办事认真的名士抚台。

还是葆庚三姨太卧房后面的绝密烟室，过足了公班土瘾的徐时霖，带着揶揄的口吻对王定安说："鼎翁，你的三条妙计：劝阻、包揽、美人，现在看来一条都没有起到作用。你还有什么别的法子可想吗？该不是到黔驴技穷的时候吧！"

王定安焦黑干瘦的脸上一副阴冷的神色，他瞥了徐时霖一眼说："徐县令，你别幸灾乐祸。张之洞若真的把什么都抖出来的话，我王定安过不了关，你徐时霖的七品乌纱帽也保不住。"

本来躺着的葆庚一屁股坐起来，面色沮丧地指责小舅子："你还有心思说风凉话，大家都坐上一条漏水的船了，要得救大家都得救，要沉大家都沉！”

徐时霖顿时感受到一种灭顶之灾的威胁，心里一紧，闭着眼不再说话了。

烟室里一片沉寂。尽管未燃尽的烟泡仍在散发着诱人的余香，但三个烟客已再无吸食的心情了。

“大家还是得同舟共济，商量出一个法子来渡过这一关才是。”葆庚离开烟榻，在屋子里迈着方步，一向肥胖的他，这两个月来因焦急害怕已明显地消瘦了，素日转动灵活的两只小眼睛也变得呆滞了。他朝着王定安说，“鼎翁，你多年来跟着曾文正公和九帅，见过大世面，踏过大风浪，你难道就再拿不出个主意了吗？”

王定安仍旧斜躺在烟榻上，手捻着老鼠般的稀疏黄须，一言不发，两只眼睛盯着烟灯出神。

“你们都不做声，我倒有一个办法。”葆庚停止迈步，斜躺的王定安、盘坐的徐时霖都注视着他。“我们都敌不过张之洞，我看干脆主动向他自首算了。一共亏空多少银子，我们垫上。我知道鼎翁在太原城几家大票号里都入了股份，这几年生了不少息，你的那一份拿出来不成问题。我的银子，兄弟捐官，儿子娶亲，都用空了，一时拿不出，鼎翁你就先借我几万吧！”

徐时霖立时叫起来：“我的银子也空了，一时也拿不出，鼎翁也借我几万吧！”

“嘿嘿！”王定安未开言先冷笑了几声，“葆翁，你这话是在逗我呢，还是真向张之洞投降？”

说罢也坐起来，两眼直勾勾地望着葆庚。葆庚觉得那两道目光，犹如两把尖刀似的直插进他的心窝，刺得他发痛。

“不瞒二位说，银子我拿得出，十万二十万，那些票号的老板都是讲义气的汉子，可以借给我，但这算是主意吗？葆翁呀葆翁，亏你做了这多年的方伯，你以为把挪用的银子垫补上，你就可以安然过关了吗？一个吏目或许可以免去坐班房，一个正三品的布政使还能保得住头上的蓝宝石顶子吗？辛辛苦苦混到这个地步，你就甘心到头来竹篮打水一场空？”

“那你说怎么办呢？”葆庚也知道这个法子并不好，他是想先赔出贪污款，以此来赎免更重的处分。革职是免不了的，只要不充军不囚禁，他在京师闲住两年，凭着家世背景和人脉关系，再加上大把的黄金白银，不愁开复不了。一旦开复，他确信过不了几年，这顶正三品官帽又会稳稳当当地重新戴上。当年琦善因丢失香港，先是被革职抄家，没几天又奉严旨在广州就地处决。结果，既未就地处决，也未秋后处决，发往军台效力不到一年，便赏四等侍卫，充叶尔羌帮办大臣。第二年又赏三品顶戴，升热河都统。再过三年，授四川总督，恢复头品顶戴协办大学士。五年时间，一切复原。琦善那大的罪，那重的惩罚，他靠的什么来转圜，还不是一靠家世，二靠人脉，三靠金钱。相对于琦善来说，贪污几万两银子算得了什么？作为豫亲王的后裔，葆庚深知朝廷的法典，像他这种人，只要不杀头，就一切都好办。大难到头，先设法免去皮肉之苦，才是当务之急。

“我说怎么办？让他张之洞办不成！”王定安猛地从烟榻上坐起来，一副跟张之洞干到底的气势。

“怎么个让他办不成法？”葆庚似乎从中看出一线生机。

兴许是刚才坐起太急，王定安有点气喘喘地说：“我们赶紧拟个折子，搜罗张之洞来山西一年来各种不当之事，坐他个渎职之罪，建议朝廷罢去他的山西巡抚的职务，他就什么事都干不成了。”

“张之洞有渎职的罪行吗？”徐时霖提出疑问。

“怎么没有？”王定安冷笑道，“私自动用兵丁下乡铲除罂粟苗，就是一条大渎职罪。你们都知道，方濬益说的，全省因此事造成的人命案就有七八起，烧去房子不下二三百间，这个罪还不重吗？”

“对啦！”徐时霖拍起手来，“这一条就够他受了。”

葆庚想起当时自己也很卖力地执行这个命令，倘若要认真清查起来，自己也逃不了责任，何况这事还要牵连提督葛勒尔，于是摇摇头说："这事是张之洞和葛勒尔共同办的。葛勒尔是个翻脸不认人的魔头。他若知道是你我告发了他，说不定会拿刀子捅了我们！"

葛勒尔的性格王定安也是知道的，葆庚说得不错，惹恼了他，弄不好半夜被人劈了，还找不到对头。

王定安心里一阵发毛后，也不敢坚持了。

见王定安不开口，葆庚说："我们请九帅帮忙吧，若九帅出面讲话，一切都没事了。九帅一个小指头，就把张之洞扳倒了。"

"你也说得太容易了！"王定安抬起头来，面上带有几分忧郁的神情。"张之洞这个人也不是好惹的，去年他就戳了九帅一下。"

葆庚说："九帅正好要找个借口出气呀！"

"九帅离开了山西，他又怎么好再来过问山西的事呢，得为他找个理由才是。"

"我看也不要麻烦九帅了，干脆，来它这么一下！"徐时霖咬紧牙关，伸直右手掌，用力晃了晃。

葆庚一见，顿时脸黑了，王定安也呆住了。

徐时霖走到二人的身边，三颗脑袋靠得紧紧的。

徐时霖低声说："过几天就下手，到时朝廷查的就是命案了，谁还会再管五年前赈灾的事！"

葆庚唬得直盯着王定安。王定安木头似的立了半天后，轻轻地点了两下头。

三颗脑袋靠得更紧，说话的声音也更轻微了。

四　巡抚衙门深夜来了刺客

前几天，护送阎敬铭到京师的郭巡捕回到太原，带来阎尚书给张之洞的一封信。信上说，在拜见太后时，他已将寓居山西多年来亲眼所见的弊端，择其大者跪奏太后，还着重谈了清查藩库的事。太后用心听了奏对，说张之洞办事实在，山西大灾后尚未复原，户部要照顾山西。

张之洞读到这里，心情很激动。“办事实在”这四个字，无疑是对自己到山西一年来所作所为的嘉奖。这对参劾葆庚、王定安，以及彻底清除山西官场三十年来的这桩大积弊，是一个莫大的支持。他十分喜悦地读下去。

接下来，阎敬铭告诉张之洞，要充分利用太后“户部照顾”这道口谕做文章，将山西几桩积年未决的大弊端，如晋铁贡输一百年来脚费一直未提高等迅速奏报，我这个户部尚书将尽力来办。

这真是一件大好事！类似贡输晋铁这样的事，在山西真是太多了。山西本是贫瘠之省，银钱一向十分短缺，还要无端地增加这些负担，从而招致百姓更大的怨恨，也使得百姓更为贫困。现在，阎敬铭以户部尚书的身份，愿意出面来解决山西这些积欠的大问题，岂不是天赐良机！张之洞再次领悟到“朝廷有人好做官”这条古训，自思这几个月来对阎敬铭所下的工夫没有白费。

张之洞安排桑治平和杨锐办理此事。经过他们二人多方查寻访问梳理归纳，一共列出了十七项因公家经费不足，不得不向百姓摊派的弊政。这十七项分别为：铁、潞绸、农桑绢、生素绢、呈文纸、毛头纸、京饷津贴、科场经费、岁科考棚费、兵部科饭食、印红饭食、秋审繁费、臬书饭食、臬府县三监繁费、土盐公用、各府州岁科考经费、交代繁费，共需银三十万两左右。

张之洞看过单子后大吃一惊。一来山西，便听说各种摊派严重，却没有想到摊派的项目这样多，为数这样大，而且大多毫无道理。十七项摊派一项一项地摊下去，无异于在百姓已经疲劳不堪的脖子上，再套上一根根要命的绳索。弊政单的最后面引了灵丘一个老农的话：“俺们老百姓好比一棵白菜，官府的一次摊派好比剥去一片菜叶，一年下来，叶子都被剥得精光，只有等死。”张之洞读了这句话，心里沉痛极了。

自古以来，朝廷设官置衙，为的是什么？还不是为了能让老百姓安居乐业、平平安安地活下去吗！可是由于机构繁多、人员冗杂，而且还要贪污中饱，老百姓的血汗膏脂几乎被榨干。官衙不但不给百姓造福，反而给百姓添祸。如此看来，这些官衙岂非不要更好！而更令人忧虑的是，朝廷首先带了这个坏头，把负担转嫁给各省。上行下效，又岂能过多地指责州县保甲？

张之洞细细地审查这些项目，其中京饷津贴引起了他的特别注意，这是一项给京师低级官员的津贴费。

张之洞做过多年的小京官，深知小京官的俸禄太低。地方官吏的正俸尽管也很低，但年终的养廉费颇高，足以填补平日的亏损，而各部院小京官的养廉费却很少。握有实权的六部尚有人进贡，而号称清水衙门的翰林院、国子监则几乎无分文额外收入，这些衙门里的小官吏若不寻点歪路子，简直连一家老小的正常开支都不够。张之洞实在不明白，开国之初是如何制定这一套薪俸制度的。小京官中许多人也有权，小京官也要讲体面，当体面都维持不下去的时候，他们自然会要利用手中的权力，去谋求一己的私利，从而坏了国家的法规。朝廷订这样的薪俸制度，岂不有意将官吏逼上梁山？

朝廷直到近年来才开始给小京官发津贴。发津贴是对的，但要从国库开支，不能由各省分摊，将这笔负担转嫁各省。

张之洞虽然对朝廷这种做法不满意，但知道“撤京饷津贴”这条不能提，一提就会得罪京师所有小京官。小京官若群起而攻之，则很有可能这件事就办不成了。其结果只能是一项摊派都免去不了。不能因小失大。有的是山西省内的事，如岁科考棚费，也不应上转给朝廷。张之洞为此剔除了一些项目。剩下的如铁、绸、绢、纸等几个大项，加起来也有二十余万两银子。若能免去这些摊派，也就解决大问题了。

张之洞拿起笔来，在桑治平、杨锐报上来的禀帖上写了几句话，要他们分别就铁、绸、绢、纸几项单独拟折，属于省内的摊派，容日后逐一解决。

写完这段批语后，夜已经很深了。他离开书案，慢慢地走动几步，借以活动筋骨。这时，杨深秀推门而入。

“已二更天了，您还没睡？”

“你不也没睡吗？”张之洞案牍倦烦，正想找个人来聊聊天。“坐一会吧，我刚收到一篓我姐夫从福建寄来的铁观音，想喝吗？”

杨深秀生性豪爽，又喜欢喝茶，忙说：“福建的铁观音是天下名茶，既是鹿藩台寄来的，必定是铁观音中的极品。大人有这等好茶，我怎能不喝？”

张之洞的姐夫鹿传霖三个月前奉调四川藩司，离开福建时，特为给内弟寄了一篓新茶。两年前，张之洞还只是一个侍读学士时，鹿传霖便已是福建臬司了。这两年张之洞吉星高照，官运亨通，一连几个大跃步，而今官位已超过姐夫。鹿传霖干练稳重，一向官运好，现在才四十七岁，便已做到藩司，也算是有福之人。郎舅俩关系亲密，常有书信往来。

杨深秀刚坐定，大根便提着一壶开水进来。不管多晚，只要张之洞没有就寝，大根就不睡觉，这是十多年来的习惯。来到太原后，大根知道四叔身为一省之主，身边又无夫人照顾，便更加自觉地承担起照料四叔的一切事宜。春兰来后，也和丈夫一样，每晚都要等张之洞睡下后再安歇，为的是好随时照应。

大根泡好了两杯茶。一杯递给四叔，一杯递给杨深秀，然后又提着茶壶出去了。

杨深秀笑着说：“福建人喝铁观音，专门有一套程序，不是这样用大碗泡。”

张之洞说：“这我知道。但那程序太麻烦，那是无事做的人想出的一套消磨时间的法子，我耐不了那个烦。”

杨深秀喝了一口后说：“这茶味是不错，真不愧为天下名茶。若是福建人泡出来的，或许会更好。”

“你这人是得寸进尺。”张之洞笑道，也喝了一口，“就这样喝，我已经很知足了。”

杨深秀说：“我刚才在杨叔峤那里闲聊，出门时见您这儿还亮着烛光，想起了一件事，要跟您禀报，不知您今夜有没有工夫？”

“什么事，你说吧！”张之洞重新坐到书案边，顺手将摊满一桌子的禀帖收拾着。

“那一年，我帮县衙门誊抄全县地亩钱谷账目时，发现一个问题。”

“什么问题？”张之洞双目炯炯地望着杨深秀。

“闻喜县的地亩数与实际情况不符。”杨深秀一边喝茶，一边慢慢说，“首先，我看到我们青石堡的田亩数为六万八千亩，这个数目便不对，我们青石堡实有田地七万四千亩。这是家父做保长时亲自督人丈量出来的。后来我问了几个朋友，他们所在地的田亩数也比县衙门所载的要多。”

“为什么会有这种事出现？”张之洞放下手中的禀帖，皱起眉头问。

“我也想过这事，为何会有六千亩的出入呢？”杨深秀略停片刻说，“后来想通了。原来，闻喜县的田亩还是道光二十二年时丈量的，距今已整整四十年。这四十年间新开了不少荒地，这些新开的荒地都没有算上。这是其一。其二，当年丈量时就不准确。许多大户人家为了少交田亩税，买通丈量人员，隐匿了田亩。这原是历朝历代都有的事，本不为怪。闻喜一县如此，其他县也差不多，全省加起来，这笔数字就不小，大为影响藩库的收入。”

“嗯。”张之洞轻轻地点头，“你说得对，看来要重新来一次丈量田亩。”

“大人这个想法太好了。”杨深秀大为兴奋起来，“四十年没有丈量了，很有重新丈量的必要。这首先是为了摸清我们山西的家底子，看看究竟有多少土地。我想，大人身为三晋的抚台，这个数字是一定要准确的。其次，山西贫困，税收主要靠的是田亩税，把多出田亩的税收上来，是一笔可观的收入。”

“好！”张之洞高兴起来，“漪邨，你说的是一条增加税收的光明正道。”

“谢谢大人的嘉奖。”

“你有什么好的丈量土地的方法吗？”初为地方官的张之洞毫无这方面的经验。

“有！”杨深秀胸有成竹地说，“每每看到鱼身上长的鳞片时，我就想，难怪鱼能保护自己，原来是一片紧挨着一片，没有一丝地方裸露着，严严实实地，别的动物要伤害它，都无从着手。”

张之洞饶有兴致地端详着眼前这位刚过而立之年的举人，心里想：鱼身上的鳞片谁都见过，但谁也没有从鱼鳞上得到过什么启发，这个年轻人会有什么启发呢？

“我时常想，哪天我若做上百里侯的话，一定要模仿鱼鳞片，把全县的土地一一弄清楚。”

“如何模仿法？”张之洞觉得这话说得很有趣。

“是这样的。”杨深秀不慌不忙地说，“我把我所管辖的县的地图放大，放到在它的上面可以标出每一个村庄的名字来。然后再以村庄为单位，画出它的前后左右的界线出来。这就好比一片鱼鳞。一个村庄挨一个村庄，这就是一片鱼鳞挨着一片鱼鳞的道理，不让中间有一点空隙。丈量的人员由县衙门统一派出，与所丈量的村庄的人一个都不认识。若谁与本村的人有亲戚朋友关系，则避开，好比考场上的回避一样。如此，任你哪个大户人家要隐匿土地都做不到。”

“你这是个办法！”张之洞赞道。

“每个县都重新造出一个以村庄为单位的田亩册来上报给省。”

“这个册子便叫做鱼鳞册。发明者，闻喜杨漪邨也。”张之洞说着，忍不住大笑起来。

“杨某荣幸之至！”杨深秀也大笑起来。

杨深秀离开好一会儿了，张之洞还处在兴奋之中：罂粟苗已全部拔除，鸦片烟已全面禁止，库款清查已初见成效，山西几个大积弊的革除也已得到朝廷的重视，杨深秀的鱼鳞册点子也出得好，完全可以照此办理。来到山西一年多了，虽然不尽如人意之处还很多，但所办的几件大事看来进展都还顺利。首任疆臣，便能有如此政绩，也可聊慰平生。张之洞想，做个地方大员也没有多大的难处，朝廷有人撑腰，身边有人扶脚，这是两大关键。有了这两条，地方大员就可以做得堂堂皇皇风风光光。远处传来一声鸡鸣，估计将到三更天了，他赶紧吹灭蜡烛，上床睡觉。

张之洞身体素来不太强壮，但精力却特别旺盛。来到山西后，更觉各种政务千头万绪，一天到晚十二个时辰不吃不睡不休息，都有处理不完的公事。山西官场疲沓懒散，他更需以本身的勤于王事来作表率，于是给自己立下规矩：每天丑正二刻起床，寅初阅公牍，辰初开始见客，中午不休息，下午继续办公，亥初就寝。一天睡觉不到三个时辰，好在食眠很好，一天的繁杂能应付得游刃有余。张之洞这种过人的精力，令他身旁的僚属个个佩服而自叹不如。

不知什么时候，他突然被窗外的金属碰撞声惊醒。他慌忙下床，推开窗门看时，只见两个黑影正在灰蒙蒙的月色下拼死格斗。手无缚鸡之力的张之洞给惊呆了。

略为定定神后，他看清了，那个挥舞着铁链子的正是大根，然则大根是在跟谁厮打呢？是窃贼，还是刺客？大根武艺好，一根铁链，上下左右挥舞着，犹如一条蟒蛇缠身，使得对方攻不进来。对手也是个强者，一把刀前后砍杀，寒光闪闪，犹如魔鬼的长大獠牙凶恶可怖，步步向大根进逼。眼看着大根不能一时取胜，张之洞顾不得巡抚的尊严，对着窗外大声呼喊："来人呀，有贼！"

拿刀的汉子猛听得这一声喊叫，心一分神，手便乱了阵势，趁着这个当儿，大根挥起铁链打过去，正打在那人的右手上。"哐啷"一声，刀子掉在青砖地上，那汉子拔腿就向院墙奔去，企图跳墙逃走。

这时，住在前面签押房隔壁的杨锐、杨深秀等人，正拿着棍棒走出。大根大叫："拦住贼，莫让他翻墙！"汉子见又来了几个人，心有点慌，正想换一个方向逃命时，大根已赶上来，铁链一甩，打在那人的大腿上，那人随即仆倒在地。杨锐等人追上来，一起把那人抓住了。

此时，整个巡抚衙门都闹腾起来，平时接待客人的花厅灯烛辉煌。张之洞端坐在居中的太师椅上，怒目注视被五花大绑押上来的贼犯。那人浑身着黑色夜行服，年纪在四十岁左右，一脸横肉上长满络腮胡子，尽管竭力装出一副镇定的神态，却掩盖不住两只眼睛里流露出来的惊恐之色。大根使劲将贼犯的两肩一压，那人"扑通"一声跪了下来。

张之洞瞪起两只长大的眼睛，粗短的眉毛锁成两个黑团，硕大的鼻子挡住了从右边照过来的烛光，使得左边的脸黑沉沉的。杨锐偷眼看张之洞，一向蔼然可亲的恩师，今夜居然这般森猛威严，心里不免冒出几分畏惧来。张之洞用力拍打着太师椅扶手，大声吼道："你是什么人，深夜拔刀到巡抚衙门来做什么？"

那人望了一眼张之洞，低下头来，紧咬着嘴唇不开口。

张之洞气得又大声问："你叫什么名字，做什么事的？"

那人还是不开口。

大根气道："打他一百棍子，看他说不说话！"

说罢，抄起杨锐手中的棍棒就要打下去，张之洞制止了他。张之洞强压住满腔怒火，声音略为放低了些："你知不知道，深夜拔刀闯巡抚衙门，犯的是杀头示众的死罪？"

那人抬起头来，两眼放出一丝悲怆之色来，嘴皮动了两下，似乎有话要说，但最终还是没有做声，又把头低了下去。

闻讯急速赶来的桑治平，将这一切都看在眼里，他对张之洞说："此人看来不是一般的窃贼，不如暂时不审，先关押起来，明天再说。"

张之洞也看出事情颇为蹊跷，同意桑治平的意见，将贼犯交给杨锐看管，又命令所有人不得将今夜发生的事向外泄漏半点，然后吩咐熄灭灯烛，各自照常安歇。

次日清晨，张之洞来到签押房里批阅公文。一尺余高的公文堆上打头的是一份信函，上面写着：巡抚张大人亲启。张之洞顺手拆开，抽出信纸来。“潞安府教民宁道安谨禀张抚台”，刚看了这一句，张之洞便气得看不下去了，心里想：一个小小的百姓，只因信了洋教，便仗着教堂的势力，眼睛里就没有府县父母官了，动辄径向巡抚上书，岂有此理！此风决不可长。他提起笔来，在上面批道：“原信掷回。该教民既住潞安府，有事则向长治县衙门禀报可也。”

正在气头上，杨锐神色慌乱地走了进来，双腿跪下，带着哭腔说：“昨夜的贼犯突然死了。学生看管不严，请老师惩处。”

“什么！”张之洞霍然站起，大为光火。“贼犯死了，怎么死的？”

杨锐被张之洞的神情吓住了，愣了好一会儿，才颤颤抖抖地说：“昨夜奉老师之命，我将贼犯押到一间堆放碎煤的杂屋里，看着他。不一会，那贼犯便闭着眼睡觉了。学生困乏得很，看他睡觉了，以为无事，便回房上床睡了。一早醒来赶到杂屋，发现他已死了，便赶来报告。”

这个贼犯深夜来巡抚衙门究竟要做什么也没弄清，说不定这后面有着很复杂的背景，正要审讯清楚，怎么能让他就这样不明不白地死了？这个杨叔峤，真是年轻不晓事！他狠狠地盯了一眼杨锐，气呼呼地擦身而过，手臂将学生撞倒在地上。他头都不回一下，直奔杂屋而去。杨锐爬起来，顾不得头被地砖碰得生疼，一路小跑地跟在老师后面。

杂屋里外已围满着人，见巡抚来了，忙让开一条路。张之洞来到贼犯尸体边，桑治平正在过细地验看着。死去的汉子手脚蜷缩，脸色青黑，嘴唇乌紫，鼻孔和嘴角边有凝固的血痕。桑治平扯了下张之洞的衣袖说：“我们到签押房里去说话吧！”

张之洞点点头。二人来到签押房，桑治平将门窗关紧，悄悄地说：“这是件怪事。”

张之洞脸色绷得紧紧地说：“杂屋的门窗都是关得紧紧的，看来这人不是被别人害死的，是自寻短见。”

“从现场看，此人是吃随身所带的砒霜死的。”

“这样说来，此人是预先就为自己准备了死路。”张之洞摸着瘦瘦的下巴，苦苦地思索着，“他到衙门里来，究竟是为了什么呢？”

“我想这不是一个偷东西的贼，而是别有目的。”桑治平慢慢地分析，“说不定他是来窃取某一件重要的公文，或是想打探某一件秘事，甚至也可能是刺客。若是刺客，他不会冲着别人，很可能就是冲着你。”

张之洞凝视着桑治平说：“不是通常的贼，这点看来可以肯定。倘若是盗贼，是决不会预先把毒药藏在身上，也绝不会未经审讯就自己去寻死。要说是窃取公文，我这里有什么公文值得别人冒死来窃取呢？要说是杀我的刺客，那我又结怨于谁呢？”

“你结怨的人还少了吗？”桑治平笑道，“你毁掉罂粟，断了多少人的财路？你禁食鸦片，使多少人翻滚在地，难熬烟瘾？你清查藩库，又会发掘多少人的隐私？”

桑治平这番话，说得张之洞背上凉凉的：“如此说来，此人是来杀我的刺客。”

“十之七八有可能。”从昨夜到今晨所发生的事情，经过这番思辨后，在桑治平的脑子里已渐趋明朗了。“据大根说，此人武功不错，刀法有路数，是武林中人物。看来他本人不一定与你结怨，而是受人重金所聘，并有约在先，不成功则一死了之，决不留下活口。我在江湖上混过。江湖上讲的是义气，重的是诺言，这种人不少。”

张之洞点点头说：“你分析得有道理，但总要寻点蛛丝马迹出来，破了这个案才好。你有什么法子吗？”

桑治平思考半晌，说出一个办法来。张之洞颔首认可。

五　刺客原来是藩司的朋友

半个时辰后，巡抚衙门左侧搭起了一个草棚，那个死去的汉子被抬进草棚里，旁边有两个持刀的士兵看守着。草棚边贴着一张告示：昨夜一男子猝死于此，其亲友可来认领，知情者可提供线索。在草棚对面一家临街小酒店里，桑治平、杨锐、大根等人在酒桌喝酒，眼睛则死死地盯着草棚这边的动静。

草棚边看告示看死人的很多，但没有一个人表示认得此人，更无人出面认领。桑治平等颇为失望。午后，大根突然指着一个人对大家说："那人我好像见过面。"

顺着大根的手势望过去，桑治平和杨锐看见一个三十几岁的男子，在告示边足足站了一袋烟工夫，然后又走进草棚，对着躺在凉床上的死者，从头到脚看了个仔细。

桑治平问大根："这个人是哪里的，你想得起来吗？"

"好像是藩台衙门里的人。"大根一边盯着那人，一边在死劲回忆。"是的，我想起来了。有一次，四叔和葆大人在臬台衙门议事，我在门房里和守门的郝二爷聊天时见到此人。他手里提着一个包袱，进门时对郝二爷打了声招呼，说是给葆大人送衣的。这人进去后，我问郝二爷此人是谁，他说是葆大人府里的仆人。过一会儿，那人空着手走出来，我又看了一眼。不会错，正是那天给葆大人送衣服的人。"

正说着，那人从草棚里出来，走了。

一个念头冒出桑治平的脑海：死者莫不与藩台衙门有关？隔一会又想：说不定这个仆人路过此地，顺便看看热闹。

第二天，桑治平等人又都早早地来到小酒店，暗中观察街对面的情况。辰初时分，忽然急急忙忙地走来一个年轻女子。那女子分开众人，一见死者，便大声哭喊起来。哭了几声后，她离开草棚，从附近纸马店里买来一些纸钱和蜡烛线香，在死者的身旁点起香烛，将纸钱一张张地焚化着，阴着脸，既不哭，也不说话。那女子一气烧了两大沓纸后，还在烧。杨锐说："这个女子与死者关系不一般，可以从她身上找到线索。"

桑治平说："你们坐在这里继续盯着，我过去看看。"

桑治平过街来到草棚里，对那女子说："我是巡抚衙门里当差的，你跟我到衙门门房里来一下。"

那女子也不说话，跟着桑治平走。

来到衙门门房里，桑治平对年轻女子说："死的人是谁？你是他的什么人？你要对我说实话！"

那女子沉默半天后才开口："老爷，那人我虽然认得，但这半年来我和他没有交往了。我只知道他叫华山虎，干什么谋生，哪里人，家里情况如何，我一概不知。"

桑治平仔细看了女子一眼。这女子二十多岁年纪，长得颇有几分姿色。心里想：大概是死者姘头，这是一条线索，可以追下去。

"那你是怎么认识他的？"

女人低着头，沉默片刻后说："我是暗香楼的妓女，他是到暗香楼来时认识的。"

噢！原来是妓女吊嫖客，这倒少见。通常说婊子无情戏子无义，眼前这个婊子，看来还是有情的。桑治平下意识地又看了她一眼。

"他既是个嫖客，你为何要来给他烧香焚纸？"

"他虽是个嫖客，我敬佩他武功好有本事，又大方讲义气。有次我跟他说我母亲生病，家里穷无钱医治。他一听说，立刻就把身上的二十两银子全给了我。我感激他，所以昨天听一个姐妹说，巡抚衙门口死的人像是华山虎，我今早就来了。"

桑治平是一个立身严谨的人。他瞧不起妓女，也瞧不起嫖客，尽管浪迹江湖多年，却从不眠花宿柳，保持着清白之身，听了这番话后，多少改变些对妓女嫖客的歧视态度。

"你对华山虎的情况，真的一无所知？"

“是的，老爷。我和华山虎半年前只有过四五次接触。他都是傍晚来，天一亮就走了。他不喜多说话，我也不好多问他。”

“那你怎么知道他武功好？”桑治平追问。

“一天夜里，有几个无赖在暗香楼闹事，他出去了，只三拳两脚就把那群无赖给撵走了。第二天院主说，那汉子好武艺，他若是肯替我们暗香楼当保镖就好了。”

桑治平见这妓女说话还实在，便松下脸来，换了一种口气说：“华山虎与你有旧情，现在他突然不明不白地死了，你心里也难过。我们为他陈尸巡抚衙门外，也是想招来他的亲人和朋友，以便将尸体领走。你能不能回忆下，华山虎说起过他在太原府有些什么交往吗？”

妓女又低下头来，抿着嘴回忆，好半天才说：“他很少说话，所以我不知道他有没有朋友在太原府。只有一次夜深了，他敲开暗香楼。我对他说，哪有半夜来妓院的，假若今夜我床上睡了一个客人，那你不白来了？他说，在藩台衙门喝酒喝晚了，想看看你，你若有客人，我走就是了。我听了这话，心里暖和。不瞒老爷说，那时心里想，若华山虎不嫌我，我真的有心跟着他。可惜，从那以后，他就再没来暗香楼了。”

“在藩台衙门喝酒”，这句话引起了桑治平的注意，联系到大根所看到的葆庚家的仆人，桑治平的脑子里有了一个猜测。

他严厉地盯着妓女：“你讲的都是实话？”

那妓女忙磕头：“老爷，您是官府里的人，我怎么敢在您的面前说谎话。不信的话，您可以到暗香楼去问。”

“好吧，你去吧！”

妓女刚走，大根便进来说：“桑先生，我刚才又看到葆大人家那个仆人了。”

“又是昨天那个人？”

“正是昨天那个人。他在草棚内外看了一下，没有呆多久就走了。”

看来，葆庚在关心着这个华山虎！刚才脑子里的猜想得到初步的证实。

桑治平决定再将华山虎的尸体摆一天。第三天，看的人明显减少了，很多人都是向草棚瞟一眼后，便匆匆离开不再停留。桑治平、大根仍在对面小酒家注视着，没有看出别的什么异常的情况。将近傍晚，他们第三次看到葆庚家的仆人和别的过路人一样，从草棚旁匆匆走过。晚饭时，杨锐从暗香楼回来告诉桑治平，鸨母所说与妓女说的没有多大的出入。桑治平于是吩咐将华山虎装入棺材埋掉。

夜里，他来到张之洞的卧房里，禀报三天的观察和调查，并说出自己的推测：被妓女称为华山虎的死者，很可能是一个流落江湖的武林中人，被葆庚用重金收买来巡抚衙门行刺。葆庚应深知华山虎有武功又有江湖人的侠义，才敢于用他。行刺前，双方必定立下了重誓：不成功则自杀，以此换取葆庚对其家人的酬金，其家人也保证永不公开此事。

精通典章满腹诗书而对江湖黑幕一无所知的清流巡抚，听完桑治平这番分析后惊住了，心里想：葆庚身为朝廷方伯大员，怎么可以与江湖浪人勾结起来，做出这等伤天害理之事，真是匪夷所思！

桑治平继续分析：“华山虎三字，应不是此人的真姓名而是绰号，或许他的籍贯为陕西华州、华阴一带，或许曾在华山落过草，很可能不是山西人，而是陕西人。”

“葆庚来山西之前是陕西的臬司。”张之洞插话。

“这就对了。”桑治平点点头说，“说不定正是葆庚在陕西臬司任上与华山虎结识的。臬司负有保护地方安宁之责，故不少臬司都与省内的黑道巨头有暗中联系。黑道巨头保证不给臬司添乱子，臬司则保证给黑道巨头以官府庇护。这就是老百姓所说的官匪一家。看来葆庚是深悉此道的人。”

张之洞听了这话后又是一惊。他很佩服桑治平对世道的深切了解，把这位正邪两道都通的人物请来山西做助手，的确是做对了。

“你刚才说的对我有很大的启发。”张之洞笑着说，“我对江湖黑道是一点都不懂，多亏你阅历丰富。你看，我们要不要派人到华州一带去查访查访呢？”

“依我看不要去了。”桑治平沉吟片刻说，“一是查访不出个名堂来，二是也没有这个必要。华山虎已死，常言道死无对证，人一死，什么话都说不清了。这就是灭口的作用。这一招是十分毒辣的，没有几千两银子做不到这一步。我相信我的分析是对的，这种分析只能存入你我之心，对任何人，包括杨锐、大根都不能说。葆庚之所以派人行刺，无非是冲着清理库款而来的。他的贪污因此而进一步证实。他用重金雇刺客，出此下策，成则将转移朝廷的视线，又给继任者一个颜色看，使他们不敢再清查下去。十多年前江宁校场上的那场命案，香涛兄你大概还记得。”

“你说的是张文祥刺杀马新贻的案子？”

“是的，就是那场刺马案。”桑治平神色平和地说，“张文祥后来是被活活地剐了，当时围观看热闹的不下万人。那时我正在苏州子青抚台衙门里，他要我去江宁看看。刺客张文祥真是一条汉子，一刀刀下去，一块块血淋淋的肉提起，他硬是一声都没有吭，直到血肉模糊气绝身亡为止。张文祥虽剐了，但案子并没有审出个结果来。有说张文祥是捻寇的，有说是长毛的，也有的说是洋教堂收买的刺客，传说纷纷，使得继任江督曾国藩对漏网的长毛捻寇不敢再搜捕，对教堂更是客客气气的。曾国藩是什么人？他都因马案而战战栗栗，何况别的继任者！所以自古以来刺客不绝，其原因就在于此。即使不成，也会给当事者一个很大的打击，有的人便会因此而及时勒马，改弦易辙。”

张之洞气愤地说：“葆庚想以此来吓唬我，他看错人了。我张某人虽没有武功，胆气却是有的，大不了一死嘛！人孰无死，为朝廷惩贪官，为百姓伸正气而死，正是死得其所。”

“壮哉！”桑治平禁不住击节称赞，“你有这种气概，世上什么事都能办了！”

张之洞说：“昨日马丕瑶对我说，又查出葆庚和王定安的两桩大事。”

“什么事？”

“前年，曾沅甫已离山西而卫静澜未来接任期间，葆庚曾代理巡抚之职，先后放银六十余万两，其中大部分不应该放。如提塘赵嘉年的二万五千两欠款、参将王同文的一万八千两欠饷，以及总兵罗承勋的二万七千两欠饷，都是别有缘故而不当放的。葆庚利用手中的职权，不分青红皂白，一律发放。有人揭发，葆庚之所以这样做，是因为赵嘉年等人许给他至少一成的回扣。若按此计算，葆庚在这三人身上可得七千两银子的回扣。国家的银子通过这番手脚，就转变为他私人的财产了。王定安也学样。他在署理藩司期间，放银三十万两，其中至少有十万两是不该放的。王定安从中获得不少好处。马丕瑶还说，他们已暗中查访到，省城各局，王定安是无局不列衔，无局不主稿。这个人是贪得无厌，贪得卑鄙，士林骂他是山西第一条大蛀虫，一日不清出王定安，三晋便一日不得安宁。”

桑治平说：“过些日子，京师参劾折出来后，朝廷一定会派员来山西查访，这些都是很好的佐证材料。”

张之洞说：“我对马丕瑶说了，要把事情做得扎扎实实的，让葆庚、王定安在铁证面前不得不低头认罪。天大的事有我张某人一身担当，你们只管放心去做。”

“有你这个态度，马丕瑶他们做起事来便没有顾虑了。”

“仲子兄，”张之洞站起身来，将一只手搭在桑治平的肩膀上，动情地说，“我张之洞做了多年的清流，素来与贪赃枉法者势不两立。往日在京师每具这种参劾折时，心里就想到，哪一天我不再凭这一张纸，而是凭一方实权在握，亲手为国为民清除蠹虫就好了。今日我蒙太后、皇上之恩，为朝廷巡抚三晋，正是手握一方实权之时，眼见得在我的眼皮底下，有这样几个食皇家俸禄而干犯律法的属吏，我倘若因他们身处高位而畏缩，因他们收买刺客行凶而胆怯的话，我不但对不起圣贤的教诲和太后皇上的恩情，辜负了三晋一千万百姓的厚望，即使想起当年的一己之愿，也会羞惭满面，问心有愧。仲子兄，去年在古北口，你与我约法三章，其中第二章就是每年要为百姓办几件实事。这清除贪官污吏，便是为百姓办的最大实事。不管有多大的困难，我都要把这桩大事办好办彻底。”

桑治平激动地握着张之洞的手说：“跟着你这样的巡抚办事，我桑某即便累死也会含笑九泉。”

六　借朝廷惩办贪官之机，张之洞大举清查库款整饬吏治

这些日子，张佩纶、陈宝琛参劾山西藩司葆庚、冀宁道王定安的折子，成了朝廷上下议论的热点。地方官员荒废政务、吸食鸦片、结党营私、贪污中饱等等，几十年来已成司空见惯之事，大家见怪不怪，已提不起谈论的兴趣了。但贪污救灾款，且为数如此之大，贪污者官职如此之高，却极为少见。持身清廉的官员对此愤慨自然不消说了，连那些不拘小节、宦囊不洁的官员也感到气愤：别的钱腾挪几个尚可原谅，这是救命的钱呀，怎能昧着天理良心，如此胡来？一时间，葆庚、王定安成了官吏们的众矢之的。慈禧、恭王也很恼怒，连十二岁的光绪小皇帝也气得说出“不杀不足以平民愤”的话来。

慈禧和恭王商量后作出两个决定：一是命令山西巡抚张之洞火速查明葆庚等人的实情，二是就近垂询寓居山西十多年来京不久的户部尚书阎敬铭。

阎敬铭心中早已有数，召对之时，不仅证实张佩纶、陈宝琛的参劾有据，而且还向太后禀奏在晋期间的亲见亲闻，为前几年山西腐败的吏治提供不少新证据。

接到查核葆庚一案的上谕后，张之洞立即命令马丕瑶、杨锐等人，将半年来明察暗访所积累的一切，详详细细地条贯清厘，写成一份厚达百余页的佐证，派人护送进京。

这份佐证一到军机处朝房，葆庚、王定安等人狼狈为奸贪赃枉法的罪行便铁证如山了，秉政的恭王下令革去葆庚、王定安的职务，锁拿来京，交刑部审讯严办。

这时，又有一个名叫李肇锡的御史，因素来看不惯曾国荃倚老卖老的做派，便借着这个机会参了一折，说曾国荃滥保匪人误国害民，应一并严惩，以为大臣荐人之戒。吏部堂官中也有讨厌曾国荃恃功骄慢的人，便作了一个“降二级调用”的处分，呈请慈禧裁决。此时，因越南与法国发生冲突，广西边事紧急，粤督一职顿时显得更加重要。尽管慈禧一向不满曾国荃的骄纵疏懒，极想借机杀一杀他的威风，但考虑到一旦战火燃起，还得倚仗这位能打硬仗的曾老九，便加恩改为革职留任，仍在粤督位置上不动。

连功勋显赫的曾国荃都受到了处分，可见慈禧对山西贪污救灾款一案的恼怒，以及惩办的决心。葆庚想以打击张之洞来自救的路子，显然已成死胡同。受王定安收买原拟弹劾张之洞渎职的几个御史，也悄悄地把已拟未发的奏稿烧掉了。

刑部审讯后定案：葆庚革职，充军新疆，永不回京；王定安革职，监禁十年。按理说，刑部的量刑太轻了，但如此处置，已是对张之洞抚晋的极大支持。张之洞借着朝廷的这股春风大张旗鼓地做了两桩大事：一是彻底清查藩库，并扩大到全省十八府州及六十余县的库房账目，严惩所有犯有贪污挪用罪情的官吏。桑治平提醒他，自古以来，法不责众。山西全省官吏，程度不等地犯有贪污挪用情事的在半数以上，此令若下，这些人都会在惩处之列，整个山西官场则将瘫痪；甚或他们背地里勾结联盟，清库一事则成敷衍过场。两者都对大局不利。不如总大纲而宽小过。凡牵涉到葆庚、王定安贪污救灾款的，限三个月内主动坦白，将所贪污的银子如数缴还，并加三成罚金，照办者一概免于处分。各府州县库房在半年内清查期间，凡将所欠公款如数归还的，都不算贪污挪用。山西眼前最缺的就是银子，如此网开一面，数月之内将会有二三百万两银子入库，省内各项兴作办起来就容易多了。

桑治平这个主意虽有以罚代法之嫌，但于实际有补。权衡利弊，张之洞还是采纳了。

第二桩大事，便是借此整饬吏治。对于少数几个与葆庚、王定安关系密切，贪污救灾款数目较大民愤也大的徐时霖一类的官员，张之洞不待他们主动交代，便先行传讯，停职审查，报请朝廷。又劝告一批年老体弱糊涂昏庸的州县官员主动提交辞呈，以保全他们的体面。然后，又将一批确实清廉自守为官有方的各级官员，上奏太后、皇上，请予嘉奖升迁。

如此一罢一升，果然对山西全省官场震动巨大，几十年来所形成的贪污腐败、疲沓懒散的积习，顿时为之一扫，暮气沉沉的三晋官场，开始吹进一股新鲜气息。

来到山西不到两年，便有这样的政绩，张之洞更相信自己具有人所不及的治国大才。他不满足山西一隅之地，他的眼光从来都在关注着整个中国的政局。他记得阎敬铭曾经说过，胡林翼事业的成功，一是风云际会，一是众人相帮。风云际会是天时凑泊，天时不是自己所能创造的，关键在善于把握，至于如何才能得到众人之助，则完全是属于自己的学问了。

一年来，张之洞把阎敬铭赠送的两百万言的《胡文忠公遗集》，细心地通读了一遍，揣摸出这得人的学问主要在识人、荐人、用人几个环节上。曾国藩曾经这样概括胡林翼这方面的长处：识才于微末，荐贤满天下，用人以诚心。亲手宰理一省政务，实实在在办理几件大事后，张之洞从心里佩服曾、胡这种过人的贤者器宇。现在自己身为封疆大吏，具备了荐贤的资格，张之洞决定向太后、皇上上一个荐贤表，一来为朝廷举荐美才，为国尽责，二来也替自己广为联络贤俊，以通声气，且市恩于先，今后一旦担负更大的职务时，可得到他们的真心支持。

他将自己多年来所熟知，以及虽未见面但对其人品学识才干有所闻者列了出来，这些人物包括张佩纶、陈宝琛、于荫霖、马丕瑶等，一共五十九人。张之洞认为，这张人才表已将天底下才未尽用的人物都囊括殆尽。太后若能将这些人一一擢升，摆在最能发挥其才干的位置上，则大清朝将可指日大治。

拜发了这道荐疏后，张之洞心里有一种贡献和布施之感，情绪上很是惬意。这些天来，由于吏治得法，公务多暇，作词臣学官所养成的吟诗作文的雅兴又渐袭心头。

正是天高气爽的仲秋，夜幕刚合，天上便早早地挂起一轮明净如洗的银盆，将融融清辉无私地洒向人间，并州古城笼罩在一片温柔飘逸的气氛中，显得端庄安详。

灯下，张之洞正在磨墨凝思。突然，他觉得心灵中若有几点光亮在跳动，如同电之光石之火似的。过去，在夜阑更深之时，他每每有这种灵感冒出，便常常效法陆机，以一种演连珠体裁记下来。他的连珠诗或骈或散，或押韵或不押韵，不刻意追求遣辞，重在达意。这种连珠诗已积累达三十余首了。今夜的灵感是由荐贤疏而引起的，对人之才干见识，蓦然间有一种新的体认，遂铺开纸，将这稍纵即逝的心灵火花记录下来：

滕蛇无足飞，鼯鼠五技穷。
士贵知道要，不在夸多通。
赵武言语讷，曹参清静宗。
周勃少文采，汲黯号愚忠。
诸葛尚淡泊，魏徵称田翁。
晁桓两智囊，均不保其躬。
曼倩最多能，屈身滑稽中。

刘郡饶百计，夹河终无功。
惟静识乃远，惟朴力乃充。
吾闻柱下史，无名道犹龙。

写完后，他将自己即兴创作的这首连珠诗又吟诵了两遍，自我感觉颇为得意。是的，才有大小之分，才亦有花哨与实在之别。治国之具要的是大才实才远见之才，赵武、曹参、周勃、汲黯、诸葛、魏徵，都是历史上有实在建树的治国大才。而其才之修炼，一在于心境上，不汲汲于一时之功名利禄而淡泊宁静，因此能识大识远；二在处事上，不求一时之哗众取宠，而求实实在在为社稷苍生谋求福祉，不求头顶上的五彩光环，而求脚底下的坚实基础。此即惟朴素乃长久之道理。

张之洞想，这首连珠诗明天让杨锐他们多抄几份，分送给衙门里的幕友们。还可以赠给晋阳书院的学子们，让他们在求学期间便明白这个道理，今后不入邪径，少走弯路。

正在浮想联翩之时，一阵清幽绵远的琴声，被夜风轻轻地从窗外送了进来。张之洞知道，这是佩玉在弹琴。这一年多来，佩玉给张之洞帮了很大的忙。她关心疼爱准儿。准儿仿佛有先天的灵感，对七弦琴有着浓烈的兴趣。这让张之洞欣慰不已。

佩玉间或也会屏息静气地弹上一曲，借以抒发胸臆，倾吐情愫，这常常是在夜色阑珊之时。为了不影响张之洞和署中的执事人员，佩玉总是把门窗关得紧紧的，把声音尽量地压低，低得只有她一人听到。此时的琴音，仿佛不是从她手指下拨出，而是从她的心灵中迸出。她的整个心境，乃至窗外的溶溶夜色茫茫寰宇，都与这心中的乐声汇合在一起。这样的时刻，她总有一种生命与造化合为一体的静谧宁馨之感。其妙处只在自我体会之中，实在难以言传笔述。有一次，她把这种感觉说给父亲听。父亲说这种感觉古人早已有之，陶渊明的诗：“此中有真意，欲辨已忘言。”说的就是这个意思。佩玉听了父亲的话很欣慰，于是更自觉地多创造出这种意境。渐渐地，她发现自己的心境在净化，在升华。音乐，给她坎坷的年轻生命带来极大的慰藉。

偶尔，在夜色深沉的时候，张之洞也会听到这种琴声，它渺渺袅袅飘飘摇摇，似有似无，若断若续，仿佛是从天庭传下来的神仙之曲，又像是遥远的山谷里传出的流泉之声。他知道那是佩玉在弹琴，但政务太杂太纷太乱了，以至于他几乎没有心思来欣赏这曾给他以奇妙享受的琴曲。

今夜，或许是琴声比往日响亮，或许是清秋之夜更易激起独居人的情思，或许是政务初见头绪，使得执政者的心情轻松闲逸。张之洞禀赋中的文人气质，被这琴声重重地撩拨起来。他终于不能自已，离开书案，向佩玉的房间走去。

七　秋夜，女琴师的乐理启发了三晋执政者

“你的琴是越弹越好了。”张之洞推开佩玉的房门，微笑着跟女琴师打招呼。

佩玉正陶醉在自我营造的艺术世界里，突然被耳旁的这句话所惊醒。她带着三分惶恐起身弯腰：“佩玉不慎，惊动了抚台。”

她抬起头来，果然见有一扇窗户被风吹开。她暗暗责备自己粗心，脸上不觉飞上一片红云。就这一瞬间，四十六岁的抚台蓦然觉得素衣布履的女琴师其实也妩媚动人，一股强烈的与之交谈的愿望在心里油然而生。

“佩玉，这一年来，准儿多亏了你的呵护，我很感激你。我平日太忙，很少关照你，还望你能体谅。”

这样一个雷厉风行铲罂禁烟、铁面无情惩办贪官污吏的抚台大人，竟也有细腻的儿女之心，能说出暖人心窝的话，佩玉一时甚是感动。

“大人客气了，小姐清纯可爱，天资聪颖，我能有幸与她为伴，这是上天赐给我的缘分。”

佩玉说的完全是心里话。六年前，她丧夫失子，这惨烈的打击，时时刻刻如沉重的乌云罩住她的心，她很少有欢快的情绪，几乎夜夜梦中与丈夫和姣儿在一起，望着儿子如朝日般的面孔，她心里甜得如注满了蜜糖，然而一觉醒来，屋内空空，床头空空，她不免又悲从中来，清泪一滴一滴地落在枕上，直到天明。

这一年来，她天天看着准儿，越看越觉得像自己的儿子，模样儿像，笑声像，连脾气性情也像。她自己也觉得奇怪：我的儿子怎么会跟这个小姐一个样？莫非这准儿就是我夭折的儿子的投胎？莫非老天爷有意如此安排，让儿子换作女儿身回到我的身边？佩玉成天这样痴痴地想着，日子一久，准儿就变成了她的亲生似的，她把自己山高海深般的母爱全部浇注在准儿的身上。这几个月来，她居然很少再梦见自己的儿子了。她更加确信，准儿就是儿子的转世。

听佩玉夸女儿聪颖，张之洞很高兴，问：“准儿能认多少字了？”

佩玉答：“近半年来，我每天教她认三个字，三天一温习，十天一复习，一月一考试。一个月下来，小姐把所教的字都记住了，半年里小姐已学会三百字了。”

前学台对女儿的认字成绩很满意，又问：“我常听准儿哼着儿歌，这也是你教给她的吧？”

“是。”佩玉答，“小姐天性于诗词悟性高，一首五言绝句，也只读两三遍，便能朗朗上口，读四五遍就记下来了。佩玉向大人恭喜，要不了十年，小姐准是压倒曹大姑、谢道韫的女才子。”

张之洞哈哈大笑起来，笑过一阵后说：“曹大姑、谢道韫古今能有几个？我也不指望她成为才女，只是长大了能读点诗文，怡情养性罢了。”

稍停一会，又问：“准儿的琴学得怎样？”

佩玉说："她在琴弦音乐方面似有天赋。我还只教她个把月，便已能上手了，弹出几个音调来，还很像个样子。"

张之洞点头说："我原来想让她再大些才学琴，她既有兴趣，早点学也好。对准儿的弹琴，我倒是寄予大的希望，盼望她今后能像你一样弹出动听的乐章。"

佩玉忙说："我天性鲁钝，不能成器。这几年勉力为小姐打点基础，日后望大人再访求名师指教。小姐今后的琴艺，定会十倍百倍高出我。"

"哦，哦。"张之洞边听边点头，说，"其实，我也不指望准儿今后的琴艺如何出色。自古以来，色艺俱绝的女子，大多坎坷磨难，反而不佳，也不过是愿她今后能借琴曲和谐家庭陶冶心境罢了。"

张之洞这几句话触动了佩玉的心思。她突然想到，自己仿佛就是古来那些色艺俱佳而命运不好的女子，一时情绪骤然冷落下来。

"爹！"

准儿一觉醒来，见爹爹坐在房里，有点奇怪，她擦着眼睛，转过脸对佩玉说："师傅，我刚才做了一个梦。梦见你穿着花花绿绿的袄子，头上戴着珠花，真好看！"

准儿这句稚气十足的话，说得佩玉笑了起来。她走过去，俯着身子问："是不是口渴了？我给你端点水来。"

"我想喝点水。"准儿说着从被窝里爬起，佩玉忙给她披上衣服。准儿对父亲说，"爹，师傅说过年后就教我弹大曲子，还说大曲子如果弹得好，天上的凤凰都会飞下来听。爹，凤凰真的会飞下来听我弹琴吗？"

张之洞听了女儿的话，心里十分欢喜，说："会的。只要你把琴弹得非常非常好，凤凰就会来听。"

佩玉端过一杯温水来，准儿喝了一口，不再喝了。她瞪起乌黑的大眼睛问佩玉："师傅，你的琴弹得好，凤凰飞下来听过吗？下次凤凰飞下来时，你喊我看，好吗？"

佩玉笑着说：“师傅的琴弹得还不好，凤凰还从来没有飞下听过。以后准儿的琴弹得会更好，那时就会有凤凰来听了。”

“真的吗？”准儿将信将疑。

“真的。”佩玉坚定地回答。

“睡吧！”张之洞过来摸着女儿的头，充满慈爱地说，“睡吧，明天早早醒来，跟着师傅好好地学，说不定哪天凤凰就飞下来听你弹琴了。”

准儿脱衣重新睡下，一会儿便进入梦乡。

红袄珠花，凤凰来仪。准儿天真无邪的童稚心愿驱散了佩玉心头瞬时飘过的阴影，心情又恢复了抚琴时的平静。

“佩玉，你几岁学的琴，谁教的？”准儿对琴所表现出来的热情，进一步激发张之洞今夜与女塾师谈话的情绪。

“我也是小姐这么大年纪开始学琴的，师傅就是我的父亲。”

“哦，你这是家学了。”张之洞微微地笑了一下。

“听我母亲说，父亲年轻时不仅书读得好，琴更弹得好。父亲家清贫。母亲家较为殷实，外祖父为母亲寻了一个富贵婆家，但母亲不愿意，为父亲的琴声所迷恋，一定要嫁给父亲。外祖父坚决不同意，母亲便在家绝食。外祖母疼爱女儿，说服外祖父勉强同意了。但外祖父心里始终不愉快，母亲出嫁时，嫁妆很少，以后也不让我的父亲登门。父母亲一气之下，便离开老家商州府，从陕西来到山西。从那以后，他们便漂泊异乡。尽管几十年来生活贫苦，但母亲至今不悔她当年的选择。”

“你的母亲是个有志气的女子！”张之洞脱口赞道。

“我原有一个哥哥一个弟弟，但他们都在很小时就夭折了，父母亲便把全部疼爱之心都放在我的身上。我从小和母亲一样，喜欢听父亲的琴声。夏夜的麦场上，冬日的炉火旁，我们母女俩紧挨着听父亲弹琴。在琴声中，我们忘记了贫困，忘记了忧伤，也忘记了人世间对我们的许多不公平……”

秋夜的巡抚衙门，在一片如水月色的笼罩下，白日里那些令人或畏或恨的种种，都已淡去消逝，出现在人们眼中的，是与百姓宅院一样的柔和恬静。女琴师的心里浮起往日甜美的记忆，那是永远留恋的在娘家做闺女时的岁月，那是永远存在心灵深处的未受尘世沾染的神仙画卷。

女琴师继续叙说："那时，父亲总是对我说，佩玉，好好弹琴吧，穷人家没有锦衣玉食，也没有强权重势，但有自己的慧心巧手，凭着聪明才智和与世无争的心境，也同样可以获得人生的快乐幸福。以后你长大了，还会慢慢体会到，钱财权势，尽管可以使人风光体面，但它不能给人真正的快乐，真正的快乐永远只存于人的灵府中。灵府安宁，人才舒坦。而使灵府得以安宁的最好东西，便是音乐。音乐使人泯去机心，化除争斗，不机不诈，不争不斗，灵府便平静如镜，人就无忧无虑，快快乐乐。所以古人说'乐者，德之华也'，讲的便是这个道理。"

"乐者，德之华也。"张之洞被这句话惊动了一下。这不是《礼记》中句子吗？从小起便读"四书""五经"，这句话至少读过二三十遍。读它的时候，天天被科场连捷光宗耀祖的念头冲击着，从来没有从化除机心争斗这个方面，去理解音乐的功用，更没有想到道德的升华，便是建筑在灵府平静的基础上。今夜，经女琴师转述其父这番话后，探花出身有着六年学台经历的山西巡抚，仿佛对"乐者，德之华也"这句古老的名言，有了一个崭新的理解。

他情不自禁地说："你父亲这几句话说得好极了！《礼记》中《乐记》这篇文章，我能倒背如流，自认为句句都读懂了。听了你说的这些后，才知道我原来并没有读懂，你父亲才是真正读懂了。"

"大人言重了，我父亲是个终生潦倒的书呆子，我母亲常笑他迂腐不中用。大人才真正是读通了典籍的国家栋梁之才。"佩玉虽然这样谦虚地说着，心里对抚台的赞辞还是欢喜的。

"不能这样说。"张之洞正色道，"这人生的穷通逆顺，原是很难说得清楚的事。功名蹭蹬仕途艰涩的人，未必就是没有真学问；一帆风顺官运亨通的人，也并非就一定学问很好。就拿我本人来说吧，我四十三岁以前，将近二十年功夫一直迁升缓慢，总在中下级官员间浮沉。四十三岁后，突然官运好起来，一年多时间，便由五品升到二品。难道说，这一年多里我猛然开窍了？其实我心里清楚，我还是我，并不比先前高明。你的父亲只是时运不好罢了。若时运好的话，有如此聪明灵慧之心的人，说不定早做到尚书大学士了。”

佩玉望着眼前的巡抚大人，眼睛不由得越睁越大，越睁越亮起来。这是怎么回事？这话似乎不是平日里那个铁板着面孔，威严凛冽不易接近的三晋之主所能说出的。这话说得有多实在，让人听了有多舒心！是他的真心话，还是在有意安慰我那功名不遂的老父？即便是后者，这也是处高位者的仁厚之心：不看重自己的成功，以免失意者难堪。当今的官场，遍是骄人凌人趾高气扬之辈，这种恤人容人的仁厚是多么的难能可贵！佩玉对相处一年之久的抚台，骤然间有了新的认识，彼此间的距离一下子靠近了许多。

对东家的这番话，女琴师不好说什么，她只是抿着嘴唇笑了一笑。不料，却让这位丧妻已久的中年巡抚心里怦然动了一下。他觉得这无声的微笑里，充满着魅力无穷的成熟女人的美！

“我喜欢听人弹琴，但对乐理则知之甚少，所以，听琴也只知道好听不好听而已，其间的深浅却品味不出来。”张之洞望着佩玉恢复常态的面孔，心里似乎增加了几分异样的情感。“读古人书，对钟子期评俞伯牙鼓琴，所谓‘峨峨兮若泰山’‘洋洋兮若江河’之语，真是神往至极，巴不得自己也有这种知音的本事。你们父女善于奏琴，大概也善于辨音吧，能否传授一点给我？”

佩玉想了想，说：“我和我父亲其实算不上善于弹琴，即使很精于弹奏，要准确地辨出其音来也是一件很难的事。《列子·汤问》篇里说的高山流水的话，是称赞钟子期的琴艺远过俞伯牙，故而才有俞伯牙摔琴谢知音的故事。正因为知音难得，这个故事才会千百年传诵不衰，常令人感叹不已。”

“知音难得”这几句话激起了张之洞的满腔同情，他点点头说：“你说得很对。”

“不过，乐声也大致是可以辨得出来的。”佩玉的回答有了转折，“所以，古书上才有郑卫之音濮上之乐的说法。它的诀窍不在别的，只在多听而已。前人说操千曲而后知音，就是说的这种日积月累的功夫。”

张之洞听了这话，心里暗暗生出几分惭愧来。佩玉说得对，知音辨曲的本事是由长年积累而来的，这同读书做学问一个样，靠的是三更灯火十年寒窗的苦读苦诵，世人因怕吃苦而求诀窍走捷径，这样的诀窍捷径其实是没有的。自己过去常常这样告诫士子，为何现在又来向别人问诀窍呢？是看不起琴艺，认为它是小道，不能跟读书做学问相比么？

为了弥补刚才无意间的过失，张之洞郑重地说：“自古来音乐在教化中便有很重要的位置。孔子教学生六艺，其一便为乐，所以洙泗河畔，才有弦歌不绝。可惜，今日士子们一心想的就是科第功名，以进学中举中进士做官为终生奋斗目标，天天就是模仿着代圣人立言，装腔作势，干瘪乏味，不但经济之学不通，连《史》《汉》李杜都不懂，唐宋八大家都不读，更不要说琴艺弦歌了。这真是国家的大憾事！”

张之洞的这番感慨，使佩玉想起从小就听惯了的父亲的牢骚之语。她没有想到，堂堂的巡抚大人竟然跟潦倒一生的父亲有如此共同的语言。她突然想到，父亲在他五十岁生日的晚上，因心情高兴，曾经郑重其事地跟她谈起音乐中的大学问。这次谈话，佩玉牢记于心，她甚至为父亲的这些卓识不能付之于现实而深感遗憾。这位名士出身的巡抚既同情不走运的读书人，又如此看重音乐，不妨把父亲的那番见识转述一二。一则让他知道时运不济的老父并非寻常之辈，二来若对他的执政有所帮助，从而造福于百姓，也是一件好事。

想到这里，佩玉正正身板，敛容说：“大人忧虑的是国家培养人才的大事，佩玉身为弱女子，家父是一个无权无势的穷塾师，都不值得来忧虑这等大事。只是有一次，家父曾对我说过他对音乐的深刻体会，使我想到，有志做大事的士子倒是的确要在诵读‘四书’‘五经’之余，花点时间于音乐的研习上，或许对于日后的治理国家会有所帮助。”

晋祠里那位清瘦的老塾师的形象，又出现在张之洞的眼前。老塾师有何高论？张之洞不觉肃然说：“老先生对你说了些什么，也让我这个喜爱音乐而又不懂音乐的人长长见识。”

佩玉望着窗外的明月，凝神良久，然后缓缓地说：“那也是一个明月之夜，父亲在听我弹完一曲《岐山凤鸣》的古乐后，兴致极高地对我发了一篇长论。他说圣人极为重视乐，把乐和礼视为治国安民的两个最重要的手段，故《乐记》篇里反复将乐和礼并在一起说。如：乐者，天地之和也；礼者，天地之节也。又说：乐也者，动于内者也；礼也者，动于外者也。家父说，圣人认为，礼是从外部来有等级有秩序地节制邦国；乐则是从内里来熏陶化育百姓的心境。圣人一向最为看重人心的教化，故乐的地位实在礼上。而乐的功能，圣人以一‘和’字来概括。这‘和’字，真正地体现了我们华夏之邦的最高智慧。”

佩玉说到这里略为停了一下，张之洞心里一震。“乐者，天地之和”这样的话，《乐记》一篇里的确反复出现过，但自己并没有深究，更没有对“和”字有这样高的认识。他恳切地对佩玉说：“想必令尊对圣人标出的这个‘和’字，有一番人所不及的探讨，我愿洗耳恭听。”

佩玉淡淡一笑，说：“家父说，古代许多典籍中都提到了‘和’字。早在春秋时，周太史便说过‘和实生物，同则不继’，《论语》上说‘礼之用，和为贵’，孟子说‘天时不如地利，地利不如人和’，《中庸》里说‘和也者，天下之达道也’，董仲舒说‘德莫大于和，和者，天地之正也’。可见古来圣人贤士都注重‘和’，把‘和’视为天地间的唯一正道。”

张之洞突然悟到，为什么宫中三大殿：保和、中和、太和，都以“和”为名，其由原来在此。作为国家权力的最高代表，三大殿均以“和”为名，充分表达先贤对“和”的重视程度，也说明“和”的境界，正是他们所努力追求的最高境界。

“家父说，这‘和’字的产生，乃是受音乐的启发。”

佩玉这句话，立即引起张之洞的注意，他认真地听下去。

“各种不同的乐器，如琴瑟笙竽笛箫等等，单独吹奏，则是各种不同的声音，若将它们合起来一起吹奏，则有两种情况出现：一是听起来驳乱无序，糟糟混混，这种声音称之为杂；一是听起来高低得宜，众音协调，让人悦耳舒心，这种声音则为和。”

“不错，解释得好！”张之洞连连点头。

“家父说，圣人视这种众音相宜而产生的协调之美为天地间最大的美，这种美的产生，其基础在调和。若笙之音高了，则吹低点，箫之声缓了，则加快点，通过相互间的调节控制，寻出一个大家都能接受的声音来。于是，和声便产生了，天地间的大美也就出现了。圣人之所以超过凡人之处，就在于将此推衍到人世间，由此而感悟出治理邦民之道。世事纷杂，众生芸芸，正好比琴瑟笙竽各发各的音，若将他们都调理得各自得宜，互相协谐，则可以奏出人世间的和声。如此，邦民就治理好了。所以古往今来，贤哲们都苦苦追求一种中庸、中道、中行、中节，试图找到这样的和谐之音，以达到万邦咸宁万众一心的目的。这就叫做致中和。”

圣人的治国之道，由听乐而产生。这个道理居然让老塾师说得如此顺理成章，张之洞心里暗自佩服。

“家父说，这是圣人由音乐推及到治国一路。同时，圣人又将它推及到治心一路。人的心声与天地间万籁之声，也好比琴瑟笙竽之间的关系。若人的心声能调到与天地间万籁之声取得协宜一致的地步，那么，人的心声与天地间的万籁之声组成了和声。这种和声又超过了治理邦民的中和，乃最高之和，名曰太和。这种太和，王夫之有解释。他说阴与阳和，神与气和，是谓太和。这太和，便是典籍中常说的天人合一。”

张之洞完全被女琴师这几句话给吸引住了。“天人合一”，是他读书明理以来所全身心追求的目标。他苦于不知如何才能达到，即不知津渡在何方。今夜听佩玉转述其父所说的这篇长论，他似乎隐隐约约地看到了一处渡口，通过这道渡口，便可引航到“天人合一”的彼岸。

“三星已斜，夜已很深了，佩玉不知高低轻重，胡诌乱言，说得太多了。还请大人早点回屋去休息。错谬之处，还望看在佩玉乃一无知无识的小女子分上，予以海谅。”

张之洞忙起身说：“今夜我受教很多。你下次回晋祠看望父母时，请一定代我转达对你父亲的谢意。哪天得暇，或是我去晋祠，或是请老先生来抚署，我们再好好深谈。”

佩玉深谢抚台的厚意。

回到卧房，望着窗外月色辉映下的三晋古原，张之洞久久不能入睡。今夜，他领悟了许多。中庸和谐，他过去看到的是圣贤治国的手段，却原来更是圣贤心目中所追求的人生最高美境。这种美境应该是一种均衡、稳定、平和、典雅的气象，像玉一样的温润透明，外柔内劲，有如蓝田日暖，柳陌生烟，充塞着一种冲淡绵缈、微茫默远的和谐气氛。而自己禀赋过于刚厉，办事易于任性，今后于这些方面要多加检束。作为一个执政者，应该是一个高明的乐师，将百姓万民的众籁之声，协调为一个和谐动听的乐音，这才是最为成功的治理。过去读史，看到先哲将宰相的职责定为“调和阴阳”，总觉得过于空泛，难以理解。今夜，他顿悟了。他仿佛察觉到自己已具备宰相之才，一时心中万分兴奋。

他又想到：作为音乐来说，和声其实也就是一种新的声音。这种声音是要产生在不同声音的综合之中。倘若众声都发出一个音来，就只有大声而没有和声了。作为一个方面之主，要让部属都说出自己的话来，然后再协调众议，形成一个新的论说。这不就是博采众长、酿花成蜜的道理吗？

万籁俱寂的秋夜，太原城最高衙门里，张之洞静静地思索着……

第六章 / 观摩洋技

一　英国传教士给山西巡抚上第一堂科技启蒙课

这天上午，上任不久的新藩司易佩坤拿着一份工部寄来的咨文来到抚署。咨文上说的是要山西按惯例，在两个月内筹集十万五千斤好铁运往上海，交江南制造局，经费亦按惯例，每斤铁连买价带脚费，以四分银子计算，共用银四千二百两，从当年地丁银中扣除。

易佩坤哭丧着脸对张之洞说：“司里接了工部这道咨文，几天来甚是为难。这个差使太难办了。”

“有哪些为难之处？”张之洞问。

易佩坤说：“为难之处有二。一是十万五千斤好铁筹集不起来。据衙门里人说，山西这几年几乎不炼铁了，全省炼的好铁加起来，顶多只有五万多斤，要在两个月内筹集十万五千斤好铁是不可能的。二是铁价加脚费每斤四分银子，这是一百年前的老皇历了，现在连脚费都不够，这差使如何办？”

易佩坤虽是叫苦，但叫得有道理。张之洞的双眉皱了起来。他来山西做巡抚已经两年多了，还没有办过铁差，便问：“这事先前是如何办的？”

易佩坤答：“山西的铁差，这两年没办，上次是光绪六年办的。衙门里的人说，当年葆庚办此事，采取的是瞒、贿、压三种手段过的关。”

“什么是瞒、贿、压，你说详细点。”张之洞又皱了下眉头，打断了易佩坤的话。

易佩坤说：“瞒，就是瞒朝廷。一切照旧进行，不慌不忙，到了两个月限期满时，给朝廷上一道折子，说山西的好铁十万五千斤都已筹备停当，即日起将妥运上海交江南制造局，让朝廷知道山西藩署在恪勤办差。贿，就是贿赂江南制造局，塞一张大大的银票给局里的办事人员，请他们到时通过江苏巡抚上折给朝廷，说山西解来的十万五千斤好铁已如数收到。其实，这铁里好铁大约只有一半，另一半全是不合要求的平铁和做不得用的废铁。江南制造局的办事人员只图自己得利，将那些平铁、废铁全当好铁去用。压，就是压府县。山西出铁的地方主要在潞安府、辽州、平定州一带，就向这些府县一压铁的斤数，二压银钱，要他们如数如期运到上海，藩库并不多拿一分银子补给他们，任凭他们去摊派盘剥，置若罔闻。”

“岂有此理！”张之洞的手掌在案桌上重重地拍了一下，震得易佩坤心里一跳。“瞒上压下已是不可饶恕，这贿赂江南制造局，更是罪不容诛！易方伯，你知道江南局拿这些铁做什么吗？那是造枪炮子弹的呀！难怪中国和洋人打仗总是输，用这样的铁造出来的枪炮子弹，怎么能打得过洋人？真是混账！”

“葆庚这种做法固然不对，但工部的要求实在办不到。司里正是不愿像葆庚那样做，才来请示大人您给一个主意。”易佩坤拉长着脸，一副左右为难的可怜相。

是呀，瞒、贿、压不行，按工部说的去做也不行，这差怎么当呢？张之洞心里也没了主意。他寻思良久，也没想出一个好办法来，只得起身对易佩坤说："你先回府里去，过几天我们再商议。"

易佩坤无奈，只得离开抚署。张之洞一连几天都为这事困扰着，始终无一良策。他请桑治平帮他出出主意。桑治平一时也想不出好点子来。他对张之洞说："有些事看起来很难，那是因为还没有钻进去；真正钻进去了，总还是有办法可想的。"

张之洞笑着说："这件事就拜托你了，你就钻进去吧！怎么个钻法呢？"

桑治平想了想说："给我十天半个月的时间，我到出铁的地方去走走看看。"

"好，你就下去查看查看吧！"张之洞说，"半个月后回来，我等着听你的消息。"

十多天后，桑治平风尘仆仆地回到太原。他没有回家，径直去了抚署。

"这些天里实地查看得如何？"张之洞亲自为桑治平泡了一碗好茶递过来，急急地问。

桑治平接过茶碗，喝了一口说："这些天我马不停蹄跑了潞安府的几个县。就这几个县看来，十万五千斤好铁可以筹集得到。"

"这就好！"听了桑治平这句话，张之洞大大地舒了口气。只要好铁的数量够了，剩下的就只是银钱的事，虽然也是难事，但毕竟要好办些。"为什么易佩坤说，山西好铁顶多只五万多斤呢？"

"是这样的。"桑治平又连喝了两口茶。他抹了抹嘴巴说，"好铁是有，但官府收购时不肯出好价，所以炼铁的老板不肯把好铁拿出来，说好铁没有这么多，要买就买平铁好了，这平铁里面其实很多是废铁。至于好铁，他们则偷偷运到直隶去卖。"

"喔，是的。这原因经你这一说，其实又很简单。工部出的价低，到了出铁的县，县衙门出的价也就低，卖铁的就拿低价钱的铁来应付。这样，到了太原，大家就只有看到好铁少这一层了。”张之洞用简洁明晰的语言描出了山西筹铁的这个过程。他感慨地说，“葆庚是住在太原享福不肯下去，易佩坤也不愿意吃苦去实地查看。你这一去，就把事情摸明白了。先贤告诫：为官要体察民情。这‘体察’二字，真是太重要了。”

“正是。”桑治平对巡抚的这番感慨深表赞同，“体察，就是亲身去查看，不是只听禀报看公牍，那毕竟隔了一层，许多真情实况就被蒙蔽了。”

“仲子兄，你有没有打听一下买好铁的价钱？按铁老板开的价，收购十万五千斤好铁，要多少银子？”张之洞说着，自己也端起一碗茶，抿了一口。

“我问了，一斤好铁大约要八九分银子。若平均按八分五算的话，十万五千斤好铁需银八千九百两，即使不算脚费，工部所给的银子也还短缺近五千两。”

“是呀！”张之洞捧着茶碗，慢慢地说，“我问了下先前的铁差押运官，从山西运到上海，光绪六年那一次，每斤铁耗银五分五，光脚钱就耗费一万五千两，现在开销可能还要大些。加上买铁的钱共差一万余两，这笔庞大的开支从何处来呢？”

“我这次在长治遇到一个人，他说如果这差使包给他，十万五千斤铁，他只要三千二百两银子，就可以按期全数运到上海。”

看着桑治平脸上洋溢着兴奋的神采，张之洞也兴奋起来：“此人是谁？他能有这大的本事，每斤铁只需三分的脚费！”

“此人是个洋人。”

听说是个洋人，张之洞脸上的喜色顿时消除了。他冷冷地说：“洋人都是骗子，不要相信。”

桑治平脸上的喜色却依旧：“我和这个人说过一晚上的话，我看他不是骗子，他比我们许多中国人都诚实。”

“你跟他说了一个晚上的话？”

张之洞睁大了眼睛。他虽然多年来就开始注意外国的事情，也读过几本江南制造局译书馆译的外国人写的书，并且上过不少关于夷务的折子，但和他的京师清流党朋友一样，始终没有近距离地见到一个外国人，更谈不上与他们交谈了。当然，最主要的是他不懂洋话；另一方面，他也不屑于跟那些黄头发、蓝眼睛的夷番对话：他们都居心险恶，且无学问，一个堂堂天朝礼仪之邦的官员，岂能与他们交谈！

“是的。”桑治平笑了起来，说，“我们是用中国话交谈。香涛兄，你可能根本没有想到，他的中国话说得比我还中听。我的话里常有河南土音，而他说的竟是差不多标准的京腔。”

“真有这样的洋人？”张之洞知道桑治平是个诚实君子，不会说假话，但他还是不能不怀疑，因为这太不可思议了。

桑治平完全能理解张之洞的诧异，于是详细地说：“我到长治后，郝县令告诉我，有一个很能干的洋人住在驿馆里，问我要不要见他。我说洋人我愿见，但彼此不能交谈，见也是白见。郝县令笑着说，这个洋人可以讲一口流利的中国话。我一听马上说，那就好，我这就去见他。郝县令陪着我去驿馆。那洋人一见我，便用很娴熟的京腔跟我说话。我一高兴，就和他聊上了一个晚上。”

“都说了些什么？”

张之洞也来了兴致。他是一个好奇心很强的人，凡他不知道的东西，他都有一股子要弄明白的强烈愿望。

“这个洋人告诉我，他的名字叫李提摩太，是英国人，同治八年二十五岁时就来到了中国，已在中国居住十五六年了。”

“哦，这么久了，怪不得会说中国话。他是做什么事的？”

“他是个传教士。”

听说是个传教士，张之洞的心中立即冒出一股反感来。他厌恶洋人，尤其厌恶洋人中的传教士。他曾远远地看过传教士：穿着黑色的宽大长袍，胸前挂着一个十字架。这种穿着打扮，他怎么看都不顺眼。而最令他不能接受的，则是传教士的那一套学说和教规。什么上帝、基督耶稣、圣母玛丽亚，什么凡男人皆兄弟、凡女人皆姊妹，什么死后灵魂升天堂，还有洗礼、做礼拜、祈祷唱圣歌等等，张之洞都视之为歪门邪道，荒诞不经。尤其令他深恶痛绝的，是那些洋教士在中国的横行霸道、仗势欺人。他们在中国到处建教堂，强行传教，收中国人做教民。他们藐视官府，目无中国法纪，挑起事端。许多事情明明是他们无理，打起官司来，却又都是中国人败诉。几十年来教案不断，无不以中国人认错赔款、拘杀自己的百姓来平息。到山西这两年来，他也遇到过几件头痛的教案，至今尚未了结。

张之洞紧锁着眉头说："此人既是个传教士，你不应该与他交往，他即便可以省几千两银子的脚费，我们也不要找他。那些传教士都很阴险，不知他们背地里包藏着什么祸心。"

桑治平哈哈大笑起来："你怎么变得这样胆小怕事了！你是一个堂堂的巡抚，他是一个小小的传教士，你难道还怕他吃了你不成？"

张之洞不好意思地笑了笑，说："不是我怕他，他们都不是好人，犯不着跟他们打交道。"

"我知道，你是清流出身，恨洋人。对于洋人，我和京师清流君子们有些不同的看法。"桑治平收起笑容，正色道，"洋人欺负我们，是应该恨，但我除开恨之外，还有一种佩服心。你看他们的铁船造得那样大，走得那样快，大海大洋中如履平地，这要多大的本事？他们把枪炮造得杀伤力那样大，把钟表、机器造得那样精巧。他们造出电报来，一封信函，万里之遥，顷刻可到。这些，要有多大的能耐才做得到？我是不得不佩服呀！"提起钟表，三年前龙树寺摔表的那一段往事，又浮起在张之洞的脑子里。他当时虽觉得那种做法过头了点，但他理解与会者的心情。钟表与燃香计时，孰优孰劣，这是不待智者而知的事；同样，铁舰与木船、洋炮与土炮、电报与马递，孰优孰劣，这也是不待智者而知的事。桑治平说得有道理，张之洞不得不认同。他静静地听着，没有做声。

"说起洋教来，也是有很多使人气愤的地方。说实话，他们那一套教义，我是决不会接受的，但是我也看到了另一面。”桑治平不疾不徐地继续说下去，“比如说，洋教的宗旨是劝人为善，反对作恶，这点与我们的儒学求仁成仁是一致的，更与老百姓的佛祖、菩萨一个样。洋教的传教士在中国办了不少育婴堂，收容流浪街头的孤儿，又大量散发药丸，免费为人治病，这些都是事实。尤其使我赞许的是，传教士都坚决反对吸食鸦片，他们与贩卖鸦片的洋人在这件事情上也是势不两立的。”

“此话当真？”传教士反对吸食鸦片这一点，张之洞过去不知道。

“是真的，先前我就听说过。这次我在李提摩太那里看到他们的教规，明文规定教徒万不可吸食鸦片，且有劝导别人不吸食鸦片的责任。”

听说传教士自己不吸鸦片，并劝告别人也不吸鸦片，正在大力禁止鸦片烟的山西巡抚，对传教士突然生发出一丝好感来。

“洋教士中确有不少作恶之徒，但我也听说过其中有不少慈善家，李提摩太就是一个慈善家。郝县令告诉我，李提摩太是光绪三年到山西来的，那时山西正遭旱灾，李提摩太在潞安府一带以教会的名义，捐献过一万两银子。他还面见过曾九帅，提出以工代赈的主张。曾九帅嘉奖他，并拟上报朝廷，赏他一顶四品衔的顶戴，他谢绝了。潞安府一带的百姓都说他是洋善人。”

张之洞一声不响地听着。这个从未谋面的属于可恶的洋教士一分子的李提摩太，在他的心中赢得了一分好感。

“李提摩太随我一起来到太原，我送他在驿馆住了下来。他想见见你，你是否愿意见他一面？”

“且慢！”

张之洞在心里犹豫着。尽管李提摩太反对吸食鸦片，又捐款救赈山西的旱灾，不属于洋人中的恶劣之辈，但自己身为山西之主，接见他，就是给他一个很大的脸面，这个脸面值得给他吗？当年清流党的中流砥柱，基于多年的宿怨，仍不愿意降尊纡贵与夷番打交道。

桑治平深知张之洞的疑虑，他从随身带着的布包里拿出一本小册子，递给张之洞说：“这是李提摩太写的一本小书，你不见他可以，我劝你不妨读读他的书。我先回家去了。”

说完离开了抚署。

李提摩太的这本小书名曰《富晋新规》。张之洞对“富晋”极感兴趣。作为一个山西巡抚，在完成禁烟、清库、整饬吏治等几桩大事之后，当务之急便是要设法让山西的百姓富裕起来。这一点，在张之洞的脑子里从来是明白的。在做言官的时候，他便清醒地认识到，一切举措，最终的目的只是为了国家的强大和百姓的富裕，若这两个目标没有达到，其举措则没有落到实处。山西贫困，如何使百姓致富，就显得更为重要而实在。张之洞倒要认真地看看，一个外国传教士是如何借箸代筹的。

他打开《富晋新规》，打头一句话便引起了他的注意：“为政有四大端，一曰教民，二曰养民，三曰安民，四曰新民，教之以五常之德，推行于万国。”

“五常之德”是华夏的圣训贤德，乃张之洞信守笃行了一生的准绳，这个洋教士并没有以他的上帝耶稣的教义，而是以中国的道德伦常来教化中国百姓，此人看来真的不可恶。

“养民者，与万国通其利。斯利大，则民易养。安民者，息兵弭战，使民有安乐之居也。新民者，变通求新也。穷则变，变则通，变通乃求新之唯一法则也。”

“穷则变，变则通”，张之洞读到这句《易传》上的话时，感到很亲切。心里想：这个洋教士的确读过中国的书，也懂得中国的学问，看来是不简单。

再往下读，李提摩太具体提出四条富晋新规来：开矿产，兴实业，通贸易，办学堂。这四条新规讲得也还有些道理，山西巡抚感觉到自己也从中得到一些启发。他很快就把这本只有三万字的小册子浏览完毕，立即派人告诉桑治平，明天上午在抚署召见李提摩太。

第二天上午，桑治平将李提摩太带了进来。当李提摩太说了一句“拜见巡抚大人”的话，抬起头来时，张之洞用他又大又长的双眼，将这个洋人注视良久。他生平还是第一次如此近的观看一个洋人，而这第一个洋人便让他惊异不已。

这个洋教士不但没有穿黑长袍戴银十字架，就连通常的洋装也没穿，而是穿一套中国普通绅士的服装：酱色土布长袍，黑底起金色团花的缎面马褂，戴一顶黑呢瓜皮帽，尤其令张之洞诧异的是，瓜皮帽底下分明晃动着一根长长的辫子。

这身打扮立时给张之洞一种舒服的感觉。流畅的中国京腔，典型的袍褂发辫，大为消除张之洞心中根深蒂固的排外情绪。当然，李提摩太毕竟是洋人，他深陷下去的蓝色眼睛，高高隆起的鼻梁，以及架在高鼻上罩着蓝眼的那一副金边玳瑁眼镜，都在表明他来自异邦。

张之洞脸上勉强挤出一丝笑容，将他以远客对待，先奉承了一句：“先生的中国话说得真好。”

李提摩太说：“我从英国来到贵国，将近十六年了。我刚来那几年，专门请了一位生长在北京的朋友教我说中国话。我现在不但能说北京话，还能说山东话、山西话，也可以说几句上海话。”

桑治平插话：“李先生在潞安府一带，与当地百姓说话都说山西话，连鼻音都学得很像。”

这句话引来张之洞发自内心的笑容，说：“我当了两年多的山西巡抚，都还不会说山西话，先生是语言天才。”

李提摩太说：“久闻抚台大人道德文章满天下，我非常钦佩。”

说完，他右手按在胸口，微微弯了一下腰，做出一个极恭敬的姿态来。

“也不过徒有虚名罢了。”张之洞淡淡一笑，摆摆手，“请坐吧！”

待李提摩太和桑治平都坐下后，张之洞问：“听说先生可以帮忙将山西之铁运到上海，且脚费低廉，不知有何良法？”

李提摩太答：“山西之铁运往各省，大多走陆路。陆路耗费很大。运到南方去的，遇有江河，也用船运，耗费跟全走陆路的相比，要省一些。我想请敝国的轮船公司帮忙，走海运一路，在天津塘沽港上船，直达上海，这样可以省去三分之一的脚费。”

海运！张之洞眼睛一亮：这倒是一个好主意！他知道十多年前，南方的漕粮便有由外国轮船从海道运到北京的，既然可以运粮米，当然也可以运铁块。

“你跟轮船公司熟？”

“敝国怡和轮船公司，在贵国长江上经营航运业已经有二十多年了，一向信誉很好。”李提摩太带着几分自傲的神态说，“公司的总经理是我的同乡，我们小时候在一起长大，有很深的友谊。山西产铁和煤，要运出省外卖掉才能获取大利。我可以跟我的同乡说好，今后山西的煤铁到沿海一带的运输，都由怡和公司包起来，双方签订契约：怡和公司以八折优待山西省，山西则不将这笔生意再给别人。先签两年试试。如果行，就继续签，不行则到期自行废止。这样，不论对山西，还是对怡和公司都有利。”

张之洞觉得很好：改用海运，已经节省不少脚费，再打八折，又省了一部分，山西的煤铁总得要人运输，何不就找怡和公司一家！

“你的这个建议很好，我们就先试一试这次运铁吧！一切顺利的话，我就同怡和公司签两年的契约。”

“抚台大人是个爽快人！”李提摩太满脸笑容地说，“我去对怡和公司说，这次就以八折优待！”

李提摩太心里很高兴。他为怡和公司揽到一笔大生意，山西的煤和铁都很好，以后再去游说别处，让他们来买。如此，怡和公司与山西的生意便可源源不断地做下去，获取巨额利润。自然，他从中也可以得到极为可观的佣金。这真是一举数得的大好事。

张之洞说：“我读了先生的《富晋新规》。先生为山西的致富，用了许多心思，作为山西省的巡抚，我对此很感谢。先生的书里提出了不少好的建议，这些还需要我们再从容商议。今天暂不谈这个。先生是英国人，英国在世界上号称头号强国。我想请先生谈谈，贵国主要靠的什么来富强的。”

李提摩太答：“敝国走上富强之路，靠的多方面的原因。大人若有兴趣，我今后详详细细地给大人禀报。我先给大人说一个最重要的原因，那就是敝国的科学技术要比贵国发达一些。”

“什么叫科学技术？”

童年时代便已把《说文解字》背诵如流，自认为凡中国文字都懂的张之洞，对“科学技术”一词却茫然不知所解。

见李提摩太的手在头上的瓜皮帽侧摸来摸去，桑治平知道洋教士被这一问给难住了。的确，这个英国小学生都懂的词，现在要用中国话来诠释，李提摩太一时真的还不知道如何去组织词汇。前些年便开始留心西方学问的桑治平只得代他解答。

“这是最近几年才出现的新词。”桑治平思索片刻后说，“这‘科学’二字，指的是每一科每一门的学问。好比说我们中国有经学，就是专门研究五经的学问。经学里又有易学，就是专门研究《易》的学问。外国人则认为每样东西里都有学问。如专门研究一二三四这些数字的叫做数学，专门研究猪狗牛羊的叫做动物学，专门研究刮风下雨的叫做气象学。这些统称为科学。至于技术，就是实际操作时的技能。如建房屋的技能，就叫做建筑技术。外国人的钟表很精工，就是说他们制造微小机器的技术很高明。李先生，我这样解释，不知对不对？”

“很对，很对！”李提摩太高兴地说，“就是这个意思。贵国人很聪明，但聪明才智都用在对人的研究上。如一个士人应该如何如何，才能被别人承认为君子。一个官员应该如何如何，才可以得到上司的信任，做到迁升快、官运好。又喜欢把精力用在对过去事情的记诵上。我与许多中国官员谈话，发现他们对贵国几百年几千年前的事说得清清楚楚，但对眼前发生的事却讲不清楚，更拿不出一个好的处理办法来。”

真可谓旁观者清！这个洋教士的几句话说得张之洞不得不在心里表示赞同。中国官场不正是这样的吗？许许多多的人成天算计的，就是如何去博得上司的好感，求得早日升官换顶子。要说起本事来，就是背诵“四书”“五经”、复述前朝掌故的记忆力，至于经世致用，则一点能耐都没有。

李提摩太继续说：“我们英国人则更喜欢对天地间一切事物都用心研究，从中发现许许多多对我们人类有用的东西。我们英国之所以富强，就得力于这种对天地万物的研究，也就是说得力于科学。又得力于将研究成果变为人类所用的转化，也就是技术。这就是我刚才所说的英国的富强，得力于科学技术。”

张之洞似有所悟，沉吟不语。这时，巡捕送进来一个大包封。桑治平知道张之洞有紧急公务要办，便起身对李提摩太说：“张抚台有公事要办，今天就谈到这里吧！”

李提摩太忙起身告辞。

张之洞说：“明天下午你再来吧，我们接着谈。”

二　巡抚衙门里的科学小实验

这个大包封里的文牍非比寻常，它是军机处奉上谕向各省督抚发出的关于越南战事的通报，并附有最近几个月越事进展的各种资料。

四夷之事一直是以天下为己任的清流党人，视为不可推卸的分内的事情。东南西北边境的风吹草动，清流党人尽管远在京师，却可以通过各种渠道了解得清清楚楚，尤其是朝鲜、琉球、越南等中国的属国，他们更是特别地关注。张之洞就是在这样的环境中积蓄他的四夷之学的。尽管已来到山西做巡抚，他的志向仍在经营八表，晋省以外的大事他都关心着。这等重要的军国大事，他张之洞怎能不管？他当即停办手头上所有的事情，一头扎进包封中。

越南之事由来已久。

早在同治元年，法国便与越南阮氏王朝在西贡签订了一个不平等的条约。这个条约规定越南割让边和、嘉定、定详三省和康道尔岛予法国；并向法国赔款四百万元，允许天主教在越南自由传教；开放土伦、广安等港口，法国船只可以在湄公河自由航行和经商。

有了这个条约，法国便不把越南政府放在眼里，在越南境内为所欲为。法国驻西贡总督派遣一支以安邺为头领的军队，攻陷北部大都市河内，试图控制整个越南北部，以便经红河直接进入中国，扩大其海外贸易。

在中越交界处有一支独特的军队。这支军队的军旗为镶着七颗星星的黑色旗帜，人们叫它黑旗军。黑旗军的首领名叫刘永福。刘永福是中国人，籍隶广西，原是广西天地会头领吴元清的部下。吴元清起兵反清，自号延龄国主。吴失败后，刘永福率部队二千余人进入越南，驻扎在保胜一带。刘永福精明强干，黑旗军颇有战斗力。此时，刘永福接受越南政府的请求，率部进攻由法国人占领的河内，斩首数百，法军头领安邺也在被杀者之列。法国政府见越战失利，乃拘捕在巴黎的越南三个使臣，以甘言诱引越南国王与之签订第二个西贡条约。条约规定法国赞同越南为独立国，但外交须接受法国监督；越南则承认法国在越南南部享有主权，并向法国开放海防、河内等港口及红河航道。这是同治十三年的事。

以后几年，驻英法公使曾纪泽，以及两江总督刘坤一、两广总督张树声、云贵总督刘长佑等人都多次提醒朝廷，要加强广西、云南的边防，警惕法人的入侵，但这些话并未引起慈禧和恭王的足够重视。

光绪八年，法国派兵攻陷东京。第二年，法国海军大佐李威利率兵至河内，扬言攻打首都顺化。越南国王害怕，再次请刘永福出兵。刘率黑旗军在河内城外大败法兵，斩李威利及兵士二百余人。越南国王因此授刘永福为“三宣正提督”。

法国政府不甘失利，又派遣少将波欧率陆军攻打顺化。正在这个时候，越南国王病死，政局混乱，新国王向法国乞和，缔结保护条约。此条约规定越南为法国的保护国，中国不得干涉越事。越南因此而不再是中国的藩属国了。

接着，法国政府派遣一支由一万五千人组成的远征军，攻取红河三角洲的山西、北宁等地，驱逐驻扎在那里的黑旗军和清军，以便完全控制越南北部。

法国与中国终于爆发了军事冲突。

面对着法国咄咄逼人的军事进攻，中国政坛上关于战与和争论激烈，朝廷举棋不定。

在对外交往中，张之洞一贯主张强硬，不愿示人以弱。越南本是中国的藩属国，法国仗势将其纳入自己的管辖之下，已是欺我太甚，现在又派重兵驱我驻扎在越南的军队，这更是公然挑起了战争。法国理亏在先，我们应该捍卫自己的尊严，奋起迎战！

早在去年海军攻陷东京时，张之洞便在太原向朝廷拜发了一道《越南日蹙宜筹兵遣使先予预防折》，重申中国古代“守四境不如守四夷”的边防策略。看完这一大堆文牍后，他更认识到非战不能遏制法人的贪欲，非战不能保卫云南、广西边境的安宁。他决定立即向朝廷申明自己的态度，并为太后、皇上贡献自己的越事谋略。

他召来桑治平、杨锐、杨深秀等人，要他们在抚署连夜阅读朝廷寄来的所有资料，明天上午和他们一起探讨越战方略。

这天夜里，张之洞的卧房里灯火亮了大半夜，他在苦苦地思索着对付法国侵略者的办法。

次日上午，巡抚衙门宽大的花厅变成了激烈热闹的议事厅。杨锐少年气盛，对老师主战的态度全盘拥护。三十刚出头的杨深秀热血热肠，对朝廷的萎靡不振深为不满。他亟望通过这次对越用兵，能使朝廷洗去暮惰，振作声威。老成稳健的桑治平则为之提供了不少计虑深远的良谟。最后，张之洞决定同日给朝廷上两个折子。

一个折子定名为《法衅已成敬陈战守事宜折》。从出兵越南、封赠刘永福、备战两广、防卫天津四个方面提出策敌情、择战地、用越民、务持久、筹饷需、备军火等十七条具体措施。这个折子，他叫杨锐先起草。

另一个折子定名为《法患未已不可罢兵折》。这个折子详述尽管前方暂处不利，但我终究会取胜，务须立足坚持，不可轻言罢兵。宜增兵越南，备守海疆，激励士气。张之洞将此折交杨深秀起草，并特别指出，这道折子是针对主和一派而上的。

大家在一起吃中饭时，张之洞的脑子里又浮起一个想法。他对桑治平说："你去告诉那个洋教士，就说我今天下午有事，不能和他继续谈话了，改日再说吧！"

桑治平没做声。过一会儿，他说："洋人办事很讲信用，约定的事情，不在万不得已的情况下不作改动。你这是第一次与洋人约会，最好不要改约。不知你有什么事，是否可由我来替你代劳？"

张之洞说："我一直在想越战这件事。太后很听李少荃的话，恭王更是事事照他的意思办，一遇到与洋人发生冲突，李少荃不是让，就是和，这次他又是这个态度。太后有血性，不愿在洋人面前示弱，但经不起李少荃的巧辩和恭王的劝说，最后还是会听他们的，以和让完事。我想再上个附片，劝太后圣心独断，不要听旁人的无识之见。"

桑治平说："你这个担心是有道理的。我说句不恭的话，太后毕竟是女流之辈，气魄不足，想起每一次与洋人打仗最后都是输的往事，很可能就没有信心了。你上这个附片是很有必要的。这样吧，今天下午你还是按原计划去见李提摩太，附片由我来先起个草。你看如何？"

"也好。"张之洞想了一下说，"我想好了几句话，你在附片中用上。"

"行，你说吧！"

张之洞仰起头，半眯着眼睛，慢慢地一字一顿地说：“太后断之于上，召见恭王、醇王赞助于下，圣意主之，中外诸大臣行之。朝廷于枢臣，但责其谋划尽心不尽心，而不必计敌之强与弱；于督抚将帅，但责其战之力与不力，而不必责其战之胜与败。不论一事之利钝，但论全面之得失，然后上下内外文武军民同秉一心。”

“心定则气壮，气壮则力果。”桑治平禁不住接了下来。

“对，接得好！”张之洞高兴起来，又加了一句，“心定则神闲，神闲则智出。”

桑治平笑道：“这两句将会成为警句，广播人口。”

张之洞劲头更足了，又想起了一句：“主饷主兵，任谋任战，各竭其能，各效其力，十八省合为一身，南北洋联为一气，人谋既和，天道佑之，正义之师，终将获胜！”

“就用这句话结尾。”桑治平起身说，“你放心，刚才这些话我会全用上，太后会被你的这番信心感动的。”

李提摩太很守时，约好的未初二刻，他一分不差地就来到了巡抚衙门。与上次不同的是，他这次提来一个小铁皮箱子。

张之洞指着铁皮箱问：“你这里装的是什么？”

“装了几件小玩意儿。”李提摩太笑了笑说，“昨天大人问我英国是如何富强的，我说主要靠的科学技术。今天我想就科学技术上的两个最大成就，用小实验来具体说明下它的原理，想必大人会因此对英国的科学技术有更深刻的印象。”

这个洋教士要实地演习，真是太有趣的事了，常言说耳听为虚眼见为实，对于泰西各国发达的科学技术，太原城各大衙门的官员和自己一样，也都是听得多见得少，至于原理，则绝对都是一窍不通的。这是一个难得的机会，何不多叫几个人一起来看看！

“先生，你准备演习些什么？”

“我准备给大人做两个实验，一个是蒸汽机，一个是电。我们英国就是靠的这两样东西创造了无穷无尽的财富。”

“好。”张之洞说，“你暂时到小客厅里休息休息，喝喝茶，我打发人立即把太原城几个大衙门的官员都请来，一起来看你的实验如何？”

这是李提摩太求之不得的事，他正好借此结识山西省的各大官员们，提高自己在他们眼中的身价，这对于今后在山西传教办实业做生意，都是极为有利的。他忙说：“谢谢大人的美好安排，我可以在小客厅先做些准备，让各位大人老爷看得更好些，请大人给我派一个帮手。”

张之洞叫来一个衙役去协助李提摩太，然后吩咐巡捕立即派人分头通知藩司衙门、臬司衙门、粮台衙门及太原知府衙门，叫他们火速来此，有要事相商。

巡捕遵命出去后，他放心不下上午所议的大事，便离开大堂去花厅，看看正在那里拟稿的杨锐、杨深秀。

听说是因为一个洋教士进了抚署，才有了抚台大人的急召，各大衙门的正堂心里想，多半是哪里出了大教案。这些年来官员们最怕的一是出教案，二是与洋人打交道，一旦与这两件事沾上了边，总有受不完的窝囊气。洋人在你面前趾高气扬不可一世，你得在他面前低声下气；老百姓见你昧着良心袒护洋人，骂你是汉奸、二毛子，你也得受；上司更怕洋人，见你给他添了乱子，骂你混账无用，你也只能敢怒不敢言。世上还有比这更窝囊的事吗？

这些靠乌纱帽过日子的官员急急忙忙坐上轿子，向抚台衙门奔去。不一会，藩司易佩坤、臬司方濬益、粮道薄德文和刚擢升为太原知府的马丕瑶便都到齐了。

等众人坐定后，张之洞将李提摩太唤了出来。众官员见这个碧眼隆准的高大洋人，却穿长袍马褂，脑后还悬了一条乌黑长辫，都先自三分诧异。

张之洞笑着对各位介绍：“这位是从英国来的李提摩太先生，在中国住了十五六年，在我们山西也住了好几年。他的中国话说得好，还会说山西土话。”

众官员你看看我，我看看你，对洋传教士能讲山西土话一说甚是惊奇。

“我请诸位来，是想要诸位和我一起，观看李先生给我们表演他的实验。李先生，请吧！”

李提摩太彬彬有礼地向众官员鞠了一躬后说：“昨天，张大人问我英国富强的原因，我说英国富强主要靠的科学技术，这其中又有两个最出色的项目，一是蒸汽机，一是电。为了具体说明这两项科学技术成就，我今天当众给各位大人演示两个小实验。”

包括张之洞在内，这些主宰山西一千万百姓命运的父母官，还从来没有见过演示科学技术的实验。他们只是在进入官场前，作为一个普通人在街头巷尾看过魔术师的变戏法。此刻，他们全都瞪大着眼睛，将李提摩太当作一个变戏法的洋魔术师看待，且看他变出什么“科学技术”来！

两个衙役从小客房里抬出一张条形长桌来，长桌上面摆着一个机器，细细看时，又发现机器是放在两根小小的铁棒上。

李提摩太指着机器说：“这是一个火车头的模型，我们英国运货物，主要靠的是火车。火车靠火车头，一个火车头后面挂十个八个车厢，一个车厢可装五六万斤货物，十个车厢就可装五六十万斤。”

官员们的座位上发出了哇哇的叫声。有的人在心里盘算着：一个强壮汉子不过挑一百斤担子，这一列火车就抵得上五六千个男子汉了。真不可思议，一个火车头怎么会有这么大的威力！

“一个火车头怎么会有这大的力量呢？”像看出官员们的心思似的，李提摩太指着机器模型说，“关键在于火车头里有一个蒸汽机。”

李提摩太将火车头模型的一半外壳拆开，里面的蒸汽机裸露出来。张之洞等人定睛看着。

“蒸汽机由许多部件组成。这些部件大致可以分为三个部分：一是水箱，二是汽缸，三是传动系统。用煤做原料，点燃加温，水箱的水变成蒸汽，蒸汽被送进汽缸，在汽缸里膨胀后，就形成一股力量，然后这股力量又传递给传动系统。传动系统一动，就将车厢带动起来了。为着减少摩擦，加强承受力，轮子下面便安装了两根铁轨。”李提摩太用手指敲了敲小铁棒说，“这就是铁轨。”

张之洞用心听着，仔细地欣赏那些曲曲折折的小铁杆，如同几千年前的陶罐上那些弯曲的纹饰一样，这些曲折小铁杆引起他丰富的联想。但那些司道大员却没有抚台的这种兴致，他们急切盼望的是戏法快点登场，至于那些如何变化的过节，他们并不想知道，因为他们压根儿就不想做魔术师，不管是中国的旱地钓鱼，还是外国的“科学技术”，在他们的眼里都是下九流的勾当，不是朝廷命官的正业。

“我现在就来演示给各位看。”

李提摩太拿出一个小瓶子来，把瓶子里的液体倒进铜皮锅里，说：“这里原本是装煤的地方，但煤一下子不易燃烧，我用这种酒精作代替，它和煤的功能一样，只是为了提高温度，把水烧沸。”

说完，李提摩太又拿出一包洋火来，擦燃一根洋火棒，将酒精点燃。

戏法开始了，众官员紧张地盯着。

酒精火力很大，不一会，铜锅上的铁罐里的水便滚开了，发出“噗噗”的声音。再过一会儿，曲曲折折的小铁杆竟然奇迹般地扭动起来。随着曲铁杆的扭动，两个小轮子开始转动了，整个火车头也便跟着在小铁棒上滑动。同时，汽缸边的小圆筒里一面冒出雪白的蒸汽，一面不停地发出“噗哧、噗哧”的叫声。火车头在铁棒上不停地行走，很快便走到尽头。李提摩太把火车头提起，放到铁棒的始端。于是，它又重新在这两根铁棒上继续转动起来。

“各位大人看清楚了吗？这就是利用蒸汽机做成的火车头。将这个蒸汽机装在船上，船就不要人划，装上几万几十万斤货物，能在大江大海上自由行驶。若将它装在挖煤机上，煤就不要人挖，几十几百斤重的煤块就会自动被挖出来。”

张之洞猛然想起阎敬铭榆次驿馆的长谈。那年气死恩师的英国轮船，不就是因为装上这样的蒸汽机吗？恩师临终嘱托彭玉麟的话又浮起在他的脑海里。蒸汽机这种东西就是好，不应该睁着眼睛不看它。既然好，为何不学过来呢？一时学不上，把别人现成的买过来也是对的。李鸿章买轮船办洋务，不也是在实现恩师的遗愿吗？看来，京师清流朋友们一味指责洋务，并不是明智之举。

张之洞正在沉思遐想之际，衙役已将火车头模型搬走，只见桌上换了另外一些物品。

“各位大人，我们大英帝国女王向各级官员下达圣旨，不像贵国那样用马匹传递，十天半个月才能到达，而是用另一种东西输送。不管这个官员在何等偏僻的地方，女王的圣旨寅时下达，他卯时便可收到。女王要和哪个官员说话，也不需要像贵国那样召他进京，而是通过一种东西和他谈话。在伦敦王宫里说话，官员在那边当时就听到了，清清楚楚丝毫不走样，如同面对面说话似的。”李提摩太神采飞扬地说到这里，提高了嗓门，“这种东西是什么，它就是电。电是什么，我今天当场演示给诸位看。”

李提摩太将桌上的一张白纸撕成碎片，然后拿起一根拇指粗的玻璃棒在碎纸片上滚动着，再将玻璃棒拿起，对大家说：“诸位方才都看清楚了吧，这是一根普通的玻璃棒，它对纸片没有一点吸引力。”

说完，他另一只手从桌上拿起一块毛皮。将毛皮用力地在玻璃棒上来回摩擦几下后，他再将玻璃棒对着碎纸片。这时，一件怪事出现了：玻璃棒离碎纸片还有寸把远的距离时，那些碎纸片便一片片地向棒端飞去，就像妖魔鬼怪突然遇到观音菩萨的净瓶似的，身不由己地奔进去。大清国的官员们被这个奇怪的事儿弄得莫名其妙。

“各位，纸片现在为什么被玻璃棒吸上去了呢？这是因为玻璃棒经过毛皮摩擦后带了电。两样物品经过摩擦后，各自都会带上电，这个现象叫做摩擦起电。”

接着，李提摩太又从他所带来的铁箱子里取出一件物品来。这是一个木头架子，架子上插了一根半尺长的细铁针，铁针的上端是粒枣子大的圆铁球，下端是两片薄薄的发亮的金属片。

李提摩太指着薄片说："诸位请看，这两片薄叶是紧贴在一起的，等一下，注意看它有什么变化没有。"

说完，他一手拿起毛皮，一手拿起玻璃棒，用劲地互相摩擦了几下，然后将玻璃棒的一端碰着铁针上端的圆球。瞬息间，铁针下端的那两页薄片便分开了，就像有一阵风从底下吹起，将它们吹开了似的。

众人正在疑惑的时候，李提摩太说："刚才说过，经过毛皮摩擦的玻璃棒上起了电，这个起了电的棒碰上圆球后，棒上的电便传到圆球上，再经过圆球传到铁针上，通过铁针又传到两页薄片上。两页薄片上因为带的是同一种电，便会互相排斥，因而张开了。如果是两种不同的电，便会互相吸引，挨得更紧。电有正负两种，诸位若有兴趣，我下次再详细讲。这个实验，已让你们亲眼看到电的存在了。我们英国有一个伟大的人物，他的名字叫法拉第。就是他在五十年前，借助机械大量造出电来，再通过电线将电传送出去。电报、电话就这样产生了。"

电的印象，在众司道大员的心目中仍然是不可触摸的玄虚怪物，他们中大多对此已无兴趣了。

相对蒸汽机来说，电在张之洞的脑子里也依然是空空洞洞的，洋教士的这个实验，也并没有让电像蒸汽机一样，使他感受到明明白白的存在。但他相信洋教士没有在骗他，因为他知道电报这个东西确确实实是真的，它一定也是靠什么来传递，否则怎么可以从此地到彼地呢？

见他的同寅们都有疲倦之色，他意识到实验应该结束了，便对客人说："李先生，你的这两个实验使我们开了眼界，但是我想，无论是蒸汽机还是电，制造出来很难，使用起来大概也不是一件易事，中国目前要使用蒸汽机和电，或许还有许多困难。”

“是的，大人说得很对。”李提摩太说，“蒸汽机和发电机都可以从我们英国买进来，但使用它们的人，必须有很高的技能。目前不要说山西省，就是北京、上海、广州这些大都市也没有使用蒸汽机和发电机的人才。不过，这不要紧，可以培养。如果张大人相信我，我可以为此尽自己的力量。”

尽管张之洞亟盼望能有许多蒸汽机在山西使用，从而挖出更多的煤和铁矿，尽管他也亟盼望山西能发出电来，他的许多文牍能借助于电线朝发太原，夕至各县，使得三晋各级官吏如同他的指臂一般，按他的指挥行动，但他还不太相信这个着中装讲汉话的英国传教士，不知他的殷勤背后是否有着其他用心。更何况眼下山西尚不是使用这些洋机器的时候，哪有那么多闲钱从英国去购买？又哪有那么多的技师去管理？即使李提摩太愿意来充当教师，目前山西也找不出几个能学洋技能的人才呀！

不过，李提摩太这番举动，也给张之洞以重大的启示：洋人不是铁板一块的。洋人中有人凭借坚船利炮来欺负中国，洋人中也有人愿意与中国做生意，愿意为中国购买机器、传授技能；不管他出自何种目的，我至少可以从他那里取来为我所用之物。且将这个洋教士羁縻着，待时机成熟后再说。

张之洞起身，笑着对李提摩太说：“谢谢你的这番美意，来日方长，我们再从容计议。”

三　唐风宋骨话诗歌

就在张之洞同日拜发三折，就越南战事发表己见后不久，法国政府便向其派往越南的远征军增饷添兵，由法军总司令孤拔亲率一支六千人的军队，向驻扎在越南山西的清军和黑旗军进攻。中国和法国之间的战争正式爆发。

战争一开始，局势便对中国不利。云南巡抚唐炯竟然擅自撤退，留下黑旗军独自作战。刘永福率领部属苦战五天五夜，终于不敌，山西落入法军手中。法军随即进攻北宁。北宁中国驻军统帅、广西巡抚徐延旭此刻正在外地休假，前线将士不战而溃。北宁又被法军占领。法军乘胜追击，清军和黑旗军节节败退至谅山、镇南关一带，越南北部的红河三角洲全部被法军控制。

越战的失败，在中国国内引起巨大的反响，其结果是导致清末政治史上一件大事的发生。

光绪十年三月北宁失守后，詹事府左庶子宗室盛昱上了一本，锋芒直指军机处，说“疆事败坏，责有攸归，请将军机处交部严加议处，责令戴罪立功，以振纲纪”。参劾折辞气亢厉：“恭亲王等参赞枢机，我皇太后、皇上付之以用人行政之柄，言听计从，远者二十余年，近亦十几年，乃饷源何以日绌，兵力何以日单，人才何以日乏？既无越南之事，且应重处，况已败坏于前，而更蒙蔽于后乎？有臣如此，皇太后、皇上不加显责，何以对祖宗，何以答天下？”

这道折子递上去没有几天，内阁便奉到慈禧太后懿旨：以恭王为首，包括大学士宝鋆、李鸿藻，尚书景廉、翁同龢在内的军机处大臣全班撤职，改换以礼王世铎为首，包括额勒和布、阎敬铭、张之万、孙毓汶、许庚身在内的另班人马。懿旨并特为强调，遇有重大事件，须会商醇亲王办理。

军机处全班换人，为有清一代所罕见。最近一次大换班，乃是咸丰十一年的废顾命制而行垂帘制。那是一次宫廷政变，非常例。故而此次全班换人，便成为一桩震动朝野影响政局甚大的事件。这一年岁在甲申，历史学家们称之为甲申易枢。晚清逢甲之年多有大事发生。这之前的甲年为甲戌，十九岁的同治皇帝去世。这之后的甲年为甲午，与日本的海战爆发，北洋水师全军覆没。再过十年轮到甲辰，实行千余年被视为天经地义的科举考试走到末日，甲辰科会试完毕，中国就从此永远废除了科举。大清朝的最后几个甲年，全是多事之秋。

史学家对这次甲申易枢多有贬词，有的甚至将它与唐开元二十四年罢张九龄起用李林甫之事相比。然而，这次易枢对于张之洞而言，则是他仕途生涯中的一个福音。

早在前年正月，七十二岁孝服刚除的张之万，便奉旨进京任兵部尚书。接过堂兄的亲笔函后，张之洞知道，当年贤良寺清风阁兄弟密谈的大事，其序幕已经拉开。一年后，张之万改任工部尚书，这次便以工尚身份进入军机。进京三年来，阎敬铭的仕途也十分得意。他的户部尚书做得有声有色，经他的调理，国库这两年间增加了八百万两银子。慈禧很满意。她寻思多年的清漪园工程，应当开工了。这次和满尚书额勒和布一起进军机，正是慈禧对户部的格外嘉奖。这些年来，阎敬铭没有忘记张之洞在他出山前的多次推举，以及在山西时的特别礼遇，常和张之洞有书信往来。山西库款的清理，得到户部的大力支持，清理完毕，又被户部当作成功的例子向各省推介，为张之洞在官场广延声誉。

这班军机名义上是礼亲王世铎领衔，但明眼人都知道，真正的首领是醇王而不是他。这位努尔哈赤第二子礼王代善的后裔，其为人别无所长，唯有谦恭之道，人皆不及。就连李莲英向他行礼，他也以平等之礼回答。以亲王之尊，向太监行平礼，为从来所没有。他做了军机处的领班大臣后，大家才明白，他正是以笼络李莲英而讨得慈禧的欢心，也正是以谦恭之道而赢得醇王的信任。

稍懂背景的人都知道，工部左侍郎孙毓汶曾做过醇王府的西席，刑部右侍郎许庚身则是醇王府棋枰上的常客。这个由慈禧和醇王密商圈定的，名义上由礼王牵头的军机处，其实完全是太平湖潜邸的班底。中国晚清新一轮叔嫂联手掌权的时代开始了。

当京师上下为这次大换班议论纷纷，甚至肇事者盛昱也深为震骇急忙上疏收回原折的时候，太原城的主人却对此并不大感意外，只是他没有料到，醇王的事情竟然进展得如此顺利快速。他更没有料到新军机处作出的第一号决定，就是罢免张树声的两广总督，将眼下众目睽睽的粤督一职交给他！

当新军机处的名单公布之初，张之洞兴奋难耐，额手称庆。他既为子青老哥白发重用而欣慰，更为在朝廷中枢中有自己的兄长和关系亲密者在而欢喜。那年清漪园晋谒醇王的情景又浮现在眼前。这些年来，醇王对自己的恩德深厚无比。他清楚地意识到，一轮红日正面对着自己冉冉升起，眼前的仕途将会因此而更加明亮光辉。然而，迁升来得如此之快，朝廷所托是如此之重，却为他始料所不及。

总督一职仅只八个，分别为管辖直隶省的直隶总督，管辖江苏、安徽、江西三省的两江总督，管辖广东、广西两省的两广总督，管辖湖北、湖南两省的湖广总督，管辖福建、浙江的闽浙总督，管辖四川省的四川总督，管辖陕西、甘肃两省的陕甘总督，管辖云南、贵州两省的云贵总督。

直隶总督由于所辖地处京畿，形势重要，向为总督之首。两江总督所辖面积广大物产富饶，其地位仅次于直督。陕甘、云南因地方偏远且贫瘠，在总督中列为末等。过去两广、两湖、四川三地的总督地位大致相当，近年来因洋人的关系，两广总督的地位明显超过湖广和四川。张之洞以一个资历浅薄的晋抚一跃而为粤督，此中机奥，他心里甚是明白。他不能辜负太后和醇王的重托，也不能辜负堂兄和丹老的期待。

但是，此番南下粤海，却非比一般。前线丧师败绩，战火越烧越烈，纵观中国与洋人交战史，从来没有过取胜的记载。此时的粤督，不是太平疆吏，而是督师将帅，往日的那些用兵计略，说到底不过是纸上谈兵而已，现在即将由自己来调兵遣将，与洋人决战于血肉横飞的沙场，从未厕身行伍的一介书生能办得了吗？面对着这次迁升，张之洞不免涌出几分临深履薄之感来。然而，这种畏怯之态很快便过去了。

他从来自信极强自许甚高，敢于任事，不惮风险。此时的粤督固然难做，但此时的粤督做好了，它的光彩却也不是前任所能比的。

擢升来到太快，他得把山西的事情料理好，为三晋父老留下去后之思。

眼下的第一件大事，是要将李提摩太主动承担的海路运铁之事落实。因李提摩太，张之洞又想起山西教案。是的，必须尽早设置一个教案局，以便有专人负责处理民教纠纷。日后凡遇民教冲突，即令教堂致函教案局，由该局全权处理。

还有两桩关系到山西长治久安的大事，已议论多时了，也应在离晋前作出规定来。一是实行保甲制度，在原有村社组织的基础上，将此制度完善，以此来对付强盗匪徒，协助官府保境安民。二是晋北的七厅改制。山西北部历来设置有管理蒙民交涉事务的七个厅，这七厅分别隶属于雁平道和归绥道。这一带，蒙回杂处，情况较为复杂，近年来又因洋人的插手，更为难治。这七厅原先都是满蒙官员治理，诸务混乱。张之洞已向朝廷建议，七厅官员应满汉通用，并拟施行编立户籍，清理田赋，设立学校，变通驿路，添设公费，募练捕兵，使之与内地各州县无异。此事应再上一道折子，请求朝廷作出明示，以便接任者奉旨实行。

许多事都在他的考虑之中。猛然，他想起了一件大事。此事是在离开山西前非办不可的。

来到太原不久，张之洞便去视察三晋的最大书院晋阳书院。他跟士子们约定每半年来书院一次，或给士子们授课释疑，或与士子们共商省情。前年，他守约春秋各去了一次。去年清明时分，他也抽空去了一次。但从那以后到现在将近一年了，因为忙于庶务，一直未去。即将离晋南下了，学台出身的张之洞深以失信于士子而不安，他要再去一次晋阳书院，借以弥补自己的失约。

晋阳书院的师生都知道张之洞已擢升两广总督，不日将离开山西，山长石立人和新任总教习杨深秀与士子首领们早就谈论过，应该到巡抚衙门去一趟，为抚台大人送行。石老先生在晋阳书院做了二十多年的山长，经历过七八位巡抚。巡抚们到书院走走看看，大多是做做样子而已，从来没有哪个巡抚正经八百地给士子们上过课。一辈子精研学问的老山长也知道，像曾国荃那样的巡抚，要他上课也是件挺为难的事。他自己连个举人都没考上，又怎么好意思给这些大多已有举人功名的士子上课呢？其他几位巡抚，也不乏有进士出身的，但他们原本就是把“四书”“五经”当作敲门砖，功名之门一旦打开，那块砖便弃之不顾了；何况中进士到做巡抚之间，还有一段很长的道路要走，这条道路上的获胜者靠的不是学问，而是另一番工夫。待到爬上巡抚高位时，过去的子曰诗云之类早已忘记得差不多了，何能再面对这些饱学士子大谈学问呢？

只有张之洞不同，他来书院虽只讲过三个半天的课，却让所有听课的士子佩服得五体投地，就连博学而清高的石山长也自愧不如。对于这样的抚台，年过古稀再无欲求的老学究的尊敬是发自内心的。

当下，石山长和杨总教习，将张之洞一行迎进书院。在山长的学思斋里坐下后，张之洞也不多寒暄，开门见山地说：“这一年来忙于杂务，一直未来书院，向士子们许下的诺言没有兑现，心里总不安。再过几天就要去广东了，今天到书院来，一是看看各位，二是再跟士子们讲一课，算是弥补去年的所欠。”

石山长激动地说：“大人荣升，本应老朽带领书院教习和士子们去衙门祝贺。不想大人如此繁忙之际，还惦记着书院和去年下半年缺的那堂课，亲来书院。老朽和书院全体师生深谢大人这番情谊。”

张之洞说：“就请老先生传令下去，叫所有的士子都来吧！”

石山长转过脸对杨深秀说：“漪邨，把大家叫到风雨轩去，都和张大人道一声别吧！”

风雨轩是一个开敞的集会之处，书院逢有大事，则全体聚集于此。听说张抚台要给大家上最后一课，所有的人都来了，一百多个教习和士子济济一堂。

张之洞坐在平素石山长坐的太师椅上，将全体师生扫了一眼，见大家都全神贯注地望着他，等他开口。他清了清喉咙说：“鄙人承乏晋省近三年，给诸位授了三堂课：一次讲德行的修炼，一次讲学问的积累，一次讲文章的写作，也不知对诸位的求学有所裨益否。近日奉旨，将总督两广，不日就要离开晋省，今天特地来书院看望各位，想再给诸位授一次课。今日这堂课，想听听诸位的意见，要鄙人讲点什么，大家说吧！”

在座的士子你望着我，我望着你，都不知道要抚台大人说点什么好，有的在互相小声商量着，风雨轩里开始热闹起来。杨深秀见此情景，估计一时难得有统一的意见，不如自做主张算了。他素来喜诗，也读过不少张之洞的诗篇，便在一旁说：“晋阳书院里的士子，大多读过大人的诗，很喜欢大人的诗作。我看今天就请大人给我们谈谈诗吧。不知大人意下如何？”

张之洞喜欢写诗，也自负于诗。过去做翰林，做学官，都有充裕的时间吟诗，来山西这几年，政务太繁，冲淡了吟诗的雅兴。今日能给士子们谈点诗，倒也是一个轻松而有趣的课题。他自己的诗作，至今并未刻集刷印，先前在京师清流同人中，每有所作，大家互相传抄，张之洞的诗才常被称赞，传出圈外的诗作不少，故京师士人亦多有能诵读其诗的，至于太原士子也在读他的诗，他却没料到。张之洞饶有兴致地对着大家说：“刚才杨总教习说晋阳书院也有人读过我的诗。我现在问你们，有谁能当着我的面背诵我的诗吗？”

众士子都很兴奋。许多人都读过抚台的诗，有的人怕背不全，有背得全的又没这个勇气。正在互相怂恿的时候，有一个士子勇敢地站了起来，说：“张大人，我背一首。若背错了，请您宽谅我。”

张之洞含笑说：“好，你背吧！”

那士子定了定神，高声背起来：

一岭如龙九曲回，江东霸主起高台。
羞从洛下单车去，亲见樊山广宴开。
水陆上游成割据，君臣投分少疑猜。

张昭乞食无长策，豚犬悠悠等可哀。

这是大人咏怀湖北古迹九首中的第四首《吴王台》。不知背错了没有？”

这首诗，张之洞自认写得不错，这个士子背得如此流畅，可见此诗在书院里广泛流传，看来晋阳士子们赏诗的眼力不差。他很高兴，说：“背得好，谁还能再背一首，我就答应杨总教习的请求，今天专谈诗。”

士子们天天读“四书”“五经”，日日伏案代圣人立言，真个是神昏气坠，味同嚼蜡，平时也只有靠读点唐诗宋词来调节下。今天抚台不讲那些枯燥无味的经典，专讲可作下酒菜的诗歌，岂不太惬人心怀！众士子很快推出一位素日记诵能力强的人。他擦了擦额头上冒出的丝丝汗津，略有点胆怯地说：“大人，晚生也背一首，若有背错的地方，大人尽管责备晚生一人好了，千万莫因晚生的背错而不讲诗歌。”

张之洞觉得此生憨实得有趣，便说：“你背吧，背错了不要紧，我给你纠正。”

那士子又擦了一把汗，揉了揉太阳穴，努力让自己安定下来。风雨轩里鸦雀无声，一会儿，大家听到了诵诗声：

啸台低，吹台高，
台上瓦砾生黄蒿。
登台吊古逢吾曹，
故人谁欤今边韶。
大梁本是霸王地，
至今白沙三丈没城壕。
五季如风青城虏，
唯有信陵死不腐。

中原荡荡不自立，
金戈蹂践徒辛苦。
当年汴水入泗流，
清明上河尚可游。
南下朱仙四十里，
大车辚辚，小车辘辘，
彻夜何时休？
一自河决汴流断，
中州贫索来寇乱。
锦衣甘食皆河兵，
哪有健儿习征战？
君来蔡州营，
我去宋州城。
宋蔡相望列三帅，
千群边马仍横行。
尔我少年容易老，
王粲从军欢情少。
饮我酒，为君歌，
金梁水月吹酒波。
试看战骨白，
岂惜朱颜酡。
报关侠士不可见，
只有宪王乐府堪吟哦。

很长一会不见再有诵诗声发出，众士子知道背完了。当着这位显赫诗人的面，一口气背下这首长篇歌行，不错不漏，不停不顿，大家为这位士子的记忆力和胆气所倾倒，风雨轩里响起一阵鼓掌声。

张之洞也不由得击节赞叹："好，这样长的一首诗，难得你一气背完。这首诗作于同治元年。我当时春闱未捷，来到河南堂兄幕中。那时幕中有一个叫边韶的人和我意气相投，我于是写了这首诗送给他。尔我少年容易老。不知不觉间二十多年过去了，现在真的老了。当时和你们差不多大，正是目空一切好说大话的年岁。这位朋友能背得这么流利，看来是喜欢这首诗。李贺说‘少年心事当拏云’，年轻人有点目空一切好说大话，也不是太坏的毛病。诸位是我的知己，我今天就非得说点诗不可了！”

抚台原来是这样的热血热肠可亲可爱，在杨深秀的带动下，风雨轩内外响起了经久不息的掌声。

“论中国的诗，自然首推唐诗。唐诗之后，宋诗别是一路，也是高峰。国朝初期，有个诗坛泰斗，乃大名鼎鼎的王渔洋，他论诗高标神韵。这神韵之说，便是为唐诗定的调子。乾隆时期，又出了个诗坛泰斗，乃长寿老人翁方纲，他论诗标出一个肌理。这肌理主要来源于他对宋诗的领悟。近世作诗崇尚宋人，便是受翁氏的影响。”

众人都被带进了诗的天国。此刻晋阳书院的风雨轩，如同九天玄宫海外洞府，只见珠玉飞溅花香飘溢，没有半点尘世的嚣杂，凡俗的琐屑。

“鄙人论唐诗不同于王渔洋，独标一个风字；论宋诗有别于翁方纲，特重一个骨字。”

年轻士子最不喜欢的就是因旧袭故，最有兴趣的就是标新立异，尤其是学问上的新奇之说，更是对他们吸引力最大。抚台自家独得之学说，立即振奋了他们的精神。

“若把风字说得具体点，便是风流。诸位，这风流二字，可不是时下所谓的吟风弄月，拈花惹草，秦楼楚馆，作狎邪游等意思。”

抚台这几句风趣的话，引起了年轻士子们的会心之笑。

“唐人眼中的风流，包含的内容异常丰富，囊括人品人性、德行才华方面诸多美好资质。比如张九龄的‘雄图不足问，唯想更风流’。这里的风流，便是指的才华纵横，文采斐然，不拘常礼，通脱旷达。再如李白的《赠孟浩然》：‘吾爱孟夫子，风流天下闻。’这里的风流，就是指的超凡脱俗的风度人品和卓尔不群的文采才情。这种风流，不但使李白倾心，也让当时普天下的唐人艳羡。所以杜甫咏宋玉，就说‘摇落深知宋玉悲，风流儒雅亦吾师’。宋玉的风流，就连诗圣杜老夫子都想师事于他。”

风雨轩里又是一片欢快的笑声。

“至于司空表圣所说的‘不着一字，尽得风流’，这风流便象征着一种诗文的最高气象。这种气象含蓄蕴藉，韵味无穷，而又不可以迹寻之，正是羚羊挂角，浑然无迹。可谓风流二字的最大内涵了。所以鄙人认为，论唐诗，切不可忽视唐诗的风流。”

抚台对唐诗研究的真学问，使士子们由衷叹服，他们不停地点头，报之以完全的赞同。

“若说宋诗，则突出表现在一个骨字上，具体地说，这骨便是筋骨。筋骨是个比喻，说得明白点便是义理。宋诗最重的便是这二字。我们读宋诗，切记不可忽视了这一点。”

众士子个个听得全神贯注。

“宋诗在这方面取得的成就最高，所以有的诗便成了格言哲理传了下来。比如大家所熟知的《读书有感》：‘半亩方塘一鉴开，天光云影共徘徊。问渠那得清如许，为有源头活水来。’朱夫子的这首诗是宋诗的代表。有源源不断的活水灌注，小小的池塘才得以清亮如镜。这是一个极为恰当的比喻。士人们要勤奋学习，要博览群书，才能不断地有新知涌进胸臆，才能如同这一池清水般的令人可爱。”

如同当时大多数读书人一样，石立人山长也是一个写宋诗的学究，他对巡抚的这番话很能听得进。

“至于王安石说‘不为浮云遮望眼，只缘身在最高层’，苏东坡说‘不识庐山真面目，只缘身在此山中’，这些蕴含在诗中的义理，则千百年来无数次地被人们所引用，去说明许多长篇大论未必能说清的道理。这就是宋诗的成就。历代都说唐诗高于宋诗，其实也不尽然，宋诗中的义理深度便不是唐诗所能达到的。应当说，唐诗宋诗是双峰并峙，都是无可替代的瑰宝。”

杨深秀情不自禁地鼓起掌来，随即，全体士子都热烈鼓掌。晋阳书院再次响起雷鸣般的掌声。

掌声刚刚平息，一个出身官宦家庭的胆大士子站起来说：“请问张抚台，您的诗是属于唐风一类，还是属于宋骨一类？”

这个问题提得近于唐突，老山长颇为不悦地瞟了那士子一眼，心里说，怎么能这样问抚台？大多数士子却很赞赏发问者的胆量，他们也想听听抚台对自己诗风的评论。

张之洞不以为意，莞尔一笑，说：“明代和国朝初期，士子都学唐诗。国朝乾嘉之后，士人都学宋诗。学唐诗，若不得风流之精髓，则易入轻浮浅薄一路。学宋诗，若不得筋骨之要领，则易入生硬说教一路。故而无论学唐学宋，都要取法乎上。这是第一义。还有第二义，即我刚才说的，唐宋既然是双峰并峙，故不应偏于一方，应该都学，而且要尽取其长，力避其短。鄙人便有志于此，作诗尽可能有唐人之风，亦有宋人之骨。唐风宋骨才是鄙人所追求的最高目标。因此，鄙人的诗，说得好听点，就是既有唐风，又有宋骨；说得难听一点，便是既无唐风，又无宋骨。”

说着，自己先哈哈大笑起来，大家也都跟着笑了。

抚台不摆架子，愿意坦率地回答普通士子的提问，鼓舞了大家的胆气。这时，又有一个士子站起来问：“请问大人，您最喜爱的前代诗人是哪一个？”

“苏东坡。”

提问者话音刚落，张之洞便脱口回答，颇令士子们感到意外。

“我喜欢他的诗词中兼备唐人之风流和宋人之筋骨。他为惠崇画的春江晚景所题的诗，堪称集唐风宋骨于一炉的典型。四句诗，三句写景，风光绮丽，风物活脱，得唐风之精髓。一句‘春江水暖鸭先知’，说出了天地间一个深刻的道理，然而又是如此的天衣无缝，不着痕迹，决没有半点说教味，令人不能不佩服。”

众士子中有人已在咀嚼“春江水暖鸭先知”这句名诗了，越咀嚼越觉得其中回味无穷。

“苏东坡令我喜爱之处，还有他旷达的人生情怀。”张之洞继续他的苏轼论，“他才华盖世，人品正直，却一生坎坷，命运多舛，但他却从来都以旷达通脱的态度对待那些挫折，始终挚爱生命，热爱人世。‘盖将自其变者而观之，则天地曾不能以一瞬；自其不变者而观之，则物与我皆无尽也。’诸位，你们看东坡先生这种胸襟是多么的旷达乐观！诸位现在还年轻，尚未涉世事，今后走出晋阳书院，步入天地江湖之间，或顺利，或乖逆，都难以预料。然而凭什么来面对世事之逆顺呢？就要凭东坡先生这种旷达之胸襟，顺也喜乐，逆也喜乐，此为处世之道，亦为养生之方。这就是鄙人今天送给诸位最重要的一句话，愿长记不忘。”

这次是石山长带头鼓掌。三晋大地上的最高学府，又一次响起回荡四壁的掌声！

四　人生难得最是情

先前三次讲课，张之洞从不在书院吃饭。一来是鉴于山西官场吃喝风气太甚，他多次下令各级官员出巡必须从俭，不得铺排张扬，他自己应带头执行。二来他知道书院不比衙门，特别清贫，倘若在这里吃饭，会给他们增加负担。这次不同，以晋抚身份给士子授课，应该说是最后一次了，石山长很想抚台今天能赏光，与大家共进一顿午餐。他悄悄把杨锐叫到一边，将这个意思说明，请杨锐问问巡抚。当杨锐把山长的话转告张之洞后，他竟然爽快地答应了：“今天破个例，就在这里吃午饭，但只能三个菜一个汤，多一个都不行。”说完后，又特为补充一句：“请山长叫几个士子来与我们同桌吃。”

石立人得知抚台同意在这里吃午饭，很是高兴，便一面吩咐厨房赶紧张罗，又打发一个教习去士子中挑几个人作陪。

没有多久，一切都已就绪，石立人领着张之洞走进学思斋。这里已将两张方桌并成一条长桌。石立人陪着张之洞坐在正前方两个主位上，张之洞的下首坐着杨深秀，石立人的下首坐着杨锐，剩下的八个座位，坐的是士子中临时推选出来的代表。他们或是士子中的首领，或是公认的品学兼优的才子，或是有权有钱人家的子弟，总之，都是晋阳书院士子堆里的头面人物。今天，他们能有幸跟荣升粤督的抚台同桌共餐，既兴奋又很觉光彩。

桌上摆的不多不少，恰是三菜一汤，只是因为是两张桌子并成，菜是一式两份，分开摆。书院清贫，又是临时的动议，故三菜一汤甚是普通：一碗油焖牛肉，一碗爆炒羊肉，一碗小葱豆腐，一碗粉条青菜汤。怕不够吃，都用头号大碗装着。

石立人以主人的身份举起杯子来，对张之洞说："今天，张大人肯赏脸在书院用餐，又邀请士子代表共席，这是我晋阳书院的荣耀。仓促之间没有佳肴，且大人又严格规定只能三菜一汤，今天这顿饭菜实在简陋之至。现在老朽请各位一同举杯，为张大人三年来为山西的操劳，为张大人的荣升，也为张大人此去广东的一路平安，干杯！"

说罢起身，杨深秀和众士子都一齐站起，张之洞也忙站起，举着杯子说："谢谢老山长和诸位的美意，我和大家一起干了这一杯。"

说完一饮而尽。待大家都喝完酒后，老山长恭请抚台坐下，众士子也重新坐好。

杨深秀笑着对张之洞说："刚才山长只说到菜，没有说到酒。今天这几道菜确实平常，但这酒可不平常。"

张之洞说："这酒有何不平常之处，还请漪邨说明。"

"这坛酒是一个士子的父亲送给老山长的。"杨深秀指了指放在旁边的深褐色的大肚酒坛，说，"五年前，这个士子中了进士。士子的父亲是个票号老板。这个士子，起先贪玩不好读书，父亲很担忧。老山长说，到晋阳书院来吧，我可以将他造就成个人才。就这样，这个士子来到了书院，一年后即进学，三年后中举，再过三年就中了进士。他父亲感激不已，给老山长送了一块题有‘晋学春晖’四字的金匾，又特地在杏花村酒铺花了一百两银子，买了这坛百年老酒相赠。”

张之洞吃了一惊，说：“刚才喝的竟然是百年老酒，我一口干了，还没有品出个味来。”

杨深秀忙起身，给张之洞的空酒杯再斟满，说：“我怕大人您没在意，故特意提起。现在我们慢慢喝，细细品品它的味。”

张之洞端起酒杯，浅浅地抿了一口，半眯着眼睛认真地品着。他青年时代耽于酒，中年后才有意少饮。品酒，他也可算得一个内行。这口酒，气色香馥，味道醇厚，的确是一坛年代久远的老窖。张之洞笑道：“好酒，好酒，今天我要开怀畅饮几杯！”

大家听抚台这么说，都快乐地笑了起来。

石山长微笑着说：“老朽年轻时也极爱这杯中物。花甲之年后遵医嘱，少饮酒，多喝茶，故而酒喝得很少了。老朽平生不爱热闹，不喜交往，既无特别尊贵的客人，也无特别举办的宴席，这坛酒便一直摆了五年未动。今天用来招待为山西百姓操劳三年的张大人，也算是物尽其用，给这坛酒添了极大的脸面。”

老山长的话引起众位士子的会心一笑。

张之洞说：“刚才漪邨说那个士子还送了一块金匾给您，为何不张挂出来，也好给书院增添光彩。”

山长浅浅一笑：“这金匾上的字题得太重了。‘晋学春晖’，老朽如何担当得起！若不自量而张挂，定会招致鬼怒神怨，折了老朽的草料。老朽一生虽然平平淡淡，其实对人生还是眷恋极深的，生怕过早离开这花花世界。”

众士子又都笑起来。张之洞也笑了，心想：这个满腹诗书，见生人颇有三分腼腆的山长，却原来还是个很有风趣的老头子。他是个富有真性情的人，很自然地对有趣味者感到亲切，于是说：“你主持晋阳书院数十年，桃李满天下，‘晋学春晖’四字，我看是担当得起的。这是您的一块招牌，有了它，神鬼不会认错。万一哪天阎王爷遣小鬼勾别人的魂，走错了，误进您家的门，反倒不好。”

山长摸着满口白胡子，乐呵呵的，众士子也很快活。抚台的平易和他对山长的尊崇，更使士子们对这位名士出身的显宦增添了敬意。

张之洞起身，举起酒杯说：“今天，我借花献佛，请各位和我一起，祝我们的晋学春晖健康长寿，为我们三晋造就出更多的人才！”

“不敢，不敢！”老山长慌忙起身，对着张之洞连连摆手，“这杯酒老朽不敢喝！”

“我先喝为敬。”张之洞把杯中的酒一饮而尽，满桌人都一饮而尽。老山长无奈，只得把杯中的酒喝了。

重新坐下后，老山长亲自为张之洞夹了一块牛肉，杨深秀也向杨锐劝菜。

酒好，菜好，气氛也好，张之洞心里很是高兴，他笑着对众人说：“我在山西做了将近三年的巡抚，可能大家都不知道，我是回到了故乡。三晋百姓是我真正的父老乡亲。”

除了刚到太原时与葆庚说起过“洪洞人”的话外，张之洞再也没有对别人提过自己的祖籍在山西，官场士林都只知道抚台是生长在贵州的直隶南皮人。

见众人满脸疑惑，张之洞开心地说：“大家都不知道吧，我们南皮张家是明永乐年间迁到直隶的。‘要问故乡在何处，洪洞县外大槐树’这句童谣，在我们张家也世世代代流传着，传到我这一代已经是第十四代了。”

“这么说来，张大人真的是我们山西人了！”士子们兴奋地交头接耳。

石山长摸着胡须慢慢地说：“明洪武、永乐两朝，山西频遭旱灾，逼得百姓背井离乡，外出谋生。洪洞县土地少，人口稠密，加上灾情更重，故外出的人更多。当年县城东门外有一棵老槐树，树干粗得四五个人不能合抱，夏日里树荫足有一亩多地大。这棵槐树是洪洞县的标志。于是，离开洪洞县的人，都在城门外这棵老槐树下举行一个告别仪式，对着它叩头洒泪，就算是向祖宗世代居住之地告别了。刚才张大人说的这句童谣，我在洪洞县志里见过。”

张之洞对山长说：“去年我去洪洞县，还特地去看了这株老槐树，它仍然枝繁叶茂，不知这株老槐树是不是明代的那株。”

老山长说：“洪洞县志上说洪武、永乐年间的那棵老槐树在正统八年老死了。过了几年，从根部又长出一棵小槐树来。这是老槐树的第二代。这棵槐树也长得很大，活了两百来年，顺治二年被雷劈死。第二年，根部同样又长出一棵槐树来。大人看到的就是这一棵，它已是第三代了。从顺治三年算起，到现在有二百四十年，也算得上一棵高龄老树了，据说只是比不上当年那棵老槐树的粗大。”

“唔，唔。”张之洞连连点头。

一直没有开口的杨锐插言：“看来，山西是从明朝时才开始变穷的。过去读唐诗，山西在我的印象中是一个很美好的地方。比如斗酒学士王绩的诗：‘树树皆秋色，山山惟落晖。牧人驱犊返，猎马带禽归。’一幅多好的田园风光图。”

张之洞感慨地说：“叔峤说得不错。《全唐诗》中我们山西籍的诗人很多，诗也写得极有气魄，应该说山西这方水土是很能养育人的。大家都知道旗亭画壁的故事。故事中三个诗人：王之涣，王昌龄，高适，其中两个便是我们山西人。王之涣的‘欲穷千里目，更上一层楼’，王昌龄的‘秦时明月汉时关，万里长征人未还’，真是千古绝唱，后世很少有人把诗做得这样雄健豪迈的！”

听了这段话后，杨深秀突然来了灵感：“刚才张大人说到我们山西人的诗，我有了一个主意。今天在座的除叔峤外，包括张大人在内，都是我们山西的才俊。今天为张大人荣升饯行，大家在一起饮酒谈诗，是一件难得的事。我提议，我们每一个在座的，除老山长外，都依刚才张大人所说的掌故，讲一个山西诗人的故事，然后再背一首这个诗人的代表作。讲得好，我们为他鼓掌，大家同饮一杯酒；讲不出的，罚他三杯冷水。”

杨锐不在其间，自然高兴，忙附和：“总教习这个主意极好，山长这么好的百年老酒，是要有这样的诗情才能和谐的，这比酒令要强多了。”

众士子既兴致甚高，又有点担心怕说不出来，脸上都红扑扑的，眼中闪烁着光彩。

张之洞懂得年轻士子的心态，知道他们都有好表现的欲望，便说：“大家都说一个，最后我来评论，取第一的我有奖赏。”

见抚台兴致如此高，山长和总教习都格外高兴。杨深秀说：“议是我提的，我理应第一个说。”

大家都专心致志听他的。

“我讲一个宋之问遇骆宾王的故事。”

骆宾王就是那个为李敬业起草讨武则天檄的人。这篇文章把武则天骂得狗血淋头，却又让武则天称赞不已。其文之好，其才之高，可想而知。传说讨武之举失败后，骆宾王便不知去向了。宋之问怎么会遇到他呢？这事可真的奇了！

“宋之问是初唐的名诗人，他是我们山西汾州人，因触犯权贵而贬官江南。有一天，他游杭州灵隐寺，夜晚就宿在寺里。当夜月明如昼，四周山色极佳，引发了他的诗兴，脱口而出两句诗：‘鹫岭郁岧峣，龙宫隐寂寥。’吟完这两句，下面便接不上来了。他在灵隐寺庭院里独自徘徊，苦苦思索，就是得不到更好的续诗。这时，有个老和尚提着一盏油灯过来，准备进大殿点长明灯。见宋之问老是吟着那两句诗，知道他是做不下去了，便走到他身边说，我帮你接下去吧！宋之问目光怀疑地盯着老和尚：你也会作诗？老和尚说，试试看吧！他对着油灯凝思片刻，说，你看这两句如何：‘楼观沧海日，门对浙江潮。’宋之问听了大惊：这两句诗既切合灵隐寺的实景，又气势开阔宏大，比自己的那两句强多了。经老和尚的提示，宋之问很顺利地做成一首咏灵隐寺的好诗。第二天，他再去找点长明灯的老和尚，却找不到了。住持告诉他，昨夜的那个老和尚就是骆宾王，他一早就离开灵隐寺了。宋之问惊讶不已，心里默默感激骆宾王的慷慨相赠。”

士子们平日读的都是八股文，作的诗也只是闱场所用的试帖诗，其他的书读得很少。这则载于孟棨《本事诗》中的故事，他们没见过，于是都鼓掌叫好。

张之洞自然是知道这个掌故的。但今天这个场合，由杨深秀说出来，也是一个有趣的故事，遂也跟着鼓掌。

杨锐说："这个故事好听。按你自己说的，还得朗诵一首宋之问的诗。"

"行。"杨深秀想了一会儿，背道："岭外音书断，经冬复历春。近乡情更怯，不敢问来人。"

张之洞点头说："这是宋之问最好的一首诗。他道出人在某种特殊情况下所特有的一种复杂心情。我们大家为漪邨的好故事同饮一杯酒！"

十几只杯子都高高举起，然后均一饮而尽。

"下面该你们了，谁先说？"杨深秀望着那几个士子们的代表说。

小伙子们互相推让一番后，一个素日喜欢抛头露面的士子头领，被推为第一个讲。此人名叫吕临，胸有大志，能说会道。

他站起身来，大大方方地说："我给张大人、石山长和各位讲个故事，说的是唐代我们太原的一位名人王播的往事。王播小时随父迁居江苏扬州。不久父亲去世，家道中落，生活日渐贫困，只得寄居在扬州惠照寺苦读诗书。每天早晚钟声响时，他随寺里的和尚一道赶斋饭。日子一久，和尚们都讨厌他，于是改为先吃饭后鸣钟，待王播听到钟声去赶饭时，和尚们都已把饭吃光了。王播知和尚们嫌他，但他没有地方去，也没有钱去买饭吃，只得忍受这个屈辱，每天到吃饭的时候，他不待钟声响便先去斋堂。"

这时有位士子忍不住发出小声窃笑。坐在他身边的同伴见抚台正敛容凝神听着，便用手臂推了一下窃笑者，那士子赶紧闭了嘴巴。

“王播就这样硬着头皮在惠照寺住了一年半，果然高中了。二十年后，王播以检校尚书右仆射的身份出任淮南节度使，驻节扬州。想起当年落魄惠照寺，他起了旧地重游的念头。寺里有健在的老僧人，听说节度使就是先前那位赶斋饭的穷书生，甚是惭愧，便赶忙把王播原先题在寺院墙壁上的诗，用碧纱罩起来，以示尊重。王播来到惠照寺，见到墙上的题诗。今昔对比，引起他的无限感慨，便拿起笔来，又在墙壁上题了两首诗。一首是：‘二十年前此院游，木兰花发院新修。如今再到经行处，树老无花僧白头。’另一首是：‘上堂已了各西东，惭愧阇黎饭后钟。二十年来尘扑面，如今始得碧纱笼。’陪同王播的官员们知道节度使有这样一段潦倒经历，都感慨不已。”

张之洞说：“王播少时穷不坠志、发愤苦读的经历，的确很感动人，家境贫苦的士子都应以王播为榜样。只是王播发迹后，为官不大清廉，对老百姓搜括过多。这一点，诸位今后切记不能学他。”

石山长立即强调：“刚才张大人这几句话说得好极了。我们要学习王播少时忍辱负重，又要力戒他做大官后的不知恤民。过几天，我还要专门将张大人这几句话对全院士子说说。”

杨锐又充当起监令人的角色来：“按规矩，你还得背诵王播的一首诗。”

吕临说：“我刚才已背了两首王播的诗了，还不算数吗？”

“不算，不算！”杨锐一个劲地摇头。

吕临摸着头皮想了很久，终于想出一首，遂大声背道：“昔年献赋去江湄，今日行春到却悲。三径仅存新竹树，四邻唯见旧孙儿。壁间潜认偷光处，川上宁忘结网时。更见桥边记名姓，始知题柱免人嗤。”

杨锐冷笑道：“又是一首‘如今始得碧纱笼’，可见王播是念念不忘少年时的穷苦，也未免胸襟窄了一点。”

众士子都附和着笑了起来。

张之洞举杯说："故事说得好，诗也背得流畅，我们与他共饮一杯。"

笑声又起，满桌欢快。

杨深秀说："吕临说的这个故事，我们今后还要多讲。谁再讲一个，争取超过他！"

这时，一个名叫段畅年的士子被推了出来。段家是太原城里的富商，他书念得不太出色，为人却仗义疏财，人缘好。他凭着这点而有幸被推为代表，与抚台共餐。

他站起来说："我为张大人说一段韩滉归妓的故事。"

"归妓"二字引发了年轻士子们的极大兴趣，便都放下筷子，洗耳恭听这个与妓女相连的风流故事。

段畅年摸了摸圆滚滚的下巴，不紧不慢地说："从前韩滉镇守浙西的时候，名诗人戎昱是他辖区内的虔州刺史。虔州有个色艺俱佳的酒妓，戎昱与她情谊敦密。浙江的乐营将官闻这位酒妓的名，报告韩滉。韩滉遂下令将她召到乐营来。戎昱舍不得酒妓走，但又留不住，便设宴为她饯行。酒席上，戎昱写了一首歌词给酒妓。歌词是这样写的：'好去春风湖上亭，柳条藤蔓系离情。黄莺久住浑相识，欲别频啼四五声。'又对酒妓说，你到韩大人那里后，就唱这支曲子。到了韩滉处，在一次酒宴上，酒妓果然唱了这支曲子。韩滉问她：戎使君爱恋你？她说是的。又问你想念他吗？她又答了声是的，说着便流下了眼泪。韩滉一听脸色沉下来了，对酒妓说：你下去换衣服，等着我处置你。席上陪酒的人见韩大人生气，都为酒妓捏一把汗。韩滉将乐营将官唤来，严厉地对他说：戎使君乃浙西名士，他对这个酒妓有情意，你为什么不查明便将她调来乐营，这不成了我的过失吗。乐营将官吓得忙叩头请罪。韩滉命打二十军棍，又命送酒妓一百匹细绢，派人护送她回虔州。"

杨锐乐道："过去只知韩滉是唐代的大画家，他画的《五牛图》，把牛的形态画绝了，却不知他还是个知情知趣成人之美的君子。这个戎昱真正是交了好运，遇到一个好上司。”

杨深秀皱着眉头问段畅年：“韩滉是山西人吗？我记得他好像是长安人。”

段畅年笑着说：“他的祖籍在哪里我不知道，但他封晋国公这是确实的。做了我们山西的国公爷，说他是个山西人也不算太离谱。张大人，您说呢？”

张之洞笑道：“封了晋国公就算山西人，那颜真卿封了鲁国公，不就成了山东人啦？”

众士子皆大笑起来。有人喊：“韩滉不是山西人，犯了规，要罚冷水三杯！”

张之洞笑着说：“罚是要罚，但他这个故事说得好。诸位日后做了高官，都要像韩滉那样体恤下情，千万不要仗势欺人。若仗势欺人，人家恨你，一时报复不了，遇有机会便会发泄。所以，自古以来不少罢了官的人，被人唾骂，处境可悲，大多是在位没做好事的缘故。假若这个韩滉，一旦失势去投靠戎昱，戎昱会把他当老子供养的。你们说是吗？”

众士子都齐声答：“是！”

张之洞笑道：“看在他故事讲得好的分上，不罚三杯冷水了，向大家鞠个躬吧！”

“好，我向抚台、山长和各位鞠一个躬。”

段畅年向大家恭敬地弯了一下腰。

一个名叫刘森的士子不待总教习催促，便自告奋勇地说：“刚才段畅年说了酒妓的故事，使我想起唐代一个有情有义的妓女来。她不是冒牌的山西人，是一个真正的太原府女诗人。我给张大人和各位说说。”

唐代太原府的妓女诗人。此人是谁？连博通山西历史的石老山长一时都想不起来。大家都兴致盎然，张之洞也是兴味顿生。大家都瞪着眼睛望着刘森。

“话说唐德宗贞元年间，有个名叫欧阳詹的读书人，与韩愈、李观等人同年中进士，是个事父母孝顺，与朋友交往守信义的才子诗人。他那年游太原府，与城里一名妓女相好，约定回长安一个月后，即派车来迎娶她。回到长安后，欧阳詹接到家里的信，信上说母病重速回。他一时心绪凌乱，遂匆匆离长安回老家。欧阳詹是福建泉州人，从长安到泉州要走两个多月。待母亲病好，他再回长安时，已超过与妓女相约的日期半年了。这个妓女以为欧阳詹变心了，忧虑成疾，终于不起。临终前，她用剪刀铰下自己的头发，连同一首绝命词，打发妓院的一个小姐妹送到长安。绝命词是这样写的：‘自从别后减容光，半是思郎半恨郎。欲识旧时云髻样，为奴开取镂金箱。’欧阳詹回到长安看到这缕头发和这首绝命词后，伤心过度，竟然跟着这个妓女一道离开了人世。”

张之洞静静地听着这个哀艳动人的故事，一时竟百感交集，思绪万千。他由这个太原妓女的痴心，想到女人的恋情。由女人的恋情想到妻子石氏、王氏的温馨。往昔她们在世的时候，曾给了自己多少体贴恩爱啊！王夫人去世这两年多来，他再也没有得到过女人的温情了。一种对妻子的追思感，重重地压在张之洞的心头。瞬时间，他从内心深处涌出一股渴望再得女人的浓烈愿望。

段畅年很想拉一个受罚的陪陪自己，心想这样的痴情女或许有，但这样的痴情郎却从来没听说过，便高声嚷道：“这个故事是你编的吧！我这个太原人都不知道太原有个这样的妓女诗人。瞎编的故事不能算，要罚，要罚！”

杨锐、吕临等人也一起助兴起哄：“罚，罚！”

张之洞挥挥手，制止众人的喧闹，语气颇为沉重地说：“他说的故事不是自己编的，《太平广记》中有记载。太原妓为情而逝，欧阳詹见诗而死的事都是真的。欧阳詹的诗，《全唐诗》里也收了。”又转过脸来问刘森：“欧阳詹送太原妓的那首诗，你还记得吗？”

刘森说："诗较长，我记性不好，记不全，只记得首尾四句。"

张之洞说："那你就把首尾四句背给大家听听吧！"

刘森背道："开头两句是：'驱马渐觉远，回头长路尘。'末尾两句是：'流薠与系瓠，早晚期相亲。'"

往昔夫妻间的患难之情一直盘旋在张之洞的脑中，他叹了一口气，说："太原妓年轻貌美又有才，却坠入烟花，命不好。欧阳詹少年时便以诗文出名，却功名不遂，直到不惑之年才中进士，一辈子也没做过大官。他的命比太原妓的命好不了多少。一个是流薠，一个是系瓠，二人是同病相怜，惺惺相惜。他们的爱是真诚的，故而有这样感天动地的殉情之事出现。你们现在还年轻，还不懂得人世间什么是真情，什么最值得珍惜。人到中年后，就慢慢明白了。只是到了中年明白的时候，许多真情又都被平平淡淡地打发走了，追悔也来不及。石老山长，时间不早了，今天的饭就吃到这里吧！士子们的故事都讲得好，依我看，最好的还是这个太原妓与欧阳詹的故事。刘森，我给你颁赏！"

刘森忙站起，又兴奋又紧张。众士子也都在想：抚台大人会给他一个什么奖赏呢？

"漪邨，你拿纸笔来！"

杨深秀从书架上拿来笔墨纸砚。大家知道抚台要写字了，忙将碗筷收拾好。

杨深秀把纸铺开。张之洞拿起笔来，沉吟片刻，在纸上写下七个劲爽飘逸的大字：

　　人生难得最是情

大家正在心里默念时，纸上又出现了一段小字：

　　甲申暮春，余在晋阳书院听刘森讲唐太原妓与欧阳詹故事，

感慨系之，特书此以赠刘君。南皮张之洞亲笔

一生以圣哲为榜样的石老山长，怎么也没有想到张之洞会写出这样一句话，来赠送给一个青年学子。他满是疑惑的双眼，望着张之洞那并无丝毫轻佻浅薄的神态，茫然不解。杨深秀和众位士子，以此看到素日刚正峻厉的抚台的另一面，他们感觉在心灵上似乎与他更显得亲近了。

五　离开山西的前夕，张之洞才知道三晋依旧在大种罂粟

下午，张之洞回到抚署。准儿一见到父亲便说："爹，师傅今天说我们要随你到广东去了，师傅和我们就要分别了。爹，这是真的吗？要去广东的话，把师傅也带去吧，我不跟师傅分别。"说着，小脸上流下几滴泪珠儿。

张之洞忙给爱女擦去眼泪，说："小孩子家，不要管这些事，你只跟着师傅好好认字弹琴就是了。"

准儿出去了。然而，她没有料到，她的这几句童稚之言，却使父亲陷入了沉思。

其实，接到圣旨的第二天，张之洞就想到了李佩玉的事。就要离开太原了，佩玉怎么办？让她随着准儿去广州吗？佩玉有老父老母牵连着。这一年多来，每个月佩玉都回到晋祠父母身边住两三天。有一次，她母亲跌一跤，扭伤了腰。她父亲打发人来抚署接她回去照料母亲，佩玉为此很犯难：不回去，无论如何也说不过去；若回去，又不是两三天就能了结的，小姐的学业就耽搁了。正在两难时，张之洞知道了，对她说，你干脆把准儿带到晋祠去吧，住上十天半月，待你妈好些后再带她回来。佩玉感激抚台的体贴，带着准儿回到晋祠，一

边照料母亲，一边教准儿识字弹琴。半个月后回到衙门，准儿高兴极了，说晋祠好玩，又缠着爹同意她今后每次都跟师傅到晋祠去住几天。从那以后，果然佩玉每次回家都带上准儿。佩玉并无兄弟姐妹，她又怎能离父母远去呢？若不随同前往，那真的就从此分别了。一说到分别，不但准儿难舍难分，就连张之洞自己也突然觉得有点惆怅。

张之洞很喜欢听佩玉弹琴。每天，佩玉在教准儿弹琴之前，自己都会完整地弹奏一支曲子。在佩玉那里，这样做，首先是为了将准儿带进一个优美的艺术境界，培养准儿对琴艺的兴趣。其次，这也是她的自娱自乐：琴艺是她生命的一个重要组成部分，有了它，生活才充实，生命才有意义。每天完整地弹一曲，正是为不让琴艺生疏。而对张之洞来说，只要有可能，他都会在这个时候，放下手中的公文来到后院，一个人坐在小书房里静静地听着，直到曲终才回到签押房。

每到这个时候，他的灵府深处总有一种宁馨之感。有时候，他的脑子里还会出现一些幻觉：总以为那美妙的乐曲，是他幼时便已永诀的母亲弹出来的，是那与他分手十多年的发妻弹出的。这琴声，将他带回他永远怀念的在母亲怀抱中的岁月，带到与石氏相濡以沫的岁月。那是他一生中最宁静最温馨的日子啊！

这种时候，他每每会叩问自己：将佩玉招来抚署，究竟是为了给女儿寻一个师傅，还是为自己寻一种慰藉？他回答不了自己所提出的这个问题，仿佛也就在这样的时候，他觉得佩玉已是他生活中不可缺少的一个人了。

那一夜，佩玉无意间与他谈起了“和”，从奏琴的角度谈到她自己对“和”的领悟。这个被经师们说得神乎其神的“和”，却被一个普通女琴师解释得那样具体平实，听得见，摸得着。众音和谐方成乐，众民和谐方成邦，众邦和谐方成国。大道理皆从小道理而来，小道理又往往能启发大道理的产生。山西巡抚从一个女琴师的无意谈话中，领悟了安邦治国的深刻大道理。

从那一天以后，张之洞对佩玉开始另眼相看了。

张之洞并不清心寡欲，四十六七岁的他仍需要女人的温情，正是身边多年来缺乏贴心知情的女人，才使得他有“人生难得最是情”的感慨。这两年多来，他不是没有想过要续娶的事，但每一想到此事，伤心之情便会油然而生。得知新巡抚原来是丧妻的鳏夫后，太原城不少人出于各种不同的目的，都想为巡抚撮合一桩亲事，但张之洞自己的心中却总热不起来。他心头上有一块结始终没有解开。

他不明白，为何自己先后娶的三个妻子都不能与他白头偕老，连比他小十多岁的王夫人都不能幸免，是命中注定要克妻吗？半年前，桑治平跟他聊天，说太原城里有个袁半仙，是袁天罡的后人，看相算命准得很，找他的人很多。他因而抬高身价，看一次收二两银子，即便收费如此昂贵，仍有许多人从远处慕名而来。张之洞的心为之一动：何不找他去问个原因？

这天下午，他青衣小帽，由桑治平陪同来到袁半仙的家里，先递上二两银子。年近八十的袁半仙用两只深陷的小眼睛，将张之洞上上下下地打量一番后说：“先生的命好极了，还来找老朽做什么？”

张之洞吃了一惊，便有意考考：“您这话怎么说？鄙人不过一清寒塾师，命不好得很。”

袁半仙把小眼睛尽量睁大，狠狠地盯着张之洞，又用黑瘦得如同鹰爪子似的手，在张之洞的下巴上用力地捏了几下，冷笑道：“先生不要瞒我这个老头子。你的面相虽极平常，但骨相却比一般人要贵重得多。常人看相，看的是面相，只把先生当塾师、账房一类人看了。老朽看的是骨相。听先生的口音不像是山西人，依老朽猜测，先生或者是京师放到太原来私访暗查的御史台，或是过路的外省贵人。”

张之洞见他说得这样肯定，心里也不得不佩服，便不再和他斗嘴皮玩，微笑着说：“您说我命好，当然是我求之不得的事了。我想请问您，我的命中也还缺些什么吗？”

袁半仙又将张之洞审视良久，慢慢地说：“先生一生福、禄、寿都不缺，要说缺的话，缺的是伴。这‘伴’字对你悭吝。老朽斗胆问一句，先生是否有过丧妻之痛？”

张之洞点了点头。

“而且不只丧过一房妻？”袁半仙又追问一句，两道尖利的眼光，像两把钩子似的要把张之洞的心钩出来。

张之洞不由自主地打了一个寒战，又点了点头。

“哦！”袁半仙松了一口气，说，“先生的骨相太重了，夫人若不是骨相也重的人就经受不起，而要找一个骨相相匹配的女子，却是不易得到。”

“照您这样说来，鄙人今生就只好做一辈子鳏夫了？”

“不用，不用。”袁半仙直摇头。

桑治平在一旁说：“请老仙人点化！”

袁半仙干瘦的手在自己尖细的下巴上摸了一摸，然后似笑非笑地说：“找一个女人来，不给他夫人的名分，也就不必要有与先生相匹配的骨相了。这女人便可以与你长相伴，不分离。”

“您是说买一个女子做妾，而不是做夫人？”

“是的。”袁半仙点头，“买妾而不娶妻，于两人都有利。”

张之洞脸上现出欣喜之色，起身告辞。桑治平又从衣袋里取出一两银子，谢谢袁半仙的点化。

桑治平知道张之洞有再找一个女人的想法，便劝他：“你身边是得有一个女人照顾才行，就按这老头子说的，买一个妾吧！”

张之洞没有做声。桑治平知道他动了心。

抚台要置侧室，自然会有许多人来热心参与。领人上衙门的络绎不绝，张之洞都看不上。此刻，他才发现，原来自己的心里深处已早有了一个人，此人便是佩玉。

佩玉不是一个寻常女子，要她委屈做妾，她会愿意吗？他托桑治平的夫人柴氏先去试探试探。果然，女琴师拒绝了巡抚的美意。张之洞的心头顿生一股凄凉之感。晋阳书院酒席上，刘森所说的太原妓的故事又冒出他的脑中。半生潦倒的欧阳詹，可以赢得绝色女子的生死相许，身为堂堂巡抚的我居然就得不到一个女琴师的爱情，这是什么原因呢？

人生难得最是情。是的，情难得！他找出李昉编的《太平广记》来，重新读读欧阳詹送给太原妓女的那首诗：

驱马渐觉远，回头长路尘。
高城已不见，况复城中人。
去意既未甘，居情谅多辛。
五原东北晋，千里西南秦。
一屦不出门，一车无停轮。
流蘋与系瓠，早晚期相亲。

怪不得太原妓可以为他而死，这位八闽才子对沦为烟花女的恋人，其情其意是何等的深切啊！情难得，难得的是两心相印，两情相许。佩玉不同意，应是她不知我的情。张之洞决定放下抚台的架子，以普通人的身份去向恋人倾吐心中的一腔真情。

佩玉正在为拒绝巡抚大人而心中不安的时候，没想到抚台亲自来到她的房间。她心里慌乱，表面上依然镇静如常："大人将升两广总督，佩玉祝贺大人荣升。"

"谢谢。"张之洞在佩玉的对面坐下，一副心事沉重的模样。"做总督，说起来是升了，但两广眼下正是多事之秋。从我心里来说，是忧多于喜。人在官场，身不由己。不瞒你说，要是由我自己来选择的话，此时我倒并不想升官去做粤督，宁愿在太原做我的山西巡抚。"

佩玉住在衙门，常听人说起云南广西一带中国军队与法国开仗的事。在佩玉看来，此刻去广东，也未必是件好差事。她知道张之洞对她说的是实话。但她绝没有想到，未来的总督大人会对她这样一位地位低下的弱女子，说出自己的心里话。她随口说："太后、皇上信任大人，大人的本事也大，两广的事情会办得好的。”

“但愿如此。”

如同喃喃自语似的，张之洞信口说了这句话。他望了望佩玉。佩玉的神态不是过去的那种坦然大方，她一接触张之洞的眼光，便马上羞得低下头来，满脸涨得红红的。双颊飞红的时刻，佩玉顿增无限春色。

二十七八岁的佩玉，本来长得五官清秀身材匀称，但她一来家境清贫，酷爱琴艺又使得她养成了朴素淡雅的习性；二来她作为一个寡妇，世俗的眼光和自己的心情，都使得她不能搽脂抹粉披红戴绿。平日在张之洞的眼中，佩玉什么都好，就是暗淡了一点。此刻，这桃花似的红晕一下子使得她光彩夺目起来。张之洞在心里暗暗地叫了一声：原来佩玉竟是一个比石氏、王氏还要漂亮的美人，过去居然没有发现！一股热流猛然贯注他的全身。他觉得自己竟然如同一个二三十岁的年轻人那样，热血沸腾，激情澎湃。难道说，是佩玉让我岁月倒流，韶华重来？张之洞惊异于自己的痴想，他兴奋至极，一股一定要娶佩玉的情绪勃然涌起，再也不能抑制下去了！他真想对这位女琴师高喊一句“我喜欢你”，但话到嘴边，嗓音却是压得低低的，而且吐出的是另一句话：“我希望你嫁给我，却没料到你竟然不同意。”

佩玉听到张之洞直截了当地说出这句话来，脸涨得更红了，头深深地埋下去，嘴抿得紧紧的，很久不开口。

张之洞穷追不舍：“你为什么不肯嫁给我呢？是嫌我老，还是嫌我丑呢？”

佩玉两只眼睛死死地盯着自己的一双青布鞋，胸臆间正如同波涛汹涌的大海、乱云飞渡的天空，她自己也无法把握住。

“你倒是开口说话呀！”

张之洞是个刚烈性急的人，若不是对这位女琴师有着深情的爱，如此长的沉默不语，早已使得他的自尊心大受刺激，甚至会拂袖而去。

佩玉努力压住胸中的波涛和乱云，终于说话了：“小女子不配与大人谈这桩事。”

“为什么？”见佩玉开口了，张之洞刚刚萌生的急躁心绪立刻平静下来。“我知道，你是嫌我老了。你别看我双鬓都白了，我其实还不满四十八岁。我是道光丁酉年生的，属鸡，你帮我算算，看是不是四十八岁？两三年前我还只有几根白头发，来山西后，不知不觉间两鬓头发都白了。我自己也没有想到会白得这样快。”

虽然佩玉不是嫌他老，不过也没有料到他只有四十八岁。看他的模样，佩玉总以为有五十四五岁了。女琴师轻轻地摇了摇头。

不是嫌我老。张之洞心里这样想着，信心立时增加几分。

“我知道了，只是嫌我长得丑。”张之洞坦诚地说，“我是长得丑了点，个子不大高，五官也不太整齐，我有自知之明。但自古以来，选女婿看才不看貌，男子汉不在长得好不好，而在有无才干。太后不嫌我丑，放我做山西巡抚，现在又要我去做两广总督，与洋人打交道。太后不担心让长得丑的张某人去跟洋人打交道，会丢大清国的脸，她知道没有才干的总督才会丢大清国的脸。”

说实在话，佩玉也不是因为张之洞长得丑才不嫁给他，但她听了这番表白后，倒看出抚台原来是个风趣的人，也是一个坦荡的人。做过人妇的女琴师懂得，坦荡而貌丑的男人远比狭隘而英俊的男人要好。“太后都不嫌我丑”的话，使得佩玉直想笑，她努力地克制住了。虽没笑出声，心情却已比刚才要轻松些了。

不嫌老，不嫌丑，那就再没有别的原因了，只有唯一的一点，那就是她不愿意为妾。张之洞理解佩玉的心情，他要诚诚恳恳细细致致地跟她说清这件事。

“佩玉，我知道了，你是说我不该收你为妾，而不是娶你为夫人。你嫌名分不正，又担心日后进来一个正夫人，你会受气，是吗？”

话说到这里，方才说到点子上。佩玉的家庭虽说是清贫，却也是书香之家，她虽守寡在娘家，却也是清清白白的良家女子，给人做妾，是她从来想都没想过的事。哪怕那人家里堆着金山银山，哪怕一辈子住在娘家冷清贫寒，心灵手巧琴艺高超的佩玉也不愿意去给别人做妾。

她抬起头来，迅速地望了望张之洞那双充满热切目光的眼睛，立即又低了下来。就在这个时候，她下意识地点了点头，表示同意张之洞的猜测。

“佩玉，你听我慢慢地跟你说明白。”张之洞心情沉重地说，“你来衙门里，教准儿认字奏琴已有两年了，你天天看到的是一个有权有势威风凛凛的抚台，你或许不知道，这个抚台其实是个苦命的孤独的人。”

佩玉的女人心，立即给张之洞这几句带有浓厚伤感情绪的话给吸引过去了。是的，她的确不知道巡抚大人还是个苦命的孤独的人。她的头慢慢地抬起来，眼神中的羞怯和畏惧减去了许多。

“在我四岁的时候，我的母亲便去世了。抚养我长大成人的是我父亲的侧室魏老太太。几十年来，我一直将魏老太太当作亲生母亲看待。我在湖北、四川做学政的时候，都将她老人家接到官衙奉养。她病逝后，我亲自送她归葬南皮祖茔。”

在佩玉的心目中，妾是没有地位的，她没有想到巡抚大人竟然是父亲的妾带大的，而且他对父妾执礼甚恭。她不由得对眼前的抚台生出几分怜敬交加的心情来。

“魏老太太告诉我，我的母亲在世时最爱的便是弹琴，又将母亲留下的古琴拿出来给我看。魏老太太自己不会弹琴，却能学着母亲弹琴的姿势，讲述母亲弹出的琴声是如何如何的好听。就因为这个原因，从小起，琴便在我的心目中有着神圣的地位。后来，我的发妻石氏过门，我就将母亲留下的古琴送给她，要她学会弹琴。石氏聪慧，很快也便能弹出一手好琴来。”佩玉静静地听着。琴，将她和高高在上的抚台大人之间的距离拉近了。

“那一夜，我在晋祠听你弹琴。你猜我是怎么想的？我以为那就是我的母亲在弹琴，又以为是我的发妻石氏在弹琴。所以，第二天我一定要见你，并执意要请你进府来教我的女儿弹琴。”

佩玉的心颤动了一下。这位平日严肃到颇近威厉的抚台，居然有如此纯厚的孝心和深渺的情怀！她不由自主地抬起眼来，静静地看着张之洞，那眼光再也不是羞怯和畏惧，而是荡漾着似水柔情。

“在府中，我常常一个人在小书房里听你弹琴。你的琴曲给了我很好的享受。那时候我就这样奢望着：下半辈子能天天有如此享受就好了。”

佩玉周身热活起来。从来知音难觅，更何况这等知音，普天之下有一人足矣。艺人渴求赏识的心情，与女人渴求爱慕的心情交织在一起，女琴师的心动了。

她轻轻地说：“谢谢大人的厚爱。若早知道大人这样喜欢听我的琴，我可以每天专门为你弹奏几曲。”

“好哇！以后我就天天请你为我弹几曲。”张之洞接过佩玉的话，把它特为强调一下。

佩玉意识到机灵的抚台已经钻了她刚才话中的漏洞，脸上不由得又浮起一片红晕。这片红晕，再一次将她打扮得俏丽动人。

“那一夜，你从一个琴师的角度说起‘和’字的道理，使我对自小起就读过的《乐记》有了更为深刻的认识，受到许多启发。我想到，如果你能始终在我身边的话，不但能让我天天听到美妙的琴曲，你还能成为我的内助，可以补我之失，纠我之误，半为良师，半为益友。”

佩玉觉得自己承受不起这份器重：“大人言重了。小女子那夜一时兴起，信口胡诌的话，原是当不得真的。”

“不，你那夜说得很好。”张之洞郑重地说，“和，是音乐产生的基础；和，也是治理邦国的最佳途径。圣人治理天下的大道，很可能就是从乐师弹奏琴曲启发而来的。老子说治大国如烹小鲜，大道理和小道理其实是相通的。好了，这些就不多说了。但你要相信我，我的确由你的话得到了许多启迪。我于此看出你的治事之才，你今后是可以成为我的帮手的。”

张之洞的这番话使佩玉颇受感动。她已觉察到话中的重量：知音，帮手。这分明不是寻常大官员买小妾，将买来的女人当玩物，当侍婢，当任意处置的奴隶，而是将她放在与自己平等相待的位置上。若真的这样，作为一个平民家里出身的女人，一个丧夫夭子的寡妇，她还有什么话可说的？但，既然如此，又为什么不用八抬轿从大门将我娶进来，立为正室呢？佩玉甚是疑惑不解。

“现在让我说说，为何不将你作为续弦夫人娶进门的道理。”

张之洞感到这话有点难于说出口，他在心里作出一个决定：如果佩玉坚持不同意做妾的话，他就改变主意，宁愿再冒一次风险，也要把佩玉娶过来。佩玉对他太重要了。

迟疑良久后，张之洞说：“你可能还不知道，我先前有过三个妻子。结发妻子石氏去世时还不到三十岁。续妻唐氏去世时三十四岁，第三个妻子王氏去世时三十五岁。她们都是年纪轻轻的便离我而去，使我很痛苦，也使我奇怪。太原城里的袁半仙告诉我，我的命太硬，若要女人长久保住，只有不居夫人的名分才可。”

略停片刻，他又以十分恳切的态度说：“我很喜欢你，非娶你不可，但我又不想你走石氏、唐氏、王氏的老路。为了你，也为了我，所以才作出这种安排。你能体谅我的苦衷吗？”

佩玉只知道准儿的母亲三十多岁就过世了，却不知道在此之前还有两位，也是青春年华便过早弃世。因为自己的不幸遭遇，佩玉也相信命运。她相信是因为自己的命不好，才克夫克子，才寡居孀处。一个三丧妻子，一个两丧亲人，从痛失亲情这点上来说，两人同是情感世界中的天涯沦落人。是啊，与其顶个夫人的名分而短命，不如做个偏房而长相厮守。佩玉望了一眼张之洞，没有说话，而张之洞却从她的眼神中看到了谅解的目光，他心里一阵欣喜。

男子汉的激情，发自内心深处的爱的驱使，使他一时忘记巡抚的尊严和中年男子的持重，他的两只强劲的大手，抓住佩玉的两只纤纤素手，动情地说：“佩玉，嫁给我吧，我会始终对你好的。你名义上虽居侧室，其实家里并没有夫人，你就是夫人，内政全部交给你，由你一人掌管。今后，我也不会再买妾讨小了，也没有人再来与你争个高下。准儿这两年来和你相处亲热，她昨天听说你就要回晋祠去都哭了，她舍不得你走。看在准儿的分上，你留下吧！”

说到童年就没娘的女儿时，张之洞那颗刚烈的男人心已化为慈母情，声音不觉抖动起来。

名为妾实为夫人的许诺，准儿的心意和她的眼泪，最终把佩玉给说动了。事事都好，就不该这个名分上差了。佩玉虽灵慧过人，但终究是一个贫穷而命苦的弱女子。她相信命，相信天意，她不再执意拒绝了。张之洞一把抱过佩玉，紧紧地将她搂在怀里。佩玉没有推脱，也没有将脸贴在张之洞的胸前。她并没有多少喜悦和幸福的感觉。她从来没有想过高攀官家，她最大的愿望只是能遇到一个实心实意知寒知暖的男人，与他同甘共苦地过日子，创家业。她知道，走进官家，有许多外人看得见的风光，而同时也有许多外人看不见的烦恼。她不知道今后的日子到底会怎样过。想起英年早逝的丈夫和两岁夭折的姣儿，想起从此以后将琵琶别抱，再为人妇，佩玉心在剧痛，泪如雨下！

好长一会，她从张之洞的手中挣脱出来，轻轻地说：“我还要回家去告诉父母，听从他们的意见。”

“是的，是的。”张之洞急忙说，“那是应当的。我明天就派人送你去晋祠，好好地跟两位老人说清楚，请他们同意。”

“还有。”佩玉细声细气地说，“我的父母只有我一个女儿，他们一天天地衰老了，身边要人照顾，我想请大人答应，让他们随我一道走。”

“好，好。”张之洞忙不迭地答应。“侍奉父母，是做儿女的本分。你父母就你一个女儿，他们自然是应该跟随你到广东去的。他们愿住衙门也行，愿自己赁屋住外面也行，一切听他们的。”

佩玉不再说什么了，心也慢慢地平静下来。

正是春末夏初时分，三晋大地麦青花黄，万物欣欣，张之洞结束在山西两年半的巡抚任期，肩负着以醇王为后台的新军机处的重任，怀抱着兼济天下、经营八表的素志，离开太原，前赴眼下朝野内外、欧亚东西所关注的争斗之地，他将要以一身作南天柱石，撑起这座风雨飘摇的帝国大厦的一隅。四十八岁的中年总督不免忧喜参半：大展宏图之心与责任重大之感同时并存。

然而，与当年孤身赴晋不同，此时，他的身边多了一位有才有识的终身伴侣。这些天的共同生活，佩玉给张之洞带来的温馨，在他的身上发生了神奇的作用，仿佛青春重返，韶华再来，张之洞觉得浑身上下都充满了像二十年前似的用之不竭的生命力。他回顾两年多来所办的一桩桩大事：铲除罂粟，奖励农桑，戒烟禁烟，清查库款，查办贪官，整饬吏治，免除摊派，苏缓民困。尽管这些政绩是用两鬓全白的辛苦所换来的，却是十分值得。望着古道两旁一派庄稼茂盛耕作繁忙的景象，张之洞的脸上泛起欣慰之色。

车到荫营镇时，他想起了那年途中打尖的小饭铺，便把大根叫来说：“你再去跟那位薛老板聊聊，问问他罂粟根绝了没有，老百姓的日子过得好些没有？”

半个时辰后，大根赶上了车队。

“见到那个薛老板了吗？这里的情况如何？”张之洞希望从这个小小的点上的变化，显示出他治晋两年多来的巨大政绩。

“见到了。”大根的情绪并不高昂，“薛老板说，他们这里的罂粟还在种，只是大路边没有而已，离开大路两旁不到十里地，那里的罂粟照旧和过去一个样。”

“他们为何还要这样做？”张之洞生气起来。

“我也问过。薛老板说，大路两边不种，只是为了应付官府。老百姓还是要种，他们要靠它养家糊口过日子。”

“苛捐杂税减少了一些吗？”停了一会，张之洞又问。

“薛老板说，也没有减少什么。原来的名目没有了，又增加了一些新名目。一年下来，老百姓出的钱，与过去差不了多少。老百姓若不种鸦片的话，这些捐税根本就无法交。薛老板还说，官府也有它的难处。有次平定县的主簿在他的饭铺吃饭，说省藩库一年支给县衙门的钱还不够大伙儿吃饭，更不要说有钱办公益事了。县衙门不问老百姓要问谁要？所以官府后来知道罂粟还在大量种，也就开只眼闭只眼，明禁暗不禁了。”

张之洞不再问下去了。荫营镇是这样，看来其他地方也差不多，刚才的欣慰之色，早已在他的脸上消失得无影无踪。一个认识猛然清晰地出现在他的脑海中：中国的根本症结在于百姓的贫困，若这个症结不化解，任何德政都将无法施行。然则，如何才能使得百姓富裕起来呢？这真是一个重大而棘手的难题。他想：将法国之事了结后，一定要用全副精力来致力于富民之事。

然而，清流出身的新任两广总督没有料到，法国之事，其实是很难了结的，这里面有太多太复杂的缘故。就在张之洞千里南下旅途中，京师政坛幕前幕后的活动正在紧张地进行着。

第七章／和耶战耶

一　恭王府里的密谋

古老的天津卫近几十年来涌现了许多新鲜事儿，这些新鲜事差不多都与“洋”字有关：街道上常常可见一些金发碧眼，戴高筒帽，拿黑手杖，趾高气扬的男人，那是洋人；也能见到穿黑大长袍，蒙白头巾，低着头面无表情，用急匆匆的步伐赶路却又没有一点脚步声的女人，那是修女，老百姓都叫她们洋尼姑；在低矮破旧的民宅边突然会有一栋奇怪的建筑出现，大块大块的石头垒成，尖尖的屋顶直插云天，屋顶上还矗立着一个十字架，那是洋教堂；在城中心的繁华地段，或是海边幽静之处，常常可见到一栋栋新奇鲜亮的房屋，那是洋人们住的洋楼。

天津卫大小衙门的官员们，对这些带“洋”字的玩意，大都采取敬而远之的态度。此时，在一顶豪华耀眼的蓝呢大轿里，却坐着一个与众人心态不同的官员。此人以冷冷的甚至带有几分鄙视的目光，看着轿边晃过的长袍马褂和陈旧不堪的店铺，而一旦他的眼前出现洋人或洋房的时候，他便会立即掀开轿窗帘子，睁大眼睛，极有兴致地欣赏着，那神情，满是羡慕、渴望、追求……

此人并不是洋人，也从没有在国外喝过半天洋水，他是一个地地道道的中国人，有标准的中国长相，有纯粹的中国血脉，也有一个规范的中国名字：盛宣怀，字杏荪。然而，他对洋人和洋人所办的一切事业，却是五体投地地叹服、敬仰。

盛宣怀出身于一个官僚世家，父亲做过湖北盐法道，与先后做过湖北巡抚及湖广总督的胡林翼、李瀚章李鸿章兄弟很要好。因为这层关系，他在二十岁时便以秀才身份进入李鸿章幕府，以精明能干而得到李的信任。不久，官居直隶总督兼北洋大臣的李鸿章创办轮船招商局，他委派盛宣怀为该局会办。

盛宣怀把中国人破天荒办起的这个内河航运公司，经营得兴旺发达，居然将美国人办的，称霸长江十五年的旗昌航运公司全部买下，轮船招商局的实力一时间无人可以抗衡。与此同时，盛宣怀也为自己捞取大量银子，遭人弹劾，终于丢掉了会办的职务。

这时，中俄伊犁纠纷出来了，朝廷深为远在西北边陲的伊犁城的文报不通而忧虑。相反地，俄国人却可以通过电报，天天与圣彼得堡联系。在事实面前，即使是最顽固的守旧派，也承认洋人的电报要胜过中国的四百里专递。于是，朝廷决定仿照洋人之法建立电报局，将此事交给李鸿章。李鸿章相信盛宣怀的能力。因为此，赋闲家居的盛宣怀，便成了设在天津的中国电报总局的督办。才四年光景，盛宣怀又把另一个时髦的洋务弄得红红火火。

现在，他的袖口袋里正装着一份重要的电报。他带着它直奔北洋通商大臣衙门，去拜谒他的主子。

蓝呢大轿在越过几栋洋楼洋教堂，送走几个洋男人洋尼姑之后，来到了气势宏大的北洋大臣衙门。盛家衣着鲜丽的仆人持着名片，踏上麻石铺就的九级阶梯，弯着腰双手将名片递给一个架子不小的中年门房。

门房见了名片，知道来访的是电报局的盛督办。盛督办是北洋衙门的常客，门房是熟悉的，但时当正午，来的不是时候。门房操着一口合肥土话，对盛家的仆人说："爵相刚散完步后躺下，要过半个时辰才起来办公，请盛老爷等一等。"

爵相便是李鸿章，这是对他最尊敬的称呼。李鸿章官居总督，通常的总督，可尊称为制台或督宪；他身为大学士，通常的大学士，可尊称为中堂或相国。但李鸿章不是一般的总督，也不是一般的大学士，他乃是一个有着二等肃毅侯爵位的大学士总督，故人们都特别尊称他为"爵相"。

盛家的仆人早已得到主人的指示，忙说："我家老爷说，劳您驾，他有一份洋人打来的重要电报，要立即禀告爵相。"

听说是洋人打来的重要电报，门房不敢怠慢，赶快进去了。一会儿工夫，便传出话来："请盛老爷进去。"

盛宣怀这才从蓝呢轿子里踱出来，气宇轩昂地跨过北洋大臣衙门那道又宽又厚的铁门槛。刚在小客房坐定，门外便传来一句洪亮的安徽官腔："杏荪，有什么急事，这个时候来吵烦我？"

随即走进一个身材颀长穿着白绸睡衣睡裤的人来，此人即威名赫赫的李鸿章。

李鸿章二十二岁时从合肥老家来到北京，拜父亲的同年曾国藩为师，成为曾氏一生唯一的及门弟子。二十四岁高中进士入翰苑，三十岁时回原籍协助吕贤基办团练，因军功而升至按察使衔。三十六岁那年他投奔曾国藩，得到业师的赏识，不久便命他回家乡招募子弟，组建淮军，救援上海。又向朝廷保举他为江苏巡抚。从此，李鸿章凭着淮军这支战斗力极强的军队，和他自己的过人才干，收复苏南，平定捻军，又在西北有效地镇住回乱，得以一步步走向事业的高峰。到了同治末年，无论官位，还是权力，他都与乃师并驾齐驱了。

李鸿章很受慈禧的器重。自从同治九年以来，他稳坐直隶总督这把天下第一疆吏的交椅已经十五年了，不论朝廷内外，凡国家大事，慈禧都非常重视李鸿章的意见。尽管军国大事十分繁忙，但李鸿章深得业师的养生真谛，每天坚持饭后走三千步，临睡时用热水泡脚一刻钟，加之他禀赋刚强，遇事想得开，故而身体健朗，面色红润，六十二岁的老者，看起来如同五十开外的人一样。

“爵相，打扰了您的午睡，实在对不起。”

盛宣怀跟随李鸿章十多年了，深谙李的通脱简易的脾性，他站起来说完这句话后，不待李鸿章吩咐便立即坐下，既不寒暄客套，也不咬文嚼字，开门见山地说：“赫德从上海打来电报，是关于眼下与法国人闹纠纷的事。事情重大，不能迟缓，所以立即送过来，请爵相过目。”

赫德是英国人，二十一岁时来到中国，已在中国住了整整三十年，是个真正的中国通。他身居中国海关总税务司要职已达二十年之久，以洋人之身而执掌大清帝国海关税的大权，与李鸿章的关系很是亲密。

听说是赫德的电报，又是说的与法国人的事，李鸿章的精神立刻振作起来。他将手中那两只不停转动着的曾国藩所送的玉球放在茶几上，说：“快拿出来给我看！”

盛宣怀从左手衣袖里抽出一沓电报纸来，双手递过去。李鸿章接过后，顺手将茶几上的一副西洋进口老花眼镜戴上，仔细地看起来。

赫德的电文较长。他告诉当今中国的第一号外交家，法国最近派遣一个名叫福禄诺的海军中校为特使，赍带一封重要密函来到中国，在广州会见粤海关税务司德璀林，请德璀林陪他一道北上，设法将这封密函交给朝廷。德璀林和福禄诺带着这封信已来到上海，将要赴天津拜谒爵相。据福禄诺说，密函中有开放云南，不得损害和限制法国在越南的权利，赔偿法国军费，调离主张对法作战的驻法公使曾纪泽等主要内容。此事如何答复，请爵相作出决定。

看完电报后，李鸿章摘下老花镜，默不做声。

“福禄诺和德璀林很快就要到天津来了，这事如何办？”盛宣怀见李鸿章老是不开口说话，忍不住问了一句。

李鸿章重新拿起那两只浅绿色的玉球，在手上慢慢地滚动着，仍然没有开口。

这是一件很大的事情，李鸿章自然要深思之后才能作出决定，盛宣怀不再多嘴了。他自已也开始认真思索起来。一来他对眼下国家的这件大事也很关心，二来他需要作点准备，若万一爵相问起来，也好有一个像样的回答。

“杏荪，你看这个法国人如何接待为好？”

果然被盛宣怀料中了，李鸿章转了好多圈玉球后，突然侧过脸来问他。盛宣怀知道李鸿章是当今唯一能圆熟应付洋人的大员，但因为慈禧太后的态度不好把握，在与洋人打交道时，他也不免存几分疑虑之心。

盛宣怀胸有成竹地回答：“爵相，依职道的想法是，叫德璀林一人带着法国政府的密函来天津，让那个法国特使在烟台候着。德璀林虽然是德国人，但到底现在是咱们的官员，得听朝廷和爵相您的，彼此之间有些话也好挑明说。那个法国特使我们向来没见过面，不知这人怎么样，倘若是个蛮横不讲道理的家伙，反而会把事情给搅了。”

李鸿章注意听着盛宣怀的话，心里不停地在想：这小子是越来越成熟老练了。可惜，这种头脑清楚又会办事的人太少了，若身边有十个盛杏荪的话，天下什么事都好办。

“这个法国特使我倒是见过一面。”李鸿章缓缓地说。

“爵相认识他？”盛宣怀颇为吃惊。

“三年前他的兵舰在塘沽停了一个月，专程到北洋衙门看过我，看起来像个精明鬼。只见过一面，我对他不了解，是得防范点。就按你的主意办，赶紧给赫德发个电报，叫德璀林带着密函来见我，让那个法国人在烟台候信。”

盛宣怀不敢多打扰李鸿章，遂告辞离开北洋大臣衙门。

李鸿章拿着电报走进卧房，再细细地看过一遍后，便将它压在枕头下。他是个心胸开阔的人，平生不知度过多少险滩恶浪，这种事不至于影响他的情绪，他照常睡他的午觉。

一个钟点后，他起床走进签押房，开始处理公事。老仆人送来他数十年来喝惯了的祁门红茶。他喝上一口后，想起了午间盛宣怀送来的电报。

自从同治元年组建淮军救援上海以来，李鸿章与洋人打交道已有二十余年的历史。他虽然不懂洋话，也没放过洋，但对东洋西洋各国的情况大致了解，至于对自己国家的实力和各种弊端，更是洞若观火。积二十余年的洋务经验，李鸿章深知中国目前远不是东西洋各国的对手，必须有一段相当长的时间用来向洋人学习，引进他们的长技，然后才能谈得上与他们抗衡；至于制服洋人，则更是近期所不能奢望的。他的老师曾国藩在世时，师徒俩多次谈过这件事，彼此的看法是一致的。同治九年他们联合上折，请求派出优秀子弟分期分批出洋留学，学习洋人的天文历数、机器制造等技术，十年八年学成后再回国报效。他和他的老师把这个国策定名为“徐图自强”之策，并认为这是导致中国富强的唯一稳健而有效的策略。中国在近几十年里，应当有一个能保证这项国策得以实现的安定环境，所以，在与洋人纠纷中，要尽可能地采取妥协的办法，避开与外人交战。

徐图自强之策得到慈禧太后、恭亲王的支持，但也时常受到国人的指责。守旧者认为学洋人的“奇技淫巧”是离经叛道之举，有辱祖宗；激进者又认为在洋人面前的妥协是软弱可耻的行为，有汉奸之嫌。虽有太后和恭王的支持，李鸿章仍时常有各方不讨好的烦恼，但他生性倔强，并不因此而改变自己的国事宗旨。

法国人在越南挑起的与中国人的纠纷，从去年开始就闹起来了，朝廷像往常一样，也把这件棘手的外交事务交给李鸿章去办理。去年四月间，当法国政府调兵遣将，加大军费开支，准备在越南大干一场的时候，慈禧命李鸿章迅速前往广东，督办越南战事，所有广西、云南两省的军队都归他一人节制。李鸿章抱定不与法国破裂的既定方针，没有去广州，而是在上海与法国公使作了一个多月的和平谈判。后来，谈判的地点又搬到天津。中法双方在谈判桌上磨了半年多的嘴皮，几乎没有什么进展。法国方面终于停止谈判，于是有今年春天越南战场上，中国军队的丧师失地。

这个时候，法国政府派遣特使前来天津拜会，表示法国并不想把这场战争打下去。只要中国不是损失太大，为了“徐图自强”的大计，对外之事李鸿章都主张隐忍曲全。是的，要抓住这个机会，恢复谈判，如能签订一个双方都可接受的条约，使战争即刻停止，那就更好了。

但这是一桩极大的事情，不能擅自做主，趁着法国特使和德璀林还在海上航行的时候，应该到京师去一趟，请求陛见，当面向太后禀报。李鸿章打定了主意，次日一早便动身，坐上一驾快马车离开天津。进了京城后，他决定先去看看恭王。于公于私，这都是非去不可的。

恭王奕䜣的府第，是北京城里的第一号王府，坐落在前海西街，是乾隆朝的权相和珅的住宅。和珅玩弄权术，贪污受贿，积累了数不清的银子，建造这座仅次于皇宫的大宅院。乾隆死后，和珅垮台，嘉庆皇帝将它赐给自己的胞弟庆王，以后几经周折，便到了恭王的手里。自从辛酉年两宫垂帘听政以来，二十多年里，恭王一直处于军机处领班大臣的重要位置，执掌朝政，权倾天下。他住这个宅子，倒也是名副其实的。

但眼下，恭王的地位与这座王府的规模却不符了，因为现在他只是一个普通的王爷，他的炙手可热的权力，已被慈禧太后一纸命令给剥夺了。

当年，因共同的险恶处境，而内外携手结成联盟的叔嫂，本应长期合作，共享坐天下的荣耀，但其实不然。早在垂帘听政初期，江宁刚刚打下，江南局势尚未完全稳定的时候，慈禧与恭王之间便有了裂缝。

慈禧虽是咸丰帝的妃子，但她的儿子做了皇帝，她升为太后，便是君了。恭王虽是道光帝的儿子，从血统上来说也是名正言顺的皇位继承者，但一旦这个皇位没有继承上，他便只是一个臣子，只能听从为君者的号令。违令便是欺君，反抗便是造反，上下形势，一转眼工夫就这样铁定终生。于是慈禧可以对恭王发号施令，恩威并加，而恭王也只有臣服的分。

裂缝出现，慈禧对恭王很是不满，亲自动手写了一道错字连篇的上谕，把恭王的一切职务都给罢了。过了几天，因为满朝文武都不赞成，慈禧又把职务还给恭王，但“议政王大臣”这个最高头衔却始终没有交还。

再过几年，同治帝亲政，在母亲的授意下，下令修复圆明园。身为当家人的恭王知道国库窘迫，根本拿不出这笔巨款来，便力劝侄儿收回成命。恭王的不合作，既得罪了侄儿皇帝，也得罪了嫂子太后。小皇帝刚执政，不知轻重，为了讨得母亲的欢心，也为了树立自己的权威，竟然下令革去恭王的一切差使，并贬为庶人。这道命令太骇人听闻了，整个皇族为之震惊。咸丰帝的五弟惇王代表王公大臣向太后求情。

慈禧原只想警告一下恭王，给他一个处分，却不料儿子这样不懂事，弄得阖朝不满。她只得教训儿子一顿，将罢免几个时辰的各种差使又全数奉还。恭王当然知道这背后的原因，彼此之间的裂缝遂更为加深了。

上个月，因越南前线的军事失利，军机处全班下台，恭王心里明白，这是二十余年来，他和慈禧在国事及私事上，各种积怨的总爆发。

恭王是一个集器局开阔和性格软弱于一身的王爷，罢官以后，他几乎谢绝所有人的拜访，自己更是足不出户。他在王府内赏花观鱼吹箫听戏，倒也自得其乐。过去太忙，没有时间读书，现在有的是清闲，他捧出几本唐诗宋词来读，立刻就被汉人祖先所创造的精美绝伦的艺术给镇服了，成为一个诗迷词狂。

恭王聪明，从小起又受过严谨的宫廷教育，学问基础好。一两个月下来，他居然写出了几十首很像个样子的诗词来，而在集句这方面，则更显出他过人的才情。

吃过早饭后，他在王府的东花园里一边散步，一边随意背诵几句唐诗。忽然间灵感上来，又得到一首集句佳作。他急忙回到书房，抽出一纸花笺，将这首诗记下。刚写完，王府长史便来禀报：李中堂的轿子已停在府门外。

恭王虽然被罢了官，但他还是王爷，且他执政多年，得过他好处的人不少，故家居以来虽大为冷清，却也并非门可罗雀，还是有人前来看望问候。若是寻常的大臣，恭王看过名帖后，交代长史一句“知道了，多谢”，就没有了下文。长史明白王爷的意思，出去婉拒来访者。这样做，来访者并不见怪，反而觉得十分合适。因为这种时候，来访者也不过是表示一种慰问之意罢了，彼此之间都不便深谈，甚至还不知王府旁边是否有醇王的暗探，轿子停留的时间越短越好，心意到了就行了。长史说完这句话后，来访者便会立即起轿离开。

这就是官场之间的交往，本来不合情理，然而大家都这样做，反而合情合理了。但是，李鸿章不是寻常的大臣，他和恭王的交情也不同寻常。李鸿章这半年来都住在天津，恭王离开军机处后，他只来过一封慰问函，这是罢官后的第一次拜访。恭王放下手中的笔，对长史说：“将李中堂请到阅报室去。”

王府里的阅报室，是专为恭王阅读西洋各国报刊所辟的一间房子。恭王不懂洋文，这些报刊上的文章自然是已经总署翻译好了的。室内所有摆设，全是西洋的一套，精美考究，舒适实用。

“王爷。”李鸿章一进阅报室，便要行跪拜大礼，恭王忙双手扶着他的肩，不让他跪下。“中堂年事已高，千万不要这样。”

说着，亲手把李鸿章领到墙边的座椅旁，请他坐下。这是一套西洋牛皮沙发，是英国公使威妥玛送的。

“王爷，近来身体还好吗？”李鸿章望着五十刚出头便已显衰老迹象的恭王，关心地问。

“托祖宗的福，还好。”奕䜣微笑着说，“中堂气色甚好，我真佩服你的保养功夫。”

“哪有保养功夫，不想事罢了。”李鸿章哈哈一笑，“听说王爷在用功读书，这两天读的什么书？”

“读的都是闲书。”奕䜣猛然想起自己的诗作，忙叫长史从书房拿来刚写上字的那张花笺，递给李鸿章，“中堂是翰林出身，诗文很好，看我这首集唐人句，有没有牛头不对马嘴的地方。”

李鸿章恭敬地接过花笺，看那上面写的是一首题作《无题》的五律：

白发催年老，颜因醉暂红。
有时弄闲笔，无事则书空。
缥缈晴霞外，筋骸药臼中。
一瓢藏世界，直似出尘笼。

李鸿章出身书香世家，小时候在父亲的严督下，刻苦攻读过经史子集，诗文的确做得不错。当年，他的父亲李文安想让儿子拜曾国藩为师。曾国藩对李文安说：“把你家二少爷的诗文拿给我看看吧。”

李文安送上儿子的诗稿，曾国藩慢慢地翻开着，目光久久地停在那十首《入都》组诗上，默默地念着这个二十二岁的年家子的诗作：“马是出群休恋栈，燕辞故垒更图新。遍交海内知名士，去访京师有道人。”心里在点头赞许。当他读到“丈夫只手把吴钩，意气高于百尺楼。一万年来谁著史，三千里外欲封侯”时，大为惊讶，他合上诗稿簿，对李文安说：“二少爷志向高远，前途无量，这个学生我收下了。”后来，在曾国藩的指点下，他的诗文长进更大。但李鸿章要做英雄的事业，不乐意在笔墨之间耗费太多的工夫。后来，军务政务繁忙，他几乎与诗文绝交了。

此刻，他读了奕䜣这首集唐人句诗，不觉大为叹服："浑然天成，如出一手。王爷唐诗功底如此深厚，真令我这个翰林要汗颜了。"

奕䜣听了很高兴："中堂说好，看来这个事我今后可以长做下去了。"

李鸿章说："吟诗作赋，毕竟是文人的事业，王爷尽管在这方面才华横溢，也不必下过多的工夫，还有许多大事需要王爷您去费神哩！"

奕䜣笑道："我现在无官一身轻，军国大事都不考虑了，正可以全副身心来做这个名山事业。"

李鸿章佩服奕䜣的器局，奕䜣赏识李鸿章的才具，又加之无论对内对外，二人在大计上十分投合，故二十年来，李鸿章与奕䜣，除开在官场上配合默契外，在私交上也有较深的情谊。对于两个月前的政局巨变，李鸿章的心中是大不以为然的，但无奈这是太后的决定，新军机处的后台又是皇上的生父，何况军事上的失利，军机处也有推卸不掉的责任。所有这一切，都使得李鸿章不好说什么，只能对此保持缄默，而对奕䜣的同情，则是发自内心的。尽管他们之间的身份上有近支王爷与汉大臣之间不可逾越的差距，因为相知颇深，李鸿章说话也就不顾忌。

"王爷，话虽这么说，但哪能呢，祖宗留下的江山，王爷能不操心吗？依老臣之见，王爷不久还得复出，朝廷这个家还得王爷您来当呀！"

奕䜣眼睛一亮，猛然想：李鸿章一向住天津，这会子怎么到京师来了呢？莫非太后有什么大事召他来商议？

"说了这多闲话，我还没问你，什么时候来的京师，住在哪儿。”

“昨天午后到的，住在贤良寺。”

奕䜣点点头：“有什么要事吗？”

“有一件大事要当面禀报太后，还没有递牌子，先到这里来了，一来看望王爷，二来也要向王爷请教。”

“什么大事，还要找我这赋闲家居的人。”奕䜣说着，神情立即肃然起来。他知道，李鸿章亲来京师禀告太后，自然是有极大的事。二十多年来的执政生涯，养成了他以国事为己任的习惯。这两个月来无国事过问，他的心空落落的，读书也好，集句也好，实在是百无聊赖的自我消遣。他的内心深处，一刻也没有停止过对往日权势的追忆。

“越南的战争，赫德来了电报，说法国政府专门派了个特使要来天津见我，谈停战签约的事。”李鸿章说着，从衣袖袋里取出电报，递给奕䜣，“这是赫德的电报，请王爷看看。”

奕䜣接过电报，细细地看过一遍后还给李鸿章，端起茶碗来，慢慢地抿着，一言不发。

李鸿章谦恭地问：“王爷您看，这个法国特使，见还是不见？”

奕䜣又沉默了一会，方才开口：“按理说，这样的大事，我现在已不便说什么了。一来如你说的，事关祖宗传下来的江山社稷，我再没有一官半职，也是太祖太宗的后裔，宣宗成皇爷的儿子；二则你打老远的来，看得起我，就冲着中堂你的面子，我也不能不说两句。”

“王爷言重了。我这张老面子可有可无，倒是您说得好，祖宗传下来的江山社稷为重，别的过节都是小事。”

奕䜣听出李鸿章的话中之话，说：“老七早就想自己动手了。也好，看人挑担不费力，让他自己来挑一挑吧！”

“王爷这话说得对极了！”

奕䜣这句话真是说到李鸿章的心坎里去了。这二十多年来，他每受到别人的指摘时，心里就老想起这句话，满肚子都是怨气。

“你问我的看法，我就实说吧。与法国人打仗，是绝对打不赢的，早和早好，迟和迟好，和总归是好。你就辛苦下，抓住这个机会，与这个法国特使谈出个和局来。谈成了，就是大清江山社稷之福，是太后、皇上之福。”奕䜣以十分明朗的语言表达了自己的意见。

“好，有王爷这番话，我心里就有底了。”

奕䜣的这个态度，也正是李鸿章的态度。

“你什么时候去见太后？”

“过会我告辞后，就去递牌子。看明天上午太后能不能召见我，我在贤良寺里候着。”

奕䜣又端起茶碗来，慢慢地喝着茶。李鸿章心里想：电报，恭王看了，对谈判的看法，恭王也说了，可以告辞了。正想着要起身时，奕䜣开口了：

“在越南带兵打仗的两个巡抚，都是那些清流党极力推荐的，坏事后把责任往军机上推的，也是那些清流党，真不知这班人要把国家弄成什么样子才肯罢休！”

奕䜣所说的两个巡抚，一个是指广西巡抚徐延旭，一个是云南巡抚唐炯。徐延旭在广西做藩司时，幕僚中有人在越南住过一段时期，徐便通过此人的讲叙，写了一本关于越南山川形势的书，自以为把越南的国情都掌握了，主战的调子唱得很高。唐炯乃将门之后，对兵戈一事也自视甚高，主战甚力。

对外一贯主张强硬的清流党人，很是欣赏徐延旭、唐炯；尤其是徐延旭，还是一个研究越南的专家，更为这些书生所看重。就在法军挑衅日甚之时，张佩纶极力主张将原来的滇、桂两省的巡抚换下来，擢升徐、唐为巡抚。张佩纶怕自己一人的力量单薄，便邀请已为一方疆吏的老友，在越事上与自己持同样观点的张之洞会衔。张之洞也是同意的，只是这两个人都和他有些亲戚瓜葛：唐炯是他死去的唐夫人的弟弟，徐延旭是鹿传霖的儿女亲家，为着避嫌，他请陈宝琛与张佩纶会衔。张、陈的折子递上去没有几天，徐、唐二人便分别升为滇、桂两省的巡抚。

不料，这二人都只是纸上谈兵的角色，一到实战时便不中用了。电报传到京师，大家都很愤怒。盛昱上了一疏弹章，先是指责张佩纶、陈宝琛滥保匪人，继而强调最终责任还是在军机处。于是，便有军机处大换班的变局出现。因为官居右庶子的盛昱也是个喜欢参劾大员的言官，时人也将他视作清流党。这便是奕䜣所发怨气的背景。

李鸿章说："清流误国，的确是不刊之论。这些人只唱高调，不办实事，出了麻烦惹了祸，他们一点责任都没有，还得别人来替他了结。就拿前些年天津那桩烧教堂杀洋人的事来说吧。都说陈国瑞是幕后的指挥，其实陈国瑞是受那帮唱高调人的煽动。后来又说什么趁此机会烧掉所有教堂杀尽一切洋人，听起来爱国得很，若真照他们说的去做，祸还不知要闯多大。亏得文正公委曲求全，总算较好了结了，却背了个汉奸的罪名忧郁而死。"

"趁此机会烧掉所有教堂，杀尽一切洋人"这句话，便是醇王奕譞说的，李鸿章不便点名，奕䜣一听就明白。在洋务这方面，他们二人是完全一致的，对清流党的指摘都是深恶痛绝的。

奕䜣说："这班子清流党，我看都得给他们派点实事做做为好，免得他们天天说自己怀才不遇，看别人这也不顺眼那也不顺眼的。"

"张之洞这不放了两广总督，让他试试看吧！"

李鸿章的话语里明显地带有几分轻慢的色彩。在他的面前，张之洞真正是个后生小辈，没有他的那些赫赫军功，这是不消说的了；就拿资历来说，也不过只做了两年多山西巡抚。仅凭几份写得好看的论兵奏疏，就擢升粤督？战场上的事可不是做文章，白刀子进红刀子出，要的是真家伙！

"是呀！"奕䜣拖长着声调说，"那是军机处刚交班的几天，太后为的是不太冷淡了我，特地问我，世铎提出的让张之洞接替张树声去做两广总督，你看行不行。我知道这是张之万在作祟，一入军机就营私。老七也是急于要提拔新进，组建自己的人马。行不行，我说了都不中用。后来我想，张之洞主战嚷得最凶，那年伊犁事件上，也就数他喊得厉害。正如你刚才说的，让他自己来试试也好，吃点苦头，长长见识，做个徐延旭第二，也未必不是朝廷之福，免得日后为害更大。我于是对太后说，放张之洞做两广总督，算是放对了人，他写了那多军事奏折，一定有带兵统将的才干，眼下两广正要他这样的制台。”

“王爷说得好！让他撞一撞南墙，也好头脑清醒点。”

李鸿章不觉笑了起来。两广总督张树声是二十多年前李鸿章创建淮军时的第一批哨官，跟随李鸿章南征北战，多有战功，是淮军系统中一个很重要的成员。撤掉张树声的粤督，令张之洞代替，自然不是李鸿章所喜欢的事。

“还要多让几个人去撞撞南墙。”奕䜣端起茶碗，但并没有喝，他边思索边说，“第一个要放张佩纶出去。此人自以为天下第一，谁都不放在他的眼里，谈起打仗来，好像比哪个都有本事。我看也得放个兵差让他过过瘾。”

张佩纶这个人，李鸿章对他又爱又恼。爱他的才华过人敢于言事，恼他在国事上常与自己针锋相对。一个功勋盖世、年岁与他父亲同辈的人，他却在奏章中用刻薄的词句加以挖苦，在平日的言谈中用调侃的语言加以讥讽。对奕䜣的这个建议，李鸿章是很赞成的，甚至佩服恭王这种整人不留痕迹的高明手法。

“张佩纶是一个。”

“还有陈宝琛。这人也是个眼低吴楚目中无人的家伙。还有吴大澂，此人金石书画还不错，在翰苑做个翰林倒是称职，但偏偏不安本分，觉得自己是个带兵打仗的大才。我看也得让他们去试试，免得终日抑郁不得志。”奕䜣揭开茶碗盖，嘴角边露出一丝冷笑。“中堂不是明天要递牌子见太后吗，你好好琢磨琢磨一下，该给张佩纶、陈宝琛、吴大澂委派个什么差使合适，明天就当面向太后提出来，太后是一向看重你的话的。”

离开恭王府，在回到贤良寺的路上，李鸿章坐在轿子里一直在想着奕䜣这个建议。让那几个清流党在实际事务中去碰碰壁，杀一杀他们平日的骄矜之气，这也是李鸿章的宿愿。不过，他在细细思索之后，又发觉奕䜣更主要的还不是要整几个清流党，他是把醇王当作清流的后台，最终目的是要整他的这个亲弟兼政敌。李鸿章想到这里，心猛地抽动了一下。

二　慈禧深夜召见李鸿章

中国军队在越南境内与法军交战这件事，几个月来一直是慈禧心中的一件大事。作为一个女性当国者，慈禧从来没有要作出一番大事业来的雄心壮志，实事求是地说，辛酉年那次政变，也是咸丰帝的失误和肃顺跋扈所逼出来的。

倘若不是咸丰帝那样心胸狭窄，把兄弟之间的过节老盘着至死不解，而在顾命大臣中安排恭王一个位子；即使不安排，哪怕是在临终前见见面，像历代托孤帝王那样，执着恭王的手说几句好话，委托他辅佐六岁的孤儿。若这样做了，恭王便不会跟慈禧联合起来，置祖制不顾而废顾命大臣。

倘若肃顺等人不是那样的跋扈嚣张，专断一切，眼角里根本没有两宫太后和近支亲王，而是稍微照顾下他们的体面，有一点和衷共济共渡难关之意，也不至于把慈禧逼到要与顾命大臣们一决生死势不两立的地步。

垂帘听政十二年，同治皇帝十八岁了，慈禧把权力完全交付给儿子。谁知儿子并不成器，处理国家大事既草率，个人立身更孟浪，在亲政到驾崩这一年多时间里，慈禧不得不替儿子操心费神。到儿子一死，谁来继位，则又成了天上人间的头等大事。比来比去，思前想后，终于选择载湉来接替，做了个光绪皇帝。

光绪登基只有四岁，离十八岁亲政，还有十多年，同治朝已经垂了一个朝代的帘，显然，此时朝野内外，无论谁都认为这个帘子还是继续垂下去为好，慈禧只得又管理国事了。如此说来，慈禧岂不成了一个忧国忧民舍身为公的贤明太后？也不是的。

慈禧压根儿没有想到要效法康熙、乾隆去安边绥远，臣服四夷，也没有想到要像他们那样去修《康熙字典》、《四库全书》。凡这些流芳百世的文治武功，她都不大去想。她只是热衷权势，有极强的统治欲望，指使欲望，满足欲望。她喜欢所有的须眉男子在她面前匍匐称臣，唯唯诺诺，听凭她的吩咐，向她宣誓效忠。她喜欢过问一切事情，大至军国谋略，小至某个王府格格的婚配，她都要过问，都要裁定。大事小事，一经她的定夺，便不能改变。

慈禧就是这样一个女人，这样一个女当国者。她有过人的机敏才智，却没有深厚的学养和远大的识见；她有强烈的权力之欲，却没有宏伟的抱负和做大事业的气魄；她有至高无上的地位，却没有为国为民谋福的公心。

说实在话，人类历史上这样的统治者，又何止一个慈禧太后！他们真正是辜负了天时地利人和给他们汇聚成的举国无双的机遇！倘若是平平淡淡庸庸碌碌倒也罢了，更为可恨的是，他们以自己的愚蠢、自私、狂妄、强暴，借助于这种无人可及的地位和权力，去祸国殃民，给人世间带来痛苦和灾难，让历史为此蒙上羞恨耻辱，长使后人浩叹！

就慈禧内心来说，她希望所有的洋人都不招她惹她，她也不会去招惹洋人，彼此相安无事，她安安心心地做她大清帝国独一无二的太后，颐指气使，生杀予夺。到了皇帝成年后，把权力交给他。他办事办得合自己的心意，则让他办下去，若办得不合自己的心意，让他改办重办，乃至于废掉他，重立一个，到时都是可以做得到的事。可是，就是这些可恼可恨可鄙可杀的洋人，无休无止地寻事生非，跟她过意不去。

这二十年来，大大小小的教案数也数不清，还有俄国的东北边界纠纷，伊犁城的归还，日本强占藩属国琉球、干涉藩属国朝鲜，还不时有这个国家要开放一个港口，那个国家要借一块地等等。现在，又拱出一个越南事情来。

法国人咬定说他只是要开通一条进入中国的贸易线而已，别无他求。慈禧真的不明白这些红毛蓝眼的洋人是怎么想的。口口声声说的是经商做买卖，但买卖是双方的事，是一个愿卖一个愿买的平等商量的事呀！你愿卖，我不愿买，或者说你愿买，我不愿卖，就不做好了，你凭什么要用强力逼迫人家呢？要说洋人蠢嘛，他的那些船炮又确实造得好；要说洋人不蠢嘛，怎么连这样简单的道理都不懂？

夷狄真的是夷狄。一想到这里，慈禧就连连摇头。

对于远在云南、广西之外的越南国，慈禧先前所知甚少。后来那里闹事了，云贵总督、两广总督向朝廷报告，她才知道有这么一个君主昏庸、官吏贪恶、百姓无知无识的小国家，才知道这个国家每年给朝廷送点贡品，而朝廷的回赠要比它的进贡大过十几二十倍。它名义上承认是大清的藩国，实际上它的朝廷更替、君位承继、官员任免、税金收入等等一切大事，朝廷都不能过问，反而还要承担保护它免受外国侵略的责任。

慈禧弄不清楚，当年老祖宗为什么要把这个包袱背在自己的身上，这对咱们大清国到底有什么好处？若不是碍着丢了祖宗脸面这一点，慈禧真的不想去管这档子事。把军队全部撤回来，让他们越南去和法国人周旋好了，自家的事已够麻烦，哪还有那份闲心思去管人家的事哩！

因此，究其实，恭王军机处的全班撤换，并非是因为丢了越南的北宁、太原两个城市的缘故，而是慈禧要借此机会除掉久已不满的奕訢，换上觊觎此位甚久的奕譞罢了。

要说，慈禧这样的大换班，也自有她的道理所在。奕訢当国二十余年，历事多了，腰杆也硬了，上下党羽也肯定安插不少了。他近年来常常自做主张，明显地有架空慈禧的趋势。过几年皇帝亲政，他就会完全把皇帝架空。慈禧读过张之万为她编的《治平宝鉴》，知道历史上大凡出现皇帝被架空的时候，便是国家祸乱的时候。这是因为：如果皇帝弱，则会被权臣废掉，皇帝强，则会从权臣手中夺回失去的权力，不管哪种情形，都会引起政局的动荡不安，甚至发生战乱。军机的权操在奕譞的手里，则不会出现这种情况。奕譞听话，不会背她自做主张，奕譞对自己的亲生儿子也决不会有二心，一定会尽职尽责、尽心尽力地辅佐，今后也决不会有权力争斗的事情出现。

慈禧自认为考虑周到计谋深远，断然采取了这个少见的大举措，尽管朝野内外有不少的议论，她一概置之不顾。她寄希望于新的军机处，要他们先把上台来的第一件大事办好。这第一件大事便是越南境内的中法冲突。这件事办好了，不仅为他们自己建立威信，奠定日后的治国基础，也为她的脸上争来光荣。

新军机处上台后的第一个举措，便是将办事不力的两广总督张树声革职，擢升山西巡抚张之洞为新的两广总督。张之洞这几年在山西实心办事，成效突出，这是慈禧所知道并赏识的。张之洞究心兵事对外强硬，这点，慈禧更是从光绪六年的伊犁事件中就知道了。虽然同意军机处的任命，但张之洞毕竟是个一天兵都没带的翰林出身的文官，他能胜任战火在即的前线制军之任吗？慈禧对此没有把握，而对中国与法国的交战，胜负前景如何，慈禧更不可预料。她总巴望着哪天突然传来一个消息：仗不打了，大家和解了。若真有这样的好消息，那才真正是阿弥陀佛，佛祖保佑，祖宗保佑。

傍晚，慈禧吃过晚饭后，正在和李莲英，以及两个常来侍候她的礼王府小格格一起玩牌九。这时，内奏事处的值班太监进来禀报：“李鸿章请求陛见。”

“李鸿章这几个月不是在天津吗，他现在是在天津呢，还是已到了京师？”慈禧一边看着手中的牌，一边慢慢地说话。

“他昨天已到了京师。”

“有什么事吗？”慈禧依然慢声慢气地说，并示意在她身后的小宫女照常为她抓牌。

“说是法国将派特使来天津谈和……”

“法国谈和？”慈禧打断太监的话，手中的牌立刻被收了起来。

“是的，谈和约。”

“传令，一个时辰后在养心殿召见李鸿章！”

“嗻！”

内奏事处的太监立即把这道懿旨传了出去。很快，这道懿旨就被传到位于紫禁城附近的贤良寺里。太后破例连夜召见，既体现她对此事的重视，也说明她对此事很有兴趣。与太后打了三十多年交道的前淮军统帅这样寻思着，心里也便有了几分把握。

紫禁城一到断黑时，进入宫中的各道大门小门一律紧闭，并加上又大又粗的门杠。白日里，在阳光照耀下，在翎顶蟒袍的辉映下，雄伟威严的三大殿和气象宏阔的青砖广场，将朝廷的尊严和皇家的富贵，表现得淋漓尽致，气势逼人。可是一到黑夜，就完完全全是另外一番模样。三大殿内没有一盏灯，黑幽幽的，宛如三座从昌平搬来的前明皇帝的祭祠享殿。青砖广场上也没有一盏灯照着，空旷旷、黑沉沉的，就像一处死了无数生灵的古战场，给人以凄凉悲哀之感。宫中历来稀奇古怪的传闻甚多，太监又格外的胆小多疑。所以，一入夜，这里便见不到一个人影。白日的天堂，此刻简直就成了阴间。

不过，这只是紫禁城的前半部分，至于后半部分则多少还有些人间生气。围绕乾清宫、坤宁宫、交泰宫两侧的东西十二宫以及御花园等，向来被称为后宫，是皇帝和后妃及皇子、公主们的居住活动之地。在咸丰朝以前的几个朝代里，尤其是康熙、乾隆那些年代，皇帝在位时间长，享寿又高，后妃众多，龙子龙孙更是多，后宫热热闹闹的。晚上灯火辉煌，小儿女嬉笑声不断，紫禁城里并不乏人间天伦之乐。尤其是那位号称十全老人的五福堂主乾隆爷，更是龙体健旺风流成性，每天夜晚他所宿的那个妃子宫里，必定丝竹绕梁弦歌不绝，人尽名花，舞皆霓裳，把夜间后宫真弄成一个莺歌燕舞的海外仙岛似的。

到了咸丰朝以后，后宫就如同大清的国运一样，一朝不如一朝，一年不如一年。咸丰帝三十去世，只留下一子一女，儿子便是慈禧所生的同治帝，女儿则是另一个妃子丽妃所出。咸丰帝因为死得早，妃子的队伍还来不及壮大。相比道光朝来说，后宫已是大为冷落了。

慈禧集女性的嫉妒、寡妇的变态、君王的大权于一身，后宫这块小天地本就是她职分所在的主管之地，现在更成了她砧板上的一块鱼肉，任她摆布宰割。咸丰帝所留下的那些与她争过宠的太妃们，哪个见到她不像鼠儿见了猫一样，战战抖抖，诚惶诚恐？后宫不要说晚上，即便白天也都是一片冷冷清清的。

同治皇帝十九岁就死了，皇后被逼殉夫，留下的几个不明不白的妃子，在后宫中毫无地位可言。今上只有十四岁，他还没想起要女人。丽妃所生的女儿早在同治八年便出宫下嫁符珍。自从同治八年起到眼下十五六年了，偌大的紫禁城后院里，就再也没有一个皇子公主出现过。人们在背地里叹息：大清朝皇嗣主脉怎么会凋零到如此地步？这是不是前廷所显示的国运不昌对后院的压迫，或者反过来说，恰恰是后院的后嗣不兴，而使得前廷的国运不昌？更有受到慈禧压抑的老太妃们，则把责任归咎于她的身上，暗地里叽叽喳喳地议论着：从来阴气太盛，阳气则衰，哪朝哪代有过这样强梁霸道的太后？怪不得大清苗裔不旺！

叹息也罢，指责也罢，大清王朝的皇宫后院便是这样冷清多年了，大家都寄希望于这个尚未大婚的光绪皇帝身上，但愿他多置妃嫔，广育子女，最好能像周文王那样，生他一百个皇子出来，重振当年后宫雄风！

然而，这还得拭目以待，至于眼下则依旧如故。一到晚上，更比白天冷清，妃子也好，宫女也好，太监也好，都早早地缩进各自宫里，不再出来。整个后院悄没声息，从外表看来，与死气沉沉的前廷相比，只多了一些灯火和几个巡更守夜的太监罢了。

但也有唯一的例外，那就是养心殿。从垂帘听政的第一天开始，这座本来属于后院系统的宫殿，就成了整个紫禁城的第一号建筑。这是因为慈禧住在这里。大清国一切有资格面见圣上的官员，都在这里向她三跪九叩头；大清国一切军国大计都在这里制定，都从这里发出。这里，白天王公大臣川流不息，入夜灯火通明，警戒森严。不过，慈禧通常夜里不办公事，她很会保养自己，每晚戌时刚过，她便上床睡觉了。但今天慈禧却要在夜里召见李鸿章。养心殿里的宫女、太监都在猜测着，太后一定有刻不容缓的军国大事要与李中堂商量。

一顶簇新的墨绿呢大轿，停在紫禁城东侧的景运门边，李鸿章身着正一品官服，神色端凝地从轿中走出来。他顺手从左边袖袋里掏了一块金光闪亮的大怀表出来看了看，时针正好指在七时上。这是一块瑞士表，乃驻英法公使侍郎曾纪泽所赠。李鸿章喜欢用洋人的东西，连生病时都喜欢吃洋药，说洋药简便收效快。这块怀表他已经用了四五年，随时随地都带着，而且养成了每隔一会儿便掏出来看看的习惯。

景运门已经打开，几个刀枪晃晃的侍卫分立两旁。近年来，大受慈禧宠爱品衔升得很快的太监李莲英，早已恭候在门边，见李鸿章已走出轿门，忙哈着腰迎上。因为李莲英的地位非比寻常，许多大臣都对他礼让有加。有的是想走他的门子，求一条升官捷径；有的并非想巴结，只是防他在太后面前说对自己不利的话，故而也不得不对他假以辞色。李莲英在宫中久了，见的王公大臣多了，这些衮衮诸公究竟有多大能耐，他也心中有数了。大清朝中的这些不可一世的大人物，说句实在话，李莲英对其中很多人都看不起，真正令他从心眼里生发敬佩之情的还不多，而在为数不多的几个人中，便有眼前的这位相国爷。在李莲英的眼里，李鸿章才是真正有着治国安邦定天下的文武全才，就连他的那种气宇，也不是一般人所能比拟的。

“老相国，这么晚了还要进宫来，您真辛苦！”

这样的话，李莲英平时对那些王公大臣也常说，但只有他自己知道，平日说的只是客套，今晚这一句，才是从心里说出的。

“国家多事，不能不辛苦点。李总管，近来身体好吗？”

李鸿章也不想得罪这个太后身边的宠奴，脸上露出了难得的笑容。

“托老相国的福，还好。”

李莲英感激这位他所崇敬的人物的关心，遂走近李鸿章的身旁，伸出一只手来搀扶着李鸿章。

“天色黑了，老相国慢慢走。”李莲英以一种近于平时对慈禧说话的口吻关照着李鸿章。同时，又对着附近的一群太监高声命令，“把灯笼点得亮亮的，为老相国引路！”

于是八盏大红宫灯一齐点燃。六盏在前面开路，两盏在后面护卫，中间，李莲英亲自搀扶着李鸿章，跨过景运门，向着养心殿走去。李鸿章自家带来的跟班和轿夫都被拦在门外。

李莲英搀扶着李鸿章走的这条路，正是紫禁城里前廷后院的分界之路。往左边中和殿方向望去，是一片令人生悸的黑寂；往右边乾清门方向看去，也只有稀稀疏疏的几点星火。词臣出身的北洋大臣，脑子里突然冒出两句唐人的诗句来：“潮落夜江斜月里，两三星火是瓜洲。”他在心里笑了起来：今夜走在紫禁城内，即将面见太后，怎么没有“剑佩声随玉墀步，衣冠身惹御炉香”的体会，却无端生出这种感觉来！

穿过这道黑暗的分界地，来到西长街口，这里的灯光明显地亮多了。当李鸿章跨过遵义门，进入养心殿前院时，眼前一阵目眩。原来，此处灯火通明，亮如白昼。跟在李莲英的后面，李鸿章一直走进东暖阁，在门帘外站定。

一会儿，李莲英掀开帘子，对门外的李鸿章说：“老相国，太后叫您进去。”

李鸿章迈进门槛，肃立站定，然后跪下，摘掉饰有大红珊瑚顶插着双眼花翎孔雀毛的帽子，将它放在一旁，磕了一个响头。再站起，左手捧着这顶帽子，向前迈进几步，来到太后身边，又跪下，将帽子放在手边的地砖上，用带着浓厚淮北口音的官腔喊道：“臣李鸿章叩见太后，祝太后万寿无疆！”

“起来吧！”慈禧轻轻地说了一句，又对着站在门边的李莲英吩咐，“给李中堂搬一张凳子来。”

“谢太后厚恩，臣不敢坐。”

李鸿章被慈禧的格外眷顾感动得热血奔涌。李莲英很快亲自搬来一张精致的梓木方形小凳，放在李鸿章的旁边。李鸿章还是不敢起身。

“李鸿章，你是年过六十的四朝老臣，今夜又不是平时的叫起，说话的时间可以长一些，你就坐着慢慢说吧！”

李鸿章长年带兵征战四方，且性格开朗，他想了想，太后说的也是：自己今年六十二岁了，为朝廷立过汗马功劳，今夜就是坐着和太后说话，也不是担当不起的。这样想过后，他站起身来，将双眼花翎大红珊瑚帽端端正正地戴在头上，然后大大方方地在梓木方凳上坐了下来。

“李鸿章，你是要跟我说点法国政府的事儿吧，你说吧！”

“臣正是要向太后禀报这件事。”

李鸿章挺直腰板，望了太后一眼。不料这一望，却让李鸿章的奏对停了瞬间。论名望勋绩，李鸿章无疑是当今天下第一人，但他面见慈禧的次数也不很多。这是因为李鸿章一直是外官，而不是内臣，尤其是他没有在军机处任过职。从同治九年以来，他一直做直隶总督兼北洋大臣。直隶总督衙门在保定，北洋大臣衙门在天津。李鸿章长年住的地方便是保定和天津，不是特别重要的事，他通常不到京师来；就是有时住在京师，也不是每次都能见到太后。至于朝廷与李鸿章相商的事情自然很多，但都是通过文报往来，并不需要面谈。

慈安在世的时候，两宫太后召见臣工时，一律垂下帘子。跪在帘外的臣工即使想看清太后的花容月貌，也是不可能的。慈安过世后，慈禧便撤掉了那道帘子。但臣工们既要行君臣之礼，又要守男女之防，何况召见时气氛庄严，时间短促，跪在地上的大臣只求奏对不出差错，就是万千之幸了，谁敢有那大的胆子，偷眼看下掉帘子的太后？万一惹怒了她，你还要不要脑袋？

李鸿章亦不例外。往常的召见，他也没敢正眼看过太后一面。慈禧的圣容，只存在于他的想象中，而不在他的记忆里。

今夜这一眼，既距离很近，又是平视，真是把太后看得真切了：辉煌的宫灯之下，太后美丽得就如传说中的嫦娥似的，端庄高雅，气度尊贵。朝廷年初就发下谕旨，说今年十月是太后的五十万寿华诞，将要举行盛大庆典为之祝福。五十岁的女人了，脸上不见一点皱纹，容光焕发，宛如青春玉女。李鸿章不觉暗自称奇。他想起自己的大姨太，还不到五十岁，当初进门时也是美人尖子，而今比起太后来可就差远了。是上天赋予她的这种母仪天下的高贵，还是宫中藏有驻春美容的秘方？李鸿章来不及在脑中思考这些问题，他要向太后禀报比这重要得多的夷情大事。

“赫德从上海打电报到天津，说法国政府已派出一个名叫福禄诺的特使，在德璀林的陪同下已到了上海，马上就要到天津来与臣见面，商谈订立中法两国条约事。”

“法国政府要跟咱们讲和了？”

天天盼望着越南战争早日停止，想不到法国果然遣使前来讲和了！慈禧按捺不住心中的喜悦，打断李鸿章的话。

“是的，法国有讲和的意思。”

李鸿章与洋人打了多年的交道，深知洋人的脾性。法国在越南的战争，是中国人节节失利，他们并没有吃大亏。显然，此时订条约，是想趁战胜之机向我们索取更多的好处，并非主动求和，硬要说是和约的话，也只是城下之盟。他不想触慈禧的兴头，顺着她的话回答。

“赫德有没有说，他们提出了些什么条件？”

其实，慈禧的头脑很清醒，她也知道法国人不会无缘无故地来此一举。

“赫德的电报里说了几条。”赫德的电报就放在他的袖袋里，但他既不能拿出来，要慈禧自个儿看，也不能自己照着电报去念。他的记性极好，虽年老而不减当年，电报的内容早已全部记在他的心中。“一是开放云南，二是不能限制法国在越南的权利，三是赔偿军费，四是调走曾纪泽。主要是这么几条。”

慈禧听后没有做声，心里在盘算着：开放云南，让他们进来做生意，也不是一件很不好的事。法国人在越南做什么，不去管它也好，多一事不如少一事。曾纪泽因为主战得罪了法国政府，也可以考虑换一个去。难就难在赔款上，朝廷现在缺的就是银子。再说，战争是他们挑起的，到头来还要我们赔银子，这口气也咽不下呀！慈禧沉吟半晌后，决定先听听李鸿章的意见。

“李鸿章，你说说看，法国人这几个条件，咱们哪些可以接受，哪些不能接受？”

老于官场的李鸿章，对于慈禧的这个问话并不感到奇怪。年轻的时候，他的官职低，常常在禀报时遇到上司的诘问，经过一两次尴尬后，他有了经验：禀报之前自己先深思熟虑，在脑中准备几种不同的看法，到时视情况而说出其中的一种。因为此，李鸿章常常能得到上司的称赞，故而官运亨通。中老年后，官职高了，他又常常搬来别人的这个伎俩，一是从下级的回答中受到启发，二是借此考察属员。

关于越南境内打仗的这件事，他早有自己的看法，昨天听了恭王的意见后，心中更有把握了，于是底气甚足地回答：“回禀太后，依臣之见，这次是个好机会，务必要把这个和约给定下来，战火早一天熄灭，国家便可早日安生，太后您也可以早一天宽心。”

“是呀，你是打了大半辈子仗的人了，仗还是不打为好。”慈禧感叹着。

“太后英明！”李鸿章立即恭维，“臣打了大半辈子的仗，办了大半辈子的军务，从中悟出这样一个道理：国家一定要备战，战争不可不防备，这是第一；第二，仗能不打就不打，万一打起来，能早停就早停。”

“这话说得在理儿。”慈禧点头，表示赞许。

“所以，臣以为法国这些条件，都可以接受，只要能早日停战，一切都好商量。”

“赔款一事要好好谈。”慈禧打断李鸿章的话，“朝廷银钱短缺，最好不赔，能少赔就少赔。”

“是。”李鸿章趁此机会抓紧请示，“其他几条，也请太后慈谕训示。”

“曾纪泽与法国人争吵了吗？”慈禧问李鸿章，“为何法国人容不得他住在那里？”

“曾纪泽性格耿直，或许在言谈之间对法国人有得罪之处。他是公使，若与驻在国不和的话，还是调离一下为好。”

曾纪泽既是老师的儿子，又是有德有才的君子，李鸿章对他很是器重，视为亲兄弟。曾纪泽最令李鸿章佩服的一点是他懂洋文，不但能读洋书，而且能说洋话，是朝廷派往各国公使中的第一等人才。

曾国藩晚年亲自延聘两个英国人为塾师，分别教两个儿子纪泽、纪鸿学英文。那时纪泽已过三十，学习英文甚是吃力，但遵父命，还是硬着头皮学下来。几年后，真的是英文帮助了他，为国家出了大力。每一念及此，李鸿章便发自内心地对老师的远见表示钦佩，并效法老师，也请洋人到家里来教自己的儿子。遇到儿子们不好好学的时候，便拿曾纪泽的例子来开导，果然对儿子们启益很大。

想到这里，李鸿章又补充一句：“曾纪泽这些年在国外很辛苦，为国家做了不少好事。依臣之见，他回国后宜予以优叙。”

“那么谁可以接替他这个事呢？你有没有合适的人？”

太后显然接受了这一条。李鸿章立即答：“法国公使这个职位，眼下最是紧要，一天都不能空缺。日后也很重要，一定要有一个相当的人才行。依臣之见，不妨先将驻德国公使李凤苞从柏林调到巴黎，做个代理法国公使，处理日常事务，朝廷再慢慢地选择一个人去接替。”

“这样安排也好。”慈禧轻轻颔首。“刚才你说的法国特使叫个什么名字来着，此人是个什么人？”

“法国派出的这个公使叫做福禄诺，臣与他打过交道。”

“你们先前见过面？”

“见过面。”李鸿章答，“福禄诺是个海军舰长。三年前他的舰艇在塘沽码头停过一个月，他到过臣的北洋衙门。臣与他见过面，说过话。”

慈禧浅浅地笑了笑说：“看来洋人也是讲旧交情的。他们派这个舰长来，就是因为他与你有过交道。既然是熟人，更好说话。你就对你的这个老朋友说，赔款一条取消吧，其他的都好商量。”

李鸿章心里吃一惊：太后说得也太轻巧了。漫说打过一次交道不能算是老朋友，即使是老朋友，就可以免去几百万两银子的赔款吗？法国又不是他的！何况李鸿章知道，洋人与国人不同，一般都忠于职守，对国家利益看得重，很少有接受贿赂而牺牲国家利益的。但他不能对这位不懂外情的太后说得太多，只能答：“臣一定利用这个关系，去跟他好好地谈，尽可能地把赔款一项取消，若实在不行的话，也要越少越好，必不致使我大清吃亏。”

“这件事，你就这样跟他谈吧。”

慈禧终于为法国公使前来谈判的事作了交代，李鸿章心里一阵轻松。他在心里寻思着：该向太后谈恭王吩咐的事了，如何谈起呢？

“李鸿章，你办了这多年的洋务了，我问你一句话：咱们大清眼下的军事力量，到底与洋人相差多远，能不能与他们打仗？今夜没有别的人，你只管对我说实话。”

这个问题虽然重大，但李鸿章胸中早有成竹。平日，他最讨厌的就是那些既不懂外国，也不知本国实力的人，遇到与洋人闹纠纷，开口闭口就是与洋人决一死战之类的话，似乎很爱国，其实最是误国之论。太后虽有定识，但有时不免也受这种论调的左右。李鸿章觉得自己身受太后厚恩，肩负着朝廷的重任，有责任实事求是地将这个大事说清楚。

李鸿章正了正腰板，一脸端谨地说："回禀太后，臣奉太后之命办了二十多年的洋务，为朝廷的军队买了许多西洋的枪炮，为北洋南洋购置了不少铁甲船只，比起先前打长毛捻子时来，我们的军事力量的确是要强大多了，但若跟洋人比起来还差得太远，真的若是与洋人交起仗来，我们沾光的把握极少。依臣之见，咱们大清要赶上洋人，至少得有三十年到五十年的功夫。在这三五十年的时间里，我们要力求避免与洋人打仗，以求发展。过去越王勾践卧薪尝胆，以'十年生聚，十年教训'的话教育臣民，后来终于报了大仇。咱们要有勾践的这种眼光和毅力。只是洋人比当年的吴王夫差要强大百倍，所以，臣以为，今天咱们大清的力量对付洋人，二十年还不够，要有三十年五十年的准备。"

慈禧读书不多，但"卧薪尝胆"这个典故还是知道的，她也很佩服越王勾践。李鸿章这番话，她深以为然。

"这么说来，咱们与法国人这场战争，就寄希望于你与那个舰长的和谈上了。"

李鸿章忙答："臣一定不负太后的期望，把这次和谈谈好。"

"主张对洋人开仗的人，也不都是浮浪的人。"慈禧把左手无名指上长长的金指套压了压，说，"张之洞对洋人强硬，他也在实心做事。朝廷调他去两广，希望他代替张树声，把两广军务振刷一下。天津的和谈要谈，广西、云南的防备也是不能松的。"

"太后英明！洋人诡诈，得多防着点，广西、云南的防备确是不能松劲。"李鸿章想，终于遇到机会了。他继续说下去，"张之洞后生可畏，太后擢升他为两广总督，足见太后借两广军务历练他的苦心。臣以为，还有几个人，也都是年少有才之人，若加以历练，日后可望为国家储存大才。”

“你说说，有哪几个？”慈禧对此很有兴趣。

“第一个数张佩纶。此人志大才高，是廷臣中第一青年才俊。”李鸿章做出一副实心荐贤的神态。

这两年来，慈禧对张佩纶印象甚好。前年亲自提名擢他为都察院左副都御史，有心把他作为军机大臣来培养，所虑的也是他的地方阅历不够，应该让他磨炼磨炼。她问：“你看张佩纶做个什么事最好？”

“派他去福建会办海疆事务。”李鸿章昨天便为恭王提出的几个人想好了去处，此刻他不假思索地提了出来。“福建海疆绵长宽阔，形势重要，但闽浙总督何璟不甚得力，须得强干的人协助他。张佩纶长于军事，正好做他的海防助手。”

“福建的海防现在是越来越重要了。前两天刘铭传还来密折说，法国海军有攻打台湾的可能。只是张佩纶从没有过水师经历，他办海防行吗？”

“臣以为张佩纶行。”带了二十余年兵的李鸿章，何尝不知道打仗的事，不在纸上而在战场上。张佩纶的军事奏折写得好，不一定就能带兵打仗。但自古以来，长于议兵的书生出面带兵的，既有全军覆没身首不保的赵括，也有克敌制胜襄成霸业的管仲。张佩纶有可能是赵括，也有可能是管仲。李鸿章既然对他又爱又恼，也就没有一定要把他往死里整的念头。倘若出息了，为国家玉成一个人才；倘若证实无用，也可为自己去一政敌。“太后，不妨将张佩纶派去福建试一试。据说何璟也器重他的才学，他们会合作好的。”

慈禧点了点头，没有做声。

“南洋水师眼下最缺一个得力的襄助。南洋水域与福建海疆相连，张佩纶既出任福建海防的会办，那南洋水师的会办就非用他的好友不成。故臣以为，常与他会衔上折言事的陈宝琛，可放南洋水师会办。”

对于陈宝琛，李鸿章只有恼恨，没有怜才之念。昨夜，他为陈宝琛想了一个极好的去处：南洋会办。近日上任的南洋大臣，乃有名的曾老九曾国荃。此人，李鸿章是知之极深的。

曾国荃虽与曾国藩一母同胞，为人处事却判若两人。李鸿章永远记得：当年老九为了抢天下第一功，带着吉字营五万人马，匆匆忙忙去围有着九十里城墙的江宁城。围了近两年时间，几乎没有进展，为了尽快打下江宁，塞天下悠悠之口，曾国藩请用全副洋枪洋炮武装的淮军前去援助。李鸿章答应了。正欲启程，突然传来曾老九派人捎带的话：吉字营用死了几千人的代价，才熬来攻进城门的好时机，你李少荃若来争功，我与你先在城外分个高低！

李鸿章深知这个倔犟过人的老九是说得出做得出的，赶紧打消前去江宁的念头。他写了一封信给老师：盛夏之际，洋火药不灵，淮军不能奉命，江宁还是让吉字营独家打吧！洋火药盛夏不灵，这岂不是笑话一句！曾国藩知道是弟弟在作梗，也便不再勉强李鸿章了。

若说伴君如伴虎的话，那么伴这个曾老九就如伴狼伴鹰一般。若不是出自吉字营又能见他的眼色行事的人，简直无法与他相处融洽。一旦惹怒了他，他会毫不留情地将你打下去。当年他做湖北巡抚，连身为大学士的满人湖广总督官文都被他逼得离开武昌。你想想，一个书生出身的年轻文人，来做他手下的水师会办，他会将这人放在眼里吗？如果说，将张佩纶派给翰林出身的何璟做助手，成与败还未可料定的话，那么，将书呆子陈宝琛派给血火中打出的曾国荃做会办，则无异于将他推上刀山，推进虎口，几乎不存在半点成功的可能。

不料慈禧对这个推荐倒是一口答应：“曾国荃围城打冲锋是把好手，但与洋人斗智斗谋略的本事不够，陈宝琛虑事周到，给他去做个助手，倒是极合适的。”

“太后英明。”李鸿章赶紧恭维一句后，又提出一个新人事设想来，“俄国政府几次提出要跟我们把东北交界地区重新勘查一次，将中俄分界线划定，以便今后双方为领土问题少一点纠纷。臣一直在寻思此事，这得有一个精于地理的人主持才是。”

“是呀！”慈禧接言，“此事之所以迟迟未答应的原因，就是找不出这样一个人来，你以为谁能胜任此事？”

“吴大澂。”李鸿章立即回答。

为吴大澂的去处，李鸿章昨夜颇费了不少脑筋，结果终于为他觅到了这个“美差”。这是件极苦极累又极不讨好的事。俄国人横暴强梁，只知以势凌人，根本不去与你理论什么历史沿革。吴大澂那一肚子古地理之学，在俄国人面前，正应得上一句俗话：秀才遇了兵，有理讲不清。让他和老毛子去怄气吧，谁要他专爱说别人的风凉话！

“太后，吴大澂治古地理学三十余年，他本人就是一本活地图。臣对他的这门学问，也是敬佩不已，让他去办这种事，真是人尽其才。先派他去东北，与俄国人踏勘分界地段。明年还可以派他去云南、广西，与法国人踏勘中越两国的分界地段。让他一展平生才学，于国于己都是很有利的。”

听到这儿，慈禧“扑哧”一声笑了起来，说：“没有想到，吴大澂这门旧学问，倒还真的派上大用场了。李鸿章，你今夜一口气荐了三个人才，可见你平日于此是存了心的。昨天召见世铎，要他提出两个人来接替徐延旭和唐炯，他支支吾吾的半天，到底也没正经说出个名儿来，真让我失望。”

能说出个子丑寅卯的人，近支亲王里也还有几个，谁要你听信醇王，挑一个这样的窝囊废来做军机处的领班呀！这些话当然只能在李鸿章的肚子里嘀咕着，嘴面上还得另外说：“礼王爷遇事深谋远虑，不像臣这样想到哪儿就说到哪儿。”

慈禧也清楚，与李鸿章相比，世铎自然是樗栎庸材，但普天之下，能有几棵李鸿章这样的擎天大树呢！

“李鸿章，军机处换了人马，这也是无可奈何的事儿。世铎这人老实，办事的才能是要比奕䜣差些。不过，阎敬铭、张之万都是前朝旧臣了，可以帮衬点。你比起他们来，历事又更多。还望你以国家重臣的身份，在外多多体贴朝廷的艰难，协助军机处。张之洞到底年轻不大懂兵事，关于与法国人打交道的事儿，你以后还要多多开导开导他。为国家培育人才，不光是朝廷的责任，也是你等老臣的责任。今夜里就谈到这儿，若还有要说的，明儿个再递牌子吧！”

李鸿章走出遵义门时，紫禁城里已经是夜色深沉了。后宫的几盏稀疏的灯火早已熄灭，天上也没有月亮星星，上下内外一片锅底似的黑暗。一阵夜风吹来，他觉得浑身凉飕飕的。若不是周围有宫灯在护送着，这个刀枪堆里杀出来的前淮军统帅，也都会生出几分恐惧感来。

三　醇王府把宝押在对法一战上

第二天上午，军机处领班大臣礼王世铎，奉着慈禧的懿旨，来到醇王府。自从军机处大换班以来，每天至少有一位军机大臣到醇王府里来禀报朝中大事，请示处置方略。这种情形在当时有个名目，叫做“过府”。

四十四岁的皇帝本生父醇亲王，这两个月来真可谓春风得意，踌躇满志。自从儿子登基的那天起，他便蓄意要把朝政拿到自己的手里。虽然有周公旦辅佐侄儿的事迹载之于经典，但醇王奕譞并不相信辅佐侄儿的叔伯，都会像周公旦那样忠心耿耿，万无一失。因为自古以来，也只有周公旦这一圣人，能做到任劳任怨，毫无一点野心，至于别的人，多多少少都有点三心二意。

奕譞当然知道，就在本朝开国之初，也有皇叔多尔衮辅佐世祖爷的故事。但是，若不是太后为了儿子的江山下嫁给小叔子，早就没有了世祖爷登基这码子事；就是后来嫁给了他，那位皇父也一天没有断绝过自己做皇帝的心思，如果不是后来坠马而死，大清朝开国之初还不知又要多添几场腥风血雨！自己儿子的江山，也只有自己来替他看守，才是真正的万无一失。经过十年的韬晦、蓄势、待机，现在终于大权在握了，奕譞怎能不兴奋激动，不思有番大的作为呢！

他不便上朝，每天由世铎或其他军机处大臣来王府与他商量机宜，定夺国事，他总是拿出全副兴致来做这些事情。然而，奕譞治国的才能，实在不如他精明的嫂子和能干的六哥。不过，他有一个好帮手，此人便是经他全力荐举才得以进军机的孙毓汶。

孙毓汶字莱山，山东人，咸丰年间的翰林。咸丰十年在山东办团练时曾被革职，后靠银子的力量复了职。到了光绪年间，他的官运红了起来，由侍读学士升到工部左侍郎。孙毓汶聪明机灵，尤擅长走门子。他的老子咸丰年间曾经做过醇王半年的师傅，因这层关系，孙毓汶往太平湖的脚步最勤，跟王府里里外外相处融洽。奕譞一直把他看做自己的人。

世铎组建新军机，孙毓汶挤了进来。因官阶最低，资历最浅，被排在最后一个，称作军机处行走。行走，意为看看学学，有点类似于学徒的味道。处于这种地位的军机大臣，每到叫起时，则负责把东暖阁的帘子一角掀起扶住，待领班王爷和其他几个资格较老的军机大臣全部进去后，他才完成使命，把帘子角放下来，故朝中戏称为“打帘子军机”。

孙毓汶自知不能跟张之万、阎敬铭等人相比，遂把这个打帘子的差事做得主动殷勤，人人满意，但他心里却并不把张、阎这些老朽看得很重。每天散朝后，他都要在醇王府里呆上个把两个时辰，有事则办事，无事则陪醇王听曲赏花喂鸟说闲话，连王府里未来的小王爷、小贝勒们，孙毓汶也乐意为他们效力，甘心充当他们游戏的伙伴。他一天也不离开醇王，醇王每天也需要他。

世铎这次过府相商的事，正是李鸿章昨夜与慈禧说的两件事：天津的和谈和外放张佩纶、陈宝琛、吴大澂三人。孙毓汶也正在醇王府，三人便坐在王府宽敞而高雅的书房里商讨起来。

“这和谈是好事，若与法国人谈好，越南的战争不再打了，咱们军机处该省去多少麻烦！只是太后怎么会突然间一下子放三个书生出京，太后难道忘记了他们可都是些清流，清流能办事吗？七爷，您看这是怎么回事儿？”

矮矮墩墩的世铎有一颗肥大厚重的脑袋，和一张弥勒佛似的胖胖的笑脸。他是清初八大铁帽子王的后裔中最无干政之心的一个王爷。他喜欢吃，喜欢玩，喜欢女人，不喜欢读书，不喜欢想事，不喜欢做官。就因为这，仗着祖上的余荫，他过了大半辈子享福的日子，什么麻烦事也轮不到他的头上，他一年到头快快活活无忧无虑的。

先前，常有黄带子笑他无大志，无能耐，无出息。近几年里，黄带子们则又称赞他有识力，有远见，有福气。他不曾料到，年过五十后，还有宰辅的福分。那天醇王对他说，要他出来接替老六做军机处领班，他还真以为耳朵出了毛病，听错了。他一再推辞，醇王就是不依，对他说：“我与太后一起把所有王爷都挑了出来，逐个儿琢磨，比来比去，还只有你最为合适。”世铎仍是不敢接受。最后，醇王不得不说实话：“我身为皇上本生父，不便出面，只有请你挑起这个担子。遇到大事，可以来王府一起商量着办。”世铎这才明白，自己只是替老七看摊子而已，他答应了。于是从接任的那天起，不论大事小事，他一概“过府”，由醇王和其他几位军机拿主意，他甘愿做个传声筒。果然，醇王对他很满意，太后对他这样做也无异议。

“李少荃这个人一贯怕洋人，畏敌如虎。法国人在越南并没有打败仗，他们为什么会派特使谈和，此事奇怪！”

体形单薄、满脸病容的醇王奕譞靠在藤制的躺椅上，声音不大，但语气很是峻厉。

“是呀，七王爷怀疑得很有道理！”孙毓汶立即接腔。他高高瘦瘦的，神色精明得近于阴鸷。他平素称奕譞，口口声声都是“王爷”，遇有世铎在时，为便于两个王爷相区分，他在奕譞的“王爷”面前加一个“七”字。“福禄诺这人我知道。他原是法国凯旋号舰艇的舰长，据说在天津塘沽码头停过一两个月，与李少荃和北洋衙门里的官员们都混得很熟。卑职以为，这很可能是法国政府在玩诡计。

利用福禄诺与李少荃是朋友这个关系来迷惑我们，一方面在天津谈和，使我们戒备松懈，一方面抓紧时间调兵遣将，打我们一个措手不及。”

“哎呀，莱山，你真不愧为智多星，眼睛就是比别人尖利。”世铎对孙毓汶这番话表示由衷的钦佩。“你这一说我就明白了。法国和谈是假，再打是真，用和谈这块幕布遮盖我们的眼睛，幕后在秣马厉兵。”

其实，孙毓汶也没有确凿的证据，证明法国人是假和谈真备战，只是，聪明和阅历，使得他知道世上的事大都较复杂，从一个角度来看是这样，从另一个角度来看又是那样。谈判有多种可能性，刚才醇王对这次谈判表示怀疑，于是孙毓汶便把眼光盯在另一种可能性上。现在经世铎这么一肯定，他也仿佛觉得就是这么回事似的，脸上露出得意的冷笑。

“莱山说的不无道理。”奕譞对洋人有一种近于本能的反感。“李少荃喜欢和谈，就让他谈去，我们还是做我们的事。只是还得要跟李少荃指出几点，不能离谱太远。”

“七爷说得很对。”世铎谦恭地说，“太后讲了，赔款一事不能谈，朝廷没有银子。”

“太后说的这点很重要。”奕譞摸了摸没有胡子的尖下巴，略为思索一下后，转过脸对孙毓汶说，“莱山，你看还有什么要对少荃说的吗？”

孙毓汶想了想，说：“有一点很重要，务必要跟李少荃讲清楚。越南是我们大清的藩属国，这是祖宗传下来的规矩，这个规矩不能坏。别的事可以跟法国人商量，咱们大清跟越南的主仆关系则不能改。若丢了越南这个藩属国，我们如何向祖宗交代？”

“这是个顶重要的事！”奕譞从藤椅上站起，以坚定的口气说，“世上最大的事莫过于正名，名分之事乃第一等大事。我们即便赔法国人几百万两银子，也不能丢掉我们对越南的宗主权利。亭翁，明天上午叫起时，你要向太后禀明这一点。然后拟一道谕旨，把不能赔款和不能改变藩属这两条写进去，发给李少荃，叫他务必禀遵照办。”

“是，是。下午就叫许庚身去拟旨。”世铎忙答应，想起外放张佩纶等人的事，他又请示，“七爷，你看张佩纶、陈宝琛、吴大澂三个人的事怎么说？”

奕譞重又坐到藤躺椅上，沉吟良久后问：“上午太后召见时，你揣摸太后的意思，是定了，还是交给咱们议一议？”

世铎想了一会，说：“我揣摸太后的口气，好像这三个人的外放也没有定下来，是有点叫咱们议一议的意思在里面。我说过会儿就去禀报七爷。太后说，明儿个你把七爷的话说给我听听。听这口气，我寻思着太后没最后定。”

“清流中向来藏龙卧虎，张佩纶这几个人也都是人才，虽说他们爱说些过头的话，但向来不满李少荃在洋人面前委曲求全，竭力维护我们大清国的形象，这种骨气我是很看重的。”

奕譞头靠在藤椅上的杏黄苏绸枕头上，说话间，枕头滑下去了。孙毓汶忙上前将枕头拉上来，重新平放在奕譞的后脑勺下。

奕譞继续说：“张佩纶是个大才，跟何璟会办福建海防，却不是一个合适的安排。他不懂水师，万一出了差错，会误了他的前程。此人今后我有要职相委。陈宝琛与曾沅浦去共事也不太合适。曾沅甫脾气不好，陈宝琛与他会合不来，曾沅甫也会看不起他。我看不如把陈宝琛放到两广去，做个什么臬司、藩司的。他与张之洞气味相投，彼此合作，说不定会有一番作为。至于吴大澂，他擅长地理之学，让他与俄国人一道踏勘地界，倒是挺合适的。莱山，你看呢？”

孙毓汶托着腮帮坐在一旁，两只眼睛一直在望着奕譞。世铎刚进府时一说到外放三人的话，便立时引起他的警觉。他一直在想：怎么突然间一下子外放三个书生出京，或会办军务，或与洋人打交道，都是挺时髦又挺麻烦的事，是清流们时来运转吉星高照呢，还是别有缘故？

孙毓汶讨厌清流党，结怨始于一次清流党人的集会。

那是孙毓汶刚放工部左侍郎时，一次杨忠愍公祠的集会上，清流党干将邓承修，毫不留情地说他这个左侍郎，是靠走醇王府的门子得来的。另一干将黄体芳则说他是靠趴在地上，给小王爷做马骑换来的。工部有个主事也参加了这次集会，为之鼓掌叫好。孙毓汶得知后气得不得了，他奈何不了邓承修、黄体芳，却可以整治工部那个主事。

不久，朝廷要外放一批边远地区的知府，孙毓汶便将这个主事的名字报上去。此人被分到云南匪乱最重的东川府，叫苦不迭。不到一年，孙毓汶又指使心腹云南藩司参东川知府一本，说他治乱不力。很快，知府被贬为县令。前工部主事终于明白了此中的过节，请邓承修、黄体芳帮忙说话。邓、黄很为他抱不平，但苦于找不到孙毓汶陷害的痕迹，这个主事的冤终于无法申清。然而，清流党人都心里有数，视孙为杀人不见血的奸邪小人，彼此之间的仇也便越结越深。这次孙升任打帘子军机，清流党人又好一阵子冷嘲热讽。孙决心伺机出这口怨气。

现在清流党人一下子外放三人，要说他们走红运了，也说得过去。三年前张之洞外放山西巡抚，两年前张佩纶升为副都御史，都是清流大用的明证。张之洞眼下又擢升两广总督，更成了万众瞩目的人物，官场内外都说他为清流露了大脸。因张之洞的能干，使朝廷许多人改变了“清流能说不能干”的传统看法。从这种背景来看，张、陈此次外放军事会办，应该是太后对他们的重用。但孙毓汶却不这样认为，他从蛛丝马迹中看出了另一些苗头。

他想：这事与李鸿章和谈一事同时传出，可见是李在昨夜陛见太后时提出来的。李鸿章一向与清流党不睦，由他来建议此事，不可能对清流党有利。如此说来，李所采取的手段也跟自己一样：陷对手于无形之中——让书生来办军务，以军务来困书生。想到这一层，孙毓汶高兴起来，心里说：你李鸿章聪明，我孙某人比你更聪明，你借太后之手，我就来借你之手。

于是，他以十分明朗的口气对奕譞说："七王爷，依卑职之见，太后这个安排是很有远见的英明之举。她一是让张佩纶、陈宝琛二人有立功的机会，二是为了配合张之洞在两广的军事行动。曾沅甫、何小宋都是张之洞的前辈，他们都是积了一辈子的勋劳，才做上一方总督的。张之洞年纪轻轻，便擢升粤督，跟他们平起平坐，他们心里多少有点不服气。太后想到了这一点。一旦战争打起来，法国人海舰厉害，两广、闽浙、两江水域必定联成一气，如果曾、何两位与张之洞不配合的话，就会影响大局。故派他的两个好友去会办闽浙、两江的海防，这对张之洞是大有好处的。"

孙毓汶不愧为才高一筹，他这番话正说到奕譞的心坎里去了。因为有了与法国人打仗的失败，才有新军机处取代旧军机处，故而中法这场战争的胜负，便成了新军机处能否立足的关键。仗打胜了，新军机处就有了威望；若打败了，不但无威望可言，说不定也会全班换掉。在别的军机大臣而言，只是丢掉一个兼职，对于他奕譞而言，则有可能是主政之梦的彻底破灭。

这场战争的胜与负，重要之处在粤督的人选上。可以说，奕譞把这场战争之宝，甚至把自己主政之宝，都押在张之洞的身上。对于张之洞，只能全力支持，不能有半点损伤。经这么一点拨，他突然明白了这是太后的深谋远虑。奕譞从心里佩服慈禧的治国谋略，他重又从藤躺椅上站起，断然对世铎说："莱山说得有道理。你明天禀明太后：军机处完全遵照太后的安排，即刻拟旨，发布张佩纶、陈宝琛外放闽浙、两江，同意派吴大澂去东北，与俄国人踏勘边界。"

世铎躬身答道："我一定照七王爷所说的去办。若没有别的事，我先回去了。"

世铎刚要转身，奕譞又对他交代一件事："你顺路到张子青家去一下，叫他今晚到我这儿来一趟。"

世铎领了这道旨意，命令绿呢大轿直奔煤渣胡同张府。

七十三岁的张之万刚睡好午觉醒来。他踱步来到书房，戴上老花眼镜，一边啜着浓茶，一边翻看着近日的邸抄。

邸抄上登载的多是有关越南战场上的事。有揭露徐延旭手下两个前线将领，互相倾轧而贻误军情内幕的；有抨击越南君臣昏庸贪婪，主张丢弃越南的；也有说张之洞以一介书生持节两广前途难卜的。张之万默默地翻着看着，自己的整个心绪都让这场战争给浸泡了。

蛰居老家十余载，不料古稀之年还能重返京师做尚书，升协办大学士，此次又进了军机处，张之万深知老来的这番风光，完全是醇王所送。他禀赋清雅，不贪钱财，现在到了这把年纪，就是有再多银子，他也消受不了。两个儿子都还争气，一个走的是两榜正途，现正在河南做个同知。一个举人出身，在江南制造局做个局员，收入颇丰。二子都不用他操心。他深服同辈好友曾国藩所说的话：子孙贤，没有父祖的财产，也有饭吃；子孙不肖，财产越多越坏事。因而，他认为昧着良心去聚敛钱财，其实是件很愚蠢的事，既害自己，又害子孙。

老状元已到了清心寡欲的境界。官位、权势、金钱、享乐，他都无所求了。唯一应该做的，便是竭尽全力为国效劳。这既是平生志愿之所在，也是为了报答醇王的知遇之恩。张之洞升粤督，其实并非他提的名。当年他做会试同考官，堂弟作为应试举子尚需回避，何况今日他为军机，弟为巡抚，若由他提名，岂非明显的徇私？张之洞的名是醇王提的，阎敬铭立即附和，他当然也同意。太后很快便钦准了。这说明堂弟恩眷正隆。

前几天，他收到张之洞临离太原前给他的一封信函。信中申谢对堂兄提携的诚意，同时也恳请堂兄给予指点和帮助。不用张之洞开口，张之万也会全力帮助的。这不仅因为堂弟年轻，前程远大，更重要的是目前的形势，明摆着是兄弟二人的命运已连在一起了。

张之万离开书案，慢慢地在书房里来回走着。他开始认真思索起来：应该从哪些方面为堂弟提供帮助。

他首先想到的，便是应该为两广的军队提供一批新的枪炮弹药。在军机处讨论前线战事时，有人提到打败仗的一个主要原因是装备陈旧，徐延旭、唐炯的军队用的都是当年打长毛打捻子时的枪炮，比起法国人来相差得太远了。

打仗靠的是武器。武器不利，如何打得赢？张之万想，这批军火要向洋人去订购。据说美国、德国都有人在中国专做军火生意。关键是要银子，这要请身为户部尚书的阎敬铭帮忙了。国库再紧，也要拨出几十万两银子给张之洞才行。此事明天就要找阎敬铭商量，最好由醇王来出面。

再者，应该调几员宿将去两广。张之洞毕竟是个书生，缺乏实战经验，带兵这码子事，还是沙场上打出来的老将靠得住些。调谁呢？张之万重又坐到太师椅上，闭着眼睛回想起来。

二十多年前那场弥漫全国的战火，仍令他记忆犹新。他虽然没有直接带过兵，但身为地方高级官员，与当时带兵的文武大员多有接触，对他们的才干长短都很清楚。可惜，当年的那些能征惯战的将帅们，如今绝大部分已凋零故去，剩下的几个也已老病不堪，再也上不了战场。张之万掰着指头一个个地数，终于想起了两个人。

一个是当年威名赫赫的霆军首领鲍超，因为战功卓著，同治三年江宁打下后，他被封为子爵。鲍超不识字，为人粗豪，有一则笑话说，他封爵后衣锦还乡，在四川奉节老家盖起一座壮阔的府第。有个秀才跟他开玩笑，说，你这个房子盖得跟宫殿一样，皇帝的宫殿叫皇宫，你是子爵，你的宫殿就是子宫了。鲍超不知此人戏弄他，反而很得意地说，我是子爵，住的府第当然是子宫，麻烦你老兄给我题“子宫”两个字，我要制一块匾，把它挂在大门上。众皆大笑。一个幕僚附着他的耳朵嘀咕了几句，鲍超明白过来，瞪着眼睛对那秀才说，你在侮辱本爵！那秀才忙叩头谢罪，鲍超居然也没惩罚他。鲍超今年五十六岁，正在湖南做提督，身体还硬朗，请他出马，对前线将士是个鼓舞。

另一个是娄云庆，湖南长沙人，十几岁投军，东征西讨，军功累累。现正做着正定镇总兵，还不到五十岁，是当年一批大将中存世的最年轻的一个。此人最是合适。

还有一点令张之万欣慰的是，现正在广东督办军务的兵部尚书彭玉麟乃湘军元老，而鲍超、娄云庆都是原湘军的哨官。对于军营来说，这层情谊非寻常可比。

张之万想，这两件事都是大事，得赶快办理。正在思忖着在什么事情上，还可以再为堂弟援上一手时，他的眼睛突然被邸报上的一道奏章吸引过去。那道某御史的奏章上讲，徐延旭、唐炯的军队排斥越南境内的黑旗军首领刘永福，这也是北宁、太原失守的一个重要原因。这位御史建议重用刘永福，利用他久居越南的长处，收里应外合之效。

张之万立时觉察到，这是一道很有识见的奏折，可惜没有引起太后的重视。他认为张之洞应该在此事上，吸取徐、唐前车之覆的教训，要和刘永福取得联系，建立一种彼此融洽的关系，以此换来刘永福的倾力相助。但刘永福乃会党出身，参加过长毛，又和越南的三教九流都有联系，背景很复杂。张之万深知堂弟清流本色，是极不情愿与那些江湖人士打交道的，更何况现在身居制军之尊，也不宜贸然与刘永福这类人联系，应该有一个人代替他去办这种事才好。派谁去呢?

张之万左思右想，终于替堂弟想出一个人来，此人即桑治平。无论从本人阅历才干，还是从目前的身份来说，桑治平都是最好的人选。

他拿起笔来，给张之洞回一封信，将自己的这些思考告诉堂弟，盼望他在中国与法国的这场纠纷中，发挥中流砥柱的作用，为朝廷，也为他这个老哥的脸上争来光彩。

正在这时，世铎进来，亲自转达醇王的口谕。张之万高兴地说：“我正要去晋谒王爷哩，过会儿就去。”

说着，把世铎请到客厅，细细地向他询问上午太后召见的情形来。二人正谈得兴起，家中仆人进来报告："贤良寺今日张灯结彩，准备迎接左侯下榻。"

左侯即爵封二等恪靖侯的左宗棠。上个月，左宗棠奉旨将两江总督一职交给曾国荃，以东阁大学士的身份入阁办事。左宗棠虽已高龄七十二岁，体弱多病，然豪雄之气仍不减当年，面对法国人的嚣张气焰，他多次上疏请缨。张之万对这个素有常胜将军之称的老朋友十分景仰。猛然间，一个想法跳入脑中，他兴奋地对世铎说："左侯进京，此乃天助我们成事！"

"此话怎讲？"世铎尚不明白内里。

张之万说："军机处六人，没有一人带过兵，眼看与法国人这场战争不可避免，一旦打起来，调兵遣将，筹饷谋划，便是军机处的第一件大事，我们于此都是生手。何不请太后调左侯入值军机，借助他的声望和经验？他肯出力，您这个领班就好当多了。"

世铎喜道："你这个提议好！今夜我们一起与醇王商量，明日启禀太后。"张之万笑着说："左侯入军机，军机添虎翼。明日我们军机处全班启奏太后，务必说服太后，将左侯请进军机处来。"

第八章 / 谅山大捷

一　面对炮火，好谈兵事的张佩纶惊惶失措

近几十年来，南国大都市广州在中国的地位是越来越重要了。

四十多年前，林则徐在这座城市里制定了销毁鸦片的决策，试图通过这个惊世之举，维护中华民族的国家体面和人格尊严，斩断不法之徒毒害中国人的魔爪。虎门的销烟坑伸张了民族正气。然而没有多久，在坚船利炮的威胁下，道光皇帝屈服了，林则徐被撤职流放，一艘艘从英吉利海峡开过来的船舰，从南海驶进零丁洋，进入珠江口，将堆积成小山般的鸦片箱卸下。就在光天化日之下，通过这座城市，将毒品合法地贩卖到全国各地。美丽的五羊城从此蒙上了巨大的耻辱，成为一座罪恶的都市。

然而，随着鸦片公开上岸的同时，洋人也在广州买地起屋，打起长住下去的主意。他们在珠江两岸建起高大结实、采光通风设备都很

好的楼房；自己发电，亮起了电灯，装起了电话；换上了诸如钟表、留声机、牛皮沙发等精巧舒适的奢侈品。他们还带进了烫金硬壳的洋文书籍、满载世界各地最新消息的洋文报纸。他们读着洋书洋报，说着洋话，和广州的官场打交道，做生意，通买卖，白花花的银子水一般地流入他们的金库。

随着华洋交易的频繁，一批沟通华洋的中国人应运而生。这种人既懂洋话，又懂官话，既知外情又知国情，他们从中穿针引线，牟取暴利。广州人叫他们做西崽，官方称他们为买办。买办通过自己和家人亲戚朋友，将洋风洋俗在广州迅速地传播开来。因而，广州这座城市，又是受泰西文明影响最大、最有生气的都市。

正是酷暑季节的闰五月中旬，张之洞带着他的家小和随从，千里迢迢从山西来到广州，做起南国的这座大都市和粤桂两省这片广袤土地的最高主宰者来。

一个多月来的舟车旅途，使他有充裕的时间阅读有关两广的史册记载。他又从沿途官府那里获取朝廷下发的各类京报文钞，那上面有不少关于越战的消息。这期间，他还在几个抚台衙门里，收到了朝廷专为寄给他的包封。包封里都是关于两广的绝密文书。所有这些，都有利于他对即将履任的新职作深入的思考。

到了广东韶州府，他收到了一件只能他亲自拆看的朝廷密函。密函里装的是李鸿章与福禄诺在天津和谈的内容要点。这些要点有：法国愿意保护中国毗连越南的疆土安全，中国在越南北圻的各驻防营即行调回边界，法国不向中国索赔军费，中国允许法国货物在中国边界自由运销，法国与越南订立各项条约均不得伤害中国体面，三个月后再议详细条款。

张之洞一向不喜欢和谈，随便瞧了瞧后便封存起来，并不将这份日后载于近代史册上的《简明天津条约》看得太重。一路上，他和桑治平、杨锐等人常常谈论当前的局势。充满少年激情的杨锐，从来对前途都抱着乐观的看法。饱经世事的桑治平，则往往对事情复杂的一面注意得更多一些。

他们谈得更多的是眼下广东的局面。前任总督张树声虽搬出了督署，但仍住在广州城外黄埔港督办两广军务。驻扎虎门的军营是这几个月来征调的前湘军系统的人马，统帅是有中兴名臣之称的老将彭玉麟，他的助手正是张之万所推荐的娄云庆。另一支军队是由广东提督管辖的绿营。在彭玉麟来到广东前，张树声的淮系军营与当地的粤军有很深的隙嫌。这原因是因为张利用督办的权力，将粤军安置在虎门一带的前沿阵地，而将自己的人马留在广州城郊。粤军对此大为不满，遂不与张配合，并向朝廷密告张的种种不是。张树声被撤去粤督一职，与此也很有关系。彭玉麟到了广东后，将粤军调回内地，而将湘系军营驻防在虎门。彭玉麟这种大公无私以国事为重的品德赢得了淮、粤两系的敬重。目前广东省内的三支主要军事力量各自都在修备战具，密切注视战事的进展。

进广州城的第二天，张之洞从广东巡抚倪文蔚的手里接过两广总督的印信、王旗，正式做起负责指挥越战的最高地方统帅来。通过与城内各大衙门的宪台及原督署僚属的反复会谈，张之洞对当前的内外形势有着更多的了解。为更好地谋划运筹，他决定采取两个行动。一是接受张之万的建议，派桑治平和熟悉越南情形的雷琼道员王之春亲到镇南关外走一趟，实地考察战地形势，会会正在关外督战的清军首领新上任的广西巡抚潘鼎新，以及黑旗军首领刘永福等人。二是自己走出广州城，先到扼控省垣的黄埔港看望驻防在此地的淮军及张树声，再到广东的南大门虎门去看望防守前线的湘军及彭玉麟。

送走桑治平、王之春的次日，张之洞在兵备道李必中的陪同下，乘坐小火轮，顺着珠江南下。在黄埔港，他见到了已重病在身的张树声，张树声向后任倾吐了这半年来压在胸间的满腹牢骚和委屈，拜托后任务必将这些奏报朝廷，主持公道。为安定淮军军心，共同备战，张之洞满口答应了。在总兵吴宏洛的陪同下，张之洞巡视了黄埔港一带的防御工事。淮军的散漫军风和应战力量的薄弱，令新粤督担忧。

在虎门炮台，张之洞见到了年近七旬犹与士卒同甘共苦的兵部尚书彭玉麟。彭玉麟和娄云庆亲自陪同他巡查虎门口内外的十余处炮台。彭玉麟是个坚定的主战派，虎门防守状况要比黄埔港强，但大量缺乏射程远杀伤力强的新式火炮，却令雄风不倒的老将军十分忧虑。面对着当年关天培将军英勇捐躯的靖远炮台，彭玉麟沉痛地说，关将军和将士们并不乏爱国心、报国志，之所以不敌侵略者，是因为武器不如人家的缘故。战争的残酷迫使大家接受了这个无情的事实。故而以后湘淮军都大量购买洋枪洋炮。胡林翼更主张自己制造。他留给身边人的最后一句话便是：不把洋人的那一套学过来，我们就要永远受欺侮。老将军叹息：我们的武器还是不如洋人，假若虎门再增加二十座德国克虏伯钢炮的话，防守起来，就更有把握了。

波涛汹涌的汪洋大海，血迹斑斑的古旧炮台，耻辱痛苦的往事回忆，形势严峻的今日局面，所有这些，给张之洞的心灵以强烈的震撼。翰林、洗马、学台、清流党，不知不觉之间，这些身份正在离他渐渐远去；两广军队的统帅、国家门户的守卫者、粤东粤西的当家人、三千万百姓的父母官，一副副沉重的担子正在向他压来。不管他愿不愿意，不管他挑不挑得起，他都得接受，都得担当起来。

“不把洋人那套学过来，我们就要永远受欺侮。”彭玉麟转述的这句胡氏遗言，一遍又一遍地在他的耳畔响起。脑子里又浮出榆次驿馆里阎敬铭的深沉谈话，太原衙门里李提摩太的科学技术实验。要想致强，得学洋人，要想致富，也得学洋人。

“学洋人，办洋务”，在返回广州城的珠江航道上，张之洞从牙缝里狠狠地挤出这句话来。

在桑治平、王之春暗访越南的日子里，战事的发端地越南北圻倒是意外的宁静，而数千里之外的中国东南海疆反而日趋紧张，凭借着精良的武器装备和坚实的国力基础，面积不足四川、人口少于两广的法兰西帝国，从来就视大清王朝如掌中之物，有恃无恐地对它进行讹诈和欺侮。

就在法军侵犯谅山，王德榜率部把他们赶走的第二天，法国驻北京代理公使谢满禄便照会总理各国事务衙门，说法方按规定收回谅山，却遭到中国军队的袭击，中国违背天津李福条约，应负担此次事件的责任并赔偿军费。总理各国事务衙门复函法国公使：天津条约载明三个月后再议定详细条款，在详细条款出来之前，双方应维持现在局面不变，法军此时收回谅山之行为本属不当，应视同法军侵犯了清军，军费赔偿应由法国方面承担。总理衙门的复函显然站在正理上，但谢满禄狡辩说，条约应以法文本为根据，中文本翻译有误。清廷再三核对中、法两个文本，并无歧义，乃予以严厉驳斥。法国政府恼羞成怒，立即派出正式公使巴德诺赶到中国，要中国按天津条约第二款赔偿军费二万五千万法郎，折合白银一百二十五万两。

作为天津条约的谈判者和签字人，李鸿章对法国政府这种做法也颇为头痛。他告诉已抵上海的巴德诺，驻扎在越南的中国军队已遵命按兵不动，北圻平静，条约中已写明没有赔款一事，再要中国赔款不能接受。巴德诺以逗留上海不赴北京的做法来拒绝与总理衙门及李鸿章会谈。软弱的清朝廷竟然迁就巴德诺，改派两江总督曾国荃为全权大臣，与巴德诺会谈。此时，陈宝琛亦以南洋军务会办的身份来到南京。

一贯主张对外强硬的陈宝琛对曾国荃说，要坚持天津条约，据理力争，决不能示巴德诺以弱。曾国荃却说，他已接李鸿章密电，李说法国现已对中国东南海疆采取军事行动，形势紧张，一触即发。战争一旦打起，则对中国不利。若能以小的损失来换取大局的安宁，应是可行的。李的密电还说天津条约已请太后认可，要朝廷拿出钱来作赔款，太后面子上过不去，君有难处，为臣子的应当体贴，请两江代朝廷受谤，在与法使会议时，无论曲直，拿出几十万银子来给法国，满足他们的贪欲之心，这样做，无伤国体。

陈宝琛坚决反对这样做。曾国荃却并不理睬陈宝琛的意见，摆出一副上司的派头，命令陈宝琛代表他去上海与巴德诺接触，许以五十万两银子为代价，息讼罢兵。

陈宝琛老大不情愿，但面对着曾国荃冷峻威严的面孔和毫无商量余地的态度，只得硬着头皮去上海找巴德诺。谁知巴德诺一听只有五十万，与政府的要求相差太远，便一口拒绝。陈宝琛被巴德诺大大奚落了一番。

此事并未就此而了。陈宝琛刚回南京，上海的外国报纸便将此事公开于众，舆情哗然，慈禧得知后，大不高兴。传旨斥责曾国荃背着朝廷私许外人，实属不知大体，陈宝琛遇事向有定见，此事乃随声附和，殊负委任。陈宝琛想起来真是太窝囊不堪了。自己明明不愿意向侵犯者讲和示弱，但作为属下，又不能抗拒上司的命令，违心地去与法国人谈判，事情没有办成，反而招来四面难堪：洋人冷眼，国人愤慨，太后斥责。这是何苦来呢！好不容易培植的一世清流英名，便如此轻轻易易地毁于一旦！一向自命清高的陈宝琛来到两江不久，便吃了这个有苦说不出的哑巴亏。他开始领略了世事的复杂，实务的难办，颇为后悔不该离开京师，从此便将陷于这麻烦透顶的事务圈，既没有读书做学问的空闲，又丢失了指点江山激扬文字的潇洒。正在李鸿章、曾国荃、陈宝琛处在骑虎难下的时候，美国公使馆表示愿意出面调停。于是大家都松了一口气，静待美法两个强权国家之间私下交易的结果。

与此同时，法国积极调兵遣将，试图以武力威胁清廷，恐吓主战派，尽快达到他控制越南，打通红河航线及最终瓜分中国征服远东的战略大目标。

法国海军中将孤拔率领一支庞大的舰队，驶向中国东海海域。六月十五日，法军五艘兵舰突然攻打台湾基隆炮台。驻守在台湾的军事统领乃淮军宿将刘铭传，他指挥兵士仓促应战，交战不到一个钟点，基隆炮台便失守。刘铭传慌忙向他的老上司李鸿章求援，请李派出北洋水师前来台湾救助。第二天，法兵四百余人强行登岸。淮军提督曹志忠、章高元率部与法兵战斗，双方死伤惨重，先天被法军强占的炮台则又被淮军夺回了。

法国政府见在台湾并未占到便宜，便指使巴德诺在谈判中可退一步。巴德诺接到政府的命令后，立即照会曾国荃，诡称已夺基隆炮台，赔款可酌量减少，若一次拿出八十万两银子，则可息兵。又暗中请总税务司赫德出面为之关说。赫德遂做出一副既为中国又为法国讲话的姿态，提出一个折中方案，中国出八十万两银子，但分十年还清。同时驻北京代理公使谢满禄亦向清廷发出最后通牒，限二日内答复。如不允，则下旗离京，中法之间似乎到了撤馆断交的严重时刻。

清廷面对这一突变形势，又气又惧。一面将法国近期的无理行为照会各国，以求得国际社会的公道，一面又密谕沿江沿海统兵大臣，亟力筹防，严行戒备。

密谕发到福州闽浙总督衙门，总督何璟收到后，命人飞骑送往船政局。

何璟是个老官僚了，道光二十七年的翰林，与李鸿章同年。他虽然没有战功，但遇事敢言，为政干练，故而迁升顺遂，同治二年，便做了安徽按察使，又升湖北布政使，同治九年便擢升巡抚。同治十一年，曾国藩病逝江督任上，何璟正做江苏巡抚。他上疏朝廷，请求为曾国藩在江宁立专祠，一时朝野都认为他体恤功臣，能仗义执言。

官场跟军营差不多。再朴实的乡巴佬在军营中呆久了也会变成兵油子。若要使军营常有生气，便必须不断地退去兵油子，补进乡巴佬。同样，再有血性的书生，官场呆久了，也会被磨光浸疲，直到从头到尾都磨得光光的，浸得黑黑的，熏得蔫蔫的，当然也有不老松、常春藤，但古往今来都很少见到。可惜的是，官场有官场的规矩，不能像军营一样时常吐故纳新，故而官场朝气少，暮气多，锐意进取者少，因循塞责者多，廉洁自爱者少，同流合污者多。这也真是无可奈何的事！

何璟年轻时也曾踔厉风发过，如今年过六十六岁，封疆大吏做了十四五年，早已做烦做腻了，当年的上进之心荡然无存。

上个月，怀着振衰起疲、一展抱负之心的张佩纶奉旨来闽会办军务。这位名满天下年方三十六岁的都察院左副都御史，以天使的身份面对着包括何璟在内的八闽官员。因为张佩纶一向敢于参劾大员，故他一到福州，便有人投匿名状，告福建提督在元贪墨荒谬，列出了四大罪行。张佩纶为着要建立自己铁面无私的清官形象，立即查办，没有几天便一一查实。他将弹劾书专递京师，在元被交部严议。身为总督的何璟有疏忽之失，也在弹章中被附带指责了一句。何璟由此知张佩纶得太后特别宠信，飞黄腾达在指日之间，便干脆将闽浙军务防务大事都交给张佩纶，由他做主。基隆战争爆发后，他来到福州城外三十里的船政局。

这个船政局正式的名称叫做福州船政局，因局址在闽江马尾港，故习惯上都叫它马尾船政局。同治五年由当时任闽浙总督的左宗棠所创办，是与江南制造局、金陵制造局同时期开办的官办洋务企业。江南局重在造枪弹，金陵局重在造机器，马尾局则专造轮船。马尾局聘请法国人日意格为总监督人。三十年来，在左宗棠、沈葆桢等人的督理下，已造出了万年青、安澜、飞云、伏波等十余艘兵轮，装备着南北洋水师。眼下，该局已有造船、模型、装备等二十个车间，三座船台，一座铁船，共有人员三千余，并设立了船政学堂。中国海军史上的一些著名人物，如严复、邓世昌、刘步蟾、萨镇冰等人都是船政学堂毕业的学生。显然，马尾船政局是当时闽浙最大的洋务企业，也是全国最大的一批洋务企业中的一个。海域军情紧急，马尾局便成为第一个重点保护的对象。

常住该局的还有一位船政大臣何如璋。何如璋是一个庸吏。摆架子，谋私利，这一套他都行，若论真才实学，却和大多数官场人物一样胸无点墨。

海疆风声一紧，他就巴不得有人来替代他。现在，张佩纶神气十足地来到马尾，何如璋则有获救的感觉。张佩纶拍着胸脯对何如璋说："有我在，你就放心好了。洋人我是琢磨透了，他们一贯欺软怕硬。我张某人的硬汉子是出了名的，谅他们不敢胡作非为。"

作为船政大臣，何如璋对洋人的品性和军事实力还是有所知的。他心里想，洋人难道还会怕你张佩纶这个硬汉子？也未免太狂了吧！他知道战争一旦打起，局面一定不妙，眼下正需要有一个人自己挺身来做出头鸟，将来好代他承担责任。

他以满脸信任的姿态说："张大人，您是太后派下的钦差大臣，何制台都把闽浙军务大事交给了你，我自然没有话说的。马尾船政局如何克敌制胜，就全听您的指挥了。"

论职守，何如璋是船政局的主人，论资格，远在张佩纶之上，张佩纶生怕他不听调遣。现在听他这么说，恰合心意。张佩纶正要借这块地方好好施展自己的军事才干，便毫不客气地说："这段时期，马尾船政局一切就交给我了，我虽不赞同用上千万两银子建造这个船厂，但既已花二十年建成了这个规模，这船厂便是国家的一笔财产。我身为福建军务会办大臣，有责任保护它。何大人，你放一百个心，船厂在我张某人的手里必定安然无恙！"

"好，好，张大人文武全才，年轻有为，我放心。"何如璋点头弯腰地笑说，脑子里想起了一桩大事。

六月初七，法国海军中将孤拔接奉政府的密电后，率领一支由八艘舰艇组成的庞大船队，突然出现在闽江入海口，从指挥舰上放下一只小快艇。小快艇开足马力，溯江而上，很快便来到马尾港，被船厂巡逻人员拦截住。"我们是法国船队。"快艇上站起一个西装革履的年轻中国人，用带有闽南腔的官话回答巡逻人员的喝问，又指着坐在他身边的一个同样年轻的洋人介绍，"这位是法国伏尔他号油轮副船长米歇尔先生，奉总领队孤拔先生的命令，特来拜访福州船政大臣，有要事商量。"

巡逻人员听说是洋人商量要事，不敢怠慢，忙将客人带到船政大臣办事处，去见何如璋。听了翻译的介绍后，米歇尔脱下帽子，向中国船政大臣恭恭敬敬地鞠了一躬。行完礼后，米歇尔叽里咕噜地讲了一通话，翻译转述："我们是一队法国油轮，是到俄国装汽油的，路过贵国，一来我们淡水用完了，想补淡水，二来听说马尾船厂有一些法国人，总监督日意格先生与我们领队孤拔先生是朋友。我奉孤拔先生命令，请允许我们船队开进马尾港，补充淡水，会会朋友和同乡。所补充的淡水，我们将按量付款，恳请同意。"

何如璋说："日意格先生不在此地，他已到香港休假去了。"

日意格不在马尾，是他们早已知道的。米歇尔故作惊讶地问："那太遗憾了，不过，还有别的法国同胞，我们也想见见聊聊。"

何如璋问："你们准备呆多久？"

米歇尔答："顶多只呆一个礼拜。"

何如璋答应了。

下午，八艘洋轮前后有序地开进马尾港，在船厂的指定处停泊下来。随即，自称商船总领队的孤拔，便由实为海军中尉名为伏尔他号副船长的米歇尔和翻译陪同，前来拜访何如璋。孤拔五十余岁年纪，两鬓斑白，面色粗糙，然身材结实挺直，精力充沛。

他首先感谢中国船政大臣接受他的请求，然后叫米歇尔捧出两样礼品来：一个尺余长的单筒望远镜，一个小碟子大的金壳怀表。

何如璋特别喜欢洋人的望远镜。他曾借日意格的望远镜玩过。站在屋顶上，用望远镜一望，整个马尾船厂都收入眼中，连五里之外船坞里停的几只什么船都看得清清楚楚。现在有人将这个好玩意儿送给他，他怎不接受！他高兴地接过望远镜后，又将金壳怀表也收下，心里想：这只表过些日子送给何璟，让老头子也欢喜欢喜，年终考绩时在奏疏里为自己说几句好话。

次日，何如璋回拜。他的回礼也是两样，一对康熙年间景德镇御窑厂烧制的高颈大肚青花瓷瓶，一座浙江青田八仙漂海石雕。每件都由四个工役抬着，加上翻译、随从、仆人在内，一行十多人，浩浩荡荡体面排场地来到领队船伏尔他号。

孤拔高兴地收下礼物，赞不绝口，又兴致勃勃地陪同他在伏尔他号上上下下前前后后地参观。伏尔他号坚固威武，舱房里面布置得富丽堂皇，电灯光明亮如昼，更有彩灯红红绿绿的，恍如仙境。比起船厂制造的伏波、安澜来，伏尔他号简直就是瑶池里的画舫，可望而不可即。大清国的福州船政大臣，不断发出由衷的赞叹。

参观完后，孤拔又设宴招待客人。精美的巴黎大菜，甘醇的马赛葡萄酒，加上主人的殷勤相劝，直把何如璋弄得脑子醺醺的，心里甜甜的。

从第二天起，八条轮船都在不停地灌注淡水，米歇尔也真的把在马尾船厂的所有法国匠师都请到船上去喝酒叙乡情。到了一个星期期满了，翻译陪着米歇尔再次来到船厂，说有两条轮船出了毛病，拟请马尾的法国匠师去修理，匠师修理期间的工钱，由他们支付，船厂可以停发他们的工资。

何如璋满口答应，并大方地对米歇尔表示：匠师的工资仍由我们支发，你们要请哪个就请哪个好了。

米歇尔对何如璋的慷慨表示感谢。谁知这一修便修了五六天，至今仍停泊在马尾港，何如璋再也没有去过问。现在张佩纶来了，何如璋想起了这桩事，请他去看看，今后万一出了什么事，责任便可以由他来承担，与自己无关。

张佩纶也觉得不应该停这么久，便同意去看看。来到船上，孤拔、米歇尔连连说抱歉，经全面检查后，又发现了新的问题，有的零件还须重新在马尾制造，故而耽搁了时间，说罢又拿出一万法郎的支票来，说是按国际通例，法轮在马尾停泊超过十天，应支付停泊费。何如璋、张佩纶都不知道有没有这个国际通例，他们只知道中国百姓的渔船、政府的官船停泊在任何一个港口码头，都不需要支付停泊费。本来嘛，一只船停在这里，又没有吃你的，拿你的，这个地方空着也是空着，客人认为没有理由付款，主人也不好意思收款。中国是礼仪之邦，既然自己人可以不收钱，又怎么能收洋人的钱？有朋自远方来，不亦乐乎！如果真的是朋友，不但不收停泊费，还有好饭好菜招待你呢，尽地主之谊嘛！但洋人的习性摸不透，何况在越南战场上，中法两国还处在敌对的关系，对这队法国商船多少还得警惕。张佩纶这样想过后对孤拔说："停泊费我们不收，请你们在三天之内全部离开马尾港。"

"行，行。"孤拔立即同意，"我们一定在三天之内离开。"米歇尔请他们吃了饭再走。何如璋巴不得主人发这个话，张佩纶也不好独自一人先走，于是一起进了餐厅。美酒大菜让两位清朝大员吃得心满意足，酒酣耳热之际，孤拔提出，若三天没有修好，请宽限再停几天。早已醉醺醺的何如璋口不自主地打起中国官场的流行腔调："好说，好说！"

张佩纶、何如璋从法国轮船上回到办事处，便收到了何璟送来的朝廷关于基隆战争及沿海沿江加强戒备的密谕。

张佩纶说："这队法国轮船不知与攻打基隆的军舰有没有联系。"

"他们是商船。"何如璋满有把握地说，"洋人经商做生意的人地位很高，他们并不受政府的控制，也没有必要做政府的工具。"

"可他们毕竟是法国的船只，现在两国交兵，我们不能不防。"

"不是说好三天之内叫他们走吗，走了就没事了。"

不料，三天之后，他们并没有走，张佩纶也并不去催促。奇怪的是，这个清流干将，在京师上奏折时反复提醒当政者要对洋人提高警惕，要采取有效防范措施，现在身为会办福建海疆事务大臣，面临着东海海面上的紧张局势和一支法国船队，居然就轻易地相信"商船"的谎言，毫不加以提防，也没有叫他们到期开走。就这样，为国家也为他自己种下了损失惨重的祸根！

七月三日，是一个平常而平静的日子，马尾船厂三千号员工跟往常一样，都在各自的岗位上劳作。空阔的马尾港内停泊着十一艘中国兵舰，这些兵舰都是马尾船厂自己造出来的，其中有几艘曾在海面上为国防出过大力。比起西洋人造的兵舰来，它们自然逊色一等，但在中国以及东南亚诸国来说，这仍然是一支强有力的舰队。每艘兵舰上都装有火力较强的炮位：主炮位安装在船头上，船尾的炮位相对地要弱一些。巨大的铁锚从船头抛入江中，粗壮的铁链将船头系在江边的碇泊上，一只承载量达数万吨的大船，便靠这一锚一链固定在江中某个位置上。上午涨潮时，潮水从下游涌进，江水倒流，没有系绊的船尾随着流水漂向上游，船头指向下游。下午退潮时，船尾便顺着水流漂向下游，船头则指向上游。一天里，每只船都这样上下漂动两次，大家都习以为常。

今天也一样，上午，海水涨潮了，滚滚东海之水从闽江口一波一波地涌进马尾港，十一艘兵舰的船尾都随着江水的倒流而漂向上游，装有主炮位的船头指向下游，而下游不远处则停泊着在马尾港内呆了近一个月的八艘法国“商轮”。

中午过后，海水退潮，船尾又慢慢漂下来，接近洋轮的部位由船头换成了船尾。

就在这时，法国驻福州领事馆派人向中国闽浙总督衙门送来一份紧急公文，翻译打开公文套，不禁大吃一惊，忙将它递给何璟，并声气急迫地说：“这是一份宣战书。法国政府定于本日下午两点向停泊在马尾港内的中国兵舰宣战。”

何璟听了这话，脸色顿时变成灰白，全身虚汗直冒，嘴里吐出的话语无伦次：“好好的，宣什么战？洋人怎么能这样做……哪有这样宣战的道理……马尾港停的不是商船吗？”

这时，福州商会会长林旺发正在衙门，见了这份宣战书也大出意外，对何璟说：“赶快告诉船厂。”

何璟疑惑地问：“他们是向船厂宣的战，船厂难道没有收到？”

林旺发掏出怀表一看，惊道：“现在是一点三十八分，离宣战时间不到半个钟点了。不管他们有没有收到，都要告诉他们这件事。”

“来不及了！”何璟已气得手足失措。

“到电报局发电报呀！”

林旺发提醒了制台大人，巡捕奉命立即飞马奔赴福州电报局。

马尾电报局很快收到了这份紧急电报。当译电生译到“宣战”二字时，两手不自觉地发起抖来，正要将下面一句话翻译出来时，“轰隆隆”，巨大的炮声由江面传过来，震得电报房的彩色玻璃“哐啷”作响，译电生手中的笔也被震得摔到地上。

此刻，会办福建海疆事务大臣张佩纶、船政大臣何如璋正在床上睡午觉，突然间被这震天动地的炮声震醒，何如璋瞟了一眼架在桌上的那只孤拔送的怀表，长短针标明的时间是：一点五十六分。

一股混合强烈刺激味道的浓烟弥漫在马尾港，整个船厂立即陷于惊骇恐怖之中。

“张大人，制台衙门来电，法国洋轮要向我宣战。”

译电生匆匆将电文全部译完后，急急忙忙赶到张佩纶的住所，一边递过电报，一边气喘喘地说着电报的主要内容。

张佩纶拿起一件长袍子披在身上，顾不得正三品大员的尊严，赤着脚从床上跳到地下，接过电报纸，急速地扫了一眼后，便奔到窗口旁向江边看去：往日平和秀美的马尾港，此刻已沦为杀气腾腾的水上战场。

下午一点半钟，奉孤拔之命，八艘法国轮船一齐掀掉罩在炮位上的帆布，露出船头船尾所安装的德国克虏伯炮厂最新出产的远射程强火力的钢炮。和平友好的商船伪装剥去后，显现的是凶恶狰狞的兵舰原形。所有舰上的人员都各就各位，就像猎鹰盯兔子样的死死盯着前面一百多丈远的中国兵舰，指挥舰的发号令台上站着的正是法国海军中将孤拔，举着一支单筒望远镜，纹丝不动地瞄着前方，他旁边站的是海军中尉米歇尔。

随着潮水的退下，前面的兵舰的舰尾正在慢慢漂下，眼看所有的舰尾都已漂下，孤拔掏出胸前口袋里的怀表，打开看了一眼，对着身旁的米歇尔下命令：

“各舰做好准备！”

“各舰做好准备！”米歇尔将命令传下去。

“开炮！”孤拔恶狠狠地吼着。

“开炮！”米歇尔的喊声刚落，伏尔他号左边的豺狼号已迫不及待打响了第一炮。接着维拉号、台斯当号、特隆方号等其他法国兵舰相继发出炮弹。

中国兵舰上的人员，从舰长到水手都没有预料到这一点，就在一片慌乱之中，最靠近法舰的琛波和永保两舰已被炮弹打中，舰艇上到处都是火焰，正在可怕地慢慢往下沉。

张佩纶冲出门外，来到江边，眼看着琛波、永保两舰被烈焰包围着，渐渐失去了平衡，一头高一头低，摇摇摆摆地在江面上挣扎，不觉跌足长叹，心中已失了方寸，只一个劲地大声喊叫：“为何不打炮还击！”紧跟在他身后一起跑到江边的船厂协办禀道：“主炮位在船头，他们无法还击！”

“该死！”张佩纶情急之中骂道，“这些蠢猪，还不快把船头掉过来。”

“来不及了！”协办绷起着脸答。难道就这样让他们活活的打！张佩纶痛苦万分。眼看着自己的兵舰被击中而不能还手，心中悔恨不已：悔不该上当受骗，悔不该前几天没有下死决心让这些魔鬼离开马尾！除了痛苦和悔恨，张佩纶拿不出一点实际办法。

他能做什么呢？他既不能跳到闽江里去将中国兵舰的船头都扭转过来，将炮火猛烈地对着那一群卑鄙无耻的骗子强盗，又不能飞到伏尔他号去，怒斥孤拔、米歇尔，叫他们停止这种罪恶的行为，以正义去压倒邪恶，用良知去熄灭战火。他一无实战经验，二不懂船炮战术，此时，即使他能借用电报指挥江上的中国兵舰，他又能指挥出个什么名堂来？

张佩纶想大骂一通引狼入室的何如璋，但何如璋连影子也看不到了，气得他在岸上毫无目的地来回奔走，没有走几步，便已两腿发软，浑身战抖，终于瘫倒在江边。江面上，马尾港里的中法两国水战越来越惨烈了。

孤拔为他们的突然袭击获得成功而大声狞笑，他又下达了“连续发炮”的命令。一发发凶猛的炮弹呼啸着向中国舰队打去，有的打在船上，立刻引发出一片烟火，有的打在江上，则马上激发几丈高的水浪。

中国的水师官兵并不是懦弱的，他们经过几秒钟的思索后，便明白过来这是怎么一回事。尽管事前无一丝毫准备，且眼下的处境极为不利，凭着军人本能的血性和勇敢，他们在没有统一的指挥下，舰自为战，人自为战，给予侵犯者——无耻的骗子以猛烈的回击。

福胜、建顺两舰的舰头上都各装有两座十八吨的大炮，他们一面急忙掉转船头，一面用船尾所安装的十吨炮向敌舰开火，豺狼号只得集中火力对付这两艘中国兵舰。

扬武号的船尾装有两座十二吨的炮位，在十一艘中国兵舰中，扬武号是船尾火力最强的一只。眼看着船头一时掉不过来，舰长决定充分发挥自己舰尾的优势，认真对付这群卑劣的洋鬼子。他看出伏尔他号是敌舰队的指挥舰，便命令炮手瞄准着号令台射击。两发炮弹同时从扬武号舰尾射出。妙极了！第一炮便恰好打中伏尔他号的舰桥，桥上的五个法国兵顷刻之间便毙了命。第二发炮弹打中了发号台，发号台被打得稀巴烂，只可惜偏了点，那个罪恶的大头子孤拔没被击中，他被震倒在地，爬起来后又哇哇直叫，命令打炮。扬武号的尾炮又接连发出几发炮弹，虽压住了敌舰的火力，但遗憾的是未打中伏尔他号的要害。这时，一艘在伏尔他号旁边的鱼雷舰偷偷地对着扬武号发出一枚鱼雷，鱼雷箭一般地在水中向扬武号飞去，打在右舷下。

轰的一声，扬武号爆炸。开战后的二十七秒钟，立了大功的扬武号悲壮地沉没了。

这时，福星、济安、飞云等兵舰都中了敌炮。就在随时都有灭顶之灾的时候，各舰上的炮手仍在用尾炮回击敌舰的挑战，维护着中华民族的尊严。

振威号是一艘刚出厂的新舰，它的炮位上装的也是德国克虏伯厂新出的钢炮。现在它的船尾后面跟着的是法国的维拉号和台斯当号两艘兵舰，他们正利用船头主炮位的优势，全力猛扑振威号。振威号毫不畏惧，一边用尾炮英勇还击，一边全速掉头，在掉头的过程中，恰遇法国的特隆方号向它侧面驶来。振威号狠狠地射出一炮，击中特隆方号船头侧面，一股浓烟立时将特隆方号的船头罩住。

特隆方号没料到振威号的炮火威力这样大，气急败坏地也向振威号发来一排炮弹，有两发打在振威号的船舷上，立刻穿成两个大洞。江水从洞口急涌而入，振威号还在继续掉转船头。好了，主炮位正好面对跟踪的维拉号和台斯当号。振威号将一肚子仇恨发出去，一排炮弹连珠般射出，两艘敌舰都被打中了，维拉号在江面摇摇晃晃，似要沉水。这时，伏尔他号身边的鱼雷舰从烟火中冲进，疯狂地向振威号发射一颗鱼雷，击中了它的船头。就在振威号即将沉水，炮位就要沉没的那一瞬间，振威号用尽全身力气，将最后一颗克虏伯炮弹射出。它迅速直前，将法舰台斯当号的旋转轮打得粉碎，轮机手及其身边的挥旗人被击毙，身后的舰长右臂离开身体不知去向。就在这个胜利的炮声中，振威号带着对船厂、对闽江、对父老乡亲的深深眷恋，永不屈服地沉入江底。

这就是中国近代史上著名的马尾之役。从打第一炮开始，到振威号的沉没，前后不过半个钟头，中国十一艘兵舰全部被击中，伤亡将士七百余人，经营了三十多年的福建水师全军覆没；而法国八艘军舰无一沉没，只有两艘遭到重创，死伤不过三十来人。

大清帝国在世界面前再一次暴露出它的衰败无能，懦弱可欺！

当看到振威号悲壮沉江的那一刻，瘫倒在岸边的张佩纶眼前一黑，晕了过去。

“轰隆隆，轰隆隆”，猛烈的炮声将张佩纶惊醒，他看到身边不远处车间腾起了烟火。

“不好了，法国人的炮打到岸上了！”一肚子造船技术却惮于兵戈的船厂协办，吓得脸色惨白，他本能地意识到，必须离开这里，否则将性命不保。

“张大人，我们快走！”协办扶起张佩纶，张佩纶的两腿仍然无力。

“快过来扶着张大人往后山走！”

协办招来几个工役，大家架起张佩纶，扶着协办，转身向后。

张佩纶觉得自己此时离开船厂，正好比守城的官员弃城而逃。临阵弃逃，论律当有死罪！张佩纶心里一震，不由地停住脚步。船厂的第一号主管官员，自然是船政大臣何如璋。“何大人呢？何大人在哪里？”他茫然地问身边的工役。“何大人早已转到后山去了。”一个工役答道。何如璋早已走了，这话使张佩纶惊虚的心略为安定下来。论职守，自己是整个福建海疆的会办大臣，不只管一个马尾船厂，马尾的守土之责在何如璋身上。他都先走了，我还等什么！

“轰隆隆，轰隆隆”，又是一阵炮轰声，江面上得胜的法国舰队掉转炮位向岸上打来，他们在发泄征服者的淫威，试图彻底摧毁这个中国最大的造船基地，炸死手无寸铁的三千员工！可怜的马尾船厂四处受炸，房屋倒塌，数十名员工倒在血泊之中，更多的人在抱头鼠窜，向树木茂集的后山奔去。

一发炮弹就在张佩纶等人的身边炸开，尘土飞扬，刚才还是一块平整的地面上，立时出现了一个足可埋下四五个人的坟坑。

从小在锦衣玉食的官衙里长大的张佩纶，从来没有见过这种惊心动魄、生死系于瞬间的战争场面。此时，他早已方寸大乱，六神无主，只有求生的本能在强烈地驱使他挪动脚步，一步一步地向后山密林里逃去。这一逃，铸成了张佩纶终生不能洗刷的耻辱。他那令人目眩的光彩形象，因此而黯然失色，轰然坍塌。

二　马尾一仗，毁了两个清流名臣的半世英名

马尾之役的惨败，震惊全国，朝野均为之悲沮，更为举国同愤不能宽恕的是驻在船厂的两位大员的行为。福建海疆事务会办张佩纶和船政大臣何如璋，竟然贪生怕死，临阵脱逃，致使继三号的江上全军覆没后，四号、五号在法舰的炮击下，船厂因无人主持秩序大乱而损失惨重。

慈禧太后甚是恼怒，立即将张佩纶、何如璋罢官削职；过两天，又将张佩纶荐举徐延旭、唐炯的事加上一个“滥保匪人”的罪名，新账老账一起算，发往边塞流放充军。接着又将闽浙总督何璟、福建巡抚张兆栋一并解职，勒令致仕回籍，诏命东阁大学士、军机大臣七十三岁的左宗棠赴福州督办军务，欲借他的声威镇抚东南，慑服法人。调杨昌濬为闽浙总督。同时下诏宣讨法国罪状，公开向法国开战。

圣旨下到福州的时候，张佩纶尚躲在马尾港三十里外的彭田乡。

张佩纶在彭田乡已经十一天了，这十一天里，他一直在极度的痛苦中度过。出事的那天下午，他被船厂协办和一群工役搀扶着来到鼓山脚下，想在一家农舍里安顿下来，谁知那农夫听说他们是船厂逃奔出来的，便不让他们进屋。工役特别说：“这位是福建海疆会办张大人。”那农夫冷冷地看了看张佩纶，不屑地说：“张大人我们也不接待！马尾港打了败仗，带兵的大人应坚守阵地，士兵们死在沙场，你做大人的却逃跑，有良心吗？”

说罢“砰”的一声把大门关了。

张佩纶受了这番指摘，满脸羞惭，只得继续向前走。又走了十多里，来到彭田乡。吸取鼓山的教训，他们不再找普通农舍而是去找乡长。彭田乡的乡长是一名老绅士，听了介绍后，对着衣衫不整的张佩纶十分鄙夷地说：“你就是那个号称清流健将的张幼樵吗？哼，你也有今天！想当年我的堂弟只因一个小小的过错，你就上章纠弹他，工

部为他求情，你硬是不罢休，一连三疏，终于害得他连降两级。老夫还以为你是一个正派的人，原来你才是一个真正不负责任、不要人格的大奸佞。你滚吧，老夫家里不能容忍你这个口是心非的清流！”

这一顿奚落，真的把张佩纶的脸面扫尽，恨不得去掘地以藏。

本来想离开彭田乡，远远地走去，只是经这两番辱骂，张佩纶心更虚，体更弱，实在不能再走了，幸而附近有一所尼姑庵，庵里只有一老一小两个尼姑，都是胆小的女人，看来了一大群身着官服的男人，不敢阻挡，船厂的逃命者再也不敢打起张大人的牌子了，胡乱在尼姑庵里住了下来。

第二天、第三天，张佩纶接连打发人去船厂探听消息，晚上回来时都说，这两天法军天天向船厂打炮，车间多半被炸毁，何大人没有下落，其他管事的一个也找不到。

第四天晚上，派出的工役回来说：法国军舰开走了，炮不打了，但船厂的人恨死了两位大人，何大人借押送银两回福州离开了船厂。工役对张佩纶说，不要回船厂了，回去后会被人打死，不如干脆在这里呆着，过几天再回福州去。

张佩纶听到这些话以后，心里有说不出的恐惧和悔恨。他知道自己的罪过太大了。法国的军舰在马尾二十多天，居然就轻信谎言没有看出它的真正意图，怎么糊涂至此！

炮火一响，自己就惊慌失措，拿不出一点办法，平日里那多主意都到哪里去了，难道说对军事的筹划只能由安静的书斋里产生，一到真刀实枪的战场，就一点谋略都出不来了？尤其千不该万不该的是，不该离开船厂，那天怎么就这样懵懂，这样混账！

张佩纶想到锥心的时候，捶胸打背，嚎啕痛哭！他想起仅仅只在三个月前，自己还是一位令人敬仰畏惧的堂堂都察院左副都御史，十多年里，劾大员，纠显宦，谈洋务，议兵事，直赢得海内盛誉，天下闻名。说起张佩纶，谁人不称赞是一个气贯长虹、节如劲竹的清流名士？他的那些掷地有声的奏疏，多年前便有琉璃厂的书商找上门，请求让他们选择其中一部分雕版付梓，刷印几千份，好使那些敬仰他的人天天诵读，张佩纶答应过两年再说。倘若不是做这个背时的福建军务会办，来到这个倒霉的马尾船厂，要不了多久，他就可以由副都御史而升都御史，由都御史而拜大学士，他的那些皇皇奏议，便会被千百万士人奉为经典，惠及今时，泽被后世。

可是现在，一切都改变了，一切都破灭了。张佩纶想，他一定会遭到严惩，因为结怨太广，仇家太多，那些人必定会罗织罪名，周纳深文，甚至有可能被判处杀头抄家。

至于那些金声玉振般的奏疏，更会成为一堆废纸，再也没有人去理睬了。“张佩纶”三个字，从此以后将会成为“只会为文，不会办事”，“口头上的英豪，骨子里的懦夫”等等的代名词，千秋万代成为士大夫的反面教材。

张佩纶这样想来想去后，万念俱灰，身如槁木，连起床的力气都没有了，一天到晚僵卧冷床，气如游丝，奄奄待毙。

圣旨到了福州后，会办衙门的官员们四处查访，终于在彭田乡的尼姑庵里找到张佩纶。听完圣旨，他暗自庆幸没有杀头，一丝生机又从体内恢复。他无理由也无脸面作任何申诉，叩头谢恩完毕，稍过几天便穿起囚服踏上戍途！一路上他时刻担心，生怕再有后命。

果然不出他所料，不少人上折痛斥他，更有许多清流党的怨敌，此时都要将他从戍途上召回，交刑部议决，处以立决。慈禧权衡了一下，没有召他回京，只是将戍边的年限由五年增至八年。

张佩纶刚披上囚衣，陈宝琛又中箭落下马来。本来，马尾之战爆发前，因擅许赔偿法人五十万军费一事，慈禧早已对陈宝琛不满，战火烧起来之后，陈宝琛又奉曾国荃之命巡视长江入海口及沿海防务要塞，督促加强战备，防御法国兵船从长江口打入。

陈宝琛在巡视过程中，亲眼看到海防要塞军纪涣散，防守松懈，将士们对从西洋进口的枪炮火药的使用，懵然不知。军中赌博之风盛行，有的通宵不眠，一夜之间的胜负达数百两之多。营官克扣军饷几成通例。更为严重的是，前线最高将官陈湜萎靡贪侈，险诈骄纵，不仅品性恶劣，而且才能平庸，当此非常之时，恐坏国家大事。陈宝琛回到江宁之后，把这些情况如实告诉曾国荃，岂料曾国荃不但不支持陈宝琛，反而指责他不该随便批评前线将士，扰乱军心。

原来，陈湜乃曾国荃的同乡姻亲，又是百战沙场过来的生死之交。曾做山西巡抚时，陈为山西按察使。曾做江督时，又奏调陈为水陆马步统领。陈的贪骄，曾不是不知，但陈是他的心腹，他有意维护。陈宝琛不知深浅，口无遮拦，曾如何不恼！

但陈宝琛依然秉他在京时的清流亢直之气，认为不向朝廷如实反映，则有负太后的重托。联系到曾国荃平日的倚老卖老荒废公事，陈宝琛忧心忡忡，于是给慈禧上了一道辞气激烈的奏疏，在禀报江南海防的实情后笔锋直指陈湜："直视兵戎为儿戏，等纪律于弁髦。其才智足以济其奸，贪权适以成其骄。在曾国荃不过任用姻私，失知人之明，在国家则直豢养无赖，酿玩兵之祸。臣若谬托和衷，坐观成败，于曾国荃则为姑息，于皇太后、皇上则为不忠。"

既已点到曾国荃，陈宝琛干脆一吐痛快："曾国荃自奉命督防以来，初尚踊跃，一入直境，日就颓废，老病日增，志气日挫。见宾客则卧榻而呻，谈戎机则涕流而道，观其愁苦龙钟之态，几若旦晚就木之人。若以为真耶，孱暮衰气岂可临戎；若以为伪耶，挟诈畏难岂非负国？"

陈宝琛这一道密折进京不久，便有平时用重金收买的宫廷耳目密报曾国荃。曾国荃、陈湜知道后，怒火万丈。这些白刀子进红刀子出的人对背后捣鬼的秀才恨之入骨，报复起来决不手软。

曾国荃一面指使人上奏朝廷，无端给陈宝琛加上一个收受法国人五万两银子的贿赂罪名，又无中生有地说陈宝琛在江南期间狎娼嫖妓，行为不轨，有伤风化。还有人上奏揭老底：保举徐延旭、唐炯是张佩纶与陈宝琛的合谋；张既是滥保匪人，陈不应逃脱责任。

江宁城里，曾国荃从此不理睬陈宝琛。所有会办南洋事务大臣应该参与的事情，曾国荃一律不让他参与，将陈宝琛晾在一旁，无事可做。陈湜更指使一些兵痞子在陈宝琛的住宅四周寻事生非，无理挑衅，弄得陈宝琛形影孤单，凄凄惶惶，日不能食，夜不安寝，处境尴尬，心绪烦乱，如坐针毡，如处火炉，狼狈至极！

这时，陈宝琛才悔不该来到江宁做曾老九的会办，才知道清流只能存于京师，离开京师那个圈子，则孤立无援，寸步难行；也终于明白，世事的复杂，实事的难办，远非书斋里可以想得到的，至于忠诚正直、廉洁律己，这些书生们所推崇的品德，也只是在文章里才有光彩，而在现实世界中，它们并没有多高的地位，更没有丝毫的力量可言！

陈宝琛的迂腐，终于为自己招来苦果。慈禧采取对张佩纶同样的手法，新账老账一起算，一道上谕，将陈宝琛连贬五级！

陈宝琛身心交瘁，心灰意懒，他也不想回京师去做一个低微的小京官，便借母老为由，回籍侍亲。朝廷很快批下来，成全了他的“孝心”。

陈宝琛离江宁那天，江宁各大衙门无一人相送，倒是一群丘八在码头上焚纸燃炮，意谓送瘟神，弄得陈宝琛又愤又羞，欲哭无泪，如漏网之鱼般匆忙开船。

谁知陈宝琛这次回籍，一住便是二十四年，直到光绪、慈禧相继过世，宣统登基之后才回到京师，那已是白发皤然，垂垂老者了。可怜一个正派清流名士，直到临死还不知道他这一生究竟栽倒在何人的手里！

而就在他黯然离宁的时候，恭王府里的鉴园主人在私心庆贺，醇王府的高参孙毓汶在暗自得意，李鸿章也有出了一口气似的舒坦。至于那些遭张佩纶、陈宝琛纠弹的人则更是弹冠相庆，喜形于色。更有许多对清流抱有仇恨、讨厌、嫉妒、轻视种种复杂心态的人，此时都把目光盯在这几年甚得圣眷、官运极好的清流中的幸运儿张之洞的身上，且看他究竟有几分能耐！

马尾之役的战况很快便传到广州，接着，严惩福建大员及对法宣战等圣谕都下达到各省，张之洞这些日子来心情甚是沉重。他既为战事失利而忧愤，更为老友的不幸而痛苦。他实在不明白，一向精明气壮的张佩纶，何以在战场上如此窝囊无用，再不济，也不能临阵脱逃，这不是有无指挥才能和临阵经验的事，这是关乎于责任操守的大是大非！

张佩纶多年来在张之洞脑中的高大形象开始低矮褪色，两广总督的心里不由得对老朋友生发出几分鄙薄来。

朝廷已向法国宣战，两广毫无疑问成了备战的重点，广东又是重中之重，广东军事上的要务首在增强武器装备。张之洞请张树声通过李鸿章的关系，为广东再购买二十尊德国克虏伯钢炮，又请彭玉麟派人去香港向英国军火商买一批枪支弹药。

就在这时，桑治平、王之春从越南回到了广州。

在衙门签押房里，桑、王将此次去越南实地考察一个多月的情况向张之洞作了详细报告。

目前中国在越南的兵力有四支，即驻扎在谅山的由广西巡抚潘鼎新统领的桂军约三千人，驻扎在镇南关的由提督衔总兵杨玉科统领的滇军约一千五百人，驻扎在文米的由原布政使王德榜统领的湘军约一千二百人，以及驻扎在宣光一带的由刘永福统领的黑旗军约四千人。四支人马合起来虽近万人，但各自独立，没有形成一股统一的力量。名义上潘鼎新负有总指挥权，但杨、王、刘均不服他。潘鼎新的桂军其实多为安徽子弟，是新淮军，军纪差，力量弱，潘本人遵循其老主子李鸿章的旨意，重在和而不在战。桑、王都认为潘不能担负越南战场上的主帅重担。

张之洞凝神听着这来自前方的实实在在的消息，心里琢磨着，潘鼎新任不了主帅，谁又来做头领呢？

桑治平、王之春兴奋地告诉张之洞，他们这次在宣光山林里遇到了一个奇人唐景崧。

唐景崧这个人，张之洞数月前已风闻其名。他原本是吏部的主事。越南出事后，他主动请缨入越，要为朝廷招抚黑旗军。唐景崧的这个行动，对于京师官场而言乃是一个惊人之举。随着太平军、捻军之乱的次第平息，十余年来，京师又恢复过去的文恬武嬉歌舞升平的时代。京中各部曹的官员习惯于按部就班，因循守旧，巴望的是公务少，拿钱多，迁升快。漕运早已恢复，海运也已畅通，南方的稻米瓜果丝绸茶叶源源不断地运进京城。人在北京，可以坐享各地的美味。大部分京官不愿外放，倘若硬要外放，最好是两司巡抚，若放的是道府一级，则非江浙苏杭不可，若分到云南、陕甘，即便是连升两三级，也都视为畏途，千方百计找门子拉关系，以求改调或干脆免去。大家都如此习以为常的时候，突然冒出了一个唐景崧，居然要离开京师安乐窝，到万里绝域去招抚啸聚山林的刘永福。不要说越南乃蛮荒小国，眼下又正处在兵凶战危之时，单说招抚刘永福便风险极大，倘若事机不成，岂不贻笑天下？京师中那些老成稳重、聪明圆熟的大小官僚对唐景崧此举大不以为然。但也有人深为赞赏，认为这才是英雄豪杰的作为，正所谓“万里觅封侯”。不历艰险，不行万里，如何成得了大功业？李鸿章、曾国荃等人赞赏，张之洞也赞赏。他笑着对桑、王说：“唐景崧是今天的张骞、班超！”

桑治平告诉张之洞，唐景崧为刘永福筹划了上、中、下三策。上策是乘越南内忧外患之际，揭竿起义，取代陵福而做越南王。下策为据守宣光一带，坐待法人得势而被驱逐。中策是与潘、王、杨等人合作打败法人而保持在越南的地位。

张之洞说：“刘永福接受了哪一策？”

王之春说：“中策。”

张之洞点点头后又问：“你们见到了刘永福吗？”

“见到了，并与他相处了三四天。”王之春说。

关于刘永福，张之洞只知道他早年参加过天地会，与朝廷对抗过，失败后率部逃到越南，因为打赢过法国人，早两年被越南封为宣光副提督，其他方面所知甚少。

“刘永福这个人怎么样，可用不可用？”

桑治平说：“这个人虽识不了几个字，但头脑明白，一直没有忘记自己是中国人，他手下的黑旗军也还可以打仗。在他所接受的唐景崧的中策基础上，我们劝他打败法国人，借立功之机回国，结束异国他乡的流浪岁月。他同意了，但提出三个要求。”

张之洞忙问：“他有些什么要求？”

桑治平说：“第一，他希望回国后，能给一个相应的官职，他的部属能至少保留一半人。”

张之洞说：“立功受赏这是正理。保留一半旧部，也可商量。此事将来由我奏请朝廷。”

“刘永福认为潘、王、杨部均不可指望，故他希望能让唐景崧回广西招募一支二千人的子弟兵，由朝廷发饷。”

“这个也好办！”张之洞爽快地答应了。

“第三，刘永福希望能由冯子材来指挥在越南的中国军队，请总督敦劝冯子材出山入越。”

张之洞颇为吃惊地说：“刘永福信得过冯子材？”

王之春说：“刘永福讲，若由潘鼎新做主帅，必不能服众，若冯子材出山，打败法国人或有希望！”

听了桑治平、王之春的禀报，对越南的战事，张之洞的心里踏实多了。

为郑重其事，张之洞专门从虎门、黄埔前线请回彭玉麟、娄云庆、吴宏洛，又召集包括粤军提督、总兵在内的广东省的高级文武官员，一起商讨越南战场上的局势及应对策略，会议开了整整三天。会后，张之洞又和桑治平私下计议了两个晚上，最后对越南局势形成一个较为完备的认识。张之洞和桑治平都认为，军事实力上，中国跟法国比，若比水上之仗，是绝对不如，若比陆地之仗，除武器不如外，其他方面多有胜过之处：如兵力上可以超过法国，对地理的适应上要强过法国，供应给需上也比法国有优势。在越南北圻要打赢法国不是不可能的。扩充军队很有必要。张之洞决定召唐景崧回国，由他在广西招募四营一千五百子弟兵，并发给他二万银子的军饷。但目前在越南缺的是一个能得众望的军事统帅，故请冯子材出山是最重要的事情。考虑到各方面的原因，张之洞接受桑治平、王之春的建议，亲自到钦州去敦请冯老将军。

二十年前，张之洞做客胡林翼武昌署中时，便听胡说起过冯子材。那时他以总兵身份驻军镇江、丹阳一带。胡林翼和湘军将领们都看不起绿营，独对冯子材表示佩服。冯子材的过人之处，除冯本人武功超众用兵有方外，还表现在他的廉洁上。当时湘军为筹军饷而建厘金制，无论水陆，遇关设卡，凡经商做买卖的，值百抽十。绿营本有固定军饷，不能抽厘，但许多绿营将领见此有大利可图，便擅自设卡抽税，与湘军争利，湘军对此也无可奈何。冯子材的军队所在地镇江、丹阳本是富庶之区，部属也有劝冯子材学别的绿营样，但冯子材却不为所动。所部驻扎镇江一带六年，军纪也较好，没有发生与地方争斗之事。曾国藩赏识冯子材，经他力荐，冯子材得以升广西提督，并获黄马褂之赏。同治九年，出驻镇南关，平定越南北圻匪盗。光绪元年任贵州提督。三年前，因年高而致仕，家居钦州原籍。

钦州属廉州府，向正西方向走二百余里是刘永福的老家上思，往西南方向走二百余里，则到了越南的边界。从广州去钦州，以走水路为宜。

张之洞请桑治平再麻烦一次陪他走一趟，桑治平对冯子材心仪已久，欣然同意。这种出访，通常都是大根陪护，但这些天，他正害着病，于是就由前向才从山西来投奔的张彪顶替。

张彪是山西榆次人，二十刚出头，因拳脚功夫好，当年在太原府时与大根要好，又因为都姓张，便结为拜把兄弟。大根没有亲兄弟，便将张彪视同手足。衙门里有大根忙不过来的事，大根便请张彪帮忙，几件事办得好，得到了张之洞的赞赏，便正式招进衙门做了马弁。张之洞来广州，本来张彪要跟着来，恰逢母亲病逝，便回榆次办丧事去了。在家里住满一百天后，他千里迢迢一人赶来了广州。

小海轮沿着近海区走了三天，这天傍晚由龙门海驶近淡水湾，然后再从钦江入海口溯流而上，不到十里便是古老的钦州城了。刚踏上码头，便见钦州县令刘勉勤带领一班人马迎上来，一个粗壮的汉子举着一把硕大的淡黄色万民伞走在最前面。张之洞见到这把万民伞，眉头马上皱了起来，命令立即收起。刘县令笑容可掬地对张之洞说：“打万民伞迎接贵客，是钦州县由来已久的风俗，请大人赏脸接受吧！”

张之洞板着面孔说：“什么样的贵客可以享受这种礼节？”

刘县令答：“知府以上的文官，参将以上的武官，发了大财的商贾，这些人都可以享用万民伞迎接的礼节。还有两种人，一是新科进士回籍，二是年过八旬四代同堂家风清白的百姓，祝寿时也可以动用一次万民伞。”

听到这里，张之洞的脸色开始缓和下来，对着刘县令和其他前来迎接的人说：“在别的地方，万民伞是用来送那些为百姓做了好事的清官离任的，想不到贵县的风俗当作迎接客人用。我向贵县提个建议，今后官员，无论文官还是武官，以及发财的商贾来钦州，一概免去这个礼节。官府的开支乃民脂民膏，百姓一丝一粟都来之不易，能省则省，切不可铺张讲排场。至于商人，为富不仁者多，不能再以万民伞来助长其气焰。但贵县对新科进士回籍，和四代同堂家风清白的八十老者祝寿动用万民伞，却是很好的举措，可以起着激励士人发愤读书，敦劝百姓尊老齐家的好作用，今后应当保持。本督还希望两广各县都向贵县学习，凡对厚风俗、利教化的良行善举，县衙门都应当予以表彰推行。”

刘县令和所有前来迎接的人员，齐声称赞制台大人的这个好建议。张之洞高声说：“今天，就从我开始，收起万民伞，我们一路步行进驿馆。”

想不到张之洞如此体恤民情，大家不约而同地欢呼起来，簇拥着他一同进城，引得许多百姓围观，都在悄悄议论：两广还从未见过这样平易的大官！

吃晚饭时，刘县令对张之洞说：“宋知府昨夜派急足通知卑职，说大人到钦州的目的是看望冯老将军。冯老将军住在荔枝湾，我这就派人到荔枝湾去告诉他，叫他明天上午到城里来，如何？”

原来是昨天廉州府通知钦州县的，怪不得刘县令事先就在码头上等候，张之洞的本意是并不想这么麻烦县衙门的。他说：“不要麻烦冯老将军了，我们到荔枝湾去看他。”

刘县令说：“荔枝湾离城有二十多里，路不好走，还是叫他来吧。”

张之洞放下筷子，沉下脸说：“我是专程来看望冯老将军的，几百里的路都走了，还在乎这二十多里吗？冯老将军快七十岁了，叫他进城，我们舒舒服服地坐着，于心也不安呀！再说，我还要借这个机会查看查看贵县的风气和田里的农活哩！你明天和我一道去，我们都不穿官服，也不骑马坐轿，冯府不要事先通知，沿途百姓也不要惊动。你能走吗？”

刘县令虽不到四十，却因长期养尊处优，早已发福，肚子大得像怀胎七八个月的孕妇一样，平时连一两里路都不愿走，来钦州做了近三年的县令，足迹不出城外五六里。现在要他走二十多里的路，他如何吃得消？但在这个年近半百的总督面前，他敢露出半点为难吗？忙连声答：“能走能走，卑职也常常到四乡去视察民情的，天气热，明天我们早点吃饭，早点动身。”

“好，明天我们五点半钟吃饭，六点钟动身，沿途也不打尖了，中午之前赶到荔枝湾。”

张之洞也不同县令商量，就这样做了决定。

三　海隅荒村，张之洞恭请冯子材出山

次日清早，张之洞、桑治平、刘县令连同张彪及县衙门里的两个仆人，一共六个人，组成一个不大不小的行列，向荔枝湾走去。

早上天气凉爽，带露水的晨风吹到脸上湿润清凉，望着四周的青山绿水，碧叶黄穗，张之洞心里很是舒坦，不断地向刘县令问钦州的民情民风。刘县令昨夜做了充分准备，要在总督面前表露出好形象，故走了十来里路状态还算好。眼下正当七月下旬，倘若在山西，气候明显的是秋凉了。但广东天气炎热，雨水充沛，依然是盛夏的光景。过了九点，太阳便晒得使人难受了。张之洞也渐有劳累之感，看身旁的田畴，比起城郊来又差得太多，显得有点贫瘠荒凉，他的心情受到影响，更觉劳累不堪。回头看了看一旁的刘县令，也开始汗流满面，喘着粗气，步履蹒跚了。他拍了拍刘县令的肩膀笑着说：“老弟，歇会儿吧，你是太胖了，负担重，走远路，瘦人要沾光。”

一声“老弟”，把刘县令的眼睛说得大大的。他压根儿没想到，这位制台大人竟然这样随和平易！他略带几分惭愧之色苦笑道：“不瞒大人说，卑职的确是累了。但大人不说辛苦，卑职何敢言累，卑职不善走路，都是这身蠢肉害的，今后要下决心饿瘦它！”

张之洞哈哈笑道：“老弟是福气好，我是想胖也胖不起来，几十年都这样了，吃什么都不长肉！”

众人都跟着总督开心地笑起来，歇了一会儿后，刘县令强忍着全身散架似的痛苦，跟着张之洞和众人一步步地向前走着。终于，仆人告诉他，荔枝湾到了，他忙把这个喜讯告诉张之洞。

张之洞放眼看眼前的荔枝湾，左右两边都是连绵的小山，正前方一片汪洋。在阳光照耀下，碧波荡漾，白鸥起伏，显然那是南海。近处分布着大大小小的水田，田里随处可见一块块突兀而起的黑色大石头。稻叶青中显黄，谷穗大多下垂了，但禾苗稀疏，谷穗也不长，看来不像是丰收的景象。左侧有一道小山谷，隐隐约约可见山谷里有房

屋村落。钦州县衙门的一个仆役对众人说："冯老将军就住在那道山谷里。"

"那我们就到那边去吧！"

张之洞说罢，先迈开步，大家都跟了上来。

田里有几个汉子在劳作，抬起头来，以颇为惊异的眼光看着这一行陌生的客人。

快要到小山谷的口子边，只见附近的一块小田里，有一个人正牵着一条大水牛走上田塍。那人头戴一顶斗笠，身穿一件白布无袖短褂，一条过膝盖的半长黑布裤，赤脚上流着泥水，个子矮小，从背影上看，像是一个十五六岁未成年的男孩。

仆役走上前去指着山谷问："冯府在这里吗？"

那人转过身来，摘下斗笠，大家这才发现原来不是小孩，而是一个老头子。这老头子满头白发，却没有留胡须。他一边用手理着头发，一边问："你们去冯府做什么？"

老头子说着扯了扯绳索，大水牛跟在后面迈开笨重的四蹄。

"我们去冯府找冯老将军。"

老头子牵着水牛慢慢地走在前面，又问："找冯老将军有什么事吗？"

仆役顿时神气起来，带着几分自豪的口气说："制台张大人从广州来到钦州，督署的桑老爷和我们县令刘老爷陪着他老人家一起来见冯老将军。"

"制台张大人？"老头子突然停住脚步，盯住仆役的脸问："你是说他和刘太爷一起来看冯老将军？"

"是呀！"仆役挺了挺胸脯。

老头子的目光迅速打量了众人一眼问："他在哪里？"

张之洞从这一道目光中看出一种迥异常人的神采，蓦然间一道灵感闪过：莫非此人就是冯子材？他忙跨前一步，走到老头子的身边："老人家，我就是张之洞，特地从广州来荔枝湾拜访冯老将军。"

老头子没有吱声，将张之洞从头看到脚，与此同时，张之洞也将眼前的小老头认真地看了看：头脸不大，面色黑里透红，极少皱纹，两道眉毛不太浓密，眉梢处长着几根特别明显的长寿眉，身躯短小却匀称协调，年近古稀却精力弥满。

“啊，你就是张大帅，真正是远来的稀客贵客。”老头子脸上露出灿烂的笑容来。“老朽就是冯子材，张大帅这么远来荔枝湾，老朽不敢当，不敢当。”

“你就是冯老将军！”张之洞激动万分，下意识地伸出手来，要来拿冯子材手中的绳索，“我来替您牵牛。”

“使不得，使不得！”冯子材急得忙将手中的绳索握得紧紧的。

刘县令见状，赶紧走上去说：“我就是钦州县令刘勉勤，本县来给冯老将军牵牛吧！”

“也使不得，也使不得。”冯子材的手向一边躲着，正在这时，从小山谷口边快步走出一个三十来岁穿戴整齐的汉子来。

冯子材高兴地说：“我的老二相华来了，让他来牵吧。”

说话间，冯相华来到父亲跟前。冯子材指着张之洞和刘勉勤说：“快来参拜二位大人老爷。”又对儿子说：“你先牵着牛快点回家，好好准备一下，我就来。”

冯相华向张、刘各鞠了一躬，张之洞见冯相华精壮麻利，心里想：果然虎父无犬子。

冯子材将手中的绳索交给儿子。

张之洞真诚地对冯子材说：“老将军为国家立过许多大功劳，而今年事已高，应该在家享享清福，何苦还要亲自牵牛扶犁，做这等艰苦力田之事。”

冯子材爽朗地笑了两声说：“儿孙和乡亲们也都对我这样说，按理应该这样，家里既不缺劳力，也不缺钱用，还要我这老头子下田做什么？不瞒大帅，我是一世劳动惯了，早年下的是力气活，军中二三十年，不是打仗，就是操练，没有一天休闲过，养成习惯了，非动不可。一天不动，这浑身筋骨就酸胀。我下田，说是做农活，其实是活动筋骨，图个自己舒畅。”说罢又哈哈大笑，大家也都开心地与冯子材一起笑。桑治平想起那年去解州拜访阎敬铭，一样地做过大事业，一样地处过高位，一样地离开权要退下隐居，打发日子的方式却迥然不同。他对眼前这个开朗爽快的小老头立即生发亲近之感来。

“大帅，你从广州到荔枝湾这个偏远的海边来看我，叫我如何担当得起！”

冯子材的话，不是表面上的客套，而是发自内心的感慨。

六十八年前，冯子材出生在这里一个半农半渔的家庭。家里苦，他从小没有读过一天书，但天生聪明机灵，学什么会什么，而且比别人都干得好。他种田，是一个好庄稼汉，打鱼，是一个能干的渔民。二十多岁时投军，做了一名绿营士兵。凭着勇敢和机智，他一步一步地从最低级的武官升了上来，职位迫使他不能不识字。识字读书之后，他才明白，原来书里有许多智慧，那些自己用多年的摸索，用血和汗换来的见识，前人早已将它记录在书上了。冯子材后悔读书太晚，也因此对有学问的人十分尊敬。

三年前，他卸下贵州提督的要职，回到荔枝湾安度晚年。表面看起来，他已不过问世事，但多年的高级武官养成了他关心天下大事的习惯。他知道越南的战事，也知道新来的两广总督便是大名鼎鼎的名士张之洞。冯子材对张之洞很敬重。一敬重他的探花出身。三年一次的进士考试，全国十八行省，有多少异才俊秀，此人居然可以名列鼎甲，不由得冯子材不佩服。二是敬重他的清流名望。十多年来张之洞的一系列奏疏名动海内，身处军界要职的冯子材还能不知？他常常读登载在邸报上的张之洞的奏疏，并要手下的文案和儿孙们认真阅读，视之为文章范本。

这样一个巍科清望、令他敬重已久的总督大人，亲自来到这个荒寂得几乎无人知晓的海边小山谷来看望他，岂不令他感激，令他兴奋！

“应该，应该。”张之洞高兴地说，“您是大英雄，二十多年前，我还是一个年轻举子的时候，便已闻您的大名，景仰您的功业，只是没有机会拜访您，这次来到两广，是朝廷送我这个好机会，我怎能放弃！”

“大帅言重了。”冯子材咧开嘴大笑起来。桑治平在一旁看着，心里想：此人年近古稀，然笑起来却不乏孩童的天真，看来是一个胸襟光霁、克享遐龄的老人。

两榜出身的刘勉勤也一路走一路思量：这样一个矮矮小小单单薄薄的老头子，竟是一个戎马终生军功卓著的带兵将领，真是怪事！眼前的荷笠老者和想象中的绿营提督，怎么也对不上号，合不了榫。他甚至有点怀疑，这是不是一个假冒者？

冯子材带着大家很快便到了自家门口。比起广州城里大商巨贾的住宅来，冯家的府第固然粗朴简陋，但在乡间山里，却是名副其实的高门大宅。穿过一座三层楼高的木石牌坊，便算正式进了冯府。这里大大小小高高低低地分布着二三十间房子，全是冯子材和他的儿孙们及家里的男工女仆所住的房屋。众人在冯子材导引下踏进一间大厅堂。厅堂宽敞明亮，摆着一色的仿明红木家具，正中供奉着一尊陶瓷关帝全身像，两旁站着他的儿子关兴和护刀将军周仓。三尊陶像面前香烟缭绕，鲜果满碟，给厅堂增加一份浓厚的兵家气氛。

刚一落座，便立刻有几个仆人上来沏茶，摆糕点，冯子材向大家告辞一会。片刻光景，再出厅堂的老将军身穿一套黑亮的香云衫，脚踏一双泰西黑皮拖鞋，腰杆挺拔，精神抖擞。头上的白发和浑身的黑装对比分明，益发显出老英雄烈士暮年壮心不已的气概。张之洞和桑治平都在心里暗暗叫绝，对此行的成功更添几分信心。

“老将军，您的身板真好！”张之洞不觉脱口赞道。

“托大帅的福。”冯子材中气充足地说，“老朽虽已六十八岁，却还能吃能睡能喝酒，过会儿，我要与大帅痛饮三百杯，一醉方休！”

冯子材的军人豪气，令众人肃然起敬。

张之洞忙笑着说："我的酒量不大，不要说三百杯，只怕五六杯就要醉倒在这荔枝湾回不去了。"

"好哇！要真的醉了，就在我这里多住几天，我餐餐请大帅吃刚出海的石斑鱼、大龙虾。"

说罢，又哈哈大笑，那一股气流仿佛有震动屋瓦的力量。

张之洞趁势说道："现在还不是醉酒吃海鲜的时候，老将军，国家局势严峻得很，法国人已欺侮到我们的头上来了。前几天，马尾船厂遭法国人炮击全军覆没的事，想必老将军已有所闻。"

"我知道。"冯子材自己脸上的笑容顿时消除。"左相和沈文肃公苦心经营了几十年的福建海军，片刻之间便全军毁灭，太令人伤心痛心了。"

"朝廷为此已向法国公开宣战，沿海沿江各重要港口码头都要严加提防。"

"广东的防守在广州，广州的防守在黄埔，黄埔的防守在虎门。"冯子材以一个军事行家的口吻说着，"不知黄埔港和虎门海口防守力量如何？"

张之洞答："我来广州后没几天便去了黄埔和虎门，实地察看了一番。黄埔有张轩帅在，虎门有彭大司马亲自坐镇，武器装备也还算强。"

冯子材沉吟片刻说："淮军军纪平素不大好，但打起仗来，还能同心协力，武器装备在广东来说要算好的了。湘军军纪要比淮军好一些，但装备不如淮军，不过有彭大司马亲自坐镇，想必也可放心。"

想起马尾船厂的惨祸，又想起在虎门时彭玉麟的话，张之洞忧心忡忡地说："我们的船炮不如人家，法国人若发起疯来拼命，虎门和黄埔都有可能守不住。"

"那就让他进来好了，我们关门打狗！"冯子材捋起香云衫衣袖，挥舞着手臂。那手臂虽瘦，却像铁棍一样的坚硬有力。"法国人是客，我们是主，他闯进我们的家里来了，我们还没办法收拾吗？他十个人，我用百个人、千个人对付，塞断珠江，围困他三五个月，饿也要饿死他们。我们中国人与洋人打仗，眼下主要还不是输在武器上，而是输在气势上。仗还没打，被他的船炮吓住，心里先自慌了，如何能打得赢？兵法上说，三军之帅在气，气不馁，则兵不败。”

这番铿锵有力的话，虽然有点像在指责张之洞刚才所说的船炮不如，令他略为不快，至于塞断珠江，事实上也办不到，但清流出身的张之洞仍为冯子材这番气势、这番血性所感动，所激昂。是的，武器是不如人家，但人家已是杀气腾腾打上门来了，难道就因此而卑躬屈膝、举手投降吗？武器不如的时候，更要提倡气势和血性。

张之洞动情地说：“老将军说得很好，法国人若真的闯进广东内河来，我们就按你所说的关门打狗，十个百个打他一个，砖块石头一齐上！”

“正是这样，正是这样！”冯子材舒心地笑起来，露出一口整齐未缺的大牙齿。

这时，一个仆人走进来，附着冯子材耳朵说了两句话，冯子材起身说：“大帅走了半天路，一定饿了，我们现在就去吃饭。匆忙之间，没有好招待的，上个月我的一位老部属送我两对东北熊掌，现在已开始在火上煲了，晚上请大帅和诸位尝尝东北黑瞎子的味道。”

众人听了这话都很高兴，尤其是刘县令，过去只是在书本上看到炖熊掌是一道特别珍贵难得的美食，今天跟着张制台，真的捞到了口福。

冯子材将大家引到餐厅，一张十人坐的大圆桌上早已摆满各色海鲜山珍。广东人本就讲究吃，冯府上下更对吃重视，虽然是匆忙间操持，但菜肴数量之多，烹饪之精，已令张之洞、桑治平等人大为惊讶了。冯子材不断地给张之洞夹菜，又不停地劝酒，自己是大块吃肉，大口喝酒，谈笑风生，不拘不束。一向与文人学士打交道的两广总督，第一次感受到一股浓厚的豪放粗犷之气。不知不觉间也受到了感染，心绪变得兴奋起来。

张之洞对武夫向来怀有偏见，认为他们粗俗、卑陋，今天他才发现，其实与武夫在一起也有很多快乐和兴奋。吃喝谈笑之间，生命便充满了人性的真趣，许多不必要的思虑和忧愁自然就远远地离你而去了，这有什么不好！

吃过饭后，冯子材陪张之洞等人参观他的兵器库。兵器库里也有西洋人造的快炮和驳壳枪，但更多的是刀矛剑棍，中国古老的十八般武器，件件皆全。看过兵器库后，冯子材又带他们去看宅院后的习武坪。这是一块方圆十余亩的大土坪，土坪上竖立着不少拴马桩和箭垛，堆放着各种石锁石臼，另一角有十几个人在练习棍棒。冯子材指着领头的汉子介绍：“那是我的长子相荣，他有上百个徒儿，现在比我神气。”

顺着冯子材的手势，张之洞看到一个身材不高的中年汉子，正在挥动一根棍子做示范动作，遂问道：“老将军有几位公子？”

“就两个。”冯子材笑了笑答，“孙子倒不少，大大小小加起来有七个了，还有三个孙女。”

“好福气呀！”张之洞随口赞道。

“我还喂了十多匹好马。”冯子材得意地说，“要不要去看看？”

张之洞心里一动，这个老将军真非比等闲，有人有枪有马，若世道一乱，他真可以占山为王，做一方豪强！这种局面，哪个文人可以做到？

看了马圈后，冯子材请张之洞回到客厅休息喝茶，经过半天的交往，张之洞对请冯子材出山的念头更坚定了。这的确是一个不可多得的将才，越南战场的统帅，非他莫属。不过，毕竟年近七十，他还愿意重披战甲，亲赴凶危之地吗？

张之洞思忖片刻后，决定就此切入正题。

“老将军，我想请教你，法国人本是在越南北圻一带与我较量，这次突然犯我海疆，六月中旬，攻打基隆炮台，七月初又袭击我马尾船厂。这两次海盗行为究竟是为了什么？老将军戎马几十年，深知用兵之道，请指教指教。”

从见到张之洞那一刻起，冯子材的脑子里就一直在想：他到荔枝湾来做什么，是因为视察到了廉州而就近看看我这个老头子，还是专门为了一件事来的？听了这话后，他明白了，原来因初掌军权不懂军事而来当面讨教的。冯子材颇为感动。这几年的两广总督，从曾国荃到张树声，仗着自己昔日的战功，从来不将他这个绿营宿将放在眼里，用兵打仗的事，没有一次咨询过，他也索性不过问。现在张之洞亲来荔枝湾讨教，给他一个很大的脸面。与所有久任要职的致仕官员一样，冯子材也是十分看重在位者对自己的态度的。他思索了一下，郑重回答：“依我看，这是敲山震虎。”

“敲山震虎”这四个字同时在张之洞和桑治平的心中震荡，不约而同地将目光盯住这位年虽迈气犹雄的前绿营提督。

“四年前，我率兵在镇南关外住了三个月，对法国与越南之间的关系比较了解。越南君臣既昏庸又懦弱，法国控制它不需要多大的力气，这中间主要是防着我们中国这一层。我们中国不想把北圻交给法国，也不希望法国通过红河进入云南，所以这几年一直有军营驻扎在那里。在陆地上，法国人虽然枪弹也比我们好，但我们还是可以和他们拼一拼的，中法之间有胜有负。但在海上，法国则占绝对便宜。上次打谅山不利，他们便想利用自己的长处，用海战来迫使朝廷让步，所以有了基隆和马尾之战。法国的目标还是在越南。”

冯子材这一席话，使得张之洞和桑治平大受启发。是的，打基隆，打马尾，都只是手段，目的是要逼中国军队退出越南。不愧是老于军事的将领，一眼便看穿了法国人的鬼蜮伎俩。

“老将军说得很好，使我们茅塞顿开。”张之洞望着冯子材说，“老将军多年为广西提督，又在越南驻扎过，依您之见，如果我们齐心合力，同仇敌忾，是否可以在越南打赢一场大仗，杀下法国人的威风？”

“当然可以。”冯子材不假思索一口咬定下来。“不瞒大帅说，当年在镇南关，我就想过，我们中国所有在越南的人马联合起来，打它一场大仗，狠狠地杀一杀那些洋鬼子的威风。但一来当时朝廷没有向法国宣战，二来我也不具备联合其他人马的地位，所以也只是空想而已。”

张之洞听了这话很高兴，立即接话：“老将军，现在朝廷已公开向法国宣战，可谓天时已备，假如给您一个地位，让您有统帅所有在越各路军队的权力，您是否还愿意将您当年的设想变为现实？”

“这个嘛，”冯子材这时才真的明白了：原来张之洞是想请我出山！他心里一阵惊喜。人们常说老骥伏枥志在千里，冯子材就是这样一位志在千里的老骥。过去的辉煌，既是他生命中的亮光，也是他生命的支柱。在回首往事的时候，他常有按捺不住的再创辉煌的雄心，只是时过境迁，今不如昔，许多该具备的条件都不具备。在新总督这番热切的心情面前，面对着这个重大的问题，冯子材犹豫起来。他的一只手用力地摸着干瘦的尖下巴，沉吟良久才开口，“不瞒大帅说，光绪七年轩帅也曾派人来过荔枝湾，请我出山带一支人马再进越南，我以年迈力衰为由推辞了。我其实并不年迈力衰，而是不愿领这个命。”

“为什么？”想不到在关键的时候，冯子材退缩了，张之洞略感失望。他急切地想知道，这位老将军推辞张树声的理由。

“这最主要的原因，也就是我刚才说的，那年轩帅来找我时，条件仍不具备，一则朝廷未宣战，二则轩帅也只是叫我带一支人马入越，并未赋予全权指挥的权力。另外，在对待洋人的态度上，我与轩帅也有很大的不同。我这老头子是倔犟的，宁折不弯。洋人欺压我们，我宁愿死，也要痛痛快快跟他们干一场。轩帅不是这样，他与李少荃一鼻孔出气，只是忍呀忍呀的，我也不愿在他手下做事。”

张之洞心里舒了一口气，说：“这些顾虑现在都可不必有了，老将军还有别的什么难处吗？”

“轩帅虽然不做总督了，但在越南的军队主要还是淮军的势力，广西巡抚潘鼎新坐镇北圻。潘这个人还不如张，不好相处，我去越南的话，如何与他共事，彼此的位置又如何摆？”

这倒真是一个大难题！潘鼎新身为广西巡抚，按朝廷的制度，他并不是张之洞的下属，张之洞无权将他从北圻调回，更无权罢他的巡抚之职；何况潘是淮军宿将，资格比起张之洞来要老得多。有潘在北圻，冯就不可能做统帅，这也是明摆着的事情。张之洞双手轻轻地来回搓着，手心沁出热汗来，一时想不出一个两全其美的办法。桑治平也在为此思索着，他也一样想不出一个好主意，见张之洞颇为为难，不能不插一句话来为总督解围：“老将军，此事容张制台与朝廷再商量，除此外还有别的难处吗？”

冯子材望了桑治平一眼后说：“除开淮军外，北圻的最主要的军队便是黑旗军。刘永福是中国人，却领了个越南的提督职。此人是个枭雄，不服管束，什么人都不在他的眼睛里。我在北圻三个月，没有与此人见过面。听人说早年投过长毛，与我的军队交过手，若叫我去指挥他，怕不行。”

张之洞听到这里，心里大为舒畅起来，忙说：“老将军，你知道这次是谁卖力推举你吗？仲子，你对老将军说说。”

桑治平笑了笑，将前向在宣光与刘永福会面的情形简略地说了说后，强调指出：“刘永福一再讲，越南战事，只有老将军您出来，才能压得住台面，潘鼎新究其实不是一个带兵打仗的料。他的黑旗军一定配合老将军，为中国人争一口气。”

冯子材快活地笑了起来，说：“没料到，刘二这个人看人还有眼光，不计前嫌，气量也不错。不过，他手下那班子人马我不称心，不怕大帅说我老头子背后嚼人，他率的黑旗军里强盗毒贩子、乌龟王八蛋，什么都有，不能指望那些人做大事。”

张之洞忙说：“老将军知道他有个帮手唐景崧吗？”

“听说过，据说也是广西出的进士，在朝廷官做得好好的，却主动请缨来越南，给刘二当参军。”

桑治平说：“我在宣光跟唐景崧相处过三天，此人有才有识，张制台已答应由唐景崧亲自回广西招募四营子弟兵。这四营子弟兵可以作为配合老将军的一支兵力。”

冯子材点点头，没有做声。

张之洞将冯子材的每句话、每个动作都看在眼里。他看出冯子材虽有顾虑，但率兵出关的可能性是存在的。他决定对这位当年叱咤风云的老将军动之以情，晓之以理，务必要使他丢开顾虑，重上沙场。

“冯老将军，”张之洞敛容凝望着冯子材，声调厚实而沉重，“我虽没有明说，大概您也听出来了，我这次来荔枝湾，就是专程来请您出山，请您率子弟兵再赴关外。促使我作出这个决定的，一是老将军您本人几十年来的战功，二是桑先生和雷琼道王道台此次去越南后当面听的刘永福的推荐，来到荔枝湾，亲眼见到您精力旺盛，气概不减昔日，更使我欣慰。”

“岁月不饶人，精力、气概都不如从前了。”冯子材忍不住插了一句话。桑治平发现，自从见到冯子材以来大半天了，这好像是他说的第一句叹老的话。

张之洞笑着说：“赵王问廉颇老矣，尚能饭否。我看中午餐桌上，您大块吃肉，大口喝酒，知廉颇未老！”

冯子材又开怀大笑起来，依然是满脸的灿烂。

“自从道光二十年，我们与洋人在南海上开仗以来，四十多年间，直到最近的基隆、马尾之役，我们与洋人打过多次大仗，但每次都是我们吃亏，尤其是法国人更可恨，不仅用武力，而且还利用传教士欺侮我们。这个令人恼火的法国，是与我们结下深仇大恨的了。这次基隆、马尾之役更是猖獗至极。”

“这两次海战，真把中国军人的脸丢光了。”冯子材狠狠地插话。

“是的。”张之洞赶忙抓住这个话头。“凡有点血性的中国军人，莫不为这两次的失败而痛心疾首。所以我们想趁着朝廷与法人宣战的机会，请老将军出马，大家全力支持，周密计划，在越南北圻打一个大仗，杀下法国人的威风，为中国百姓，更为中国军人争这一口气。”

这几句话说得冯子材胸腔里的热血开始加速流动起来，他在心里频频点头，两只眼睛紧紧地盯着满身书生气的制台大人，聚精会神地听他说下去。

“来荔枝湾之前，我和彭大司马、张轩帅以及桑先生都仔细计议过，海战，我们的船炮的确不如法国人，取胜的把握不大；但陆战，我们的武器差不了多少，至于地理、民情、军需供应等方面，我们更要胜过法国。所以，只要冯将军出马，我们对在越南打一场大胜仗是很有信心的。”

“大帅分析得好，海战或许不如人，陆战并不弱得太多。”做了几十年陆军将领的冯子材，深为赞许张之洞的这番中肯之言。

桑治平插话：“老将军过去打长毛、打捻子，战功虽多，但终究只是朝廷的忠臣，若这次在越南打赢了法国，那就是我们堂堂华夏的英雄。”

这两句话的背后，其实还藏着许多话，诸如打赢长毛、捻子，究其实还是在替满人卖力，悠悠史册对此事的评价究竟如何还很难说；但若打赢法国，那就是建的岳飞、戚继光的功业，千秋万代都会长受敬重，久享祭祀。但这种话，不是至亲深交，岂能随便说出，只可点到为止，能不能意会得到，就只能看这位老军人的悟性了。

不料，冯子材两眼突然放出一束亮光来，兴奋地望着桑治平，许久，才长长地吐出一句话：“桑先生这话，说到冯某的心坎里去了。冯某从军数十年，近十几年来，常为此事感到遗憾。桑先生此话，给我指明了一条光明大道。冯某愿赴越南，只是手中无兵无饷，如何打仗？”

“你需要多少兵？”张之洞问。

“大约要六七千人。”冯子材胸有成竹。

“两广各镇绿营，随你挑选好了。”

“哼哼。”冯子材冷笑两声，“不怕大帅你笑话我不自量，在冯某看来，两广绿营，无一兵可挑。”

张之洞尚在惊愕之中，桑治平插话：“如此说来，请老将军自募子弟兵如何？”

“要打胜仗，也只能如此了。”冯子材断然回答。“只需三个月，我冯家子弟兵就可以出关，只是这笔军饷如何办？”

张之洞摸了摸下巴上浓密的长须，思索了一下说：“我回广州后，即刻给你拨五万银子，供你招募，以及在国内训练之用。三个月若出关，我按过去湘军的规矩，每名陆勇月发四两二钱，按月发足。你看如何？”

冯子材当然知道，当年曾国藩给湘军陆勇每月发四两二钱银子，是有点重赏之下招勇夫的味道，远比绿营的待遇要高。湘军战斗力强，这是一个重要的原因。他于此看出张之洞的诚意，忙说：“这当然很好了，关键是今后不要欠饷。”

“这你放心。只要我张之洞做两广总督，就不会欠冯老将军的饷，要不要我给你立个字据？”

“那倒不必。”冯子材有点不好意思地笑起来。

“那就这样定了。”张之洞起身走到冯子材的身边，握住冯子材的双手。“那我即刻上奏朝廷，请朝廷委任老将军帮办广东军务之职。老将军奉旨后便可在广东招募子弟兵，三个月出关。今后仗怎么打，我们再随时互通声气，相机行事。”

冯子材也站起来，略带激动地说：“冯某本不想再过问国事了，只为大帅亲临荔枝湾的情义不能负，故答应大帅之请，组建冯家军，再进镇南关。不过，冯某最后还有一点请求。”

“老将军尽管说。”虽然话说得爽快，但张之洞的心里却冒出一丝凉意，他不知道这位暮年烈士出山时还有什么特别的要求，万一答应不了，又如何办呢？总不能让前功尽弃吧！

“潘鼎新现在是以广西巡抚的身份帮办关外军务，按常规当节制所有驻越南北圻的军队，但此人虽为淮军头领二十余年，其实不懂打仗。我只希望大帅给我一个答复：冯某在越南，不归潘鼎新指挥，遇事直接与大帅商量；紧急关头，要给冯某以调度指挥其他在越军队的权力，若这点权没有，即便出山也可能无功而回。”

冯子材的这个最后请求，实际上又回到先前所说的在越南的地位问题。张之洞不能不佩服冯子材的老辣，转来转去，还是转到这个重要的事上来了。看来，冯子材所募的子弟兵不能从藩库里开支。若从自筹而来，则属团勇一类的军队，可仿湘勇前例，不按朝廷经制之师对待；不是经制之师，自然可以不受制度所限，不归潘鼎新指挥可以行得通。至于紧急关头，指挥全越清军，到时再说。想到这里，张之洞斩钉截铁地说：“可以，老将军的子弟兵只听老将军您一人的将令，不但潘抚不能约束，即便本督，也不遥制，相信老将军当会以国家为重，以朝廷为重，以老将军数十年来所成就的英名为重，善自处理。”

冯子材感到了一种全权的信任感。他紧握张之洞的手说：“那就这样说定了，走，我们一道吃熊掌去。”

第二天上午，冯子材正要陪同张之洞一行到荔枝湾四处走走的时候，廉州府快马赶来的衙役报告一个不幸的消息：张树声已于三天前病逝广州。张之洞大吃一惊，急忙告别冯子材，匆匆回奔五羊城。

四　来了个精通十国语言的奇才

张之洞匆匆赶回广州，先不回衙门，径直来到高隆街张树声在穗的寓所。这里已经是白花如雪，挽幛如林了。李鸿章送的挽联贴在丈八白绫上，高高地悬挂在灵堂正大门的两侧楹柱上，十分引人注目，其余映入眼帘的尽皆淮军系统的高级文武官员的挽联。他们挑尽字典中的最好词语，不惜破格逾等吹捧曾与他们一道平发平捻，而今无官无职的那个皖北强梁。在踏入张府的那一刻，张之洞直觉这是驻粤淮军集团在着意为之。他们近在给广东粤军以威胁，远在向朝廷施加压力，其用意则很明显：淮军团结一致，力量强大，不可轻慢。

清流出身的张之洞本能上有一种不可名状的压抑之感。

张树声的长子张华奎，见张之洞一身平常装扮，也不见祭礼奠仪等等，心中老大不快，前去码头迎接的兵备道李必中悄悄对张华奎说明了原由。张华奎见张之洞家门都没进便来吊唁父亲，又感动了。他赶忙以孝子之礼跪着接待，将张之洞引到张树声的灵柩前。

张之洞对着灵牌凝思着。想当年这位淮军统领指挥千军万马，搏击沙场，是何等威风凛凛叱咤风云，而今说走就走了，生前的战功、袍泽一样也带不去。做过统帅，做过巡抚，做过总督，不料到了最后却一官半职都没有，灵牌上的头衔空空荡荡的。此刻的祭堂尽管热热闹闹风风光光，但那位长眠者的心境，一定冷落寂寥，有苦难言。想到这些，一丝人生无常的感叹，不由自主地在张之洞的脑中涌起。他跪在张树声的灵柩前，满怀哀悯地磕了三个头。

张华奎恭恭敬敬地扶起张之洞，将他带到书房坐下后，将张树声的遗折捧了出来，请张之洞代为转奏朝廷。张之洞打开前总督的遗折，认真地看着。前一段文字依旧是为自己辩护，只是语气较往日低沉，遗折的最后，张树声以一个深受厚恩的三朝旧臣的身份，郑重敦请朝廷变法自强：

“西人立国之本体，在育才于学堂，论政于议院，轮船大炮电线铁路皆其用，中国遗其体而求其用，常不相及，纵令铁舰成行，铁路四达，犹不足恃也。宜采西人之体以引其用，则奠国家长久之业矣。”

张之洞虽不能完全赞同这个意见，但张树声临死仍念念不忘国家的忠心却强烈地震动了他。何况此刻战火已经点燃，厮杀在即，借张树声的身后之事安抚淮军，让湘淮粤三军精诚团结一致对外，乃眼下的头等大事。张之洞站起来，诚恳地对张华奎说："请大公子放心，本督将亲自拟折为轩帅请恤。"

第二天，张之洞尽心尽力地为张树声拟了一道请恤折，以继任者的身份，历叙张树声在两广任上的政绩，再一次为张树声洗刷这几年来所受的指摘。又追叙张三十余年来的战功，请求朝廷将其任上的处分予以开除，生平事迹交国史馆立传，并在原籍和立功省份建祠享祭，荫子庇孙。又换上素服，带着一班高级官员再次亲临祭奠，在张树声的灵前亲自宣读这道请恤折，请前总督在天之灵安息。张华奎和守灵的淮军将士无不感激，郑重表示：朝廷已发出对法宣战的指令，淮军将士听从制台调遣，同仇敌忾，坚守大清南大门。

料理完前总督的丧事后，张之洞全力以赴办理另一件大事：筹饷。

眼下当务之急是要拿出一大批银子出来，这批银子的主要用途：一是从洋人军火商手里买二十座克虏伯钢炮及一万颗炮弹，二为唐景崧新募的景字营及冯子材即将招募的子弟兵发放饷银，三为湘淮粤三军因备战而必添的急用军需和赏银，这几项款子加起来，将在百万两左右。

这可是一笔庞大的数字，要是在先前的山西，如同上天摘星揽月，是想都不敢想的事，广东富裕，或许可以四处腾挪挤压，凑起这百万银子出来。他将巡抚倪文蔚、布政使龚易图、按察使沈镕经等人找来商量，孰料这几位熟知钱粮底细的人听后大为犯难。倪文蔚告诉张之洞，早在去年，便因海防吃重，经费不敷，张树声不得不奏请朝廷同意，向香港汇丰银行借高息银二百万两，去年八月提取一百万，今年三月又因库款紧绌提取一百万，向汇丰银行所借的二百万银子已全部提尽。

张之洞还不知有这件事，心里也焦急起来，顿时有一种"空存抱负却无法展布"之感。他想起二十年前胡林翼对他说过的一番话来。

那是在武昌抚台衙门里，身在安徽前方的湘军首领曾国藩给胡林翼来了一封十万火急的信。信上只写了几句话：请在十天内速筹八万两银子，不然将人心溃散，无法维系。胡林翼拿着这封信对侍立一旁的张之洞说："现在正是春荒时节，湖北农人行乞啃树皮度荒，道路上只见难民，没有商人，厘卡收不到厘金，街市萧条，也收不上税，而四处要钱要粮的信函不断前来，藩库一洗再洗，几乎淘空。我现在到哪里去弄八万两银子。但没有饷银，军队随时都会哗变，又怎么能指望他们打仗，这也是实情，真难办呀！"

看着恩师满脸忧愁一筹莫展的样子，张之洞也觉得心头茫然。他绞尽脑汁，想为恩师分忧："奏请朝廷，让户部拨下银两呢？"

胡林翼摇摇头说："朝廷这些年来也是山穷水尽，走投无路了，才要各省自筹饷银。向朝廷要银是一句空话。再说，即使能给你一点银子，十天之内也到不了安徽呀。"

"可不可以请江苏、河南、山东就近接济呢？"

"别省接济？"胡林翼冷笑道，"谁会接济你？别说他们也一样地拿不出银子，就是拿得出，他会拿银子来让你成事，让你立功出风头？也就是我胡林翼，才和曾涤生患难与共，急他之急，别的省巴不得你湘军全军覆没，他在一旁看火色哩！"

张之洞听了这话，心里惊道："这国家难道就是湘军的，与他们无关？各省官吏原来都存这种心，怪不得长毛能得逞。"

"香涛呀，"胡林翼叹了一口气，语重心长地对着他说，"读书做文章毕竟是容易的事，治理天下，真正的硬功夫在于经济二字。是否社稷之臣，就看这经济二字做得如何。至于经济中，理财又是头一项，你今后要在这方面积累些实学。晓得理财，才可谈事业。"

张之洞重重地点了点头，将恩师这几句话牢牢地记在心里。

前几年在山西，因为来不及大兴作，银钱一事尚不太突出，现在这百万银子的大事硬邦邦地摆在面前，张之洞似乎突然深刻理解了恩师二十年前的教导：经济、理财，真正是治天下的第一桩大事。

他双眉紧拧地问龚易图："你可以挤出多少银子出来？"

布政使哭丧着脸，摸着脑袋想了半天说："顶多二十万，这还得担风险，准备挨骂。"

张之洞听了很不高兴："堂堂广东省藩库，就这样窘迫！这话怎么讲？"

龚易图解释："藩库账面上是有些银子，但一项项都有安排，挪动不得。能挪动的银子，今年春上都动用了。现在只能在上缴朝廷的银子里扣除一点，这就要担风险。给广州商人加重税收，就得准备挨骂。"

二十万两解决不了大问题，怎么办呢？张之洞望着众人："就不能有别的法子了？"

龚易图咬了咬嘴唇，说："法子只有一个，那就是再向香港汇丰银行去借商银。"

对呀，张树声可以借，我为什么不可以借！张之洞立即作了决定："就按龚方伯意见，再向汇丰去借二百万两。"

"太多了，太多了！"老迈的巡抚忙摇手，"张大人您不知道，英国人的息太重了，我们还不起。"

"多少息？"这是第一次与外国商人打交道，张之洞不清楚洋人的行情。

"五五的息钱。"倪文蔚的神情很是愤慨。"轩帅去年八月借二百万，借据写好按五五还息，到今年八月我们就要还息十一万，我们至今一钱息银未还。到明年八月还的话，息上再生息，就不只二十二万了。如果再借二百万，光息钱就会把我们拖垮！"

山西的钱庄老板若放四分的息，便会被骂为黑心。洋人竟然收五分五的息钱，岂不贪婪太甚！

"不能低一点？"张之洞问倪巡抚。

"洋人从不讨价还价。"龚易图俨然一个与洋人办交易的老手。

"那就借一百五十万吧！"

“张大人，我看先借一百万吧。”倪文蔚说，“以后要用的钱再想办法，先把这个难关过了再说。”

“好，就依倪抚台的意见，先借一百万。”张之洞想了想：也是，息钱太重了，能少借就少借点。

他转脸问龚易图：“上次的钱，轩帅是通过谁去与汇丰银行打交道的？”

龚易图答：“轩帅请盛宣怀的朋友郑观应去办的。”

“郑观应这个人，张大人知道吗？”沈镕经插话。

张之洞摇了摇头。

“郑观应写了一部书，名叫《盛世危言》，说的是中国应该向西方学习的事。张轩帅遗折中的办学堂开议院等话，就是受郑观应的启发。彭大司马也很看重这部书，还亲自为它作了序。”

彭玉麟愿为之作序，可见这部《盛世危言》不一般。张之洞问臬司：“你能找一部给我看看吗？”

“我家里就现有一部，明天送给您看。”

张之洞又问：“郑观应这个人呢？能见到他吗？”

龚易图说：“他正在南洋经商，一时回不来。”

“喔。”张之洞轻轻点头。“那这次叫谁去和汇丰银行打交道呢？”

沉默片刻后，倪文蔚说：“前两天，我衙门里的巡捕赵茂昌对我说：刘玉澍从香港带回一个奇人，英语流利，还能讲德国、法国、俄国好多个国家的话，又在香港住了三四年。若叫这人去办借款的事，应该不在郑观应之下。”

能说这多国家的洋话？张之洞心里生出几分疑惑来，问：

“刘玉澍是个什么人，他莫不是从香港带回一个骗子？”

倪文蔚说：“刘玉澍是早些年分发来粤的候补知府，福建人，对洋务极有兴趣，也能说几句英语。今年春上，福建沿海一带风声紧，轩帅见他人尚可靠，又是闽人，便派他到福建去打探情况，随时报告军情，上月他取道香港回广州。刘玉澍带的这个人我没见过，不知他是不是骗子。张大人如果对此人有兴趣，明天我叫赵茂昌带着刘玉澍来见您。”

赵茂昌是广东巡抚衙门的文巡捕，江苏武进人，人长得清秀，文笔书法都不错，聪明伶俐会办事，深得倪文蔚的赏识。他十五岁入钱庄学徒，二十岁纳资捐了个佐杂小官。巡抚衙门有报往总督衙门的公文要件，倪文蔚常遣赵茂昌亲自递送。赵茂昌也热心于此事，跑总督衙门的脚步甚为勤快，对张之洞格外殷勤。张之洞对他的印象也很好。这次，刘玉澍从香港带回的奇人便是先告诉赵茂昌，再由赵茂昌告诉倪文蔚的。

“好啊，明天叫赵茂昌和刘玉澍一起来见我。”

第二天上午，张之洞在签押房接见赵茂昌和刘玉澍，没有任何寒暄，待二人坐定后，开门见山便问刘玉澍：“听倪中丞说，你从香港带回一个能讲几个国家洋话的人。你把这个人的情况跟我细说说。”

刘玉澍是第一次见张之洞。他见这个名满天下的总督，大眼大鼻满口大胡须，脸上无一丝笑容，一副冷峻威严的样子，心中不免有几分怯意。赵茂昌见状，忙笑嘻嘻地为刘玉澍打气：“不要紧张，张大人最是平易随和，你慢慢地说。反正你已经对我讲过，有遗漏的地方，我帮你补充。”

经赵茂昌这一开导，候补知府心绪平静下来，向张之洞禀报：“卑职上个月结束福建的差事，从厦门乘船，取道香港回广州。在船上餐厅里，我看到一个年轻的中国人正跟一个英国人兴致勃勃地聊天。卑职也略微懂一点英语，但不敢跟洋人直接对话。这个年轻人能操一口流利的英语，卑职很是羡慕，一边吃饭一边仔细地听他们谈。许多话听不懂，但卑职大致听得出他们在谈莎士比亚的戏剧，谈狄更斯的小说，间或也谈到牛顿、法拉第。卑职对这个年轻人肃然起敬。”

莎士比亚、狄更斯、牛顿，这些名字，张之洞还是第一次听到，他不知道他们是些什么人。刘玉澍既然听到别人谈这些名字便肃然起敬，看来都是英国了不起的人物。若是一个平素熟悉的幕僚，张之洞一定会问个究竟。但对初次见面的这个候补知府，张之洞尚不愿如此不耻下问，他只是随意点点头，表示在认真地听。

“傍晚，我到餐厅吃晚饭，又见这个年轻人与另外两个洋人在高谈阔论，这次我却一个字都听不懂，不知他们说些什么。只见这个年轻人一边口不停地说，一边手舞足蹈，那两个洋人频频点头，时时露出会心的笑意，看得出那两个洋人是很欣赏这个人的。卑职心里纳闷，见一个侍应生过来，我悄悄地指着那两个洋人问他。侍应生告诉卑职，这是两个德国人。卑职听了一惊，莫不是这个年轻人在跟两个德国人讲德语。怪不得我一个字听不懂，这个人不简单，我要跟他聊聊。”

张之洞一只手在轻轻地捋着长须，脸上露出微微的笑意，显然，他也被这个既能跟英国人谈话，又能跟德国人谈话的年轻人给吸引住了。

“我一边慢慢地吃，一边注视着对面的餐桌，见他们三个人走出餐厅，我也便跟着出来。走到甲板上，两个洋人与那个年轻人握手道别，我赶紧跨上一步，冲着那人的背说，喂！年轻人，请到我房间里坐坐好吗？那个年轻人回过头来，朝我一笑点了点头。我这时看清这个年轻人鼻梁很高，眼睛深陷着，两只眸子灰灰蓝蓝的。卑职突然一惊：莫非他不是中国人，是个洋人不成？再细细地看，他的皮肤黄黄的，辫子黑黑的，一身蓝底金花宁绸长袍上罩了一件考究的黑细呢马褂。他是个中国人呀！”

赵茂昌“扑哧”一声笑了起来，张之洞也听得有趣，忍不住插话：“这个人到底是不是中国人？”

“大人问得好！一到房间，卑职第一句话就问他，你到底是中国人还是洋人？那人大笑起来，露出一口雪白好看的牙齿，用不太规范的闽腔官话说，我是中国人，不是洋人。卑职试探着问，你是福建人吗？他答，我正是福建人。卑职一听乐了，这么说，我们是同乡了。年轻人，你叫什么名字，他说我姓辜，名汤生，字鸿铭。卑职也将自己的名字告诉了他。卑职称赞他英语、德语都说得好，了不起。他笑着说，我不但会讲英语、德语，我还会讲法语、俄语、葡萄牙语、拉丁语、意大利语、希腊语、马来语，连同我的母语汉语，我懂十门语言。卑职想，这真是一个罕见的奇才，便问他，你怎么会讲这么多的洋话。他于是告诉我，他出生在南洋槟榔屿，父亲是中国人，母亲是葡萄牙人。养父母是英国人，十岁时跟着他们去了英国。在英国读完大学后，又去德国学工程，再到法国留学，故而能说这么多洋话。”

张之洞笑道：“这么说来，我明白了，他原来是个混血种，又是中国人，又是洋人。”

“大人说得对极了。”赵茂昌忙恭维。“刘玉澍还说，他亲耳听过这个辜鸿铭的一则笑话。卑职从这则笑话里知道辜鸿铭是个极聪明风趣的人。”

“什么笑话？你说说。”张之洞很有兴致地问。

“刘玉澍和辜鸿铭一起坐船从香港来广州，辜鸿铭和船上一个法国老太太用法语谈得火热。法国老太太说，我身体不好，医生建议我个好地方疗养一段时期，听说厦门是个好地方，最宜疗养，不知是不是这回事。辜鸿铭说，不错，厦门真是一个好地方。我刚到厦门时，站不起，只能在地上爬着走，成天睡在床上，拉屎拉尿都不能控制。在厦门住了两年后，不但可以走路了，还能跑步。成天在四处跑，拉屎拉尿，也都正常了。法国老太太听后高兴极了，说，先生这么重的病都疗养好了，我一定去。当辜鸿铭将他与老太太的谈话告诉刘玉澍后，刘玉澍问他，厦门哪有这么好，你不是在骗人家吗？辜鸿铭说，我没骗她。我一岁时，父母就带着我在厦门住了两年。一岁的小孩子当然不会走路，只会爬，拉屎拉尿也没有节制。到了三岁，自然会走会跑，也不随便拉屎拉尿了。我哪里骗她？”

“哈哈哈，”张之洞禁不住大笑起来，“这个混血种太有趣了。

下午你们带他来衙门，我见见他，合适的话，就让他在我这里做事，我身边还真缺少一个这样的人哩！”

中午，张之洞把辜鸿铭的情况告诉桑治平，请他寻两本洋人的书，一本法文的，一本俄文的，下午带着这两本洋书和他一起会见辜鸿铭。桑治平听说天下竟有这样的奇才，又惊又喜，一口答应。

下午四点，张之洞处理好应办的公事，将已在会客室等候一个钟头的辜鸿铭和陪他前来的赵茂昌、刘玉澍招了进来。

辜鸿铭踏进签押房门的时候，张之洞抬起头来，将他仔细地审视一番。的确如刘玉澍所说，此人隆准碧眼，黄肤黑发，一副华夷混合外表。高挑的身材，穿一套笔挺的细呢蓝底条纹西装，脚上是一双发亮的黑皮鞋，头上留的是西式分缝短发，浑身流露出一股英挺峻拔的气概。桑治平看在眼里，心里想，辜鸿铭的这种气概更接近洋人，加上他的高鼻子灰蓝眼珠，真可以称得上三分中国模样，七成外国味道。

“你就是辜鸿铭？”待大家都坐下后，张之洞直接发问。

辜鸿铭也将张之洞认真地打量一眼后，嗓音洪亮地回答：“是，我叫辜汤生，字鸿名。大家都叫我辜鸿铭。”

尽管语音不太准确，但张之洞和桑治平都能听得懂。

“你是福建人？”

“祖籍福建同安，属泉州府。”

“听说你生在马来亚的槟榔屿，你家是从哪一代离家出洋的？”

“高祖尉庭公十五岁跟人漂洋过海到马来亚务农，因勤劳刻苦，中年以后家道殷实。曾祖礼欢公因此被推举为槟榔屿华人首领，先祖龙池公一直在当地政府任公职，先父紫云公在槟榔屿主持一个橡胶园。到我这一代，辜家在马来亚已是第五代了。”辜鸿铭这一番不假思索如流水般的应答，令张之洞颇为满意：生长在海外，却没有忘记祖宗根系，是个真正的中国人。

“听说你在泰西很多年，在那里读的大学，为什么没有留在泰西做事而来到香港，这次又愿意跟着刘玉澍回国来呢？说说你的这个过程吧！”

张之洞习惯性地捋起长须，微露一丝笑意的双眼盯着坐在对面的这个华夷混血儿。

略为思考一下后，辜鸿铭用四声不太协调的福建官话说：“我在槟榔屿长到十岁时，义父布朗先生要回他的祖国英国去。布朗先生喜欢我，向我的父亲提出带我到英国去读书。因我还有一个兄长在槟榔屿，于是父母就同意了。临走时，父亲叫我在祖宗的牌位上磕三个头，叮嘱我，今后不论到了哪里，不管在泰西生活多久，都要永远记住自己是中国人，根在福建同安。”

张之洞和桑治平听了这句话，不觉为之动容。一个已在海外居住四五代的中国人，竟然有如此深厚的家国情谊，这是他们过去从来没有想到的。眼前这个年轻混血儿的分量，在他们的心中显然加重了。

“我到英国后，布朗先生安排我在中学读书，读拉丁文、希腊文、法文和德文。后来我进了爱丁堡大学的文学院，毕业后，又到德国莱比锡大学学土木。从德国出来，布朗先生将我带到巴黎，让我跟一个很漂亮很富有的妓女做邻居。”

“跟一个有钱的妓女住一起？”赵茂昌忍不住插话，布朗给辜鸿铭的这个安排太使他羡慕了。

张之洞等人虽没有插话，但这句话也大大提高了他们的兴头。

“我起先不愿意。布朗先生严肃地对我说，你小小的年纪，我叫你跟她做邻居，难道是让你当嫖客吗？你不要小看了她，她虽是妓女，却是一个很有本事很有头脑的人。她的客人都是法国上流社会的头面人物，你可以在这里见到很多人，可以由此看到法国的上层社会究竟是个什么样子。这个妓女对中国有很浓厚的兴趣，你可以给她讲中国，她会给你讲她的客人们。你在她这里可以学习别处学不到的许多学问。我这是真正地在培养你。你住在这里，好比再上一个大学。”

把妓女的住处当作大学，就好比将京师的八大胡同当作国子监一样，用这样的方法来培育自己的义子，这洋人教育子弟的做法真令人匪夷所思。张之洞停止抚须的右手指，聚精会神地听这个混血儿的下文。

“我在这里住了半年，亲眼见到法国的不少部长、议员和将军。他们一个个衣冠楚楚地进来，风度翩翩地出去，而在那个女人的房子里却干着荒唐下流的勾当。那个妓女亲口对我讲了许多关于这些人的愚蠢贪婪卑鄙可耻的故事。她使我对巴黎上层社会彻底失望和厌恶。”

桑治平沉吟着。他想起自己过去壮游天下时，什么地方都去过，就是没有去过妓院，以为那是低贱肮脏之处，非君子该去的地方。现在听辜鸿铭说来，倒真的是放弃了一个最能洞悉官场的地方。京师八大胡同，每晚该有多少化了装的大官显宦频频出没。如果有一个八大胡同的名牌妓女朋友，她一定可以向你提供许多最为隐秘又最为可靠的朝廷真情。唉，这个机会再想弥补都不可能了！

“我回到苏格兰，跟布朗先生谈起在巴黎的感受。布朗先生对我说，不只是巴黎，伦敦、柏林也是一个样的，法国、德国和我们英国，都是世界的强国，世人不知内里，以为什么都很好。其实，高层官场已腐化堕落，总有一天国家会要崩溃的。后来，我去看望我的老师爱丁堡大学的老校长卡莱尔。卡莱尔听了我的诉说后，长长地叹了一口气说，孩子，你是中国人，你还是回到你的国家去吧！你的国家有几千年的古老文明，是世界上最了不起的国家之一。我一向很尊敬黑格尔，佩服他的哲学观念。后来我读到一本介绍你们中国最古老的经书《易经》的小册子，才知道黑格尔的那一套是从中国的《易经》里学来的。但黑格尔却不说明，这不是在欺骗世人吗？黑格尔是一个很有学问的大教授，尚且不能完全的诚实，可见这诚实二字之难。又是看了介绍中国的书以后，我才知道早在几百年前，中国的学人便在倾尽全力研究‘诚意’‘不欺’这些大课题，并以‘不诚无物’和

‘慎独’这样的高度来修炼自己的品德，积累了一整套修身养性的有效方法。这比我们西方的学者不知要高明多少倍了！”

一向只是洋人瞧不起中国，说中国没有铁路轮船、没有机器炮舰，这些话虽倨傲无礼，听了很不舒服，但也只得忍了，因为中国的确没有这些东西；至于说中国没有学术，没有文明，这就让人很恼火。现在第一次听说泰西也有大学者称赞中国的古老学术，而且称赞的是正宗中国儒学，这怎么能不令视学术为生命的两广总督欣慰！坐在眼前的这个深受泰西文化浸淫的混血儿，在他的眼里立时变得亲切起来。

桑治平插话：“你是听了这个老师的话，回到东方来的？”

“是的。”辜鸿铭望着桑治平点了点头，他弄不清楚这个与总督并排坐在一起的人的身份。“我在四年前就离开了苏格兰。”

“那你为何没有很快回国呢？”桑治平接着又问了一句。

“是这样的。”辜鸿铭整了整脖子上的浅色丝领带回答，“我离开苏格兰后，第一个愿望是要回槟榔屿看望我的母亲，我的父亲则早在我大学毕业前夕便去世了，他没有等到我学成归来的一天。我在家里还没有住到一个月，马来亚的英国殖民政府得知我的留学情况，委派我一个公职，要我即刻到新加坡赴任，因为那里很需要像我这样懂得多国语言的人做秘书。母亲说我应该为政府效力，我于是接受了这个职务。我在新加坡一边处理公务，一面利用新加坡的有利条件练习中文，阅读中文书报。半年下来，我的中文水平提高很快。这一天，突然有一个人来到新加坡，因为他，使得我终于下定决心辞掉公职迅速回国。”

这是个什么人，有这样大的说服力，能使辜鸿铭置母命与政府的委派于不顾，竟然奔回自己的国家？

“此人刚从法国留学回来，途经新加坡，名叫马建忠。”

马建忠是个什么人，张之洞不知道。他问桑治平：“你知道这个人吗？”

桑治平想了想，问辜鸿铭：“他是江苏人吗？”

“是。他告诉我，他是江苏丹徒人，有两个哥哥，大哥名叫马建勋，二哥名叫马相伯。”

“我就想到他有可能是马建勋的兄弟。”桑治平说，“马建勋，我见过一面，那时他在亳州做淮军粮台。马相伯现在天津北洋衙门做事。马家三兄弟，在江苏被视为当年的马氏五常。”

张之洞点点头，心里思索着：马建忠一回国，李鸿章就通过其兄的老关系将他收罗过去了。这是李鸿章的过人之处。李鸿章可以这样做，我张之洞现在也是一方总督，我为什么不可以这样做？他李鸿章可以仗着总督的实权，广纳各方人才，我今后也应该如此。收下一个辜鸿铭，通过他的关系再网罗一批留洋人才，看来往后的事情要更多地仰仗从西方归来的读书人。一种渴望留住辜鸿铭的愿望，在张之洞的心中油然而起。

张之洞的脸上现出蔼然之色，问辜鸿铭：“马建忠和你说了什么？”

“马建忠对我说，中国是一个有着五千年古老文明的国家，当中国已经高度发达的时候，欧洲这些国家还处在愚昧摸索之中。中国的四大发明恩惠了全世界，若没有中国人的这四大发明，欧洲决没有今天的发达强盛。我问他什么是四大发明。马建忠告诉我，四大发明，一是造纸术，一是印刷术，一是指南车，一是火药。有了造纸术和印刷术，才有欧洲的书报，有了指南车，才有了欧洲轮船航海业，有了火药，才有欧洲的大炮机枪。我没有想到，外国引以自豪的这些东西原来都是靠的我们祖宗的发明，我顿时有一种扬眉吐气之感。”

张之洞说：“我们中国人仁慈，发明了指南车，不去造轮船渡海侵略别人，而是造福远行者不迷路。发明了火药不去造子弹杀人，而是做鞭炮，使得过年过节热热闹闹高高兴兴。”

桑治平、赵茂昌、刘玉澍都笑了起来。赵茂昌说：“张大人说得好极了，我们中国人是君子，洋人是小人。”

“马建忠还对我说，”辜鸿铭继续说下去，“中国有好多种学问。两千年前有过一次百家争鸣，大家敞开心怀，把自己的聪明才智都表露出来，经过争论，最后归纳为十大家。他告诉我，儒家叫人如何修身养性，道家叫人如何养心适性，墨家叫人如何勤劳兼爱，纵横家叫人如何从事外交，至于阴阳家、杂家更是有许多神秘的学问，西方人只能莫测高深，不能窥探其奥妙。要了解这些，就得要回到中国去，在那方水土上生存，才能识那方水土精髓。”

张之洞不觉哈哈笑了起来说：“这个马建忠也真会说话，他应该到总署去做事才好。”

“听了马建忠这番话，我决心即刻离开新加坡回国。我问他，我回国后要拜谁为师最好。马建忠想了一下说，要说中国传授学问的老师真是成千上万，就名师来说，也数以百计；但在我看来，都不必去拜访，也不必去投靠。中国现在最大的问题是国势颓唐，谁有拯救中国于颓唐之中的本事，谁就是今天中国最大的学问家。我很高兴地说，我的想法跟你一样，回到中国后，要投身于中国的实务中去，各家各派的学说可以利用空暇去浏览。”

张之洞想，自己也应该算是一个拯中国于颓唐的大学问家了，不知这个海外学子的心目中有没有自己。

“马建忠对我说，你若十多年前回国，可以去投奔曾文正公，他是中国公认的有真才实学的第一号大人物。我笑道，十多年前，我还是一个小孩子，他也不会接收我。马建忠笑了说，是呀，可是他现在过世了，你回国见不到他了。不过，他有一个得其真传的学生，名叫李鸿章，他是眼下中国公认的第一号大学问家。你回国后找他，若需要的话，我可以为你写一封推荐信。我说，好，我去找他。”

张之洞的脸色立时沉下来。他也知道，无论是声望还是实力，李鸿章都远在他之上，但是，当一个海外学子在他的面前如此抬举李鸿章而全然没有提到他时，他心里仍然极不舒服。赵茂昌将张之洞脸色的变化看在眼里，寻思着要在适当的时候说几句话。

“我离开新加坡，回到槟榔屿，将这一想法告诉母亲，母亲支持我。此时恰好有一支英国探险队要到中国去，我就随着他们一起出发。在翻越滇缅边境时，我们遇到了许多险恶，我意识到随时都有生命的危险。我志不在探险，如果死在那里，将大为不值，我于是离开探险队来到香港。在香港遇到一个人，他告诉我，要到中国去投李鸿章，你这点学问远远不够。不如在香港住几年，多读点中国书。我听信了他的话，一住三年。上个月，我偶然遇到了刘玉澍先生。他对我谈起了您，我在香港的报纸上也看过关于您的介绍，于是就随他来到广州，希望见到您。”

听到这里，张之洞才舒服过来，看来海外还没有无视我张某人。张之洞脸上变化的这一小细节，又被赵茂昌看在眼里。他赶紧对张之洞说：“这几天，我和辜先生谈了几次话。我告诉他，马建忠的话说得不准确，当今天下第一大学问家不是李中堂，而是我们张制台。”

张之洞听了这话很高兴，满脸堆上笑容，和气地对辜鸿铭说：“你就在我这里住下来，不要到别的地方去啦。我以后常给你讲中国学问，中国最大的学问在我的肚子里。”

辜鸿铭认真地问：“请问张大人，你肚子里的这门学问叫什么？”

“这门学问叫什么？”张之洞哈哈笑起来，“它叫天人合一之学，是天底下最高最深的莫大学问。我今后慢慢地传授给你吧！”

桑治平想起张之洞要他找的两本书，连忙拿出来，走到辜鸿铭的面前说：“这是一个朋友送我的两本书，可惜我不懂洋文，你能帮我看看吗？”

辜鸿铭接过来，看了看上面一本的封面，又翻了翻，说：“这是笛卡儿的《哲学原理》，此人已死去二百多年，是法国很有名的哲学家、科学家。他写了很多书，这本《哲学原理》是他的代表作，这是法文原版。因为讲的道理太深奥不好读，我在巴黎时用了整整一个星期才读完。”

辜鸿铭把《哲学原理》还给桑治平，将手中的另一本封面瞄了一眼，说："这是一本俄文小说，书名叫《父与子》，作者是俄国著名作家屠格涅夫。这本书别看它厚，很好读，作者才华过人，语言优美。我在爱丁堡大学读书时，一天就把它读完了。"

这番话使在座的两个中国读书人听了目瞪口呆，做声不得。张之洞深感当今中国，正缺少也正需要的就是这种人，不管他提出什么要求，要多高的薪水，也要把他留在两广总督的幕府里。

张之洞满是关爱地对辜鸿铭说："辜先生在海外十多年，积累了丰富的西方学问，又学过泰西语言，国家要的正是你这种人才。我想请你留在广州，跟我一道做一些对国家和百姓有用的实事。至于薪水和待遇，我都会从优考虑。你愿不愿意留下，有什么要求吗？"

"我愿意。"辜鸿铭爽快地回答，"我现在也提不出什么要求，以后我想起什么，再给大人提出。"

"好。"张之洞满意地点点头，将辜鸿铭从头到脚又重新打量了一番，说："你不向我提要求，我要向你提一个要求。"

辜鸿铭有点紧张，不知这位自己国家的大官员会提出什么要求来。

"辜先生，你既然已回到中国来，就要做一个完全的中国人。今后在我的衙门里做事，不要穿这身西装，明天赵茂昌带你到城里裁缝店去做三套衣服，冬天一套，夏天一套，春秋一套，就算是我送给你的礼物。另外，你的头上没有辫子，要把辫子留下来，一时长不出，先去买条假辫子来。对朝廷来说，这有没有辫子，不是一个留头发的问题，而是忠不忠的大事。这里面的缘故，叫刘玉澍告诉你吧！"

"我知道。"辜鸿铭说，"我第一次离家到英国去的时候，父亲就对我说，今后不管遇到什么情况，你头上这条辫子一定要留下来，这是中国人的标记。"

"那后来为什么没有了呢？"桑治平望着辜鸿铭头上梳得很好的西式分头，饶有兴趣地发问。

辜鸿铭笑了笑说："我刚到英国时，学校里的同学都笑我脑后的辫子，说它是猪尾巴。我记着父亲的叮嘱，不管别人如何取笑，我一直不剪。一直到十七岁那年，我进了爱丁堡大学，我的一个同班女同学对我说，你的这条辫子真可爱，乌黑油亮，好玩极了，你送给我吧！我很喜欢这个美丽的英国姑娘，心里犹豫好长一会，最后还是下了决心，当即拿剪子剪了辫子，对那姑娘说，你喜欢它，就送给你吧。那姑娘很感动地收下了。"

满屋子人都笑了起来，桑治平笑道："原来辜先生是个多情的男儿，祖宗传下来的辫子为一个姑娘而剪了。"

张之洞关心地问："后来那个姑娘嫁给了你吗？"

"没有。"辜鸿铭似乎并不把它当作一回事，"毕业后她去维也纳学音乐，我去莱比锡学工程，就那样分了手，再没见面。"

赵茂昌忙问："你后来娶的哪国女子？"

"我至今未成家。"辜鸿铭说，"马建忠对我说，中国古代男子是三十而授室，我还只有二十八岁，不急。"

"好！"张之洞说，"到时我来给你找一个好姑娘！"

辜鸿铭笑了笑，没做声。

张之洞也起身说："眼下就有一件紧要的事要你来办。你带着两广总督衙门的公文到香港去，找到汇丰银行的老板，为两广借一百万两银子。具体如何办理，过会儿桑先生再给你详细交代。"

辜鸿铭等人刚出门，巡捕便进来报告："粤海关道黄万全求见。"张之洞叫巡捕带他进来。

五　冯子材威震镇南关

黄万全进来向张之洞打个躬后，即从左手衣袖袋里掏出一个五寸长两寸宽的红纸袋来，双手捧上，说："这是七、八、九三个月公费银，三张银票，每张三千两，共九千两，请大人过目。"

张之洞大吃一惊：这是怎么回事！是行贿吗？光天化日之下，一个粤海关道竟然敢来总督衙门公开行贿，是这个道员胆子太大呢，还是把我这个制台太小看了呢？张之洞想到这里，心里一股怒火猛然升起。他拉下脸来厉声喝道："你这是干什么？还不赶快给我收回去！"

黄万全瞪大着两只眼睛，茫然望着张之洞那张铁青的长脸，托红纸袋的手不由得抖了起来。"大人，您千万别误会了，职道没有别的意思，这是粤海关的例行公事。"

例行公事？张之洞想，这中间必有名堂，便将拉长的脸收回来，语气和缓地说："你坐下说，这到底是怎么回事？"

黄万全这才明白张之洞还不知这件事情，神色安定了许多。他坐下，将红纸袋暂时又放回衣袖袋里，悄悄地说："大人原来不知道，容职道禀告，这是一桩已奉行十多年的成例了。早在同治年间瑞麟任两广总督时，因督署开支庞大，公款不够，当时的粤海关道傅璟为总督分忧，每个月从关税中提取一千两银子以补充开支，从此便成定例。不管谁做粤海关道，他都照样上缴这些银子，也不管谁做了粤督，都照样接收；不同的是，这笔银子是一年年增加，从一千到一千五，到二千。上年曾九帅来广州后，他的开支更大，遂干脆来了个每月三千，一季上缴一次。职道以为大人已经知道，故未说明，这是职道的不是，希望大人宽恕。"

张之洞想：总督衙门的开支不够，就从粤海关税中提取，这不明摆着是从国库中揩油吗？这样明目张胆地侵吞国库，居然可以名正言顺地成为惯例，居然可以奉行十多年而无人告发，这国法纪纲到哪里去了！常言道上行下效、上梁不正下梁歪。总督衙门可从海关税中取钱，巡抚衙门便可以从盐税中取钱，县衙门便可以从赋税中取钱。这样一来，岂不全乱了套？这个成例要废除掉，不能再沿袭下去了！正要这样对黄万全说，转念一想：一个月三千，一年便是三万六，眼下唐景崧、冯子材新招的勇丁要军饷，在越南的各支队伍也望银眼穿，大战在即，银子就是士气，银子就是胜利，刚才还在要辜鸿铭到香港去借洋款，为什么这笔银子不收下？既然已实行多年，这三千两银子从关税中提出早已有了合法的途径，就让它这样继续吧，我张之洞今天就拿这笔钱去补充军营好了。

“黄道。”

“职道在。”

“这笔银子既已成十多年的定例，本督也不想改变。你就从这季度的九千两开始，每季度上报一个册子，交给督署军需处，由军需处作补充军饷用。督署衙门的其他任何开支均不得用它，我今后还要专折向朝廷奏明此事。”

“大人清廉，职道钦佩，职道这就去办。”黄万全忙起身告辞。

黄万全走了以后，张之洞想，还不知两广各级衙门这种陈规陋习有多少。本是违法行为，大家都这样做，见怪不怪，就成为合法的了，真是岂有此理！他恨不得立即就来一个全面肃清官场风气的举措，但战火弥漫，形势逼人，眼下最大的事情只能是全力备战，其他事，不得不压一压了。

是的，战争已是当前举国关注的头号大事了。

法国海军六月攻打台湾基隆失败后，八月中旬，在司令孤拔的率领下，再次侵犯台湾。法舰十一艘攻打基隆，又派出五艘进犯沪尾。当时这一带的清兵仅三四千人，为全力保沪尾，不得不放弃基隆。法军占据了基隆这个台湾北部的重要港口，并向四路扩大它的侵略领地，部署向台北推进。台湾巡抚刘铭传不得不向他的老上司李鸿章请援。李鸿章却只派遣刘铭传留在大陆的老部属一千五百余人，坐英国货船由台东登岸。这支军队对台湾局势的缓解几乎不起作用。刘铭传对此大为失望，他致电李鸿章，再次告急。李鸿章回电刘铭传：现在北洋只有快碰船二只，断不足以抵挡铁舰的巨炮，即使派到台湾来也无济于事，只得请求朝廷另设他法。

闽浙总督左宗棠上疏朝廷，责问南北两洋的兵轮为何坐视不救，应当立即开赴台湾救急。于是朝廷命两江总督曾国荃派出兵轮五艘迅速赴难。两江水师统领吴安康率领开济、南琛、南瑞、驭远、澄庆五艘兵轮驶向台湾海峡。行到浙江洋面，突遇九艘法舰。时大雾迷蒙，吴安康以寡不敌众为借口，令各舰驶入镇海。结果驭远、澄庆二轮为法舰所击沉。南洋援台一事宣告失败。正当台湾局势危急万分的时候，幸而法国海军中将孤拔病死澎湖，军心受到影响，攻打台湾的炮火逐渐淡了下来，台湾才免于全岛沦陷。

在越南北部，法国陆军对清军的进攻也在全面铺开。经过三个多月的操练，唐景崧所招募的景字营开出镇南关，协助刘永福驻扎宣光附近。经张之洞奏请，朝廷授刘永福记名提督，并加唐景崧五品衔。紧接着，冯子材在广东招募的十八营子弟兵，也操练成军，由他的两个儿子相荣、相华分任左右翼长，由钦州、上思浩浩荡荡开进越南。古稀名将统率的这支七千人的新粤军，给整个越南北部战场注进一股强大的活力，驻扎关外的所有清军莫不为之一振。

与此同时，广东碣石镇总兵王孝祺也奉张之洞之命，统率八营将士由梧浔溯西江，经龙州出镇南关。王孝祺安徽合肥人，是张树声的小同乡，也是张树声插起招军旗的第一批铁杆兄弟，二十余年来跟着张树声转战南北，累功升至总兵。王孝祺骁勇善战，却也强悍任性，他跟吴元洛等其他淮军将领一样，原本压根儿瞧不起无一天沙场履历的文人张之洞。几个月下来，他从张之洞对张树声和淮军的一连串举措中，看出新总督的才干，也看出此人虽不是带兵打仗的将军，却有镇抚全局的帅才气度，遂乐意听从命令，带兵入越，再立新功。

这三支人马共三十营一万二千将士出关入越，无疑大大增加了朝廷在越南北部的军事力量。

其实，朝廷早已在越南投入不少兵力。此时，广西巡抚潘鼎新统帅两个精锐新兵营驻扎在谅山城内。环绕着谅山的有三路人马，分别为驻在谷松的中路苏元春十八营，驻在南甲的西路杨玉科九营和驻在那阳的东路王德榜十营。这三支军队距谅山均只百来里路程。此外，还有刘永福的四千黑旗军。所有在越南北圻的朝廷军队加起来不少于三万人，若是纪律严明，武器精良，指挥有方，这三万人马堪称一支雄师劲旅，不但可以有效地抵御法军的挑衅，甚至可以将侵略者赶出北圻。可惜，事实不是这样。军纪散漫，武器低劣，是当时清末军营的通病，出关入越的与在国内的，没有什么区别。更糟糕的是官衔最高、负有统帅所有在越军营的广西巡抚潘鼎新，是个徒有空名无真本事的老官僚，各路统领差不多都不买他的账。冯子材的十八营子弟兵，入越后一直在镇南关外徘徊着，要静观形势的变化。他拒绝接受潘鼎新的调遣，潘鼎新也不敢指挥他。

法国则不断地向越南加强军事部署。老将尼格里任总指挥，频频向清军挑起战事，试图凭借强大的国力和精良的军事装备，把所有北圻的清军赶回关内，让越南北部成为法兰西的殖民地。孤拔统率的海军进犯台湾，其战略目的仍是配合越南。这一点，经冯子材一针见血地指出后，张之洞也越来越看清楚了。他上疏朝廷，明确指出，尽管法国在东南海疆挑起事端，而其用意却在越南，故振全局在争越南，而争越南又在此数月内。

辜鸿铭不负所望，从汇丰银行借来了一百万洋款，张之洞用这笔洋款迅速从洋人军火商手中购买枪炮弹药，同时在军饷上也尽量满足前线将士的要求。又接受辜鸿铭的建议，在香港定购大批西方报刊，派专人每天送到广州督署，由他翻译，择其重要者，送给总督，以便从西方报载中掌握法国的军事动态，为越南战争提供讯息。

十一月，法军七千人在远征军总司令波里指挥下，大举进攻丰谷，王德榜大败，向苏元春求救。苏元春竟然按兵不动。半个月后，法军又大举进攻谷松等处，王德榜也坐视不救。苏元春无奈退兵威埔。张之洞得知此事，对苏元春、王德榜的行为甚是恼火。他一面上疏朝廷，一面任命冯子材为帮办广西军务，以便让冯取得仅次于潘鼎新的军事调遣权。十二月，法军乘连败清军中路、东路的兵威进攻谅山。潘鼎新既已失去中、东两路的屏障，西路杨玉科又战死沙场，遂丢掉谅山仓皇逃命。逃跑途中，从马上摔下来，跌断左手。他又羞又急，从谅山逃到幕府，从幕府逃到凭祥，又从凭祥逃到龙州厅，惊魂尚未安定。法军攻陷谅山，又占领镇南关，将一座数百年的雄关彻底摧毁后才退出。关内关外难民，跟着逃兵一起沿着北江流窜。广西全省大震。

朝廷对潘鼎新这种弃城而逃的行为非常愤怒，立即下令撤职严办，并命广西按察使李秉衡护理桂抚一职，担当起统领越南北圻一带的重任。

谅山丢失，固然给越南战局带来极大的不利，但天下事祸福相依，因潘鼎新的革职导致李秉衡的上任，又给局势带来新的转机。

李秉衡是清末官场上不多见的清廉能干之员，虽是捐纳出身，却操守甚佳，早在做府县官员时，就有“北直廉吏第一”之誉。张之洞钦佩李秉衡这种为官之风，他以晋抚身份向朝廷推荐了一批人才，李秉衡也列在其中。

经张之洞的推荐，李秉衡很快便擢升为浙江按察使，随即平移广西。李秉衡感激张之洞的知遇之恩，张之洞也对李秉衡格外信任，二人之间相处融洽。

就在朝廷任命下达的同时，张之洞也给即将出关统兵的李秉衡一封急信。信上说，这两个月来越南战局恶化，关键在于各路统领不能协调合作，而这种局面根本原因又出在潘鼎新的身上。潘鼎新德不能服众，才不足以制敌，希望李秉衡以前车之覆为鉴，将越南北圻的军事总指挥权交给冯子材，由冯全权督办关外军务。

张之洞对李秉衡说，如今的局势，与咸丰十年江南大营溃败时差不多。当时朝廷为了挽回败局，不得不将东南事权委之于曾国藩一人。眼下冯子材、刘永福都是可独当一面的人。为此，他为前线谋划一个大的战略部署：东西两线合作用兵，东线谅山委之于冯子材，西线宣光委之于刘永福。

这时候，冯子材的心情正颇为抑郁。原来，潘鼎新既是巡抚，又兼广西陆路提督之职。他被撤职后，朝廷任命苏元春为广西提督，却并不按常例擢升他这个帮办。六十八岁的原广西提督看到四十岁的苏元春位居他之上，心中甚是不快。

李秉衡带着张之洞的信，一到镇南关，便去拜会驻在关外的冯子材。

“老将军，”李秉衡诚恳地说，“局势危殆，关外各军群龙无首，我虽奉朝廷之命护理巡抚在关外督战，但其实不懂军事，还请老将军出面，挑起这副重担。”

冯子材冷冷地说：“苏元春不是擢升广西提督了吗？这重担自然由他挑，我不过帮办而已。”

李秉衡说：“苏元春虽被升为提督，但他的声望和能力毕竟不能与老将军相比，王德榜在上次战事中与他结了仇，现在如何会听他的？王孝祺是淮军宿将，资历年岁都已在苏元春之上，他也不会听苏元春的。至于刘永福，他早就说过，只服老将军一人。”

冯子材冷笑道：“既然这样，又何必让苏元春占着广西提督这个位置呢？”

李秉衡见冯子材年近古稀，做过多年的提督了，如今还这样计较名位，心里虽不以为然，嘴上仍耐心地解释：“三个多月前，老将军尚未来越南，潘鼎新便已向朝廷推荐了苏元春出任广西提督。他是广西人，在广西办了多年的团练，与广西村寨头领、土司交往颇多，也算得上一个地头蛇，故而潘鼎新推荐他，朝廷也便接受了；但在越南做各路人马的统帅，他显然不够资格，更不能跟老将军比。老将军二十年前就是提督了，还在乎这个官衔吗？再说，与一个儿辈的人去怄这个气，也不值。”

李秉衡的这番话不无道理。冯子材想：我都快七十岁了，已致仕多年，还在乎职务高低吗，只是心里不顺气罢了！

已是正午时候，他留下李秉衡在军营吃午饭，彼此都不再谈这件事。吃过午饭后，他安排李秉衡休息，自己也照例睡午觉。冯子材倒下后很快便鼾声大作，书生出身的李秉衡面对着严峻的局势心中焦急万分，坐立不安。正在这时，军中信使来到营外。李秉衡忙走出门，指着信使手中的一封用火漆封口的信函：“这是什么？”

信使答：“这是两广总督衙门发给冯军门的信。”

“噢。”李秉衡心里想：又有什么紧急军情吗？“你直接送给冯老将军吧！”

原来，信使送来的并不是紧急军情，而是张之洞写给冯子材的私人信件。信上说：上次在荔枝湾，老将军说过要有制胜之把握，必须有统率各军的权力，当时鉴于潘鼎新以桂抚在关外督军的缘故，不便答应，只能在今后相机而动。现在潘已去职，苏元春虽升为提督，但难负众望，不能统辖各军，广西提督亦未有辖制关外各军之权，我已请李护抚台恭请老将军出面主持大计。时机已到，盼老将军以国事为重，临危受命，挽回大局，为华夏争光。近日，外国报纸透露法国远征军中的一个重要消息，愿老将军切实把握。从敌人营垒获取军情，常常是出奇制胜的秘诀。老将军用兵一生，自然比别人更深知此中道理。另纸附辜鸿铭翻译的英国《泰晤士报》上的一则花边新闻：法国远征军东线总指挥尼格里少将贪恋女色，跟一个河内歌女打得火热，居然将歌女从河内召来谅山相伴，军中多有不满。

冯子材看到这则消息，一个想法突然冒出来，他仿佛从中看出打胜仗的苗头了。

他兴冲冲地走进李秉衡的休息间，爽快地对愁眉未展的护理抚台说：“我同意出面指挥全局军务，但你要苏元春、王孝祺、王德榜等人保证，完全听我的将令，不得稍有违抗；若有违者，老夫将以军令处置。”

李秉衡听了这话，愁云顿时消去，高兴地抚着冯子材的双肩说：“老将军放心，这事包在我的身上。说句实话，苏元春他们也是从心里服老将军您的。”

冯子材从明暗两方面制定他的作战计划。明的一面，即保卫镇南关，收复北圻失地。冯子材带着苏元春等人仔细查勘镇南关四周的地形，决定将军营移进关内距关楼八里处的关前隘。此地东西高耸，中间两道山岭相距约四十丈宽，冯子材在这里筑一道两人高连接东西山岭的土石长墙。墙外挖一条一人深的大沟，东西两道山岭上建三座炮台。王孝祺的军营扎东岭，苏元春率部扎三里之外的幕府，王德榜率部屯于五里外的油隘，构成对关前隘大营的犄角之势。冯子材和他的两个儿子则率部扎在土石长墙内。

王孝祺私下问冯子材："镇南关内外布置得这样严密，法国已经将关楼焚毁而去了，他还会再来吗？他若不来，我们岂不白费力？"

冯子材笑道："法国人想要独吞越南北圻，不容中国插手，只要我们还有一支人马在这里，他就不安心。现在我们有七十多营、三万将士扎在镇南关内外，他更是一天到晚吃睡不香，要不了多久，便会主动来找我们挑战的。"

王孝祺说："镇南关内外现在可以说是严如铁桶，谅他们再来，也占不到便宜。不过，法国人乖滑，他们在关口上一旦失利，便会撤退逃跑。我们若采取包围阵式，截断他的后路，将他们全部歼灭在此地就好了。但这要事先知道他们从哪条路来，先期埋伏在那里才好，如何能预先知道呢？"

冯子材遥望着关外草树浓密的荒芜之地，沉默良久后，悄悄地说："办法是在想，能不能成功，就只有看天老爷帮不帮忙了。"

原来，暗的一面在同时进行，不过他不想对王孝祺明说罢了，这种事只能越隐蔽越好。

冯子材在越南住过几个月，与当地人有些联系，通过他们的查访，很快便落实《泰晤士报》的花边新闻说的是实情。这个歌女名叫溪笋。溪笋已没有父母，有个大姐已出嫁，还有一个小妹在一家小餐馆当招待，日子过得都不宽裕。溪笋做歌女，收入也不多，她其实并不爱这个法国老头，只是图他的钱而已。

打听到这些情况后，冯子材叫他的小儿子相华装扮成一个越南生意人的模样，在本地翻译的陪同下，悄悄来到法国人占领的河内城。傍晚的时候，他们找到溪笋的大姐溪草家。溪草和她的丈夫阮志清对这两个不速之客的来临颇为惊讶。

翻译对溪草夫妇说：“我是从顺化来的。”

顺化是越南的都城，从顺化来的，意味着是从朝廷来的。溪草和她的丈夫都是小老百姓，翻译随意编造的第一句话，便将两个人镇住了。他们瞪着两只眼睛怯怯地听着。

“我给你们说实话吧。法国人在我们越南是呆不久的，朝廷上下，从国王到各位文武大臣都恨死了法国人，请中国派兵到我们国内来，就是为了要把法国人从我们越南赶出去，跟法国人混在一起是没有好下场的。”

溪草的心在怦怦乱跳，妹子跟一个法国将军相好，最近又去了谅山这些事，她都是知道的。亲戚朋友、左邻右舍中有知内情的，都在背后指指点点，还有的人骂溪笋是越奸。作为亲姐姐，溪草也为妹子担着心。她有时也劝妹子不要跟法国人混在一起，但妹子不听，又常常拿点钱给她花，她也便不说什么了。现在，这个男子板着面孔说出这种硬话来，着实让她害怕：莫非他是朝廷派来的人，要来捉拿妹子？溪草看了看丈夫，丈夫的脸色也明显地变了。

“你的妹妹溪笋做了法军头领的情妇，还跟着他去了谅山。”

“我们不知道。”溪草想为自己打掩护。

“这件事，英国的报纸都登出来了。”翻译瞪了溪草一眼，“不知道，我今天就正式告诉你们。”

阮志清急了，说：“我们不是越奸，溪笋也不是越奸，她只是图那个法国佬的钱罢了。”

“做法国佬的情妇，就有越奸的嫌疑，到时法国佬被赶出越南后，你妹子的日子就不好过了。”翻译这一副政府代言人的模样，使溪草夫妇更害怕了。

“我这就去谅山，叫她回河内来，离开那个法国佬算了。”溪草以哀求的口气说，“求求你们，今后不要找她的麻烦。她也是命苦，没有法子。”

“离开就行了，就没事了？”翻译冷笑道，“除非为国家立有功劳。”

阮志清问：“她一个小女人，能为国家立什么功劳？”

相华开口了：“只要她愿意，她可以立大功。”

翻译把相华的话转告后，说：“这位便是我们从中国请来的将军。他的军队很强大，法国人打不过他们。若你妹子能够帮忙的话，打赢法国人要省事很多。你的妹子立了功，朝廷自然不会再找她的麻烦了。”

溪草忙问：“她怎样帮忙呢？”

相华通过翻译与他们交谈起来。

“要你妹子努力打听法国人的军事情况，遇有大事，应立即报告我们。”

“这些情况如何到达你们那里呢？”

“你们两夫妇明天跟我们一起去谅山，找一处离你妹子最近的地方住下来。你去见你妹子，将这件事告诉她，要她一有事就告诉你，然后你再告诉我们的人。我们有人天天来联系。”

溪草两口子对坐着不开口，相华从口袋里拿出一锭银子来，说：“这是五十两纹银，先给你们，事情办好了，再给你五十两。另外，给你的妹子三百两银子。”

望着这一锭沉甸甸的银子，阮志清的眼光顿时亮了。他一年辛辛苦苦，起早贪黑地做事，一年下来，赚不到二十两银子，办好这件事，一下子就是一百两银子，抵五年的辛劳，妹子还可以得三百两；如果再从妹子那里分一百两的话，就可以起屋买田，做起富人来，一家子舒舒服服了，何况还可以为妹子洗去越奸的耻辱。他用肩膀碰了碰妻子：“怎么样？”

溪草的想法跟丈夫一个样，于是点了点头，答应下来。就这样，溪笋的姐姐姐夫便在谅山住了下来，尼格里的动向也便随时传到冯子材的耳朵里。

这一天，由溪笋那里传来一个极为重要的消息：后天，也就是二月七日，尼格里将率大批人马从谅山出发，沿神木、敦土一线从东边进攻镇南关。尼格里已向波里夸下海口：一举踏平镇南关，将中国军队彻底赶出关外。

冯子材得到这个消息，将镇南关的军事力量作了一番调整，又安排驻扎油隘的王德榜部先天夜里潜伏在敦土，待战斗打响后，切断法国人的后逃之路。同时，冯子材又飞骑将这个消息告诉西线的刘永福，一旦镇南关的仗打赢了，便乘势进攻宣光、光复、广威、敦江等，来个东线西线全面开花。

果然，二月七日一大早，尼格里便带着装备精良一千名法国士兵浩浩荡荡向镇南关开赴，真的沿着神木、敦土一线前进。王德榜看着这一队法国人从眼皮底下走过，又紧张又兴奋。这个跟着左宗棠转战南北的前楚军首领，两个拳头攥得紧紧的，暗暗下定决心，一定要把后门关得牢牢的，让这群趾高气扬的洋鬼子有来无回，一个也不能跑掉。

中午时分，尼格里来到镇南关口。尼格里也是战火中打出来的军人，是一个富有经验的强悍的指挥官。当他的军队来到镇南关口时，便借助望远镜将关前隘中国军队兵力部署都看清楚了。东西两道岭上的炮台显然都是为了保卫进口关隘的。西边的炮台，其火力点又集中关隘后，对关隘前威胁最大的是东边的炮台。

尼格里知道，要打开关隘，必须先要拿下东岭的三座炮台。他将部队分成两部分，自己带六百人进攻东岭，参谋长米歇尔率领另外四百人攻打正面的土石墙。

他指挥士兵构筑临时工事，装上炮架，开始对东岭炮台发起猛烈的攻击。守卫在这里的王孝祺早有准备，沉着应战。

双方的炮火都很激烈。法国人倚仗着先进的军事装备，和屡战屡胜的昂扬气概，全然不把中国军队放在眼里。中国军队憋足了一肚子怒火，又加之这次早已成算在胸，也一扫过去的怯弱和慌乱，并不害怕山下敌人的嚣张气焰。尼格里与中国人打过几次交道，还是第一次感受到这种与往日不同的气氛。他不时拿起望远镜向岭头遥望，又哇啦哇啦不停地叫喊着。他手下三十多门大炮，随着他的喊叫和手臂挥动，将一发发带着火光的炮弹飞一般地向山头射去。

临近傍晚时，山头中国军队的炮声突然稀少起来。原来，平素预备的炮弹打得差不多了，临时从大营里赶运上山的几十箱炮弹却大部分是哑炮，有的甚至射到一半便头重脚轻似的栽了下来。王孝祺看到这个情况，气得顿脚直跳："他妈的，这是怎么回事！这炮弹是哪里造的？"

"这是江南制造局造的。"炮手指着木箱上的黑字说。

"我操他八辈子祖宗！这不是要老子的命吗？"王孝祺气得将印有"江南制造局"字样的一个空木箱用力向炮垒外甩去。

他还不解恨，又破口大骂："这些家伙统统都要抽筋剥皮下油锅！老子一个也不让他活！"

这个意外的变故很快便让尼格里看到了，他兴奋地大声喊叫："上帝啊上帝！中国人没有炮弹了，我们把炮架推过去，瞄准好，一发一发地打！"

法国兵一个个拍手叫好，肆无忌惮地将炮架推移过去。射程近，法国大炮的威力更大了。没有多久，三号炮台便被炸毁，二十多个炮手全部牺牲。

王孝祺气得昏了头，大叫："兄弟们，跟着老子冲下去，跟洋鬼子们拼了！"

正在这时，相荣已来到山头。他一把扯住王孝祺的手说："王镇台，你这样下去，不是明摆着去送死吗？家父要我来告诉你，既然炮弹是哑的，守住几座空炮台也无用，不如干脆放弃，我们在关前跟他们来个肉搏战。"

正说着，法国人的炮弹如雨点般射来。二号炮台里的炮手们刚刚走出，炮台便被法国人的炮弹炸毁，眼看一号炮台也即将同此命运，王孝祺只得哀叹一声，带着驻守在东岭的所有将士下了山。

尼格里见东岭很久没有一发炮弹射出，知道中国军队已无还击力量了，便将令旗一挥，二百名法国士兵扛起三十多门轻型钢炮，很快便架到东岭上，扼控关隘口的东岭三座炮台便这样全部落入法国人的手里。

三个月前的那一幕即将在镇南关再次重演！形势的严峻令冯子材和所有中国将士们心头万分沉重。幸而，此时天色已完全黑下来，法国人要吃饭、睡觉、休整了，白日的鏖战，遂暂时停止。这一夜，古稀老将军望着关楼上的一弯冷月，久久不能安歇。戎马一生的荣誉，军人的尊严，志士的爱国情，交织在一起，促使他作出背水一战、杀身成仁的悲壮决定。

天亮的时候，他把王孝祺、苏元春等高级将领和儿子相荣、相华召在一起，沉痛地说："东岭的炮台已经丢失，镇南关面临随时被攻破的危险，现在我们面前只有两条路。一条就是像有些人那样，为保自己的命而弃关逃跑。自己的小命暂时保住了，但成百上千的士兵和百姓要因此而丧命，朝廷也不会轻易饶过，撤职罢官，自不待言，充军杀头也不为过，即便不死，万千人口骂手指，活着比死还受罪。"

冯子材炯炯发亮的眼睛将四周人扫了一眼，见所有的人都在屏声静气肃然恭听。他继续说下去："还有一条路那就是奋勇向前决不后退半步，与敌人拼到底。各位将军们，老夫为大家所选择的就是这条路，而且只有这条路。不要说拼命沙场马革裹尸是我们做军人的本分，单从今天的局面来看，我们也只有选择这条路，才是死里求生的唯一希望。"

冯子材又用坚定不屈的目光将大家打量了一眼，见众人的目光里都没有难色，心里颇为满意，嗓门更洪亮了："各位将军，法国人只有一千来人，我们有三万人，三十个对一个，优势在我们一边，关键是要大家都不怕死，团结一致，和法国人拼到底！”

苏元春插话：“老将军说得对，我们是三十个对一个，人多势大。现在的危险主要是东岭炮台被法国人占去了，对我们大为不利。我提议赶紧将西炮台移下来，安在东岭山脚下，仗打起后，炮火对准东岭，压住法国人的火力。我们全力以赴歼灭长墙外的法国兵，先把眼前的敌人吃掉后，再对付东岭。”

冯子材说：“苏军门的建议很好。你现在赶紧下令，把西炮台移下来。”

苏元春立即吩咐旁边的一个参将去西岭传达命令。

就在这时，一个把总慌慌张张地进来报告：“不好了，老将军，法国人已在填沟了。”

“慌什么？让他们去填！”冯子材的脸色突然变得铁青，他猛地撕开身上的黑马甲，吼道：“各位兄弟，为国立功的时候到了！谁是英雄好汉，谁是孬种混蛋，镇南关头见个明白！老夫今天就把这条老命送在这里，你们统统都要跟着我上来！”

说着，他将挂在柱子上的一把宝剑“嗖”一声抽出，那剑全身上下发出凛凛寒光。

“这把剑是二十多年前文宗爷给老夫的奖赏，它就是我们大清王朝的国法军纪。苏军门！”

“在！”苏元春应声答道。

“今天，这把剑就交给你，你代老夫执行王法。等下炮声一响，全体将士都要跟着老夫冲锋上阵。有畏葸不前临阵逃脱的，你立即用此剑斩下他的头来。”

“是！”苏元春响亮地回答，郑重地接过剑来。

“老将军，有一队法国兵已冲过沟来了！”先前的那个把总，人还没进门便大声叫起来。

“传我的将令，开枪射击，打烂他们的狗头。”

冯子材的声音刚落，外面的炮声便已鞭炮似的响了起来。

一会儿，西岭炮台的人前来报告：“西岭十二门大炮都已移到东岭脚下安装完毕。”

冯子材下令：“向东岭山头开炮，压住法国人的火力。”

外面的炮声枪声喊杀声越来越大，冯子材手一挥说：“我们都上土石墙！”

王孝祺忙阻止：“老将军，外面枪子太密集，你不要出去，我们代你上墙指挥！”

“那不行！”

冯子材从桌上拿起一条又长又宽的青色土布，将自己的头顶围扎起来，笑着说：“包上它，就不怕炮子了！”

说着，大踏步走出营房门，带着二子和诸将一起上了土石墙。

墙外，清军和法军正在作殊死的搏斗。尽管山脚的炮弹对东边岭头上法国人的火炮构成压力，但法国人占据地势居高临下，仍然有不少炮弹落到墙外沟边，可怕地威胁着守卫关隘的清军。趁着这有利的机会，深沟又被法国人填满了一段，大批洋兵哇哇乱叫如潮水般地踏过深沟，直向土石墙外扑来，形势越来越危急了。

“冯相荣、冯相华！”

“在！”见老父厉声呼叫，冯氏兄弟愣了一下后马上高声回答。

“跟我到墙外去！”冯子材将上衣脱下甩掉，露出黑瘦的光膀子来，又随手从身边的一个士兵手中夺过一把长矛。

“爹！”冯相荣忙去抢父亲手中的长矛，“你老不要下去！”

冯子材将手中的长矛往墙上用力一戳，瞪着眼望着儿子：“你怕死？”

“不是！”次子相华也来劝阻，“爹，你呆在这儿，我们下去。”

“老将军不要下去！”诸将也都来阻挡。

冯子材阴沉着脸，拿起这根一人半高的长矛，快步奔下土石墙。相荣、相华知道父亲的脾气，再也不说话，急忙各自操起一把大砍刀紧随着父亲下去了。

冯子材来到墙外，站在一块突兀的青石上，咬紧牙关死盯着一群群跨过深沟来到关隘口的法国人，万丈怒火升腾在他的胸中。穿出云层的朝阳，照在他飘拂的银须上，照在他头上的布帕和脚上的草鞋上，照在他手中那根闪闪发亮的丈八长矛上。这是一尊顶天立地的英雄雕塑，这是一股冲霄长虹的浩然正气，这是一座万古不倒的巍峨山峰。懦弱的大清王朝，你是多么的需要千千万万个冯子材啊！多灾多难的中华民族，你是多么的需要这种不畏强暴、誓死捍卫民族尊严的气概啊！

“相荣、相华，我们爷儿三个跟他们拼了！”

冯子材大叫一声，从青石上跳下来，手中的长矛直向一个法军小头目的胸膛刺去。相荣、相华紧紧地护卫着老父，挥起大砍刀，左右砍杀。

王孝祺看到这一幅壮烈的情景，早已热泪盈眶。他振臂高呼：“兄弟们，冯老将军跟法国人肉搏了，我们都下去吧！”

苏元春也高高挥起手中的宝剑，大喊起来：“冯老将军都亲自上阵了，我们还怕死吗？”

古稀老英雄这一壮举，成了清军将士最强有力的号令，最崇高的榜样。顷刻之间，这些平时散漫疲沓、畏难怕苦的绿营团勇仿佛吞下了仙丹灵药，浑身上下立时平添无穷的胆量和气力。断腿断臂、流血死亡的恐怖好像都不存在了，眼中只有冯老将军英勇杀敌的伟岸身躯，胸中只有不共戴天的仇恨，聚集在土石墙后的两万多清军如波涛如海浪般涌向墙外，山脚下的十二门大炮也一齐向东岭山头射击，顽强压住法国大炮的火力。在一股强大力量支持下的清军，此刻总算像个真正的军队了！他们三个四个围住一个法国人，大刀长矛，一齐向侵略者头上身上刺去。可怜这些一向骄横狂妄自以为东方无敌手的法兰西子弟们，今儿个蒙了头，晕了向，他们压根儿也没想到镇南关内竟然有如此强硬的对手：难道他们不是中国来的兵油子，难道他们今日真的是神灵附体？常言说，一人不怕死，十人不能敌。现在两万多人都不怕死了，千名洋鬼子岂能抵抗得住？法国人平时打仗得手，靠的是枪炮的威力，一旦短兵相接，枪炮就失去了优势，需要的是棍棒拳脚的功夫，而这一方面，洋人普遍不如中国人。

不到半个钟点，跨过沟来的法国人便大部分躺在墙外起不来了，没有过沟的见势不对，纷纷后撤。这时，王德榜率领的军队从敦土埋伏点冲了过来。他们人多势众，又见前方打赢了，更是气势十足，早已吓破胆的法国兵见了这批截断归路的中国军人，不由得更加心虚胆战，除开极少数的几十个逃出包围圈外，几乎所有人都成了刀下之鬼。至于那个头头米歇尔，因为服装与众不同，多时便成了众矢之的，早被剁成一堆肉酱了。

尼格里没有想到败得如此之惨，气得口吐鲜血，昏倒在地。身边的副官知道炮台保不住，便趁着还有十几发炮弹的机会，叫人背着尼格里，慌忙从山背后逃走了。

东岭炮台很快便被夺回。

还没有到中午，镇南关隘之仗便以法军全军覆没而获得大胜。乘着这股强劲的军威，冯子材指挥东线的苏元春、王德榜、王孝祺一鼓作气向谅山进发，几乎没有费多大力气便光复谅山，接下来又连连收复文渊、谷波、委坡、船头等地。

捷报传到西线，刘永福的黑旗军和唐景崧的景字营联合起来，一举光复被法国人占领多时的西部重镇宣光，紧接着又拿下广威、鹤江等地。越南北圻的大部分土地已在中国军队的控制之下。

这是一个多么令人兴奋的喜讯，这是一个多么令人珍贵的胜仗啊！中国人对这个胜利已盼望了四十多年！自从道光二十年的鸦片之战以来，凡中国军队与外国军队一接火，便注定是中国失败，外国获胜。中国人打不赢洋人，似乎已成了举世皆知的定理，在许许多多中国人的心中，对洋人的恐惧，早已深入骨髓。这种心理，四十多年来一直沉重地压在大清帝国的头上，从朝廷到民间，在洋人的面前都直不起腰，挺不起胸！

现在终于有了这一场关外大捷，冯子材统率的中国军队在越南北圻为大清帝国，为中华民族扬了一次眉，吐了一口气。捷报传到广州，全城喜气洋洋，张之洞更是兴高采烈。他感谢冯子材和关外的三万将士扬了国威，振了民气，也感激他们为他这个两广制军赢得无上脸面。

他以两广制军的名义命令，东线统领冯子材稍事休整后立即进攻北宁、河内，西线统领刘永福迅速攻占兴化。东西两线齐头并进，互为声援，争取尽快光复整个北圻；并以此为基础，将所有侵犯越南的法国军队全部驱逐出境，使越南重新回到中国的怀抱，成为中国一个稳定可靠的藩属国。他随后又给朝廷上折，详细禀报关外大捷的前前后后，在表彰冯子材、王孝祺、苏元春、王德榜、刘永福、唐景崧等人的功劳的同时，也不忘将自己如何谋划运筹的过程叙说了一番。又着重提出收复河内，全驱法人的宏伟构想，请朝廷准予按此执行，大张远威，以申天讨！

不料，事情远不是张之洞想的这么简单顺利。就在关外大捷刚刚获胜的时候，一场以口舌为刀枪的外交谈判便已开始。

究其实，中法的外交会谈，在两国冲突发生之后，就一直没有停止过，主持这件大事的便是有当今中国第一臣之称的李鸿章。

李鸿章治理国家的大计简单地说，对内兴办洋务，徐图自强，对外息事宁人，以夷制夷。在外交上，凡与洋人冲突，他的主张是能和则和，不能和则尽量减少损失，中国自己无法调停，则请别国洋人出面帮助。

面对着与法国人的纠纷，他采取的亦是这个办法。先是签订条约，希望和平解决冲突。不料法国人并不接受这个条约的约束，蓄意挑起更大的战争。李鸿章担心，战争打响之后，中国军队吃亏更大。早在第一次镇南关大战之前，他便委托中国海关税务司驻伦敦办事处的英国人金登干，去巴黎代表清廷与法国政府秘密和谈。法国代表态度强硬，为了赢得谈判桌上的更大筹码，他们发起了这次的再打镇南关之役。孰料遭到惨败，法兰西举国哗然，反对党议员纷纷责难政府，茹费理内阁不能得到议院谅解，引咎辞职。法国代表一改往日的傲慢无理之态，表示愿意全数撤退停留在台湾海峡的舰艇，解除对台湾的封锁，用来换取中国的开放海口允许法国商船出入。李鸿章认为法国能让到这种地步便是和谈的最大成绩了，立即命令金登干在此条约上签字，并电令中国所有在越南北圻的军队立即停战，限期撤退。张之洞的宏伟构思付之流水，他对李鸿章的怨恨又加深了一层。冯子材、刘永福等眼看着到手的功勋而不能建立，更是扼腕叹息，愤愤不已！

自从国门被强行闯开以来，直到清王朝覆灭之前，七十余年间这唯一一次的对外胜仗便这样了结了。它本该以辉煌的句号来结束，却以遗憾无穷的省略号而令人长叹。这真是中华民族诉说不尽的悲哀。

然而，它毕竟是一个胜仗，它使这场战争的最高主帅张之洞赢得朝廷上下一致赞扬，奠定了他日后纵横政坛的厚实基础；它也使这位主帅更加坚定开创一番宏图大业的雄伟信念。同时，它又使得这位名流出身的总督逐渐滋生了舍我其谁天下独尊的倨傲心态。

张之洞在总督衙门举办了一个大型庆功会，除中国官场人员外，还特为邀请法国之外的所有在穗各国领事以及洋商、教会方面的头面人物参加。他向这些平日趾高气扬的洋人绘声绘色地介绍中国军队英勇杀敌的感人场面，着意渲染这次大捷所带来的重大国际影响，使得这些洋人面对美酒佳肴而坐立不安，一个个争先恐后地端起酒杯，向这个身材矮小、模样丑陋的制台大人表示祝贺。辜鸿铭跟在张之洞的身边大出风头。他时而用英语、德语，时而用俄语、日语，流利无误地翻译着，令庆功会上的所有中外宾客惊讶不止。他们在私下议论：张大人从哪里请来了一个这样的翻译奇才！

庆功会结束的时候，七十岁的兵部尚书彭玉麟来到张之洞的身边，激动地说：“老弟，我盼望多年的胜仗，终于在你的指挥下打成了，为我们中国人争了脸面。我今天真是太高兴了！”

张之洞开怀大笑：“大司马，我们再来为关外大捷痛饮一杯！”

立时便有一个侍者端来两杯酒，彭玉麟抬起手来轻轻地接住：“我已经喝得太多，不能再喝了，老弟你也不要喝了。酒不能多喝，喝多了头就会晕晕的，忘乎所以。”

张之洞听出了彭玉麟的话中之话，忙说：“大司马说得好，我们不能让关外大捷晕了头。”

“正是这话。”彭玉麟收起笑容肃然说，“关外大捷诚然是一件大喜事，但我今天要特别提醒老弟的是，这场胜仗主要是机缘凑泊，切不可引为常例。我戎马一生，深知真正的胜负之别在于实力的较量。若论实力，我们远远不是法国人的对手，更不要谈美国、英国、德国了。提高实力，这才能使中国永远立于不败之地。”

张之洞点点头说：“大司马所言极是。我也想到这一层了。”

“郑观应过几天就要从南洋回来了，你应当召见他。他是一个很有头脑的人。”

“好！”张之洞立时想起《盛世危言》一书中所说的种种实业救国的举措来，他也很想见见这位识见远在常人之上的商人。“关外的战争结束了，我正要和郑观应谈谈他的救危之策。”

彭玉麟发亮的双眼紧紧盯着张之洞，语重心长地说：“我已经老了，无所作为了，这些年来一直是少荃当家。他虽精力旺盛，雄心勃勃，但年过花甲，岁月不饶人。中国的事情，已经责无旁贷地落在老弟你的肩上，你可要十分清楚地看到这一点啊！”

张之洞凝视着白发苍苍的老英雄，重重地点了点头，好半天，才从牙缝中挤出一句话来：“中国不会只有一个李少荃的！”